rororo

Frank Göhre, geboren 1943 in Tetschen, arbeitete als Buchhändler, Kunsthändler und Werbetexter. Er lebt jetzt als Roman- und Drehbuchautor in Hamburg. Neben der in diesem Band vorliegenden St.-Pauli-Trilogie schrieb er die Romane «Letzte Station vor Einbruch der Dunkelheit», «Schnelles Geld», «Ritterspiele». Für das auf seinem Roman «St.-Pauli-Nacht» basierende Drehbuch zum gleichnamigen Film (Regie: Sönke Wortmann) erhielt er den Deutschen Drehbuch-Preis.
In seinem Buch «Frühstück mit Marlowe – Rezepte und Geschichten» (rororo 22186) erzählt er vom Leben und Schreiben der großen Krimiautoren und bietet 200 nachkochbare Rezepte, die er den Romanen seiner internationalen Kollegen entnommen hat.
Frank Göhre ist der Herausgeber der Werke von Friedrich Glauser. Er erhielt den Literaturförderpreis der Freien und Hansestadt Hamburg sowie den Deutschen Krimipreis.

Frank Göhre

DER SCHREI DES SCHMETTERLINGS
DER TOD DES SAMURAI
DER TANZ DES SKORPIONS

Mit einem Vorwort von
Dr. Norbert Grob

Rowohlt Taschenbuch Verlag

rororo thriller

Herausgegeben von Bernd Jost

Veröffentlicht im Rowohlt Taschenbuch Verlag
GmbH, Reinbek bei Hamburg, September 1999

Umschlaggestaltung Notburga Stelzer
(Foto: Tony Stone Images / Wilfried Krecichwost)
Gesamtherstellung Clausen & Bosse, Leck
Printed in Germany
ISBN 3 499 43354 0

CHRONIK UND VISION

Frank Göhres St.-Pauli-Trilogie

Ein Vorwort von Dr. Norbert Grob

Am Anfang steht der Mord, das ist das Gesetz des Genres, denn «Mord ist geheimnisvoller und dramatischer als alles andere» – so E. M. Wrong in seinem Buch Crime and Detection.

Eine Peepshow-Tänzerin vom Hamburger Kiez – «Der Körper nahtlos braun, die Finger- und Fußnägel silbern lackiert und ein Schmetterlings-Tattoo auf dem linken Handgelenk» – wurde getötet, offenbar erwürgt von einem älteren Mann, der sich danach das Leben nahm.

Neben den beiden findet die Polizei zwei prall gefüllte Umschläge, in denen je 50 000 Mark stecken. Der eine für die «Rettung des deutschen Waldes», der andere für die «Initiative gegen mörderische Tierversuche» und in einem dritten mit der Aufschrift «letzter Wille» auf einem Zettel die Bitte, ihre Asche über Hamburg zu verstreuen.

Eine Tat wie viele auf St. Pauli Mitte der achtziger Jahre. Jedenfalls scheint es so, denn «die Zeiten auf dem ehemals beinahe als gemütlich zu bezeichnenden Kiez waren hart geworden». Rätselhaft bleiben das Motiv für die Tat und die näheren Umstände.

Kriminalhauptkommissar Jan Broszinski und seine Kollegen Pit Gottschalk und Jörg Fedder halten sich zunächst an die übliche Routine. Sie befragen Zeugen, klären die Identität der Toten und kommen zu ersten Vermutungen.

Frank Göhres Story beginnt wie ein konventioneller Kriminalroman. Dann werden die Zusammenhänge undurchsichtiger und seine Figuren unberechenbarer. Jedesmal, wenn es so aussieht, als sei alles geklärt, taucht ein neues Detail auf, das alles in einem anderen Licht erscheinen läßt, und die Beamten stehen plötzlich vor großen Rätseln. Ihre ersten Einschätzungen entpuppen sich als Irrtum. Verstrickungen in Pornographie und Prostitution, Erpressung und Korruption kommen ans Licht. Die Schilderung der Kiez-Machenschaften fügt sich nach und nach zum Bild einer großstädtischen Gesellschaft Mitte der achtziger bis Anfang der neunziger Jahre zusammen.

Frank Göhre liefert die Chronik einer bestimmten Kiez-Clique. Dafür hat er sorgfältig recherchiert und einschlägige Kontakte gepflegt. Doch damit beschreibt er gleichzeitig den moralischen und politischen Zustand unserer Gesellschaft.

Sein St. Pauli ist nicht nur das Zentrum der Prostitution und der Kriminalität, sondern es zeigt wie in einem Brennspiegel die bundesdeutsche Realität. Hier wie dort gelten die gleichen Regeln, nur ihre Durchsetzung geschieht hier drastischer.

«Etwas ist nicht geheuer» – damit geht es los wie meist im Krimi. So auch bei Frank Göhre. Doch er treibt ein faszinierendes Spiel mit dem Leser. Er läßt Löcher im Erzählfluß, gibt die Hinweise verspätet, berichtet Ereignisse scheinbar ohne Zusammenhang. Doch am Ende steht das präzise Bild einer aus den Fugen geratenen Welt, in der ethische Werte zu Worthülsen verkommen sind.

Göhres Geschichten leben in erster Linie über die Figuren und die spannungsgeladenen Beziehungen, die sich zwischen ihnen entwikkeln. Die Gangster sind gewalttätige Kraftmeier oder gerissene Zokker, die stets auf Sieg setzen, ohne zu begreifen, wie die Dinge in Wirklichkeit liegen. Seine Polizisten dagegen wirken wie müde, melancholische Typen, die von einer Krise in die nächste stolpern. Sie sind oft übel gelaunt, engagiert in ihrem Job, aber freudlos dem Leben gegenüber. Der eine findet «alles zum Kotzen», der andere «haßt den Sommer, die heißen Tage» und empfindet «sie als persönlichen Angriff auf seine Psyche», und der Jüngste unter ihnen versucht «ganz aus sich heraus ruhig und locker zu werden», ohne daß es ihm je gelingt. Keine Zukunft, nirgends.

Von Roman zu Roman werden die Geschichten vielschichtiger, die Konstruktionen komplexer, die Dramaturgie komplizierter. «Der Schrei des Schmetterlings» ist eine intelligente Krimi-Story, die darauf verweist, wie lässig die Kiezgrößen ihre Spiele auf Kosten anderer genießen. «Der Tod des Samurai» ist Mafia-Saga und Serialkiller-Phantasie, Lovestory, Ritterabenteuer und Soziodram zugleich. «Der Tanz des Skorpions» schließlich, das tiefgründigste Buch der Trilogie, ist eine grandiose Mischung aus Tragödie und Melodram.

Göhres Sprache ist dabei so präzise wie phantasievoll. Niemand schreibt hierzulande bessere Dialoge. Und niemand wagt in diesem

Genre so innovative Passagen. Göhre experimentiert mit Sprechweisen und Perspektivwechseln, mit Erzählformen und Textsorten. Er weiß um den Effekt einer gelungenen Collage. Er kombiniert Wersprüche und Reflexionen, subjektive Sichtweisen mit kühlen, knappen Beschreibungen. In «Der Tanz des Skorpions» montiert er die unterschiedlichsten Texte in seine Geschichte – Wortgefecht und Monolog, Film-Szenario und Radio-Feature, knappes Fragment und ausladende Reportage. Er benutzt immer wieder die Technik des Bewußtseinsstroms, um uns direkte Einblicke in das Denken und Fühlen seiner Protagonisten zu gewähren.

Frank Göhre ist ein Meister der gedehnten Spannung. Seine Geschichten sind so abenteuerlich wie die nervenkitzelnden Erfindungen eines Loren D. Estleman oder Robert B. Parker. Zugleich entwickeln seine ausführlichen Charakterisierungen von Figuren und Situationen auch eine verstörende Dimension, vergleichbar den verzwickten Wahnwelten eines Michael Dibdin.

Am Ende der drei Romane sind die meisten Verdächtigen tot. Opfer des Bandenkrieges die einen, Betroffene oft doppelter Intrigen die anderen. Nur der letzte Mord bleibt ungesühnt. Broszinski, der zufällig Zeuge des Verbrechens wird, läßt die Täterin unbehelligt, geht danach sogar «gelegentlich mit ihr zum Essen aus». Das Milieu verändert sich. Geschäftsleute ziehen an den wichtigeren Drähten, und auf der Straße «rücken Leute nach, die so gut wie keine Ahnung haben, wer sie aufgebaut hat». Ansonsten geht das Leben weiter.

Der Vater, der mit ansehen mußte, wie Frau und Tochter vergewaltigt und getötet wurden, erhängt sich, nachdem er Rache genommen hat. Einer der Kommissare heiratet. Die Anwältin des «St.-Pauli-Killers» eröffnet eine neue Kanzlei. Dem anderen Killer wird der Prozeß gemacht.

Die einzige Frage, die offen bleibt (und die mich seit Jahren beschäftigt), lautet: Was geschah eigentlich mit Birte Heinrich?

DER SCHREI DES SCHMETTERLINGS

EINS

1

Das Zimmer im 2. Stock der *Pension Messmer* lag zur Straße hin. Die Vorhänge waren zugezogen, Deckenbeleuchtung und Nachttischlampen eingeschaltet, und die korpulente Frau, die rauchend am Waschbecken stand, wiederholte unablässig, daß nichts angerührt worden sei, wirklich nichts, von niemandem.

Sie schnippte dabei die Asche auf den Boden und nickte bekräftigend. Broszinski nickte auch und Gottschalk seufzte.

Die Männer mit der Tragbahre standen in der Nähe der Tür und warteten darauf, den vor dem Bett kauernden Mann abtransportieren zu können. Der Mann war nackt. Ein Arzt kniete neben ihm.

Fedder drängte sich an den Trägern vorbei, eine junge Frau im Schlepptau. Damit war das Zimmer restlos überfüllt.

Der Arzt war jetzt soweit und richtete sich auf. Ein Streifenbeamter, der ihm mit unverhohlener Neugier über die Schulter geschaut hatte, kam aus dem Gleichgewicht. Er griff haltsuchend um sich und bekam den Arm des Fotografen zu fassen, der gerade seine Kamera vor das Gesicht gehoben hatte.

Der Fotograf drückte instinktiv auf den Auslöser, und ein Mann, über dessen Anwesenheit sich bisher niemand Gedanken gemacht hatte, riß schützend die Hand hoch.

Der Fotograf fluchte.

Der Streifenbeamte entschuldigte sich.

«Räumen», sagte Broszinski zu Gottschalk, und der seufzte erneut. Er zog ein Taschentuch hervor und wischte sich den Schweiß von der Stirn.

«Räumen», gab er an den Streifenbeamten weiter.

«Okay», sagte der Arzt, und die Träger stürzten ins Zimmer. Der Größere von ihnen betrachtete erst einmal die Frau, die auf dem Bett lag. Auch sie war nackt, und daß sie tot war, hielt ihn nicht davon ab, einen anerkennenden Pfiff auszustoßen.

Die Blicke aller im Raum richteten sich auf ihn.

Der Mann bückte sich schnell und versuchte, aus dem Pfiff eine

Melodie entstehen zu lassen. Aber auch das war unangebracht. Das klägliche Gepfeife endete abrupt.

Einen Moment noch herrschte eisiges Schweigen, dann räusperte sich Fedder.

«Das Zimmermädchen», sagte er und wies auf die von ihm herangeschleppte junge Frau.

«Mädchen!» schnaubte die. «Ick bin ...»

«Schwanger», bemerkte Gottschalk trocken.

«Is det strafbar?»

«Draußen!» schnauzte Broszinski Fedder an, der abwehrend die Finger spreizte. «Raus hier! Alles jetzt raus hier! Sprich sonstwo mit ihr, aber nicht hier!»

«Ich?»

«Ich jedenfalls nicht!»

«Dito», fügte Gottschalk hinzu. Er war damit beschäftigt, sorgfältig sein Taschentuch zusammenzulegen.

Der Streifenbeamte verfolgte interessiert, wie die Träger den Mann auf die Bahre hievten und festschnallten. Außer ihnen und dem Arzt machte niemand ernsthaft Anstalten, dem Befehl des Kriminalhauptkommissars Broszinski Folge zu leisten.

Das Zimmermädchen blickte herausfordernd von einem zum anderen.

«Wat denn nu?» fragte sie. «Wer von die Herren ...»

«Kollege Fedder», sagte Broszinski mit einem Ton in der Stimme, der erkennen ließ, daß er nun endgültig die Faxen dicke hatte. «Kollege Fedder, Sie haben gehört, was ich angeordnet habe. Gehen Sie mit ihr nach unten. Und auch die übrigen Herrschaften ...»

«Ruff, runter, det is ja ...»

«Ist das klar?»

«Komm, Egon», sagte die korpulente Frau zu dem Mann, der so überaus empfindlich auf das Blitzlicht der Kamera reagiert hatte, sich aber offensichtlich nicht traute, an Broszinski vorbeizuhuschen.

Es war ein unscheinbares Männchen in einer etwas schmuddelig wirkenden Hose und einem Hemd ohne Kragen, das ihm einige Nummern zu groß war. Broszinski trat beiseite, und der Mann schloß sich fix der Gruppe an, die Fedder mißmutig hinausdirigierte.

Gottschalk zog die Vorhänge zurück und öffnete ein Fenster. Die Sonne stand bereits hoch am Himmel, und in ihrem Licht wirkte das Zimmer etwas freundlicher als zuvor.

«Was hältst du davon?»

«Du verlierst die Nerven.»

«Ja», sagte Broszinski nur. Er war tatsächlich nicht gut beieinander.

Gottschalk drehte sich überrascht um.

«Ja?» fragte er.

«Ja», wiederholte Broszinski. «Ich habe kaum geschlafen.»

«Ich auch nicht.»

«Und?»

«Was?»

«Was war es bei dir?»

«Die Hitze natürlich», sagte Gottschalk. «Soviel ich weiß, leidest du nicht darunter.»

«Nein», sagte Broszinski. «Elinor war bei mir.»

«Seid ihr wieder zusammen?»

«Ganz im Gegenteil.»

«Verstehe», sagte Gottschalk. «Willst du, daß ich was dazu sage?»

«Nein.»

«Laß es nicht an Fedder aus. Der Junge tut sein Bestes.» Gottschalk verließ seinen Platz am Fenster, ging zur Tür und warf einen schnellen Blick auf den Flur.

Vom Treppenhaus her waren die Stimmen der jetzt heftig miteinander diskutierenden Personen zu hören.

Das Zimmermädchen übertönte sie alle.

Es dauerte eine Weile, bis Fedder für die anderen Zeugen entsprechende Anweisungen gegeben hatte und endlich allein mit dem Zimmermädchen im Frühstücksraum der Pension war.

Erleichtert nahm er an einem der Tische Platz und gab der Frau mit einer Handbewegung zu verstehen, sich ihm gegenüber zu setzen. Sie verschränkte die Arme und blieb stehen.

«Sind wir nu endlich soweit?»

«Ja», sagte Fedder. «Bitte.»

Er zog ein orangenfarbenes Heft und einen Filzstift aus der Brusttasche seines makellosen Hemdes und nickte ihr aufmunternd zu.

«Denn nehmen Se ma zu Protokoll, det ick mir total verarscht fühle.»

Fedder räusperte sich.

«Name?» fragte er.

«Von Ihnen.»

«Ihr Name, bitte.»

«Protokollieren Se det?»

«Ich nehme es zur Kenntnis.»

«Det bringt mir nischt.»

«Eine Beschwerde ist völlig unangebracht.»

«Det lassen Se ma meine Sorge sein.»

Fedder legte die Hände flach auf den Tisch, schloß die Augen und atmete tief durch. Für mehrere Sekunden dachte er nichts.

Seit einigen Wochen praktizierte er verschiedene Übungen, die ihm helfen sollten, in Situationen aufkommender Aggression und Anspannung ganz aus sich heraus ruhig und locker zu werden. Es gelang ihm nie.

Allein bei sich zu Hause schlief er oft darüber ein und im Dienst schaffte er es bestenfalls, seine Erregung geringfügig zu dämpfen. Seine Arme vibrierten leicht, und gequält lächelnd öffnete er wieder die Augen.

«Hören Sie», sagte er. «Können wir uns dahingehend einigen, daß ich mich offiziell bei Ihnen entschuldige? Es lag wirklich nicht in meiner Absicht, Sie in Ihrem Zustand ...»

«Na, bitte», sagte sie und rückte sich einen Stuhl zurecht.

«Was, bitte?»

«Et jeht doch.»

«Ja», sagte Fedder sanft. «Mit etwas gutem Willen geht alles. Würden Sie jetzt bitte so freundlich sein, mir Ihren Namen ...»

«Reichert, Martina. Vierzehnterfünfterachtundfuffzig in Berlin. Jetzt wohn ick Böckmannstraße Siebenundvierzig, zweeter Stock, fünf Minuten von hier, keene Vorstrafen.»

Fedder unterdrückte einen entsprechenden Kommentar und wiederholte statt dessen die Angaben.

Martina schien zufrieden zu sein.

«Verheiratet?» fragte Fedder vorsichtig.

«Wo denken Se hin?! Ick bin ...»

«Ledig also. Danke, ja. Das genügt vorerst. Sagen Sie, Frau Reichert ...»

«Nennen Se mir ruhig Martina. Det kommt besser.»

«Martina, ja. Sagen Sie ...»

«Ick hab die beeden jefunden. Det wollen Se doch wissen, oder wat?»

«Genau das.»

«Jut. Det war nämlich so. Die Messmersche hat mir jesacht, Zimmer acht, elf, fuffzehn, die zwoundzwanzig ...»

«Zimmer zweiundzwanzig ...»

«Sach ich ja. Zwoundzwanzig und fünfundzwanzig hat se jesacht, det die freijemacht werden.»

«Uns interessiert nur das Zimmer zweiundzwanzig.»

«Da machen Se sich det aber verdammt einfach. Ick will ja ...»

«Ich denke mir, daß es auf den anderen Zimmern keine außergewöhnlichen Vorkommnisse gab.»

«Det denken Se ma nich. Auf die Fuffzehn hat so 'n Schweinigel det janze Waschbecken voll ...»

«Ich glaube, darauf müssen wir in unserem Fall nicht näher eingehen. Können Sie mir sagen, wann Sie Nummer zweiundzwanzig aufgeschlossen haben?»

«Hab ick nich ...»

«Sie ...»

«Ick meine, nich direkt. Ick hab erst ma geklopft und denn ...»

«Ja?»

«War nischt. Der Gast hat sich nich jerührt. Hab ick mir jedacht, jut, laß ihn mal noch pennen und mach erst ma die fünfundzwanzig. Det liegt ja direkt jejenüber.»

«Gut», sagte Fedder und beschloß, das Verfahren abzukürzen. «Sie haben also Zimmer fünfundzwanzig gereinigt und sind dann wieder hinübergegangen und ...»

«Nee, nee, denn bin ick erst ma wieder janz nach unten, weil die Messmersche mir jerufen hat ...»

«Dann aber ...»

«Denn is die gleich mit ruff und der ihr Egon ooch.»

«Warum das?»

«Weil ihr Egon, der ja nu jerade angekommen is, det Zimmer haben sollte. Weil det dat Feinste is, sacht se jedenfalls. Aber wenn Se mir fragen, denn sach ick, weil det 'ne Tür zu ihre Räume hin hat und ...»

«Moment mal. Habe ich Sie richtig verstanden? Das Zimmer zweiundzwanzig hat eine Verbindungstür zu den Räumen der Frau Messmer?»

«Ham Se. Ick mein, det haben Se richtig verstanden.»

«Das erscheint mir allerdings sehr interessant.»

«Janz ihrer Meinung, sach ick ja. Weil die und ihr Egon nämlich nur auf diesen hier!»

Fedder hatte die Geste bislang nur bei Männern gesehen. Von Martina ausgeführt erschien sie ihm mit einemmal unglaublich obszön.

Er senkte den Kopf und kam sich dabei wie ein Pennäler vor, dem Frau Lehrerin einen unsittlichen Antrag gemacht hatte.

Unglücklicherweise erinnerte er sich zudem noch der Worte seiner Freundin Gilla, die der festen Überzeugung war, daß seine sämtlichen Verspannungen auf eine ungelebte oder weitgehend verkorkste Sexualität zurückzuführen seien. Daran mochte etwas Wahres sein. Gilla tat allerdings von sich aus relativ wenig, um dem abzuhelfen. Jedenfalls nicht das, was er sich von ihr wünschte.

Er räusperte sich.

«Frau Messmer und dieser Egon sind demnach mit Ihnen hochgegangen, und Sie haben in ihrem Beisein die Tür geöffnet. Trifft das den Sachverhalt?»

«Exakt», sagte Martina und lehnte sich zurück.

«Und dann?»

«Denn aber hallo! Ick sach Ihnen, die Messmersche wie 'n jeölter Blitz rinn und een Jezeter, det globen Se mal nich!»

«Doch», sagte Fedder. «Das glaube ich. Frau Messmer hat ...»

«Mir erst ma runterjejacht und ick hab Ihnen anjerufen, jenau!»

«Moment mal. Frau Messmer und dieser Egon sind oben in dem Zimmer geblieben und Sie ...»

«Nee, nee, nich drin. Wo denken Se hin! Det weeß man doch, von wejen mit die Spuren. Nee, abjeschlossen hat se wieder. Aber ick hab det schon uff den eenen Blick rejistriert. Der alte Sack hat sich 'ne Schwalbe an Land jezogen und ...»

«Schwalbe?»

«Eene von die ...»

«Sie sind der Meinung, daß es sich bei der Frau um eine Prostituierte handelt?»

«Na, wat denn? Glooben Se, eene von der ihr Format jeht som Opa von sich aus an dat Jehänge? Nee, nee, det ...»

«Nun, das ...»

«Det is 'ne janz Abjewichste, det sach ich Ihnen. Ham Se nich der ihre Kledage jesehen und überhaupt det allet?»

«Meine Kollegen ...»

«Kieken Se sich dat ma jenau an! Denn wissen Se Bescheid.»

Das hatten Gottschalk und Broszinski inzwischen getan. Die Kleidung der noch immer unbedeckt auf dem Bett liegenden Frau war allerdings, den heißen Sommertagen entsprechend, äußerst spärlich und keineswegs sonderlich aufschlußreich.

Ein winziger Tangaslip aus schwarzem Satin fand sich unter einem der zerknäulten Laken. Neben dem einzigen Sessel im Raum standen ein Paar akkurat ausgerichtete, hochhackige Sandaletten. Ein knielanges Kleid aus Seiden-Jersey, im Leoparden-Dessin bedruckt, hing auf einem Bügel am Kleiderschrank. Es hatte einen Taillengummizug und war an den Seiten leicht geschlitzt.

Gottschalk war damit beschäftigt, den Inhalt der kunstledernen Umhängetasche, die er zwischen Nachttischchen und Bettumrandung entdeckt hatte, zu inspizieren.

«Das Übliche», sagte er und schob mit spitzen Fingern Lippenstift, Puderdose und ein angebrochenes Fläschchen Nagellack beiseite. «Kamm, Streichholzheftchen, etwas Kleingeld, eine Taxiquittung, Stadtfahrt Fünfzehnachtzig, Zwölferpackung Secura Gold und ...»

«Was?»

«Kondome, noch acht vorhanden. Eine Haarspange ...»

«Papiere?»

«Personalausweis. Hast du ihn dir noch nicht angesehen? Hier, ausgestellt auf, Moment ... auf Knoop, geborene Harms, Heike, zwölfter siebter sechsundfünfzig, zuletzt gemeldet ...»

«Knoop?» fragte Broszinski nach.

«Ja, Knoop ... Knoop, Knoop, du meinst ...?»

«Warum nicht?»

«Unser Knoop?»

«Gib das mal durch», sagte Broszinski und blätterte weiter in dem Ausweis. «Wenn er es ist ...»

«Schwer vorstellbar. Das ist doch eine ...»

«Überprüf das gleich mit. Ob sie registriert ist.»

Gottschalk nickte und setzte sich schwerfällig in Bewegung.

Als er das Zimmer verlassen hatte, zündete sich Broszinski eine Zigarette an.

Er hatte heute früh aus einer merkwürdigen Stimmung heraus die Marke gewechselt, die Schwarzen in der blau-weißen Schachtel verlangt, ohne Filter. Er schien das jetzt haben zu müssen. Die volle Dosis. Es war zum Kotzen. Alles war zum Kotzen.

Er sog den Rauch tief in die Lungen und wandte den Blick den Sachen zu, die Gottschalk am Fußende des Bettes ausgebreitet hatte. Unwillkürlich betrachtete er dabei wieder die Tote.

Es war eine schöne, dunkelhaarige Frau. Ihr Körper war nahtlos braun, und die Fuß- und Fingernägel hatte sie sich silbern lackiert. Auf ihrem linken Handgelenk war ein Schmetterling eintätowiert, dessen Flügel im Licht der einfallenden Sonnenstrahlen grünlich schimmerten. Broszinski trat näher heran.

Es war eine kunstvoll ausgeführte Arbeit, ein Phantasiefalter. Sein Rumpf hatte die Form eines Herzens und war dunkelrot. Die Fühler ähnelten einem auf dem Kopf stehenden großen M mit winzigen Widerhaken an den Spitzen.

M wie Manuela, dachte Broszinski.

Der Name auf dem Zettel, der in einem der drei Umschläge gesteckt hatte, bekam so gesehen eine größere Bedeutung.

Gottschalk hatte die prall gefüllten Briefkuverts bereits zu Beginn der Durchsuchung des Zimmers sichergestellt. Sie schienen achtlos auf den Sessel geworfen zu sein, und ihr Inhalt hatte bei den Beamten im ersten Moment maßloses Erstaunen hervorgerufen.

Der erste Umschlag enthielt fünfzigtausend Mark in Tausend-Mark-Scheinen und war *Der Initiative gegen die mörderischen Tierversuche zugedacht.* Das war auf dem beigelegten Zettel zu lesen, in großen Druckbuchstaben geschrieben.

Weitere fünfzigtausend Mark waren auch in dem zweiten Umschlag. Er trug den Vermerk *Für die Rettung des deutschen Waldes.*

Gottschalk hatte mit gelindem Entsetzen in der Stimme auf die verschiedenen Institutionen und Behörden verwiesen, die ihren Anspruch auf diesen Betrag anmelden würden. Der deutsche Wald lag schließlich allen am Herzen, und das kuriose Vermächtnis konnte zu überregionalen Kompetenzstreitigkeiten führen, zu einer politischen Posse ersten Ranges ausufern. Falls es sich der mutmaßliche Spender nicht doch noch anders überlegte.

Den einzigen Hinweis auf dessen Identität aber lieferte bislang nur das Blatt, das den restlichen vierundzwanzigtausendfünfhundert Mark beigefügt war: *Letzter Wille. Unsere Asche soll über Hamburg verstreut werden. Claus und Manuela.* Und auch das in Druckschrift.

Knapp hundertfünfundzwanzigtausend Mark in einem schäbigen Pensionszimmer, in einer Absteige. Sehr viel Geld. Eine Summe, die in krassem Widerspruch zu den wenigen Habseligkeiten stand, die sie im Zimmer vorgefunden hatten. Eine Reisetasche, die schmutzige Hemden, Unterwäsche und Strümpfe enthielt. Ein grauer Anzug, Schuhe und ein paar billige Toilettenartikel. Mehr nicht.

Nichts, was über den älteren Mann hätte Aufschluß geben können. Kein Ausweis, keine Papiere.

Nur das Geld und die Zettel. Die Namen.

Claus. Claus Basel nach Auskunft der Pensionswirtin. Broszinski hoffte, daß er durchkam.

Basel mußte eine gehörige Menge Schlaftabletten geschluckt haben, nachdem er Manuela erdrosselt hatte. Zwei leere Röhrchen lagen demonstrativ auf dem Nachttisch.

Warum hatte er ihr die Kehle zugedrückt? Was war hier vorgefallen? Was mochte sie getan oder gesagt haben? Welchen Punkt hatte sie bei ihm getroffen?

Wenn sie ihn, wie auch immer, gereizt, provoziert oder vielleicht nur mit irgendeiner dummen kleinen Bemerkung dermaßen gekränkt hatte, daß alles bei ihm aussetzte, warum, zum Teufel, sorgte er sich dann noch um ihrer beider Beerdigung, unterschrieb mit *Claus und Manuela*? Signalisierte eine Zusammengehörigkeit. Gab es die oder war sie einzig und allein ein Wahn, eine Fiktion?

Broszinski streifte die Asche seiner Zigarette ab und versuchte, sich die letzten Stunden des ungleichen Paares in diesem Zimmer vorzustellen, die Minuten, bevor es passiert war.

Er kam nicht weiter.

Gottschalk stapfte schnaufend herein.

«Du hast recht», sagte er.

«Was, womit?»

«Sie war mit Knoop verheiratet. Mit unserem Kollegen Wolfgang Knoop vom Einbruchsdezernat.»

«Hast du mit ihm gesprochen?»

«Er hat frei. Schöller meint, daß er bei seinen Eltern in der Heide sein könnte. Er will versuchen, ihn zu erreichen. Glaubt aber, daß Knoop sich nicht gerade ein Bein ausreißt. Die beiden sind schon seit einer Ewigkeit auseinander, geschieden und ...»

«Kein Kontakt mehr ...?»

«Nach dem, was Schöller sagt, absolut tote Hose. Und der kennt ihn ziemlich gut. Ist sein Sparringspartner. Trotzdem ...»

«Ja», sagte Broszinski. «Übernimm du das bitte. Ist sie ...»

«Nein, nicht registriert. Und unsere Vermutungen über den Alten haben sich leider inzwischen bestätigt ...»

«Negativ?»

«Einen Claus Basel aus Düsseldorf, auf den unsere Beschreibung zutrifft, gibt es nicht.»

Der Mann, der unter diesem Namen am Vormittag des 17. August, einem Samstag, in der *Pension Messmer* ein ruhiges Zimmer verlangt hatte, war eine solide Person. Das jedenfalls hatte die Pensionswirtin Irene Messmer erklärt und ihre Feststellung mit der Bemerkung bekräftigt, der Herr habe schließlich eine Reisetasche mit sich geführt und für die acht Tage bar im voraus bezahlt.

Außerdem habe es sich auf Grund seines Auftretens für sie schlichtweg verboten, nach einer solchen Lappalie wie Personalausweis oder anderen entsprechenden Papieren zu fragen. Das sei in ihrem Haus ohnehin nicht in dem Maße üblich. Die meisten ihrer Gäste kenne sie.

An diesem Punkt des Verhörs hatte Gottschalk angemerkt, daß es Stellen gäbe, die mitunter ein stark ausgeprägtes Interesse an ihren diversen Gästen hätten und im gleichen Atemzug auf die das Hotelgewerbe betreffende Meldepflicht verwiesen, was Frau Messmer allerdings nicht mehr als ein Achselzucken entlockt hatte.

«Schließen lassen», kommentierte Fedder und spießte eine Gurkenscheibe auf.

Die Beamten saßen bei *Max* an einem der Tische vor der Kneipe. Als sie Platz genommen hatten, waren einige Herren an den Nachbartischen betont lässig aufgestanden und zu ihren Wagen herübergeschlendert.

Auch die Mädchen, die sonst nahe der Fußgängerampel standen oder vor den verschiedenen Pensionen auf- und abstolzierten, hatten sich verdrückt.

Gottschalk überhörte Fedders Bemerkung. Er leerte sein Bierglas, klopfte gegen die Scheibe und gab der Bedienung ein Zeichen, ihm noch einen Halben zu bringen.

Broszinski runzelte die Stirn.

«Wir müssen noch in Manuelas Wohnung», sagte er. «Fahren.»

«Ja», sagte Gottschalk. «Natürlich. Dieser Basel ...»

«Du fährst ...»

«Nun komm, laß das. Dieser Basel war ein ausgesprochen ruhiger Gast, hat jeden Morgen pünktlich um acht gefrühstückt ...»

«Zwei Eier im Glas, gekochten Schinken und Graubrot, von dem er sich die Rinde abschneiden ließ», warf Fedder ein. Er hatte die Salatschüssel beiseite geschoben und blätterte in seinem Notizheft.

«Ja, ja, schon gut», sagte Gottschalk. «Mit den Angaben wird man ihn auch nicht schneller identifizieren können.»

«Ein Gebißträger ...»

«Er hat gefrühstückt und ist in der Regel bis spät in der Nacht unterwegs gewesen.»

Broszinski zündete sich eine weitere Zigarette an. Die Packung war bereits bis zur Hälfte geleert.

«Hat er sich öfter eine Frau mit aufs Zimmer genommen?» fragte er.

«Nach Angaben der Messmerschen nie» sagte Gottschalk.

«Martina meint ...»

«Wer ...?»

«Das Zimmermädchen», sagte Fedder. «Sie hält es nicht für ausgeschlossen.»

«Na ja», sagte Gottschalk. «Und selbst, wenn. Das bringt uns auch nicht viel weiter.» Er winkte die junge Frau zurück, die ihm das Bier hingestellt hatte. «Habt ihr auch was Ordentliches zu essen?»

«Nur was auf der Karte steht.»

«Die hast du wieder mitgenommen.»

«Ich bring sie ...»

«Laß mal. Was kannst du empfehlen?»

«Chili con carne kommt gut.»

«Scharf?»

«Wie du es haben willst.»

«Sehr scharf», sagte Gottschalk. «Einmal.»

«Und noch einen Kaffee», sagte Broszinski.

«Sonst noch was?» fragte die Frau und sah Fedder an.

«Ein Wasser, mit Zitrone. Eine Zitronenscheibe ...»

«Versteht sich ...»

«Aber nur, wenn es Ungespritzte sind.»

«Das kann ich dir nicht garantieren», sagte die Bedienung und blieb, sich in den Hüften wiegend, abwartend stehen.

Gottschalk schnaubte verächtlich. «Blödsinn», sagte er zu Fedder. «Ich hoffe, daß die Phase bei dir bald wieder vorbei ist.»

«Ich ...»

«Du neigst zu Übertreibungen. Ein Stück Zitrone bringt dich weiß Gott nicht um.»

«Auf die Dauer schon.»

«Dann friß ein Kilo, damit du es hinter dir hast.»

Die junge Frau griente und setzte sich in Bewegung. Sie trug knapp sitzende Shorts und hatte einen aufreizenden Gang.

«Ohne!» rief Fedder ihr nach. «Was ist los mit euch? Erst scheißt er mich an und jetzt kommst du mir ...»

«Können wir weitermachen?» fragte Broszinski. Er hatte während des Wortwechsels über den Platz geschaut, auf dem nur noch wenige Wagen parkten. Ein paar Männer schlichen suchend umher. Freier, die nach den Schulmädchen Ausschau hielten, die sich hier für einen Fünfziger anboten. Keine Frage, daß Basel oder wie auch immer er heißen mochte in dieser Gegend mehrfach angesprochen worden war.

Gottschalk zuckte mit den Achseln.

«Nein», sagte Fedder. «Erst will ich wissen ...»

«Ein Scherz», sagte Gottschalk. «Nichts weiter als ...»

«Und du? Was ist mit dir? Warum ...»

«Ich habe einen schlechten Tag», sagte Broszinski. «Entschuldige, aber ich ... dieser Basel. Hast du eine Erklärung für das Fehlen jeglicher Papiere?»

«Ich ...»

«Sie können ihm gestohlen worden sein», sagte Gottschalk.

«Und das Geld?»

«Ein Spieler ...»

«Scheiße!» sagte Fedder. «Das reicht mir nicht. Du bist schon seit einiger Zeit so zu mir. Du fegst alles beiseite, was ich vorzubringen habe und ...»

«Nun hör mal», sagte Gottschalk.

«Und du auf einmal auch! Was schmeckt euch eigentlich nicht an mir?»

«Du bist okay, aber ...»

«Ihr behandelt mich wie einen ...»

«Wir haben eine tote Frau und einen im Koma liegenden unbekannten Mann, der ...»

«Zum Teufel damit! Ich ...»

«Du hast ein ausgesprochenes Talent, im falschen Moment mit deinen Sachen zu kommen», sagte Gottschalk.

«Ich such ihn mir nicht aus!»

«Eben.»

«That's the problem», sagte Broszinski. «Das einzige, was dich betrifft. Meins ist, daß ich so nicht arbeiten kann und auch vorläufig noch keinen vollständigen Überblick habe.»

«Den habe ich», sagte Gottschalk.

«Na, wunderbar», sagte Fedder, schob einen Stuhl ein wenig zurück und schlug die Beine übereinander. «Dann haben wir ja alles geklärt.»

«In gewisser Weise schon.»

«So?»

«Ja», sagte Gottschalk. «Wenn wir es erst einmal als sekundär betrachten, wer Claus Basel in Wirklichkeit ist und woher er das Geld hat ...»

Fedder lachte kurz auf, aber Gottschalk ließ sich nicht beirren.

«Das vorerst außen vor gelassen, haben wir den Fakt, daß Basel Heike Knoop unter dem Namen Manuela kannte, womöglich schon länger, sie gestern abend, beziehungsweise nachts mit in die Pension genommen hat, mit ihr ins Bett gestiegen ist und sie dann ...»

«Erwürgt und sich anschließend eine Überdosis Schlaftabletten gegeben hat. Wirklich wunderbar einfach!» schloß Fedder und faßte sich an den Kopf.

«Das jedenfalls ist der Sachverhalt ...»

«Und woher kannte er sie? Und warum ist er nicht mit dem Geld auf und davon? Mein Gott, das ...»

«Das wird er uns schon noch erzählen, wenn er vernehmungsfähig ist.»

«Wenn, wenn!»

«Und wenn er draufgeht, können wir es dabei belassen. Die Indizien sprechen ...»

«Welche Indizien?»

«Er war schließlich allein mit ihr in diesem Zimmer und ...»

«Und das hat immerhin eine Tür zu den Räumen der Frau Messmer!» sagte Fedder.

«Die verschlossen und verriegelt war, von innen, mein Lieber. Wie auch ...»

«Das weißt du ...?»

Gottschalk seufzte.

«Es war mit das erste, was ich überprüft habe», sagte er. «Nein, nein, im Grunde genommen ist das eine ziemlich simple ...»

«Ja», sagte Broszinski. «Es sieht so aus. Aber trotzdem, Fedder hat natürlich recht. Das Geld in den Briefumschlägen und ...»

«Na, hör mal. Das haben wir doch auch nicht zum erstenmal. Erinnere dich an ...»

«Ja, ja. Aber ...»

«Einen Halben, einen Kaffee und einmal Wasser ohne alles», platzte die Bedienung dazwischen. «Chili ist in Arbeit.»

Broszinski nahm ihr die Tasse ab, stellte sie behutsam auf den Tisch und griff nach dem Keks, der mitserviert worden war.

Der Schokoladenguß war schon leicht geschmolzen, und das Gebäck glitschte ihm aus den Fingern.

Gottschalk setzte sein Glas an und nahm einen kräftigen Schluck. Auf seiner Stirnglatze perlte der Schweiß.

Fedder schaute unauffällig auf die Uhr. Es war kurz nach vier und wenn es dabei blieb, daß Broszinski und Gottschalk allein zu Manuelas Wohnung fahren würden, konnte er mit Gilla noch ins Kaifu-Bad gehen.

Er verspürte mit einemmal einen unsäglichen Drang nach Wasser, Wiese und fröhlichen Menschen. In erster Linie aber nach Feierabend, so schnell wie eben möglich.

Wenn Gottschalk der Meinung war, daß es nicht mehr viel zu tun gab, bitte, ihm sollte es recht sein.

2

Etwa zur gleichen Zeit, um 16.15 Uhr, verließ im Stadtteil Eimsbüttel die vierundfünfzigjährige Witwe Ingelore Torbecke ihre Eineinhalb-Zimmer-Wohnung in der Schwenkestraße.

Ingelore Torbecke war den Vormittag über damit beschäftigt gewesen, einen gedeckten Aprikosenkuchen zu backen, nach einem Rezept, das sie aus einer der im Wartezimmer ihres Hausarztes Dr. Skoda ausliegenden Illustrierten herausgerissen hatte. Sie hatte den Kuchen vor einer halben Stunde angeschnitten, sich eine Tasse koffeinfreien Kaffee aufgebrüht und ein Stück probiert.

Sie fand, daß ihr der Kuchen sehr gut gelungen war.

Ein Viertel des restlichen Kuchens hatte sie in Alufolie gewickelt und zusammen mit einem Glas eingemachter Birnen, zwei geräucherten Putenschenkeln, die sie am Tag zuvor in dem Feinkostgeschäft für Wild und Geflügel Ecke Osterstraße gekauft hatte, einem französischen Weichkäse und einer Flasche Soave in ihrer braunleinenen Tragetasche verstaut.

Die Sachen waren für ihren Sohn bestimmt, den einunddreißigjährigen Fotolaboranten Fred Torbecke, der seit einigen Monaten arbeitslos war.

Ingelore Torbecke besuchte ihren Sohn, wenn eben möglich, jeden Samstagnachmittag und blieb in der Regel von fünf bis halb acht in seiner Wohnung Hallerstraße.

Sie spülte dort das schmutzige Geschirr, saugte den Teppichboden und bügelte Freds Hemden.

Manchmal ließ Fred sie allein. Dann ordnete sie auch seine Unterwäsche und Pullover im Kleiderschrank, wechselte die Bettwäsche und putzte die Fenster.

Der Junge sah es zwar nicht gern, sagte aber nicht viel, wenn er zurückkam. Nur, daß das nun wirklich nicht nötig gewesen sei.

An seinem Schreibtisch allerdings durfte sie sich nicht zu schaffen machen. Das verbat er sich energisch. Dieser Kindskopf!

Als ob sie nicht schon längst wüßte, was er ihr zu verheimlichen versuchte. Das Foto auf dem Nachttischchen sprach Bände. Diese kleine Schlampe hatte ihn wieder fest am Wickel.

Energisch faßte sie den Griff ihrer Tasche fester und machte sich auf den Weg zur U-Bahn-Station Lutterothstraße.

Die U 2 lief pünktlich um 16.30 Uhr ein.

Ingelore Torbecke hatte gerade noch Zeit, am Kiosk ein *Abendblatt* zu kaufen. Fred hatte sie gestern abend am Telefon gebeten, ihm eine Zeitung mitzubringen. Er wollte sich die Stellenangebote ansehen. Ingelore Torbecke nahm in einem der mittleren Wagen gleich neben der Tür Platz.

Die Sitze waren mit obszönen Sprüchen und Zeichnungen bekritzelt, und auf dem Boden war eine klebrige Pfütze. Beim Anfahren der Bahn rollte eine leere Bierdose durch den Gang. Niemand hob sie auf.

Eine auffallend schöne schwarze Frau hatte ihren Kopf aufgestützt und die Augen geschlossen. Weiter vorn im Wagen quengelte ein Kind. Die Luft war stickig.

An der Station Osterstraße füllte sich das Abteil bis auf den letzten Platz, und nachdem sich die Türen geschlossen hatten, zückten drei Männer ihre Papiere: «Die Fahrausweise, bitte!»

Ingelore Torbecke zeigte ihre Monatskarte vor, und der Kontrolleur dankte und deutete eine leichte Verbeugung an.

Ein junger Mann hielt dem Beamten eine ganze Handvoll Fahrscheine hin und forderte ihn auf, sich den gültigen herauszusuchen. Er mußte bei der nächsten Station mit den Kontrolleuren aussteigen und protestierte lautstark. Einige Jugendliche schlossen sich der Gruppe an und umringten auf dem Bahnsteig die Beamten. Die übrigen Fahrgäste im Wagen interessierten sich nicht weiter dafür.

Auch Ingelore Torbecke nicht. Sie war in Gedanken bei dem, was sie sich für heute in der Wohnung ihres Sohnes vorgenommen hatte. Der Herd mußte gründlich gesäubert werden, die Spüle und natürlich das Bad. Und wenn ihr dann noch genügend Zeit blieb, wollte sie sich endlich einmal um die Balkonpflanzen kümmern. Ihr Junge hatte sich doch tatsächlich von dieser Person überreden lassen, eine Unzahl wildwuchernder, fremdländischer Gewächse anzuschaffen, die weder schön noch sonst was waren. Sie würde stillschweigend einen Haufen von dem Zeug ausreißen und in den Müll werfen. Damit wieder Licht ins Zimmer kam.

Um 16.42 Uhr stieg Ingelore Torbecke am Jungfernstieg aus und nahm die U 1 bis zur Haltestelle Hallerstraße.

Fred Torbeckes Appartementwohnung lag knapp hundert Meter von der Station entfernt.

Es war genau 17.00 Uhr, als Ingelore Torbecke wie immer dreimal kurz und einmal lang klingelte, bevor sie sich die Mühe machte, die Haustürschlüssel hervorzuziehen. Meistens erübrigte sich das. Wenn Fred nicht gerade telefonierte, drückte er schon beim letzten Klingelzeichen auf den Summer.

Diesmal schien er zu telefonieren.

Ingelore Torbecke kramte die Schlüssel aus ihrer Tasche und schloß die Tür auf.

Im Hausflur roch es nach einem starken Reinigungsmittel. Die Treppen schimmerten feucht.

Ingelore Torbecke nahm die Tasche in die rechte Hand und griff mit der linken nach dem Geländer. Auch das war abgewischt worden. Vorsichtig stieg sie die Treppe hoch in den zweiten Stock. Freds Nachbar war offensichtlich wieder übers Wochenende weggefahren. Auf der Matte vor seiner Wohnungstür lag die Zeitung.

Ingelore Torbecke befand, daß ihr Zeitungskauf eine unnütze Geldausgabe gewesen war. Fred hätte sich ohne weiteres die Ausgabe seines Nachbarn nehmen können.

Sie klopfte an die Tür. In der Wohnung rührte sich nichts. Sie schloß die Tür auf.

Im Flur brannte Licht.

Ingelore Torbecke rief nach ihrem Sohn.

Sie bekam keine Antwort.

In diesem Moment beschlich sie ein merkwürdiges Gefühl. Eine böse Ahnung. Die Vorstellung, daß etwas Furchtbares passiert sein mußte. Die Tür zum Wohnzimmer stand weit offen, und es herrschte eine unheimliche Stille.

Mit angehaltenem Atem betrat sie das Zimmer.

Ihr Sohn war nicht in dem Raum. Sie sah ihn nicht.

Sie sah ihn erst, als sie sich umdrehte.

Seine Beine waren direkt vor ihr.

Ingelore Torbeckes Herz setzte aus. Für Sekunden, eine Minute? Sie hätte es nicht sagen können.

Ihr Sohn hing von der Decke herab, die Augen starr auf sie gerichtet. Der Boden unter ihr schwankte.

Stumm sackte sie in sich zusammen, fiel hin.

Aus ihrer Einkaufstasche rollte der in Folie verpackte Aprikosenkuchen.

Ein leichter Windstoß blähte die Vorhänge auf.

Die Digitaluhr am Videorecorder zeigte 17.08 an.

3

Die Wohnung bestand aus einem einzigen großen Zimmer mit Kochnische und einem schmalen Duschbad. Sie war mit wenigen Möbelstücken geschmackvoll eingerichtet.

Ein breites, italienisches Eisenbett, über das eine weiße Häkeldecke geworfen war, dominierte. Neben dem Fenster ein Frisiertisch aus Stahlrohr, weiß lackiert, mit Spiegel und Schubfach, und ein dazu passender Hocker. Eine Kommode aus hellem Holz, auf der eine geriffelte Blumenvase und eine Schale mit Obstattrappen standen. Ein Peddigrohrsessel und ein Beistelltisch mit runder Marmorplatte.

Der Spiegelschrank, der die gesamte Breite einer Wand einnahm, ließ den Raum noch größer erscheinen, als er ohnehin war.

Groß und hell und kühl.

Auf dem daumendicken Teppichboden war eine Stereoanlage aufgebaut, ein paar Zeitschriften lagen herum und einige gestreifte Kissen.

«Eine gewisse Eleganz», sagte Gottschalk, der überschaubare Räume liebte. «Hier sind wir schnell durch.»

Er zog die obere Schublade der Kommode auf. Sie war vollgestopft mit ausgefallener Unterwäsche, Slips und Strapse in allen möglichen Farben, Netzstrümpfe und Bänder.

Broszinski hatte den Wandschrank geöffnet.

«Garderobe satt», sagte er.

«Hab so was schon lange nicht mehr in der Hand gehabt», sagte Gottschalk.

«Was?»

«Das hier», sagte Gottschalk.

Er hielt einen schwarzen Mini-Tanga mit einem Reißverschluß aus leuchtendem Pink hoch.

«Sieht nach unserer kühlen Blonden aus dem Norden aus», sagte Broszinski. «Cottelli-Collection.»

«Sagt mir nichts.»

«Orion-Versand, Beate Uhse», sagte Broszinski. «Elinor hat sich so was auch mal kommen lassen. Sehr preiswert.»

«Ach, ja ...»

«Ja. Schau mal nach Papierkram. Irgendwo muß sie doch ihre Unterlagen haben ...»

«Schon dabei ...»

«Und Fotos.»

«Womöglich mit Basel.»

Broszinski überhörte es. Er hatte sich vor dem Schrank hingekniet, räumte die Schuhe aus und stieß in der hinteren Ecke auf einen roten Karton.

Gottschalk legte den Tanga zurück und machte sich über die unteren Schubladen her, in denen T-Shirts und Pullover, Halstücher und zwei noch original verpackte Garnituren Herrenunterwäsche waren, dunkelblau, Größe 4.

«Okay», sagte er plötzlich und wandte sich um.

Er hatte mehrere Schnellhefter in der Hand und blätterte sie flüchtig durch.

«Ja?» fragte Broszinski.

In dem Karton waren ausschließlich Stadtpläne und Reiseprospekte, Informationsbroschüren über London und Paris, Stockholm und Spanien, Tunesien, die Malediven.

«Bezahlte Rechnungen, Kontoauszüge», sagte Gottschalk. «Hat die Wohnung offensichtlich erst Anfang des Jahres bezogen, ja ... hier, der Mietvertrag. Ab 1. Februar ...»

«Und die Finanzen?»

«*Haspa*, Stand vom fünften achten zweiacht Guthaben ... keine großen Bewegungen ... HEW, hm ...»

«Regelmäßige Eingänge, Einzahlungen ...?»

«Nee, das ist ...»

«Zeig mal ...»

«Warte, hier ... im März eine Gutschrift über fünfundzwanzigtausend, Bareinzahlung.»

Broszinski stieß einen Pfiff aus, stellte sich neben Gottschalk und schaute ihm über die Schulter.

«Ein nettes Sümmchen», sagte er. «Noch mehr davon?»

«Nein», sagte Gottschalk und überflog noch einmal die Belege. «Jedenfalls nicht in der Höhe. Hier tausend, fünfhundert, wieder fünfhundert, alles Bareinzahlungen ... unregelmäßig. Sie scheint keine festen Einnahmen gehabt zu haben.»

Broszinski nahm ihm den Ordner aus der Hand und ging damit zum Fenster. Der erste Kontoauszug war vom 7. November letzten Jahres und begann mit einem Guthaben über 480,71 DM.

Eingeräumter Dispositionskredit DM 3000,–.

Am Ende des Jahres war sie auf zweieins minus gewesen.

Im Januar und Februar zwei Gutschriften über je DM 2500 und im März dann die DM 25 000.

Broszinski blätterte weiter.

«Davon hat sie wohl die Einrichtung hier bezahlt», stellte er fest. «Und auch weitgehend gelebt.»

«Ja», sagte Gottschalk. «Sieht ganz so aus. Wie kommt man auf einen Schlag an so einen Betrag?»

«Ein Lottogewinn wird's nicht gerade sein ...»

«Nein, wohl kaum.»

«Das ist was für Fedder», sagte Broszinski. «Er soll den ganzen Kram am Montag überprüfen. War sonst nichts in der Kommode?»

«Nur der Hefter mit Rechnungen ...»

«Kein Telefonverzeichnis, Notizbücher ...»

«Hast du hier ein Telefon gesehen?»

Broszinski sah sich schnell um.

«Tatsächlich», sagte er. «Sie hat keins. Aber ...»

«Ja, merkwürdig ist das schon.»

«Komm, laß uns sehen, ob wir nicht doch noch was finden.»

Gottschalk nickte, und Broszinski klappte den Ordner zu, legte ihn auf das Bett und nahm sich noch einmal den Schrank vor.

Gottschalk ging ächzend in die Knie und leerte die restlichen Schubladen.

«An was denkst du?» fragte Gilla.

«An Gottschalk», sagte Fedder.

«Danke», sagte Gilla und wandte sich von ihm ab.

Sie lagen weitab vom Schwimmbecken auf der Wiese, und Gilla trug nur ihr Bikinihöschen. Fedder starrte in den wolkenlosen Himmel.

«Gilla», sagte er und tastete nach ihrer Hand.

«Phh», machte sie. «Tatsch mich nicht an! Ich mag das nicht.»

«Er hat was gegen mich», sagte Fedder.

«Logo.»

«Und Broszinski auch. Ich weiß nur nicht, was wirklich dahintersteckt.»

«Du ödest mich an», sagte Gilla und hielt ihm die Flasche After-Sun-Lotion hin. «Reib mir den Rücken ein.»

Das gelbe Preisschildchen klebte noch auf der Verschlußkappe: DM 13,89. Fedder schüttelte den Kopf.

«Ich verstehe das einfach nicht.»

«Verstehst du überhaupt was?»

«Wie meinst du das?»

«Nur so, ganz allgemein», sagte Gilla, legte den Kopf in die Armbeuge und schloß die Augen.

Nicht weit von ihnen entfernt küßte sich ein Paar. Sie hatte die Arme hinter seinem Nacken verschränkt und zog ihn zu sich herab. Sie ließen nicht voneinander ab.

«Es belastet mich», sagte Fedder. «Ich komm damit nicht klar.»

«Nimm nicht soviel von dem Zeug», sagte Gilla. «Nur auf den Schultern ein bißchen mehr. Aber schmier mir ja nicht die Haare ein.»

«Du nimmst mich nicht ernst.»

«Deine Kollegen interessieren mich einen Scheiß.»

«Aber ich ...»

«Du kannst nicht abschalten.»

«Das geht auch nicht so ohne weiteres.»

«Bei mir schon», sagte Gilla.

Fedder verteilte die Creme auf ihrem Rücken. Mechanisch begann er, sie zu massieren.

Er empfand nichts dabei.

Auch als er ihre Taille umfaßte, Gilla leicht die Beine spreizte und unter dem dünnen Stoff sich ihr Hintern spannte, blieb er kalt.

Er würde sich nach Schließung des Freibads von ihr verabschieden und den Abend allein verbringen. Manchmal war sie wirklich alles andere als nett zu ihm.

«Das machst du gut», sagte Gilla. «Geh noch mal ein bißchen höher. Ja, da. Genau da.»

Er knetete sie kräftiger durch, und Gilla stöhnte genüßlich. Wenn er mit ihr schlief, reagierte sie nie so, blieb unbeteiligt. Vielleicht sollte er sie härter rannehmen.

Vielleicht wünschte sie sich das insgeheim.

Plötzlich lief eine Szene vor ihm ab, sah er Manuela in dem schäbigen Zimmer der *Pension Messmer*. Sie stachelte den alten Mann an: Besorg es mir, stoß fester, tiefer, ja, komm, mach mich fertig, ja, komm, komm, zeig's mir! Und der Alte drückte ihre Schultern nieder und keuchte und mühte sich ab und sie wollte mehr, immer mehr, wollte es noch intensiver und brutaler, schlug ihre Zähne in seinen Arm und er schrie ...

«Au! Bist du verrückt geworden?!»

«Ich ...»

«Das gibt 'n blauen Fleck, du Arsch!» Gilla stieß seine Hand weg und setzte sich auf. «Herrgott noch mal, was denkste dir eigentlich dabei?!»

«Entschuldige», sagte Fedder. «Ich war ...»

«Du hast mir weh getan!»

«Tut mir leid.»

«Es tut dir leid! Scheiße! Davon wird's nicht besser.» Sie nahm ihm die Flasche ab, schraubte sie zu und stopfte sie in die große gelbe Plastiktüte, *amsterdam airport shopping centre*. Fly, baby, fly.

Er wünschte sie nun wirklich zum Teufel.

«Gehen wir?» fragte er.

«Ich bin bereits dabei.» Sie zog ihr T-Shirt über. «Wahnsinn, mir so ... das mindeste ist, daß du mich jetzt groß zum Essen einlädst, aber wirklich ...»

«Willst du nicht ...»

«Ich habe Hunger», unterbrach sie ihn. «Und wenn wir früh essen, können wir anschließend noch ins Kino.»

«So wie du bist?»

«Wir fahren kurz bei mir vorbei. Ich muß auch noch schnell mit Claudia telefonieren.»

«Moment mal», sagte Fedder. «Ich wollte eigentlich ...»

«Was?»

«Nun ja, ich ... ich ...»

«Mit mir ins Bett?»

«Ja», log er.

«Hast du mich deshalb ...?»

«Ich ...» Er zuckte entschuldigend mit den Schultern.

Gilla lächelte.

«Der kleine Jörgi», sagte sie und rückte näher an ihn heran. Ehe er sich versah, hatte sie ihn umarmt und nagte an seinem Ohrläppchen. «Hat dich das geil gemacht?»

Fedder verkrampfte sich, wußte nicht wohin mit seinen Händen. Schließlich streichelte er ihr Haar und nickte.

Gilla kicherte.

«Was passiert, wenn wir's hier treiben?» gluckste sie.

«Erregung öffentlichen Ärgernisses», brachte er heraus und räusperte sich. «Paragraph 183 a. Freiheitsstrafe bis zu einem Jahr.»

«Ich mag dich», sagte Gilla. «Irgendwie mag ich dich wirklich.»
«Ich dich auch.»
«Dann komm, bevor du's dir anders überlegst.»
Sie löste sich von ihm und stand auf. Fedder schaute zu ihr hoch. So betrachtet war sie schon eine phantastische Frau, langbeinig und blond, ein Traum. Eigentlich konnte er sich glücklich schätzen, mit ihr befreundet zu sein.
Gelegentlich zumindest.

Gottschalk haßte den Sommer, die heißen Tage. Er empfand sie als persönlichen Angriff auf seine Psyche. Sie deprimierten ihn. Im Dienst gelang es ihm, seine Stimmung zu überspielen. Da schwitzte er nur. Aber sobald er das Präsidium verließ oder von sonstwo her auf dem Weg nach Hause war, überfiel es ihn, fühlte er sich dumpf und träge, ohne jede Energie.
Er hatte am Altonaer Bahnhof Broszinski den Wagen überlassen und sich am Zeitschriften-Kiosk mit einem Stapel Magazine eingedeckt, *Playboy* und *Lui*, *Motor und Sport*, ein Waffenjournal, verschiedene Tageszeitungen und die neue *Hör zu*, eine wahllos herausgegriffene Mischung, die ihn über den Nachmittag und Abend retten sollte, bis es dunkel wurde und kühler.
Mit einer gewissen Wehmut dachte er an den Juni, der so vielversprechend kalt und regnerisch gewesen war. Eine herrliche Zeit. Er liebte es, bei trübem Wetter aufzuwachen. Das Frühstück schmeckte ihm dann weitaus besser. Eier mit Speck, Schinken, Käse und Unmengen Toast, eine Kanne Kaffee. Wer vertrug das schon bei stechender Hitze? Er jedenfalls nicht. Nein, diese plötzlich andauernde Schönwetterperiode versaute ihm bereits frühmorgens den Appetit. Und damit begann sein alltägliches Übel, blieb und breitete sich unmerklich aus, verdichtete sich in diesen Tagen zu einer grundsätzlichen Mißlaunigkeit. Gottschalk seufzte.
Er hatte für den kurzen Weg vom Bahnhof zu seiner Wohnung eine Taxe genommen und saß jetzt bei heruntergelassenen Jalousien in dem breiten Sessel.
Der Fernseher war eingeschaltet und lief ohne Ton. In einer halben Stunde begann die *Sportschau*. Dann würde er aufdrehen und sich einen kleinen Sandwich zubereiten.
Das Abendprogramm versprach Spannung und Unterhaltung.
Im Ersten gab es einen Bogart-Film, *An einem Tag wie jeder andere*. Er hatte ihn schon mindestens dreimal gesehen, konnte ihn aber gut

noch einmal ablaufen lassen. Und danach *Vera Cruz*, an den er sich nur schemenhaft erinnern konnte. Anschließend dann noch ein alter Truffaut mit der Deneuve, eine Frau, deren unterkühlte Erotik er unglaublich faszinierend fand.

Gottschalk beschloß, sich heute systematisch zu besaufen. Er hatte genügend Bierdosen im Kühlschrank, auch einige Flaschen Rotwein im Vorrat.

Vielleicht sollte er seine Nachbarin herüberbitten. Er wußte, daß sie schon seit langem darauf wartete, von ihm zu einem Glas eingeladen zu werden, als Geste guten nachbarlichen Einvernehmens.

Sie war wie er alleinstehend, eine Frau in den besten Jahren und nicht gerade unansehnlich. Bei ihrer letzten Begegnung im Treppenhaus hatte er in Erfahrung gebracht, daß sie in der Verwaltung des *Hamburger Hofs* arbeitete und Simone hieß.

Simone Lohmer.

Er hörte sie den Balkon betreten.

Ächzend stemmte er sich aus dem Sessel und riskierte einen Blick durch die Lamellen.

Die Hitze machte ihr offensichtlich nicht zu schaffen. Sie hatte noch nicht einmal den Sonnenschirm aufgespannt, lehnte an der Brüstung und rührte in einer Schale.

Eine Quark- oder Obstspeise, vermutete Gottschalk und schüttelte sich instinktiv.

Augenblicklich verwarf er den Gedanken, sie auf einen gemeinsamen Abend hin anzusprechen. Ihre Lebensgewohnheiten schienen ihm doch sehr konträr zu den seinen.

Aber ihre Figur reizte ihn. Ein strammes Weib.

Er betrachtete sie ausführlich, bis er in seiner Phantasie an dem Punkt war, an dem sie in seinen Armen lag und sich ihm hingab. Blödsinn, dachte er. Was soll das? Diese pubertären Vorstellungen führen doch zu nichts. In Wirklichkeit würde es nie so weit kommen. Er war nicht der Typ, der aus einer kleinen Plauderei eine Liebesnacht entwickeln konnte. Und selbst wenn sich das wider Erwarten einmal ergeben sollte, würde er danach nichts mehr mit ihr anzufangen wissen.

Er ließ die Lamelle zurückschnappen.

Bei dem unerwartet lauten Geräusch zuckte er zusammen, und das Wissen, daß Simone es gehört hatte und sich nun von ihm heimlich beobachtet fühlte, trieb ihm die Röte ins Gesicht. Still schimpfte er sich einen Voyeur und schlich auf Zehenspitzen in die Küche.

Er war gerade dabei, den Inhalt seines Kühlschranks zu inspizieren, als das Telefon schrillte.

Gottschalk hastete auf den Flur und hob den Hörer ab.

«Ja?» sagte er.

«Herr Gottschalk?» fragte eine Frauenstimme.

«Ja, wer ist da?»

«Lohmer. Ich habe gehört, daß Sie zu Hause sind. Ich habe ein Paket für Sie angenommen. Wollen Sie ...»

«Danke, danke, Frau Lohmer. Ich hole ...»

«Ich bringe es Ihnen gern rüber. Sie wollten mir doch schon immer mal Ihre Räume zeigen. Oder ist es Ihnen jetzt nicht recht? Haben Sie Besuch? Dann ...»

«Ja», sagte Gottschalk. «Nein, ich meine, wenn Sie ...»

«Nur, wenn ich Sie nicht störe.»

«Nein, im Gegenteil. Ich ...»

«Gut, ich komme dann.» Sie legte auf, ohne seine Antwort abzuwarten, und Gottschalk hielt etwas irritiert den Hörer in der Hand, schaute in den Spiegel und zog eine Grimasse.

Die Räume zeigen!

Das hatte er kurz nach ihrem Einzug einmal beiläufig anklingen lassen. Weil sie gefragt habe, ob er auch nur so ein winziges Duschbad habe. Er hatte stolz verkündet, daß er seine Wohnung auf eigene Kosten baulich verändert, Durchbrüche und eine komfortable sanitäre Einrichtung installiert habe. Eine ausgefallene Wanne, in der gut und gerne zwei Personen herumplanschen konnten.

Mein Gott, er hatte seine Modellschiffe noch im Bad.

Fluchend riß er die Tür auf, schnappte sich den Viermastsegler und die kleinen Motoryachten und verschloß sie im Wäscheschrank.

Broszinski hatte den Wagen in der Nähe des Schauspielhauses geparkt und streifte ohne ein festes Ziel zu haben durch das Viertel.

Er mußte gehen, wenn er nicht weiterkam. Und er kam nicht weiter. Mit nichts.

In Manuelas Appartement hatten sie keine Notizbücher gefunden, keine Adressen, die Aufschluß über ihr privates Umfeld gegeben hätten. Nichts Persönliches. Weder Briefe noch irgendwelche Ansichtskarten, nichts. Unterm Strich hatte es den Anschein, als habe Manuela die Wohnung nur benutzt, um das Höschen zu wechseln und ihre Kontoauszüge abzuheften. Broszinski blieb kurz stehen und zündete sich eine Zigarette an.

Die ersten größeren Touristengruppen zogen umher. Er hörte die ihm verhaßten bayrischen Laute, bekam einige Instruktionen mit, die eine dänische Reiseleiterin ihren Schützlingen erteilte und sah ein paar wie eine Karikatur ihrer selbst wirkenden Japaner, die vor einem Kebab-Imbiß standen und in einem Falk-Plan blätterten. Später am Abend würden sie wahrscheinlich im *Bel ami* landen, sich von falschen Blondinen zu *Pony-Orange* animieren und fragen lassen: You come with me? Hier nicht Programm, hier Prostitution. Ich sehr gut und wenig kosten.

Broszinski erinnerte sich grinsend an die leicht bescheuerte Tonia, die mit diesem Spruch Kontakt aufnahm. Sie war vor einigen Tagen übel auf die Rolle genommen worden, hatte gegen einen «dieser kleinen gelben Affen» Anzeige erstatten wollen. Der Mann hatte ihr isländische Inflationskronen angedreht. Weiß der Geier, auf welcher Tour er an die gekommen war. Tonia hatte mit den für das korrekt abgewickelte Geschäft vereinbarten 300 Mark gerechnet, in der Wechselstube am Steindamm aber nur die dem augenblicklichen Wert entsprechenden fünf Mark erhalten. Den nächsten «Bunten», der sich von ihr einfangen ließ, würde sie erbarmungslos abkochen. Und nicht nur den.

Die Zeiten auf dem ehemals beinahe als gemütlich zu bezeichnenden Kiez von St. Georg waren hart geworden. Keiner wußte das besser als Broszinski, der in diesem Revier seinen Dienst begonnen hatte und hier in den letzten Monaten ein ständiges Ansteigen der Kriminalität registrierte.

Die Fehden rivalisierender Zuhälter verschärften sich. Schießereien waren an der Tagesordnung. Beischlafdiebstähle ohnehin, Betrug, Raub, Mord und Totschlag, die ganze Palette. Mit dem heutigen Fall waren in diesem Jahr allein in diesem Bezirk zwölf Tote zu verzeichnen. Zwölf in etwas mehr als sieben Monaten.

Manuela. Heike. Heike Knoop. Was hatte sie in dieses Viertel verschlagen?

Broszinski überquerte den Hansaplatz.

Auf den Bänken fläzten sich Jugendliche, die über die vorbeigehenden Mädchen dreckige Bemerkungen machten. Nicht alle verstanden, was man ihnen nachrief.

Ein farbiger Steppke übte Breakdance-Schritte.

Aus den weit geöffneten Türen der gegenüberliegenden Kellerkneipen klang von irgendwo Stevie Wonders *I just called to say I love you* durch, vermischt mit Seemannsliedern und dem Gröhlen einiger Betrunkener: *So ein Tag, so wunderschön wie heute, so ein Tag.*

So ein Tag!

Eine fette Frau durchwühlte eine Abfalltonne.

Broszinski schnippte seine Kippe in den Rinnstein.

«Tzz, tzz, tzz», hörte er jemanden hinter sich.

Er drehte sich um. Es war eine Frau. Jedenfalls trug sie ein bis zu den Knöcheln reichendes, enganliegendes Kleid und war stark geschminkt. Zu stark.

«Christie», sagte Broszinski.

«Joan», korrigierte Christie ihn. «Joan, bitte.»

«Läuft's damit besser?»

«Joan ist mehr mein Typ. Findest du nicht?»

«Du siehst hinreißend aus.»

«Danke, Schätzchen. Spendierst du mir was?»

«Lohnt es sich?»

«I was born to love you», flötete Christie-Joan und trippelte näher heran. Sie mußte sich beim Rasieren geschnitten haben. Auf ihrer rechten Wange war ein dünner, eingetrockneter Blutstrich zu sehen.

«Nicht doch», sagte Broszinski.

«Dummerchen», sagte Christie-Joan. «Einen Piccolo?»

«Nein.»

«Bei mir findest du das, wovon du schon immer geträumt hast», sagte Christie-Joan.

«Ich träume nicht.»

«Ach, du, das glaube ich dir nun überhaupt nicht», sagte Christie-Joan, und ihre Stimme hatte jetzt den Klang des Mannes Mitte Dreißig, der sie war. «Bist du wegen der Geschichte bei Messmer unterwegs?»

«Redet man schon darüber?»

«Ach, Gottchen, ja ...»

«Was?»

«Einen kleinen Drink», versuchte es Christie-Joan noch einmal.

«Einen Kaffee», sagte Broszinski.

«Gräßlich», sagte Christie-Joan. «Kaffee! Also dann eine Schokolade, eine schöne, heiße Schokolade mit Sahne und ...»

«Deine Figur ...»

«Die kann das ab, Schätzchen. Gehen wir?» Sie rückte flüchtig ihre Perücke zurecht und stöckelte los.

Broszinski folgte ihr. Manchmal hatte sie ja wirklich ein paar brauchbare Informationen. Und wenn nicht, konnte es keineswegs verkehrt sein zu wissen, was inzwischen über den Fall an Vermutungen und Gerüchten im Umlauf war.

Wie zufällig schlenderte er hinter Christie-Joan her, suchte seine Taschen nach Kleingeld ab.

Er hatte nur noch einige Groschen, nahm einen Schein aus der Brieftasche und legte ihn beim Betreten der Eisdiele auf die Glastheke. Christie-Joan hatte schon bestellt und saß wartend an einem der hinteren Tische.

Broszinski schaute auf die Uhr.

«Espresso», sagte er. «Was habt ihr an Aktiven?»

«Nur Automat», sagte Enrico. «Weißt du doch.» Er wechselte den Schein und blinzelte Broszinski zu. «Date mit schöne Frau? Bißchen Spaß, ey?»

Broszinski strich das Geld ein und machte eine Geste zu Christie-Joan hin.

«Getrennte Rechnung», sagte er. «Vorerst jedenfalls.»

Enrico kicherte, und Christie-Joan tat, als habe sie nichts gehört. Sie hatte die Beine übereinandergeschlagen und trommelte mit den Fingerspitzen auf die Marmorplatte des Tisches.

Jörg Fedder lag lang ausgestreckt auf dem Bett und starrte auf einen imaginären Punkt an der Decke. Eine Fliege krabbelte über seine nackte Brust. Er tat nichts, um sie zu verscheuchen. Er fühlte sich unglaublich alt und nutzlos.

«Tut mir leid», sagte er leise.

Gilla reagierte nicht.

Sie hockte mit untergeschlagenen Beinen neben ihm und feilte ihre Fingernägel. Der Cassettenrecorder auf dem Nachttisch war eingeschaltet. Lucio Dalla röhrte *Tutta la vita*, und Gilla bewegte ihren Oberkörper leicht im Takt.

«Es tut mir leid», sagte Fedder etwas lauter.

«Ich bin gleich soweit», sagte Gilla.

Sie war jetzt mit dem Mittelfinger der linken Hand beschäftigt.

Fedder drehte sich ihr zu und stützte sich auf.

Ihre Brüste waren dicht vor ihm. Phantastische Brüste.

Er verstand es einfach nicht.

Wenn er allein war und an Gilla dachte, an ihren schmalen, nackten Körper, hatte er mitunter eine so starke Erektion, daß es ihn schmerzte. Und jetzt ... Er schaute an sich herunter.

«Ich weiß nicht, was mit mir los ist», sagte er.

«Das siehst du doch», sagte Gilla. Sie war völlig auf ihre Nägel konzentriert.

«Ja», sagte Fedder und ließ sich wieder fallen.

Der Dienst, dachte er. Es ist der verfluchte Dienst. Der tötet mir auch noch den letzten Funken Lebensfreude. Die ständige Überlastung und dazu noch Broszinskis arrogantes Verhalten, Gottschalks Sticheleien. Das ist einfach zuviel. Letztlich wurde er doch von allen nur herumgeschubst, fortwährend gedemütigt, kleingemacht. In gewisser Weise auch von Gilla. Kein Wunder, daß es nicht richtig mit ihnen klappte. Wenn sie ihm wenigstens ein wenig mehr Zeit lassen würde. Aber nein, nichts da. Das Höschen runter und Beine breit, Amerika. Wie eine ...

Manuela kam ihm wieder in den Sinn.

Er glaubte jetzt zu wissen, was sich in diesem schäbigen, miefigen Pensionszimmer abgespielt hatte. Keine wilde Leidenschaft, keine Ekstase. Nein, eine jede Erregung im Keim erstickende Routine. Er konnte nachvollziehen, was das bei dem Alten ausgelöst hatte. Die Scham und den Haß. Haß auf die, die Verursacherin und Zeugin des Versagens war. Mit einemmal war ihm durchaus verständlich, daß man tötete. Den anderen, sich selbst.

Fedder schloß die Augen, aber die Bilder blieben. Gestochen scharf. Die Hände an der Kehle. Das schmerzverzerrte Gesicht. Er sah alles genau vor sich.

«So», sagte Gilla. «Wohin gehen wir?»

Fedder antwortete nicht.

Gilla schwang sich aus dem Bett.

Er öffnete widerwillig die Augen.

Sie stand vor dem Spiegel und warf ihr Haar zurück.

«Nun komm», sagte sie leichthin. «So tragisch ist es nun auch wieder nicht.»

Christie-Joan schleckte ihren Löffel ab und plapperte dann weiter über den alten Mann, der hier nun wirklich hinlänglich bekannt gewesen sei, wie ein bunter Hund, nein, Schätzchen, natürlich nicht namentlich, wo denkst du hin, nein, als jemand, der jeden Tag und bis tief in die Nacht um die Häuser gezogen sei, mit einem Blick, ich sage dir, du weißt schon, Triefauge habe man ihn genannt, Triefauge, weil ihm das Elend buchstäblich aus den Augen geschaut habe, so ein mickriges Männchen, aber Ansprüche, nur vom Feinsten, die Spitze aller Frauen sollte es sein, ach Gottchen, ja, wer war denn nun die Schnalle, die er sich da gegriffen hat, sie habe gehört, Tina, aber das könne ja nun nicht angehen, denn Tina ...

Sie fegte ein paar Krümel vom Tisch und nippte an der Schokolade. Der Nagel ihres linken kleinen Fingers war ungewöhnlich lang und spitz und als einziger leuchtend grün lackiert.

Broszinski drückte seine Zigarette aus.

«Ist Horst eigentlich noch im Geschäft?» fragte er unvermittelt.

«Wie kommst du jetzt auf Horst?»

«Sie ist tätowiert ...»

«Ach Gottchen, wie originell! Jede kleine Tippse hat inzwischen ...»

«Ein Schmetterling ...»

«Über der Muschi, nicht wahr? Findest du das appetitlich?»

«Nein», sagte Broszinski. «Auf der Hand.» Er winkte Enrico heran.

«Einen Cognac!» rief Christie-Joan.

«Schon mal was von einer Manuela gehört?»

«Ist das die ...?»

«Ja», sagte Broszinski. «Manuela oder Heike ...»

«Manuela», sagte Christie-Joan und versuchte den Eindruck zu erwecken, als denke sie angestrengt nach.

Broszinski nickte.

«Alles», sagte er zu Enrico, der herangekommen war und Christie-Joan das Glas hinstellte.

Sie kippte den Cognac.

«Manuela», wiederholte sie. «Manuela. Ich ...»

«Manuela?» fragte Enrico und sah Broszinski an. «Tote Frau doch nicht etwa Manuela? Ich kennen ...»

«Dummerchen», unterbrach ihn Christie-Joan. «Ich auch. Drei sogar. Eine steht drüben bei ...»

«Ich nur eine kennen», sagte Enrico. «Schöne Frau. Kam immer nach Vorstellung auf Espresso. Espresso, Sambucca, si, einen, manchmal zwei.»

«Dunkelhaarig?» fragte Broszinski. «Und ...»

«Si, si, schwarz und viele kleine Zöpfe wie dumme Rastamann, und auf Hand ...»

«Ja», sagte Broszinski. Er hatte die Perücke vor Augen, die er in Manuelas Schrank gesehen hatte.

Christie-Joan machte eine Geste, die alles mögliche bedeuten konnte.

«Ach Gottchen, ja», sagte sie. «Die Kleine vom Sex-World. Schöne Frau, na ja, ich weiß nicht. Ein bißchen zu breite Hüften, findest du nicht, Schätzchen? Sei doch so lieb und ...»

«Nein», sagte Broszinski und stand auf.

Das Telefon schrillte, und Gottschalk, der gerade seinen Stuhl in den Schatten gerückt hatte, zuckte entschuldigend mit den Schultern, drückte sich an Simone vorbei und eilte in den Flur.

Knoop war am Apparat.

«Schöller hat mich benachrichtigt», sagte er ohne weitere Einleitung. «Beileidskundgebungen kannst du dir sparen.»

«Dachte ich mir», sagte Gottschalk. «Warum rufst du mich an?»

«Broszinski leitet die Ermittlungen?»

«Ja ...»

«Broszinski ist ein aufgeblasener Fatzke.»

«Das habe ich nicht gehört.»

«Warum sitzt du nicht längst auf seinem Stuhl?»

Gottschalk seufzte. «Komm bitte zur Sache», sagte er und schaute auf die Uhr. Es war nach 19.00 Uhr, die *Sportschau* war vorüber und Knoop schien Zeit zu haben.

Er sah ihn vor sich, in seiner albernen Kimono-Jacke, die er auch in der Sporthalle trug, wenn dort irgendwelche Boxmeisterschaften ausgetragen wurden. Knoop galt als einer der besten Bantamgewichtler.

«Ich habe nächste Woche Urlaub», sagte Knoop. «Aber ich muß ja wohl oder übel rüberkommen, um sie zu identifizieren.»

«Das wird sich nicht vermeiden lassen ...»

«Ja, ja. Und ihr habt natürlich Fragen.»

«Einige», sagte Gottschalk.

«Ich möchte es so kurz wie eben möglich machen. Was interessiert euch?»

«Alles. Ihre weiteren Angehörigen ...»

«Nur noch der Vater», sagte Knoop. «Lebt im Ruhrgebiet, Gelsenkirchen. Lohmann, Ernst Lohmann. Wenn du willst, kann ich ihn von hier aus benachrichtigen ...»

«Das wäre nett ...»

«Geschenkt. Und sonst?»

«Wie lange seid ihr auseinander?»

«*Ich* habe sie zum Teufel gejagt ...»

«Schön, aber ...»

«Seit zwei Jahren. Nicht ganz, wenn du es auf den Tag genau wissen willst. An Silvester ...»

«Darf ich dich nach dem Grund fragen?»

«Hast du schon mal mit einer Schlampe zusammen gelebt?» fragte Knoop zurück.

«Ich ...»

«Sie war eine ...»

«Kannst du das präzisieren?»

«Sie hat keine Gelegenheit ausgelassen, mich zu betrügen. Es mit sämtlichen Typen in ihrer Firma getrieben. Bis es mir dann wirklich zu bunt wurde und sie ...»

«Welche Firma ...»

«RCA, Schallplatten. Sie hatte da einen Halbtagsjob, auf Zeit. Als ich sie rausgeschmissen habe, ist sie zu so einem Idioten gezogen, der ...»

«Den Namen weißt du wohl nicht zufällig?»

«Doch», sagte Knoop. «Den Burschen kenn ich noch. Fred, Fred Torbecke, die angeblich große Liebe, aber ...»

«Hast du die Adresse?»

«Irgendwo in der Nähe Rothenbaum. Hallerstraße, glaub ich. Schau im Telefonbuch nach. Es gibt nur einen ... war aber auch nach kurzer Zeit aus.»

«Und dann?»

«Das war so mit das letzte, was ich noch in etwa mitgekriegt habe.»

«Das war wann?»

«Anfang vergangenen Jahres.»

«Und seitdem hast du nichts mehr ...»

«Nur noch einmal auf der Straße getroffen, zufällig. Im Herbst. Da war sie gerade aus Ibiza zurück ...»

«Ibiza ...?»

«Ja, sie schien irgendeinen Dummen gefunden zu haben, der ihr sein Haus da zur Verfügung gestellt hat. Einen von diesen sauberen Geschäftsmännern, die ihre ... ach, ich weiß nicht. Ich hab sie nicht weiter danach gefragt. Wollte von dem ganzen Scheiß auch überhaupt nichts hören ...»

«Schade», sagte Gottschalk. «Das hätte unter Umständen was gebracht. Ist sie oft auf diese Tour gereist ...?»

«Du meinst, sich aushalten zu lassen? Schon möglich. Ich trau's ihr jedenfalls zu.»

«Aber Genaues weißt du nicht ...?»

«Nein ...»

«In diesem März hatte sie eine größere Bareinzahlung auf ihrem Konto. Fünfundzwanzigtausend und eine Wohnung ...»

«Keine Ahnung ...»

«Der Mann, mit dem wir sie ...»

«Schöller hat's mir gesagt. Über hunderttausend ...»

«Ja. Und du kannst dir nicht vorstellen ...»

«Vorstellen kann ich mir viel», sagte Knoop. «Aber Fakten liefern kann ich dir nicht ...»

«Was kannst du dir denn vorstellen ...?»

«Das gleiche wie du ...»

«Mit Schein lief sie nicht ...»

«Ach, komm. Du weißt genau, daß es auch noch andere Kaliber gibt.»

«War sie denn der Typ für so was?»

«Sie war ... verdammt noch mal, ja! Nein! Sie ... ihr hat's Spaß gemacht mit Typen ins Bett zu steigen ... ach, Scheiße!»

Gottschalk hörte, daß Simone den Balkon verlassen hatte und im Wohnzimmer war.

Er nahm den Apparat von der Truhe und entwirrte mit dem Fuß die Schnur. Sie reichte bis zur Couch.

«Gut», sagte er. «Wir werden das am Montag aufnehmen. Wenn dir bis dahin noch was einfällt ...»

«Hat er sie übel zugerichtet?»

«Er ... nein, nein ... er ...»

«Nur erwürgt?»

Gottschalk verkniff sich eine entsprechende Bemerkung. Er ließ sich schwer auf die Couch fallen.

«Ja», sagte er. «Du weißt, wo wir sie gefunden haben ...?»

«Bei Messmer ...»

«Ja. Nicht gerade die beste Adresse ...»

«Nein. Was soll das jetzt?»

«Nichts», sagte Gottschalk. «Du meldest dich ...?»

«Ja. Bis dann. Schönes Wochenende.»

«Gleichfalls», sagte Gottschalk und legte auf. Kopfschüttelnd lehnte er sich zurück und faßte sich an die Stirn.

Simone nahm wieder in dem Sessel Platz, auf der Kante.

«Sie haben jetzt sicher zu tun?» fragte sie.

«Nein», sagte Gottschalk. «Ich ... ich muß mir nur kurz was notieren. Aber dann ... Sagen Sie, haben Sie nicht Lust, noch eine Kleinigkeit mit mir zu essen?»

4

Die beiden Männer standen auf dem Balkon des Hauses und schauten zum Yachthafen der Stadt Ibiza herüber. Sie waren beinahe gleich groß, untersetzt und stämmig, mit leichtem Bauchansatz. Der *Eine* kaschierte ihn mit einem modischen Graffiti-Hemd, das er über seinen Shorts trug. Der *Andere* streckte seinen kleinen Wanst bewußt heraus.

«Du weißt, was mich monatlich allein das Boot kostet», sagte der *Eine*.

«Ich zahle die Hälfte ...»

«Du zahlst von allem die Hälfte, mein Lieber. Auch von dem, was in die Hosen geht.»

Er nahm einen Schluck aus seinem Glas.

Der *Andere* stellte seins auf der Brüstung ab. Er mochte keine Cocktails. Er hätte gern ein Bier getrunken. Aber in Anbetracht der Stimmung, die zwischen ihm und seinem Partner herrschte, schien es ihm momentan nicht ratsam, sich eine Dose aus dem Kühlschrank zu holen.

«Es ist nichts schiefgegangen», sagte er.

«Warum hast du nicht Kalle dafür genommen?»

«Du hast ihn nach Miami geschickt ...»

«Vor acht Tagen, ja. Er ...»

«Er hat Schwierigkeiten bekommen ...»

«Gibt es eigentlich etwas, was glatt läuft?»

«Wir haben keine Verluste», sagte der *Andere*.

Er hatte bisher nur das Jackett abgelegt und nestelte jetzt an den Manschettenknöpfen seines dezent gestreiften Hemdes. Es klebte ihm am Leib und war unter den Achseln durchgeschwitzt.

«Phantastisch», sagte der *Eine* sarkastisch. «Keine Verluste. Ich glaube, ich werde morgen mit dir zurückfliegen und ...»

«Ich fliege morgen nicht zurück.»

«Was soll das? Du ...»

«Ich nehme für ein paar Tage das Haus in Can Fornet ...»

«Bist du verrückt?! Da sind Katja und Babsi und überhaupt ...»

«Um so besser», sagte der *Andere*.

Er krempelte die Ärmel hoch und trank nun doch von dem Cocktail. Es war ein Mango-Sherbet, mit Champagner aufgefüllt und einem Minzezweig garniert. Er schmeckte gräßlich.

«Nein», sagte der *Eine*. «Das ist gegen jede Abmachung, und außerdem können wir uns das nicht leisten.»

«Was?»

«Daß keiner von uns in Hamburg ist. Prinzipiell nicht und zum augenblicklichen Zeitpunkt erst recht nicht.»

«Wir sind nicht mehr in den Gründerjahren. Die Geschäfte gehen auch ohne uns.»

Der *Eine* baute sich vor dem *Anderen* auf und nahm seine Sonnenbrille ab. Seine Augen waren rot unterlaufen und seine Lider zuckten. Er sah nicht gerade gut aus, obwohl er schon einige Wochen hier auf der Insel war.

«Es geht nicht allein um die Geschäfte. Obwohl da offensichtlich auch ...»

«Im Vergleich zu der Konkurrenz stehen wir ...»

«Die Konkurrenz interessiert mich nicht. Hat mich nie interessiert. Aber okay, streiten wir uns jetzt nicht darüber. Es ist einfach unmöglich, daß du bei diesem Stand der Dinge ...»

«*Die* Angelegenheit ist abgeschlossen ...»

«Aber nicht, wie ich es mir gewünscht habe.»

«Du hast es mir überlassen ...»

«Und ich bin mit dem Ergebnis nicht zufrieden. Du weißt, was an der Sache hängt ...»

«Jetzt reicht's aber», sagte der *Andere*. «Wir haben bekommen, was wir wollten, und das genügt doch wohl.»

Der *Eine* trank sein Glas aus und drehte es in der Hand. Es fiel ihm nichts mehr ein. So gesehen hatte der *Andere* natürlich recht.

«Wie du meinst», lenkte er ein.

«Halt nichts zurück», sagte der *Andere*. «Was gefällt dir noch alles nicht?»

Der *Eine* winkte ab.

«Ich hätte nicht den Stone darauf angesetzt», sagte er abschließend.

«Ist das das einzige ...»

«Dazu ja. Und daß du nach Can Fornet willst, paßt mir nicht.»

«Hast du Aktien auf eine der ...»

«Nein. Aber es hat immer Komplikationen gegeben, wenn ...»

«In dem Punkt nur bei dir», sagte der *Andere*. «Allein bei dir. Aber gut, ich schlage vor, daß wir darüber beim Essen reden. Gehen wir ...»

«Ich bin mit Zander verabredet.»

«Investierst du etwa immer noch in ihn?»

«Er ist wieder im Kommen.»

Der *Andere* schüttelte den Kopf.

Er sah auf die Straße hinunter. Die Fähre aus Formentera hatte gerade angelegt, und die Passagiere gingen von Bord.

Einige schwenkten Flaschen und stützten sich gegenseitig ab.

«Also», sagte der *Eine*. «Wie denkst du dir den Ablauf?»

«Acht Tage», sagte der *Andere*. «Die Maschine und Can Fornet, ob mit oder ohne die beiden. Das ist mir gleich. Gibt's inzwischen da einen Telefonanschluß?»

«Nein ...»

«Dann fahre ich ...»

«Fünf Tage», sagte der *Eine*. «Ich möchte, daß du am Wochenende wieder in Hamburg bist.»

5

Fedder hatte sich krank gemeldet, und Broszinski war nicht zu der großen Frühbesprechung erschienen.

Als Gottschalk gegen halb zehn mit einem Becher Kaffee in der Hand und einigen unter den Arm geklemmten Akten ihr gemeinsames Dienstzimmer betrat, saß er an seinem Schreibtisch und telefonierte mit der Klinik.

Basel war noch immer ohne Bewußtsein, und der Arzt, mit dem Broszinski sprach, hatte ernsthafte Zweifel, ob er es je wieder erlangen würde.

Gottschalk stellte seinen Kaffee ab und öffnete das Fenster. Der Himmel war bewölkt, es sah nach Regen aus, und Gottschalk war entsprechend gut gelaunt.

Aber nicht allein deswegen.

Ein Windstoß fegte die Papiere von den Schreibtischen.

Broszinski beendete sein Gespräch und knallte den Hörer auf die Gabel.

Gottschalk bückte sich.

«Du hast was versäumt», sagte er. «Garrelt hat an der Besprechung teilgenommen. Er ist inzwischen zu Einsichten gelangt, ich sag dir, erstaunlich, einfach erstaunlich!»

Kriminaldirektor Dr. Hans Garrelt galt in der Öffentlichkeit als ein Mann, der sich weitaus besser auf dem Golfplatz auskannte als in seinem Amt.

In den Gesellschaftsnachrichten der Presse tauchte sein Name in steter Regelmäßigkeit auf. Kein öffentlicher Empfang, keine Party der Großen aus Wirtschaft und Showgeschäft, bei der er nicht zugegen war.

Besonders gern ließ er sich bei diesen Gelegenheiten Schulter an Schulter mit einem abgetakelten Schauspieler ablichten, der in den fünfziger Jahren das Publikum mit seiner Hamlet-Darstellung beeindruckt hatte, inzwischen aber auf die Rolle des Schurken in drittklassigen Fernsehspielen abonniert war und dem man nachsagte, mehr als nur rein private Kontakte zu dem ungekrönten Herrscher über St. Pauli, dem Kaufmann Werner «Emma» Stobbe zu pflegen.

Wenn Garrelt auf diese Verbindung hin von Journalisten in der Öffentlichkeit angesprochen wurde, verwies er das in den Bereich böswilliger Gerüchte und festigte unter anderem damit seinen Ruf, auf mehr als einem Auge blind und absolut ungeeignet für die Stellung eines Kriminaldirektors in der Freien und Hansestadt Hamburg zu sein. Er scherte sich nicht darum. Er kümmerte sich eigentlich um überhaupt nichts. Daß er sich bei einer normalen Dienstbesprechung blicken ließ, war demnach geradezu eine Sensation.

Aber Broszinski schien das nicht zu beeindrucken.

«Willst du den Tag über auf dem Boden herumkriechen?» fragte er.

«Keineswegs», sagte Gottschalk. «Ich ...»

«Dann schließ bitte das Fenster. Ich habe einige Informationen über unser Paar und ...»

«Ich auch», sagte Gottschalk und zog sich an der Schreibtischkante hoch. Er hatte mehrere Papiere in der Hand, mit denen er sich demonstrativ Luft zufächelte.

«Manuela hat als Peep-Show-Tänzerin gearbeitet», sagte Broszinski.

«Hm», machte Gottschalk nur.

«Ja, in einem der neuen Läden auf dem Steindamm, im ... ich hab's notiert. Wenn du so freundlich wärst, mir ...»

«Ja», sagte Gottschalk, stieß die Blätter auf und hielt sie Broszinski hin. «Aber was ich habe, ist wesentlich interessanter.»

Er nahm einen Schluck Kaffee.

«Das Fenster ...» sagte Broszinski.

Gottschalk trank noch einen Schluck, bevor er sich achselzukkend in Bewegung setzte.

Draußen braute sich wirklich was zusammen. Er hoffte, daß es in Kürze ordentlich schütten würde, ein Unwetter ausbrach, mit Blitz und Donner. Gestern war er vor Hitze schier rammdösig geworden. Er drückte den Hebel herunter.

Broszinski atmete befreit auf und zündete sich eine Zigarette an. «Also, was hast du?» fragte er.

«Zu Basel haben wir noch keine Hinweise», sagte Gottschalk. «Aber Heike oder Manuela war zeitweise mit einem Mann liiert, der ...»

«Das habe ich auch herausgefunden. Mit einem gewissen Fred ...»

«Ja, Fred Torbecke. Aber der ...»

«War so was wie ihr ständiger Begleiter. Hat mir der Geschäftsführer des Schuppens gesteckt. Er kannte ihn allerdings nur unter Fred und wußte nicht ... wie kommst du denn eigentlich daran?»

«Knoop hat mich angerufen ...»

«Wieso gerade dich ...?»

«Er hält dich für einen aufgeblasenen Fatzke.»

«So? Das wird man sich merken müssen ...»

«Vergiß es», sagte Gottschalk. «Er ist ein selten dämliches Arschloch. Aber er hat diesen Fred erwähnt und ...»

«Na gut, ich hab ihn auch auf meiner Liste. Die Adresse hast du?»

«Ja, die habe ich. Aber ...»

«Dann sollten wir uns vielleicht zuerst mit ihm in Verbindung setzen», sagte Broszinski. «Oder hat er sich schon gemeldet? Du machst so ein Gesicht, als ...»

«In gewisser Weise», sagte Gottschalk und nahm eine der Akten, die er auf seinem Schreibtisch abgelegt hatte.

«Schon ein Protokoll?»

«Er hat sich erhängt ...»

«Bitte? Er ... erhängt?!»

«Ja, er ist am Samstagnachmittag tot in seiner Wohnung aufgefunden worden ...»

«Am Samstag ...?!»

«Eine etwas obskure Angelegenheit ...»

«Wieso obskur? Ich finde das ausgesprochen ... das ist ja ...!»

«Entschuldige», sagte Gottschalk. «Kann ich vielleicht erst einmal meinen Streifen loswerden, bevor du ...»

«Ja, klar. Aber das ist ja wirklich unglaublich! Knüpft sich der ...»

«Also», unterbrach Gottschalk ihn. «Paß auf. Torbecke ist am Samstagnachmittag von seiner Mutter gefunden worden, kurz nach 17.00 Uhr. Erhängt hat er sich in der Zeit zwischen drei und fünf Uhr morgens. Den endgültigen Bericht habe ich bereits angefordert. So, und hier habe ich das, was ich zumindest merkwürdig finde. Warum, das werde ich dir gleich sagen. Torbecke hat nämlich einen Abschiedsbrief geschrieben. Er schreibt, ich zitiere: ‹Ich habe Heike nun endgültig verloren, endgültig. Sie wird nie, nie wieder zu mir zurückkommen. Ohne sie aber kann und will ich nicht mehr leben› und so weiter und so weiter. Ziemlich melodramatisch. Die Wiederholungen von endgültig und nie stammen von ihm und sind unterstrichen. Das ...»

«Das läßt allerdings einiges ...»

«Ja, das kann vielerlei heißen. Aber bevor wir darüber reden, laß mich noch ein Wort zu Torbecke und Heike sagen. Laut Knoop ist die Sache zwischen ihnen nämlich längst den Bach runter ...»

«Woher will der Arsch das wissen ...?»

«Er sagt es jedenfalls. Gut, er kann sich irren. Dein Türsteher ...»

«Geschäftsführer», sagte Broszinski. «Geschäftsführer im ... verdammt, ich find den Zettel nicht ...!»

Gottschalk seufzte und schaute suchend zu Boden.

«Nichts», sagte er. «In deiner Jacke vielleicht?»

«In welcher Jacke?»

«In deiner.»

«Habe ich eine an?»

«Nein», sagte Gottschalk. «Am Haken.»

«Das ist nicht meine.»

«Meine auch nicht.»

«Fedder», sagte Broszinski. «Wo steckt der Bursche eigentlich? Als ich kam ...»

«Hat sich krank gemeldet.»

«Krank ... warum ...?»

«Eine Magenverstimmung», sagte Gottschalk und grinste unwillkürlich. «Schade, daß ich den Anruf nicht entgegengenommen habe. Ich wüßte zu gern, woran er sich ...»

«So? Na ja, er wird ... hier, ich hab's. Manuela, Sex-World. Genau, im Sex-World. Und der Geschäftsführer, Henry Prätsch, ja. Prätsch behauptet, daß Fred ihr Macker gewesen ist und ...»

«Wann hat sie in dem Laden angefangen?» fragte Gottschalk.

«Vor ein, zwei Monaten», sagte Broszinski. «Ist eines Tages aufgetaucht, Mitte Juni. Hat sich auf Grund einer seiner Anzeigen hin gemeldet. Sie hat vorgetanzt und ist vom Fleck weg engagiert worden. Muß eine absolute Granate gewesen sein. Prätsch sagt, das beste Pferd im Stall. Die Männer hätten Schlange gestanden, um sie zu sehen. Er ist total ausgerastet, als er hörte, daß sie ...»

«Und was hat sie ihm erzählt? Ich meine, wie hat sie sich da eingeführt?»

«Hat gesagt, daß sie geschieden ist, keine Unterstützung, keinen Job. Die übliche Leier eben. War für ihn durchaus glaubhaft und kümmerte ihn auch nicht weiter. Er ...»

«Stopp mal. Hast du ihm nicht ...»

«Du meinst die Einzahlungen auf ihrem Konto, die fünfundzwanzigtausend und die Wohnung ...?»

«Ja ...»

«Ja, das kann er sich nun überhaupt nicht denken und brachte diesen Fred ins Spiel ...»

«Der angeblich arbeitslos ist. Jedenfalls nach dem, was die Kollegen hier aufgenommen haben. Nee, nee, mein Lieber, das stinkt!»

Gottschalk schüttete den Rest Kaffee runter und schmiß den Becher in den Papierkorb.

«Wenn ich Knoop glaube, hat sie es ständig mit anderen Männern getrieben», sagte er. «Unter anderem mit Fred. Aber dann war sie mit irgendeinem Geschäftsmann auf Ibiza und ... ach, Scheiße, ich denk mir, daß sie verdammt gut zurechtkam und ...»

«Ja», sagte Broszinski. «Ich weiß, was du meinst. Aber Prätsch will davon nichts wissen. Bei ihm soll sie nur getanzt haben und ...»

«Und dann Torbecke. Hängt sich knapp acht Stunden nach ...»

«Ja, das sieht ganz so aus, als ob ...»

«Endgültig, nie wieder zu mir zurückkommen! Entweder war das Ding zwischen ihr und Basel eine einschneidende Geschichte. Oder er wußte bereits, daß sie tot war. Das eine kann ich mir nicht vorstellen, bei dem anderen frage ich mich, woher, und beides ist ...»

Er machte eine Geste, die alles mögliche bedeuten konnte, und Broszinski nickte.

Er blätterte in seinen Papieren.

«Eine ihrer Kolleginnen», sagte er. «Lucile. Sie hat am Freitag die gleiche Schicht gehabt und soll so was wie eine Intimfreundin gewesen sein. Ich wollte eigentlich am Samstag noch zu ihr, aber dann ...»

Er zuckte mit den Achseln.

«Okay», sagte Gottschalk und nahm ihm den Zettel aus der

Hand. «Dann überlaß ich Knoop dir. Er wollte sich bei uns melden ...»

«Scheiße, daß Fedder heute nicht da ist», fluchte Broszinski. «Ich hatte hier schon einiges für ihn vorbereitet und jetzt ...»

«Der wird's nicht lange zu Hause aushalten ...»

«Ist er eigentlich noch mit dieser heißen Frau zusammen?»

«Mit Gilla, ja.»

«Das wird mir auch ewig ein Rätsel bleiben ...»

«Was?»

«Was die an ihm findet ...»

«Womit wir bei Basel wären», sagte Gottschalk. «Wie steht's um ihn?»

«Schlecht», sagte Broszinski.

Lucile öffnete erst, nachdem Gottschalk mehrere Male mit der Faust an die Tür geschlagen hatte und gerade zu einem Tritt ausholte. Sie kriegte die Augen kaum auf und schwankte.

«Kripo», sagte Gottschalk und wedelte mit seiner Marke.

«Kein Bedarf.»

Gottschalk drückte die Tür ganz auf und zog Lucile mit sich ins Zimmer. Sie ließ es mit sich geschehen.

Gottschalk sah sich um.

Er hatte im Verlauf seiner Dienstjahre schon die unmöglichsten und verrücktesten Wohnungen gesehen, aber was ihm hier geboten wurde, übertraf alles bisher dagewesene.

Der Boden war mit grauen, quadratischen Steinplatten ausgelegt, und in der Mitte des Raums stand ein Müllcontainer, an dem einige Kleidungsstücke und mehrere breite, nägelbespickte Gürtel hingen.

Auf einer Doppelluftmatratze lagen eine große, arg zerknautschte Bundesfahne und verschieden große Kissen, die mit grell schimmernden Stoffen bezogen waren.

Am Fußende waren zwei metallene Schließfachkästen, Eigentum der Deutschen Bundesbahn, ein giftig grün gesprayter Fernseher und ein Videorecorder, neben dem sich unzählige Kassetten stapelten. Ein Turm aus aufeinandergetürmten Einkaufskörben war mit gut zwei Dutzend Schuhen bespickt, und unter der Decke wölbten sich schwarze Plastikfolien.

In die Ecken waren Neonröhren gelehnt, und überall schlängelten sich Anschlußkabel und Schnüre.

Gottschalk trat unwillkürlich einen Schritt zurück und ließ die Frau los.

Sie tappte weiter und warf sich bäuchlings auf die Matratze.

Eine der zwei eingeschalteten Neonröhren flackerte.

«Lucile?» fragte Gottschalk. «Lucile Günzel?»

«Was issen?» stöhnte sie.

«Gottschalk, Kriminalpolizei», sagte er und suchte nach einem Fenster.

Er entdeckte keins.

Links war ein Durchgang zu einem zweiten Raum, der völlig im Dunkeln lag.

«Es geht um Ihre Kollegin», sagte Gottschalk.

Lucile drehte sich zur Wand und vergrub ihren Kopf in den Kissen. Gottschalk seufzte und stapfte zu ihr hin.

Er ging in die Knie und schüttelte sie an der Schulter. Ihre Haut war heiß, unnatürlich heiß und feucht.

«Manuela», sagte er. «Sie ist ermordet worden.»

«Manuela ...?»

Es war mehr ein Krächzen, und sie warf sich herum, blieb schwer atmend liegen, und Gottschalk nahm sich die Zeit, sie von Kopf bis Fuß zu betrachten.

Sie hatte eine gewisse Ähnlichkeit mit Manuela, war ebenso groß und schlank, und auch ihr Haarschnitt war fast identisch, halblang und leicht gekräuselt.

Aber sie war blond und hatte weichere Gesichtszüge, nicht diese hohen Backenknochen, die ihn bei Manuela an Nofretete hatten denken lassen.

Sie trug einen schwarzen Bodystocking mit hohem Beinschnitt, und ihre Beine waren mehr als sehenswert.

Und auch sie jobbt in einer Peep-Show, schoß es ihm durch den Kopf. Und hat diese irrsinnig durchgestylte Souterrainwohnung, Alsternähe immerhin, nicht gerade eine Gegend für Sozialempfänger.

«Ja», sagte Gottschalk. «Manuela. Sie hat doch mit Ihnen zusammen gearbeitet?»

«O nein», brachte Lucile heraus und stemmte sich mühsam hoch. «Ermordet ... oh, Scheiße, nein ...»

«Wie wär's mit einem Kaffee?» fragte Gottschalk.

«'ne Zigarette ...»

Gottschalk sah sich um und entdeckte eine angebrochene Pakkung neben dem Fernseher. Er holte sie ihr.

Als er Lucile Feuer gab, hatte er das Gefühl, daß sie langsam zu sich kam und ihn erst jetzt richtig wahrnahm.

Sie berührte flüchtig seine Hand.

«Kripo?» fragte sie. «Ist das richtig ...?»

«Ja.»

Lucile blies den Rauch gegen die Decke.

«O nein», wiederholte sie leise. «Manu ist ... oh, Mann, ich ... Scheiße, ich ...»

«Sie sollen mit ihr befreundet gewesen sein ...»

«Be ... oh, Mann, wer ... wer sagt das?»

«Prätsch», sagte Gottschalk.

«Prätsch», murmelte sie. «Prätsch, Prätsch ... natürlich Prätsch ... oh, ich ...»

«Stimmt das nicht?»

«Doch», sagte Lucile und nahm einen tiefen Zug. «Ja, ich ... wer hat sie ...?»

«Ein Mann, der sich Basel nennt, Claus Basel», sagte Gottschalk und setzte sich bequemer hin.

«Nein ... o nein!»

«Kennen Sie ihn?»

Lucile nickte nur, und Gottschalk atmete tief ein. Es lief besser, als er erwartet hatte, und er beschloß, Lucile jetzt nicht zu drängen. Sie hatte die Beine gekreuzt und sich zurückgelehnt, die Augen geschlossen.

«Wann ... wann ist das ... wann ist es passiert?» fragte sie, und ihre Brüste unter dem dünnen Stoff hoben und senkten sich.

Gottschalk sah auf einen unbestimmten Punkt an der Wand und sagte es ihr, beschrieb knapp und präzis den Tatbestand, ließ nichts aus, Basel, die Umschläge mit dem Geld, der Brief: *Unsere Asche soll über Hamburg verstreut werden*, und daß sie bisher nichts von Basel wüßten, nur, daß er nicht so heiße. Von Torbecke sprach er nicht, sparte er sich auf für später. Er hatte den Eindruck, daß er langsam vorgehen müsse, sie nicht überfordern dürfe.

Ihr Kopf sackte nach vorn, und sie riß die Augen auf, nahm hastig einen letzten Zug und drückte die Kippe aus.

«Soweit das», schloß Gottschalk. «Sie haben mich ...?»

«Dieser Scheißkerl», sagte sie. «Hoffentlich krepiert er. Er krepiert doch, oder?»

«Ich ...»

«Er soll krepieren. Diese Sau! Du warst in unserem Laden?»

«Nein, ich selbst nicht. Ein Kollege ...»

«Aber du weißt, was für 'n Programm bei uns angesagt ist?»

«Ich kann es mir denken. Aber ...»

«Wichser», sagte Lucile, und ihre Stimme war jetzt völlig klar und hart. «Kleine, miese Wichser, die sich einen runterreißen, und wenn sie ein paar Scheine mehr abdrücken ...»

«Verstehe», sagte Gottschalk.

«Nein», sagte Lucile. «Verstehst du nicht. Kein Puff, nur ... auch im Käfig kriegen sie nicht das, was sie wollen. Sie löhnen nur mehr ...»

«Für was?»

«Um dich solo zu haben und ... der Scheißkerl war verrückt nach Manu. Sie war kaum noch auf der Scheibe, immer nur solo. Solo für diesen verfluchten Arsch! Oh, Scheiße, Scheiße, Scheiße ...!»

«Wann fing das an?» fragte Gottschalk und zückte nun doch sein Notizbuch.

«Oh, Mann, ich ... dieser verwichste ... ich ... vor zwei Wochen so was.»

«Und er kam regelmäßig ...?»

«Er kam jeden Tag. Er wußte genau, wann sie Schicht hatte und ... sie war ... sie war nur noch im Käfig und ... 'nen Vermögen muß er ausgespuckt haben.»

«Ja», sagte Gottschalk. «Geld genug hatte er ja bei sich. Wird dabei ge ... ich meine, hat Manuela etwas über ihn erfahren? Hat sie Ihnen was von ihm erzählt?»

«Er soll 'n Fabrikant gewesen sein und ... er wollte sie heiraten ... ja, Scheiße ... heiraten! Macht sie kalt und ...»

«Heiraten?»

«Ach, das ... du hast immer 'n paar, die dich auf die Tour vollsülzen. Müssen dich haben, für 'ne Nacht, 'nen Wochenende, am liebsten fürs Leben, für ihr mickriges Scheißleben, aber ... dieser Dreckskerl! Er soll krepieren! Ihr habt ihn doch ...»

«Ja», sagte Gottschalk. «Aber ...»

«Was wollt ihr dann eigentlich noch?» fragte Lucile, und der Ton wurde mit einemmal aggressiv. Sie angelte sich eine neue Zigarette aus der Packung und sah Gottschalk feindselig an.

«Wissen, wer er in Wirklichkeit ist und wie Ihre Kollegin dazu kam, mit ihm in diese Pension zu gehen.»

«Er war 'n Stammgast, sag ich doch.»

«Erklärt das auch den zweiten Teil?»

«Was für 'n zweiten Teil?»

«Meiner Frage. Daß Manuela sich aus dem Grund auch außerhalb mit ihm getroffen ...»

«Keine Ahnung, wie sie dazu kam.»

«Wirklich nicht?» fragte Gottschalk. «Hören Sie, der Mann hatte Geld, eine Menge Geld. Er ist seit zwei Wochen immer da, wenn Manuela auftritt, sagen Sie. Er zahlt immense Summen, um sie allein für sich tanzen zu lassen, wenn ich Sie richtig verstanden habe. Nur tanzen, mehr soll ja angeblich nicht drin sein. Lassen wir es also mal dabei, auch wenn ich persönlich ... aber gut, er hat sich als Fabrikant ausgegeben und von Heirat gesprochen. Und Manuela ...»

«Sie hat drauf geschissen ...»

«Wird mit ihm gefunden. In einer Absteige, tot ...»

«Sie ...»

«Wie lange hat Manuela am Freitag gearbeitet? Wie war ihre Schicht?»

«Wie immer ...»

«Von wann bis wann? Zeiten ...!»

«Wird das jetzt 'n Verhör?»

«Nein», sagte Gottschalk. «Das ist eins.»

Kurz nachdem Gottschalk das Büro verlassen und sich auf den Weg zu Lucile gemacht hatte, wurde Broszinski ein Anruf durchgestellt. Eine Frau, die ihn mit *Herr Wachtmeister* anredete, war am Apparat. Broszinski korrigierte sie nicht.

«Bin ich denn nu richtig verbunden?» fragte sie.

«Um welche Angelegenheit handelt es sich ...?»

«Tscha, ich bin ja nu nich mehr die Jüngste», sagte die Frau. «Und das ischa heutzutage auch alles so lütt ausgedruckt mit die Nummern, aber wie ich dem jungen Mann eben schon sagte, hören Sie, junger Mann, sach ich, ich mag das nu mal nich glauben ...»

«Entschuldigen Sie bitte ...»

«Der Herr Müller, sach ich, nee, das kann nu bestimmt nich angehen. Der Herr Müller ...»

«Entschuldigen Sie, aber würden Sie mir bitte erst einmal Ihren Namen ...»

«Mein Namen?»

«Ja», sagte Broszinski. «Damit ich ...»

«Fiebranz», sagte die Frau. «So wie mein Friedrich, der is ja nu auch nich mehr und wenn er ...»

«Frau Fiebranz, um was geht es denn nun?»

«Sach ich doch schon zu dem jungen Mann eben», sagte Frau Fiebranz. «Um den Herrn Müller ...»

«Um welchen Herrn Müller, bitte?»

«Na, den Sie da heute inne Zeitung gebracht haben, Herr Wachtmeister. Von wegen mit dem Mord an diese Frau. Aber ich sach Ihnen ...»

«Sie meinen den Mann, den wir in der Pension gefunden haben?» fragte Broszinski nach und griff nach einem Stift. «Dieser Mann ist Ihnen bekannt?»

«Der Herr Müller, ja», sagte Frau Fiebranz. «Aber wie ich schon sagte, wenn Sie sich da mal nich gewaltig irren tun. Denn der Herr Müller, das is nu wirklich ein ganz friedlicher Mensch, und ich sach auch zu Margit heut früh, Margit sach ich ...»

«Müller», unterbrach Broszinski sie. «Und wie weiter?»

«Wie weiter ...?»

«Nun, Sie wollen ihn doch auf Grund des Fotos in der Zeitung ...»

«Genau, ich sach zu Margit, Margit, sach ich, guck doch ma hier, unser Herr Müller is inne Zeitung und soll ...»

«Also, woher kennen Sie ihn denn nun?»

«Weil er bei mir wohnen tut, Herr Wachtmeister», sagte Frau Fiebranz. «Wissen Sie, ich bin ja nu ...»

«Er wohnt bei Ihnen?»

«Tscha, nu schon in den zweiten Monat und ich möcht ma sagen, daß ich so 'n feinen Herrn ...»

«Ständig?»

«Wie ...?»

«Ist er seit zwei Monaten bei Ihnen gemeldet, ich meine, hat er eine Wohnung, sind Sie die Vermieterin oder ...»

«Nee, das nu gerade nich. Der Herr Müller, also ich will das mal so sagen, der Herr Müller hat das Zimmer von mein Friedrich und Margit, was meine Nichte is, Margit sacht, daß das nu ...»

«Als Untermieter also, ich verstehe. Und Sie sind hundertprozentig sicher, daß Ihr Herr Müller derjenige ist ...»

«Der inne Zeitung, ja. Aber ich sach Ihnen, das muß ...»

«Wann haben Sie Ihren Herrn Müller denn zuletzt gesehen?»

«Nu, das isses ja, warum Margit meint, daß ich das melden muß, obwohl ... nee, also der Herr Müller is nämlich verreist, zu seine Verwandten in Salzuflen, schon seit über acht Tagen, der is gar nich hier und ...»

«Wo wohnen Sie, Frau Fiebranz?»

«Barmbek, Herr Wachtmeister. Käthnerort 59, wenn Sie mit der U-Bahn fahren tun, dann ...»

«Ja, danke. Ich weiß. Sagen Sie, hat Ihr Herr Müller noch einige private Sachen in dem Zimmer oder hat er alles mitgenommen, als er ...»

«Nee, nee, mitgenommen hat er nur seine Tasche, weil er ja auch nur kurz ...»

«Ich bin gleich bei Ihnen, Frau Fiebranz», sagte Broszinski. «Danke für Ihren Anruf. Bis dann.»

Er legte schnell auf, rieb sich die Augen und fuhr mit der Hand über das Gesicht. Dann zündete er sich eine Zigarette an und nahm einen tiefen Zug.

Er sah aus dem Fenster.

Es hatte aufgehört zu regnen. Die Sonne brach durch, und Broszinski spannte seine Rückenmuskeln an, bevor er sich einen Ruck gab, aufstand und die vor ihm liegenden Akten zuklappte.

6

Das Telex der Polizeidirektion Detmold, das Fedder am frühen Dienstagmorgen auf Broszinskis Schreibtisch liegen sah, bezog sich auf ein fernmündlich geführtes Gespräch vom Vortag und enthielt die gewünschten Angaben zur Person des Bernd Müller, Registrationsnummer 92936, Nummer des Passes B92960450: Bernd Müller, geboren 8. September 1927 in Detmold. Verheiratet, keine Kinder. Nicht vorbestraft. Beruf: Schuster, selbständig. Werkstatt nach Tod der Ehefrau Maria Müller, geborene Horbelt, 1984 aufgegeben. Bis 31. Mai d. J. wohnhaft in Horn-Bad Meinberg, Gartenstraße 12. Einfamilienhaus, Eigentum. Verkauf des Hauses Anfang Mai an Fabrikant Karl Limpert, Hattingen/Ruhr. Erlös DM 200000. Hausstand im Laufe des Monats aufgelöst. Gegenüber Angehörigen, Schwager Rainer Horbelt und Familie, Parkallee 2, Bad Salzuflen, und Nachbarn von Weltreise gesprochen und neuem Wohnsitz auf Föhr. Widersprüchliche Aussagen. Eigenbrötler, ungeselliger Mensch nach ersten Ermittlungen. Seit Juni nicht mehr im Ort gesehen worden. Detaillierter Bericht folgt.

Muß Basel sein, schloß Fedder. Er war also identifiziert. Ein Schuster. Schuster bleib bei deinen Leisten.

Fedder schüttelte den Kopf und legte das Blatt behutsam zurück. Er ging zu seinem Schreibtisch herüber und fand einen Stapel Arbeit vor, unzählige Schriftstücke und einige Notizzettel, die er flüchtig durchsah.

Auf einem stand: Farbstifte! Büromaterial anfordern!

Das war Broszinski.

Er zerknüllte den Zettel und warf ihn in den Papierkorb.

Sein Tischkalender war nicht umgeblättert worden. Unter dem Datum von Freitag, dem 23. August hatte er sich eine Telefonnummer notiert, die er nicht mehr zuordnen konnte.

Um mit irgend etwas anzufangen, hob er den Hörer ab und wählte sie. Es meldete sich niemand.

Als er Gottschalks Stimme vom Korridor her hörte, hängte er ein und langte nach einer der Akten.

«Sieh an, sieh an! Wieder ganz obenauf?» fragte Gottschalk und ließ die Tür ins Schloß fallen. «Morgen, mein Lieber. Du hast uns gefehlt. Hat er sich schon gemeldet?»

«Wer? Broszinski? Nein, ich ...»

«Sonst jemand? Nein? Ich sag dir, heute wird's hier brummen. Hast du dir schon einen Überblick verschafft?»

«Basel ist ...»

«Müller», korrigierte Gottschalk ihn. «Läuft jetzt alles unter M / M. Müller / Manuela. Der alte Herr ...»

«Ist er zu Bewußtsein gekommen?»

«Nein, bisher noch nicht. Aber seine Zimmerwirtin hat sich gemeldet. Er hat ... eigentlich müßte inzwischen ...»

«Da liegt ein Telex», sagte Fedder und wies auf Broszinskis Schreibtisch.

Gottschalk knöpfte seine Jacke auf und schnappte es sich.

Er trug heute einen hellen, locker sitzenden Anzug, der ihm etwas Ludenhaftes verlieh. Er steckte eine Hand in die Hosentasche, ging zum Fenster und las den Text.

«An einen Fabrikanten verkauft», sagte er. «Tja, jetzt fügt sich langsam eins ins andere. Wie er an das Geld gekommen ist und ...»

«Und Manuela ...?»

«Manuela hat in einer Peep-Show am Steindamm gearbeitet», erklärte Gottschalk ihm und öffnete das Fenster. «Unser Provinzler hier hat sie da tanzen sehen und sich auf Anhieb in sie verknallt. Er muß sich extra wegen ihr das Zimmer bei Messmer genommen haben, um in unmittelbarer Nähe ihres Arbeitsplatzes sein zu können. Ist jedenfalls seit geraumer Zeit Tag für Tag in den Laden gedackelt und hat horrende Preise gezahlt, um sie allein für sich auftreten zu lassen. Im sogenannten Käfig. Sie hat vor ihm ihre Show abgezogen, und er hat sie dabei vollgequatscht. Wollte sie heiraten, dieser dämliche Hund. Mein Gott, wenn ich mir das vorstelle! Na ja, am Freitagabend hat er sie schließlich nach ihrem letzten Auftritt auf der Straße abgefangen. Lucile, eine Kollegin von ihr, hat mitgekriegt, daß er mit ihr zusammengestanden ist. Sah aber keinen Anlaß, sich einzuschalten. Sie war davon überzeugt, daß Manuela ihn schon wieder loswerden würde. Irrtum, wie wir wissen. Irgendwie hat unser Mann sie doch dazu gebracht, mit ihm zu gehen ...»

«Das Geld ...»

«Ja, das denke ich mir auch. Wahrscheinlich hat der Schwachkopf sie damit geködert, und sie glaubte nun doch eine schnelle Mark nebenbei machen zu können. Das alte Lied.»

Gottschalk angelte sich einen Bürostuhl heran, hievte sich auf die Fensterbank und legte die Füße auf den Sitz.

Fedder räusperte sich.

«Hat sie mit ihm ...?»

«Nein», sagte Gottschalk. «Geschlechtsverkehr hat nicht stattgefunden. Das wird wohl auch der ausschlaggebende Punkt gewesen sein. Daß sie ihn nicht seinen Vorstellungen entsprechend bedient hat ...»

«Ja, das ist ...»

«Und das war's dann wohl», schloß Gottschalk. «Eine typische Affekthandlung mit der entsprechenden Konsequenz. Na schön, den Fall können wir vorläufig beiseite legen.»

Fedder nickte. Was die Kollegen da inzwischen zusammengetragen hatten, deutete auf einen sauberen Abschluß hin.

«Aber wieso wird's dann heute hier noch rundgehen?» fragte er. «Ich meine, wenn ihr ...»

«Tja, mein Lieber. Der Komplex Müller ist zwar jetzt relativ klar, aber was in Zusammenhang mit Manuela sichtbar wird, beziehungsweise mehr im Dunkeln bleibt ... die Frau ist uns ein Rätsel. Da kommt sicher noch einiges auf uns zu, via Freund und ...»

«Freund ...?»

«Ja, eine etwas merkwürdige Angelegenheit. Sag mal, ist dein Magen wieder völlig in Ordnung?»

«Ja, ja, natürlich», sagte Fedder schnell. «Was ist denn ...?»

«Dann hol uns doch erst mal einen Kaffee und irgendwas Süßes aus der Kantine. Letzte Woche hatten sie ganz annehmbare Kopenhagener. So was vielleicht. Und bring auch was für Jan mit. Ich schätze, daß er gleich hier auftauchen wird.»

Jan Broszinski aber saß bei Frau Torbecke in der Küche und ließ sich noch einmal Kaffee nachschenken. Auch ein zweites Stück von dem gedeckten Aprikosenkuchen lehnte er nicht ab. Er war ausgezeichnet, und er glaubte, ihn entsprechend loben zu müssen.

«Danke», sagte Frau Torbecke. «Der Junge mag ihn auch sehr gern.» Der Junge war ihr einunddreißigjähriger Sohn Fred und hatte sich erhängt.

Broszinski nahm zwei Löffel Zucker, rührte in seiner Tasse und sah die Frau nachdenklich an. Sie wirkte erstaunlich ruhig und gefaßt und hatte seine Fragen bisher ohne zu stocken beantwortet.

«Heike war Ihnen also bekannt», setzte er das Gespräch fort.

«Ja», sagte sie. «Ich habe sie damals einige Male in seiner Wohnung angetroffen.»

«Damals, das war im vergangenen Jahr?»

«Ja, im Januar.»

«Lebte sie da bei Ihrem Sohn?»

«Sie übernachtete bei ihm.»

«Regelmäßig?»

«Es sah so aus. Ihre Sachen waren im Bad. Ihr Schminkzeug und die Zahnbürste.»

«Und wie war das Verhältnis Ihres Sohnes zu ihr?»

«Er schlief wohl mit ihr.»

«Gut», sagte Broszinski. «Aber ich meine, was sie ihm bedeutete, wie sie zueinander standen.»

«Er glaubte sicher, sie zu lieben.»

«Liebte er sie?»

«Er redete davon.»

«Sie mochten sie nicht?»

«Sie paßte nicht zu ihm.»

Broszinski nickte und schaute auf das vor ihm liegende Foto. Es zeigte Fred. Ein etwas dicklicher Typ mit weichen Gesichtszügen. Halblanges, dunkles Haar. Er saß auf einer Bank im Freien und lächelte, wie man bei solchen Aufnahmen zu lächeln pflegt. Etwas dümmlich.

Broszinski war geneigt, der Frau zuzustimmen.

Er brockte ein Stück von dem Kuchen ab und schob es sich in den Mund. Er schmeckte wirklich vorzüglich.

Frau Torbecke faltete die Hände und schaute ihm zu.

«Wie redete er von ihr?» fragte er kauend.

«Wie ein Narr.»

«Und als sie ihn dann verließ?»

«Sie kam ja wieder.»

«Aber erst einmal ging sie doch, wenn wir richtig informiert worden sind. Nach relativ kurzer Zeit.»

«Nach einem Vierteljahr.»

«Gut, nach drei Monaten. Nachdem er praktisch jede Nacht mit ihr verbracht hatte und sie, wie auch immer, zu lieben glaubte.»

«Er hätte dem Herrgott danken sollen», sagte Frau Torbecke und senkte den Blick. Ihre Mundwinkel zuckten leicht.

Broszinski unterdrückte einen Hustenreiz. Er griff nach der Tasse und trank einen Schluck Kaffee. Dann stellte er vorsichtig die Tasse ab und beugte sich vor.

«War er da nicht erst einmal verzweifelt oder deprimiert?» fragte er eindringlich.

Frau Torbecke schüttelte den Kopf.

«Er wußte, daß sie zurückkam», sagte sie.

«Das war also kein Abbruch der Beziehung, keine endgültige Trennung?»

«Sie konnte mit ihm machen, was sie wollte.»

«Das ist keine Antwort auf meine Frage, Frau Torbecke. Verstehen Sie nicht, um was es mir geht?»

«Der Junge war ihr hörig.»

«Ja, gut. Eben drum. Das muß ihn doch dann um so mehr mitgenommen haben. Woher wußte er denn so sicher, daß Heike zu ihm zurückkehren würde?»

«Er hat es mir gesagt, und um Weihnachten herum war sie ja auch wieder da.»

«Na schön», sagte Broszinski resigniert. «Sie war also weit über ein halbes Jahr weg, und Ihrem Sohn hat es nicht das geringste ausgemacht. Und jetzt ...»

«Jetzt ist er mit ihr gegangen. Für immer.»

Broszinski nickte nur und wartete. Aber Frau Torbecke sagte nichts weiter. Sie saß da und preßte ihre Hände zusammen und schaute an ihm vorbei zum Fenster hin.

Es war das Fenster zum Hof. Man sah die Rückfronten der sich anschließenden Häuser, Balkone, auf denen Wäsche hing. Von unten waren Kinderstimmen zu hören. Irgendwo spielte ein Radio. NDR II am Vormittag. Ein Sommerhit. Ferienzeit.

Die Sonne stand hoch am Himmel. Es war heiß.

«Weihnachten», setzte Broszinski nach einer Weile erneut an.

«Heiligabend», sagte Frau Torbecke. «Er kam erst am zweiten Feiertag zu mir und hat vorher noch nicht einmal angerufen. Er ist mit ihr herumgezogen.»

«Das hat er Ihnen gesagt?»

«Das mußte er nicht. Ich sehe es ihm an. Er kann mir nichts verheimlichen.»

«Frau Torbecke, die Art der Beziehung Ihres Sohnes zu Heike ist für uns äußerst wichtig. Alles, was er von ihr erzählt hat.»

«Er war verrückt nach ihr.»

«Hatten sie gemeinsame Pläne, wollten sie heiraten?»

«Sie waren wohl ständig zusammen.»

«In seiner Wohnung?»

«Ich durfte lange Zeit nicht zu ihm. Er hat mir den Schlüssel abgenommen und ihr gegeben.»

«Aber doch nicht für immer. Sie ...»

«Ich habe mir das auf die Dauer nicht bieten lassen.»

«Gut», sagt, Broszinski. «Reden wir darüber. Was haben Sie ihm gesagt?»

«Daß ich besorgt um ihn bin. Diese Frau war nicht gut für ihn.»

«Und wie reagierte er darauf?»

«Er wollte davon nichts hören. Er sagte, das verstehst du nicht. Sie braucht mich und ich brauche sie.»

«Wie meinte er das?»

«Wie er das gesagt hatte.»

«Keine weiteren Einzelheiten?»

«Nein.»

«Auch später nicht, als Sie ihn wieder regelmäßig besuchten? Hat er da nie von ihr gesprochen?»

«Nur einmal. Da sagte er, sie hat jetzt eine eigene Wohnung. Es wurde ihr wohl zu eng bei ihm.»

«Aber seine Beziehung zu ihr blieb bestehen?»

«Das schreibt er doch so», sagte Frau Torbecke.

«Er schreibt, daß er sie nun endgültig verloren hat», sagte Broszinski. «Er hat einen Abschiedsbrief geschrieben, in dem ausschließlich von Heike die Rede ist, ja. Aber Sie haben am Abend zuvor noch mit Ihrem Sohn telefoniert. Er hat Sie gebeten, ihm eine Zeitung mitzubringen. Er wollte sich eine Stelle suchen und ...»

«Er ist ihr gefolgt.»

«Sie glauben, daß er ...»

«Sie kennen ihn nicht.»

«Nein», sagte Broszinski. «Darum bin ich hier. Aber bislang kann ich mir immer noch kein Bild von ihm machen ...»

«Er ist ein braver Junge», sagte Frau Torbecke leise. «Er steht zu seinem Wort. Auch wenn es ihm schadet.»

Broszinski seufzte, wie Gottschalk immer seufzte.

Es war aussichtslos.

Die Antworten der Frau deckten kaum etwas auf, legten nichts wirklich frei von der Person des Sohnes, von seinen Stimmungen und Gefühlen. Er hatte den Eindruck, daß er ihr fremder gewesen war, als sie es sich je eingestehen würde, sich längst schon von ihr entfernt, abgegrenzt hatte. Der Kontakt, die Kommunikation zwischen ihnen sich auf Banalitäten beschränkt hatte und das, was ihn eigentlich bewegte oder gar beunruhigte, ausgespart geblieben war. Kein Thema für sie.

Broszinski nahm das Foto in die Hand und betrachtete es wieder. Freds Lächeln schien ihm mit einemmal gequält. Nicht dümmlich. Gezwungen, angestrengt. Es entsprach nicht seiner Haltung. Er saß da auf der Bank wie jemand, der unter Druck stand. Unter innerem Druck.

Broszinski drehte das Foto um. F. in München, las er. Broszinski blickte auf und sah Frau Torbecke an.

Ihre Augen waren feucht. Tränen liefen über ihre Wangen.

Als Fedder den Raum verlassen hatte, zog Gottschalk sein Notizbuch hervor, setzte sich an den Schreibtisch und nahm den Telefonhörer ab. Er wählte eine siebenstellige Nummer, rollte den Stuhl zurück und schlug die Beine übereinander.

Simone war direkt am Apparat.

«Hallo, Nachbarin», sagte er. «Bleibt's bei heute mittag?»

«Lieb, daß du anrufst ...»

«Ich hab's dir doch versprochen.»

«Ja, du, ich ... ich fühl mich wie ein junges Mädchen.»

«Du bist ein junges Mädchen», sagte Gottschalk. «Bist du allein?»

«Ja, du auch?»

«Ja. Ich denke, daß ich dich gegen eins abholen kann. Sollen wir ins *Blockhaus* gehen?»

«Wohin du magst. Ich ... ach, Pit, du tust mir so gut. Ich wußte schon gar nicht mehr, wie das ist ...»

«*Du* bist großartig ...»

«Ich freue mich schon jetzt auf unser Wochenende ...»

«He, wir haben doch noch vorher ein paar Abende ...»

«Ja, aber richtig mit dir ausschlafen ... mußt du heute lange arbeiten?»

«Unter Umständen», sagte Gottschalk. «Aber Fedder ist wieder da, und ich ...»

«Du, ich hab jetzt jemanden auf der anderen Leitung. Kommst du nachher rauf oder ...»

«Ich ruf dich kurz vorher noch mal an und warte unten. Ich drück dich.»

«Ich dich auch», sagte Simone und hängte ein.

Gottschalk hielt den Hörer noch einen Moment lang versonnen in der Hand und wunderte sich, zu was er alles fähig war. Noch vor vier Tagen war er fest davon überzeugt gewesen, daß er sich nie auf eine intensive Beziehung zu einer Frau einlassen würde. Und jetzt steuerte er mit Volldampf darauf zu, sehnte er sich nach Simones Gegenwart, den Stunden mit ihr. Seine anfängliche Distanz und Skepsis, die sich an Äußerlichkeiten und bestimmten Ansichten von ihr festgemacht hatte, war wie weggewischt. Simone war eine warmherzige Frau und eine leidenschaftliche Geliebte.

Gottschalk lächelte ein wenig, als er an die vergangenen Nächte dachte. Doch bevor er dazu kam, sich völlig seinen zärtlichen Gefühlen zu überlassen, tauchte Schweckendick im Büro auf.

«Liegt der Vorgang Torbecke jetzt bei euch?» fragte er ohne Umschweife.

«Ja», sagte Gottschalk. «Den haben wir. Im Zusammenhang mit dem Mordfall Knoop ...»

«Dann macht das bitte in Zukunft entsprechend deutlich», fiel Schweckendick ihm ins Wort. «Damit unsereins auch Bescheid weiß. Oder seid ihr auch schon dieser neuen, hervorragenden Spezialeinheit unterstellt?»

«Nicht daß ich wüßte ...»

«Die dürfen sich nämlich rausnehmen zu schlampen. Sollen sich nicht mit formalem Kleinkram aufhalten. Hast du den Mist gelesen, den Garrelt gegenüber der Presse abgelassen hat?»

«Hat er tatsächlich ...?»

«Er hat. All seine grandiosen Pläne. Und die haben heute 'nen Wahnsinnsriemen gebracht. Sonderseite in der *Mopo*. Du lachst dich scheckig!»

«Das hab ich bereits gestern auf der Besprechung ...»

«Wann wird der Mann endlich mal in der Öffentlichkeit die Schnauze halten? Ich wundere mich immer wieder, daß sie den Blödsinn auch noch drucken.»

«Sommerloch», sagte Gottschalk. «Wieder mit Bild?»

«Natürlich mit Bild. Sinnigerweise auf dem Kiez: Garrelt will ein sauberes St. Pauli. Unsere Agenten legen jetzt angeblich die Mafia aufs Kreuz. Es ist wirklich nicht zu fassen!»

Gottschalk griff nach der Zeitung, aber Schweckendick legte die Hand drauf.

«Nimm's mit zum Scheißen», sagte er. «Ich hab hier Arbeit für euch. Dieser Schrieb von Torbecke, der Abschiedsbrief ...»

«Ja, habt ihr ...?»

«Ist aller Wahrscheinlichkeit nach nicht von ihm.»

«Das ist ... seid ihr da sicher?»

«Beim Schriftvergleich sind wir auf ein paar kleine Unregelmäßigkeiten gestoßen. Aber die allein besagen natürlich nichts. Wenn er sich vorher einen hinter die Binde gekippt hat, du weißt schon. Trotzdem, einige Punkte sind unabhängig davon augenfällig. Ausschlaggebend aber ist Dühlmeyers Bericht ...»

«Der liegt mir vor ...»

«Die Aufzählung der Gegenstände in Torbeckes Wohnung. Der Brief hier ist eindeutig mit einem Füllfederhalter der Marke *Cross* geschrieben. Ein amerikanisches Fabrikat, sehr teuer. Und der findet sich nicht unter Torbeckes Schreibutensilien, ist jedenfalls nicht ...»

«Verdammt», fluchte Gottschalk. «Ich hab's geahnt, daß da noch was auf uns zukommt! Scheiße!»

«Nicht bei den Sachen, die auf seinem Schreibtisch lagen. Nun kann es natürlich sein, daß er den Brief nicht zu Hause geschrieben hat. Aber das ist nicht mein Bier. Das müßt ihr schon ...»

«Scheiße!» sagte Gottschalk noch einmal.

«Habt ihr denn inzwischen den Obduktionsbefund?»

«Noch nicht ...»

«Dann kümmere dich mal darum. Ich hab eine halbe Stunde lang im Haus rumtelefonieren müssen, bevor ich rausgekriegt habe, daß der Vorgang bei euch gelandet ist. Kann also durchaus sein, daß er schon längst fertig ist und irgendwo ...»

«Ja, ja», sagte Gottschalk zerstreut. «Ich ruf gleich unten an.»

«Es ist wirklich katastrophal, wie es hier drunter und drüber geht. Ein Chaos sondergleichen. Wohin man blickt. Schöller hat übrigens gestern einen Mann aus der Spezialeinheit verhaften wollen. Ausgesprochen witzig im Zusammenhang mit dem, was Garrelt so tönt ...»

«Darf ich mir das jetzt mal in Ruhe ansehen?» sagte Gottschalk und streckte die Hand aus.

«Bitte», sagte Schweckendick.

Er schob ihm die Zeitung hin.

«Euren Bericht», seufzte Gottschalk. «Garrelts Ausführungen muß ich nun wirklich nicht noch mal haben.»

Fedder allerdings interessierten sie sehr. Er stand mit seinem Tablett, auf dem er den Kaffee und einige Stücke Gebäck trug, vor der Anschlagtafel der GdP und las:

> **Hamburg:** Echte Polizisten mit falschen Papieren im Untergrund des St. Pauli-Milieus. Rauschgifthandel, Waffengeschäfte, Prostitution und Zuhälterei, Falschgeld und Autoschiebereien – der undurchdringliche Dschungel des organisierten Verbrechens. Jetzt endlich wollen die Sicherheitsbehörden den Sumpf trockenlegen. Und prompt beginnen Hamburgs Mafiosi zu zittern. FD 65 oder OK – so nennt sich die neugegründete Spezialgruppe der Polizei. Ihr Auftrag: Kampf gegen St. Paulis Gangster-Bosse. Das Rezept: Besonders ausgebildete Beamte heimlich ins Milieu einschleusen. Die Spezialagenten sind für die Ganoven-Szene zurechtgetrimmt. Mit neuer Identität, konstruierter Vergangenheit, falschen Papieren tauchen sie in den Verbrecher-Untergrund ein. «Ein langfristiges Unternehmen», kündigt Kripo-Chef Dr. Hans Garrelt an. «Diese Männer müssen natürlich charakterlich einwandfrei sein. Keine Schwachstellen – sonst sind sie verwundbar. Das Familienleben muß tipptopp sein. Nix mit Alkohol, Drogen und so», skizziert er seine Spezialtruppe. Die OK-Polizisten (OK gleich organisierte Kriminalität) sollen Informationen über geplante Verbrechen sammeln, den Zeitpunkt und Ort ausmachen, Beweise liefern, Namen registrieren – den Zugriff der Polizei vorbereiten. Einsätze werden langfristig geplant und generalstabsmäßig vorbereitet. Garrelt: «Wir überlassen nichts dem Zufall. Unser OK-Mann wird gezielt für eine bestimmte Aufgabe ausgesucht. Das heißt auch – wir holen ihn auch aus einer anderen Stadt, damit er nicht von irgendwelchen Leuten, Bekannten zum Beispiel, erkannt wird. Die Tarnung muß perfekt sein.» Der Spezialagent hat seinen Führungsbeam-

ten. Mit ihm steht er in Verbindung, von ihm wird er gelenkt. Einsame Entscheidungen – unmöglich. Ein Team unter Leitung von Staatsrat Bernhard Goebel steuert die gesamten Operationen. Jeder Schritt wird von einem Richter und einem Staatsanwalt «abgesegnet». Garrelt: «Die Sicherheit unserer Beamten im Milieu hat Vorrang. Wir lassen ihn nicht im Regen stehen. Aber alles muß absolut legal bleiben.» Die FD 65 (FD gleich Fachdirektion) hat 45 Beamte. Ihre Ermittlungen richten sich ausschließlich gegen die organisierte Kriminalität. Garrelt: «Wir sorgen dafür, daß unsere 65er nicht mit Nebensächlichkeiten aufgehalten werden. Schließlich müssen sie äußerst professionell in einem sehr sensiblen Gebiet arbeiten.» Die Gruppe wurde nach amerikanischem Vorbild aufgebaut. Ein FBI-Fachmann ist zur Zeit in Hamburg und gibt seinen deutschen Kollegen «heiße Tips». Nach Hamburger Vorbild werden jetzt auch in anderen Bundesländern verdeckte Ermittler auf organisierte Verbrecher angesetzt. So in Baden-Württemberg und in Schleswig-Holstein.

An den Rand neben den letzten Zeilen hatte jemand geschrieben: Cotton was here! Ein anderer darunter: *Nein*! Kottan und seine Chaoten-Crew *ist* hier!

Der Kaffee dampfte kaum noch, und Fedder nahm sich keine Zeit mehr, die Entgegnung der Polizeigewerkschaft zu lesen.

Er warf nur einen kurzen Blick auf das Foto, das Garrelt zeigte, und nickte anerkennend. Im Gegensatz zu vielen seiner Kollegen schätzte er seinen Chef sehr und hoffte, ihm eines Tages angenehm aufzufallen. Als er in den Gang einbog, der zu den Diensträumen seiner Abteilung führte, begegnete ihm Schweckendick.

«Drei Kaffee», stellte Schweckendick fest. «Das ist einer zuviel. Danke.»

Ohne Fedders Reaktion abzuwarten nahm er ihm einen Becher vom Tablett und eilte weiter.

ZWEI

1

Die Frauen waren riesig, und sie waren nackt, bis auf die ledernen Riemen, die ihre Taillen einschnürten, und sie umzingelten ihn, und er sah nichts anderes als ihre Augen: glitzernde Klunker; sie lachten ihn aus, spotteten seiner, als er sich bemühte, ihnen zu entkommen; sie wußten: er vermochte es nicht, sie konnten mit ihm spielen, stießen ihn hin und her, von einer zur anderen, und jede riß ihm ein Stück seiner Kleidung vom Leib, und sie hielten ihre Beute hoch und schätzten den Wert, und er versuchte, seine Blöße zu verdekken, aber es gelang ihm nicht, sie verhöhnten ihn, und ihre Bewegungen wurden schneller und schneller, und ein eisiger Wind umwirbelte ihn und ihn fröstelte, und er konnte ihren Atem spüren und ihre spitzen Nägel, die seine Haut streiften. Er ließ sich zu Boden fallen und rollte sich weg, und die Frauen kreischten und packten ihn, und er konnte hören, wie ihm das Fleisch von den Knochen gerissen wurde, und er sprang auf und rannte, stolperte und fiel kopfüber in eine Grube, und sank tiefer und tiefer, bis die Erde zurückwich und Wände wuchsen, ein Raum mit hohen Fenstern und wehenden Gardinen, und er öffnete die Tür und kam in ein Zimmer und sah einen gedeckten Tisch, und er blieb stehen und wartete, aber es geschah nichts, kein Laut war zu hören, und er machte ein paar Schritte, ging im Kreis und der Kreis wurde enger, ein Tuch hüllte ihn ein, ein weißes Laken, das ihn zu Fall brachte, er fühlte sich gepackt und wurde aufgebahrt, in einen Käfig geschoben und lag da im Dunkeln, bis über ihm Lichter aufflammten und die Gitterstäbe zu glühen begannen und die Frauen wieder da waren, aber jetzt konnten sie ihm nichts anhaben, sie keuchten und fauchten und ballten die Hände, und er genoß ihre Wut, die ihn nicht erreichte, er stand auf und wedelte mit einem Bündel Geld, lockte sie heran wie Tiere mit einem Stück rohem Fleisch, sie schnappten nach ihm, und er lachte über ihre gierigen Münder und kehrte ihnen den Rücken, ein Gang tat sich auf, und er durchschritt ihn, gelangte auf eine Straße und war unter Menschen, die an ihm vorbeihasteten, und er wunderte sich über ihre Eile, niemand blieb stehen oder saß auf einem der Stühle in der Sonne, und er schlenderte umher und war sehr mit sich zufrieden, bis es mit einemmal dunkel wurde, und ein Wind aufkam, der ein Feuer in ihm entfachte, das ihn zu verzehren drohte, und er brannte, brannte lichterloh, und er schrie, und seine Schreie wurden immer lauter, kamen als Echo zurück, und eine Hand legte sich auf seine Stirn, und er öffnete die Augen und sah ein Gesicht über sich, ein Leuchten, das ihn blendete, sein Körper schmerzte und war schwer, er konnte sich nicht aufrichten und sank zurück in die Finsternis.

2

Es war am vierten Tag nach seiner Einlieferung, als die behandelnden Ärzte mitteilen ließen, daß Bernd Müller zeitweise das Bewußtsein erlange.

Vernehmungsfähig sei er allerdings nicht. Ein nach wie vor kritischer Zustand. Erst zum Ende der Woche hin könne man mehr sagen. Am Freitag vielleicht.

Gottschalk quittierte es mit einem Achselzucken.

Der Alte kümmerte ihn inzwischen einen Dreck.

Er ackerte einen Schwung Papiere durch, Ermittlungsberichte, Protokolle.

Den Tatortbericht.

Er las ihn jetzt zum wer-weiß-wievielten Mal, studierte Zeile für Zeile:

3.1 Tatort im weitesten Sinne ist die aus zwei Zimmern, Küche, Bad und Balkon bestehende Wohnung des Fred Torbecke in Hamburg 13, Hallerstraße 86/II. Die Wohnung liegt im rückwärtigen Teil des Gebäudes, der Balkon zum Innenhof hin.

3.2 Tatort im engeren Sinne ist das 5 × 4 m große, 2,97 hohe Wohnzimmer mit Tür zum Balkon. Siehe beiliegende Tatortskizze.

Die Skizze.

Der eingezeichnete Kreis. Links neben der Tür.

Bis auf die abgehängte kugelförmige Lampe aus gelb getöntem Glas keine Anzeichen von Unordnung oder mutwilliger Zerstörung.

Keine Anzeichen.

Das Fenster stand offen. Die Übergardinen waren zugezogen.

Ein offenes Fenster im zweiten Stock.

Gottschalk blätterte zurück.

Spurensicherungsbericht.

Die Spurensuche wurde vom Beamten des Erkennungsdienstes, KOM Dühlmeyer durchgeführt.

Türen und Fensterrahmen wurden mit Rußpulver nach Fingerspuren abgesucht. Beiliegende Auflistung. Gesonderter Spurensicherungsbericht. Fingerspuren von Fred Torbecke am Griff des Fensters.

Keine weiteren Spuren am Fenster. Keine auf dem Balkon.

Nachträgliche Aussage von KOM Dühlmeyer.

Gottschalk überflog die Blätter und legte sie beiseite, nahm sich seine eigenen Notizen vor.

Einstiegsmöglichkeit vom Innenhof aus. Über das Dach des angrenzenden Lebensmittelgeschäfts.

Er hatte gestern nachmittag Torbeckes Nachbarn befragt.

Niemand hatte etwas gesehen oder gehört. Keine ungewöhnlichen Geräusche. Auch aus Torbeckes Wohnung nicht.

Fred Torbecke galt als ruhiger Mieter. Ein freundlicher junger Mann. Hat immer gegrüßt. War hilfsbereit. Hat mir die Einkaufstasche hochgetragen. Und samstags kam die Mutter. Der einzige Besuch.

Gottschalk fluchte leise vor sich hin und sah zu Broszinski hinüber. Der rauchte seine dritte Zigarette und starrte Löcher in die Luft. Fedder war in der Stadt unterwegs. Er stöberte Torbeckes Freunde und Bekannte auf. Mit mäßigem Erfolg. Die, die er bisher angetroffen hatte, konnten sich nicht vorstellen, daß Fred womöglich ermordet worden war. Wer sollte das getan haben?

Ja, wer? Und warum?

Torbecke war im April arbeitslos geworden, und seine Tage waren seitdem von einer geradezu erschreckenden Eintönigkeit gewesen.

Er war morgens kurz aus dem Haus gegangen, hatte sich im Videoshop Grindelallee täglich drei Cassetten ausgeliehen und bis zum Spätnachmittag in der Wohnung gesessen. Abends ein Telefonat mit der Mutter. Zweimal in der Woche hatte er bei ihr gegessen. Nicht viel geredet. Auch in der Kneipe nicht, in der er gelegentlich ein Bier getrunken hatte.

Gottschalk streifte unter dem Tisch die Schuhe von den Füßen und streckte die Zehen.

Das Linoleum war angenehm kühl.

«Bleibt Heike», sagte er mehr zu sich.

«Bitte?»

«Heike», wiederholte Gottschalk. «Man kann es drehen und wenden wie man will. Das einzige Motiv ist die Frau.»

«Natürlich.»

«Wenn dieser verdammte Füllfederhalter nicht wäre. Bist du sicher, daß die Alte ihn nicht eingesteckt hat?»

«Warum sollte sie?»

«Sie hat den Brief vom Tisch genommen.»

«Sie hatte einen Schock.»

«Eben.»

«Nein», sagte Broszinski. «Torbecke hatte keinen Füllfederhalter der Marke *Cross*. Daran gibt's nichts zu rütteln.»

Gottschalk seufzte.

«Wer macht sich die Mühe, unbemerkt in Torbeckes Wohnung einzudringen, ihn mit seinem eigenen Gürtel zu strangulieren, einen Brief zu fälschen und vergißt dann, den Stift zurückzulassen?»

«Keinen x-beliebigen Stift. Einen teuren Federhalter.»

«Was auch immer. Wozu das alles. Wer hat ein Interesse daran, Torbecke aus dem Weg zu schaffen? Einen harmlosen Burschen?»

«War er harmlos?»

«Guck dir das hier an. Völlig unscheinbar. Ein Niemand. Bis auf die Beziehung zu Heike.»

«Du hast recht. Heike ist der Angelpunkt.»

Broszinski stand auf und ging ein paar Schritte im Zimmer umher.

«Also», sagte Gottschalk. «Heike zum ersten.»

«Gut», sagte Broszinski. «Knoop.»

Gottschalk zitierte aus dem Gedächtnis.

«Hat sie nach zwei Jahren Ehe zum Teufel gejagt. Soll ihn ständig betrogen haben. Sagt, eine Schlampe, hat sich nicht um den Haushalt gekümmert, den Job bei der RCA nur angenommen, um noch weniger zu Hause zu sein als ohnehin schon. Er hat sie ein paarmal durchgeprügelt und, als das nichts half, rausgeschmissen. Mein Eindruck, ein Arschloch. Wünsche keiner Frau, an ihn zu geraten.»

«Ganz deiner Meinung.»

«Sie nimmt außer ihren Kleidern und ein paar persönlichen Dingen nichts mit.»

«Geld?»

«Hat ein eigenes Konto und das Gehalt von der RCA.»

«Keine Ansprüche gestellt?»

«Nein, die Scheidung lief glatt über die Bühne. Ein klarer Schnitt.»

«Gut. Von Knoop ist sie weg. Sie arbeitet noch bei der RCA und hat sich bei Fred einquartiert. Wo und wie hat sie ihn kennengelernt?»

«Die Frage geht an dich.»

«Die Mutter weiß es nicht.»

«Seine Freunde?»

«Fedder», sagte Broszinski nur.

Fedder saß auf einer Bank nahe am Wasser und trommelte ungeduldig mit dem Stift auf sein Notizbuch.

Er wartete.

Der Mann neben ihm rauchte.

Er war hager und nachlässig gekleidet. Turnschuhe, abgewetzte Jeans und ein altes Tennishemd. Fedder schätzte ihn auf Ende Zwanzig.

Der Mann hieß Paul und war Nummer fünf auf seiner Liste.

Er hatte einige Mühe gehabt, ihn ausfindig zu machen, mehrere Telefonate führen müssen, bis er endlich an die richtige Adresse gekommen war, eine Wohnung in der Feldbrunnenstraße, erste Etage, bei Benita Kögel. Paul lebte mit ihr zusammen und hatte in ihrer Gegenwart nicht reden wollen.

Paul rauchte hastig und klopfte nach jedem Zug die Asche ab.

«Okay», sagte er jetzt endlich. «Für mich ist das eigentlich schon längst abgefeiert. Aber Benita, sie hat damit 'n dickes Problem. Sie denkt, ich häng da immer noch voll drin.»

«In was?»

«In dem Ding mit Heike. Fred, den kenn ich doch selbst gar nicht. Nicht persönlich. Nur indirekt, durch sie.»

«Durch Heike?»

«Sag ich doch. Ich hatte mal was mit ihr laufen. Ziemlich intensiv sogar, und Benita ...»

«Heike», sagte Fedder. «Sie hatten eine ...?»

«Ja, zur gleichen Zeit mit Fred. Die ... die Nummer, die kann er nur von ihr haben. Mein Name stand nie im Telefonbuch ... war der Anschluß von Sonja und ...»

«Moment mal», unterbrach ihn Fedder. «Ich muß mir das notieren ...»

«Ist denn das so wichtig, was ich ...?»

«Ja, im Zusammenhang mit ... wann war das? Wann und wo haben Sie Heike kennengelernt?»

Paul überlegte nicht lange.

«Letztes Jahr», sagte er. «Februar, März rum. Aber wie ...»

«Weiter, bitte. Wo?»

«In 'ner Disco», sagte Paul. «Ja, auf der Reeperbahn, Sheila ... ich war da häufiger und ... okay, wir sind total aufeinander abgefahren. Sie ... sie wohnte allerdings bei Fred und ich bei Sonja. Aber mit Sonja und mir war nie so richtig was und von daher ... ich ging das locker an, aber ...»

«Ja ...?»

«Muß das sein?»

«Ja», sagte Fedder. «Für unsere Ermittlungen ist das ...»

«Es war allein ihre ... also Fred ...»

«Sie wohnte doch bei Fred ...»

«Ja, logo. Sie ... sie hat mir das nach und nach verklickert und ... okay, Fred hatte sie aus der Scheiße geholt. Sie war mal mit 'nem ... mit einem von euch war sie verheiratet und das muß echt heavy gewesen sein ... hat sie jedenfalls reichlich fertiggemacht. Und Fred ... Fred war so was wie 'n Kumpel für sie, der einzige, bei dem sie alles abladen konnte und reden ... ja, mit dem quatschte sie über alles mögliche. Das ... ich hab das anfangs auch nicht so gerafft, die ... nee, die hatten echt 'ne gute Beziehung auf dem Gebiet, irgendwie völlig okay ... aber ...»

«Ja?»

Paul nahm sich eine neue Zigarette und brannte sie an. Seine Hände waren schmal und sehnig und zitterten leicht. Er sog den Rauch tief ein und drückte an der Zigarette herum.

«Aber trotzdem kam sie zu Ihnen», sagte Fedder. «Warum?»

«Ich ... ich weiß wirklich nicht, was das soll. Mit Fred hat das ... ich ...»

«Fred ist ...»

«Fred ... okay, aber sicher nicht deswegen. Ich ... gut, okay, okay. Fred ... er, er hat das wohl sexuell nicht so gut gebracht», sagte Paul. «Heike, die ... die hatte so 'ne Art Freibrief, hat sich das woanders geholt und ich ... sie ...»

«Sie ...?»

«Sie ... okay, also brutal gesagt, sie ... sie wollte ordentlich durchgevögelt werden ... brauchte das und ... reicht das jetzt? Das ... das war's nämlich ... zufrieden?»

Fedder fühlte wieder dieses merkwürdige Gefühl in sich aufsteigen, diese Mischung aus Faszination und Abscheu.

Er atmete tief durch.

«Ich ... ich war geil auf sie, ja, okay ... ich ... ich hab's ihr besorgt, ja. Aber das ... das ist längst gelaufen. Ich ... ich hab sie seit ...»

«Wann hatten Sie den letzten Kontakt mit ihr?»

«Seit ... im Oktober», sagte Paul. «Oktober, November und dann ... dann war das ...»

«Das ging also von Februar bis November letzten Jahres und ...»

«Nein, ich ... den Sommer über war sie weg. Aber das ... alles gelaufen, ich ...»

«Heike», sagte Fedder jetzt. «Heike ist ermordet worden und ...»

«Das ist ...»

«Und Sie werden verstehen, daß ...»

«Das ist link», sagte Paul. «Das ist eine ganz linke Tour, die ihr da fahrt! Ihr ... ich hab damit nichts zu tun, nichts! Ich ... oh, Scheiße, sie ... Fred ... das ist ...»

«Ihre Aussagen sind für uns ...»

«Ich sage nichts aus!» sagte Paul. «Nicht ohne Anwalt. Ich ...» Er sprang erregt auf, und Fedder klappte sein Buch zu, steckte es in die Jackentasche.

Er stand ebenfalls auf und schaute sich um.

Weit und breit war kein Mensch zu sehen. Ein paar Schwäne zogen über das Wasser.

Es war still und friedlich in diesem Teil des Parks.

«Hören Sie», sagte Fedder.

«Nein», sagte Paul und machte Anstalten zu gehen.

Fedder vergewisserte sich noch einmal, ob sie allein waren.

Sie waren allein.

Fedder hielt Paul am Arm zurück.

Henry Prätsch war ein fetter Mann mit schütterem Haar und einer ungesunden, blassen Gesichtsfarbe. Er trug einen zerknitterten Anzug, der an den entsprechenden Stellen speckig glänzte und rauchte Kette.

Broszinski rauchte auch. Der Aschenbecher auf dem Schreibtisch quoll bereits über, und die Luft im Zimmer war zum Schneiden.

Henry Prätsch hatte drei Monitore in seinem Blickfeld, auf denen Scheibe, Käfig und Garderobe zu sehen waren. Auch Broszinski sah, was sich auf ihnen abspielte.

Auf der Scheibe spreizte eine dunkelhäutige Frau die Beine und befriedigte sich mit sämtlichen Fingern der rechten Hand. Sie hatte die Augen geschlossen und den Mund weit aufgerissen.

«Ich habe noch nie Ärger gehabt», sagte Prätsch gerade. «Mit keinem von den Mädchen. Sind alle sauber.»

Broszinski nickte gelangweilt.

Im Käfig tänzelte eine stattliche Blondine herum und ließ ihre nackten Brüste wackeln. Sie trug noch ihren Slip, an dem sie ständig zupfte, und der wohl gleich fallen würde.

«Wollen Sie was trinken?» fragte Prätsch.

«Nein.»

«Dachte ich mir. Dumme Frage.»

«Daran bin ich gewöhnt.»

«Ich kann Ihnen nicht mehr sagen.»

«Ich denke schon.»

«Was denn noch?»

«Ihre Meinung.»

«Zu was?»

«Warum Lucile aufgehört hat und spurlos verschwunden ist.»

«Vielleicht hatte sie Angst.»

«Vor was?»

«Ihre Kollegin ist schließlich umgebracht worden. Von einem Gast.»

«Das hat sie Ihnen aber nicht als Grund angegeben?»

«Sie haben mich nach meiner Meinung gefragt.»

«Und Sie glauben, sie hatte Angst, ebenfalls getötet zu werden?»

«Viele von den Mädchen sind abergläubisch. Ein Mord an einer Kollegin, das bringt einige dazu, auf der Stelle den Job zu schmeißen. Das müßtet ihr doch wissen.»

«Von Callgirls und Nutten, ja. Soweit sie es können.»

«Die Mädchen hier sind keine Nutten.»

Die Blondine ging jetzt in die Knie. Das Mädchen auf der Scheibe wälzte sich auf den Bauch und streckte den Arsch hoch. In der Garderobe hockten ein paar leichtbekleidete Frauen. Eine von ihnen nagte an einer Hühnerkeule.

Broszinski drückte seine Kippe aus.

«Vor was also sollte sie Angst haben?»

«Daß noch so ein Verrückter auftaucht. Sie abfängt und kaltmacht.»

«Manuela ist freiwillig mitgegangen.»

«Was wollt ihr mir eigentlich anhängen?»

«Vorläufig nichts.»

«Hier läuft alles korrekt. Fragen Sie Ihre Kollegen. Was die Mädchen draußen machen geht mich nichts an.»

«Wer hat mit Manuela und Lucile die gleiche Schicht gehabt?»

«Das wechselt.»

«In der letzten Woche, am Freitag?»

Prätsch nahm eine Kladde aus dem Schreibtischfach und schlug sie auf.

Broszinski beugte sich vor und nahm sie ihm aus der Hand. Prätsch zuckte die Achseln. Er zündete sich eine neue Zigarette an der Heruntergerauchten an und blies den Rauch in Broszinskis Richtung.

Broszinski blätterte zurück. Unter dem Datum vom vergangenen Freitag waren zwölf Namen aufgeführt. Sechs für die Zeit von 10–17 Uhr, die zweite Hälfte für die Zeit von 17–24 Uhr.

Er las laut vor.

«Rosi, Christa, Manuela, Birte, Lucile, Sandra.»

«In der Reihenfolge ihres Auftritts», kommentierte Prätsch.

«Rosi, Christa, Birte, Sandra», sagte Broszinski. «Wer von denen ist augenblicklich hier?»

Prätsch drückte auf die Taste der Gegensprechanlange.

«Birte!» blaffte er.

Aus der Gruppe der Garderobenmädchen hob eine Frau den Kopf und blickte in die Kamera.

«Ins Büro!»

Die Frau stand auf. Sie trug ein knapp sitzendes Lederkorsett und Schaftstiefel. Sie streckte die Hand aus.

Für einen Moment war auf dem Monitor nichts zu sehen.

Gottschalk trat aus der Fahrstuhlkabine und sah sich im Vorraum um. An den Wänden hingen Plakate und Plattencover. Erfreut stellte er fest, daß Curtis Fuller darunter war, eine Session von neunundfünfzig.

Er verband mit dieser Aufnahme die angenehme Erinnerung an eine lange Sommernacht. In Turku war das gewesen, in einem Jazzclub, wo er Fuller hatte spielen hören, mit Tommy Flanagan am Piano, *blues-ette*, ein phantastisch swingendes Stück, das sich seitdem eingeprägt hatte, Assoziationen auslöste: eine kräftige Mahlzeit bei den finnischen Freunden, Kartoffeln und Sardellen in süßer Sahne, schwarz gebrannter Schnaps, Bier und der Saunabesuch nach dem Konzert, in der Morgendämmerung, der See, die Wälder, das Gefühl, alles in der Welt stehe ihm offen. Unwillkürlich schnippte er die ersten Takte und öffnete die Tür.

Die Frau am Empfang blickte ihn fragend an.

«Ich bin mit Frau Herzog verabredet», sagte er.

«Mit Eva?»

«Mit Eva Herzog, ja.»

«Wen darf ich melden?»

«Gottschalk», sagte er. «Wir haben miteinander telefoniert ...»

«Einen Moment bitte, Herr Gottschalk.»

Sie wählte eine Nummer, nannte seinen Namen und nickte ihm zu.

«Am Ende des Ganges», sagte sie. «Die letzte Tür rechts.»

Gottschalk marschierte los.

Die meisten Bürotüren standen weit offen und aus den Räumen klang Musik und das Klappern der Schreibmaschinen. Er hörte Gesprächsfetzen und hatte den Eindruck, daß es hier locker zuging, Spruch und Spaß angesagt waren, alles easy, no problem, check das durch. Englische Sprachbrocken und viel Gelächter. In einem Büro wurde gerade eine Flasche Sekt entkorkt. Ein junger Mann jonglierte mit einer Frisbyscheibe.

Die ihm angegebene Tür war geschlossen.

Gottschalk klopfte und öffnete sie, ohne eine Antwort abzuwarten. Das Zimmer war nicht sonderlich eindrucksvoll. Es war nicht sehr groß, und durch die Fensterscheiben sah man auf die Reklametafeln des gegenüberliegenden Supermarktes. Auf dem Schreibtisch häuften sich Berge von Papier; Zeitschriften und Plattenhüllen lagen überall herum, und an einer Wand hing ein riesiger Terminplan, der bis auf wenige Stellen ausgefüllt war.

Die Frau, die mit dem Rücken zu ihm vor einem Terminal gestanden hatte, drehte sich um und reichte ihm die Hand. Ihr Händedruck war kurz und kräftig, und Gottschalk fand sie auf Anhieb sympathisch. Sie war etwas füllig und hatte ein freundliches, offenes Gesicht. Eine Frau um die Vierzig, die zu wissen schien, wo es langging. Ein klarer Blick.

«Es geht um Heike», begann sie das Gespräch und bot ihm einen Stuhl an.

«Ja», sagte Gottschalk. «Sie sagten mir, daß sie seinerzeit mit Ihnen hier zusammengearbeitet hat.»

«Das ist richtig. Sie war meine Assistentin.»

«Und Sie hatten über die Arbeit hinaus auch privat Kontakt mit ihr.»

«Wir haben gelegentlich einen Wein getrunken.»

«Und geredet.»

«Ja. Sie wollen sicher alles wissen, an was ich mich erinnere?»

«Genau. Ich muß Ihnen ganz ehrlich sagen, daß wir in bezug auf ihr Leben, ihren Umgang, Bekannte und Freunde, weitgehend im dunkeln tappen.»

«Das wundert mich nicht», sagte Eva und schlug die Beine übereinander. Sie hatte sich ihm gegenübergesetzt und ihn taxiert. Offensichtlich machte er auch einen guten Eindruck auf sie.

Gottschalk zog fragend die Augenbrauen hoch.

«Sie war in der Hinsicht äußerst verschlossen», fuhr Eva fort. «Schwierig, wenn Sie so wollen. Sie ließ so leicht niemanden an sich heran.»

«Aber Sie ...?»

«In den ersten Wochen war nicht mehr von ihr zu erfahren, als daß sie verheiratet und nicht gerade glücklich war. Sie sprach zwar auch darüber kaum, aber man spürte, wie sehr ihr die Situation zu schaffen machte. Ich nehme an, daß Sie mit ihrem ehemaligen Mann ...»

«Ja, natürlich. Wir haben mit ihm gesprochen. Aber er ist ...»

«Was halten Sie von ihm?»

«Nicht viel», gab Gottschalk zu.

«Ja, er muß ein ziemlicher Despot gewesen sein, sie seelisch und körperlich mißhandelt haben. Sie kam ein paarmal mit geschwollenem Gesicht hier an. Er hatte sie geschlagen.»

«Das hat er zugegeben. Sie soll ihn betrogen haben.»

«Ist das eine Entschuldigung?»

«Hat sie ihn betrogen?»

«Was heißt das für Sie? Mit jemandem auszugehen, zu reden ...?»

«Zu schlafen.»

«Mag sein, daß sie das getan hat, daß sie jemanden suchte, der sie verstand. Ihr eine Alternative bot. Für mich wäre das lediglich die Reaktion auf ...»

«Ja, ich verstehe.»

«Wirklich?»

«Natürlich. Aber als ermittelnder Beamter muß ich festhalten, daß sie außereheliche Beziehungen hatte ...»

«Ich sagte, mag sein. Ich weiß es nicht. Ich weiß nur, daß sie sich hin und wieder telefonisch mit jemandem verabredete.»

«War das Torbecke?»

«Sie nannte keinen Namen, aber da sie später zu ihm zog, nehme ich an, daß er es war.»

«Wann hat sie Ihnen gegenüber Torbecke zum erstenmal erwähnt?»

«Auf der Weihnachtsfeier hier. Sie hatte einiges getrunken, und ich bot ihr an, sie nach Hause zu fahren. Da sagte sie, daß Fred sie abhole und ...»

«Ja?»

Gottschalk hatte seinen Notizblock aufgeklappt und notierte.

«An dem Abend war sie überhaupt anders als sonst. Weniger zurückhaltend. Und das lag nicht allein am Alkohol. Sie war sehr gelöst und gesprächig, wirklich gut dabei. Fred? habe ich sie gefragt. Wer ist Fred? Ein guter Freund, sagte sie. Ein echter Freund. Ich habe nicht weiter nachgehakt, war dann über die Tage in Urlaub, und als ich nach Neujahr zurückkam, hatte sie sich krank gemeldet. Sie war nicht krank. Knoop hatte sie ...»

«Ja», unterbrach Gottschalk sie. «Silvester kam es zu dem endgültigen Bruch. Das wissen wir. War Torbecke der Anlaß?»

«Das kann ich Ihnen nicht sagen ...»

«Aber hat sie nicht ...?»

«Sie war in der Zeit danach kaum ansprechbar, total zu. Und als sich das löste, blieb es bei Banalitäten. Ja, sie sei zu Torbecke gezogen, weil sie nicht wisse, wohin sonst. Fred sei nett, hilfsbereit und so weiter. Floskeln. Ich bin nicht dahintergekommen ...»

«Auch nicht, woher sie ihn kannte?»

«Von irgendeinem Fest her. Ich weiß es wirklich nicht. Ich habe mehrere Male gefragt, aber sie ließ nichts raus.»

«Und wie wirkte sie auf Sie in dieser Zeit?»

«Nicht sehr zufrieden. Nein, ausgeglichen oder gar glücklich war sie nicht. Manchmal hatte ich das Gefühl, als sei ihr alles egal, als sehe sie in nichts mehr einen Sinn.»

«Und das hielt an?»

«Ja, über Wochen, bis Februar, März hin. Da entschied sich zum einen, daß ihre Stelle hier doch nicht gehalten werden konnte. Aber das war ihr von Anfang an gesagt worden. Daß es nur eine Anstellung auf Zeit war, nicht auf Dauer. Sie hatte auch damit gerechnet, daß Ende März für sie hier Schluß war. Und als der Termin näher rückte, lebte sie auf. Sie sprach davon zu verreisen.»

«Allein?»

«Sie sagte nur, ich muß mal aus allem raus, Abstand kriegen. Ich bezog das auf die Ehe, ihre Scheidung ...»

«Und Torbecke?»

«Er wurde von ihr nicht erwähnt.»

«Der gute Freund? Ein echter Freund ...»

«Wie gesagt, sie kam darauf nicht mehr zurück. Ich glaube, die Beziehung zu ihm war eine Art Notbehelf, eine vorübergehende Zweckgemeinschaft.»

«Sie wissen ...?»

«Ja, Sie haben es mir ja am Telefon bereits gesagt. Vielleicht war das ja in letzter Zeit anders. Ich habe Heike seit ihrem Ausscheiden aus der Firma nicht mehr getroffen, nichts mehr von ihr gehört.»

Gottschalk seufzte.

«Kommen wir noch einmal zu ihren letzten Wochen hier. Zu dem, was Sie von ihr mitgekriegt haben. Und ...»

Er stockte. Ihm fiel plötzlich etwas ein. Etwas auf der Hand liegendes. Im wahrsten Sinne des Wortes.

«Sagen Sie, war sie eigentlich damals schon tätowiert?»

Fedder fühlte sich prächtig.

Er lief locker den Weg an der Alster entlang, steigerte sein Tempo und spurtete bis zur Kreuzung.

Da blieb er stehen, schüttelte Arme und Beine aus und machte sich dann auf die Suche nach der nächsten Telefonzelle.

Er ging in Richtung Gänsemarkt.

Unterwegs beschloß er, doch erst eine Kleinigkeit zu essen und dann anzurufen.

Er entschied sich für einen Italiener in der Gerhofstraße und wählte Mozarella mit Tomaten und Basilikum. Ein Mineralwasser.

Er unterließ es, nach dem Zustand der Zitronen zu fragen.

Die Bedienung war unwirsch. Er wollte sich nicht seine gute Laune verderben lassen.

Fedder machte es sich auf seinem Stuhl bequem und pfiff ein paar Takte vor sich hin.

Eine junge Frau am Nachbartisch bezog das auf sich. Sie runzelte die Stirn.

Fedder grinste sie an.

Sie raffte ihre Sachen zusammen und wechselte den Platz.

Eine ihrer Einkaufstüten fiel zu Boden. Eine Milchtüte zerplatzte, und die Frau bekam einen roten Kopf.

Die Lache breitete sich aus.

Der Mann an der Espressomaschine gab der Bedienung Anweisung, einen Lappen zu holen. Die Bedienung erklärte, nicht als Putzfrau angestellt zu sein. Der weitere Wortwechsel wurde zweisprachig geführt.

Fedder liebte italienische Flüche. Er genoß die Szene.

Die junge Frau warf ihm einen giftigen Blick zu. Sie hatte sich gebückt und hob mit spitzen Fingern die Plastiktüte an.

Ein elegant gekleideter Herr wollte ihr helfen und glitt aus. Die Schweinerei war perfekt.

Der Italiener kam herangestürzt, schlug die Hände zusammen und bekreuzigte sich.

Die Bedienung band ihre Schürze ab.

Fedder schloß daraus, daß er wohl nicht mehr bedient werden würde und verließ das Restaurant.

Es war ein heißer Tag.

Fedder zog seine dünne Leinenjacke aus und öffnete zwei weitere Hemdknöpfe.

Er sah sein Spiegelbild in einer Schaufensterscheibe. Eine gewisse Ähnlichkeit mit dem jungen Belmondo war nicht zu leugnen. Er bedauerte, nicht zu rauchen. Eine Zigarette hätte ihm jetzt gut zu Gesicht gestanden.

An der ersten Telefonzelle hing ein Schild.

In der zweiten stand ein älterer Mann. Er hatte den Hörer abgehoben und seinen Krückstock an die Gabel gehängt.

Fedder zog die Tür auf und machte ihn darauf aufmerksam.

Der Mann verbot sich Belehrungen und drängte ihn hinaus.

Fedder ging zur Post.

Er wählte die Nummer seines Büros. Es meldete sich niemand.

Fedder sah automatisch auf die Uhr.

Es war 13.38 Uhr. Keine Tischzeit mehr.

Er hängte ein und überlegte.

Jemand klopfte hinter ihm an die Scheibe. Er drehte sich nicht um und hob erneut ab.

Diesmal wählte er Gillas Nummer. Er hatte seit Samstag nichts mehr von ihr gehört. Sie rief nie von sich aus an.

Gilla meldete sich gähnend.

«Ach, du», sagte sie dann.

Fedder ließ sich nicht verschrecken.

«Wie geht's?» fragte er.

«Wie geht's dir?»

«Ausgezeichnet.»

«Kaum zu glauben», sagte sie.

«Doch», sagte er. «Wann sehen wir uns?»

«Zu was?»

Fedder wußte nur zu gut, worauf sie anspielte.

Er lächelte verlegen und zuckte die Achseln. Erst dann kam ihm, daß sie ihn ja nicht sehen konnte.

«Nur so», sagte er und legte viel Schmelz in seine Stimme. Gilla war nicht sonderlich beeindruckt.

«Ich hab heute Spanisch», sagte sie.

«Spanisch», wiederholte er.

Augenblicklich war er wieder bei seiner Arbeit. Bei Heike. Sie war den Sommer über in Spanien gewesen, auf Ibiza. Und er wußte, mit wem. Er hatte es aus Paul rausgequetscht, kannte den Namen des Mannes. Er war stolz auf sich.

Er glaubte nicht, daß Paul Anzeige gegen ihn erstatten würde.

«Danach?» fragte er.

«Morgen», sagte sie. «Wenn du unbedingt willst.»

Morgen war er bei Gottschalk zum Abendessen eingeladen. Mit Broszinski. Es sollte ein Arbeitsessen sein. Und eine Überraschung geben. Gottschalk hatte sehr geheimnisvoll getan.

«Freitag», sagte Fedder.

«Ruf vorher noch mal an», sagte Gilla.

«Si, senora», sagte Fedder.

«Senorita», verbesserte ihn Gilla.

Fedder lachte trotzdem fröhlich auf. Er war wirklich guter Dinge. Er schmatzte einen Kuß auf die Muschel und drückte die Gabel herunter. Dann versuchte er es noch einmal im Büro.

Broszinski hatte DM 95,80 erspielt und machte Schluß. Die Geldstücke schepperten in die Schale.

Broszinski klaubte sie heraus und ging nach vorn zur Kasse.

Die Frau dahinter war neu.

Er stapelte die Münzen vor ihr auf und zündete sich eine Zigarette an.

Die Frau zählte umständlich nach. Dann gab sie ihm die entsprechenden Scheine. Broszinski dankte und trat auf die Straße.

Er hatte noch gut drei Stunden Zeit und überlegte, ob es sich lohne, in Torbeckes Wohnung zu fahren. Er hatte das dumpfe Gefühl, daß sie gestern etwas übersehen hatten. Gottschalks Genauigkeit sprach allerdings dagegen.

Broszinski bog in die Kirchenallee ein.

Er war unentschlossen. Drei Stunden waren eine lange Zeit. In drei Stunden hatte Birte ihre heutige Schicht beendet. Ohne es auszusprechen hatten sie sich darüber verständigt. Daß er auf sie warten würde. Es war ihnen beiden klar.

Broszinski dachte an Elinor. Mit ihr hatte er die gleiche Übereinstimmung gehabt. Auch noch, als sie sich getrennt hatten. Ein Blick hatte genügt, um zu wissen, was angesagt war. So waren sie oft ins Schlafzimmer hinübergegangen, hatten sich schweigend entkleidet und geliebt.

Vorhin bei Birte war es ähnlich gewesen. Genauso.

Broszinski überquerte die Straße.

Er verspürte Lust auf ein Bier.

In dem Stehausschank sah er viele bekannte Gesichter. Er holte sich sein Glas und stellte sich zu Ernst.

Ernst prostete ihm zu.

Sie tranken.

«Heiß heute», sagte Broszinski und wischte sich den Schaum aus dem Schnauzer.

«Eine Energieverschwendung sondergleichen», sagte Ernst. «Geht voll auf unsereins Kosten.»

Er tippte an sein Glas. Es war sicher nicht das erste, das er heute leerte.

«Ja», sagte Broszinski. «Das Geld wird knapp.»

«Wenn man was hat», meinte Ernst. «Hast du 'nen Heiermann?»

Broszinski ging nicht darauf ein und bot ihm eine Zigarette an. Ernst nahm sie und ließ sich Feuer geben.

«Bin immer zu Diensten», sagte er.

«Klar, wissen wir doch, Ernst.»

«Ein Heiermann ist nicht die Welt.»

«Kennst du Prätsch?» versuchte Broszinski es.

«Aus dem Wichs-Schuppen?»

«Ja.»

«Was wollt ihr von ihm?»

«Vergiß es», sagte Broszinski.

«Ey, Mann, was soll denn das? Prätsch, klar, kenn ich den. Aber der Laden ist sauber.»

«Und der Mann?»

«Wenn man nicht weiß, um was es geht ...»

«Hast du nichts gehört?»

«War doch wieder unterwegs», sagte Ernst. «Oben an der See, aufm Platz aushelfen. Miese Bezahlung. Bleibt nichts bei hängen und unsereins ... Prätsch, würd sagen, der Mann hält sich bedeckt. Mischt nirgendwo mit.»

Broszinski nickte und trank einen Schluck.

Ernst nickte auch.

«Was liegt denn nun eigentlich an?» fragte er.

«Eins seiner Mädchen ist ermordet worden.»

«Und er ...?»

«Nein», sagte Broszinski. «Er interessiert nur am Rande.»

Er zog ein Foto aus der Tasche und hielt es Ernst hin.

Ernst beugte sich vor und betrachtete es ausführlich. Er kniff die Augen zusammen, kratzte sich am Kinn.

«Kommt mir bekannt vor», sagte er dann. «Ja, das Gesicht ...»

«Heike ...»

«Nee ...»

«Manuela.»

«Scheiß auf Namen», sagte Ernst. «Nee, echt, das Gesicht hab ich schon mal gesehen. Weiß nur im Moment nicht ...»

«Bei Prätsch im ...»

«Nee, Mann, dafür kommt bei mir keine müde Mark über. Ist nicht mein Fall, so was. Da steh ich nicht drauf. Die Frau ... ich hab's vor mir ... das ist schon 'ne Weile her ...»

«Kein Spruch?»

«Kein Spruch», sagte Ernst. «Das Gesicht ...»

«Sie ist tätowiert.»

«Alles klar», sagte Ernst und schlug sich leicht an die Stirn. «Alles klar. Und die war bei Prätsch?»

«In den letzten Wochen und ...»

«Ihr sucht ...?»

«Den Kunden haben wir», sagte Broszinski.

«Warum dackelt ihr dann noch damit rum?»

«Wo hast du sie gesehen?»

Ernst nahm einen letzten Zug und blickte versonnen dem Rauch nach.

An einem der Nebentische ging es um die nächste Runde.

Ernst zuckte die Achseln.

Broszinski steckte das Foto weg und gab dem Mann hinter dem Tresen ein Zeichen.

In dem Büro, in das eine kühl wirkende Brünette Fedder geleitet hatte, waren die Jalousien heruntergelassen. Eine verkleidete Dekkenbeleuchtung spendete gedämpftes Licht, und Fedder nahm den Mann hinter dem Schreibtisch erst nur als dunklen Umriß wahr.

Er blieb an der Tür stehen.

Der Mann erhob sich, und die Brünette verließ den Raum.

Fedder räusperte sich.

«Kriminalpolizei?» fragte der Mann. «Ist das richtig?»

«Ja», sagte Fedder, zückte seinen Ausweis und setzte sich in Bewegung. «Mordkommission, Fedder.»

Der Mann kam ihm entgegen. Er war von kräftiger Statur und hatte graumeliertes, dichtes Haar und buschige Koteletten. Der Ausweis schien ihn nicht zu interessieren.

«Ja, danke. Ich habe zwar keine Ahnung, was Sie herführt, aber bitte.»

Mit einer Handbewegung dirigierte er Fedder zu einer Sitzgruppe, die aus vier Sesseln, einem Sofa und einem Tisch mit einer dreieckigen, gläsernen Platte bestand. Fedder entschied sich für einen der Sessel. Der Mann nahm ihm gegenüber Platz. Er lehnte sich zurück und schlug die Beine übereinander.

«Bitte», wiederholte er. «Um was geht es?»

«Heike Knoop», sagte Fedder.

«Ja?»

«Sie ist ermordet worden.»

«Das war zu befürchten.»

«Bitte?»

«Ich sagte, das war zu befürchten.»

«Das habe ich verstanden. Aber ... entschuldigen Sie, ich ...»

«Sie verdächtigen doch nicht etwa mich?»

«Nein, ich ... Sie nehmen die Mitteilung sehr gelassen zur Kenntnis, Herr Pahl.»

«Sollte ich erschüttert sein?»

«Nach unseren Informationen waren Sie mit Frau Knoop bekannt.»

«Nach welchen Informationen?»

«Ihr Name wurde genannt», sagte Fedder. «Klaus, Klaus Pahl, Wild und Geflügel. Sie sollen im letzten Sommer mit Heike Knoop auf Ibiza gewesen sein.»

«Sie haben meine Frage zwar nicht ...»

«Die Fragen stelle ich und ...»

«Bitte, dann fragen Sie», sagte Pahl und lächelte ein wenig.

Fedder rutschte auf seinem Sessel vor und stützte sich mit den Fingerspitzen auf der Tischplatte ab. Er atmete tief durch.

«Waren Sie mit Frau Knoop im letzten Sommer auf Ibiza?»

«Ja.»

«Was war der Anlaß?»

«Mein alljährlicher Urlaub.»

«Und für Frau Knoop?»

«Ich hatte mich für sie entschieden.»

«Bitte?»

«Hören Sie schlecht?»

«Nein, ich ... wie ist das zu verstehen? Sich für sie entschieden zu haben.»

«Ich hatte eine Anzeige aufgegeben. Der Wortlaut ...»

«Ja?»

«Sinngemäß, gutaussehender Endvierziger sucht attraktive und charmante Ferienbegleitung für Aufenthalt im eigenen Haus auf Ibiza. Tennis, Segeln, getrennte Kasse. Foto erwünscht. Ich habe über hundert Zuschriften erhalten und mich für Heike entschieden.»

«Sie hat Ihnen auf diese Anzeige hin geschrieben?»

«Das geht aus dem, was ich sagte, hervor.»

«Sie sagten, über hundert Zuschriften. Wie kam es zu der Entscheidung zugunsten von ...?»

«Details?»

«Ja. Alle ...»

«Ich bin von den Fotos ausgegangen, den Briefen. Die meisten hatten keinen Stil. Mehr oder weniger eindeutige Offerten, plump formuliert. Aktfotos. Ich suchte keine Nutte. Unterm Strich entsprachen nur vier Damen meinen Vorstellungen. Ich habe mich mit ihnen einzeln getroffen, bin mit ihnen essen gegangen. Zwei gaben unumwunden zu, daß sie noch nie einen Tennisschläger in der Hand gehabt hatten und von Segeln keinen Schimmer. Die dritte war dagegen nur auf Sport aus, und das war mir zu wenig. Blieb Heike ...»

«Sie spielte Tennis und ...?»

«Mäßig, wie sich herausstellte. Aber immerhin. Auf dem Boot war sie nicht ungeschickt und ansonsten ...»

«Ja?»

«Mein Gefühl sagte mir, daß ich mit ihr in jeder Beziehung gut auskommen würde.»

«Und sind Sie gut mit ihr ausgekommen?»

«Bestens.»

«Würden Sie das bitte präzisieren?»

«Wir hatten keine Schwierigkeiten miteinander.»

«Wurden Sie intim?»

«Selbstverständlich.»

«Wann traten Sie die Reise an?»

«Anfang April. Das genaue Datum ...?»

«Ja», sagte Fedder.

Pahl erhob sich und ging zu seinem Schreibtisch hinüber.

Fedder ergänzte seine Notizen um das Wort *Kotzbrocken*. Er preßte seine Lippen aufeinander, schob trotzig das Kinn vor und ließ Pahl nicht aus den Augen.

Pahl griff in eine Lade und holte ein in Leder gebundenes Buch hervor. Er schlug es auf, blätterte.

«Sechster April», sagte er. «Hapag Lloyd Flug 229. Ticket und Rechnung meines Reisebüros liegen allerdings zur Zeit beim Finanzamt. Da ich auch in Spanien geschäftlich tätig bin ...»

«Ja, danke», unterbrach Fedder ihn. «Und Frau Knoop zahlte ihren Flug selbst?»

«Ja, natürlich ...»

«Und während des Aufenthalts ...»

«Ich habe mir erlaubt, sie weitgehend einzuladen. Persönliche Kleinigkeiten beglich sie aus eigener Tasche. Wie ich bereits sagte, wir hatten keine Schwierigkeiten ...»

«Ja, ja, das sagten Sie. Ich verstehe. Wie lange blieben Sie?»

«Ich mußte mich leider auf drei Wochen beschränken.»

«Und Frau Knoop?»

«Heike hatte keine beruflichen Verpflichtungen», sagte Pahl und setzte sich wieder auf das Sofa. «Wir vereinbarten, daß sie mein Haus nutzen durfte, so lange es ihr beliebte ...»

«Moment mal ...»

«Ich will es Ihnen gerade erklären. Mein Haus wurde bis dato von einem auf der Insel ansässigen Deutschen verwaltet. Schlecht verwaltet. Der Mann kontrollierte nicht regelmäßig, es war einige Male eingebrochen worden. Kurz und gut, ich war sehr unzufrieden und kündigte ihm. Heike bekam den ganzen Ärger mit und machte mir einen Vorschlag, den ich nach einigem Zögern akzeptierte. Sie war ungebunden und ohne Arbeit. Ibiza gefiel ihr. Sie wollte den Sommer dort verbringen, und wir schlossen einen Vertrag.»

«Einen Vertrag?»

«Können Sie mir nicht folgen?»

«Doch, ich ... ich frage nur nach.»

«Ja, einen Vertrag. Ich überließ ihr kostenlos mein Haus. Sie beaufsichtigte es, bot mir darüber hinaus an, es neu zu streichen. Dafür erhielt sie neben dem Betrag, den ich bislang dem Verwalter gezahlt hatte, eine entsprechende Summe. Insgesamt bekam sie von mir zweitausend Mark.»

«Für welche Zeit?»

«Mitte Oktober entschloß sie sich zurückzukommen.»

«Von April bis Oktober mit zweitausend Mark? Reichte das zum Leben?»

«Sie kennen die Insel nicht?»

«Nein ...»

«Eine Frau von ihrem Format findet dort schnell Anschluß und ...»

«Wollen Sie damit sagen ...?»

«Heike war nicht gerade abweisend», sagte Pahl. «Ja, ich will damit sagen, daß sie sich aushalten ließ.»

«Und das hat Sie nicht gestört?»

«Warum sollte es mich gestört haben? Sie hielt mein Haus in Ordnung, rief mich gelegentlich an. Was sie ansonsten trieb interessierte mich nicht.»

«Aber Sie ... ich verstehe das nicht ganz. Woher wußten Sie denn von ihren neuen Beziehungen?»

«Ich habe einige Bekannte auf Ibiza. Freunde, die glaubten, mich über ihren Umgang informieren zu müssen. Ich habe ihnen ähnlich geantwortet. Mit wem Heike sich einließ, war einzig und allein ihre Sache. Mein Verhältnis zu ihr war davon nicht betroffen.»

«Ich wäre Ihnen dankbar, wenn Sie mir das noch einmal genauer darlegen würden.»

«Ich denke, das bereits getan zu haben. Aber bitte, Sie können das offensichtlich nicht nachvollziehen. Ich bin per Inserat mit einer Frau in Kontakt gekommen, die meinen Erwartungen entsprach. Ich habe mit ihr einen sehr angenehmen und in jeder Hinsicht befriedigenden Urlaub verlebt. Mehr wollte ich nicht. Warum ich ihr danach mein Haus zur Verfügung gestellt habe ...»

«Das haben Sie erklärt, ja. Trotzdem ... Ihr persönliches Verhältnis ...»

«Es war keine Liebesbeziehung, wenn Sie das meinen.»

«Ja», sagte Fedder. «Das meinte ich in etwa. Jedenfalls ... na, schön. Ihr Tod ...»

«Ist bedauerlich, natürlich. Aber wie ich eingangs schon erwähnte, habe ich befürchtet ...»

«Ja, und keinerlei Fragen nach den Umständen gestellt ...»

«Die Fragen stellen doch Sie.»

Fedder schluckte.

«Herr Pahl», sagte er.

«Ja?»

«Wie kommen Sie zu einer solchen Bemerkung?»

«Zu welcher?»

«Daß Sie befürchtet haben, Frau Knoop könne umgebracht werden?»

«Auf Grund ihres Umgangs, den sie nach Mitteilung meiner Bekannten auf Ibiza pflegte. Sie hatte sich Kreisen angeschlossen, die Ihnen nicht unbekannt sein dürften. Kiezgrößen, die dort ...»

«Kiezgrößen?»

«Ja, Zuhältern. Das wurde mir gesagt. Und ich nehme an, daß diese Kontakte auch nach ihrer Rückkehr weiter bestanden haben.»

Sie schloß auf und ging voran. Broszinski folgte ihr, ließ hinter sich die Tür ins Schloß fallen.

Der Holzboden des Flurs war hellgrau gestrichen. Ein Fahrrad lehnte an einer Wand. An der anderen waren Film-Plakate: *Manhattan, Carmen, Desperado City*.

Birte war in die Küche gegangen und hatte den Kühlschrank geöffnet. Sie bückte sich. Unter dem engen Rock zeichnete sich ihr Slip ab.

Broszinski klopfte eine Zigarette aus der Packung und drehte sie unschlüssig zwischen den Fingern.

Birte trank einen Schluck aus der Flasche und hielt sie ihm dann hin.

«Nein», sagte Broszinski. «Danke.»

Er zog sein Feuerzeug hervor und brannte die Zigarette an.

Birte stellte die Flasche ab.

Ohne ein Wort zu sagen, ging sie auf Broszinski zu und nahm ihm die Zigarette aus dem Mund.

Sie sahen sich lange an.

Birte drückte die Zigarette aus.

«Müssen wir jetzt reden?» fragte sie.

«Nein», sagte er.

Sie nickte und ging voran.

In dem Zimmer nebenan war das Fenster weit geöffnet, und die Sonne schien herein.

Das Bett war breit, und die Decke war zurückgeworfen.

Birte zog sie herunter und glättete das Laken.

Als sie sich zu Broszinski umdrehte und ihre Bluse aufknöpfen wollte, hielt er ihre Hand fest.

Sie küßten sich.

Später lagen sie nebeneinander.

Er hatte die Arme im Nacken verschränkt und starrte an die Decke.

«Woran denkst du?» fragte sie.

«An das, was geschehen ist.»

«Mit uns?»

«Auch daran.»

«Tut es dir jetzt leid?»

«Nein», sagte er. «Aber es ist das erste Mal, daß ich in so einer Situation bin.»

«In deinem Alter?» lachte sie und schmiegte sich an ihn. «Nein, das war blöd. Ich weiß, was du meinst. Warum fängst du nicht einfach an?» Er löste die Arme und begann, ihr Haar zu streicheln, ihre Schultern, den Rücken.

Sie schloß die Augen.

Unten von der Straße her drangen die Geräusche vorbeifahrender Wagen herauf. Fahrradklingeln. Stimmen.

Es roch nach gebratenem Hackfleisch und Knoblauch.

Er streichelte weiter ihren Körper und schwieg.

Schließlich stemmte er sich hoch, und sie schaute fragend zu ihm empor.

Er bedeutete ihr, sich bäuchlings auszustrecken, und sie tat es.

Er nahm sie härter als zuvor, und sie schrie einige Male auf.

Danach fiel es ihm leichter, sie zu fragen.

Sie hatten sich angezogen und waren in das vordere Zimmer gegangen.

Broszinski rauchte.

Birte saß an ihrem Schreibtisch und hielt einen Stapel gelber Blätter in der Hand.

Sie zögerte noch immer, sie ihm zu geben.

«Der Rest betrifft allein mich», sagte sie.

«Warum bist du damit nicht zu uns gekommen?» fragte Broszinski.

«Ich habe versucht, Lucile aufzuspüren.»

«Du bist wahnsinnig! Was soll das?! Du hättest dich sofort bei uns melden müssen! Dafür sind wir da und ...»

«Das war doch erst gestern», wandte sie ein. «Prätsch hat gestern mittag erst gesagt, daß Lucile nicht mehr kommen wird.»

«Gestern, ja, gestern! Und was war am Montag? Da ist sie doch auch nicht zur Schicht erschienen, und du ...»

«Ich nahm an, daß sie für die Agentur unterwegs war», sagte Birte. «Woher sollte ich denn wissen, daß ihr bei ihr gewesen seid und überhaupt, ich ...»

«Gut», sagte Broszinski. «Gut, schon gut. Okay, gehen wir das noch einmal von Anfang an durch und ...»

Birte war abrupt aufgestanden und reichte ihm die Blätter.

Er sah sie irritiert an.

«Ich habe keine Lust mehr», sagte sie.

«Was heißt das?»

«Mir wird das alles zuviel. Ich begreife nicht, um was es in Wirklichkeit geht. Ich begreife nichts mehr, verstehst du? Nichts! Ich weiß nicht, was dich eigentlich interessiert. Ich ...» Sie stockte und schüttelte dann den Kopf.

«Ich verstehe das nicht», sagte sie dann. «Bis vorhin war alles ... es war in Ordnung, völlig okay, ja ... mit uns und auch ... ach, Scheiße! Willst du mich unbedingt heulen sehen? Warum schreist du mich an? Warum bist du mit einemmal so ...»

«Entschuldige», sagte er. «Aber ...»

«Scheiß drauf! Ich ... ich pack das nicht! Hier, nimm das und verzieh dich! Laß mich in Frieden! Ich ...»

«Nein.»

«Ich ... laß mich ...»

«Nein», sagte er noch einmal und faßte sie an den Schultern.

Birte entzog sich ihm, drehte sich um und ging zum Fenster.

Sie öffnete es weit und lehnte sich hinaus.

Broszinski sah auf die Blätter, die sie auf den Boden hatte fallen lassen. Er zuckte die Achseln und hob sie auf.

«Geh, bitte», sagte Birte.

«Jetzt nicht», sagte er. «Nicht so.»

Er legte die Seiten zurück auf den Tisch und schloß für einen Moment die Augen.

3

Die gelben Blätter

Erster Tag
Allein gefrühstückt. Gestern abend trouble mit B. Will nicht kapieren, daß ich ihn die nächsten Tage nicht sehen kann. Nicht möchte. Hat immer nur warum gefragt. Warum, warum? Dabei hab ich's ihm zig Mal verklickert. Daß mich das überfordern würde. Die ganze Umstellung überhaupt. Ich will in der Zeit nicht mit ihm zusammen sein. Punkt, aus. Hat gesagt, das habe Folgen. Wirke sich negativ auf unsere Beziehung aus. Scheißkerl. Kann diese Tour nicht mehr ab. Droh, droh. Ekelhaft. Er ist abgezischt. Hab geraucht. Mir noch einen Wein reingeschüttet. War knallvoll. *Doors* gehört. Kopfhörer. *This is the end, my friend.* Morrison ist 'n geiler Typ. Video laufen lassen. Die Strip-Nummer. Die Klasse wird nicht gefragt sein. Prätsch ist nur um mich rumgegangen. Figur ist okay. Was ich machen soll und was nicht. Die ersten Tage nur auf der Scheibe. Nur scharf machen. Du bist ein Ledertyp. Was er damit meint? Ich seh das, sagt er. Du bist der geborene Ledertyp. Na dann. Er hat mich für die Spätschicht eingeteilt. 17–24 Uhr. Soll 'ne halbe Stunde früher da sein.

Waschmaschine. Bank. Einkaufen.

Bin ein bißchen verkatert. Auch wegen B. Soll ich ihn noch einmal anrufen? Nee!

Habe mir viel Zeit beim Frühstück gelassen. Das Fenster geöffnet. Wie würde ich meine Beziehung zu B. beschreiben? Sie ist zur Gewohnheit geworden. Es passiert nicht mehr viel. Er hängt voll in seiner Schulscheiße, hofft, übernommen zu werden. Redet nur davon. Und ich? Ob das mit dem Journalismus läuft? Die paar kleinen Artikel. Davon leben? Pa anrufen!

Ich habe mich noch einmal hingelegt und tief geschlafen. Jetzt, nach der zweiten Dusche fühle ich mich topfit. Ich glaube, ich werde es gut packen. Überlege, wie ich beginnen soll. Vielleicht so: Ich bin 21 Jahre, und mein Freund findet mich schön. Das heißt natürlich nichts. Ich bin 1,76 groß, schlank und blond. Naturblond, stellte der Mann fest, bei dem ich mich an einem Nachmittag Anfang August vorstellte. Ich hatte mich ausziehen müssen und stand nackt in seinem Büro. Herr Paul (Name von der Redaktion geändert) ist Geschäftsführer einer Peep-Show. Er begutachtete mich und fand alles an mir okay. Dann schaltete er ein Band ein und sagte, ich solle mich ein bißchen bewegen. Ich tanzte ein paar Schritte, und er schien zufrieden zu sein. Ich war engagiert.

Ganz gut.

Überleitung zu B. Seine Reaktion. Meine Motivation. Nur kurz anreißen.

Neugier.

Ablauf der ersten Schicht.

Nicht vergessen: Den «Kolleginnen» gegenüber bei der Geschichte bleiben, die ich P. aufgetischt habe. Studium abgebrochen. Streit mit den Eltern. Kein Geld.

Stimmt ja auch in gewisser Weise. Was sage ich, wenn sie mich nach Freund oder Mann fragen? Die Wahrheit. Daß ich mit B. nicht mehr richtig klarkomme.

Soll ich mit der U-Bahn fahren oder ein Taxi nehmen?

Mit dem Rad kann ich ja wohl kaum angurken.

Werde jetzt kribbelig. Was ziehe ich an?

Es ist heiß. Also das Minikleid. Zurück kann ich ja mit dem Taxi.

Nachts

Bin total fertig.

Namen. Sandra. Ein Viertel feine Leberwurst. Christa. Verheiratet. Rosi. Bis zum bitteren Ende. Manuela. Schmetterling. Lucile. Gruppen: Lucile-Manuela.

Christa für sich.

Sandra, aggressiv. Rosi. Betriebsnudel.

Lucile trinkt heimlich.

Stammgäste.

Die Kameras. Muskelkater.

Der Weg zu den Taxen. Der Fahrer.

Zuviel geraucht.

Zweiter Tag

Habe bis Mittag geschlafen, einen komischen Traum gehabt. Pa? Ein Mann hat versucht, mich zu schlagen. Daran erinnere ich mich noch. Warum denke ich, daß es Pa gewesen sein soll? Er hat mich nie geschlagen, nie für irgend etwas gestraft. Der Mann im Traum hatte mich gepackt und holte aus. Dann fielen wir beide hin, und ich kniete auf ihm. Meine Knie schmerzen.

Das ist real. Druckstellen.

Was war noch? Eine Insel. Ein leerer Strand. Klar, Sylt. Letztes Jahr im Herbst. Die Tage mit Regina. Habe nie jemandem davon erzählt. Die Uralt-Freundin Regina. War mit ihr zusammen auf der

Penne. Sie studierte dann in Berlin. Haben uns regelmäßig geschrieben, telefoniert. Besuchte mich im Herbst. Hatte eine Scheiß-Beziehung hinter sich und wollte weiter nach Sylt. Überredete mich mitzufahren. Die Pension in Kampen. Doppelzimmer. Waren am ersten Abend richtig vornehm essen. Bei Kerzenlicht und mit irrsinnig teurem Wein. Auf dem Weg zurück in die Pension gingen wir engumschlungen. Und da sagte sie mir, daß sie mich mag. Mich schon immer bewundert habe. Weil ich mit allem so gut fertigwerde. Habe ihr widersprochen. Mehr von B. erzählt. War die Zeit, in der unser Clinch begann. Im Zimmer umarmte sie mich dann. Küßte mich. War völlig perplex. Konnte mich überhaupt nicht dagegen wehren. Es passierte einfach. Am nächsten Morgen bin ich dann früh runter zum Strand gelaufen und mir immer wieder gesagt, das warst doch nicht du. Das darf doch nicht sein. Hab mich geschämt.

Im Traum das Bild vom Strand. Der Mann, der mich schlagen will. Logo.

Das gemeinhin Verbotene, die Nacht mit Regina. Die Arbeit in der Peep-Show. Die Bestrafung. Der Mann ist B. In dem Mann bin auch ich. Ich versuche, mich zu strafen. Weil ich mich in meinem eigenen Verständnis erniedrige. Zum Objekt mache.

Regina. Ich war Objekt. Sie hat die Initiative ergriffen. Ich habe es geschehen lassen. Ich war «Opfer» und ihr doch überlegen. Spürte, daß ich Macht über sie hatte. Wird mir erst jetzt richtig klar. Im Zusammenhang mit den gestern gemachten Erfahrungen.

Versuch, den Ablauf zu schildern.

Ich war pünktlich bei Prätsch. P. telefonierte. Wieder eine Interessentin, sagte er, als er auflegte. Soll mein Bestes geben. Die Konkurrenz ist groß. Er schickt mich runter in die Garderobe. Rosi wird mir alles weitere erklären.

Die Garderobe. Ein karger, neonbeleuchteter Raum. Metallschränke. Ein Kühlschrank. Einige Klappstühle, ein wackliger Tisch. Rosi, eine Frau Ende Dreißig. Füllig. Enorme Brüste. Rheinländischer Dialekt. Ich kriege einen Schrank zugewiesen, soll mich ausziehen. Fühle mich in der Garderobe unbehaglicher als bei Prätsch. Die Frauen taxieren mich von Kopf bis Fuß. Verspanne mich. Rosi hat mir die Namen der anderen Frauen gesagt. Scheint so was wie die «Mutter» zu sein.

Christa, eine etwas schlampig wirkende Frau. Schätze sie auf Mitte Zwanzig. Verlebtes Gesicht. Strickt an einem Pullover.

Lucile, Anfang Zwanzig, gibt sich wahnsinnig cool. Ist ständig in Manuelas Nähe. Ähneln sich, beinahe gleichgroß. Sehe später, daß sie auch gemeinsam auftreten. Im Käfig. Die Lesben-Nummer.

Manuela ist tätowiert. Einen Schmetterling auf dem linken Handgelenk. Zeige mich interessiert. Ob das nicht schmerzhaft gewesen sei? Und warum einen Schmetterling? Warum nicht, sagt sie. Schmetterlinge weinen nicht, mischt sich Sandra ein. Manuela tippt sich an die Stirn. Die beiden können nicht gut miteinander.

Sandra ist überhaupt wahnsinnig aggressiv. Allen gegenüber. Schießt sich häufig auf Manuela ein.

Als Sandra raus auf die Scheibe muß, sagt Manuela, der Schmetterling entspreche ihrem Charakter. Sie fühle sich so. Lucile unterbricht sie, will nicht, daß sie anfängt zu quatschen. Weißt du, wer die Kleine ist? Sie nimmt mich ins Kreuzverhör.

Ich spule meine Story ab. Lucile bleibt mißtrauisch.

Ich muß mich vorerst mit meinen Fragen zurückhalten.

Mein erster Auftritt.

Ich habe mir vorher angeschaut, was die anderen auf der sich langsam drehenden Scheibe machen. Es hat etwas von gymnastischen Übungen. Auf dem Rücken liegend, die Arme aufgestützt, bewegen sie Unterkörper und Beine, und das mit bewundernswerter Elastizität, fast Eleganz. Ich kriege das nicht so gut hin. Die fünf Minuten scheinen mir endlos. Ich wechsle öfter die Position. Auf den Knien, die Schenkel gespreizt. Reibe meine Möse.

Wieder in der Garderobe sagt mir Rosi, daß ich es mir um Gottes willen nicht echt machen soll. Auch nicht die Schamlippen auseinanderziehen.

Die Typen sollen nur auf Touren gebracht werden. An der Klappe bleiben. Geld nachwerfen. Für die paar Mark reicht es, wenn sie sehen, daß du eine Möse hast. Mehr ist nicht drin. Sie zeigt mir noch einige Stellungen. Auf Hände und Knie gestützt, Beischlafbewegungen ausführen.

Den Arsch zeigen. Du glaubst nicht, wieviel Typen auf Ärsche stehen. Tu so, als ob du dir den Finger in den Hintern steckst. Wälz dich auf den Bauch. Und in deinem Gesicht muß auch mehr zu sehen sein.

Sie macht es mir vor. Die Kolleginnen klatschen. Beim nächsten Auftritt bin ich einen Kick besser.

Fühle mich wirklich verpflichtet, gut zu sein. Habe erst gegen Ende reflektiert, daß ich dabei von gut einem Dutzend Männer angestarrt werde.

Was sind das für Typen? Was bringt es ihnen, eine halbnackte oder nackte Frau zu sehen, die sie nicht berühren, nicht an sich ziehen können? Kein Geschlechtsverkehr.

Beischlaf oder beischlafähnliches Verhalten mit den Kunden ist strikt untersagt. Das erste, was ich von Prätsch hörte.

Kein Puff.

Fortsetzung

Ich bin engagiert als «Allround-Künstlerin». Ich übernehme «im Rahmen der laufenden Veranstaltung die Vorführung tänzerischer Darbietungen» und bin «in der künstlerischen Gestaltung des Programmes frei». Ich verdiene 185 Mark pro Schicht.

Soll ich wirklich auf die Reaktion von B. eingehen?

Muß mir einen Rahmen erstellen. Aufbau.

Bin unterbrochen worden. Pa hat zurückgerufen. Kommt morgen nach Hamburg. Hab ihm gesagt, daß ich nur bis 16 Uhr Zeit habe.

Mittagessen.

Verabreden uns im *Mövenpick*.

Sandra und das Viertel feine Leberwurst.

Muß jetzt los.

Wie komm ich an Bildmaterial?

Dritter Tag

Wurde heute früh aus dem Bett geklingelt. B. am Telefon. Wollte sich entschuldigen. Hat gestern vor der Haustür auf mich gewartet, wollte mit rauf. Hab nein gesagt. Er hat einen Riesenzoff gemacht. Erst auf die sanfte Tour. Daß er Sehnsucht nach mir hatte. Hören, wie es mir geht. War schon genervt. Ihn an meine Bitte erinnert. Mich allein zu lassen, wirklich allein. Dann ging's los. Wieder diese Drohgebärden. Wieder von Konsequenzen gesprochen. Er wurde laut und beleidigend. Und kam dann schließlich mit dem Hammer. Daß wahrscheinlich doch ein anderer Typ dahintersteckt, und warum ich ihm das nicht ehrlich sage. Hab tschüs gesagt. Du kannst mich mal.

Jetzt tut es ihm leid. Will versuchen, meine Entscheidung zu respektieren.

Ich habe eingelenkt. Um ihn loszuwerden.

Konnte dann doch nicht mehr weiterschlafen.

Kaffee schmeckte bitter. Scheiß-Zigaretten.

Wollte von Sandra schreiben. Auch von Manuela und Lucile.

Komm jetzt doch nicht dazu.
Was erzähle ich Pa?

Nachts
1.00 Uhr. Geraucht. Der Typ über mir hat Besuch, seine Anlage voll aufgedreht. Scheint Clapton-Fan zu sein. Oder Kokser. *Cocaine* läßt er jetzt schon zum drittenmal ablaufen. Komische Vorstellung. Über mir koksen sie, ich ziehe einen durch. Die nebenan knallen sich ihre Biere rein. Und irgendwo im Haus wird sicher gebumst.

Mein sexuelles Verlangen in den letzten Tagen äußerst reduziert. Nicht den Wunsch gehabt. Ob das allein mit dem Job zu tun hat?

Haben heute in der Garderobe über Männer gesprochen. Sandra haßt Männer. Die Geschichte mit dem Viertel feine Leberwurst. Sandra war Verkäuferin in einem Supermarkt. Fleischtheke. Ein Kunde verlangte ein Viertel feine Leberwurst. Sie: Du schneidest ab, und das wird nie ganz genau, immer ein paar Gramm drunter oder drüber. In dem Fall war's etwas drüber. Und sie mit dem gewohnten Spruch, darf's ein bißchen mehr sein? Der Typ sagt nein. Sie schneidet ein neues Stück ab. Wird weniger als ein Viertel. Der Kunde besteht genau auf einem Viertelpfund. Macht sie an. Da zieht sie ihren Kittel aus, schmeißt die Brocken. Kann mir mein Geld auch anders verdienen. Der Mann: So sehen Sie auch aus! Das war für sie der Punkt. Sie hat sich ihre Papiere geben lassen und noch am gleichen Tag den erstbesten Mann auf der Straße angehauen: Kommst du mit? Sie hat es in ihrer Wohnung gemacht. Ärger mit dem Verwalter. Gesundheitsbehörde. Kündigung. Sich auf eine Anzeige gemeldet. Modell sucht Kollegin. Geschäft wurde mies. Kunden haben Angst vor Aids. Nur noch mit Gummi. Mit Gummi ist nicht das große Geld zu machen.

Wollte erst weiter nachfragen, Einzelheiten. Merkte, daß Lucile mich beobachtete. Das war am ersten Tag.

Heute fing Christa mit dem Gespräch über Männer an.

Sie will heiraten. Sandra hat sich über sie lustig gemacht. Willst du 'nen Kunden heiraten? Und schoß dann wieder eine Spitze auf Manuela ab: Was macht denn dein Kandidat? Kriegt er 'nen Stich bei dir?

Manuela hat einen Stammkunden. Einen älteren Mann, der unheimlich viel Kies hat. Manuela ging nicht auf Sandra ein. Lucile antwortete für sie: Bist doch nur neidisch, daß niemand auf dich abfährt.

Ich scheiß auf Männer, hat Sandra gesagt. Auf alle. Kein Bedarf.

Als sie raus ist, Streit zwischen Manuela und Lucile.

Manuela: Die Kuh will doch nur provozieren. Lucile: Ja, dich. Manuela: Mit der werde ich allein fertig. Häng dich da nicht immer rein.

Lucile war beleidigt. Verzog sich auf die Toilette.

Rosi zu Manuela: Sei nicht so eklig zu ihr.

Manuela: Die geht mir langsam auf den Keks.

Meine Wahrnehmungen.

Glaube, daß Lucile an Manuela hängt, eine enge Beziehung zu ihr hat. Manchmal tun sie sehr vertraut miteinander, berühren, umarmen sich flüchtig. Hocken auch ständig zusammen.

Von Manuela geht eine Faszination aus, der auch ich mich nicht entziehen kann. Hat eine ungeheure Ausstrahlung.

Habe ihr bei ihrem Auftritt zugeschaut. Ihre Technik. Streckt und reckt sich wie eine Katze. Ja, sie hat was Katzenhaftes. Und ist offensichtlich ganz entspannt. Als ob sie sich dabei wohl fühle.

Auch bei mir manchmal das Gefühl.

Denke gerade wieder, daß die Männer, «unsere Kunden», mich wirklich einen Scheiß interessieren. Was bei denen angesagt ist, ist ja auch völlig klar. Sie geilen sich auf, holen sich einen runter. Denke ich mir. Bin bisher davor verschont geblieben, mir das ansehen zu müssen.

Der Käfig. Bin dafür noch nicht eingeteilt.

Noch mal Manuela. Sie ist die einzige, die häufig rübergeht.

Ausschlafen.

Morgen konzentriert arbeiten.

1. Der normale Ablauf. 2. Die Kolleginnen.

Was ist mit mir? Welche Haltung?

Pa hat gefragt, wie es mit mir weitergehen soll. Beruf. Zukunft.

Würde jetzt gern bumsen. Scheiße.

Vierter Tag

So geht es wirklich nicht weiter. Muß mich jetzt entscheiden, wo ich ansetze. Für mich. Bei mir. Also:

Was ist in den letzten Monaten mit mir passiert? Wie bin ich dazu gekommen, mich auf diesen Job einzulassen?

B. hat in gewisser Weise recht. Ich hab mich ihm gegenüber nicht klar genug vermitteln können.

Ich bin mit B. jetzt fast zwei Jahre zusammen. Habe ihn kennengelernt, als ich von zu Hause weg nach H. gezogen war. Die Uni.

Erste Begegnung in der Mensa. Fand ihn okay. Verabredung zum Kino. Imponiert an ihm hat mir, daß er nicht drängte, nicht gleich am ersten Abend mit mir ins Bett wollte. Als es dann dazu kam, waren wir beide ziemlich verklemmt. Das Gespräch über Verhütung. Hatte gerade die Pille abgesetzt. Er mit dem Pariser. Furchtbare Hampelei. Nicht bombig. Wenn ich mich jetzt daran erinnere, war's sogar reichlich frustrierend. Aber wir verstanden uns gut, konnten gut miteinander quatschen. Haben viel unternommen. Die großen Radtouren, Picknick im Alten Land. Alles sehr nett. Ja, nett. Das ist es. B. ist nett, wahnsinnig nett und lieb, aber sexuell nicht gerade ein Knaller. Habe manchmal, wenn ich mit ihm im Bett lag, an Harald denken müssen. Mit Harald war es irrsinnig anstrengend, furchtbar, was Reden und Diskutieren anbelangte. Aber wenn er mich nur anfaßte, war es schon verdammt geil. Habe mich oft deswegen geschämt. Wenn er mich so auf Touren brachte. Seine Sprüche! Das gefällt meiner Kleinen, ja, das gefällt ihr.

Ja! Ja! Ja!

Das ist dieser verfluchte Punkt, der mir immer wieder Angst macht. H. wußte, wie er mich zu nehmen hat. Ich konnte ihm nichts vormachen. Ich haßte ihn. Mußte los von ihm. Weg. Und gerate an B. Den Weichen, den Sanften.

Scheiße, ich mag wirklich nicht darüber nachdenken. Es ist zum Kotzen. Es ist so grauenhaft einfach. Was mich bei B. unbefriedigt läßt. Wenn ich mit ihm schlafe, assoziiere ich Teddybär. Mein lieber, großer Teddybär, an den ich mich kuschele. Der mir seine Liebe nachträgt und eine Beziehung haben will, eine richtig schöne, feste Beziehung und mit mir darüber streitet und redet und redet. Und ich kann ihm nicht sagen, daß das, was er sich vorstellt, mit ihm nicht hinhaut. Ich kann ihm nicht sagen, ey, das wird mit uns nie der Hit. Weil er nämlich dann fragen wird, aber warum denn nicht? Und darauf könnte ich ihm nicht antworten. Ich kann ihm nicht wehtun. Aber ich kann es auch nicht weiter vor mir herschieben.

Ja, ich muß mich entscheiden.

In jeder Beziehung.

Ich will mich nicht entscheiden. Warum kann ich nicht alles erst einmal so weiterlaufen lassen? Warum versuche ich, mir selbst gegenüber Rechenschaft abzulegen? Warum mich der Job gereizt hat?

Warum esse ich? Hunger. Hunger nach Erfahrung. Ich will was

erleben. Ich will darüber schreiben. Ich will die Story verkaufen. Logo. Um ins Geschäft zu kommen. Unsere Mitarbeiterin Birte Heinrich. Der Bericht einer jungen Frau, die in der Peep-Show arbeitete. Ich will auf der Titelseite stehen. Ich will später sagen können, hier, das bin ich. Diese Reportage habe ich geschrieben.

Ich bin gut.

Scheiße.

Ich bin überhaupt nicht gut. Ich quäle mir hier einen ab. Krieg nichts in den Griff.

Weiß immer noch nicht, wie ich die Geschichte anpacken soll.

Null Ahnung.

Gerade zurückgeblättert. Meine Kolleginnen. Jede von ihnen hat eine Geschichte. Ich weiß noch so wenig von ihnen. Habe nach wie vor Angst, konkret zu fragen.

Ich riskiere nichts.

Aber heute. Gleich.

Magenschmerzen.

Später

Habe die Wohnung aufgeräumt. Bett frisch bezogen. Dazu wieder einmal die *Doors*. Fühlte mich mit einemmal unglaublich leicht und frei. Werde heute nach der Schicht ins *Madhouse* gehen, tanzen, und wenn ich an einen Typ gerate, der halbwegs okay ist, soll es sein. Nehme mir auf jeden Fall was zu rauchen mit.

Fünfter Tag

Kotz-würg, alles Scheiße. Bin völlig daneben.

Stichworte. Manuela, Lucile. Sekt. Fred. Chinese. Manuela und der Typ. Überstürzter Aufbruch.

Lucile. Total betrunken. Gekotzt.

Alles ein Wahnsinn!

Sechster Tag

Vorgestern war das, am Donnerstag, nach der Schicht.

Den ganzen Abend über war eine merkwürdige Stimmung. Rosi wiederholte zum zigsten Mal ein paar von ihren Witzen, machte ihre herben Sprüche, aber niemand reagierte richtig. Wir saßen so rum, irgendwie apathisch, gelangweilt. Christa strickte, und Sandra las zwischendurch einen Heftchenroman. Kaute dabei an ihren Fingernägeln. Lucile rauchte, und Manuela hatte die meiste Zeit über die Augen geschlossen. Zum Ende hin, in der letzten halben Stunde, kam Bewegung auf. Von der Scheibe, Schrank aufschließen, anziehen, tschüs. Eine nach der anderen. Jede sah zu, schnell abzuhauen. Rosi und Christa gingen zusammen raus. Sandra noch kurz hoch zu Prätsch, murmelte was von Geld. Vorschuß. Ich war einen Moment lang mit Manuela allein, und da fragte sie plötzlich, ob ich nachher noch auf einen Sprung mitkomme, etwas trinken. Sie habe etwas zu feiern. War völlig perplex, zögerte. Bitte, sagte sie, bitte, komm mit, ich würde mich freuen. Das war nicht nur so dahingesagt, das war zu spüren. Als ich dann fertig war, hatte sie sich schon angezogen, wartete auf mich. Lucile war die letzte auf der Scheibe. Sie sollte nachkommen.

Der kurze Weg mit Manuela rüber zu Horst. Ich fragte sie, was sie denn zu feiern habe. Einen Entschluß, sagte sie. Ich habe mich entschlossen, Ende des Monats aufzuhören, werde Deutschland verlassen, mir irgendwo im Süden ein kleines Haus kaufen und da mit Fred zusammenleben.

Fred, der Name war schon mal gefallen. Ich nickte. Mit deinem Freund? Ja, sagte sie. Er ist jetzt endlich auch dafür, hier alles aufzugeben.

Hast du denn soviel Geld?

Ich hab was geerbt, sagte sie. Das reicht für den Start und die ersten Jahre.

Na, dann viel Glück, sagte ich. Gratuliere.

Ich wollte mich nicht gleich wieder zu interessiert zeigen.

Bei Horst. Schummeriger Schuppen. Schwule, Transis. Nicht sehr viel Leute. Setzten uns vorn in eine der Nischen.

Manuela bestellte Sekt. Drei Gläser.

Lucile kam herein. Es schien ihr nicht zu gefallen, daß ich dabei war, daß M. mich eingeladen hatte. Wir stießen an, tranken, und Manuela wandte sich an Lucile: Birte ist in Ordnung. Was hast du eigentlich immer noch gegen sie?

Lucile stellte sich erst stur, und dann kam, daß sie mir nicht traue, mich für einen Spitzel halte, eine Schnüfflerin.

Fand es besser, reinen Tisch zu machen und hab erzählt, warum ich in dem Laden bin und was ich vorhabe. Eine völlig unerwartete Reaktion. Befreiendes Gelächter. Fanden es beide unheimlich komisch, daß ich über eine Peep-Show schreiben wollte. Was denn daran interessant sei.

Das frag ich mich langsam auch.

Aber dann kam eine Story nach der anderen. Was sie alles schon erlebt hatten. Stoff für mehrere Folgen. Lucile ging sogar so weit, mir anzubieten, was auf Band zu sprechen.

Hörte zum erstenmal Genaueres vom Käfig. Technische Einzelheiten. Eine Fülle an Material.

Werde morgen das alles in einem Rutsch runterschreiben.

Blickkontakt. Kunden lecken sich die Lippen. Spezialwünsche. Trinkgelder. Der Ordnungsfanatiker. Die Eiligen. Stammgäste. Konkurrenzsituation. Warum ich noch nicht auf der Liste für die Solos stehe. Genau das brauche ich, sagte ich. L. winkte ab. Wenn's nicht mehr ist. Geschenkt.

Ich gab die nächste Runde aus, war richtig erleichtert. Gutes feeling. Höhenflug. Noch mehr Sekt. Schlug dann vor, einen durchzuziehen.

Waren beide sofort dabei.

Hansaplatz. Parkbank. Eine phantastische Nacht, warm. Saßen nebeneinander, rauchten. Männer, die uns für Nutten hielten. Nach dem Preis fragten.

Hat es eine von euch schon mal für Geld gemacht? wollte ich wissen.

Lucile.

Ist in der Kartei einer Agentur. Begleitet Geschäftsleute auf ihren Reisen. Nur am Wochenende. Sagt, daß das relativ angenehm sei. Leute mit Stil. Führen dich zum Essen aus, behandeln dich gut.

Hatten Hunger.

Mit dem Taxi zur Reeperbahn, chinesisch essen. Alberten rum.

Auf einmal brach M. mitten im Satz ab, starrte zur Tür. Ich drehte mich um. Ein Mann war hereingekommen, Muskeltyp. Knappes T-Shirt, Jeans. Kantige Gesichtszüge.

Er entdeckte uns, blieb stehen, schaute M. an. Er kam dann langsam zu unserem Tisch. M. war kreidebleich geworden. Stand auf und wollte zur Toilette. Der Mann versperrte ihr den Weg, faßte ihren Arm und zog sie beiseite. Sie sagte was. Ich konnte aber nichts verstehen.

Komm, sagte L. Wir zischen ab.

Es ging alles blitzschnell. Ich kam nicht dazu, irgendwas zu fragen, wurde von L. regelrecht mitgeschleift.

Draußen sagte sie: Damit will ich nichts zu tun haben.

Mit was?

Mit dem Typ.

Was ist denn verdammt noch mal los? sagte ich. Wir können Manuela doch nicht ...

Da halt ich mich raus, sagte sie nur. Mit denen leg ich mich nicht an.

Ich wollte zurück. L. hielt mich fest. Ich blickte nicht soviel durch, und L. wiederholte auch nur immer wieder, daß uns das nichts angehe, mich schon gar nicht.

Winkte ein Taxi ran. Ich wollte nicht mit. Ich wollte wissen, was das Ganze zu bedeuten hatte. Manuela und dieser Typ. Warum ich mich raushalten sollte. Aus was?

L. ging auf nichts ein, saß schon fast im Taxi. Ich stieg zu.

Vienna. Eine Kneipe.

Merkte auf einmal, daß ich auf einen üblen Trip kam. Der absolute Horror. Glaubte in einem Film zu sein. Eine Rolle hatte, die ich nicht begriff. Die ungewohnte Offenheit von M. und L. Das Kiffen und das gute feeling beim Essen. Der plötzliche Umschwung. Es drehte sich alles bei mir.

Schüttete in der Kneipe ein Glas Wein runter, bemühte mich, ruhig zu werden.

Klappte nicht. Mußte kotzen.

Als ich von der Toilette zurückkam, sah ich L. am Tresen telefonieren. Wie durch einen Schleier. Und dann quatschte mich ein Typ an, der mich kennen wollte. Wurde ihn nicht los.

Filmriß.

Gestern früh lag der Typ neben mir in meinem Bett.

Versuchte, nach und nach alles auf die Reihe zu kriegen. Nach dem, was er mir erzählte, hab ich mich mit L. angelegt, sie beschimpft. L. habe dann die Kneipe verlassen, und ich soll ihn gebeten haben, mich auf die Reeperbahn zu fahren, zu einem Chinesen. Ich sei davon nicht abzubringen gewesen, und er habe sich schließlich bereit erklärt.

Im Wagen soll ich ihm dann angeblich ziemlich direkt zu verstehen gegeben haben, daß ich mit ihm schlafen wollte.

Da hat er natürlich nicht nein gesagt. Grinste blöd.

Hatte einige Mühe, ihn rauszuscheuchen.

Lucile gestern: Nee, beschimpft hast du mich nicht. Du standest nur mit dem Typ zusammen, und ich hatte den Eindruck, daß du nicht mehr mit mir wolltest, sauer warst. Ich bin dann abgehauen.

War auch sauer.

Hatten gestern nicht viel Gelegenheit zu quatschen. Manuela wieder lange im Käfig. Ihr Stammgast. Der Alte.

Als ich sie auf den Vorfall beim Chinesen ansprach, wiegelte sie ab. Eine alte Beziehung. Kleiner Streit. Mehr nicht.

Wollte vor den anderen nicht erwähnen, was L. gesagt hatte.
Hoffte, nach der Schicht mit ihr reden zu können.
Sie war vor mir weg.

4

Gottschalk saß allein in seinem großen Zimmer, hörte Jazz und trank *Flensburger*.

Er spielte mit dem Verschluß der Flasche und dachte an Simone, die mit einer Arbeitskollegin Squash spielen gegangen war und wohl erst spät am Abend nach Hause kommen würde.

Er dachte liebevoll an sie, auch wenn er nicht recht verstand, wie sie bei einem solchen Wetter in einer miefigen Halle einem winzigen Ball nachspringen konnte, anstatt mit ihm einen guten Abend zu verbringen.

Er dachte an sie und daran, daß er nur an sie dachte.

Das war verrückt. Und eigentlich zu wenig.

Er sollte auch über andere Sachen nachdenken.

Über seine Arbeit.

Über einen nicht auffindbaren Schreibstift.

Über einen Mann namens Fred Torbecke, der sich erhängt hatte oder aufgeknüpft worden war. Wegen einer Frau, die ebenfalls tot war.

Über die Frau. Heike oder Manuela. Oder wie auch immer.

Aber das war alles sehr unangenehm und im Grunde genommen etwas lästig. Wenn man länger darüber nachdachte, sogar ausgesprochen lästig.

Gottschalk dachte nicht länger darüber nach.

Kai Winding beendete sein Solo, und Stan Getz griff das Thema auf, variierte es, trieb es voran.

Gottschalk trieb nichts mehr voran. Heute nicht mehr.

Er klebte in seinem Sessel, nahm wieder einen kräftigen Schluck und schaute zum Fenster hin.

Es war ein schöner Abend. Ein ruhiger Abend.

Es war guter Jazz.

Jazz an einem Sommerabend.

Gottschalk rülpste.

An der Wohnungstür klingelte es lange und anhaltend.

Gottschalk trank noch einen Schluck und stellte die Flasche ab.

Das Klingeln hörte nicht auf.

Seufzend hievte er sich aus seinem Sessel und schlurfte mit nackten Füßen über den Flur.

Er öffnete die Tür.

Vor ihm stand Fedder.

«Ich habe versucht, dich telefonisch zu erreichen», sagte Fedder.

«Hier hat es nicht geläutet.»

«Im Dienst», sagte Fedder. «Machst du blau?»

«Ich denke nach.»

«Bei dem Lärm? Das Gedudel hört man bis unten auf die Straße. Du mußt sehr verständige Nachbarn haben.»

«Sehr angenehme Nachbarn», sagte Gottschalk. «In der Tat. Was willst du eigentlich?»

«Darf ich reinkommen?»

«Bitte.»

«Broszinski war auch nicht im Büro», sagte Fedder und folgte Gottschalk ins Wohnzimmer. «Ich habe einiges herausgefunden und denke, ihr solltet es wissen. Ich halte es für wichtig. Sehr wichtig.»

«Willst du ein Bier?»

«Nein, danke.»

«Ich habe auch Saft da. Und natürlich Wasser», sagte Gottschalk. Er drehte die Lautstärke ein wenig herunter und blieb vor der Anlage stehen.

Fedders Blick fiel auf die Batterie Flaschen, die neben dem Sessel aufgereiht waren. Er zog die Augenbrauen hoch und musterte Gottschalk von der Seite. Gottschalk bemerkte es nicht. Er deutete auf das Sofa, und Fedder setzte sich.

Gottschalk wartete, bis das Stück zu Ende war und zog dann den Hebel vor. Der Tonarm hob sich, und Gottschalk legte ihn zurück, nahm die Platte vom Teller.

«Also nichts?» fragte er.

«Später vielleicht», sagte Fedder.

Gottschalk schob die Platte in die Hülle und stellte sie zu dem Stapel, den er noch nicht eingeordnet hatte. Seine Sammlung war nach den Daten der jeweiligen Aufnahmen sortiert. Die letzte Lieferung hatte er noch nicht untergebracht.

Auch darüber lohnte es sich nachzudenken.

«Was ist denn?» fragte er. «Was hast du herausgefunden?»

«Ich habe den Mann aufgestöbert, mit dem Heike auf Ibiza war. Du erinnerst dich ...»

«Ja», sagte Gottschalk. «Nicht schlecht. Wie bist du an ihn gekommen?»

Fedder erzählte es ihm. Er schmückte die ganze Geschichte ein wenig aus. Wie er den Namen aus Paul herausgekitzelt hatte. Er sagte gekitzelt und zwinkerte dabei.

Gottschalk ließ sich in den Sessel fallen und streckte die Beine von sich.

Er krümmte seine Zehen.

Fedder war bei seinem Auftritt in Pahls Büro. Er schilderte Pahl als Typ, den er gefressen hatte, hart angegangen war.

Gottschalk schloß die Augen und strich über seinen Bauch.

Als Fedder endlich auf den Punkt gekommen war, von Heikes neuen Beziehungen auf Ibiza sprach, öffnete er die Augen wieder und griff nach der Flasche.

«Hat er Namen nennen können?» fragte er.

Fedder machte eine große Geste.

«Ja», sagte er. «Darum bin ich ja hinter euch her. Mir scheint das wirklich ...»

«Wer? Welche Namen?»

«Stobbe», sagte Fedder. «Von seinen Freunden wurde ihm mehrfach ...»

«Stobbe? Werner Stobbe?»

«Ja, Heike soll längere Zeit seine ständige Begleiterin gewesen sein, und Pahl ...»

«Das ist nicht gut ...»

«Das ist ...»

«Scheiße», sagte Gottschalk. «Eine ganz dicke Scheiße. Darauf bin ich nun überhaupt nicht scharf.»

DREI

1

Der nächste Tag war ein Donnerstag.

Als Gottschalk und Fedder morgens gemeinsam das Büro betraten, saß Broszinski bereits an seinem Schreibtisch. Er sah aus, als habe er die ganze Nacht über kein Auge zugetan, war unrasiert, und in dem Ascher häuften sich die Kippen.

«Lucile ist verschwunden», empfing er die beiden. «Ich habe schon alles in Bewegung gesetzt. Die Schnalle hat uns gelinkt. Sie wußte offensichtlich weitaus mehr von Manuela und wohl auch von Torbecke, als sie bei der Plauderei mit dir rausgelassen hat ...»

«Ich habe ...»

«Ja, du hast sie nach dem damaligen Stand unserer Ermittlungen entsprechend verhört. Plauderei nehme ich zurück. Kein Vorwurf. Aber ich weiß inzwischen, daß Manuela in der Nacht vor ihrer Ermordung auf der Meile eine Auseinandersetzung mit einem uns hinlänglich bekannten Kunden hatte. Lucile und noch eine Lady waren Zeuge, wie sie vom Stone angemacht wurde und ...»

«Na, bitte», sagte Fedder und wechselte mit Gottschalk einen bedeutungsvollen Blick. «Paßt doch exakt ins Bild.»

«Was zum Teufel ...?»

«Fedder hat die Lücke weitgehend schließen können ...»

«Welche Lücke? Die einzige Lücke, die ich sehe, ist durch das Verschwinden dieser Lucile entstanden!»

«Mit wem Manuela im letzten Jahr engen Kontakt hatte. Mit Stobbe.»

«Nein», sagte Broszinski.

«Ja», sagte Fedder. «Es besteht kein Zweifel ...»

«Das hast *du* herausgefunden?»

«Ja.»

«Hat er», bestätigte Gottschalk. «Eine saubere Arbeit. Beschränkt sich allerdings auf ihre Ibiza-Zeit. Was sie nach ihrer Rückkehr getrieben hat, ist uns immer noch nicht völlig klar. Aber auf jeden Fall ist Emma ins Spiel gekommen und das ist ...»

«Scheiße», sagte Broszinski.

«Habe ich auch gesagt.»

«Emma, der Stone ...»

«Ja. Der King und sein Gorilla. Eine nette Gesellschaft.»

«Das schmeckt mir ganz und gar nicht», sagte Broszinski und zündete sich eine neue Zigarette an. «Überhaupt nicht. Aber gut. Was hat Torbecke damit zu tun?»

«Nach dem, was ich bisher gehört habe, war er für Heike der Mann, bei dem sie abladen konnte. Sämtliche Probleme. Er war für sie so was wie eine Vertrauensperson und ...»

«Wer sagt das?»

«Ich habe mit einigen von Torbeckes Bekannten gesprochen. Der Tenor ist, daß zwischen Fred und Heike eine sehr enge, freundschaftliche Beziehung bestanden haben muß. Wohlgemerkt, eine freundschaftliche. Keine ausgesprochene Liebesbeziehung. Mir wurde von mehreren Seiten gesagt, daß Fred sich für Heike verantwortlich fühlte, sich bis zur Selbstaufgabe um sie kümmerte. Sexuell lief zwischen ihnen offensichtlich wenig. Ich habe ...»

«Er hat einen Typ aufgespürt, mit dem sie ins Bett stieg. Hör mal, Jan, die Frau hatte einen Schlag weg. Die Struktur ist mir inzwischen völlig klar. Denk an das Arschloch Knoop. Was er dir hier aufgetischt hat. Der Mann hat sie doch total niedergemacht, ist verdammt übel mit ihr umgesprungen. Was sie suchte, war Verständnis, Anteilnahme an ihrer Person. Und das hat sie meines Erachtens bei Torbecke gefunden. Der hat den Bereich voll abgedeckt. Aber eben nur den. Rannehmen ließ sie sich ...»

«Verstehe», sagte Broszinski. «Fuhr sie auf die harte Tour ab?»

«Ich würde sagen, ja. Fedder hat ...»

«Ich habe, ihre ... ihre Sexualpraktiken betreffend einen Hinweis, der ... also ...»

«Also was?»

«Dieser Paul ... das ist der Mann, mit dem Heike das Verhältnis hatte, während sie bei Torbecke wohnte. Dieser Paul sagte, daß sie nach ihrer Rückkehr aus Ibiza verändert war. Erst einmal, sie hatte sich tätowieren lassen, den Schmetterling ...»

«Das ist auf Ibiza geschehen?»

«Ja», bestätigte Gottschalk. «Und wie sie nach Ibiza gekommen ist, ist eine Geschichte für sich. Die kann Fedder dir gleich erzählen. Bevor er jetzt weiter rumdruckst, Punkt eins. Vor Ibiza hatte sie mit Paul normalen Geschlechtsverkehr, was immer darunter zu verstehen ist. Leidenschaftlich, heftig, alles mögliche, nur kein Horror.

Punkt zwei. Danach. Sie schreit dabei wie eine Verrückte, kratzt, beißt und schlägt ihn. Dreht regelrecht durch. Und das wurde ihm zu unheimlich. Habe ich das richtig wiedergegeben?»

«Ja», sagte Fedder. «Vor allem die Schreie, sagt er. Gellende Schreie. Er hat Angst gehabt, daß ihm die Nachbarn Theater machen. Es habe sich angehört, wie ... ja, wie Todesschreie. Er fand das nicht mehr normal. Als er sie daraufhin ansprach, erzählte sie ihm was von Bildern. Bilder, die sie im Kopf habe. Er hatte den Eindruck, daß sie irgendwelche herben Sachen erlebt hatte. Ist aber nicht richtig dahintergekommen und hat dann auch die Beziehung von sich aus abgebrochen. Wie gesagt ...»

«Der Kontakt mit Stobbe?»

«Das habe ich nicht von ihm. Ihm hat sie nur erzählt, wie und durch wen sie nach Ibiza gekommen ist und ...»

«Ich hole mal Kaffee», sagte Gottschalk.

Er schlug Fedder leicht auf die Schulter und nickte Broszinski zu. Als er die Tür hinter sich geschlossen hatte, setzte sich Fedder auf den Besucherstuhl.

«Name?»

«Was soll das?»

«Den Namen.»

«Herbert Botan.»

«Genannt der Stone.»

«Von Freunden.»

«Im Milieu. Beruf?»

«Sportpädagoge.»

«Keine Witze.»

«Ich hab 'nen Schein.»

«Du hast einen Gürtel ...»

«Mehrere ...»

«Gut, sparen wir uns das. Du gibst Karateunterricht in der Sportschule deines Spezis Magath. Bist offiziell bei ihm angestellt. Zur Sache. Man hat dich in der letzten Woche, am Zweiundzwanzigsten, in der Nacht zum Freitag im *Man Wah*, Spielbudenplatz, gesehen. Du hast da mit einer Frau, sagen wir erst einmal, gesprochen. Mit Heike Knoop, auch Manuela genannt. Um was ging es?»

«Ich bin freiwillig hierhergekommen.»

«Nach entsprechender Aufforderung.»

«Ohne Anwalt.»

«Den kannst du jederzeit rufen.»

«Brauch ich dafür nicht. War nichts.»

«Was war nichts?»

«Hab mit der Frau nur ein paar Takte geredet. Rein privat. Ist 'ne alte Bekannte.»

«Genau das interessiert uns. Sie ist in der darauffolgenden Nacht ermordet worden.»

«Hab ich gelesen. Von so 'nem Opa.»

«Was hattest du mit ihr zu reden?»

«Nur guten Tag gesagt.»

«Sie schien darüber aber nicht gerade erfreut zu sein. Unsere Zeugen ...»

«Die beiden Tanten haben sich verpißt.»

«Du sollst Heike gewaltsam ...»

«Nee. Hab ich nicht. Ich ...»

«Also gut. Wie du willst. Ganz von vorn. Woher kanntest du sie? Und komm mit allem rüber. Sonst nagele ich dich fest. Irgendwas finde ich schon, was ich dir anhängen kann ...»

«Nee.»

«Verlaß dich drauf. Wir stellen deine Bude auf den Kopf und ...»

«So nicht, Chef ...»

«Genau so. Also komm. Ich hab die Faxen dicke. Woher kanntest du sie?»

«Damit fallt ihr auf die Fresse. Ich ...»

«Du kennst die Spielregeln. Auch wenn du sonst ein bißchen beschränkt bist. Ohne Anwalt! Glaub ja nicht, daß das bei mir zieht! Du sollst uns hier erst mal den Naiven vorkaspern. Der mit nichts was zu tun hat und selbstverständlich keinen Anwalt braucht. Anwalt ist schlecht. Anwalt heißt ...»

«Das seht ihr völlig falsch. Ich hab die Frau zufällig getroffen und mit ihr ...»

«Danach hab ich jetzt nicht gefragt. Ich will hören, woher du sie kennst! Begriffen?»

«Aus'm Urlaub.»

«Na, bitte. Eine Urlaubsbekanntschaft, richtig?»

«Ja.»

«Laß mich mal raten, wo du Urlaub gemacht hast.»

«Auf Ibiza», kam der Stone Broszinski zuvor. «Reise ich immer hin, jedes Jahr.»

Broszinski lehnte sich zurück und tippte die Fingerspitzen aneinander. Fedder klopfte mit seinem Kuli auf die Tischplatte. Der

Stone saß breitbeinig auf dem Stuhl und schnippte einen imaginären Krümel vom Hosenknie.

Broszinski sah den Stone lächelnd an.

Der Stone lächelte zurück.

Broszinski schaute zu Fedder hinüber. Er lächelte immer noch.

Fedder lächelte ebenfalls.

Jeder von ihnen schien sich zu amüsieren.

«So, so», sagte Broszinski schließlich.

«Ja», sagte der Stone. «Herrliche Insel. Schöne Frauen, leichtes Leben. Hab da ihre Bekanntschaft gemacht. Am Strand, wie das so ist. Hatten unseren Spaß und ...»

«*Du* machst mir Spaß!» fuhr Broszinski ihn an. «Denkst du wirklich, ich bin so dämlich, daß ich die Sülze fresse?! Ich werde ...»

«Soll ich lügen?»

«Ich werde dir mal was sagen, Meister. Ich sage dir, daß du mit der Masche nicht weit kommst. Wir werden ... Fedder!»

«Ja?»

«Laß dir einen Haftbefehl ausstellen ...»

«Läuft nicht», sagte der Stone.

«Und ob das läuft. Haftbefehl auf Herbert Botan. Dringender Tatverdacht im Mordfall Torbecke. Motiv, krankhafte Eifersucht. Der Tatverdächtige hat ...»

«Kenn keinen Torbecke und ...»

«Hat vor Zeugen gedroht ...»

«Nee, Chef», sagte der Stone. «Wohl Rad ab ...?»

«Setzen!» brüllte Broszinski.

Der Stone wollte zur Tür.

Broszinski sprang auf, und Fedder griff zum Telefonhörer.

«Vierunddreißigneunzehnsiebenundachtzig», sagte der Stone. «Mein Anwalt.»

«Auf deinen Anwalt scheiß ich jetzt! Du bist verhaftet!»

Broszinski versperrte ihm den Weg.

Der Stone hob abwehrend die Hände und schüttelte den Kopf.

Der Kollege, dem Gottschalk gegenübersaß, war einer der Führungsbeamten der neugegründeten Spezialgruppe FD 65, deren Aufgabenbereich die Organisierte Kriminalität war.

Er hieß Robert Schobel und wurde von seinen Freunden Mitch genannt. Mitch hatte die untere Schreibtischschublade herausgezogen und die Füße darauf gelegt.

Er reinigte sich mit einem Zahnstocher die Fingernägel und tat völlig uninteressiert. Aber das täuschte.

Gottschalk wußte, daß er sehr genau zuhörte. Er schilderte den Vorgang bis ins kleinste Detail.

Als er geendet hatte, knickte Mitch den Zahnstocher ein und warf ihn in den Papierkorb.

«Seid ihr damit schon oben gewesen?» fragte er.

«Nein», sagte Gottschalk. «Noch nicht. Jan will warten, bis wir mehr in der Hand haben.»

«Ja, viel ist es wirklich nicht. Aber okay. Ich kann euch bestätigen, daß Stobbe in der fraglichen Zeit auf Ibiza war. Er hatte im Mai seinen Prozeß.»

«Ich erinnere mich ...»

«Steuerhinterziehung.»

Mitch lachte.

Das Lachen klang nicht gut.

«Steuerhinterziehung», wiederholte er. «Letztlich lief es auf Steuerhinterziehung hinaus. Kein Grund, ihn länger in Haft zu halten. Er ist umgehend in den Flieger gestiegen und abgedüst. Okay. Er hat eine Villa in Can Fornet. Sagt dir das was?»

«Nein», gestand Gottschalk.

«Ein Hügel in der Nähe von Ibiza-Stadt. Wird auch der Ludenhügel genannt. Unsere sämtlichen Freunde haben da ihr Anwesen. Jonny, Pico, Hacker-Fred, Hoddel, Freddy and his family, die ganze Mischpoke. Und Stobbe mittendrin. Eingetragen ist die Villa auf den Namen seiner Lebensgefährtin Irma. Die Prominentenfotografin. Aber die wirst du nie dort antreffen. Stobbe nutzt das Haus allein für sich. Empfängt Geschäftspartner, feiert rauschende Feste. Okay. Er kann eure Frau bei einer dieser Gelegenheiten kennengelernt haben. Die Weiber da unten sind ganz scharf darauf, von ihm eingeladen zu werden. Besonders, wenn sie auf jede Art von Stoff stehen. War sie abhängig?»

«Keine Einstiche.»

«Okay, vielleicht Koks. Kann natürlich auch nur so reingerutscht sein. Stobbe greift sich hin und wieder gerne ein paar frische Mädels.»

«Habt ihr Informanten ...?»

«Einen Kontaktmann, ja. Ein Freak, der uns rüberschiebt, welche Gäste Stobbe empfängt. Seine Weibergeschichten interessieren uns allerdings nicht sonderlich. Aber okay. Ich frage nach. Ständige Begleiterin heißt schon was.»

«Wie schätzt du das ein?»

Mitch zündete sich eine Zigarette an. Er legte den Kopf zurück und blies den Rauch an die Decke.

«Wenn sie wirklich länger mit ihm zusammen war, kann sie einiges von seinen Geschäften mitbekommen haben. Namen, Zahlen, irgendwelche Fakten. Ganz blöd ist sie ja wohl nicht gewesen. Sie war mit Knoop verheiratet, wußte durch ihn sicher auch einiges aus dem Milieu. Okay, da kommt schnell eins zum anderen und ...»

«Verstehe», sagte Gottschalk. «So sehe ich das auch. Hältst du es für möglich, daß sie nach ihrer Rückkehr für Stobbe gearbeitet hat?»

«Nein, dann wäre sie uns mit Sicherheit irgendwann einmal hier bekannt geworden. Ich denke an etwas anderes. Ich glaube, daß für Stobbe die Angelegenheit erledigt war, als er wieder hier in Erscheinung trat. Das war im September. Okay. Kurz darauf kommt sie zurück. Sie hatte da unten eine gute Zeit, alles in allem nicht schlecht gelebt. Aber jetzt ist sie pleite. Sie quartiert sich wieder bei Torbecke ein. Der Typ, dem sie mit jedem Scheiß kommen kann. Der Vertraute, wie du sagst. Aber nicht der Mann, auf den sie abfährt. Und erst recht nicht der, der die große Kohle hat. Torbecke kann ihr bei weitem nicht das bieten, was sie inzwischen gewohnt ist. Erst dieser Geflügelfritze, dann Stobbe. Das ist einfach eine ganz andere Klasse. Einmal auf dem Trip, kommst du so leicht nicht davon runter. Nein, ich denke, daß sie von sich aus hier wieder mit Stobbe Verbindung aufnahm. Ihn an die netten Stunden erinnerte, mal wieder mit ihm voll auf die Kacke hauen wollte. Okay, er versucht, sie mit ein paar Scheinen abzuspeisen. Zweifünf im Januar, zweifünf im Februar. Wahrscheinlich hat er sie dafür noch einmal weggemacht. Danach aus, vorbei. Für ihn. Nicht für sie. Ich könnte mir vorstellen, daß sie sich plötzlich an einige Sachen erinnerte. Was sie auf Ibiza aufgeschnappt hatte, sich zusammenreimte. Vielleicht hatte sie sogar was in der Hand. Wer weiß. Ausschließen würde ich das auf keinen Fall. Immer vorausgesetzt, daß sie ...»

«Du meinst die fünfundzwanzig Mille?»

«Wer schiebt dir so einen Betrag bar rüber? Und vor allem, für was? Bestimmt nicht dafür, daß sie im Bett eine heiße Nummer machte. Nein, geh mal davon aus, daß sie Stobbe irgendwie unter Druck gesetzt hat.»

«Und er zahlt ...?»

«Laß sie Fotos gemacht haben. Urlaubsbilder, Erinnerungen.

Stobbe in fröhlicher Runde mit seinen Kumpanen. Mit Prominenz oder mit einigen seiner hochkarätigen Partner aus den Staaten. David White hat ihn in der Zeit besucht. Club-Besitzer aus San Remo, eine der Größen des organisierten Verbrechens. Okay, uns würde das nichts bringen. Aber ich wüßte auf Anhieb einige Illustrierte, die für diese Art von Schnappschüssen einiges hinblättern. Und Stobbe ist in der Hinsicht alles andere als publicitygeil. Dafür würde er zahlen. Hundertprozentig. Okay, ich spiel das nur durch. Aber das wäre eine Möglichkeit, wie sie ihm auf die Pelle gerückt sein könnte. Ein paar Bilder zusammen mit den entsprechenden Infos. Da liegen schon fünfundzwanzig drin.»

«Ja, möglich», sagte Gottschalk und rieb sich über die Stirn. «Wen hatte er denn im letzten Jahr bei sich im Haus?»

Mitch drückte seinen Stummel aus und nahm die Füße von der Lade. Er zog einen schmalen Hefter hervor und blätterte ihn auf. Er mußte nicht lange suchen.

«Wir haben Kenntnis von vier Personen, auf die sich unser Interesse konzentriert. White, die Gebrüder Villard aus Marseille, die Heroin-Connection, und ein Schweizer Bankier mit dem treffenden Namen Schatzmann.»

«Mehr nicht?»

«Reicht uns vorerst. Stobbe wird uns diesmal nicht so leicht durch die Lappen gehen.»

«Kannst du dich in bezug auf unsere Sache mal umhören?»

«Ich sprech die Tage mit unserem Freak auf Ibiza. Ich frag ihn. Okay. Und wenn Herbst auftaucht, schick ich ihn zu euch rüber. Er ist hier auf Emma angesetzt.»

«Danke», sagte Gottschalk und stand auf.

Er seufzte, und Mitch lächelte dünn.

Werner «Emma» Stobbe war auf St. Pauli groß geworden. Er hatte als Kellner in einem Nachtclub angefangen und sich hochgearbeitet. Die Geschichte seines Aufstiegs, die er Journalisten gegenüber gelegentlich zum besten gab, klang rührend.

Gottschalk konnte sie herunterbeten, aber er nahm sich trotzdem noch einmal das gesamte Material aus dem Archiv vor: Vom Thekenschwengel zum Millionär.

Stobbe wollte nur fleißig gewesen sein. Wie jeder tüchtige Deutsche. Pfennig auf Pfennig gelegt, sich jede Mark vom Mund abgespart haben. Sonst nichts.

Tatsache aber war, daß er bereits früh eine Gang gegründet hatte, die von Gastwirten auf dem Kiez sogenannte Schutzgebühren forderte. Verweigerte ein Wirt die Zahlung, kam es in seinem Laden zu Schlägereien, bei denen die gesamte Einrichtung demoliert wurde.

Stobbe selbst blieb dabei immer im Hintergrund. Er hielt sich in abgedunkelten Hinterzimmern und Spielhöllen auf, galt als abgefeimter Zocker.

Mit dem nach und nach erwirtschafteten Kapital stieg er in einen Bordellbetrieb ein.

Der Mann, der ihn als Partner aufgenommen hatte, verunglückte wenig später tödlich. Sein Wagen explodierte, als er den Motor gestartet hatte.

Stobbe wurde verdächtigt und angeklagt. Er hatte seinen ersten größeren Prozeß, bei dem man ihm aber letztlich nichts nachweisen konnte. Freispruch.

Stobbe mit hochgereckten Armen.

Auf dem Zeitungsbild aus dieser Zeit trug er ein großkariertes Jackett, ein dunkles Hemd und eine breite, helle Krawatte. Schwere, offensichtlich diamantbesetzte Ringe an den Fingern, die Rolex am Handgelenk.

Sein Alter wurde mit 26 Jahren angegeben.

Gottschalk sah auf das Datum des Zeitungsausschnitts und stellte fest, daß Stobbe und er der gleiche Jahrgang waren. Bei Kriegsende zehn.

In den Fünfzigern die jungen, wilden Männer. Stobbe auf seine Art. Knallhart und brutal.

Er baute in den folgenden Jahren seine Machtposition weiter aus, beherrschte Mitte der Sechziger fast den gesamten Bereich Prostitution, wurde der Nutten-Vogt von Hamburg genannt.

Immer häufiger stand er vor Gericht. Nötigung, illegaler Waffenbesitz, Beteiligung an blutigen Auseinandersetzungen mit einer Gruppe Wiener Zuhälter. Falschspiel, Rauschgifthandel.

Er kam jedesmal mit heiler Haut davon, verbrachte nie mehr als ein paar Nächte in Haft.

Gottschalk betrachtete lange ein weiteres Foto aus jenen Tagen, auf dem Stobbe Edward G. Robinson in seiner Rolle als *Little Cäsar* nachstellte, flankiert von zwei bulligen Typen, die Maschinenpistolen im Anschlag hatten.

Gangsterposen.

Auf anderen Bildern ließ Stobbe in Bars Champagnerflaschen spritzen, sich als König von St. Pauli feiern.

Er hatte den Kiez voll unter seiner Kontrolle, sorgte mit harter Hand für Ordnung. Für Ordnung in seinem Sinn.

Man hörte von Femegerichten, die unter seinem Vorsitz in dem Séparée eines Puffs in St. Georg tagten. Von Urteilen wie Kiez-Verbot, Hamburg-Verbot, Deutschland-Verbot.

Von Urteilsvollstreckungen in einer Kiesgrube.

Und immer wieder von Falschspiel, Waffenhandel und großangelegten Heroin-Deals.

Stobbe sollte in allem seine Finger im Spiel haben. Und hatte sie auch drin. Er und ein Partner, von dem jeder im Milieu wußte und den niemand namentlich kannte.

Ein hohes Tier wurde gemunkelt. Ein in der Öffentlichkeit angesehener und als solide geltender Geschäftsmann. Sagten die einen.

Andere sprachen von einem Politiker, einem Mann im Senat.

Hin und wieder wurde auch von einem führenden Beamten im Präsidium gesprochen.

Gerüchte, Mutmaßungen, die für Gottschalk kein Thema waren. Er hielt sich an Fakten. Und konkret war nichts bekannt.

Gottschalk gähnte und machte sich an die neueren Berichte.

Um Stobbes Person war es in der letzten Zeit ruhiger geworden. Er hielt sich weitgehend zurück, hatte sich ein neues Image zugelegt. Der seriöse Kaufmann.

Gottschalk stieß auf ein Interview, das im November vergangenen Jahres im *Playboy* erschienen war.

Er lächelte gequält über den eingerückten Bildwitz und las:

«Der Mann, den sie *Pate* nennen, hat eine gesunde Urlaubsbräune im Gesicht und wache, helle Augen, an denen man nicht vorbeikommt.

‹Wie sind Sie zu dem Namen gekommen?›

Er lacht und bewegt seine großen, braunen Hände. Er war nach seinem Prozeß einige Monate im Süden, in seiner Villa auf Ibiza.

‹Den hat mir ein Hamburger Journalist angehängt. Die Presse war nie zimperlich mit mir. Es gibt Schreiber, die meine Nähe gesucht haben, um mein Privatleben auszuschnüffeln und Lügen über mich zu verbreiten›, sagt er, und seine Stimme ist kalt wie Eis.

‹Was macht Sie für die Presse so interessant?›

Er hebt die breiten Schultern um ein paar Millimeter, und sein englischkariertes Maßjackett wirft nur da Falten, wo ein Maßjackett Falten werfen darf.

‹Mein Leben›, sagt er. ‹Ein Teil der Presse lebt von Gerüchten und Entstellungen, und ein Mann, der sich auf St. Pauli hochgearbeitet hat, gibt dem Erfindungsgeist einiger Schreiber natürlich jede Menge Spielraum, und wenn man es dann zu etwas gebracht hat und Häuser und Grundstücke besitzt, ist man der *Pate*. Ich habe mich schon lange aus allen St. Pauli-Geschäften zurückgezogen und alles getan, um diese Gerüchte aus der Welt zu schaffen.›

‹Aber sie verstummen nicht?›

‹Nein›, sagt er fast bitter. ‹Eine neue Generation ist herangewachsen und hat die alten Gerüchte übernommen und sie ausgeschmückt, und es ist nicht ganz einfach, damit zu leben.›

‹Eine dieser Geschichten nennt Sie im Zusammenhang mit der Mafia.›

Wieder ein Lachen, aber keins von der Sorte, die man gerne hört.

‹Ich weiß. Es ist lächerlich. Eine Legende. Eine Menge Leute brüsten sich mit meiner Bekanntschaft und hängen mir dieses und jenes an, um sich und mich interessant zu machen. Ich kann das alles nicht mehr hören, und um das viele Geld, das ich für Anwälte ausgegeben habe, um den Gerüchtemachern auf die Zehen zu treten, tut es mir verdammt leid. Nehmen Sie diesen Erwin Krauch. Ein Kranker und Rauschgiftsüchtiger, der mit mir ins Geschäft kommen wollte, und als es nicht so ging, wie er sich das vorstellte, hat er gegen mich ausgesagt. Natürlich war die Aussage nicht haltbar, und er hat sie widerrufen müssen. Sie wissen, wie der Prozeß ausgegangen ist.›

‹Ja. In diesem Zusammenhang hört man auch immer wieder das Gerücht um Ihre Verbindung zu einem Mann im Hamburger Senat.›

‹Es gibt keine Verbindungen. Ich kenne einige Politiker privat. Mehr nicht.›

‹Namen?›

Er hebt eine Augenbraue, streicht flüchtig über das gutfrisierte, kleinlockige Haar und winkt ab. Er nennt keine Namen.

‹Also ein Gerücht?›

‹Ein Gerücht›, sagt er.

‹Das organisierte Verbrechen in Hamburg wurde auch lange Zeit als Gerücht gehandelt.›

‹Die Staatsanwaltschaft hat festgestellt, es gibt kein organisiertes Verbrechen.›

‹Die neuesten Erkenntnisse sprechen vom Gegenteil.›

‹Davon weiß ich nichts›, sagt er. ‹Ich war im Urlaub.›

Ich begreife. Das Thema ist abgehandelt. Er spricht jetzt von den schönen Dingen des Lebens. Von seiner Liebe zu altem Porzellan und jungen Frauen. Ich frage ihn nach seiner Lebensgefährtin.

‹Eine offene Beziehung›, sagt er. ‹Wir respektieren uns gegenseitig, lassen uns unsere Freiheit.›

‹Haben Sie viele Liebschaften?›

‹Nicht mehr als eine pro Nacht›, sagt er und lacht.

Ich sehe mir den Mann noch einmal genau an: Untersetzt, stämmig. Energie und Ausdauer, die sich in 52 Jahren gelebten Lebens nicht abgenutzt haben, schnelle und genau abgemessene Bewegungen und irgend etwas in den Augen, das schwer zu bestimmen ist.»

Gottschalk blätterte um.

Auf der folgenden Seite war Stobbe abgebildet.

Er saß auf einem Sofa und hielt einen antiken Telefonhörer am Ohr.

Es gab Bilder von seinem Haus in Blankenese zu sehen und Ansichten von der Villa auf Ibiza. Terrasse, Garten, Pool.

Stobbe in Bermudashorts hockte am Beckenrand.

Sein kleiner, fester Bauch wölbte sich über dem Bund.

Neben ihm streckte sich eine nur mit einem Tanga-Slip bekleidete Frau.

Sie war blond. Es war nicht Heike.

Heike entdeckte Gottschalk auf dem Foto, das auf der Terrasse aufgenommen worden war.

Sie trug eine Sonnenbrille und saß im Hintergrund auf der Brüstung.

Gottschalk erkannte sie an der Tätowierung auf dem Handgelenk. Den Schmetterling. Er war deutlich zu sehen.

Sie hatte das Kinn auf die Hand gestützt. Neben ihr stand der Stone und schaute zu Stobbe herüber, der am offenen Grill ein Stück Fleisch wendete.

Der Stone hatte sich wieder gesetzt und sah Broszinski grimmig an.

«Ich bin freiwillig gekommen», wiederholte er zum wer-weißwievielten Mal. «Aber wenn ich gewußt hätte, daß ihr hier mit mir Schlitten fahrt ... ich hab alles gesagt.»

«Noch lange nicht.»

«Ich brauch jetzt meinen Anwalt.»

«Den hast du von Anfang an gebraucht. Aber jetzt sind die Leitungen belegt. Und solange sie belegt sind, wirst du ein bißchen mehr erzählen. Oder auch nicht. Dann rede ich und du hörst zu. Du hast uns einen Haufen gequirlter Scheiße hier aufgetischt! Zufällig im Urlaub kennengelernt! Zufällig in Hamburg wiedergetroffen! Für mich gibt es keine Zufälle! Keine von dieser Art! Also, noch einmal. Du warst auf Ibiza. Mit Neckermann?»

«Hab ich nicht nötig.»

«Eben. Du warst im Haus von Stobbe ...»

«Wir kennen uns ...»

«Ihr kennt euch sogar sehr gut. Ihr habt ...»

«Wir sind gute Freunde ...»

«Ihr habt zusammen ein paar Leichen im Keller ...»

«Alte Geschichten. Freispruch. Bin seit Jahren sauber.»

«Bist du, ja. Aber ich möchte dir nicht raten, mich so weit zu bringen, mal wieder ein bißchen rumzustochern ...»

«Was soll das Theater? Ich ...»

«Du und Stobbe, ihr wart gemeinsam auf Ibiza. Und du hast Heike aufgerissen.»

«Aufgerissen klingt nicht schön. Reiß keine Hühner auf. Muß ich nicht. Hab sie ganz auf die Normale kennengelernt.»

«Du und nicht etwa Stobbe?»

«Ich.»

«Wie lange warst du auf Ibiza?»

«Vierzehn Tage.»

«Und sie?»

«Keine Ahnung.»

«Sie ist länger dort geblieben.»

«Kann sein. Hat mich nicht interessiert.»

«In Stobbes Haus.»

«Nicht mein Bier. Und wenn ...»

«Du willst sie danach nie wiedergesehen haben.»

«Doch. Letzte Woche ...»

«Nach über einem Jahr. Ganz zufällig.»

«Wie das Leben so spielt ...»

«Wir werden dein Leben abklopfen, mein Lieber. Jede Stunde, jede Minute des letzten Jahres und ...»

«Kommt nichts bei rum.»

«Und das von Stobbe ...»

«Viel Spaß», sagte der Stone und sah auf die Uhr. «Leitung frei?»

«Noch nicht. Du hast ihr am Donnerstag also nur guten Tag gesagt. Nicht etwa bedroht?»

«Keine Spur.»

«Was hast du danach gemacht?»

«Ein Bier getrunken.»

«Weiter.»

«Ein Bier getrunken, nach Hause gefahren, geschlafen.»

«Allein?»

«Allein.»

«Am nächsten Tag? Freitag ...?»

«Turnier in Soltau. Und Schaukämpfe. Bis Sonntagmittag, nein, Nachmittag. War erst abends zurück.»

«Das wird nachgeprüft.»

«Kann nachgeprüft werden.»

«Wann hast du von ihrem Tod erfahren?»

«Montag, in der Zeitung.»

«Da stand nur Heike K., 29. Und nicht gerade riesig.»

«Hab auf sie getippt.»

«Du solltest Lotto spielen. Das stinkt! Es gibt zig Frauen, auf die Heike K. zutrifft.»

Der Stone zuckte die Achseln und schwieg.

«Sie hat zuletzt in einer Peep-Show gearbeitet», sagte Broszinski. «Im Sex-World, Steindamm.»

Der Stone schwieg weiter und zuckte erneut die Achseln. Es war, als wehre er ein lästiges Insekt ab.

Broszinski zündete sich eine Zigarette an. Er inhalierte tief.

«Du hast doch gute Beziehungen zum Milieu», sagte er. «Freunde aus der guten, alten Zeit. Personen, mit denen du nach wie vor verkehrst. Hast du von denen deinen Tip ...?»

«Leitung frei?»

«Gut, kommen wir zu Torbecke. Zu ihrem Freund, der aufgeknüpft worden ist. Sie war schon mit ihm befreundet, als du sie auf Ibiza kennengelernt hast. Sie war sehr gut mit ihm befreundet. Sie hat ihm alles anvertraut ...»

«Kenn ihn nicht.»

«Hat sie dir nicht von ihm erzählt?»

«Nein.»

«Sie hat ihm von dir erzählt, von ihrer Affäre mit dir und ...»

«Kinderkram.»

«Und von Stobbe. Kein Kinderkram. Nicht nur die Bettgeschichten. Eure Geschichten. Die ganze Scheiße, die im Prozeß hochgekommen ist und über die ihr da unten eure Witze gerissen habt. Wie blöd doch die Bullen sind. Wie und womit ihr sie in der Tasche habt. Eure Beziehungen. Die Personen, die Stobbe sich kauft ...»

«Alles Schwund. Die Frau ...»

«Ja?»

«Nichts», sagte der Stone. «Hab nichts mehr zu sagen.»

2

Als sie aufwachte, war der Platz neben ihrem Bett leer. Sie schlug das Laken zurück und stand auf. Die Fenstervorhänge waren noch zugezogen. Die Klimaanlage surrte.

Sie ging ins Bad und ließ Wasser in die Wanne laufen.

Dann hockte sie sich auf das Bidet.

Sie stützte ihre Ellbogen auf die Knie und preßte die Hände vor die Augen.

Ihre Stirn war heiß. Sie fühlte sich elend.

Als sie aufstand, zitterten ihre Knie.

Sie öffnete den Toilettenschrank und suchte nach Aspirin. Sie fand verschiedene Tablettenpackungen, aber keine Schmerztabletten. Sie nahm ein Fläschchen Japan-Öl und rieb sich Schläfen und Genick ein.

«Geht es dir nicht gut?»

Sie zuckte zusammen.

Sie hatte die Frau nicht kommen hören. Sie lehnte am Türrahmen und sah besorgt aus.

«Zigarette», sagte Lucile.

Die Frau reichte ihr die angerauchte, die sie in der Hand hielt und Lucile nahm einen Zug.

«Besser?» fragte die Frau und lächelte. «Bist du auf Entzug? Entschuldige, das geht mich nichts an. Aber du hast in der Nacht unglaublich viel geschwitzt und sehr unruhig geschlafen. Oder lag das an mir? War es nicht gut für dich?»

«War schon okay. Scheiße, ich hab deinen Namen vergessen.»

«Claudia.» Ihr Lächeln erstarb. «Frühstückst du noch mit mir?»

«Darf ich ein Bad nehmen?»

«Sicher. Du hast dir das Wasser ja schon eingelassen.»

Sie wandte sich um.

«Claudia?»

«Ja, bitte?»

«Willst du mit mir baden?»

«Du bist zu nichts weiter verpflichtet.»

«Komm», sagte Lucile.

Claudia zögerte, und Lucile legte die Zigarette auf den Beckenrand und ging auf sie zu.

Sie knotete Claudia den Gürtel auf und streifte ihr den Morgenmantel ab.

Claudia ließ es geschehen.

Lucile ging vor ihr in die Knie, umfaßte ihre Taille.

Sie blickte zu Claudia auf.

Claudia hatte die Augen geschlossen und sich versteift.

Lucile streichelte ihren Hintern, ließ die Zunge in ihrem Bauchnabel kreisen.

Sie dachte an die Wohnung, in der sie sich befand.

Sie wollte noch nicht gehen.

Sie begann, Claudias Möse zu lecken. Es machte ihr nichts aus. Sie hatte es bereits in der Nacht getan, und jetzt tat sie's wieder. Sie wußte, wie die Frau zu packen war. Ihr Griff wurde härter.

Später beim Frühstück schob Claudia ihr fünf Blaue hin.

Lucile übersah die Scheine.

«Mußt du aus dem Haus?» fragte sie.

«Ja, natürlich. Ich habe einen Beruf. Davon habe ich dir doch erzählt.»

«Ja, hast du. Steuer, stimmt's?»

«Steuerberatung ...»

«Du bist der Boss? Du schmeißt das ...»

«Warum interessiert dich das?»

«Nur so. Ich dachte, wir können es uns noch ein bißchen gemütlich machen.»

«Ach so. Nein, du. Das geht nicht.»

«Ich bin noch müde.»

«Nein, ich kann dich auf keinen Fall hier allein lassen.»

«Bleib doch. Du brauchst dafür nicht zahlen. Wir legen uns hin und schlafen, und ich ...»

«Nein», sagte Claudia. «Nein, ich habe einen Termin. Ich muß ... was ist mit dir? Weißt du nicht, wohin? Bist du in ...?»

«Okay», sagte Lucile. «Dann eben nicht. Leg noch was drauf.»

«Wie ... du ... du willst mehr? Nein, du, das ...»

«Du hast doch nicht das erste Mal eine abgeschleppt.»

«Also, bitte. Du hast mich ... du hast dich angehängt und ich ... du, ich ...»

«Tausend», sagte Lucile.

Claudia stand abrupt auf und ging nach nebenan.

Lucile hörte, wie sie den Telefonhörer abhob.

Sie sprang auf und stürzte ihr nach.

Claudia wählte.

Lucile riß ihr den Hörer aus der Hand und stieß sie weg. Claudia stolperte, suchte Halt.

Eine Vase kippte um, zersprang am Boden.

Claudia fing sich und wollte auf Lucile los.

«Vorsicht», sagte Lucile. «Sei vorsichtig, ja? Mach keinen Ärger. Die paar Scheine tun dir nicht weh, aber ich ...»

«Du bist eine ...»

Lucile holte aus und schlug ihr voll ins Gesicht. Sie schlug und trat, und je länger sie die Frau bearbeitete, desto größer wurde ihr Schmerz. Tränen schossen ihr in die Augen und wie durch einen Schleier sah sie Claudia vor sich, die Hände erhoben. Und sie hörte sie schreien, und die Schreie gellten in ihren Ohren. Und sie schrie auch. Schrie und schlug weiter zu.

3

Gottschalk hatte darauf bestanden, das Verhör zu führen.

Broszinski saß auf dem Fensterbrett und hielt einige gelbe Bögen in der Hand, in denen er hin und wieder blätterte.

Die Cassette lief.

«Sie sind nach unserem Gespräch am Montag nicht zur Arbeit gegangen», sagte Gottschalk. «Und am Dienstag haben Sie sich auszahlen lassen und sind verschwunden. Warum?»

«Keinen Bock mehr», sagte Lucile. «Kann ich ’ne Zigarette haben?»

Broszinski zog das Päckchen aus der Tasche und warf es ihr zu.

Sie fing es auf, und er ließ das Feuerzeug folgen.

Lucile zündete sich eine Zigarette an und lehnte sich zurück.

Sie schlug die Beine übereinander.

Sie hatte lange, schlanke Beine und ein kurzes Kleid an.

Broszinski sah ihre nackten Schenkel und dachte an Birte. Er glaubte, ihren Körper zu spüren. Ein Hauch von Parfüm. Aber das waren wohl nur die von ihr beschriebenen Seiten.

«War Heikes Ermordung der Anlaß?»

«Der Laden», sagte Lucile. «Ich kann mein Geld anderswo leichter machen.»

«Nicht mit der Masche, die Sie heute vormittag abgezogen haben. Sie haben eine Anzeige ...»
«Die Frau hat nicht den Preis gelöhnt ...»
«Körperverletzung», sagte Gottschalk. «Aber das interessiert uns im Moment nicht. Wir wollen noch einmal über Heike reden.»
«Haben wir doch schon.»
«Sie haben mir nicht gesagt, daß Sie eine intime Beziehung mit ihr hatten.»
«Meine Privatangelegenheit ...»
«Ihre Privatangelegenheit hat mit einer Frau zu tun, die ermordet worden ist und ...»
«Von einem Gast ...»
«Und deren Freund, Fred Torbecke, erhängt wurde.»
«Haben Sie ...»
«Ich habe Sie gefragt, wie das Verhältnis zwischen Heike und Fred war. Und Sie haben mir geantwortet, daß Sie mir darüber nichts Genaues sagen könnten. Nur, daß er ihr Freund gewesen sei, ihr Typ.»
«Ja.»
«Sie haben nichts weiter hinzuzufügen?»
«Nein. Ich hab ihn nur ein paarmal flüchtig gesehen.»
«Aber mit Heike waren Sie doch mehr als flüchtig bekannt. Sie sind privat zusammen gewesen und ...»
«Fred war bei uns kein Thema. Okay, kapieren Sie vielleicht nicht, aber was sie mit ihm abzog, war nicht mein Ding. Ich war auf sie scharf, nicht auf ihren Typ.»
«Sie wird aber wohl mal von ihm gesprochen haben. Oder fiel das ganz unter den Tisch?»
«Völlig.»
«Sie wollte mit Fred weg von hier», schaltete sich Broszinski ein. «Mit ihm ...»
«Nein, das ... wer sagt das?»
«Sie hat es Birte erzählt. An dem Abend ...»
«Sie hat der Kleinen was vorgesponnen. Manu wär nie ... nee, das ist ... mit Fred weg! Wir ...»
«Ja?»
«Wenn, dann wär sie ... ach, Scheiße, das ist doch jetzt egal.»
«Nein. Sie hat in dem Zusammenhang Geld erwähnt. Geld für einen neuen Start.»
Broszinski verließ seinen Platz am Fenster und baute sich vor Lucile auf.

«Sie rechnete mit Geld», fuhr er fort. «Und zwar mit einer größeren Summe. Mein Kollege hat Sie am Montag gefragt, was Sie über Heikes finanzielle Situation wissen. Er hat Ihnen von den fünfundzwanzig Mille erzählt, von dem Apartment. Sie haben sich nicht weiter dazu geäußert. Sie haben ihm gegenüber den Eindruck erweckt, nicht mehr als eine Kollegin Heikes zu sein, eine gute, aber eben nur eine Kollegin. Sie haben gelogen! Sie wissen mehr, und Sie werden hier so lange sitzen, bis Sie uns alles, aber auch wirklich alles erzählt haben! In Ihrem eigenen Interesse! Torbecke ist ermordet worden. Und wenn es stimmt, was wir uns denken, dann sind Sie zumindest ...»

«Ich weiß nichts! Ich wußte nichts von den fünfundzwanzig! Keine Ahnung, daß sie mal soviel Knete hatte. Ehrlich. Als sie anfing, war sie total abgebrannt. Das Apartment, okay ... sie brauchte Geld. Das ist ...»

Ihre Zigarette war heruntergebrannt, und Lucile langte an Broszinski vorbei, drückte die Kippe im Ascher aus.

Ihre Schulter streifte seine Hüfte.

Broszinski sah auf sie herab.

«Sie sind dumm», sagte er. «Sie, Heike und auch dieser Trottel, der in sie vernarrt war. Dumm und ... bleib doch in deiner Scheiße stecken, du blöde Schnalle! Ich hab's satt ...»

«Jan ...»

«Ich kann es nicht mehr hören! Nichts gewußt! Keine Ahnung! Fummelt sich Nacht für Nacht mit der Frau einen ab und ...»

«Laß das. Das ist ...»

«Das Miststück hat nichts anderes im Hirn!»

«Scheiße!» schrie Lucile. «Scheiße!»

«Ja!» schrie Broszinski. «Ja! Ja! Ja!»

Gottschalk schlug auf den Tisch.

Der Sony-Recorder kippte um.

«Scheiße», sagte jetzt auch er und drückte auf die Stop-Taste. «So kommen wir doch nicht weiter. Verdammt noch mal, was ist denn plötzlich mit dir los?! Du kannst sie doch nicht ...»

«Glaubst du, das hört sie zum erstenmal?! Mein Gott, die Schnalle begreift nicht, um was es geht! Die kapiert nichts! Nichts, nichts! Erzähl ihr von Torbecke! Sag ihr, wie man ihn gefunden hat! Wie raffiniert man das gedreht hat! Diesen Selbstmord! Bei ihr wird man sich nicht so viel Mühe machen! Zum Teufel, darum geht's! Es geht um Männer wie Stobbe, um den Stone, um Profis, Mädchen, verstehst du das? Mit denen hatte Heike was laufen, und du weißt es oder hast zumindest eine Ahnung! Und wenn sie dahinterkommen, daß du auch nur das geringste weißt, dann ist Sense für dich! Hast du mich jetzt verstanden? Geht das in deine Birne?»

Er hatte sie an den Schultern gepackt und geschüttelt.

Jetzt ließ er sie los und schnappte sich die Zigaretten.

Er riß eine heraus und sah sich nach dem Feuerzeug um.

Lucile hielt es ihm hin und schnappte es auf.

Ihre Hand zitterte, als sie ihn über die Flamme hinweg ansah.

Ihre Blicke trafen sich.

Gottschalk sackte auf seinen Stuhl zurück und seufzte.

Er blickte zum Fenster hinaus.

Die Sonne versank hinter den Häusern, und der Himmel färbte sich rot.

Es war weit nach Dienstschluß.

Fedder war raus nach Soltau gefahren. Er saß hier mit Broszinski. Der gemeinsame Abend mit gutem Essen und Bier war geplatzt.

«Ja», sagte Lucile.

Einfach nur ja.

Gottschalk wandte sich ihr wieder zu. Sie sah noch immer Broszinski an.

«Ja, aber ich bin nicht blöd, und ich bin keine Schnalle. Okay?»

«Gut, du weißt jetzt, was angesagt ist. Willst du 'nen Kaffee?»

«Bier.»

«Auch was zu essen?» fragte Gottschalk.

«Holst du es?»

«Ja. Bier und ...?»

«Bring mit, was noch da ist», sagte Broszinski. «Schinkenbrote, Käse, irgendwas.»

Gottschalk nickte und stemmte sich hoch.

Als er das Zimmer verlassen hatte, setzte sich Broszinski auf seinen Stuhl.

Lucile ließ ihn nicht aus den Augen.

Die Ähnlichkeit mit Heike war wirklich frappierend. Sie mußten ein verdammt gutes Paar abgegeben haben. Die Lesben-Nummer. Birtes Notizen.

Es sich nicht richtig machen. Er fragte sich, ob sie sich im Käfig wohl daran gehalten hatten, was da zwischen ihnen abgelaufen sein mochte. Er hatte Bilder im Kopf. Phantasien. Er rauchte und musterte sie ungeniert.

Lucile schwieg.

Das Schweigen dauerte lange an.

«Männer», sagte Lucile schließlich. «Manu haßte Männer. Und ich finde euch Typen auch zum Kotzen.»

Broszinski antwortete nicht darauf. Er blies den Zigarettenrauch über den Schreibtisch und zog den Ascher näher zu sich heran. Dann stellte er den kleinen Recorder wieder aufrecht hin, schaltete ihn ein und griff nach den gelben Bögen, die er vorhin auf den Tisch geworfen hatte.

«Der Stone», sagte er und stieß die Blätter auf. «Er hat Manuela angesprochen. Im *Man Wah.* Vor genau einer Woche, in der Nacht zum Freitag. Du hast fluchtartig das Lokal verlassen ...»

«Birte», sagte Lucile.

«Ja, Birte. Du hast zu ihr gesagt, da halte ich mich raus, mit denen leg ich mich nicht an, das geht uns nichts an. Was war damit gemeint?»

«Es war ihr Ding. Okay, ich ... hab's ihr bis dahin nicht abgekauft. Ich dachte, sie spinnt mir einen vor.»

«Was?»

«Ihre Story. Das mit ... sie wollte die in der Hand haben, sie ausmisten. Ich hab ...»

«Wer sind sie? Die ...?»

«Stobbe», sagte Lucile. «Aber das ... das war irgendwie so hirnrissig, der ganze Streifen. Ich bin da nie richtig drauf eingestiegen und ...»

«Spul ihn ab.»

«Sie ... ach, Scheiße. Sie kam mal damit an. Als wir so über den Job quatschten. Wie man davon wegkommen könne, für immer. Das war erst vor 'n paar Wochen. Sie hatte bei mir übernachtet und wir ... okay, sie meinte da, daß sie es nicht mehr lange macht, bald die Brocken schmeißt. Es war erst nur so dahingeredet. Aber dann ... sie sagte, ey, ich pack das, verlaß dich drauf. Ich werf das Handtuch. Ein für allemal. Ich weiß, wie ich 'nen Typ voll ausmisten kann, an die große Kohle komme. Der Alte? hab ich sie gefragt. Dieser Fabrikant, der ... aber nee, auf den hat sie geschissen. Sie rückte dann mit Stobbe raus, Emma. Den hatte sie vorher nie erwähnt. Ich wußte echt nicht, daß sie zu dem 'ne connection hatte, ehrlich. Ich hab nur hier gemacht, du hast einen an der Waffel. Stobbe, hast du 'nen Knall, komm mal wieder auf den Boden. Aber sie wollte ihn wirklich kennen, für ihn mal was gedreht haben. Und dafür ist er mir noch was schuldig, sagte sie. Und nicht zu knapp. Ja, den hau ich an, den laß ich bluten, aber total. Ich hab sie nicht für voll genommen. Ihr nicht geglaubt. Selbst wenn sie echt was mit dem ... nee, selbst dann. Stobbe, das ist für mich 'ne Nummer, die man besser nicht anwählt. Aber sie blieb dabei, daß er schon mit der Kohle rüberkommen würde und dann ... okay, als dann der Stone auftauchte, da ...»

«Da wurd's ernst und ...»

«Ja, da hab ich 'nen leichten Horror gekriegt. Weil wohl doch was an ihrer Story dran war, sie vielleicht schon was ins Rollen gebracht hatte ...»

«Den Kontakt hergestellt hatte. Den Kontakt zu Stobbe. Und du hast keine Ahnung, um was es dabei ging?»

«Sie wollte für ihn was gedreht haben und ...»

«Mehr hat sie dir nicht gesagt?»

«Nein, ich ... ehrlich, für mich war ...»

«Du hast in der Nacht noch telefoniert. Mit wem?»

«Mit 'ner Freundin. Ich wollte nicht allein nach Hause. Und Birte war ...»

«Ja, Birte war abgedreht. Auch weil sie sich um Manuela Sorgen machte. Und du hast also nur eine Freundin angerufen. Manuela, deine Intimfreundin Manuela war dir ...»

«Sie hat doch kein Telefon und ...»

«Stimmt», sagte Broszinski. «Aber Torbecke und ...»

«Das hab ich doch schon gesagt. Mit dem ... ich weiß echt nicht viel von dem. Nummer schon gar nicht ...»

«Die steht im Telefonbuch. Der einzige unter dem Namen. Und das Manuela mit ihm befreundet war, das ...»

«Logo. Aber mehr ... nee, würd den nie angerufen haben. Außerdem war Manu ... sie war nicht mehr so häufig bei ihm. Sie ...»

«Gut. Du hast dich also nicht weiter um Manuela gekümmert. Hast du die Freundin erreicht?»

«Ja. Auch bei ihr gepennt. Karin, Karin Suren. Bei der war ich und ...»

«Adresse?»

Lucile nannte sie ihm, und Broszinski machte weiter.

«Freitag», sagte er. «Der nächste Tag. Während der Schicht. Hast du Manuela auf den Vorfall mit dem Stone angesprochen?»

«Ja, ich ... ich wollte wissen, was da abgegangen war. Und ... okay, sie hat gesagt, ja, ja, ich hab das vorige Tage angeleiert, du weißt schon. Aber Stobbe ist zur Zeit nicht da, und das Ding läuft nur mit dem, nicht mit irgendwelchen Fuzzis. Der Stone, das war reiner Zufall ...»

«Was hat der Stone zu ihr gesagt?»

«Nichts zu ihrer Sache. Das hat sie jedenfalls behauptet. Sie hat nur 'nen Schreck gekriegt, weil der da plötzlich auftauchte und sie schon dachte, der ist von Stobbe geschickt und ...»

«Und damit hast du dich zufriedengegeben?»

«Nee, ich ... ich wollte sie später noch mehr fragen. Nach der Schicht. Was sie denn nun eigentlich in der Hand hatte und wie das ablaufen sollte. Aber ...»

«Dazu kam es nicht. Du hast am Montag ausgesagt, daß Manuela nach der Schicht von ihrem Stammkunden abgefangen wurde und ...»

«Ja.»

«Und wie ging's dann weiter? Was hast du getan?»

«Nach der Schicht?»

«Ja.»

«Ich bin um die Häuser gezogen und hab was getrunken.»

«Und du hast nicht versucht, Manuela irgendwie zu erwischen. An ihr dranzubleiben?»

«Ich hatte am Samstag einen Termin, mußte übers Wochenende weg.»

«Die Agentur?»

«Ja, ich hab den Termin schon am Donnerstag bekommen und zugesagt. Ich war in München.»

«Gut, das steht vorläufig auf einem anderen Blatt. Bleiben wir jetzt erst einmal bei dem Montag. Mein Kollege hat dich aufgesucht, und du hast ...»

«Ich hab seine Fragen ...»

«Ja, ja, du hast das, was du gerade eben erzählt hast, völlig rausgelassen. Aber gut. Was hast du dir denn danach zusammengereimt? Was ist bei dir abgelaufen?»

«Horror», sagte Lucile. «Echt Horror. Ich ... daß Manu von dem alten Drecksack ... daß sie überhaupt mit dem losgezogen ist. Ich ... ich hab gedacht, das darf doch nicht wahr sein und ...»

«Und was ist dir zu Torbecke eingefallen?»

«Hab ich mir nicht vorstellen können. Keine Ahnung. Ich ... okay, ich wußte nicht viel von ihm. Aber Manu ... sie hat das mit ihm bei mir total runtergespielt, und daß sie mit ihm die Flatter machen wollte, das ... das halt ich echt für 'nen Witz.»

«Aber dein Horror? Vor was? Warum hast du bei Prätsch aufgehört? Bist du untergetaucht, von einem Tag auf den anderen?»

«Weil ich ... ich hab gedacht, daß die mich in die Mangel nehmen.»

«Stobbes Leute?»

«Ja, ja, irgendwer. Ich ... wenn Manu das wirklich angeleiert hatte und die heiß gemacht hat, ich ... ich hatte Schiß, daß die plötzlich auftauchen und ... ich war doch auch so mit ihr zusammen, aber ich wollte da nicht mit reingezogen werden.»

«Du hast also damit gerechnet, daß sie über kurz oder lang zu dir kommen und aus dir rausquetschen, was du über Manueals Ding wußtest.»

«Ja, aber ich ...»

«Du weißt aber nichts, oder? Du weißt nur, daß sie offenbar was in der Hand hatte, mit dem sie Stobbe unter Druck setzen wollte. Mehr nicht?»

«Nein, mehr nicht. Und ich ...»

«Du hast keine Vorstellung von dem, was sie für Stobbe gedreht haben könnte? Keinen einzigen Hinweis?»

«Nein, nichts», sagte Lucile. «Und ich ... ich hab ihr das ja auch überhaupt nicht ... Stobbe, für den was gedreht zu haben! Das war nur 'n Schnack für mich. Bis ...»

«Ja, bis zufällig der Stone auftauchte, und Manuela weiche Knie bekam. Erst da hat's bei dir geklickert. Noch einmal, du bleibst dabei, daß du nicht weißt, womit Manuela Stobbe anzapfen wollte?»

«Mit einem Ding ...»

«Ja, mit einem Ding! Aber was? Kram mal alles raus, was du von ihr weißt! Alles!»

«Nichts», sagte Broszinski später zu Gottschalk.

Er saß neben ihm im Wagen und starrte nach vorn durch die Scheibe. Gottschalk fuhr zügig in Richtung Altona. Er hatte Broszinski überredet, doch noch auf einen Sprung zu ihm nach Hause zu kommen, um in Ruhe alles bisherige durchzusprechen.

Gottschalk schaltete hoch.

«Würde ich nicht sagen», meinte er. «Ihre Beziehung zu Stobbe ist jetzt mehrfach nachgewiesen. Und, wenn auch vage, daß sie doch was für ihn erledigt hat, irgendeinen Deal laufen hatte.»

«Aber dein alter Spezi ...»

«Ja, er denkt an eine nette, kleine Erpressung. Das bestätigt sich doch auch. Nur glaube ich jetzt nicht mehr, daß es sich dabei um ein paar Urlaubsbildchen gehandelt hat. Etwas für Emma gedreht zu haben, klingt nach etwas anderem ...»

«Ja, aber was, zum Teufel, könnte das sein?! Sie ist nirgendwo auffällig geworden und ...»

«Du wolltest mir noch von Ernst erzählen.»

«Ernst, ja», sagte Broszinski. «Er will sie vor ein paar Monaten in der Tiefgarage eines Hotels gesehen haben. Atlantic. Er hat da angeblich ausgeholfen, und sie ist ihm aufgefallen, vielmehr ihre Tätowierung. Soll sehr extravagant gekleidet gewesen sein. Typische Edelnutte, sagt er. In Begleitung eines Herrn im Smoking. Mittlerer Jahrgang, angegraute Schläfen, gepflegter Bart, getönte Brille. Eine Beschreibung, die für den Arsch ist. Ich hab ihn mir trotzdem für heute bestellt, aber er ist natürlich nicht erschienen. Ernst, na ja.»

«Ranschaffen», sagte Gottschalk. «Vor ein paar Monaten ... das wäre der erste, der sie in der Zeit überhaupt zu Gesicht bekommen hat. Und dann als Edelnutte, das ...»

«Ach, komm. Du kennst Ernst. Für einen Heiermann kennt der alles und jedes. Ein Spruchkasper ...»

«Trotzdem ...»

«Ja, ja, sicher. Trotzdem, ich weiß. Nein, mich beschäftigt das Ding. Was kann eine Frau wie sie für Stobbe ...»

«Was ich vom ersten Moment an angenommen habe.»

«Die Nutte?»

«Nicht *die* Nutte. Aber eine Frau, auf die bestimmte Männer voll abfahren. Sie muß schon eine Klasse für sich gewesen sein. Und nicht dumm, wie du ...»

«Wenn sie geglaubt hat, Stobbe aufs Kreuz legen zu können, ist sie saudumm! Mann, selbst wenn sie nicht mit einem Kollegen verheiratet gewesen wäre, konnte sie sich ausrechnen, daß das nicht laufen würde.»

«Nicht, wenn du dich entsprechend absicherst.»

«Auch dann. Aber gut, sie versucht es. Sie ist entschlossen, Stobbe abzuzocken. Die Frage bleibt, mit was?»

«Das ist doch gar nicht so sehr der Punkt, Jan. Der Ablauf ... ihre Entwicklung, ihr ganz persönliches Ding. Ich seh das ziemlich klar vor mir. Ich werde dir das gleich ...»

«Gut», sagte Broszinski. «Ich fahre wahrscheinlich auf der gleichen Schiene. Aber du kannst es drehen und wenden wie du willst, in der Hand haben *wir* nach wie vor nichts.»

«Stimmt», bestätigte Gottschalk. «Es sei denn, Fedder landet noch einen Treffer. Der Junge ...»

«Der Junge macht sich ganz ordentlich, ja.»

«Hast du ihm das gesagt?»

«Er weiß ...»

«Jan», sagte Gottschalk. «Laß es ihn mal hören. Der braucht das. Ich hab gestern abend ein ziemlich langes Gespräch mit ihm gehabt und ... ich hab übrigens mehrfach versucht, dich zu erreichen.»

«Ja, und?»

«Du warst nicht zu Hause. Elinor?»

«Elinor», sagte Broszinski.

Aber es klang nicht nach einer Bestätigung. Er rutschte tiefer in den Sitz und legte den Kopf zurück.

Gottschalk blickte kurz zu ihm herüber und konzentrierte sich dann wieder auf die Straße.

Fedder hatte für die Strecke vom *Hotel Meyn* in Soltau bis zu Torbeckes Wohnung in der Hallerstraße knapp eine Stunde gebraucht. Er war allerdings glatt durchgekommen und hatte auf der Autobahn aus seinem Golf alles herausgeholt.

Der Stone fuhr einen BMW.

Fedder zog in seiner Berechnung fünfzehn Minuten ab. Unter fünfundzwanzig Minuten aber war die Entfernung nicht zu schaffen.

Er hatte in Soltau die Angaben des Stone überprüft.

Der Stone war am Freitagnachmittag um 16 Uhr in der Sporthalle der Berufsbildenden Schulen gewesen und hatte mit seiner Tae-Kwon-Do-Mannschaft bis 18 Uhr trainiert. Die Kämpfe gegen die Mannschaft aus dem Landkreis Soltau-Fallingbostel hatten am Samstag um 15 Uhr begonnen. Nach dem Training am Freitag hatte der Stone sich im Restaurant des Hotels aufgehalten, zu Abend gegessen und war gegen 22 Uhr mit einigen Mannschaftskameraden noch auf ein Bier in die *Schützenstuben* gezogen. Der Wirt erinnerte sich, daß «die Sportler» nur mäßig getrunken hatten. Nicht mehr als zwei, drei kleine Runden. Kein Korn, obwohl sein Korn hier «der beste von Welt» sei.

Im Hotel war der Stone gegen 0.30 Uhr zuletzt gesehen worden. Die Frau am Empfang, die ihm den Zimmerschlüssel ausgehändigt hatte, schwor, daß es unmöglich sei, das Hotel noch einmal zu verlassen, ohne von ihr bemerkt zu werden.

Fedder hatte sich das Zimmer des Stone zeigen lassen und war zu dem Schluß gekommen, daß es durchaus möglich war. Das Zimmer lag nach hinten heraus, und das Fenster war weniger als zwei

Meter über dem Garagendach. Kein Problem, auf diesem Weg unbemerkt ins Freie zu gelangen.

Gefrühstückt hatte der Stone am Samstagmorgen gegen neun Uhr.

Alles in allem hatte er also genügend Zeit, in der betreffenden Nacht von Soltau nach Hamburg und wieder zurück zu fahren, einen Aufenthalt von sechs Stunden eingerechnet.

Sechs entscheidende Stunden. Stunden, in denen sowohl Heike wie auch Torbecke ermordet worden waren. Heike in der *Pension Messmer* von ihrem Stammgast Bernd Müller. Fred Torbecke in seiner Wohnung.

Fedder parkte vor dem Haus in der Hallerstraße und spielte verschiedene Möglichkeiten durch.

Er ging von der engen, freundschaftlichen Beziehung Heikes zu Fred aus. Er sagte sich, was auch immer Heike auf Ibiza erlebt und erfahren hatte, Fred wird sie es erzählt haben. Bei Fred lud sie alles ab. Waren das nicht Gottschalks Worte gewesen? Alles abladen. Sämtliche Probleme. Ihre Sachen. Die Koffer, Kosmetika und Wäsche. Und natürlich auch ihre persönlichen Papiere. Alles, was in ihrem Apartment nicht gefunden worden war. Das vermutete Broszinski.

Ihr Notizbuch, Adressen, gut, das kann sie bei Torbecke deponiert haben, hatte er heute mittag beim Essen gesagt. Und wenn es irgendwelche Bilder, Erinnerungsfotos gab, mit denen sie Stobbe unter Druck setzen wollte, dann wird sie auch die bei Torbecke aufbewahrt haben. Dann wäre das ein Motiv für den Mord an ihm. Seine Kenntnis, sein Wissen über Vorgänge, die Heike mitbekommen, festgehalten hatte. Aber das setzte voraus, daß Torbecke der Person, mit der Heike ihr Geschäft abzuwickeln gedachte, kein Unbekannter war.

Fedder dachte an Beschattung.

Heike konnte vom Zeitpunkt ihrer Kontaktaufnahme mit Stobbe beobachtet worden sein. Stobbe verfügte über die entsprechenden Leute. Gute Leute. Profis, die ihr folgten, Erkundigungen einzogen. Schnell und routiniert arbeiteten.

Einer von Heikes Wegen hatte sicher zu Fred geführt.

Mehrere. Fred hatte Heike häufig von der Arbeit abgeholt. Es mußte relativ einfach gewesen sein, ihm auf die Spur zu kommen.

Fedder stieg aus und schloß den Wagen ab. Er ging durch die Toreinfahrt auf den Innenhof, blickte zum zweiten Stock hoch.

In Torbeckes Wohnung brannte Licht.

Die Wohnung war freigegeben worden. Freds Mutter hatte jetzt sämtliche Schlüssel, jedenfalls alle, die sichergestellt worden waren.

Fedder fragte sich, ob die Mutter vielleicht schon mit der Auflösung des Haushaltes beschäftigt war, Kartons packte und Stühle und Sessel zusammenrückte.

Er eilte zur Haustür und klingelte.

In der Sprechanlage knackte es, und eine Frauenstimme fragte, wer da sei.

Fedder nannte seinen Namen und fügte hinzu, daß er ein Kollege des Kommissars Broszinski sei, sich noch einmal kurz in der Wohnung umsehen müsse.

«Sie sind doch Frau Torbecke, ja?»

«Ja, aber ...?»

«Würden Sie mich bitte hereinlassen, es ist nur ...»

Wieder ein Knacken und fast gleichzeitig ertönte der Summer.

Fedder drückte die Tür auf und ging hoch.

Im ersten Stock bereute er seinen Entschluß. Was wollte er sich denn eigentlich ansehen? Gottschalk war in der Wohnung gewesen und Broszinski auch. Sie hatten bereits alles überprüft, sich ein Bild gemacht. Berichte, Fotos und Skizzen lagen vor. Die Ermittlungen am Tatort waren abgeschlossen. Was also erhoffte er sich noch?

Er verlangsamte seine Schritte und hielt den Kopf gesenkt. Als er die letzte Stufe genommen hatte, atmete er tief durch. Frau Torbecke stand in der offenen Tür. Sie blickte ihn fragend an.

Fedder zückte seinen Ausweis und murmelte eine Entschuldigung. Zu so später Stunde, es tue ihm leid.

Frau Torbecke erwiderte nichts und ließ ihn eintreten.

Fedder hörte, daß der Fernseher eingeschaltet war und ging ins Wohnzimmer.

Frau Torbecke folgte ihm.

Es war nichts gepackt, alle Gegenstände noch an ihrem Platz. Ein Blick genügte, um das festzustellen.

«Ja», sagte Fedder und schaute auf den Fernsehschirm.

«Ja», sagte Frau Torbecke.

Es war keine Frage, und Fedder wußte nicht weiter.

«Haben Sie die Wohnung schon gekündigt?» fragte er.

«Nein. Sie wollten sich umsehen.»

«Ja, ich ...»

«Bitte», sagte Frau Torbecke und setzte sich.

Sie sah sich weiter den Film an. Es schien eine Komödie zu sein,

ein alter Film in Schwarz-weiß. Fedder erkannte Fred Astaire. Die Musik, zu der er tanzte, war heiter und beschwingt.

Frau Torbeckes Gesicht war wie eine Maske. Sie saß mit durchgedrücktem Kreuz im Sessel und starrte auf das Bild.

Fred Astaire sang und steppte, und Fedder stand mitten im Raum, sah vom Schirm zu der Frau hin, blickte zur Decke, zur Lampe und wieder zum Fernsehbild. Es war eine beklemmende Atmosphäre.

«Wollen Sie sie halten?» fragte er.

«Wen ...?»

«Die Wohnung», sagte Fedder. «Ich meine ...»

«Er hat sie sich schön eingerichtet.»

«Ja, aber ...»

«Es gibt hier immer was für mich zu tun. Sie haben Unordnung hinterlassen und sich auch nicht die Schuhe abgeputzt. Ich habe heute gesaugt und die Fensterrahmen abgewischt. Morgen wasche ich seine Wäsche. Gefällt Ihnen der Film? Der Junge hat ihn für mich aufgenommen. Er wollte ihn sich immer noch einmal mit mir zusammen anschauen.»

«Ja», sagte Fedder.

Über dem Recorder war ein schmales, hohes Regal angebracht, in dem die Cassetten standen, sauber beschriftet und durchnumeriert.

Er trat näher heran und überflog die Titel. Es waren hauptsächlich Western, Klassiker wie *Rio Bravo, 12 Uhr mittags, Spiel mir das Lied vom Tod, Zwei glorreiche Halunken*, Action-Filme, Krimis. Fernsehaufzeichnungen.

Die Etiketten waren auf den Rücken der BASF-Hüllen geklebt.

«Die Zweiunddreißig», sagte Frau Torbecke. *«Reich wirst du nie.»*

Fedder nickte.

Die Schachtel fehlte in der Reihe. Er sah sie neben dem Recorder liegen.

«Kommen Sie damit zurecht?»

«Er hat mir aufgeschrieben, welche Knöpfe zu drücken sind. Es ist ganz einfach.»

Sie tippte auf ein Heft, das auf dem Couchtisch lag.

«Darf ich mal sehen?» fragte Fedder.

Frau Torbecke reichte es ihm.

Es war eine Schulkladde: *Video – Register – Notizen.*

Auf der ersten Seite hatte Torbecke eine kurzgefaßte Bedienungsanleitung verzeichnet. Knopf *Operate* drücken. Das Gerät ist eingeschaltet. Taste *Eject* einrasten und Cassette einlegen. Cassette runterdrücken und *Play*. Nach Durchlauf *Stop* und *Operate* aus.

Auf den nächsten Seiten war das Register, die Auflistung aller bespielten Cassetten.

Torbecke hatte zu den jeweiligen Titeln die entsprechenden Informationen aus den Programmzeitschriften eingeklebt.

Das Register war in Sparten eingeteilt.

Western. Kriminalfilme. Komödien. Erotic.

Erotic.

Fedder las *Feuchte Lippen* und *Wilde Lust*, Nummer 43. Vierundvierzig war *Dschungel der nackten Frauen* und *Unersättliche schwarze Venus*. Dann noch zwei weitere Eintragungen ähnlicher Art und als letzte auf der Seite: *Der Schrei des Schmetterlings*. Die Nummer 46.

Fedder schloß die Augen.

Der Schmetterling.

Er mußte mehrere Male ruhig durchatmen, bevor er die Augen wieder öffnete und im Regal die Nummer 46 suchte.

Die Hülle war an ihrem Platz.

Schon als er nach ihr griff, wußte er, daß sie leer sein würde. Sie war leer.

4

Broszinski kam nicht umhin, Fedder zu loben. Er machte es kurz.

«Vorgestern hatte ich auch so ein merkwürdiges Gefühl», sagte er dann. «Nachdem ich bei Prätsch war. In seinem Büro die Monitore gesehen habe. Da dachte ich an Torbeckes Wohnung. Nicht konkret an die Cassetten. An das Zimmer. Daß wir … schon interessant, was so in einem abläuft, unbewußt. Bin dem nicht nachgegangen. Na, gut. Du bist fündig geworden. Ein Videoband also.»

«Bestätigt meine These», sagte Gottschalk. «Sie hat für Stobbe was gedreht. Ein Film …»

«Auf dem sie sehen ist, oder …»

«Zu hören. Der Schrei des Schmetterlings. Die Schreie, von denen dieser Paul gesprochen hat …»

«Wird irgendeine Sauerei sein. Schweinkram.»

«Frage, mit wem?»

«Stobbe ...»

«Glaub ich nicht. Auch deine Vermutung mit ...»

«Stobbe und sein geheimnisvoller Partner ...»

«Geschwätz», sagte Broszinski. «Über den Mann ist nie etwas bekannt geworden ...»

«Was nicht heißt, daß es ihn nicht gibt. Denk an Stobbes letzte Verhaftung. Er war vorbereitet und ...»

«Daß es hier im Haus undichte Stellen gibt, ist mir klar. Aber ich bin nie so weit gegangen, an ...»

«Er kennt führende Politiker und ...»

«Ja, er tanzt auf vielen Hochzeiten. Aber das bringt uns für unseren Fall nichts. Wir wissen jetzt, daß es um eine Videoaufzeichnung ging, die Heike in der Hand hatte und ...»

«Für die Stobbe einen Mord riskiert ...»

«An Torbecke», warf Fedder ein. «Aber gefährlich ist ihm doch Heike geworden. Was ist ...?»

«Ja, Heike und der Alte. Müller, das ...»

«Was ist eigentlich mit ihm?»

«Noch immer im Koma. Die Ärzte ...»

«Wollten heute Bescheid geben ...»

«Dann ruf sie an, wenn dir das so wichtig ist.»

«Fedder hat doch recht ...»

«Ja, natürlich. Glaubst du, ich denke nicht darüber nach. Sie leiert einen Deal an, bei dem für sie die große Kohle rausspringen soll und geht zur gleichen Zeit mit einem Kunden los. Nach allem, was wir wissen, ist das nicht ihr Ding gewesen. Hat sie nie gemacht. Aber die Fakten in dem Fall ...»

«Trotzdem. Warum ist sie mit ihm gegangen und ...»

«Ich sag doch, ruf an! Fedder ...»

«Ja?»

«Rein von der Zeit her wäre es für den Stone möglich gewesen, um 1.30 Uhr in Hamburg zu sein?»

«Ja.»

«Der Zeitpunkt von Heikes Tod liegt zwischen 2.00 Uhr und 3.00 Uhr, der von Torbecke zwischen 3.00 Uhr und 4.00 Uhr, wenn ich das richtig in Erinnerung habe ...»

«Hast du», sagte Gottschalk. «Ich geh nach nebenan und setze mich mit dem Krankenhaus ...»

«Ja, ja. Theoretisch also ...»

«Aber wäre der Stone dann wirklich so blöd, hier ...»

«Später», sagte Broszinski. «Erst einmal der Zeitablauf. Er hat sie sich am Donnerstag geschnappt. Sie hatte in den Tagen vorher versucht, mit Stobbe Verbindung aufzunehmen. Stobbe ist nicht in Hamburg. Er ist mal wieder auf Ibiza. Gut, sie gerät an einen seiner Leute, und der schickt ihr Stone auf den Hals. Sagen wir, der Stone soll das Geschäft im Auftrag Stobbes abwickeln. Im Auftrag der Organisation, denn ...»

«Aber du hast doch gesagt, daß sie einzig und allein mit Stobbe ...»

«Ja, das hat sie Lucile gesagt. Und vielleicht war das ihr Fehler. Daß sie sich sperrte, die Sache über Mittelsmänner ablaufen zu lassen. Einfach bockig war.»

«Und dann?»

Broszinski zündete sich eine Zigarette an und hielt sie im Mund, während er weitersprach.

«In der besagten Nacht ist vielleicht nichts weiter passiert. Sie verhält sich am nächsten Tag während der Schicht völlig normal. Spielt gegenüber Lucile die Angelegenheit mit dem Stone herunter. Aber ich denke, daß sie doch Schiß bekam. Sie wußte jetzt, daß man sie im Auge behielt und ... ja, daß es gefährlich werden konnte, wenn sie allein war ...»

«War sie doch nicht. Ich meine ...»

«Sie war es. Sie war verdammt allein. Wen hatte sie denn außer Fred ...»

«Eben, Fred und ...»

«Einen Weichmann. Nein ...»

«Lucile ...»

«Lucile wollte damit nichts zu tun haben. Als sie begriff, daß Heike keinen Spruch gemacht hatte, ließ sie sie fallen. Als sie zum erstenmal den Stone sah, drehte sie schon durch. Nein, Heike hatte niemanden, der sie schützen konnte. Sie hatte sich das sicher auch alles viel einfacher vorgestellt. Nur Stobbe und sie und ... ja, in dem Punkt greift, was Pit denkt. Daß sie Stobbe Anfang des Jahres schon einmal angehauen hat. Ein Taschengeld, zweimal zweifünf und die fünfundzwanzig Mille ... völlig klar, ja, die waren für das, was sie für ihn gedreht hat, für ...»

«Das Video?»

«Ja, natürlich. Das ist die einzige Erklärung. Daß Stobbe sie für diese Aufnahme gebraucht und entsprechend bezahlt hat ...»

«Und wie ist sie daran gekommen. Ich meine, wenn da wirklich eine brisante ...»

«Geschenkt wird er ihr das Band nicht haben. Nein ... ja, das ist schon die Frage. Aber Fakt ist, daß sie es hatte. Eine Kopie. Wie auch immer. Sie hatte sie und wollte dafür Geld sehen. Und sie zog die Geschichte allein durch und ...»

«Und Torbecke?» fragte Fedder wieder. «Torbecke hat sie doch ins Vertrauen gezogen. Der ...»

«Stopp», sagte Broszinski. «Mir fällt da gerade was ein. Hast du eigentlich mit allen gesprochen, die mit ihm bekannt oder befreundet waren?»

«Nein. Einige sind noch in Urlaub. Nicht erreichbar. Warum?»

«Du hast doch gesagt, daß nicht alle seine Bänder Fernsehaufzeichnungen sind. Er auch andere Filme hat. Er hat sich in dem Videoshop regelmäßig Filme ausgeliehen und einige wohl auch überspielt. Dazu braucht er einen zweiten Apparat ...»

«Ja», sagte Fedder. «Du meinst einen Kumpel ...»

«Möglich, daß der was mitgekriegt hat. In bezug auf den Schrei und ...»

«Ja», sagte Fedder leicht resigniert. «Ich bleib da dran.»

Gottschalk konnte Ärzte nicht ausstehen. Und noch weniger Krankenschwestern. Die Schwester, die ihn zur Intensivstation geleitete, war äußerst penetrant.

«Wir wollen den Patienten aber nicht überanstrengen», sagte sie. «Fünf Minuten hat der Herr Professor Ihnen zugebilligt. Wir werden uns daran halten, nicht wahr? Wir werden auf die Uhr sehen und keine Minute länger im Zimmer bleiben und ...»

«Sie werden draußen bleiben», sagte Gottschalk.

«Das werden wir nicht. Wir ...»

«Ich nicht. Aber Sie. Welche Zimmernummer?»

«Der Herr Professor ...»

«Der Herr Professor weiß, um was es geht. Ist es hier?»

«Der Herr Professor hat uns angewiesen ...»

«Treiben Sie es nicht auf die Spitze!» sagte Gottschalk. «Und kleben Sie verdammt noch mal nicht so an mir! War es die Dreizehn oder Fünfzehn?»

«Zweihundertfünfzehn», sagte die Schwester und zupfte an ihrem Kittel. Gottschalk blieb stehen und hob drohend die Hand. Die Schwester wich unwillkürlich einen Schritt zurück.

«Fünf Minuten. Wir ...»

Gottschalk hörte nicht mehr hin.

Er öffnete die Tür und drückte sie hinter sich leise ins Schloß.

Müller lag mit geschlossenen Augen im Bett. Seine Arme waren auf der Decke. Die Hände hatte er übereinandergelegt.

Gottschalk sah die Schläuche, an denen er hing, den Tropf und die nierenförmige Schale auf dem Nachttisch.

Das Zimmer war abgedunkelt, und in der Luft hing ein süßlicher Geruch. Gottschalk hatte zwei Fragen formuliert, die er Müller stellen wollte. *Warum ist Manuela mit Ihnen in die Pension gegangen?* und *Was ist in der Nacht passiert?* In Anbetracht der fünf Minuten überlegte er nun, ob er auf die erste Frage verzichten sollte.

Er rückte sich den Stuhl zurecht und setzte sich.

Bei dem Geräusch öffnete Müller die Augen.

Gottschalk zog den Sony aus der Tasche und schaltete ihn ein.

«Wer ... wer sind Sie?»

Müllers Stimme war leise, und die Worte kamen kaum verständlich. Gottschalk hielt ihm den Recorder dicht an die Lippen.

«Sie erinnern sich an Manuela? Ma-nu-e-la. Sie ist mit Ihnen in die Pension gegangen. Mit auf Ihr Zimmer. Warum?»

«Manuela ... ja ... Manuela.»

«Erinnern Sie sich?»

«Ja ... ja ... Manuela.»

«Pension. Messmer. Das Zimmer.»

«Das Zimmer ... ja ... bezahlt ... anständiges Begräbnis ... genug Geld ... alles für sie ... Manuela ... totgemacht ... weggenommen ... meine Liebe ...tot ... warum?»

«Sie haben sie totgemacht. Erwürgt. Warum?»

«Nein ... ich ... ich nicht ... Liebe ... Manuela meine Liebe ... mein Glück ... alles für sie ... Geld genug.»

«Sie ...»

Gottschalk beugte sich weiter vor. Müllers Augen waren wäßrig, und er atmete schwer.

«Sie ... Sie müssen jetzt nicht reden», sagte Gottschalk. «Geben Sie mir Zeichen. Sie sind mit Manuela in die Pension gegangen, ja?» Müller schloß die Augen und nickte leicht.

Er öffnete sie wieder.

«Direkt nachdem Sie sie von der Peep-Show abgeholt haben?»

Müller wiederholte das Schließen der Augen und das Nicken.

«Sie sind auf das Zimmer gegangen.»

«Zimmer», hauchte Müller.

«Sie wollten mit Manuela schlafen.»

Müller schloß die Augen, und die Bewegung seines Kopfes ließ keinen Zweifel daran, daß er *nein* sagen wollte.

«Tanzen ... Manuela tanzen sehen.»

«Sie wollten sie tanzen sehen?»

Jetzt nickte Müller wieder und Gottschalk schien es, als lächele er sogar.

Er seufzte.

Es war mühsam und ging langsam. Und die Zeit lief. Die Schwester war inzwischen sicher schon zu ihrem Herrn Professor geeilt und mit ihm auf dem Weg hierher.

Und Müller lächelte und glitt ab in Träumereien. Tanzen. Er wollte sie tanzen sehen. Es war nicht zu fassen. Verrückt.

«Und sie hat getanzt?»

«Schön ...»

«Und dann hat sie sich auf das Bett gelegt. Nackt auf das Bett gelegt. Und Sie haben sich ausgezogen und sich zu ihr gelegt.»

«Durst ...»

Gottschalk sah sich nach einem Glas um. Der Becher auf dem Nachttischchen war leer. Er legte den Recorder aus der Hand und wollte aufstehen. Aber irgend etwas in Müllers Augen hielt ihn zurück.

«Keiner da ... kein Wein ...»

«In der Nacht ...?»

Gottschalk brachte wieder den Sony an Müllers Lippen.

«Sie hatten Durst und wollten Wein holen? In dieser Nacht, in der Pension?»

«Rausgegangen ... Bahnhof ... kein Geld ... Geld Manuela ...»

«Moment, Moment. Sie ... Sie haben das Zimmer noch einmal verlassen, um Wein holen zu gehen?»

Müller nickte wieder.

«Und Sie hatten vergessen, Geld einzustecken? Wollen Sie das sagen?»

«Ja ... keiner da ...»

«Sie haben in der Pension niemanden angetroffen?»

«Keiner da ... Bahnhof ...»

«Sie sind zum Bahnhof gegangen und haben da festgestellt, daß Sie kein Geld bei sich hatten? Und dann sind Sie zurück in die Pension?»

«Manuela ... totgemacht ...»

«Sie ... Sie haben sie nicht ...? Das ...»

«Liebe ... meine Liebe ... begraben ... ich ...»

«Herr Müller ...»

Müller schloß die Augen, und sein Kopf sackte zur Seite. Seine Lippen bewegten sich noch, aber zu hören war nichts mehr.

Gottschalk spürte, daß ihm der Schweiß ausbrach. Er ließ die Cassette weiterlaufen. Ein kaum wahrnehmbares Geräusch.

Er saß da und blickte in das Gesicht des alten Mannes, die eingefallenen Wangen, die buschigen Augenbrauen.

Er kam nicht dazu, ihn länger zu betrachten. Die Tür wurde geöffnet, und die Schwester näherte sich dem Bett. Sie war ohne Begleitung.

«Der Herr Professor kommt gleich», sagte sie. «Wir müssen jetzt ...»

«Ja», sagte Gottschalk. «Wird er wieder ...?»

«Der Herr Professor ...»

«Verstehe.»

Gottschalk schaltete den Recorder aus und steckte ihn in die Jakkentasche. Er stand auf und verließ grußlos das Zimmer. Als er auf dem Flur war, blieb er stehen.

Er schüttelte den Kopf und rieb sich die Augen.

«Dein Eindruck?» fragte Broszinski.

«Schwer zu sagen. Der Mann ist verdammt schwach, immer noch auf der Kippe. Möglich, daß sich bei ihm was verschoben hat. Daß er phantasiert. Auch nicht alles mitgekriegt hat, was ich ihn gefragt, in den Mund gelegt habe. Andererseits, seine Reaktion ... ich bin mir wirklich nicht sicher. Aber da wir ohnehin ...»

«Ich bin fest davon überzeugt ...»

«Es gibt aber keine Spuren, keinen einzigen Hinweis, daß jemand anderer ...»

«Ich weiß. Aber für mich gibt es jetzt keinen Zweifel mehr ...»

«Wie willst du das belegen?»

«Sein Bild war nur einmal in der Zeitung. Am Montag. Gemeldet hat sich daraufhin die Vermieterin, Frau Fiebranz. Und später noch einige von den Kunden, die immer alle und jeden kennen und gesehen haben wollen. Gut. Wir klappern die in Frage kommenden Läden am Hauptbahnhof ab. Ich denke in erster Linie an die Weinstube gegenüber. Und wenn wir da jemanden finden, der uns bestätigen kann, daß Müller in der betreffenden Nacht ... ich will einen Beweis, einen Ansatzpunkt, und wenn er noch so dürftig ist. Wann kann man wieder mit ihm reden?»

«Frühestens morgen.»

«Gut. Vielleicht kommt dann mehr. Vielleicht kann er morgen zusammenhängender sprechen. Aber ich kaufe es ihm auch so ab.»

«Weil es ...»

«Es kann nicht anders gewesen sein. Sie haben es exakt auf diese Nacht hin geplant. Egal, wo Heike sich aufhalten würde und mit wem sie zusammen war. Müller kam ihnen nur recht. Es waren mehrere, Pit. Der Stone ist nur dazu gestoßen. Ich sehe das so klar vor mir. Man hat sie von dem Tag an, an dem sie mit Stobbe Verbindung aufnehmen wollte, rund um die Uhr ...»

«Ja, das sagst du, und ich denke mir das auch so. Aber wir haben nichts in der Hand. Eine Geschichte, zu der du nichts auf den Tisch legen kannst ...»

«Wenn wir Müllers Unschuld beweisen können ...»

«Mit einem Zeugen, der ihn vielleicht gesehen hat? Das ist lächerlich. Versteh mich nicht falsch, aber was können wir denn vorlegen? Selbst wenn jemand bezeugt, Müller in jener Nacht kurz gesehen zu haben, was heißt das schon? Er kann sie Minuten vorher, er kann sie danach umgebracht haben. Er hat sie umgebracht, weil sie ihm nicht zu Willen war. Das wird man uns hinschmieren. Und dann kommst du und sagst, nein, meine Herren, der Fall liegt ganz anders. Hier handelt es sich um eine groß angelegte Aktion, bei der sowohl Heike wie auch ihr Freund Torbecke zum Schweigen gebracht wurden. Beweis, die Verbindung Heikes zu Stobbe, belegbar, wird er nicht abstreiten, ebensowenig wie der Stone, und Beweis Nummer zwei, eine Videocassette, die Stobbe unbedingt wieder in seinen Besitz bringen mußte, die aber leider ... ach, es ist zum Kotzen! Aber so stehen wir doch da. Wie immer, wenn es um Stobbe geht. Der Mann ist uns bisher jedesmal glatt durch die Maschen geschlüpft, und diesmal sind sie verdammt groß. Ein Netz aus Vermutungen und ... Scheiße, wo willst du denn bei dieser Kiste noch ansetzen?»

«Die Cassette ...»

«Ist verschwunden ...»

«Was beweist, daß es um sie ging. Irgend jemand muß sie aufgenommen haben, irgendwie muß sie Heike ...»

«Irgend jemand! Irgendwie! Eine Unbekannte nach der anderen. Wir brauchen Namen, eine lückenlose Kette und ...»

«Wir müssen uns mit den Fünfundsechzigern kurzschließen ...»

«Das heißt, abgeben ...»

«Nein, mit mehr Leuten arbeiten. Was du sagst, ist völlig richtig. Wir haben nichts Konkretes, aber wir wissen, daß die Fälle mit Stobbe zusammenhängen, und gegen Stobbe wird verschärft ermittelt. Und wenn wir den Kollegen mit unserer Mordtheorie kommen ...»

«Übernehmen sie ...»

«Liefern sie zu ...»

«Das läuft über Garrelt», sagte Gottschalk.

«Ich weiß ...»

«Du kannst nicht gut mit ihm.»

«Ich will ihm das auch nicht präsentieren.»

«Sondern?»

«Wir setzen uns noch einmal mit deinem Spezi zusammen. Mit Mitch.»

5

Er lag da und konnte sich der Bilder nicht erwehren, die hinter seinen geschlossenen Lidern abliefen. Sie waren klar und folgerichtig und sparten nichts aus. Keinen der Wege, die er gegangen war, nicht den Morast, den Sumpf.

Er mußte noch einmal hindurch.

Ihm war, als höre er wieder das Schluchzen der Geige, sah die Frauen, die an den Tischen saßen, grell geschminkt waren sie und nickten ihm zu, lächelten verheißungsvoll oder wiesen auf den freien Platz neben ihnen, und die Kapelle beendete ihr aufwühlendes Lied, spielte jetzt eine Rumba, und er konnte nicht zurück, wurde aufgefordert zum Tanz und drehte die Runden, steif und stumm. Und er spürte den Körper, der sich an ihn schmiegte. Heißer Atem schlug ihm ins Gesicht und schwindelig wurde ihm. Der Griff der Frau war fest, und er kam nicht umhin, sie an ihren Tisch zu geleiten, ein kleines Gedeck zu bestellen, nippte an seinem Glas und mußte sich nun äußern zu den Angeboten, die sie ihm machte. Von einem Séparée sprach sie und dem Spaß, den man gemeinsam haben könne, den suche er doch, und sie sei ihm gern zu Diensten, einem Herrn wie ihm jederzeit, er habe Stil, das sehe sie, wünsche sicher etwas Besonderes, und das finde er bei ihr, sie kenne keine Tabus, sei offen nach allen Seiten, und das meine sie so, wie sie es sage, du verstehst mein Schatz, und sie tätschelte seine Hand, nahm sie und legte sie auf ihren Schenkel, fühl mal, ich trage Gürtel und Strapse, kann mir auch Stiefel anziehen und die Peitsche schwingen, oder willst du mir den Stock geben, mich fesseln, egal, wie und was, du kommst auf deine Kosten, ihre Worte gellten in seinen Ohren, und er glaubte, sie nicht auslöschen zu können, sie wiederholten sich, wohin er auch kam, in den Seitenstraßen, den Hauseingängen.

Er atmete schwer.

Seine Hände krallten sich in das Laken, und er öffnete die Augen, aber es half nichts. Der Strom seiner Erinnerung floß weiter.

Er konnte ihn nicht stoppen.

Er dachte daran, wie verzweifelt er gewesen war und verloren, und erneut erfaßte ihn der Sog, und Dunkelheit umhüllte ihn.

Und dann blinkten Lichter auf, farbige Neonröhren, und er sah sich an Imbissen und Kinos vorbeigehen, an Spielhallen, Münzen klirrten und Musik dröhnte, Stimmen wurden laut und Gesichter nahmen Konturen an. Eine alte Frau hinkte ihm entgegen, einen Strauß Rosen im Arm, und sie hielt sie ihm hin, für die Frau Gemahlin, der Herr, oder sonstwen, sie sind frisch geschnitten und preiswert, und er zog einen Schein heraus und kaufte ihr die Blumen ab, ihr Duft war betörend, und benommen schlenderte er weiter, ging die Straße auf und ab, immer kürzer wurde das Stück, das er beschritt, bis er vor dem silbern glänzenden Gebäude stehenblieb, wo die rote Schrift im Takt seines Herzens zuckte und er lange zögerte, bevor er eintrat, sich erst nicht zurechtfand, bis er an eine Kasse gelangte, wo ein junger Mann ihm unaufgefordert Markstücke hinschob für einen Zehner, ihn einwies, Kabine 3, Sie werden sehen, was Sie noch nie gesehen, Träume werden wahr, nur zu, schauen Sie, sehen Sie den Tanz der Aphrodite, das ist Kunst, was Sie hier erleben, das hat Klasse, ist einmalig und allein für Sie, Sie können der Dame die Rosen überreichen, jawohl, das dürfen, das sollen Sie, die Show beginnt, läuft von früh bis Mitternacht, die schönsten Frauen, jede von ihnen ein Juwel, was rede ich, sehen Sie selbst, hier ist sie, unsere, Ihre Manuela, Manuela.

Manuela.

Auf der sich drehenden Scheibe kniete sie, und ihre Hände kreisten über Brüste und Bauch, zeichneten den Schwung der Hüften nach, die Schenkel und das Gesäß, und ihre Augen waren auf ihn gerichtet, fragend blickte sie ihn an und reckte sich ihm entgegen, war zum Greifen nah und wiegte sich, verdeckte ihr Gesicht, blinzelte hinter gespreizten Fingern, die Hand begann zu flattern, und das Licht fiel auf den Falter, ein Schmetterling, grünlich glitzernd, gebannt verfolgte er seinen Flug und warf mechanisch das Geld ein, wollte sehen, was noch geschah, wieder den makellosen Körper, das Gesicht, ihre Augen, die ihn so verlangend angeblickt hatten, ihn, wirklich nur ihn.

Eine Tänzerin? Ein Peep-Show-Mädchen? Eine Frau, die vor jedem zahlenden Gast ihre Nummer brachte?

Was sollten diese Fragen, der Zweifel?

Er war gemeint, vom ersten Moment an, und seine Gewißheit verstärkte sich, als er ihr dann von Angesicht zu Angesicht gegenüber stand, stockend nach Worten suchte, um auszudrücken, was er bei ihrem Anblick empfand, sie wußte es bereits und gestand ihm, daß auch sie dieses Gefühl habe, beglückt war, seine Bekanntschaft zu machen, durch das Gitter streckte sie ihm die Hand hin und nahm die Rosen, dankte mit einem Knicks und war neugierig zu erfahren, wer er sei, nein lassen Sie mich raten, und sie legte einen Finger an die Lippen, kräuselte die Stirn und tippte auf Rechtsanwalt, auf einen Arzt, nein, korrigierte sie sich, nein, zeigen Sie mir Ihre Hände, bitte, und sie hielt sie und nickte und schaute ihn dann wieder an, Sie haben hart gearbeitet, Sie haben es nicht leicht gehabt in Ihrem Leben, Ihnen ist nichts geschenkt worden, eine Fabrik haben Sie sich aufgebaut, einen großen Betrieb, und er konnte nicht anders, als ihr zuzustimmen, ja, eine Fabrik, Lederfabrikation, und sie freute sich, es getroffen zu haben, und auch er war ganz beschwingt, vergaß völlig, wo er war.

In einem Sex-Schuppen, in einem Bums!

Dumpf hallten die Worte in seinem Kopf wider, die Einwände.

Als ob er das nicht gewußt habe, blind gewesen sei.

Sex-World, ja!

Eine Peep-Show, ja!

Aber was hatte das mit dem zu tun, was an jenem Abend seinen Lauf nahm, mit der Erfüllung seiner Sehnsucht?

Manuela.

Er hauchte ihren Namen, und sein flacher Atem belebte wieder all die Stunden, die er bei ihr verbracht hatte.

Manuela.

Ihre Augen leuchteten auf, wenn er die Tür öffnete, sie freute sich wie ein Kind über seine Gesellschaft, und ihre Gespräche wurden von Mal zu Mal intensiver, alles teilte er ihr mit, seinen Entschluß, sich aus der Firma zurückzuziehen, er mußte nicht lügen, wenn er davon sprach, was er bisher versäumt habe, konnte von den Entbehrungen berichten, dem Mangel an Genuß, nein, Manuela, wissen Sie, das Leben bietet uns mehr, wir müssen nur zugreifen, es hat seine Zeit gedauert, bis ich das begriffen habe, und letztlich sind Sie es, die mir die andere Seite gezeigt hat, Sie kennen sie, haben von südlicher Sonne gesprochen, von Stränden und dem Meer.

Was?

Was hat sie davon erzählt?

Störend drangen die Fragen in sein Bewußtsein, warfen Schatten auf die Bilder, die er entstehen ließ. Nur mit Mühe konnte er sie halten. Manuela hockte mit gekreuzten Beinen auf dem Boden, das Kinn aufgestützt, lauschte sie seinen Worten, und seine Begeisterung übertrug sich auf sie, ja, der Süden, die Wärme, die lauen Nächte, wie oft hatten sie davon geredet, waren sich nah gewesen in dem stickigen Raum und immer nähergekommen, erfüllt von einer Zärtlichkeit füreinander, die nicht in Worte zu fassen war, Empfindungen, die er nie zuvor gehabt hatte.

Ein Wahn.

Glaubte er wirklich, daß er ihr was bedeutet hatte?

Wer war er denn? Einer von vielen Gästen, die nur kamen, um ihren Phantasien freien Lauf zu lassen. Und sie tat ihr Bestes, jedem das Seine zu geben.

Zahlte er nicht für jede Minute, jede Stunde?

Er wollte es nicht hören und versuchte, die Stimme zum Verstummen zu bringen. Aber es gelang ihm nicht. Und so antwortete er ihr: Ja, ja und noch einmal ja.

Ja, er hatte gezahlt, und er war nicht der einzige, der vor ihr am Gitter stand, und sie tanzte für alle, aber nur ihm offenbarte sie sich.

Was?

Alles. Ihren Wunsch, dieser Umgebung zu entfliehen, diesem Gewerbe, das sie zutiefst verabscheute, sich erniedrigt fühlte, nein, nicht von ihm, er war ein Guter, das sagte sie oft, du bist ein lieber Mensch, du achtest mich, und es tut gut zu wissen, daß es dich gibt, ohne dich hielte ich das hier nicht aus, du begehrst nicht meinen Körper oder doch, täusche ich mich vielleicht, willst auch du nur deine Lust befriedigen?

Nein! Nein!

Kein Gedanke?

Nein, das hatte sich verflüchtigt, war nicht mehr vorhanden, er kam nicht getrieben von dem Wunsch, sie zu besitzen, nicht so, und auch wenn sie nach wie vor nackt vor ihm stand und tanzte, wenn er sie darum bat, er betrachtete sie nun mit anderen Augen, liebevoll ruhte sein Blick auf ihr.

Ohne Begehr?

Hatte er sie nie berührt?

Wer wollte das wissen und warum?

Stöhnend öffnete er die Augen, und sein Blick stellte sich auf das Waschbecken ein, den Spiegel und die Tür.

Er drehte den Kopf ein wenig zur Seite und sah den Mann auf dem Stuhl. Er war also wieder da.

Wie lange schon?

«Sie ist doch mit Ihnen gegangen», hörte er.

«Ja.»

Und er nickte und die Augen fielen ihm zu und seine Gedanken rasten, er fragte sich, ob er geredet hatte, er wollte nicht reden, über nichts, es gab nichts zu sagen, nichts zu dem, was zwischen Manuela und ihm gewesen war, nichts zu jenem Moment, in dem sie auf die Straße trat und einlöste, was sie ihm seit Tagen versprochen hatte, die Nacht mit ihm zu verbringen, wen ging das etwas an, dieser Wunsch nebeneinander zu liegen, sich an den Händen zu halten und von einer gemeinsamen Zukunft zu sprechen, niemand, niemand sollte erfahren, daß sie ihn umarmt und geküßt hatte, als er ihr das Geld zeigte, und ihr die Tränen gekommen waren, so ernst ist es dir, ja, Manuela, ja, das ist für dich, für uns, es ist alles, was ich habe, mein gesamter Besitz, und ich muß dir jetzt sagen, daß ich nicht der bin, für den ich mich ausgegeben habe, nicht der Fabrikant, ich wollte dich nicht enttäuschen, ich bin, du bist so lieb, verboten hatte sie ihm weiterzureden, für mich bist und bleibst du der Claus, mein Retter, und wieder war sie an seine Brust gesunken, und er hatte ihren Rücken gestreichelt und ihr Haar angehoben, ihren Nacken geküßt, und leise hatte sie ihn gefragt, ob sie ihm zu Gefallen sein solle, ob er wünsche, mit ihr zu schlafen, und er hatte den Kopf geschüttelt und nein gesagt, nein, Manuela, das will ich nicht, nicht jetzt, nicht in diesem Zimmer, das ich nur genommen habe, um dir nah zu sein, schneller bei dir sein zu können, tanzen möchte ich dich sehen, ja, nicht hinter dem Gitter, nie mehr, du bist frei, und wieder hatte sie geschluchzt und gesagt, daß sie noch Zeit brauche, das müsse er verstehen, sie sei so überwältigt von seiner Liebe, könne noch nicht glauben, daß das kein Traum sei, das viele Geld und überhaupt, wir kennen uns doch kaum, willst du wirklich nicht mit mir schlafen, immer wieder hatte sie das gefragt und ihr Kleid abgestreift, und er hatte sie betrachtet, wie sie da vor ihm stand, und sie berührt, ja, ihren Körper mit Küssen bedeckt, bis sie sich aus seiner Umarmung gelöst hatte, niemand brauchte das zu wissen und auch nicht, daß nun doch die Begierde in ihm aufgeflackert war, eine Flamme, die er nicht zu zügeln vermochte, sich sogleich schämte, ich liebe dich so sehr, du bist so schön, so vollkommen und du bist mein, meine Manuela, und sein Mund wurde trocken, sein Herz loderte, und er glaubte verbrennen zu müssen, wenn er nichts tat, er schwankte, und die Wände des Zimmers rückten näher, er konnte kaum noch atmen, und er stürzte hinaus, und Manuelas Schrei traf ihn, geh nicht, geh nicht, bleib bei mir, und er hörte ihn noch, als er auf der Straße war, mein Gott, warum floh er, und rannte wie von einem Dämon gehetzt, die Straße tat sich auf, und erneut umhüllte ihn Dunkelheit, und er fiel tief in den Schacht und wußte, daß er nun verloren war, nichts mehr ihn retten würde, niemand hielt ihn, er war allein.

6

Gottschalk zog das Blatt aus der Maschine und legte es zu den anderen eng betippten Seiten.

Er seufzte.

Er hatte die kurzen Gespräche, die er im Verlauf der Woche mit Bernd Müller geführt hatte, in einem Protokoll zusammengefaßt, versucht, eine Ordnung in das Gesagte zu bringen.

Eine Chronologie.

Es war schwierig gewesen.

Er seufzte noch einmal.

Fedder blickte auf.

«Was ist?» fragte er.

«Ich weiß nicht», sagte Gottschalk.

«Unzufrieden?»

«Ich komme mit ihm nicht weiter. Er macht es einem verdammt schwer. Was nach seiner Rückkehr in dem Zimmer geschehen ist, wie er sie vorgefunden hat, läßt er nicht raus. Es ist zum ...»

«Vielleicht immer noch so eine Art Schock ...»

«Ich habe gestern mit den Ärzten gesprochen. Klinisch gesehen ist er wieder völlig in Ordnung.»

«Na ja», sagte Fedder. «Trotzdem ...»

«Ja, ja, sicher. Einen leichten Schlag hat er ohnehin weg. Wenn du dir das hier mal am Stück zu Gemüte führst ... ganz dicht war er wohl nie. Aber irgendwas ist da noch. Ich habe den Eindruck, daß er einige Punkte bewußt zurückhält.»

«Und welche?»

«Was er eigentlich von Manuela wollte ...»

«Er war in sie verknallt.»

«Er weiß nicht einmal ihren richtigen Namen. Sagt aber, daß sie ihm alles offenbart hat.»

«Das ist nicht unbedingt ein Widerspruch.»

«Nein, natürlich nicht. Nur würde ich gerne wissen, was sie ihm aufgetischt hat und was bei ihm abgelaufen ist. Und da weicht er aus, täuscht Schwäche und Bewußtlosigkeit vor.»

«Wirklich?»

«Ja, und das macht mich mißtrauisch. Auch wenn ich es mir in gewisser Weise erklären kann. Wie gesagt, ich bin noch keineswegs zufrieden. Mit der ganzen Chose nicht. Wo ist eigentlich Jan?»

«Beim Chef.»

«Bei Garrelt? Hat der ihn hochzitiert?»

«Er wollte mit ihm reden», sagte Fedder.

«Wer?»

«Garrelt ...»

«Und? Über was?»

«Keine Ahnung ...»

«Scheiße», sagte Gottschalk und stand auf.

«Wieso?»

«Ich kann mir nicht vorstellen, was er von uns will.»

«Von Broszinski ...»

«Das bleibt sich gleich. Hat er nichts weiter gesagt?»

«Nein», sagte Fedder. «Möglich, daß die Kollegen in unserer Sache weitergekommen sind und ...»

«Das wüßte ich aber.»

«Vor dem Chef?»

«Aber hundertprozentig», sagte Gottschalk und nahm seine Jacke. «Ich gehe mal rüber zu Schobel und anschließend in die Kantine. Wenn Jan kommt, sag ihm, wo ich bin.»

«Was läuft denn hier?»

«Nichts, was du nicht weißt. Schobel ...»

«Alles klar», sagte Fedder und machte eine Handbewegung, als verstehe er wirklich alles. Als Gottschalk das Büro verlassen hatte, holte er sich das Protokoll Müller und begann zu lesen.

Gottschalk ging ein paar Türen weiter und betrat Schobels Dienstzimmer, ohne vorher anzuklopfen.

Mitch telefonierte gerade und blickte unwillig hoch.

Er brach das Gespräch ab und knallte den Hörer auf.

«Was gibt's?» fragte er.

«Jan ist bei Garrelt», sagte Gottschalk.

«Und?»

«Er war seit einem halben Jahr nicht mehr oben. Hast du was gehört?»

«Von Garrelt? Ich bitte dich ...»

«Kann es um unseren Fall gehen? Stobbe? Habt ihr neue Informationen, oder ...?»

«Wir haben ein paar Köder ausgelegt. Aber Garrelt ...»

«Weiß er, daß wir uns mit euch kurzgeschlossen haben?»

«Wir ermitteln ausschließlich gegen Stobbe, im großen Rahmen. Über Einzelheiten wird nicht geredet. Jedenfalls nicht ihm gegenüber. Vorläufig nicht. Glaubst du, daß Jan eine reingewürgt kriegt?»

«Wir haben uns nicht gerade mit Ruhm bekleckert und letztlich sogar auf euch abgeschoben ...»

«Um Unterstützung gebeten. Völlig legitim.»

«Nicht auf dem üblichen Weg ...»

«Wer fragt hier schon danach? Garrelt bestimmt nicht.»

«Er wird in letzter Zeit aktiver.»

«Ja», sagte Mitch. «Das stimmt. Aber nicht intelligenter.»

Gottschalk grinste, und Mitch fischte einen Zettel aus dem vor ihm liegenden Papierstapel.

«Ich habe hier einen Hinweis auf Heike», sagte er. «Sie hatte tatsächlich auch nach ihrer Rückkehr aus Ibiza mit Stobbe Kontakt. Einer unserer Informanten hat sie in Stobbes Begleitung gesehen. Okay, nicht viel, Aber immerhin.»

«Wann war das?»

«Anfang März. Die fünfundzwanzig Mille ...»

«Einzelheiten?»

«Restaurant in Blankenese. Kleine Gesellschaft. Mehr nicht. Habt ihr was Neues?» fragte Mitch.

«Den Mann, bei dem Torbecke die Cassette überspielt hat. Er hat allerdings nicht gesehen, was drauf war. Es ist ihm zwar merkwürdig vorgekommen, daß Torbecke unbedingt allein sein wollte, hat ihn aber gelassen.»

«Und euer Müller? Was macht ihr mit dem?»

«Ein schwieriger Brocken», sagte Gottschalk. «Er tut wenig, um seine Unschuld zu beweisen. Mit dem, was er bis jetzt gesagt hat, kann er keinen Blumentopf gewinnen. Er wird sich einen guten Anwalt nehmen müssen, wenn unsere Kombination nicht ...»

«Das kann dauern», sagte Mitch.

«Ja», sagte Gottschalk. «Sonst noch was?»

«Wir rollen alles neu auf, und der Dreck, der zum Vorschein kommt, stinkt schon jetzt zum Himmel. Okay, ich will damit nur sagen ...»

«Ja», sagte Gottschalk. «Ich zahl dir bei Gelegenheit ein Bier.»

Er stand auf und klopfte kurz auf den Tisch.

Und dann verließ er den Raum.

Er ging zum Fahrstuhl und drückte auf den Knopf.

Die Kabine kam, und die Türen glitten auseinander.

Schweckendick begrüßte ihn lautstark.

«Du hast Freitagabend einen Termin.»

«Nein.»

«Doch», sagte Schweckendick. «Zweiundzwanzig Uhr, im Dritten Programm. Garrelt ist zur Talkshow eingeladen worden. Ist gerade erst durchgesickert. Halt dir die Zeit frei, damit du auf dem laufenden bist und weißt, um was es in diesem Laden geht.»

Er lachte meckernd und quatschte weiter.

Gottschalk seufzte.

7

Der Anruf kam direkt nach der Wetterkarte.

Mitch zerknickte seinen Zahnstocher und nahm den Hörer ab.

«Ich will reden», hörte er.

Es war eine Piepsstimme, und im Hintergrund war Straßenlärm zu vernehmen.

«Über was?» fragte Mitch.

Er streckte das Bein aus und drückte mit dem großen Zeh auf eine Taste des Fernsehers. Der Fernseher kippte gegen die Wand und das Bild verschwand.

Mitch ließ den Fuß auf dem Rahmen und wartete.

«Ihr seid an einem Film interessiert. Ich weiß, was darauf zu sehen ist. Ich habe ihn aufgenommen. Ich will reden.»

Die Piepsstimme hatte zögernd gesprochen und nervöse Zwischentöne.

Mitch zog das Bein an. Der Fernseher schwankte auf der Matratze.

«Wann und wo?» fragte Mitch.

Er rollte sich vom Bett und stand auf.

«Ich bin pleite», sagte die Stimme.

«Das läßt sich ändern.»

«Wieviel?»

«Wie lautet das Angebot?»

«Alle Details. Namen der Beteiligten.»

«Okay», sagte Mitch. «Wir werden uns einig.»

«Das ist zuwenig.»

«Ruf mich in zehn Minuten zurück. Dann nenne ich dir eine Zahl.» Mitch wartete die Antwort nicht ab. Er unterbrach die Verbindung und wählte eine Nummer. Der Teilnehmer meldete sich sofort, und Mitch sagte zwei Sätze. Die Antwort sollte fünf Minuten später erfolgen. Mitch legte auf und schälte einen neuen Zahnstocher aus der Umhüllung. Dann ging er auf den Flur und schnallte sich seine Dienstwaffe um. Er zog eine leichte, weite Windjacke über und verharrte einen Moment vor dem Spiegel.

Er dachte nach.

Er hatte noch vier Minuten Zeit.

Er holte sich das Telefon aus dem Zimmer und bestellte ein Taxi.

Der Fahrer sollte vor dem Haus warten.

Mit einem weiteren Anruf forderte er einen Kollegen auf, in die Schlüterstraße zu kommen und eine bestimmte Telefonzelle im Auge zu behalten.

Seine Anweisungen waren knapp und präzise. Der Kollege fragte nicht nach.

Als Mitch auflegte, klingelte es.

Er nahm ab.

«Zehn.»

«Okay», sagte er.

Damit war das Gespräch beendet.

Die Piepsstimme meldete sich nur wenige Minuten später.

«Zehn», sagte Mitch. «Wir stellen die Bedingungen. Du fährst in die Schlüterstraße. Zur Post. In der ersten zur Straße hin liegenden Telefonzelle links neben dem Eingang wird das Branchenbuch aufgeschlagen sein. Unter der Rubrik *Schrott* findest du einen Zettel. Auf dem Zettel ist die Anschrift einer Kneipe, in der du mich triffst. Ich werde in einer Zeitung lesen. Das *Abendblatt*. Das Geld erhältst du, wenn deine Informationen okay sind. Einverstanden?»

«Ja.»

«Du fährst in einer Viertelstunde los. Keine Minute früher.»

«Ja», sagte die Piepsstimme.

«Okay», sagte Mitch. «Die Zeit läuft.»

Er legte auf und verließ die Wohnung.

Das Taxi wartete bereits vor dem Haus. Er stieg ein und ließ sich zur Schlüterstraße fahren. Der Taxifahrer versuchte, eine Unterhaltung in Gang zu bringen, aber Mitch ließ sich nicht darauf ein.

Er kaute auf seinem Zahnstocher und riß einen Zettel aus seinem Notizbuch.

Er schrieb nur *Klimt, Rothenbaumchaussee* hin und behielt das Blatt in der Hand.

Der Taxifahrer fuhr zügig und schaute hin und wieder in den Rückspiegel.

Mitch ließ den Zahnstocher von einem Mundwinkel in den anderen wandern.

Sein Gesicht war ausdruckslos.

Als sie in die Schlüterstraße einbogen, fragte der Taxifahrer, wo er halten solle.

«Bei der Post», sagte Mitch. «Ich muß telefonieren. Wir fahren dann weiter.»

Der Taxifahrer gab noch einmal Gas und bremste vor der Post hart ab.

Mitch stieg aus und ging zu der Telefonzelle.

Auf der gegenüberliegenden Straßenseite parkte ein blauer Ford.

Ein jüngerer Mann strebte auf einen der Hauseingänge zu. Er hatte eine Kamera umhängen.

Mitch zupfte an seinem Ohrläppchen und betrat die Telefonzelle. Er nahm den Hörer ab, warf zwei Münzen ein und wählte seine Nummer. Dann sprach er von dem Wetter, und daß er sich freue, noch im Dienst zu sein, lachte und blätterte dabei in dem Branchenbuch.

Als er die Rubrik *Schrott* gefunden hatte, legte er den Zettel auf die Seite und schlug einige Seiten zurück.

«Ich liebe meinen Job», sagte er. «Und niemand dankt es mir. Sehen wir uns morgen, Liebling? Du freust dich? Ich mich auch. Tschüs dann.»

Er hängte ein.

Der jüngere Mann war nicht mehr zu sehen.

Mitch rieb sich die Hände und ging zu dem Taxi.

«Klimt», sagte er. «Rothenbaum.»

Der Taxifahrer wendete.

Bei dem Lokal angekommen, ließ Mitch sich eine Quittung geben.

Er erhöhte den Betrag auf fünfzehn Mark. Der Taxifahrer dankte und wünschte einen angenehmen Abend.

Im *Klimt* waren um diese Zeit nicht viel Gäste.

Mitch begrüßte die Frau hinter dem Tresen und bat um das *Abendblatt*.

Die Frau wußte Bescheid. Sie war mit einem Kollegen liiert.

Unaufgefordert zog sie den Telefonapparat näher zu sich heran.

Der Anruf kam, als Mitch sein erstes Glas angetrunken hatte.

Die Frau hob ab und sagte nichts. Sie nickte nur kurz und hielt Mitch dann den Hörer hin.

«Er ist allein. Ich habe ihn gut getroffen.»

«Bekannt?»

«Könnte Schwertfeger sein. Soll ich dranbleiben?»

«Nein. Laß den Film entwickeln und stell fest, ob er es wirklich ist. Ich komme nachher noch vorbei.»

«In Ordnung.»

Das Gespräch war beendet.

Mitch nahm sein Glas und die Zeitung vom Tresen und ging zu einem der hinteren Tische. Von dort hatte er die Tür im Blick.

Er schlug die Zeitung auf und sah über den Rand.

Der untersetzte Mann, der wenig später das Lokal betrat, hatte schütteres Blondhaar und sah heruntergekommen aus. Er näherte sich dem Tisch.

«Hallo», sagte er. «Können Sie meine Taxe bezahlen?»

Mitch ließ die Zeitung sinken und gab ihm einen Zwanziger.

Auch er tippte auf Schwertfeger. Er kannte ihn allerdings nur aus der Kartei.

Die Bezahlung der Taxe dauerte nicht lange.

Blondhaar setzte sich Mitch gegenüber und wiederholte, daß er reden wolle.

Seine Piepsstimme kippte.

Er nannte sich Becker.

«Über die Cassette», sagte Mitch.

«Den Film habe ich aufgenommen», sagte Becker. «Ich kenn mich mit so was aus. Stobbe hat mich engagiert.»

«Warum willst du dich mit Stobbe anlegen?»

«Eine alte Rechnung», sagte Becker. «Wenn ihr mit der Kohle rüberkommt, sieht mich hier niemand mehr. Auch Stobbe nicht.»

«Was kannst du liefern?»
«Dynamit.»
«Genug, um Stobbe in die Luft zu jagen?»
«Mehr.»
«Okay. Was ist auf dem Film zu sehen?»
«Eine Frau. Sie ist inzwischen tot. Stobbe hat sie umbringen lassen. Sie und ihren Freund.»
«Das ist die Version, die wir in Umlauf gebracht haben.»
«Sie stimmt», sagte Becker. «Ich liefere euch die Fakten.»
«Okay», sagte Mitch, und Becker ließ hören.
Die Geschichte, die er erzählte, war lang und schmutzig. Mitch hatte den Eindruck, daß Becker nicht nur mit Stobbe abrechnen wollte.
Becker schien alle aufs Korn zu nehmen, die gesamte Branche.
Er mußte wahnsinnig sein.
Als er eine Pause machte, hatte Mitch bereits ein gutes Dutzend Namen und einen Haufen Hinweise.
Er sah eine harte Nacht auf sich zukommen.
«Und warum ist der Film so heiß?» fragte er.
«Ich bin noch nicht fertig», sagte Becker. «Der Film, also. Gut. Der Film ist im *Bel ami* aufgenommen worden. Der Laden gehört Stobbe. Ich habe im März bei ihm gearbeitet. Er wußte, daß ich privat filme. Eine Videokamera habe. Ich habe den Film durch einen Trickspiegel vom Nebenraum aus aufgenommen. Die Frau kniete auf dem Bett. Sie hatte einen Mann unter sich, und ein zweiter bearbeitete sie von hinten. Sie hatte zwei Prügel im Leib. Ich hatte Anweisung, so zu filmen, daß immer alle drei Personen im Bild waren. Ihre Möse und die beiden Schwänze sollten genau zu sehen sein. Und die dazugehörenden Gesichter.»
«Wer?»
«Sie ritt auf Stobbe. Es war Stobbes Idee. Daß er unten lag, die Frau auf ihm und der Mann, der ihr den Arsch anheizte ... auf den kam es an.»
«Der Name?»
«Ein guter Name.»
«Wer?» fragte Mitch noch einmal.
«Garrelt», sagte Becker. «Euer Chef.»
Mitch blieb ruhig.
Für Sekunden dachte er nichts. Und dann dachte er an seinen Auftrag.
Der Auftrag lautete, Stobbe das Handwerk zu legen.

Der Auftrag war schon vor langer Zeit formuliert und seitdem ständig wiederholt worden.

Zuletzt von Garrelt. Von Dr. Hans Garrelt.

Garrelt hatte ihn als Führungsbeamten der Fünfundsechziger eingesetzt.

Gezwungenermaßen.

Garrelt schätzte ihn nicht besonders. Aber Mitch war zu gut, um von ihm übergangen werden zu können.

Mitch hatte Garrelt Bericht zu erstatten. Ihn über alle laufenden Aktionen zu informieren.

Daran dachte Mitch jetzt und hatte mit einemmal einen bitteren Geschmack im Mund.

Er spuckte den Zahnstocher aus und sah Becker an.

Becker hob die Hand.

«Tatsache», sagte er.

8

Der Mann, der sich Becker nannte, war Willi Schwertfeger, 38 Jahre alt, wohnhaft Lange Reihe 82, Haus 3.

Er war vorbestraft und hatte den Beamten vom Einbruchsdezernat gelegentlich als Informant gedient.

Mitch brachte ihn dazu, seine Aussage in bezug auf den Mord an Heike Knoop und Fred Torbecke in Anwesenheit eines Staatsanwalts zu wiederholen.

Schwertfeger beschuldigte vier Personen. Einer von ihnen war der Stone.

Schwertfeger gab Zeugen an und sprach von dem Motiv, dem Film.

Garrelts Namen allerdings erwähnte er nicht.

Mitch hatte verlangt, daß dieser Punkt vorerst ausgegrenzt werden sollte.

Schwertfeger äußerte lediglich, daß der zweite Mann seiner Meinung nach irgendein hohes Tier sei und lieferte eine vage Beschreibung. Der Staatsanwalt warf Mitch einen fragenden Blick zu, und Mitch zuckte mit den Achseln.

Dann leistete Schwertfeger Eid und Unterschrift und verließ mit steifem Rücken die Amtsstube.

Mitch begleitete ihn nach unten.

Auf der Treppe fragte Schwertfeger nach dem Geld.

«Einige Tage dauert das noch», sagte Mitch. «Wir müssen erst alles überprüfen. Aber keine Sorge, das geht schon okay.»

Schwertfeger machte keinen sehr glücklichen Eindruck.

Er fühlte sich verschaukelt.

Er verabschiedete sich nicht und überquerte die Straße.

Mitch sah ihm lange nach.

Schwertfeger ging nach Hause und schloß sich ein.

Er legte sich auf das Bett, rauchte und starrte an die Decke.

Einige Male fiel er in einen kurzen Schlaf und hatte beängstigende Träume. Gegen Abend schaltete er den Fernseher ein und zerbröselte den letzten Krümel Stoff.

Er spürte gerade die erste, schwache Wirkung, als es an seiner Tür klingelte.

Er erwartete niemanden und ging nicht hin.

Das Klingeln wiederholte sich, und darum öffnete er schließlich doch.

Er sah sich zwei schwarzgekleideten Herren gegenüber.

Die Herren führten einen Sarg bei sich und waren beauftragt, den verstorbenen Herrn Schwertfeger abzuholen.

Willi Schwertfeger drehte durch.

Erst am nächsten Morgen kam er wieder zu sich. Er lag in einer Toreinfahrt, und die Gegend, in der er war, sagte ihm nichts.

Er hatte sich erbrochen und keinen Pfennig mehr in seiner Tasche.

Broszinski wachte um die gleiche Zeit auf.

Birte hatte sich von ihm weg auf die Seite gerollt.

Er ließ sie schlafen und ging ins Bad. Er rasierte sich sorgfältig, duschte und wusch sich die Haare. Nachdem er sich abgetrocknet hatte, rieb er Kinn und Backen mit Rasierwasser ein und betrachtete dabei sein Gesicht.

Ein harter Zug lag um seinen Mund. Er versuchte zu lächeln, aber es gelang ihm nicht.

In der Küche war über dem Herd eine Postkarte festgesteckt. Lucile schrieb, daß das Leben in Brest eintönig sei. Sie dankte Birte für die Adresse. Wenn Geneviève nicht wäre, ließe es sich überhaupt nicht aushalten. *Grüß deinen Scheiß-Bullen!*

Broszinski schaltete die Herdplatte ein und nahm eine Pfanne vom Haken. Er gab einen Stich Butter hinein und löffelte dann Kaffee in die Filtertüte.

Während der Kaffee durchlief, briet er Speck und schlug zwei Eier darüber. Er rauchte eine Zigarette und sah zu, wie das Eiweß Blasen warf. Er wollte sich mit dem Frühstück Zeit lassen. Er wollte noch einmal in Ruhe über das Angebot nachdenken, das Garrelt ihm gemacht hatte. Es war ein Angebot, das er eigentlich nicht abschlagen konnte. Broszinski sollte aufrücken, Führungsbeamter der Fünfundsechziger werden. Den Kollegen Schobel ablösen.

Mitch war angeblich den ihm übertragenen Aufgaben nicht gewachsen.

Broszinski hatte keine Miene verzogen, als Garrelt das durchblicken ließ.

Er wußte, daß Mitch ein guter Mann war. Ein sehr guter Mann. Viel besser als er.

Er hatte sich Bedenkzeit ausgebeten und mit Mitch reden wollen. Aber Mitch war vorgestern nicht mehr im Hause zu erreichen gewesen und auch nicht abends privat. Und gestern hatte es geheißen, er habe Urlaub genommen.

Gottschalk hatte gesagt, ein übles Ding. Ein ganz übles Ding.

Broszinski drückte die Zigarette aus und trank einen Schluck Kaffee.

Mitch sollte offensichtlich geschaßt werden. Aber warum? Und was versprach sich Garrelt von ihm?

Broszinski toastete Brot.

Garrelt erwartete heute seine Entscheidung.

Gegen 10 Uhr wurde Bernd Müller aus dem Krankenhaus entlassen.

Gottschalk und ein Anwalt nahmen ihn in Empfang.

Der Bernd Müller zugewiesene Anwalt teilte seinem Mandanten mit, daß er Haftverschonung beantragt habe. Dem Antrag sei stattgegeben worden. Müller müsse sich aber zur Verfügung halten.

Bernd Müller schien gar nicht hinzuhören.

Gottschalk überreichte ihm gegen Quittung 124.500,– DM und fragte, ob er das Zimmer in der Wohnung der Frau Fiebranz weiter benutze.

«Fiebranz?» fragte Müller. «Wer ist das?»

«Die Frau, bei der Sie sich eingemietet haben.»

«Pension.»

«Nein, nicht die Pension. Käthnerort 59, Frau Fiebranz.»

«Ja», sagte Müller.

Sein Gesicht war eingefallen, und seine Augen blickten ins Leere. Gottschalk seufzte.

«Soll ich Sie hinfahren?» fragte er.

«Nein», sagte Müller und stopfte den dicken Briefumschlag achtlos in die Jackentasche.

Der Anwalt drückte Müller seine Karte in die Hand und bat um einen Anruf in den nächsten Tagen.

Müller nickte.

Der Anwalt verabschiedete sich.

«Möchten Sie ein Taxi?» fragte Gottschalk.

«Ist ihre Asche verstreut worden?»

«Bitte?»

«Manuela», sagte Müller.

Gottschalk schluckte.

«Nein», sagte er. «Sie ist beigesetzt worden. Ihr ... ihre Verwandten haben das veranlaßt.»

«Sie sollte verbrannt werden.»

«Herr Müller», sagte Gottschalk. «Sie ...»

«Es war mein Wille.»

«Sie waren nicht mit ihr ...»

«Wo liegt sie jetzt?»

«Auf dem Altonaer Friedhof, soviel ich weiß.»

«Ihre Wohnung», sagte Müller und blickte in den Himmel.

«Ich ...»

«Können Sie mir sagen, wo sie gewohnt hat?»

Gottschalk nannte ihm nach kurzem Zögern die Nummer in der Hamburger Straße und das Stockwerk.

Müller bedankte sich und überquerte, ohne nach links oder rechts zu schauen, die Straße.

Die Überschrift füllte ein Drittel der ersten Seite der Zeitung vom folgenden Tag: *Flammendes Inferno in der Hamburger Straße. Der Mann, der mit Benzin die Feuerkatastrophe auslöste, war gerade erst dem Tod entronnen.*

Der Bericht lautete:

Er hatte sich eine schreckliche Art zu sterben ausgesucht. Auf den hellen Teppich, das breite, italienische Bett und in die Ecken des Zimmers seiner toten Geliebten kippte der 58jährige Bernd M. Benzin, wartete dann mindestens zehn Minuten – so lange, bis sich die Dämpfe mit der Luft in dem Einzimmer-Apartment vermengt hatten, ein hochexplosives Gemisch wurden. Dann legte sich der Mann im fünften Stock des Hochhauses aufs Bett und zündete ein Streichholz an.

Bernd M. wurde durch den ganzen Raum geschleudert und verbrannte bis zur Unkenntlichkeit. Außer ihm starben in den nächsten Minuten noch zwei andere Menschen. Die 78jährige Rentnerin Marlis G. und der 39jährige Dr. Ing. Rudolf S.

Der Selbstmörder war der Kriminalpolizei bekannt. Erst vor 14 Tagen war er in seinem Pensionszimmer im Koma liegend gefunden worden – an der Seite der erwürgten Peep-Show-Tänzerin Heike K., in deren Apartment er sich jetzt in die Luft sprengte. Damals hatte er über hundert Schlaftabletten geschluckt. Die Kripo fand heraus: Er war der schönen Heike hörig geworden. Er hatte sein Einfamilienhaus in Bad Meinberg für DM 200.000,– verkauft und die Tänzerin über Wochen jeden Tag besucht. DM 124.000,– stellte die Polizei noch im Zimmer der Pension sicher.

Kurz nachdem das Pärchen von der Polizei gefunden worden war, gab es einen weiteren Toten. Fred T., ein enger Freund der Tänzerin, hatte sich in seiner Wohnung erhängt – der arbeitslose Fotolaborant hatte die Liebesaffäre seiner Freundin nicht verkraftet.

Bernd M. wurde im Krankenhaus immer wieder von der Polizei vernommen. Hatte er die Tänzerin umgebracht?

Er beteuerte seine Unschuld und wurde gestern entlassen. Sein Anwalt hatte Haftverschonung durchgesetzt. Die Kripo geht zur Zeit anderen Spuren nach.

Im Verlauf des Abends verschaffte sich Bernd M. Einlaß in das Apartment der toten Tänzerin – eine Stunde vor Mitternacht brach der Brand mit explosiver Gewalt aus. Als die Feuerwehr mit drei Löschzügen und Preßluft-Atemgeräten anrückte, waren Bernd M. und die beiden Hochhausbewohner am Flurende des fünften Stockwerks bereits verkohlt.

Ende

DER TOD DES SAMURAI

I

Er lag auf der breiten Liege und starrte an die Decke. Er redete. Er redete schon lange. Seine Hände waren naß von Schweiß, und seine Stimme war ihm fremd geworden. Es war die eines kleinen Jungen.

Er hatte draußen im Garten gespielt und Durst bekommen. Über den Balkon war er in die Küche gestiegen und hatte ein Glas Milch getrunken und dann etwas aus seinem Zimmer holen wollen. Keine Ahnung mehr, was.

Nein, er erinnerte sich wirklich nicht. Das war doch auch nicht wichtig, oder? Er war jedenfalls über den Flur geschlichen. Er stockte. Es fiel ihm jetzt selbst auf, was er gesagt hatte. Geschlichen. Also heimlich. Ja, um nicht zu stören. Seine Schwester übte für das Schulfest. Sie spielte Cello. Die große Schwester. Sie war älter als er. Papas Liebling. Er hörte Papas Liebling im Schlafzimmer der Eltern. Die Tür war nur angelehnt.

Er hatte seine Schwester vorher nie ganz nackt gesehen. Jetzt sah er sie. Sie lag auf dem Bett und hatte die Augen geschlossen. Ihre Hand war zwischen den Beinen, und sie stöhnte leise. Er konnte einfach nicht wegschauen. Ganz genau sah er, was sie da mit sich machte. Sah ihren dunklen Pelz und das Auge. Das Bärenauge. Die Muschi. Die Möse. Die Fotze. Er kannte diese Wörter schon. Er war nicht mehr so klein. Er war dreizehn, und auf der Straße sprachen sie oft davon. Von den Ischen und Weibern und was sie da unten hatten. Die Hand wurde schneller und schneller, und er hielt den Atem an und sein Herz klopfte heftig. Seine Schwester keuchte und wand sich, als habe sie Schmerzen, wurde lauter, und er spürte plötzlich, daß vorn seine Hose feucht wurde. Erschrocken stürzte er ins Bad und vergaß abzuschließen. Und dann war sie auf einmal da und riß ihn an den Haaren und schlug ihn und schrie. Sie schlug ihn hart, prügelte ihn. Er wehrte sich nicht. Er ließ sich nur zu Boden fallen, und irgendwann war es vorbei. Er atmete schwer.

Seine Schwester hockte auf dem Wannenrand und heulte. Sie hatte Papas Schlafanzugjacke übergezogen und sonst nichts. Sie zitterte am ganzen Körper. Es dauerte lange, bis sie etwas sagen konnte. Niemand durfte es erfahren, schluchzte sie schließlich. Obwohl es nichts Schlimmes war. Es war nicht schlimm, in Papas Bett zu liegen und Bauchweh zu haben. Das war von der Hitze gekommen und dem vielen Eis. Und dann versprach sie ihm Geld und daß sie ihm bei seinen Schularbeiten helfen würde. Er nickte nur. Nickte und sah sie wieder an. Sie lächelte zaghaft und strich ihm das Haar aus der Stirn, streichelte sein Gesicht. Und dann umarmte sie ihn und zog ihn an sich, redete leise weiter. Daß er sicher schon verstehe, wie das ist. Wenn einem so heiß sei. Er verstand alles. Er verstand sie sehr gut. Ihm war auch heiß, furchtbar heiß.

Ja, ja! Unvermittelt schlug er die Hände auf die Liege und schrie: Jaaahhhh! Ein gellender Schrei. Ja. Sie! Sie wollte es so.

Gottschalk ließ die Jalousie herunter. Sie hakte, und er rupfte sie zurecht. Es war ein ungewöhnlich schöner Apriltag. Der Himmel war klar, und die Sonne schien. Eine grauenhafte Vorstellung, daß es so bleiben würde. Dieses Hühnerficker-Wetter.

Gestern hatte es geregnet, den ganzen Tag über. Das hatte ihm gut gefallen. Regen und ein starker Wind: *Regentropfen, die an mein Fenster klopfen.* Er hatte die Melodie wieder im Kopf. Sie würde bleiben.

Hauptkommissar Gottschalk seufzte. *Regentropfen.*

Er ging zurück zu seinem Schreibtisch und betrachtete noch einmal das Zeitungsfoto. Es zeigte den «Samurai» in klassischer Pose. Mit breitem Stirnband und Schwert.

Der «Samurai» war ein schlanker Mann mit gepflegtem Lockenkopf und sauber gestutztem Schnäuzer. Er hatte hohe Wangenknochen und einen leichten Silberblick.

Der Tod des Samurai war der Artikel überschrieben, in dem der Tathergang bemerkenswert exakt geschildert wurde:

Das Lokal «Die Grotte» kennt jeder auf St. Pauli. Von der U-Bahn-Station Reeperbahn sind es nur wenige Schritte bis zum muschelförmigen Eingang. Im vorderen Schankraum trinken Kiez-Touristen aus aller Welt ihr Bier und sehen scharfe Pornofilme. Im Hinterzimmer dagegen verkehrt die «einschlägige Kundschaft».

Am 21. März, einem Montag, ist nicht viel los in der «Grotte». Die beiden Bardamen stehen hinter der Theke und langweilen sich.

Im Hinterzimmer sitzt einsam der 44jährige Herbert Botan («Der Stone») vor seinem Bier. «Der Stone» ist ein auf dem Kiez gefürchteter Schläger und enger Vertrauter des Mannes, der mit einstweiligen Verfügungen untersagen läßt, ihn den «Paten von St. Pauli» zu nennen. Werner «Emma» Stobbe ist hanseatischer Kaufmann und in keine dunklen Machenschaften verwickelt. Das muß in diesem Zusammenhang nachdrücklich erwähnt werden. An diesem Abend wartet der «Stone» auf Franz Auer. Auer unterrichtet im Sportcenter Winterhude in der «Kunst des Bogenschießens» und wird aufgrund seines Japan-Ticks «Der Samurai» genannt. Der 35jährige Rosenheimer kam 1981 nach Hamburg, arbeitete als Kellner und war kurzfristig Wirtschafter im «Palais d'Amour».

Heute will Botan ihm ein Angebot machen. «Der Samurai» soll in das Sportstudio seines Spezis Magath überwechseln. Gegen 20 Uhr erscheint dann im Lokal statt des erwarteten Auer ein dunkelhaariger Mann. Der Unbekannte ist ganz in Schwarz gekleidet. Am Tresen bestellt er mit starkem Akzent: «Biera». Um 20 Uhr 13 kommt der «Samurai» ins Lokal. Er geht an dem Unbekannten vorbei ins Hinterzimmer, begrüßt den «Stone» und setzt sich zu ihm. Die beiden kommen nicht zu ihrem Gespräch. Der Unbekannte ist dem «Samurai» gefolgt, zieht wortlos einen 38er Revolver und drückt dreimal ab. Franz Auer fällt getroffen vom Stuhl. Zwei Kugeln haben sein Herz durchschlagen, eine steckt in der Lunge. Der Killer hat gut gezielt. Der Revolvermann flüchtet aus dem Hinterausgang in die Tiefgarage, wirft seine Waffe in einen Abfalleimer. Der «Stone» sitzt apathisch da, erst die Barfrauen überwinden den Schock und rufen die Polizei. Zu spät, der Todesschütze entkommt.

Die Tatwaffe, ein Smith & Wesson-Revolver vom Typ «Military and Police» wird untersucht – ohne Ergebnis. Die Barfrauen erinnern sich, daß der Unbekannte dünne, weiße Handschuhe trug. Ein Phantombild wird angefertigt – niemand erkennt den Killer darauf. Beamte der Mordkommission vernehmen insgesamt 125 Personen. Alle sagen nur das Beste über den Toten, aber über den Mord will niemand etwas wissen. «Der Stone» schließlich fühlt sich nach dem Tod Auers isoliert. Er sieht sich auf dem Kiez von vielen ehemaligen Freunden gemieden.

Glauben die etwa, er wäre nicht nur unbeteiligter Zeuge der Todesschüsse an der Reeperbahn?

Gottschalk seufzte wieder und faltete die Zeitung zusammen. Er nahm den Telefonhörer ab und wählte.

«Ja?» Broszinski schien genervt zu sein.

«Nur kurz», sagte Gottschalk. «Bleibt es bei heute abend?»

«Klappt's bei dir nicht?»

«Doch, doch. Acht Uhr?»

«Ja.»

«Gut, dann nur eine...» Gottschalk zog die Augenbrauen hoch. Broszinski hatte bereits aufgelegt.

Gottschalk hielt den Hörer noch in der Hand, als Kollege Fedder hereinkam und grüßend nickte. Er trug diese scheußliche grün-blau karierte Bundhose und einen gelben, einen knallgelben Pullover über dem schwarzen Hemd. Gottschalk ließ den Hörer auf die Gabel fallen.

«Ja?» fragte Fedder.

«Land in Sicht?» fragte Gottschalk leichthin.

«Bitte?»

«Hast du eine Verabredung?»

«Wie kommst du darauf?»

«Nur so. Du siehst – na ja, eine neue Frau wäre sicher nicht schlecht für dich.» Er zupfte am Revers seines dunkelblauen Blazers. Fedder bekam schmale Lippen. Gottschalk winkte beschwichtigend ab: «Vergiß es. Du bist heute ein bißchen spät dran.»

«Die Spritze», sagte Fedder.

«Das hab ich vergessen. Wie lange geht das noch?»

«Bis zum ersten Pollenflug und länger. Drei Jahre. Vorläufig jede Woche, jeden Freitag halb neun. Seit Oktober schon, und du fragst mich jedesmal wieder.»

«Entschuldige.»

Fedder griff sich eine Akte und schlug sie auf.

«Was steht alles auf dem Programm?» fragte er.

«Eine Menge», sagte Gottschalk, nahm die Zeitung und rollte sie zusammen. Er hatte keine Lust mehr, noch weiter mit Fedder zu reden. Seine Spritze, zum Teufel damit. Helfen würde ihm die Behandlung ohnehin nicht viel. Heuschnupfen, Allergien. Das war in erster Linie ein psychisches Problem. Da mußt du mal ran, Junge, dachte Gottschalk. An deine ganzen verkorksten Geschichten. Er ließ kurz einen fahren und stapfte zur Tür.

Die Maschine aus Berlin war pünktlich gelandet, und Birte verspürte ein leichtes Kribbeln im Bauch. Sie hatte Regina eine Ewigkeit nicht mehr gesehen, nur in letzter Zeit einige Male mit ihr telefoniert. Regina. Die Schulzeit in Walsrode, die gemeinsamen Freunde. Der langandauernde, intensive Kontakt mit ihr, als sie bereits in Berlin war. Kaum eine Woche, in der sie nicht von ihr gehört oder eine Karte bekommen hatte. Sie waren zusammen in Urlaub gefahren, in die Toscana, nach Paros. Und dann diese Tage auf Sylt.

«He!» Sie stand plötzlich vor ihr. «Birte!»

«Regina!»

«Schön. Schön, dich zu sehen.» Regina setzte ihre Tasche ab und breitete die Arme aus. Sie hatte sich verändert, war schmaler geworden. Die Haare kurz und nachgedunkelt. Ein leichtes Make-up, dezentes Parfüm. Modisches Jackett, hautenge Edeljeans und hochhackige Pumps.

Regina registrierte Birtes Blicke.

«Na komm», sagte sie. «Laß dich umarmen.» Sie faßte Birte an die Schultern, zog sie zu sich heran und küßte sie auf die Wangen.

«Ich freu mich», sagte Birte leise. «Ich freu mich wahnsinnig, daß du hier bist.» Ihre Stimme zitterte ein wenig.

Als sie im Wagen saßen, kramte Regina eine Zigarettenpackung aus ihrer Tasche, hielt sie Birte hin.

«Nein, danke», sagte Birte.

«Überhaupt nicht mehr?»

«Nur noch gelegentlich.»

«Ich wollte, ich könnte das auch. Aber – aussichtslos. Sobald ich am Schreibtisch sitze, ist eine nach der anderen fällig. Und ich hocke die meiste Zeit über an der Maschine. Shit, aber dieses freie Arbeiten bringt's nun mal mit sich. Diese Woche hab ich jeden Abend bis mindestens zehn rangeklotzt. Und denk nur nicht, dann Beine hoch, Amerika. Nein, noch irgendeine Verabredung auf einen Wein, und das meistens bis spät in die Nacht, und Kläuschen will auch hin und wieder bedient sein.»

«Kläuschen?»

«Klaus, ja. Mein derzeitiger Lover. Ein bißchen jung, aber einfühlsam. Sehr einfühlsam. Das einzige Problem ist, daß er mich ernsthaft liebt und ich – hab ich dir nicht von ihm erzählt?»

«Nein. Wann denn wohl?»

«Ja, ja. Du, das holen wir jetzt alles nach. Vier Jahre, Birte, vier

Jahre. Und trotzdem, mir ist, als ob ich dich gestern erst... Wahnsinn, ich war da ziemlich fertig. Diese üble Nummer mit Bill. Amis sind einfach unglaubliche Arschlöcher. Ich hätt ihn... du, mir ist das vorhin wieder hochgekommen. Wenn ich dich nicht gehabt hätte... du, wie ist das mit deinem Bullen? Ist das okay?»

«Alles bestens. Kein Streß.» Birte legte den Gang ein und setzte zurück.

«Na toll», sagte Regina. «Das müssen wir auch nicht mehr haben. Diese üblen Beziehungskisten. Mein Gott, was hab ich da früher investiert. Insistiert, nachgehakt und unterm Strich ständig draufgezahlt. Ob Bill oder Werner... das war auch so ein Streifen. Eine Story für sich. Der hat... du...» Sie kicherte. «Nein, das spar ich mir für später auf. Das war vielleicht ein Typ.»

Birte nickte.

«Sag mal, wie sehen denn deine Pläne aus? Du wohnst bei uns, das ist klar. Was hast du heute alles?»

«Große Konferenz bis sechs und morgen unter Umständen noch ein Frühstück. Okay, am Nachmitatg will ich mich dann allein mit der Wolf treffen. Das ist für mich die wichtigste Person in dem Laden. Wenn ich mit der gut kann... tja, Birte, drück mir die Daumen. Ab Juli in Hamburg, das wär doch was. Endlich fest und mit sechs fünf... gut, wie auch immer. Also heute bis zum Abend ausgebucht, und morgen...»

«Wir machen heute abend ein Essen.»

«Na, wunderbar. Morgen lad ich euch dann ein, und Sonntag... du, ich hab Zeit bis Dienstag. Ich kann den letzten Flieger nehmen. Was hältst du davon, wenn... hast du Lust auf zwei, drei Tage Sylt?» Birte sah kurz zu ihr hin. Regina drückte ihre Zigarette aus. «Ich brauch ein bißchen Luft», sagte sie noch.

«Zeit hätte ich», sagte Birte.

«Aber?»

«Ich überleg's mir.»

«Hast du... oh, no. No problem, Birte. Nur spazierengehen und quatschen. Ich... du, ich war damals... ach, Shit. Du weißt, was war. Ich hab dich gebraucht, und für mich war's okay. Ist bei dir was zurückgeblieben?»

«Ja, natürlich.»

«Und was?»

«Irritation und, na ja, im nachhinein... du hast mich schon enttäuscht. Ab nach Berlin und dann über Jahre nichts. Du hast nichts von dir hören lassen. Wenn ich nicht…»

«Ja, sorry. Das war… okay, keine Rechtfertigung. Ich bin abgetaucht, und danach hat's mich überrollt, nicht nur arbeitsmäßig. Ich seh erst seit ein paar Monaten wieder Land. In jeder Beziehung.»

«Ich will's dir auch nur sagen», sagte Birte und schaltete hoch.

Broszinski schloß seinen Wagen ab und überquerte die Straße. Unauffällig sah er sich um. Es gab nichts, was ihn beunruhigte. Vor dem Supermarkt pißte ein Köter an einen Fahrradreifen. Schulkinder kamen mit Kassetten aus einer Porno-Videothek. Eine ältere Frau teilte mit den Tauben ihr Rundstück. Aus einem weitgeöffneten Fenster war Chuck Berry zu hören. Die gute, alte Zeit. Der Clubname paßte: LOLA. Eine vom Kiez-Rubens gemalte Frau mit strammen Titten.

Broszinski ging die Stufen zum Club hinunter. Eine Schrifttafel versprach reelle Preise. Pils und Korn 5 Mark, und Sie sind dabei. Hier ist alles nackt, selbst die Glühbirnen.

Er klingelte dreimal kurz und einmal lang. Sofort ertönte der Summer. Broszinski drückte die Tür auf und trat ein.

Erwin stand hinter der Bar an der Kasse. Maßgeschneiderter, schwarzer Anzug mit Weste, weißes Hemd und dunkle Krawatte. Broszinski wußte inzwischen, daß Erwin diese Garnitur in siebenfacher Ausfertigung besaß, sich nie anders kleidete. Es war nicht sein einziger Tick. Erwin hatte es mit der Sieben. Eine magische Zahl und überhaupt, Kabbala und frag mich was. Für Broszinski kein Thema.

Erwin hob abwehrend die Hände.

«Ich hab noch nichts», sagte er. Er hatte kein gutes Gesicht. Das Kinn war schief. Der gern beschuldigte Unbekannte hatte Erwin vor einigen Monaten den Kiefer versetzt. Seitdem nuschelte Erwin.

«Champagner», sagte Broszinski.

«Was, bitte?»

«Ich brauch eine Kiste Champagner. Zum Einkaufspreis.» Broszinski blätterte ein paar Scheine auf den Tresen. «Reicht das?»

Erwin sah auf das Geld und dann Broszinski an. Sein Grinsen machte ihn nicht attraktiver.

«Das ist ja nun mal ganz was Neues», sagte er. «Wie soll ich das denn verstehen?»

«Ich hab heute abend Gäste.»

«Nett, aber für den Schotter bekommst du's gleich nebenan im Handel.»

«Nicht deine Marke.»

Erwin zog fragend die Augenbrauen hoch.

«Willst du mich verschaukeln?»

«Nein. Steck einfach ein paar Gramm dazu. Ich fahr den Wagen inzwischen auf den Hof und lad den Karton dann ein.»

«Das gefällt mir nicht.»

«Ein Deal unter Partnern.»

«Partner», sabberte Erwin. «Von wegen Partner. Da zahl ich doch nur drauf. Warum greifst du nicht einfach in euer Depot?»

«Ich bleibe sauber, und du riskierst nichts dabei. Aus, Ende. Setz deinen Arsch in Bewegung.» Broszinski schnippte ihm die Scheine zu. Einer flatterte hinter der Bar zu Boden. Erwin stieß einen Fluch aus. Broszinski hatte sich abrupt umgedreht und ging zur Tür. Aus einer der Nischen vernahm er ein Geräusch, blieb stehen. Es war eine von Erwins Katzen, die zum Sprung ansetzte.

Mitch schenkte sich Bier nach. Seine Hände zitterten immer noch. Gottschalk registrierte es. Das und die tiefen Ringe unter den Augen, die Bartstoppeln. Mitch war fertig, mußte seit Tagen gesoffen, kaum geschlafen haben. Sie saßen im «Hollywood». Gottschalk hatte das Geschnetzelte in Rahmsoße bestellt. Es schmeckte nicht viel besser als ein Whopper. Das «Hollywood» war ein Schweineladen. Die Bedienung hatte sie erst einmal übersehen, weiter am Tresen mit einem schlaksigen Typ rumgemacht. Sie trug einen Stars-and-Stripes-Mini und gab sich saugeil. Mitch hatte sie schließlich herangepfiffen.

Gottschalk lockerte seufzend seinen Gürtel.

Mitch grinste. Eine Fratze. Ein Ensor-Gesicht, hager und kaputt.

«Das siehst du völlig richtig.» Er rülpste. «Beschissen ist exakt das Wort. Genau. Angeschissen. Angeschissen habt ihr mich, zugeschissen. Bis zum Hals steck ich in der Scheiße. Aber der Kopf, Gottschalk, der Kopf ist klar. Glasklar.» Er machte eine große Geste, nickte bekräftigend und nahm einen Schluck Bier.

Gottschalk nickte auch.

«Ja», sagte er. «Das hört man immer wieder. Daß du den totalen Durchblick hast, angeblich sämtliche Zusammenhänge kennst. Aber wenn ich dann lese, was du von dir gibst...»

«Ich bin doch nicht verrückt. Für die paar Riesen – nein, Mann, nein. Die Serie, du meinst die Serie...»

«Genau. Ein Kommissar packt aus. Wichse, Mitch, eine einzige Wichse, was du denen da verkauft hast.»

«Das ist längst nicht alles.»

«Sagst du. Was hast du denn noch? Was ist denn mit dem Samurai? Das würd ich zum Beispiel gern wissen.»

«Ja», lachte Mitch. «Ja, ja, das glaub ich dir. Kleines Bierchen, und Mitch soll in die Kiste greifen. Für praktisch nichts. Der Samurai! Nein, nein – aber gut, ich sag dir, was mit dem Samurai ist. Du sollst es hören.» Er lehnte sich zurück und schaute zu dem Mädel hin. Der Bursche hatte jetzt die Hand auf ihrem Arsch und zeichnete gelangweilt die Sterne nach. Sie ließ die Zunge kreisen. Mitch spielte mit seinem Glas.

Gottschalk wartete.

«Der Anfang», sagte Mitch schließlich theatralisch. «Der Anfang vom Ende ist der Samurai, das letzte verzweifelte Aufbäumen. Emma...»

«Emma», unterbrach Gottschalk hart. «Das hätt ich mir eigentlich denken können. Emma. Für dich gibt's nur Emma. Stobbe, der Pate. Herrgott noch mal, Mitch, du bist wirklich völlig im Arsch.»

«Es ist Emma», sagte Mitch ruhig. «Emma hat das eingefädelt. Er hat den Samurai vom Brett gefegt. Eine unbedeutende Figur, aber ein genialer Zug.» Er fuchtelte mit der Hand. Zigarettenasche fiel auf den Tisch. Gottschalk zog den Teller näher zu sich heran.

«Der Samurai hatte nichts mehr laufen.»

«Genial», wiederholte Mitch. «Aber ihr habt keine Ahnung! Natürlich nicht. Das ist es ja.»

«Also, was?» fragte Gottschalk.

Mitch nahm noch einen Schluck.

«Die Raffinesse, das Geniale», sagte er. «Ein Mord, für den es kein Motiv gibt, kein sichtbares. Für euch nicht. Aber ich seh es. Krieg, Gottschalk. Es wird einen Krieg geben, eine blutige Schlacht, und Emma...» Er brach ab, schüttelte den Kopf.

«Ja? Nun komm, red weiter. Ich hör's mir ja an.»

«Stell dir nur eine Frage, eine einzige. Wer kann die Tür aufgeschlossen haben, die Tür zur Tiefgarage, durch die der Killer…?»

«Und deine Antwort ist Emma, oder besser noch der Stone. Danke. Darauf scheiß ich wirklich. Das ist doch absurd.» Er winkte nach der Bedienung, aber das Mädchen reagierte nicht.

Mitch beugte sich vor und packte Gottschalks Krawatte.

Auf dem Weg zur Kantine nahm die Wolf Regina beiseite.

«Deine Argumentation hat mir gut gefallen», sagte sie. «Das wäre in der Tat ein neuer Ansatz. Wir können das morgen ja noch unter uns vertiefen. Ich möchte dich aber jetzt etwas anderes fragen.» Sie waren stehengeblieben, und Regina zog ihre Zigarettenpackung aus der Tasche. Die Wolf nahm eine. Sie sah zu den anderen Frauen, die schon am Fahrstuhl waren, und gab ihnen zu verstehen, daß sie nicht warten sollten. Regina ließ ihr Feuerzeug aufflammen. Die Wolf beugte sich zu ihr. Sie war eine ungewöhnlich große Frau. Groß und schlank. Regina wußte, daß sie früher aktive Sportlerin gewesen war und sogar eine Bronzemedaille im Weitsprung geholt hatte. Zum Journalismus war sie erst vor einigen Jahren gekommen und hatte schnell Karriere gemacht.

«Danke», sagte die Wolf. «Ich will das Thema aus verschiedenen Gründen nicht in die allgemeine Besprechung einbringen. Das gibt nur wieder eine leidige Diskussion.» Sie inhalierte tief und blies den Rauch zur Decke hoch. «Wie stehst du persönlich zur Pornografie? Bist du grundsätzlich dagegen, oder siehst du den Komplex etwas differenzierter? Ich will dir gleich sagen, daß meine Haltung sehr ambivalent ist.»

Regina zögerte.

«Na ja», sagte sie schließlich. «Ich kann darauf verzichten. Ich meine, ich würde nichts vermissen, wenn damit Schluß wäre. Obwohl… die Frage für mich ist, was alles dazu gerechnet wird.»

«Darum würde es mir auch gehen. Aber davon abgesehen, interessieren mich in dem Zusammenhang diese Frauen in San Francisco, die angeblich andere Pornos produzieren. Von Frauen für Frauen, wobei – gut, es ist und bleibt eine heikle Geschichte. Kannst du dir vorstellen, darüber zu schreiben?»

«Im Prinzip schon. Aber…» Regina stockte, überlegte kurz. «Hieße das…»

«Ja, du würdest rüberfliegen. Gespräche, Interviews. Zehn, zwölf Tage müßten reichen. Ich kann auch zwei Wochen verantworten.»

Am Ende des Ganges tauchte ein junger Mann auf. Er schob einen Postwagen und kam schnell näher.

Jutta Wolf wandte sich von Regina ab und winkte ihn heran.

«Rainer, auf meinem Schreibtisch liegt eine Mappe. Themen, aktuell. Laß sie dir von Sigrid geben und bring sie uns in die Kantine, ja?»

Der junge Mann lächelte freundlich und deutete eine Verbeugung an. Die Wolf nahm es schon nicht mehr wahr. Sie faßte Regina am Arm und zog sie mit sich.

«Du mußt dich nicht sofort entscheiden. Ich denke nur, daß du die einzige bist, die das packen kann.»

«Kalifornien», sagte Regina nur und mehr für sich. Irgendwie ging ihr das alles viel zu schnell. Die Wolf schien schon woanders zu sein. Sie legte einen Schritt vor und drückte im Ascher neben der Fahrstuhltür die Zigarette aus. Unwillkürlich registrierte Regina die Lippenstiftspuren auf dem Filter, und sie wußte jetzt wieder, was ihr von Anfang an bei der Wolf unangenehm aufgefallen war. Ihr zu grell geschminkter Mund.

Hexen auf dem Rathausmarkt. Flammend rote Haare. Kunsthaarperücken. Peters blieb stehen und schaute zu den Frauen hin. Es waren junge Frauen, bekleidet mit langen Röcken und Flickenblusen. Die Frauen tanzten Ringelreihen und stießen spitze Schreie aus. Gnome schlugen auf Blechtrommeln ein. Trillerpfeifen schrillten.

Samba, Samburgo.

Der Winter kam mit seinem Gefolge, mit Kälte und Frost. Masken aus dürren Ästen. Ein Umhang, bestickt mit Moos und Gräsern. Ein Feuerschlucker spie Flammen. Ein Luftballon platzte.

Peters lächelte leicht.

Ein Venezianischer Karneval in der Freien und Hansestadt Hamburg sollte das sein. Die Rückkehr der Verbannten in die Stadt, wer immer diese Verbannten auch sein mochten. Bunt jedenfalls, nett und laut. Ein hörbar alternatives Blasorchester marschierte auf.

Peters konnte dem Umzug nicht allzuviel abgewinnen. Er war in Venedig gewesen und auch in Rio. Selbst in Basel ging es mitreißender zu als hier. Gelangweilt fingerte er nach seinen Zigaretten. Rauchend ging er weiter. Seine Gedanken waren wieder bei Jutta. Er freute sich auf den Abend mit ihr, auf das Essen, das er zubereiten würde. Ein neues Rezept. Gekochtes Huhn, kurz angebraten und überbacken mit Blattspinat und Gorgonzola. Vorweg eine Pasta, Taglierini mit Räucherlachs und Kaviar. Und einen Salat natürlich, einen schlichten, grünen Salat.

Peters zog seinen Einkaufszettel hervor und überflog, was er sich notiert hatte. Es war eine lange Liste.

Er hatte sich vorgenommen, das Wochenende über die Wohnung nicht zu verlassen, und er rechnete fest damit, daß auch Jutta bis Montag früh bei ihm bleiben würde. Jutta.

Am vergangenen Sonntag war er ihr zum erstenmal begegnet, abends, in der Ankunfthalle. Sie war mit der letzten Maschine aus München gekommen, und er war mit ihr zusammengestoßen, unabsichtlich. Ihre Blicke hatten sich getroffen, und da war es passiert. Diese entscheidende Sekunde. Wie in einem Werbespot. Der Duft von Wer-weiß-was. Alles um sie herum war weggeblendet. Nie zuvor hatte er das so intensiv empfunden, und noch immer konnte er sich nicht recht erklären, was ihn dermaßen fasziniert hatte. Vielleicht ihre Größe, ihre irrsinnig langen Beine. Aber auch ihr Gesicht, die Augen. Diese großen, dunklen Augen, die einen merkwürdigen Glanz hatten. Und ihre Stimme, eine unglaublich erotische Stimme. Sie lebt aus dem Bauch heraus, hatte er sich später gesagt. Eine Frau, die es gut mit sich meint. In jeder Beziehung.

Er hatte sie in die Stadt gefahren, noch einen Wein mit ihr getrunken, und plötzlich hatte es bei ihm geklickt: Wolf, natürlich. *Die* Wolf. Jutta Wolf. Daß sie bei einer Zeitschrift arbeitete, war ihm neu. Geschickt hatte er vorgetastet und herausgehört, daß sie momentan allein lebte, jedenfalls nicht fest liiert war.

Er lächelte wieder. Wahrscheinlich hätte er schon an diesem ersten Abend mit ihr ins Bett steigen können. Die Stimmung war entsprechend gewesen. Aber das war nicht sein Stil. Er hatte sich immer ein paar Tage Zeit gelassen, sich mit Telefonaten begnügt. Er dachte jetzt an ihr letztes Gespräch. Gestern abend noch hatte sie ihn angerufen, gesagt, daß sie gespannt sei, was er ihr zu bieten habe. Wie sie das meine?

Sie hatte gelacht. Seine angeblichen Kochkünste und überhaupt, ganz allgemein. Und noch einmal das Lachen. Ein verheißungsvolles Lachen.

Peters hatte das Kaufhaus erreicht.

Er sah auf seine Uhr. Es war kurz nach fünf. Drei Stunden, drei Stunden noch und er würde sie umarmen können, ganz freundschaftlich. Zur Begrüßung. Nur nichts überstürzen. Und doch stellte er sich schon vor, wie sie sich ihm hingab.

Broszinski stellte den Karton auf dem Balkon ab und stützte sich auf die Brüstung. Er atmete tief durch, genoß den weiten Blick über die Außenalster. Drüben die Villen, die amerikanische Botschaft und weiter links das Verlagshaus.

Seit gut einem Jahr wohnte er hier mit Birte zusammen. Vier Zimmer, elegant eingerichtet. Sitzgarnitur aus schwarzem Leder. Verchromte Stahlrohrregale, gläserne Vitrinen, Acrylhocker. Überall viel Platz. Im Schlafzimmer nur einen Spiegelwandschrank und das breite Futonbett. Nirgendwo verspielter Schnickschnack, keine Staubfänger. Alles überschaubar, klar. Teuer war das gewesen, unbezahlbar für einen wie ihn, einen Beamten. Den Luxus verdankte er Birte. Sie hatte ein kleines Vermögen geerbt, würde sich nie mehr sorgen müssen, und auch er konnte jederzeit seinen Dienst quittieren. Sie hatte es ihm schon mehrere Male nahegelegt: Ich besitze genug, genug für uns beide, und ich werde mich nie von dir trennen. Er hatte nur den Kopf geschüttelt. Nein.

Nicht, weil er ein Problem damit gehabt hätte, sich von seiner Geliebten aushalten zu lassen. Er nahm an, was sie ihm bot, nahm es als Rückhalt. Das Wissen, durch sie seine Existenz abgesichert zu haben, gab ihm die Möglichkeit, entschieden aufzutreten. Und er war unbestechlich.

Er hatte nichts und niemanden zu fürchten, konnte riskieren, suspendiert, kaltgestellt zu werden, ohne gleich in ein Loch zu fallen, am Ende zu sein wie andere Kollegen. Wie Mitch zum Beispiel, sein Vorgänger in der Abteilung. Völlig aus der Bahn geworfen. Ein tragischer Fall.

Broszinski fröstelte. Ein kalter Wind wehte. Er ging zurück in das Zimmer, schloß die Tür und ließ die Jalousien herunter. Gedankenverloren nahm er die Fernbedienung vom Tisch und schaltete das erste Programm ein. Der Bürgermeister sah übernächtigt aus.

Er sprach von der Verantwortung, die er persönlich trage. Broszinski drückte den Ton weg. Er dachte noch immer an Mitch. Er mochte ihn. Aber der sture Hund blockte ihm gegenüber total ab, nahm übel. Es war zum Kotzen. Das Telefon riß ihn aus seinen Gedanken.

Broszinski griff zum Hörer.

Fedder meldete sich.

«Entschuldige», sagte er. «Gottschalk ist doch heute abend bei dir. Sag ihm bitte, daß er mich anrufen soll. Ich erreiche ihn nirgendwo, und es ist wichtig.»

«Bist du denn noch im Haus?»

«Ja, und wie's aussieht, bleibe ich lange.»

«Gut, ich richte es ihm aus.» Broszinski schaute auf den Fernseher. Der Fraktionschef der Opposition war voll im Bild. Man mußte wirklich nicht hören, was er sagte. Sein Gesichtsausdruck sagte alles.

«Danke», sagte Fedder. Broszinski räusperte sich.

«Übrigens, wo ich dich gerade dran habe. Du hast gute Chancen.»

«Ja?»

«Ja. Möglich, daß du schon in ein paar Wochen bei uns bist. An was seid ihr denn im Moment?»

«Vorrangig am Samurai. Aber ich glaub, ich hab jetzt endlich den Punkt.» Broszinski stellte den Apparat auf den Boden und griff nach der Zigarilloschachtel, die auf dem Videorecorder lag.

«Hast du nicht Lust, später vorbeizukommen? Wenn du Pit ohnehin...»

«Nein, nein, ich ... danke. Ich will hier durch. Ich muß ihm auch nur kurz was sagen. Dazu.»

«Das würd mich natürlich auch interessieren.» Broszinski hatte einen Zigarillo herausgeangelt und klemmte ihn sich zwischen die Lippen. Er hörte, daß Birte ins Zimmer kam, machte ihr ein Zeichen, ihm Feuer zu geben.

«Na ja», sagte Fedder. «Das... das wird ihm nicht schmecken. Du kennst ihn doch. Nein, er kann dir ja dann... versteh mich richtig...»

«Korrekt», unterbrach Broszinski. «Total korrekt. Es ist eure Arbeit. Schau Montag mal bei mir rein. Schönes Wochenende.»

«Dir auch, und nochmals...»

«Alles klar.» Er legte schnell auf und nahm Birte das Feuerzeug aus der Hand.

«Fedder», erklärte er.

«Ich bin soweit fertig», sagte Birte. «Kümmerst du dich um den Salat?»

Broszinski nickte nachdenklich und zündete seinen Zigarillo an.

Die Soße war ihm mißlungen. Gottschalk scheute sich nicht, es zu sagen. Sie saßen bei Tisch. Birte saß Broszinski gegenüber, neben ihr Gottschalk, der Regina immer noch unverhohlen taxierte. Regina schüttelte den Kopf.

«No», sagte sie. «Find ich nicht.»

«Zuviel Knoblauch», beharrte Gottschalk. «Dosieren, richtig dosieren, Broszinski. Nur einen Hauch, ein kleiner Kitzel. Und dann, bitte schön, auch frische Kräuter. Das Lamm ist übrigens hervorragend.»

«Birte», sagte Broszinski und hob das Glas. Gottschalk tupfte mit der Serviette seine Lippen ab und stieß mit Regina an.

«Auf San Francisco.»

«Machst du's denn?» fragte Birte.

«Ich glaube, ja. Ich hab das Material kurz durchgelesen. Es ist schon spannend, und vierzehn Tage Sonne sind auch nicht zu verachten.»

«Nur das Essen muß eine Katastrophe sein», sagte Gottschalk. «Hat jedenfalls Fedder erzählt. Aber na ja, für den Mann ist eigentlich alles eine Katastrophe. Ich wundere mich immer wieder …»

«Du sollst ihn anrufen», unterbrach Broszinski. «Entschuldige. Hatte ich vergessen.»

«Er kann mich mal. Ich hab das langsam über. Wetten, daß er wieder was entdeckt haben will? Den Punkt, ich hab jetzt den Punkt.»

«Genau seine Worte.»

«Das kann ich dir inzwischen runterbeten. Der Punkt, mein Gott, diese beschissenen Formulierungen. Ich will keine Punkte, ich will den Killer. Nichts für ungut, die Damen …» Regina lachte. Gottschalk gefiel ihr. Er hatte die Statur eines Buddha und wirkte doch nicht fett. Es war ihr nicht entgangen, wie er sie anschaute und wohin. Sie hatte sich umgezogen, und das enge Kleid hatte selbst Birte veranlaßt zu fragen, ob sie sich zum Abschuß freigeben wolle. Sie war nicht abgeneigt. Es war ihr Tag. Ein Wahnsinnsangebot, zu Besuch bei einer guten Freundin, deren Typ ihr auf Anhieb sympathisch gewesen war, nicht das geringste von einem Bullen hatte, jedenfalls nicht das, was sie gemeinhin damit verband. Und auch Buddha konnte sie sich eigentlich nicht auf Verbrecherjagd vorstellen. Er zwinkerte ihr zu.

«Thema durch. Wenn du drüben bist, erwarte ich eine Karte.»

«Okay», sagte sie. «Versprochen – Pit.» Broszinski füllte die Gläser neu und suchte Birtes Blick. Er hatte Gottschalk selten so locker erlebt.

«Regina.» Gottschalk schaute sie versonnen an. «Ich erinnere mich an eine Regina aus meiner Schulzeit. Tochter aus reichem Hause...»

«Das bin ich nicht. Sorry.»

«Ein verteufelt hübsches Mädchen, Typ Bardot. Ich war einer ihrer unzähligen Verehrer, aber hatte natürlich nicht die geringste Chance.»

«Wieso natürlich?»

«Ich war ein dämlich dummer, dicker Brocken», lachte Gottschalk und angelte sich ein weiteres Stück Fleisch von der Platte. Birte reichte ihm die Schüssel mit Broccoli. Gottschalk nahm sich reichlich.

Fedder war, als drücke sich sein Magen gegen seinen Gaumen. Er bemühte sich, den Druck wegzudenken oder zumindest nicht die Kontrolle über sich zu verlieren. Er preßte die Zähne aufeinander, und Hals und Ohren begannen zu schmerzen. Seine Hände flatterten. Er ballte sie und hämmerte mit der Faust an den Türrahmen. Der Streifenbeamte sah zu ihm hin und nickte nur. Niemand sagte etwas. Der Anblick war grauenhaft.

An einem Garderobenhaken hing der leblose Körper eines Mannes. Das Hemd war ihm aufgerissen, Hose und Unterhose bis über die Knie heruntergezerrt worden. Das linke Bein war unnatürlich abgeknickt. Die Kleidungsstücke waren blutdurchtränkt. Eine Lache hatte sich auf dem Parkett gebildet. Blut war an der Wand, auf Schrank und Spiegel. Der Leib des Mannes war mit unzähligen Messerstichen zerfetzt worden, eine große Wunde klaffte am Hals. Im Mund steckte sein abgetrenntes Glied.

Fedder schloß die Augen.

Er mußte etwas tun. Sie warteten darauf. Der Druck mußte nachlassen. Er mußte. Er schluckte. Und noch einmal. In seinem Magen brodelte es.

Etwas Bitteres brannte in seiner Kehle. Die Halsschlagader klopfte. Er schluckte erneut. Atmete ganz flach und öffnete wieder die Augen.

Einer der Beamten wies stumm nach nebenan. Der andere rieb sich über das Gesicht und ging zurück in den Hausflur. Fedder folgte ihm.

In der Küche der Nachbarwohnung hockten ein älterer und ein junger Mann. Sie starrten ausdruckslos vor sich hin. Eine Flasche stand auf dem Tisch. Von der Straße war die Sirene des heranfahrenden Unfallwagens zu hören.

2

Sie konnte nicht viel sagen. Sie kannte ihn kaum und doch, es war, es war... Nein. Sie fand keine Worte. Sie wollte raus auf die Straße, an die Luft. Herumlaufen. Versuchen, die Bilder aus dem Kopf zu bekommen, auszulöschen. Sie wußte, daß es ihr nicht gelingen würde, oder wenn, dann nur für einen Moment. Nicht aber die nächsten Stunden über, die Nacht. Sie hatte Angst vor dieser Nacht. Angst, davon zu träumen. Von dem leblosen Körper, von Blut. Sie blutete schon jetzt. Zu früh. Es hatte eingesetzt, als sie ihn identifizierte. Sie dachte, daß es da einen Zusammenhang gab, geben mußte. Sie phantasierte ineinanderfließende Blutlachen. Sein Blut. Ihr Blut. Ich hatte nichts mit ihm. Aber jetzt. Ihr war heiß. Sie hörte nicht mehr, was man sie fragte. Sie spürte die Feuchtigkeit und glaubte, daß es ihr gleich an den Beinen herunterrinnen müsse. Das war ihr schon einmal passiert, in Rom. Als vor ihren Augen ein Kind überfahren wurde. Die Blutspur. Es überlief sie kalt, und gleich darauf glühte sie wieder. Das konnte kein Zufall sein. Damals hatte sie sich nichts dabei gedacht. Es war an der Zeit gewesen, und es war oft sehr stark bei ihr. Aber diesmal. Ihr Atem stockte. Sie mußte etwas tun. Noch einmal auf die Toilette. Das würde man verstehen. Keine Erklärung. Eine schwache Geste. Entschuldigen Sie mich bitte. Ich blute aus. Sie war über sich selbst erschrocken. Wie ihr das in den Sinn kam.

Ihr Gang war steif. Sie starrten ihr nach. Auf der Toilette streifte sie den Rock hoch und Strumpfhose und Slip herunter. Es war nichts zu sehen. Jedenfalls nicht mehr als vorhin. Alles nur Einbildung. Sie nahm den Tampon heraus und hockte sich hin. Plötzlich kamen ihr die Tränen. Ich heule. Ich weine über mich. Ich weiß nicht, was mit mir los ist. Ich habe keine Trauer für diesen Mann. Nur Entsetzen und eine etwas verfrühte Menstruation. Meine Tage. Immer passiert etwas in diesen Tagen. Nervosität. Unruhe. Das ist normal. Es ist furchtbar. Es schmerzt. Er ist grausam ermordet worden. Überall das Blut. Und mir kommt es. Sie wollte schreien. Sie schluchzte. Ich kann es niemandem sagen. Unmöglich. Sie hatte einen angenehmen Abend haben wollen. Vielleicht eine Nacht mit ihm. Ein roter Schleier war vor ihren Augen. Sein entstelltes Gesicht. Es blieb. Sie preßte die Hände auf ihren Leib, krümmte sich. Der Schweiß brach ihr aus. Kalter Schweiß. Sie mußte ein Bad nehmen, Tabletten und dann ins Bett. Man durfte sie nicht länger hier festhalten. Schlafen. Sie würde nicht schlafen können. Auch nicht mit Valium. Doch. Aber die Träume. Ich werde trinken. Sie rieb über ihr Gesicht. Jemanden anrufen. Früher hatte es Karl-Heinz gegeben. Nun mal raus damit, Mädchen. Der verständnisvolle Trainer. Ich schaff es nicht. Ach was. Private Probleme. Zu groß. Zu dürr. Keine Titten. Das kommt schon noch. Sie wollte von jedem ihrer Männer da angefaßt werden. Später. Sie schämte sich. Jetzt daran zu denken. Ich bin allein. Ich habe niemanden, mit dem ich reden kann. Kolleginnen, Bekannte. Small talk. Vor Wochen hatte sie in der Sauna einen Redakteur aus dem Haus getroffen. Er war überrascht gewesen. Nicht in Begleitung. Eine Frau wie du. Eine Frau wie ich. Das Badetuch umgeschlungen und sehr verlegen. Sie hatte sich nicht getraut, ihn zu fragen, ob er noch was vorhabe. Wieder so einer, mit dem sie ohne weiteres ins Bett gestiegen wäre. Wenn er nur ein Wort gesagt hätte. Es war schlimm. Sie schniefte. Sie mußte zurück in das Zimmer. Sie sah furchtbar aus. Es half nichts. Vielleicht war es auch gut. Sie würden denken, daß sie einen Schock habe. Völlig fertig. Das war ganz natürlich. Auch wenn er ihr fremd gewesen war. Sie hatte ihn nicht mit seinem Namen angesprochen. Nur du. Mit einem Messer. Gestern noch seine Stimme gehört. Ein phantastisches Essen. Laß dich überraschen. Es jetzt kurz machen. Weiterhin zur Verfügung stehen. Sie schloß die Tür auf. Danke, es geht wieder. Der junge Beamte entschuldigte sich erneut. Er verstehe, wie ihr zumute sei. Er bot an, sie nach Hause zu fahren. Sie sah ihn an und mußte unwillkürlich lächeln. Gequält. Und doch wurde er rot und stotterte irgend etwas. Als sie dann am Wasser war, glaubte sie allmählich, die Nacht überstehen zu können. Es war kühl, und ein leichter Wind wehte. Mit jedem Schritt fühlte sie sich besser. Klare Gedanken. Sie hatte Entsetzliches gesehen. Sie würde es aussprechen müssen, beschreiben. Karl-Heinz war immer noch in Leverkusen. Sie hatte ihn enttäuscht. Auf dem Höhepunkt ihrer Karriere Schluß gemacht. Es gab keine Verbindung mehr. Sie hatte sämtliche Kontakte zu früheren Freunden abgebrochen. In der Versenkung verschwunden. Über Jahre. Das große Geheimnis. Es war lächerlich. Banal. Es war ein Mann. Es war Paul. Die Suche nach Geborgenheit. Sie durfte das nicht wieder hochkommen lassen. Das war abgeschlossen, analysiert. Projektionen. Bestätigung als Frau. Der Wunsch nach einem Kind. Erledigt. Sie hatte eine Familie haben wollen. Paul nicht. Er rückte mehr und mehr von ihr ab. Und wurde gemein. Verletzend. Es hatte lange gedauert. Gewalttätige Szenen unter südlicher Sonne. Demütigungen. Ich saufe, um nicht mehr mit dir ficken zu müssen. Nein. Sie zwang sich, das alles nicht zu erinnern. Sieh über die Alster. Ich lebe hier. Ich bin neu eingestiegen. Ich habe Erfolg. Sie lachte bitter. Erfolg. Einen bis zum Rand gefüllten Terminkalender. Einen freien Abend, eine vage Hoffnung. Zerstört, vernichtet. Niedergemacht. Sie dachte an die Fragen des Beamten. Sie fielen ihr jetzt wieder ein. Sie hatte kaum geantwortet. Keine Stimme. Der stechende Schmerz. Sie spürte nichts mehr. Nur die Schuhe drückten. Ruckedigu, ruckedigu, Blut ist im Schuh. Gurrende Tauben frühmorgens auf dem Balkon. Abends bis zu den Knöcheln im Blut. Sie übertrieb. Schutz. Eine Mauer hochziehen. Jeden Tag gibt es Tote. Unfallopfer. Morde. Ich habe keine Erklärung. Ich weiß nichts von ihm. Sie wußte, daß er Flugkapitän war. Über den Wolken. Ein Blick in die Halle. Ein Lächeln. Noch einen Wein und in das erstbeste Hotelzimmer. In eine der Absteigen am Hachmannplatz. Anonym. Es machen und sich nie wiedersehen. Die immer wiederkehrende Phantasie. Kein Gerede, keine Fragen. Es gelang ihr nicht. Sie konnte nicht schweigen. Sie hatte ihm viel erzählt. Er mußte gemerkt haben, wie es um sie stand. Eine von diesen frustrierten Topfrauen. Voll im Geschäft. Heute München. Morgen London. New York. Sie reiste ungern und hatte es weitgehend eingeschränkt. Telefonate. Besprechungen. Konferenzen. Er hatte aufmerksam zugehört. Er hatte auf ihren Pullover geschaut. Weite Pullis, kleine Brüste. Dieser blödsinnige Komplex. Sie war schlank. Er war ebenso groß wie sie. Das war letztlich egal. Letztendlich. Sie hatten ihn schon heruntertragen wollen. Der Anblick. Gräßlich. Sie beschleunigte ihre Schritte. Ein Radfahrer überholte sie. Katzenauge. Sie hatte keine unbeschwerte Kindheit gehabt. Kein Rad. Sport als Vehikel. Laufen. Weitsprung. Die Stelzen positiv nutzen. Wenigstens auf dem Platz die Erste sein. Die Beste. Jungs waren doch nur blöd. Kein Arsch und kein Tittchen. Schneewittchen, Schneewittchen. Es gab keinen Märchenprinz. Nur Karl-Heinz. Ich bring dich groß raus. Ländersiege. Noch zwei Zentimeter weiter. Die Arme, Mädel, die Arme. Sie mußte sich die Achselhöhlen ausrasieren. Sie fragte nicht, warum. Sie hatte erst später gelernt, Fragen zu stellen. Nach der Zeit im Süden. Que es la vida? Un frenesi. Ein Wahnsinn. Eine Illusion. Una sombra. Ein Schatten, eine Fiktion. Calderon. Das Leben ist ein Traum. Ein böser Traum. Dahinfliegende Wolken. Wenn es Nacht wird und die Gläser nie leer. Sie hatte viel getrunken. Sie bekam jetzt Durst. Ins *Elysee* an die Bar. Sie zögerte nicht. Laß dich treiben. *Weiche Schultern, leichter Gang*. Ullas Lied. Es gefiel ihr. Sie summte die Melodie. Brach wieder ab. Sie fühlte sich weiß Gott nicht unbeschwert. Und doch. Was geschehen ist, ist geschehen. Hak es ab. Rationalisier es. Wenn ich das nicht könnte, wäre ich nicht da, wo ich bin. Sie war eine Frau, die bewundert wurde. Praktisch aus dem Nichts an die Spitze. Die Lange hat das richtige Gespür für Themen. Die Porno-Debatte. Es gibt doch Weiber, die auch darauf abfahren. Sie hatte sich diesen Ton verbeten. Weiber, okay, sagen wir Frauen. Wir müssen Auflage machen. Sie verstehen, was ich meine. Natürlich überlaß ich es Ihnen. Sie haben die Redaktion. Sie hätte es ohnehin aufgegriffen. Die dunklen Schatten der Vergangenheit. Die Feier nach dem Sieg des Vereins. Sie erschrak erneut. Wohin ihre Gedanken abschweiften. Etwas trinken. Allein an der Bar sitzen. Eine Frau an der Bar ist nie lange allein. Nicht im *Elysee*. Sie wollte auch nicht allein sein. Möglich, daß sie jemanden traf, den sie kannte. Sie kannte viele Leute. Man sah sich. Man wechselte ein paar Worte. Einer meiner Bekannten ist ermordet worden. Wie sich das anhörte. Ein Bekannter. Ein Fremder. Ich bin ihm vor Tagen zufällig begegnet. Ich fand ihn sympathisch. Ich hätte auf der Stelle mit ihm geschlafen. Das wäre doch mal was. Keinen Hehl daraus machen. Rainer gegenüber hatte sie keine Scheu gehabt. Die Hand auf seinem Knie. Da hatte es funktioniert. Ohne Umschweife zur Sache. Wenn sich das wiederholen ließe. Sie dachte an die nächste Verabredung. Schon war mehr im Spiel gewesen. Bei ihr. Sie wollte es nicht. Er hatte auch gefragt. Er. Er hieß Reimer. An den Namen hätte sie sich nie gewöhnen können. Möglicherweise an ihn. Ein Gefühl. Sie blieb stehen. Hatte ihn wieder vor Augen. Wie er da in der Zinkwanne lag. Eine halbe Stunde früher, und niemand hätte sie aufgefangen. Sie war nicht zusammengebrochen. Sie hatte geschwankt und dieses Ziehen verspürt. Einen kurzen, heftigen Schmerz. Es ist vorbei. Sie ging weiter. Sie überquerte die Straße. Sie betrat die Halle. Ein vertrautes Terrain. Für einen Moment war ihr, als sehe sie sich selbst. Man blickte ihr nach. Ihr Gang war sicher. Zielstrebig steuerte sie auf einen freien Hocker zu. Ein flüchtiges Nicken. Gin Tonic, bitte. Die Männer neben ihr unterhielten sich angeregt. Kein einsamer Trinker in der Nähe. Gruppen, Paare. Einen Drink vor dem Essen. Er hatte kochen wollen. Das ist mein Hobby. Ich liebe es, gut und über Stunden bei Tisch zu sitzen. Mehrere Gänge. Nach dem Kaffee hätte es sich entschieden. Spätestens nach dem Kaffee. Diese Vorstellung. Nebeneinander auf der Couch. Berührungen. Manchmal litt sie darunter, wie leicht sie erregbar war. Versäumtes nachholen. Alle in ihrer Klasse hatten schon Erfahrungen gemacht. Nur sie wehrte ab. Sie war keine Schönheit. Das ist doch Unsinn. Ich hatte Angst, dachte sie. Schlicht und einfach Angst. Erst mit Stephan verlor sich das. Ein kurzer Sommer. Die Befreiung. Du bist heiß. Du fickst phantastisch. Sie wollte nicht, daß er so redete. Anfangs nicht. Er redete immer dabei. Er fragte, ob ihr das gefalle. Es gefiel ihr nicht. Er lachte nur. Du lügst. Manchmal war er sehr zärtlich. Streichelte sie nur. Er streichelte sie so, daß es schließlich von ihr kam. Nimm mich. Fick mich. Sie hatte später oft von ihm geträumt. Der gutaussehende Stephan. Seine Hände. Wir hören voneinander. Sie hatte nie wieder etwas von ihm gehört. Sie trank einen Schluck. Morgen steht es in der Zeitung. Vielleicht auch erst Montag. Grauenvoller Mord in einem Appartment am Mittelweg. Erste Ermittlungen haben ergeben. Wer immer es getan hatte, er mußte ihn gehaßt haben. Oder sie. Sie konnte sich nicht vorstellen, daß eine Frau zu so etwas fähig war. Mit einem Messer blindwütig auf ihn eingestochen und ihm das, das abgetrennt. Sie schloß kurz die Augen. Die Männer lachten. Sie bestellten neu. Freitag abend. Und ich habe meine Tage.

In der kleinen Galerie in Eimsbüttel saßen knapp ein Dutzend Personen zusammen. Monika hatte eigentlich mit mehr gerechnet, aber jetzt war sie froh, daß nur die paar Figuren gekommen waren. Der Abend war ein absoluter Reinfall.

Schobel riß eine weitere Dose Bier auf. Er hatte sich schon vier *Elephant* eingepfiffen. Er soff und rauchte, und was er sagte, war Shit. Monika überlegte, ob sie ihm nicht doch dazwischengehen und die Diskussion eröffnen sollte. Vielleicht brachte das ja was. Sie sah zu Gerlach hin.

Gerlach saß ihr schräg gegenüber und hatte seinen kleinen *Sony* noch immer eingeschaltet. Er grinste.

«Ja, du lachst», fuhr Mitch ihn an. «Ich kenn dich, Weiniger. Ich kenne deine beschissenen Sendungen. Du hast nicht den Schimmer einer Ahnung. Hört ihr ihn auch immer, Leute? Das Abendjournal, Kultur und Politik. Am Mikro Laberkopp Weiniger. Zum Heulen. Da sitzt er und feixt sich einen. Versteht nicht die Bohne. Nimm das ruhig auf, Weiniger. Mir ist ein Wagen gefolgt, hab ich gesagt, und draußen warten sie. Geh doch raus und überzeug dich gefälligst. Meine Kollegen, meine ehemaligen Kollegen haben nichts Besseres zu tun, als mich zu beschatten. Mich, das schwarze Schaf. Aber ich bin ein Wolf, und ich zeig ihnen die Zähne. Das ist meine Politik, hautnah und ohne Absicherung, jawoll.»

«Glaubst du das wirklich?»

«Wer sagt das? Du? Dein Name?»

Monika stand schnell auf und ging zu Mitch. Sie legte ihm die Hand auf die Schulter.

«Es gibt sicher noch 'ne Menge Fragen», sagte sie. «Lassen wir den letzten Punkt mal außen vor, obwohl's sicher so läuft. Wichtiger find ich...»

«Der Typ da soll sich zu erkennen geben.»

«Du, das ist Arne. Der ist okay.»

«Arne.» Mitch schüttelte ihre Hand ab. «Na gut, Arne. Wenn du okay bist, sollst du hören, was ich wirklich glaube. Ich glaube nämlich, daß ihr allesamt nicht richtig auf die Reihe kriegt, was hier seit Jahren abgeht. Ein paar korrupte Bullen, geschenkt. Die hat's immer gegeben, seit Ewigkeiten. Ich hab früher auch mal die Hand aufgehalten, mich schmieren lassen. Zum Teufel damit. Vergiß es. Wovon ich rede, ist die Etage drüber.»

«Wär echt cool. Ich meine, wenn davon was rüberkäm.»

«Genau!» «Aber total!» «Völlig richtig!» Nun begannen alle zu reden. Stühle wurden gerückt. Die vorn Sitzenden wandten sich nach hinten. Mitch lehnte sich zurück. Er fixierte Weiniger, der mit dem Recorder die Stimmung einzufangen versuchte. Monika konnte sich kein Gehör verschaffen. Einer übertönte schließlich den Lärm. Er mußte mehrere Male neu ansetzen.

«Ja! Ja! Keine Frage. Aber um das zu konkretisieren. Meine Frage ist, wir haben den Fakt, daß der gesamte Komplex unter Verschluß gehalten wird. Die Mitglieder der Bürgerschaft, also gerade wir von der GAL, sind nicht auf dem Kenntnisstand der SoKo. Und selbst wenn derzeit noch Ermittlungen auf der Grundlage dieser Berichte geführt werden, ist die parlamentarische Kontrolle höher zu werten als das Interesse des Apparats nach Geheimhaltung. Mindestens den Mitgliedern des Bürgerschaftsinnenausschusses muß das Recht zustehen...»

«Du argumentierst total systemkonform!»

«Ja, wat wa denn nu die Frage?»

«Die Frage ist...»

«Bullen bleiben Bullen.»

«Ich bin ein Wolf!» schrie Mitch zurück. «Ein einsamer Wolf!» Nahe der Tür wurde laut gelacht. Es war ein jüngerer Typ mit Glatze und verspiegelter Sonnenbrille. Er lachte böse und zeigte dann auf Monika. «Bullenfotze!»

«Ich hau dir was auf die Fresse!» Mitch war aufgesprungen und schleuderte die Bierdose durch den Raum. Sie knallte an den Türrahmen. Bier spritzte, die Umstehenden fluchten. Der Junge hob die Dose auf, zerdrückte sie.

«Bullenfotze», wiederholte er. «Die Alte is 'ne Bullenfotze.» Ein wüstes Geschrei war die Antwort. Mitch baggerte sich zur Tür durch. Er schlug wie wild um sich. Ein Bärtiger stellte sich ihm in den Weg. Mitch haute ihn weg. Er war nicht zu halten. Auch der glatzköpfige Typ nicht. Er ließ ein Messer aufschnappen. Mitch sah es. Seine Augen wurden schmal. «Zurück», zischte er.

«Mir auf die Fresse? Komm, Alter.» Er war leicht in die Knie gegangen, machte mit der Linken eine heranlockende Geste. Alle anderen waren zurückgewichen. Der Junge begann, vor Mitch herumzutänzeln. Er brachte es gut. Mitch riß aus dem Stand sein Bein hoch, traf ihn voll im Schritt und hechtete vor.

«Möchten Sie noch etwas?» Der Mann hatte eine angenehme Stimme. Er lächelte Jutta an. «Wenn ich Sie einladen darf.»

«Ja, danke.»

«Winkelmann. Gerd Winkelmann», stellte er sich vor. «Entschuldigen Sie, es klingt abgeschmackt, aber irgendwie kommen Sie mir bekannt vor. Kann das sein? Ich bin aus Duisburg.» Er winkte den Barkeeper heran und wies auf ihr Glas. «Dasselbe?»

«Ja. Duisburg, nein. Ich glaube nicht, daß wir uns schon mal begegnet sind.»

«Das meinte ich auch nicht. Ihr Gesicht. Es fällt mir nicht ein. Helfen Sie mir.» Sein Lächeln verstärkte sich. Sie schätzte ihn auf Ende Dreißig. Sein dunkelbraunes Haar war kurz geschnitten. Ein glattrasiertes, schmales Gesicht. Eine etwas zu große Nase.

«Sie sind geschäftlich in Hamburg?» fragte sie.

«Gut, Sie wollen es mir nicht sagen. Akzeptiert. Auch nicht Ihren Namen?»

«Warum nicht? Oswald», log sie. «Regina Oswald. Ich wohne in Berlin und wollte eigentlich heute wieder zurück. Es hat alles länger gedauert. Ich habe meinen Flieger verpaßt.» Sie merkte, daß ihm das gefiel. Er hakte auch sofort ein.

«Sie übernachten hier?»

«Ich bin gerade erst gekommen. Ich habe noch nicht gefragt, ob was frei ist.»

«Ein anstrengender Tag?»

«Ja, das kann man sagen.»

«Haben Sie schon gegessen?»

«Eine Kleinigkeit. Ich vertrage abends nicht viel.»

«Schade. Sonst hätte ich Sie gefragt, ob Sie mir Gesellschaft leisten.»

«Wenn Sie mir nichts aufdrängen. Zu einem Wein würde ich nicht nein sagen.» Sie war erstaunt, wie leicht ihr das von den Lippen ging. Und überhaupt, dieses ganzes Geplänkel. Es war platt und doch lag irgendein Reiz darin. Vielleicht war es aber auch nur der Alkohol. Der dritte Gin Tonic. Sie nahm einen Schluck. Winkelmann strahlte.

«Das ist ein Wort», sagte er. «Ich kenne mich zwar nicht allzu gut aus, aber wir werden schon ein nettes Lokal finden – Regina.»

Jutta stellte ihr Glas ab.

Winkelmann schnippte schon nach dem Barkeeper. Im Taxi erzählte er von der Tagung. Er war Steuerberater. Acht Angestellte, und alle voll ausgelastet. Einige mittelgroße Firmen und ansonsten Einzelhandel, Private. Er war zum Du übergegangen.

«Du kannst mir glauben, manchmal macht mir das absolut keinen Spaß mehr. Man ackert und ackert und – für was?» fragte er.

«Für die Familie», sagte sie.

«Irrtum», sagte er. «So einer bin ich nicht. Wenn ich verheiratet wäre, hätte ich dich nicht angesprochen. Ehrlich. Bist du auch solo?»

«In gewisser Weise.»

«Locker?»

«Sehr locker.»

Der Fahrer bremste vor dem Lokal ab. Er hatte ihnen diesen Italiener empfohlen. Es war der auf der Rentzelstraße. Jutta hatte zugestimmt. Sie war sich sicher, dort keine Bekannten zu treffen. Und selbst wenn, es war ihr egal. Dieser Winkelmann war gar nicht so übel. Zumindest half er, zu vergessen. Aber als sie das dachte, war es wieder da, verbunden mit diesem stechenden Schmerz.

Mitch leckte wieder seine Knöchel. Monika hatte sich noch immer nicht beruhigt. Ihre Hände zitterten. Tabak fiel auf die Tischdecke. Sie zerknüllte das Paper und griff nach Mitchs Zigaretten.

«Diese Sau», sagte sie. «Und du läßt dich provozieren. Jetzt ist ja wohl allen klar, daß was dran ist.»

«Probleme?»

«Probleme! Probleme! Mann, ich bin total sauer! Was du da abgezogen hast, war absolut das Letzte. Echt!»

«Trink was.» Er schob ihr die Karaffe hin. Sie sah ihn an und schüttelte den Kopf, als begreife sie das alles nicht.

«Du bist wirklich ein Arsch», sagte sie.

«Du wolltest was von mir, Mädchen.»

«Nenn mich nicht Mädchen!»

«Monika», sagte er. Es klang ironisch. «Die Monika. Ich würd gern mal mit dir reden – du hast nicht lange geredet.»

«Mein Gott, wo lebst du?! Du weißt genau, wie es dazu gekommen ist.»

«Sehr genau», sagte er. «Aber denk nur nicht, daß das reicht.»

«Warum schlägst du dann den Typ zusammen?»

«Ich bin kein Bulle mehr, und du bist keine Fotze, okay?»

«Nein, nichts ist okay. Ich hab mich in dir getäuscht.»

Der Italiener brachte das Essen und fragte, ob noch Wein gewünscht werde. Mitch schenkte Monika den Rest ein.

«Ja», sagte er. «Noch einen Halben und mir einen Grappa.» Er nahm die Gabel und stach sie in die Spaghetti. «Du hörst mir nicht richtig zu. Ihr seid alle irgendwie taub. Enttäuscht könntest du sein, wenn ich dir was zugesichert und es nicht eingehalten hätte. Hab ich aber nicht. Du meinst doch diese Wichserei da, deinen Abend?»

«Das auch.»

«Ich hab nur gesagt...»

«Du hast bei mir den großen Maxe rausgekehrt. Wahrscheinlich nur, um mir zu imponieren.»

«Nein», sagte er. «Nein. Die Tour hast du geritten, und ich kauf sie dir sogar ab. In der Nacht stimmte sie.»

«Dann laß die Tour weg und sag mir, was dir nicht gereicht hat.»

«Instinkt.»

«Was?»

«Mein Instinkt. Daß du noch eine andere Schiene ausgefahren hast.»

Monika suchte seinen Blick. Er wich nicht aus, griente breit und stopfte sich die Nudeln in den Mund.

Sie zog die Augenbrauen zusammen.

«Du bist nicht betrunken», sagte sie.

«Ich vertrag eine Menge», sagte er kauend. «Stimmt's?»

«Ist das eine Masche? Einen auf daneben zu machen?»

«Es stimmt», fuhr er unbeirrt fort. «Ich kenn dich besser, als du denkst. Wir spielen das gleiche Spiel. Du legst nicht alles auf den Tisch und ich auch nicht. Und wenn du jetzt nicht abspringst, kann was aus uns werden. Ich brauche eine Frau wie dich.»

«Wozu?»

«Dein Essen wird kalt.»

Montag erst hatte sie das Manuskript redigiert. Der Beitrag war ihr doch etwas zu unkritisch gewesen. Monika Greulich. Ein Name, der oft mit abwertenden Bemerkungen verbunden war. Nomen est omen. Gräulich, ihre Auftritte vor der Bürgerschaft. Ihre Kleidung –

alles andere als gräulich. Eine schrille Tante. Da saß sie. Winkelmann steuerte auf den einzigen freien Tisch zu. Der Tisch neben ihr. Sie hob nicht den Kopf. Sie hing gewissermaßen an den Lippen des ihr gegenübersitzenden Mannes. Auch ein bekanntes Gesicht. Sie wußte im Moment nicht, wo sie ihn schon mal gesehen hatte. Sie setzte sich schnell. Mit dem Rücken zu den beiden. Ihre Hände waren feucht. Auf was hatte sie sich da nur eingelassen. Winkelmann gab sich jetzt unsäglich vertraut. Er tätschelte ihren Arm. Sie mußte verschwinden. Jeglicher Reiz war verlorengegangen. Sie wußte gar nicht mehr, was sie dazu getrieben hatte. Ablenkung. Unsinn. Doch nicht mit dem. Der wollte doch nur eine Eroberung machen. Ich hab da in Hamburg eine Frau aufgetan. Null Schwierigkeiten. Einen Wein und ich sag euch. Widerlich. Sie legte die Karte beiseite. Entschuldige. Eine Geste zu den Toiletten. Sein Lächeln ließ Übelkeit in ihr aufsteigen. Er hatte anders gelächelt. Er. Reimer. Der Name. Nun doch für immer eingeprägt. Verbunden mit Blut. Sie nahm ihre Tasche und stand auf. Der Mann am Nebentisch ließ sich nichts anmerken. Er hatte sie kurz gemustert. Sie bemühte sich, normal zu gehen. Nicht hastig. Vor den Toiletten blieb sie stehen. Und plötzlich mußte sie lachen. Es war ein unterdrücktes, verzweifeltes Lachen. Ich verhalte mich wie eine Geisteskranke. Versuche, mich heimlich aus dem Lokal zu schleichen. Womöglich noch durch das Kellerfenster. Nein. Ich gehe jetzt einfach schnurstracks zur Tür. In dieser Gegend fahren immer Taxen. Direkt nach Hause. Scheideweg. Die Entscheidung für ein wohltuendes Bad. Allein im Bett. Eine Tablette und schlafen. Schlafen. Sie schluckte und ging. Es war einfach. Niemand beachtete sie. Sie sah nicht zu dem Tisch hin. Aber draußen lief sie. Es dauerte nicht lange, bis eine Taxe auftauchte. Sie winkte. Aufatmend ließ sie sich in den Fond fallen und nannte ihre Adresse.

Mitch knöpfte sein Hemd auf und streifte es ab. Monika hockte mit untergeschlagenen Beinen auf dem Bett. Sie drehte einen Joint. Das Licht der Straßenlaterne fiel durch die Lamellen der Jalousie. Es war die einzige Beleuchtung. Mitch suchte eine Kassette heraus und legte sie ein.

«Duke Ellington», sagte er. Monika hörte eine Weile zu.

«Deine Zeit», sagte sie dann.

«In etwa. Bist du jetzt zufrieden?»

«Ich weiß zumindest, woran ich mit dir bin. Und, ehrlich gesagt, ich hab dich unterschätzt.»

«Na ja, manchmal bin ich schon ein bißchen schizo.» Er stieg aus seiner Hose und setzte sich neben sie. Sie rauchte an und hielt ihm die Tüte hin. Er nahm einen Zug.

«Zieh dich aus», sagte er leise. Sie tat es. Er sah ihr zu. Sie trug nicht viel.

«Laß den Slip an.»

«Same procedure?» Sie lachten beide, und er strich ihr das Haar aus der Stirn. Sie hatte dichtes, lockiges Haar. Schwarz wie die Nacht, dachte er und zeichnete mit dem Finger ihre Nase und die Lippen nach. Sie leckte die Kuppe. Ihre Hand war auf seinem Schenkel. Er legte sich zurück und schloß die Augen. Monika beugte sich über ihn, küßte seine Brust. Dann nahm sie ihm vorsichtig den Joint aus der Hand.

«Sag mir alles.»

«Was?»

«Oder tu es einfach.»

«Vertraust du mir?»

«Ja», sagte sie.

«Es ist ein schmaler Grat.»

«Red nicht weiter.» Sie streckte sich auf ihm aus. Irgendwann brach die Musik ab. Irgendwann stieß sie einen Schrei aus. Und später atmete sie schwer. Als der Morgen graute, löste er sich sanft von ihr und stand auf. Leise machte er die Tür hinter sich zu und ging in die Küche. Seine Glieder schmerzten, doch er fühlte sich gut. Er füllte Kaffee in den Filter und schaltete die Maschine ein. Am offenen Fenster stehend, rauchte er eine Zigarette. Er schaute zu den Bäumen hin. Es würde nicht mehr lange dauern, bis die Blätter sich voll entfaltet hatten. Er schnippte die Asche in den Hof. Eine Katze huschte hinter die Abfalltonnen. Wie viele Leben hatte die Katze? Er hatte nur eins und konnte sich nicht vorstellen, sehr alt zu werden. In zwei Jahren war er fünfzig. Und sie dreißig. Er hoffte, keinen Fehler gemacht zu haben. Mit ihr.

Sie hatte ihn mit in ihre Wohnung genommen, in der die Möbel mit weißen Tüchern abgedeckt waren, bis auf einen Stuhl, einem dieser Kaffeehaus-Stühle mit geflochtenem Sitz, auf dem sie, nachdem sie sich demütig vor ihm verneigt hatte, Platz nahm und zum Cello griff, und er sah, daß sie schon wieder kein Höschen trug, nackt war, unten herum, nur ein Hemd anhatte, ein ärmelloses Unterhemd, ein Leibchen, ihr Leib aber war sündig, doch der Herr vergab ihr, der liebende, gütige Vater nahm sie in den Arm und wiegte sie an seiner Brust, und ihre Brüste wuchsen und waren weich und warm, ihr Herz klopfte, er hörte es, spürte ihre Hand an seinem Glied, es schmerzte, ihr Griff war hart, und ein Glitzern war in ihren Augen, sieh mich an, denn was ich getan, tust auch du, wir sind von gleichem Blut, das Blut spritzte an die Wand, er röchelte, der Wind blähte die Vorhänge, der Bogen kratzte über die Saiten, und sie lachte, ein irres Gelächter, wahnsinnig, er ging vor ihr in die Knie und flehte sie an, aufzuhören, sie spielte weiter, und dem Papa gefiel es sehr, er saß in seinem Sessel und betrachtete wohlgefällig sein Mädchen, und die Mutter blickte stumm, füllte die Teller, Herr, wir danken dir für diese Speise, uns zur Kraft und dir zum Preise, Amen, und so ward aus Abend und Morgen der erste Tag, und in der Nacht grollte der Donner und Blitze zuckten, die Tücher flatterten, und sie stand am ganzen Körper bebend vor ihm, auf daß er sie strafe mit Feuer und Schwert, er aber erbarmte sich ihrer, ihr Gesäß war gezeichnet, ihre Hüften schmal, er liebkoste ihren Nacken, und sie war dankbar, ihm Lust verschaffen zu können, und gestand, wie stark ihr Verlangen gewesen sei, nach ihm, ihm allein, wandte sich ihm zu und setzte ihm das Messer an die Kehle, sein Atem stockte –

3

Gottschalk balancierte einen Teller auf der flachen Hand und steppte am Frühstücksbuffet entlang. Der Kackbraunbefrackte beäugte ihn mißtrauisch. Gottschalk trällerte *Wochenend und Sonnenschein*. Regina hüpfte hinter ihm her und zupfte Schinken von einer der silbernen Platten. Es war alles prächtig angerichtet. Körbe mit frischen Brötchen, aufgeschnittenem Brot. Mehrere Reihen gefüllter Gläser auf Eis, Orangen- und Grapefruitsaft. Milch, Cornflakes, Müsli und Schalen mit köstlich aussehender Marmelade. Matjeshappen, Krabben und deutscher Kaviar, den Gottschalk allerdings verschmähte. Er häufte sich vorerst einige Löffel Rührei auf ein halbes Dutzend kross gebratener Speckstreifen, griff sich vier Toastscheiben und sang jetzt laut *Und dann mit dir allein sein.* Sie waren allein, die einzigen Gäste jedenfalls. Der Kellner näherte sich ihnen, räusperte sich dezent.

«Kaffee oder Tee, die Herrschaften?» fragte er.

«Kaffee, bitte.»

«Kaffee», sagte auch Gottschalk.

«Auf welche Zimmernummer, bitte?»

«Wir haben noch nicht eingecheckt.»

«Werden wir denn?» fragte Regina. Sie nahm Gottschalk einen Toast aus der Hand und biß hinein. Der Kellner sah erst sie und dann Gottschalk an. Gottschalk reckte sich und breitete die Arme aus. Das Rührei rutschte gefährlich nah an den Tellerrand. Der Kellner trat hastig einen Schritt zurück.

«Wir werden. Das Haus ist zu empfehlen.»

«Vielen Dank», murmelte der Befrackte. Er entfernte sich. Gottschalk beugte sich zu Regina und machte einen Kußmund. Regina lachte.

«Und dann?»

«Darüber redet man nicht bei Tisch», sagte Gottschalk. «Aber eins sage ich dir, müde bin ich nicht.»

«Ja, das Zeug ist unglaublich. Ich bin auch so was von aufgekratzt.»

«Pssst.» Gottschalk schüttelte den Kopf, als habe er eine Fliege im Ohr. «Das heißt Champagner.» Er schob Regina sanft zu einem der Tische.

«Um vier habe ich aber einen Termin», sagte sie.

«Es ist jetzt gerade erst sieben.»

«Ja, und es war eine wahnsinnig schöne Nacht», sagte sie ernst. «Ich hab mich schon lange nicht mehr so total wohl gefühlt.»

«Ich habe mindestens zwei Kilo bei der Tanzerei verloren.»

«Bist du dir sicher?»

«Hundertprozentig», sagte er. «Hier, sieh dir das an.» Er hakte seinen Daumen hinter den Hosengürtel.

«Bist du dir sicher, daß es gut ist, wenn wir uns ein Zimmer nehmen?»

«Ach so. Du nicht?»

«Du hast mir viel von Simone erzählt.»

«Und du von deinem Kläuschen. Wenn wir das fortsetzen, landen wir zu viert im Bett.»

«Ich habe ein dumme Angewohnheit.»

«Machst du komische Geräusche?»

«Nein», lachte sie. «Ich verknall mich schnell und kann dann sehr lästig werden.»

«Besteht die Gefahr?»

«Es ist schon passiert. Ich könnte mir jetzt gleich ein Taxi nehmen und mich ausschlafen, dann bleibt's bei einer angenehmen Erinnerung. Ich hasse Komplikationen.»

Gottschalk seufzte.

«Na schön», sagte er. «Punkt eins, Simone denkt nicht daran, nach Hamburg zurückzukommen. Das hat sich zu einer Wochenendbeziehung entwickelt. Einmal monatlich, um genau zu sein. Punkt zwei, lästig wird mir einzig und allein manchmal meine Arbeit, und das ist drittens, was sowohl bei mir wie auch bei dir ein gewisses Korrektiv sein wird. Und – letzter Punkt – ich hasse, sich schon jetzt den Kopf darüber zu zerbrechen, was alles geschehen könnte. Ich mag dich.»

«Sag das noch mal.»

«Alles?» Der Kellner näherte sich mit den Kaffeekännchen. Gottschalk wartete, bis er sie abgestellt hatte.

«Sie haben doch noch etwas frei?» fragte Gottschalk ihn.

«Ich glaube, ja.»

«Vergewissern Sie sich, und geben Sie mir Bescheid. Servieren Sie dieses Frühstück auch auf dem Zimmer?»

«Selbstverständlich, der Herr.»

«Sie müssen nicht gleich den Fußboden lecken. Wir gedenken nicht, eine Suite zu nehmen.»

«Warum eigentlich nicht?» fragte Regina. «Ich kann mir das leisten.» Der Mann blickte wieder erst sie an und dann fragend auf Gottschalk.

Gottschalk zuckte die Achseln, als wolle er sagen, gnädige Frau haben hier das letzte Wort. Er sagte nichts mehr.

Ich werde noch in die Waschmaschine pinkeln und die schmutzige Wäsche ins Klo stopfen, dachte Fedder. Er hatte ABC-Salbe auf die Zahnbürste gedrückt. Sein Schädel brummte. Er schlurfte in die Küche und warf die Zahnbürste in den Abfallbehälter. Wieder im Bad, stellte er fest, daß er keine zweite Zahnbürste besaß. Er prüfte diesmal sehr genau, ob er auch wirklich die Zahnpastatube in der Hand hielt, und preßte erst dann die Paste direkt auf die Zähne. Nachdem er sie ausgiebig mit dem Zeigefinger poliert hatte, drehte er den Wasserhahn auf. Es schoß nur ein kurzer, bräunlicher Strahl heraus. Fedder glaubte, schon wieder einen bösen Traum zu haben. Er hatte verdammt schlecht geschlafen.

Fassungslos starrte er in das Becken.

Schließlich versuchte er es in der Küche. Auch da kam nicht mehr. Im Treppenhaus waren laute Stimmen zu hören.

Fedder riß die Kühlschranktür auf. Es überraschte ihn kaum, daß kein Mineralwasser da war. Er nahm einen Schluck Cola light, spülte sich den Mund aus und spie in die Spüle.

Er trug eine weite amerikanische Unterhose mit Nikolaus-Motiven und ein verwaschenes T-Shirt, auf das *Stoppt Aids. Kondome schützen* gedruckt war. Barfuß stürzte er zur Tür.

Ein Handwerker kam die Treppe herauf. Es war ein junger Bursche, und er schien es eilig zu haben.

Fedder stellte sich ihm in den Weg.

«Ich habe kein Wasser», blaffte er.

«Ist abgestellt. Für zwei Stunden.»

«Das muß vorher mitgeteilt werden.»

Der Junge atmete tief ein.

«Hör mal, Kollege», sagte er. «Wenn du auf deiner Alten rumturnst und nicht mitkriegst, wenn geklingelt wird, ist das dein Problem, verstanden? Also furz hier nicht rum und mach Platz.»

Fedder brachte ihn mit einem einzigen Schlag zu Boden. Er war selbst verblüfft. Der Bursche rappelte sich auf und betastete vorsichtig sein Kinn. Seine Lider flatterten. Er bekam kein Wort heraus.

«Entschuldigung», sagte Fedder. «Ich hör im allgemeinen ganz gut. Bei mir ist nicht geklingelt worden. Und ich werd nicht gern ohne weiteres geduzt.»

Der Junge sagte noch immer nichts. Er hielt sich am Geländer fest.

Fedder ließ ihn stehen und knallte die Tür hinter sich zu. Ohne zu zögern, ging er zum Telefon, wählte die Nummer der Revierwache 22 und verlangte Hinrichs.

«Fedder», sagte er. «Grüß dich. Ich bin bei mir zu Hause. Schick doch bitte eine Streife rüber. Mir sind gerade die Nerven durchgegangen. Ich hab einen Handwerker zusammengeschlagen.»

«Interessant», meinte Hinrichs.

«Ich weiß nicht, was daran interessant ist. Die Sache wird mir einigen Ärger machen.»

«Willst du dich selbst anzeigen?»

«Der Bursche ist mir dumm gekommen. Er hat mich provoziert.»

«Interessant ist, daß wir gestern abend einen ähnlichen Fall hatten. Du kennst doch noch Schobel?»

«Mitch? Ja, natürlich.»

«Hat auch hart zugelangt. Einem kleinen Messerstecher die Fresse poliert. Gleich bei dir um die Ecke. Ist das jetzt der neue Stil?»

«Mitch hat den Dienst quittiert und – Messerstecher, sagst du?»

«Ja. Eine Provokation, wie bei dir. Was ist nur mit euch los?»

«Was habt ihr mit ihm gemacht?»

«Mit Schobel? Nichts.»

«Nein, mit dem Messertyp.»

«Ja, was wohl? Protokoll und...»

«Ich komm gleich vorbei», unterbrach ihn Fedder. «Wenn es hier Trouble gibt, bring ich meinen Kunden mit.» Er legte schnell auf. Wahrscheinlich würde das zu absolut nichts führen, aber da er ohnehin gedachte, sich sämtliche registrierte Klingenfreaks ausdrukken zu lassen, kam es auf einen mehr oder weniger auch nicht an. Messerträger mit perversen Neigungen, schränkte er ein, und stellte mit Befriedigung fest, daß er allmählich wieder funktionierte. Er beschloß, sich rasch noch einen Tee zu machen. Und mit was? Scheiße!

Im Treppenhaus war es jetzt ungewöhnlich still.

Broszinski war einmal um die Außenalster gejoggt und hatte sich dabei von *Southside Johnny & The Jukes* den Rhythmus bestimmen lassen. *Tell me* war sein Lieblingsstück. Es brachte ihn immer wieder voll auf Touren. Er spulte die Kassette noch einmal zurück und trabte zum Türken am Ende der Straße. Bei Cüzdan kaufte er Fladenbrot, Tomaten und schwarze Oliven. In dem Tabakladen gegenüber ließ er sich die vier Hamburger Tageszeitungen geben und ein Kästchen *Davidoff*-Zigarillos. BILD hatte auf der ersten Seite *Blutbad in Pöseldorf*. Broszinski las im Gehen den kurzen Text. Reimer P. (46), Flugkapitän. Hatte vor zwei Jahren durch überlegtes Handeln entscheidend dazu beigetragen, daß zwei palästinensische Luftpiraten bei einer erzwungenen Zwischenlandung in Rom überwältigt werden konnten. Racheakt der PLO? Von der Kripo keinerlei Auskünfte.

Gottschalk würde sich sein freies Wochenende abschminken können.

Birte war im Bad. Broszinski streifte Sweatshirt und Jogginghose ab und stellte sich zu ihr unter die Dusche.

«Na?» fragte sie.

«Eine gute Zeit», sagte er. «Dickerchen wird nicht lange Spaß an deiner Freundin haben. Hat sie sich schon gemeldet?»

«Nein. Warum?» Er erzählte ihr, was in der Zeitung stand.

«Mein Gott», sagte sie. «Pit ist doch nicht der einzige.»

«Aber der beste.»

«Rufst du ihn an?»

«Ich werde mich hüten. Hast du die Maschine noch nicht abgehört?»

«Nein.» Sie stieg aus der Wanne und trocknete sich ab. Broszinski begann, sich unter der Dusche zu rasieren. Er frottierte sich vor dem Anrufbeantworter. Fedder hatte um 23 Uhr 13 wiederholt dringend um Gottschalks Rückruf gebeten. Um die Zeit hatten sie schon eine Nase genommen und sich *Body Heat* angeschaut. Gottschalk hatte sehr gefallen, wie Hurt der Turner das Höschen abstreifte. Er war wirklich gut drauf gewesen, und seine Interpretation des dargestellten Falls hatte alle verblüfft.

Broszinski schaltete den Apparat aus. Birte hatte ihren schwarzseidenen Overall angezogen und ging in die Küche. Broszinski schlang sich das Handtuch um die Hüften und half ihr, die Spülmaschine auszuräumen.

«Regina hat mich gefragt, ob ich ein paar Tage mit ihr nach Sylt fahre», sagte Birte unvermittelt.

«Meinst du, sie hat jetzt noch Lust dazu?»

«Ich glaube schon. Wie sieht dein Wochenplan aus?»

«Das weiß ich noch nicht. Es ist noch einiges abzuklären. Koordinationsfragen. Ich treffe morgen unseren Mann in Amsterdam.»

«Morgen? Am Sonntag? Das hast du mir gar nicht gesagt.»
«Er hat diese Nacht eine Nachricht durchgegeben. Ich hab's gerade erst gehört.»
«Und wie lange bleibst du?»
«Ich nehme eine Nachmittagsmaschine und werde wohl erst Montag zurückfliegen.»
«Regina dachte, von Sonntag bis Dienstag.»
«Du mußt mich nicht fragen.»
«Ich würde aber gern was von dir dazu hören. Du weißt, was zwischen ihr und mir war.»
«Was ist jetzt? Hast du Angst vor einer Wiederholung?»
«Nein, ja. Ich kann's mir selbst nicht erklären. Irgendwas steht da noch aus. Von meiner Seite.» Sie stapelte die letzten Teller und stellte sie weg. «Ich möchte mit dir darüber reden. Länger. Und einen Spaziergang machen.»
«Gut. Sie hat einen Schlüssel. Frühstücken wir noch?»

Paul Nissen wohnte im Souterrain und öffnete erst nach mehrmaligem Klingeln. Fedder wies sich aus, und Nissen ließ ihn achselzuckend ein. Das Zimmer machte einen ordentlichen Eindruck. Grauer Teppichboden, grau gestrichene Wände. An einer hingen drei gerahmte Fotografien, nackt auf Laken hingestreckte Japanerinnen, deren Rücken und Arme kunstvoll tätowiert waren. Nissen bemerkte Fedders Blick. Er zeigte auf einen Stuhl. Fedder nahm Platz und sah sich weiter um. Ein durchgehender Wandschrank, Typ Ikea, eine Couch, ein niedriger Tisch aus Bambusrohr, Fernseher und Video, ein Hitachi-Kassettenradio, einige Platten, Zeitschriften. Der Stuhl war niedrig und hatte breite Armlehnen. Nissen hatte ein Pflaster über der linken Augenbraue. Seine Wange war stark geschwollen.
«Ich habe das Protokoll über den gestrigen Vorfall gelesen», begann Fedder. «Sie sind mit einem Messer auf einen... auf Herrn Schobel gestürzt. Das interessiert mich aber nicht weiter. Ich möchte wissen, wo Sie vorher waren, in der Zeit zwischen 18 und 20 Uhr.»
«Warum?»
«Können wir uns darauf einigen, daß ich die Fragen stelle?»
Nissen kratzte sich die Glatze und verzog spöttisch das Gesicht. Er sah blaß aus. Vermutlich hatte er kaum geschlafen.

«Kripo. Hab ich das richtig verstanden?»

«Ja. Also, wo waren Sie?»

«Bei der Fotze.»

«Ich hab zwar schon gehört, daß das der Anlaß der Auseinandersetzung war, würde Sie aber bitten, mir gegenüber das Wort nicht weiter zu benutzen. Und Bulle möchte ich auch nicht hören. Ist das klar?»

Nissen lachte kurz auf. Fedder trommelte herrisch auf die Lehne.

«Klar», sagte Nissen. «Trifft's aber nun mal. Sie ist eine.»

«Sie sprechen von Frau Greulich, Monika Greulich. Was wollten Sie bei ihr?»

«Sie hat sich mit dem… mit diesem Typ eingelassen.»

«Sie meinen Schobel.»

«Ja, und aus welcher Ecke der kommt, muß ich Ihnen ja wohl nicht sagen.»

«Darum ging es?»

«Hm.»

«Das werden wir überprüfen.»

«Warum? Was soll das denn? Der Typ hat mir was in die Fresse gegeben, und fertig. Ich war 'n bißchen angeknallt, sonst hätt ich den Scheiß nicht abgezogen.»

«Sie haben bei Frau Greulich was getrunken?»

«Nein, als ich von ihr weg war.»

«Sie waren also nicht die ganze Zeit über…»

«Mann, ich weiß nicht, auf was Sie rauswollen!»

«Sagt Ihnen der Name Reimer Peters etwas?»

«Peters? Nee, aber…»

«Wie lange waren Sie bei Frau Greulich?»

«Stunde, eineinhalb Stunden.»

«Genauer. Wann standen Sie bei ihr vor der Tür?»

«Sechs, kurz nach sechs. Hab ich doch gesagt, zwischen sechs und – ich hab bei Hühner-Hugo was geschluckt.»

Fedder nickte. Er kannte den Imbiß auf der Osterstraße. Hugo hatte hervorragende Hähnchen und selbstverständlich auch Bier im Angebot. Wenn sich Nissens Angaben bestätigten, konnte er ihm nichts anhängen. Wie er es sich schon gedacht hatte.

«Was ist denn mit diesem… diesem Peter?»

«Peters», korrigierte Fedder. «Spielen Sie oft mit dem Messer rum?»

«Haben die... ist einbehalten worden.»

«Das hab ich nicht gefragt.»

«Ich sag doch, ich hatte einen weg. Nee, der Typ hat mir gestunken.»

«Schobel, ja. Was war oder ist denn zwischen Ihnen und Monika?»

«Sie baut Scheiße.»

«Verstehen Sie meine Fragen nicht?»

«Mann!» stöhnte Nissen. «Ich blick da nicht durch. Kripo. Was interessiert das die Kripo? Die... Moni ist 'ne Freundin, war sie jedenfalls.»

«Ah, ja. Und was Sie gestern abend abgezogen haben, ist Eifersucht...»

«Scheiße, nee! Eifersucht! Ficken kann sie, mit wem sie will.»

«Aber nicht mit Schobel, ja?»

«Das ist was anderes.»

«Und was, bitte?»

«Verrat», sagte Nissen. Fedder lehnte sich zurück und rieb seine Nase.

Uli hatte das Los getroffen, Ludwig vom Flughafen abzuholen. Er war darüber alles andere als glücklich. Mit Ludwig hatte er nie gut gekonnt. Ludwig war für ihn der Inbegriff eines saudämlichen Arschlochs.

Italienische Anzüge, 500-Mark-Schuhe, Brillis natürlich und die Rolex, als ob man noch in den Fünfzigern lebte. Offenes Hemd und Goldkettchen auf der braungebrannten Brust. Voll den Luden raushängen lassen. Uli haßte das. Er war unscheinbar gekleidet, mit schlichter, dunkelblauer Hose, einem einen Ton helleren Pullover mit halbrundem Ausschnitt. Ein weißes Hemd darunter, fertig. Die schwarze Lederjacke war zwar teuer, aber einfach geschnitten. Und nichts an den Griffeln. Uli betrachtete seine schmalen Finger, krümmte und streckte sie, machte ein paar Lockerungsübungen. Er hatte die letzten Nächte fast ausschließlich am Computer verbracht. Die Bilanzen sahen schlecht aus. Und der schöne Ludwig hing auf Ibiza herum und pflegte mit irgendwelchen Showfuzzis und Playmates durch die Discos zu ziehen. Anfang der Woche hatten sie ihn aufgefordert, an der heutigen Sitzung teilzunehmen. Norbert hatte mit ihm telefoniert. Norbert wäre der bessere Mann gewesen, ihn hier zu empfangen. Uli befürchtete, daß er schon auf der Fahrt in die Stadt mit Ludwig aneinandergeraten würde. Die ersten Passagiere kamen in die Halle. Uli trank seinen Kaffee aus und postierte sich in der Nähe der Glastür. Er mußte nicht lange auf Ludwig warten.

Ludwig bleckte die Zähne und streckte im die Hand hin. Uli berührte sie flüchtig und drehte sich um. Ludwig hatte Mühe, ihm zu folgen.

Im Wagen ließ Uli sofort das Seitenfenster runter. Ludwig war extrem stark parfümiert.

«Reizende Begrüßung», sagte Ludwig. «Seid ihr alle so gut gelaunt? Dann kannst du mich nämlich gleich aussteigen lassen. Darauf hab ich nun echt keine Böcke.»

«Wir kommen in die Miesen», antwortete Uli ausweichend.

«Zielt das auf mich? Was ich verbrate, ist kein Geschäftskapital.»

«Wir müssen uns was einfallen lassen. Norbert und Andi sitzen schon bei Kalla.»

«Kann man sich vorher noch ein bißchen frisch machen?»

«Nein. Um acht ist der Kampf. René rechnet mit uns.»

«Da bin ich nicht scharf drauf.»

«Norbert hat das abgesprochen.»

«Hat er jetzt das Sagen?»

«Schnall dich an», sagte Uli und startete. Ludwig riß den Gurt heraus und klickte ihn ein. Auf halber Strecke fummelte er in seiner Jackentasche und zog ein Tütchen hervor. Uli warf einen Blick in den Rückspiegel, bremste hart ab und schlug es ihm aus der Hand.

Kommentarlos schaltete er runter und fuhr weiter. Ludwig beugte sich vor und klaubte das Tütchen von der Matte.

«Ist das die Richtung?» fragte er. Uli gab ihm keine Antwort. Er hielt das Tempo bei knapp über fünfzig. Bei der Fruchtallee sprang die Ampel auf Rot.

«Das machst du einmal», fing Ludwig wieder an. «Beim nächstenmal gibt's was auf die Ohren.»

«Wir können uns so was nicht leisten.»

«Wir heißt alle, also auch ich.»

«Genau. Du ebensowenig wie die anderen.»

«Pißt euch doch nicht ins Hemd.»

«Du hast dich hier lange nicht mehr blicken lassen.»

«Ich bin voll auf dem laufenden.»

«Von deinem Pool aus?» Uli starrte dabei stur auf die Ampel. Scheiße. Das hätte er jetzt nicht sagen sollen. Überhaupt nicht mit dem Wichser reden. Norbert konnte das besser.

«Ich höre alles.»

Er hatte nicht alles gehört. In Kallas Hinterzimmer teilte ihm Norbert ausgesprochen freundlich mit, daß es mit seiner Erholungsphase auf Ibiza endgültig vorbei sei.

«Das schließt selbstverständlich deine Hühner mit ein», sagte er. Er saß lässig an dem runden Tisch und spielte dabei mit einer Billardkugel. Es war die schwarze, und er hatte sie nicht ohne Grund gewählt.

«So? Zu dem Schluß seid ihr also gekommen.» Ludwig sah von einem zum anderen. Andi grinste blöde. Uli nickte bestätigend. Norbert legte die Fingerspitzen aneinander.

«Ja», sagte er. «Einstimmig.»

«Dann hört mir mal gut zu», fing Ludwig an. «Ich werde euch nämlich jetzt kurz in Erinnerung rufen, wer unsere kleine Gemeinschaft begründet hat.»

«Schnee von gestern.»

«Schnee ist geil», kicherte Andi. Er war der jüngste, ein schmaler Albino mit Britta-Nielsen-Haarschnitt. Vor einigen Jahren hatte er noch in den Schickeria-Kreisen seinen Arsch hingehalten und hochgestellten Persönlichkeiten einen abgekaut. Entsprechende Fotos waren seine Einlage gewesen. Norbert hielt sie unter Verschluß.

«Ich», fuhr Ludwig unbeirrt fort. «Ich, Ludwig. Ich habe unsere Namen groß gemacht – die LUNA, das ist meine Initiative. Ohne mich...»

«Geschenkt», stoppte ihn Norbert. Er zog einige zusammengefaltete Blätter aus der Innentasche seines Jacketts und legte sie vor sich auf den Tisch. «Tatsache ist, daß du seit über drei Monaten keinen Finger mehr gekrümmt hast – nur in den Muschis deiner Weiber da unten. Zur Zeit –» Er warf einen Blick auf das oberste Blatt. «Zur Zeit turnen drei der Spitzenklasse bei dir rum – Petra, Michaela und Angi. Von dir persönlich freigestellt, ohne vorherige Absprache mit uns.»

«Ich war noch nicht fertig. Und die Mädel...»

«Unser Unternehmen basiert auf persönlichem Einsatz. Jeder hat Leistung zu bringen, seinen Stall in Ordnung zu halten. Traurig, daß ich dir das überhaupt sagen muß. Sehr traurig.» Er rückte seine getönte Brille zurecht und nickte zu Uli hin. «Aber Uli hat noch einige weitaus unerfreulichere Sachen herausgefunden.»

«Die Mädel sind...»

«Die Mädel sind dagegen ein Furz, Uli.»

«Der Samurai», sagte Uli.

«Was? Was soll denn der Scheiß?!»

«Du hast ihn umnieten lassen.»

«Habt ihr sie nicht mehr alle?!» schrie Ludwig. Er schlug auf den Tisch und sprang auf. «Ich, ich soll ihn...?»

«Warum?» fragte Norbert. «Was ist zwischen euch gelaufen?»

Regina hatte sich verspätet. Suchend sah sie sich in dem Café um. Die Wolf war nirgends zu entdecken. Regina ging bis nach hinten durch, setzte sich dann an einen der freien Fenstertische. Noch einmal schaute sie zu den anderen Tischen. Ein älterer Herr lächelte zurück. Regina zog ihren leichten Mantel zusammen. Die Zeit war zu knapp gewesen, um sich bei Birte noch umzuziehen. Pit hatte sie bis auf die letzte Minute festgehalten. Er war ein Monster. Sie hoffte, mit der Wolf einigermaßen schnell klarzukommen. Wenn es bei dem Essen heute abend blieb, mußte sie unbedingt vorher ein paar Stunden schlafen. Es war jetzt Viertel nach vier.

«Hallo.» Die Wolf stand plötzlich neben ihr. «Ich war auf der Toilette. Hast du es nicht gleich gefunden?»

«Ich bin mit dem Taxi – nein, ich bin zu spät los. Entschuldige.»

«Hast du schon bestellt? Kaffee oder – ich brauch erst einmal einen Cognac.» Sie zog den Stuhl zurück und setzte sich. «Und bevor wir über deine Geschichten reden – ich muß was loswerden, privat. Sonst dreh ich noch durch.» Sie winkte nach der Bedienung, bestellte und begann. Mit ihrer Flughafen-Bekanntschaft, der Verabredung. Schweifte ab, versuchte, ihre Gefühle zu erklären, die Momente, in denen sie sich nicht mehr im Griff hatte. Regina machte es ihr leicht.

«Das kenne ich nur zu gut», sagte sie. «Von mir. Jedenfalls in bestimmten Phasen.»

«Aber ich hab Angst. Ich bin diese Nacht schier verrückt geworden, und das – es hat kein weiteres Treffen gegeben. Der Mann ist kurz vorher umgebracht worden, erstochen. Ich hab...»

«Er ist...?»

«Ja, ermordet. Es steht heute in allen Zeitungen. Als ich kam...»

«Das ist ja – mein Gott. Das muß dich...»

«Nein», sagte die Wolf. «Das ist, was mir zu schaffen macht. Ich hab auch gedacht, es geht mir an die Nieren, und in etwa – ja, ich war natürlich entsetzt, geschockt. Aber – du, ich weiß nicht, wie ich's erklären soll. Ich war kurz darauf nahe dran – ein Steuerberater aus Duisburg, eine entsetzlich dumme Anmache in einer Hotelbar. Da hab ich dann gerade noch die Kurve gekriegt. Weggerannt, ein Taxi genommen. Ich wollte nach Hause, und auf halbem Weg...»

«Ja?»

«Unten am Fischmarkt, in der Halle war ein Fest, die Klabauternacht.»

«Ja, ich – warst du da?»

«Ja.»

«Du, ich auch. Da hätten wir – sorry, ich wollt dich nicht unterbrechen.»

«Du hättest mich volltrunken erlebt und – verstehst du, was mich daran beunruhigt? Ich bin nicht mehr ich selbst, und dummerweise bin ich nicht irgendeine Frau. Von der Journaille ganz abgesehen, kennen mich zig Leute und...»

«Das kann doch nicht das Problem sein. Entschuldige, aber ich glaub, das liegt auf einer anderen Ebene.»

«Ja, natürlich. Diese Unruhe, diese Suche nach – ach was, es ist... Ich bin...» Sie biß sich auf die Lippen. «Ich hab das in... in Schüben, regelmäßig. Wie... wie meine Periode.»

Sie nahm einen Schluck und noch einen.

Regina nippte an ihrem Glas. Die Wolf versuchte ein Lächeln. Es wirkte gequält. Eine Zeitlang schwiegen sie.

Regina bot Jutta eine Zigarette an.

«Hast du mal an eine Analyse gedacht?»

«Du bist die erste, mit der ich darüber rede.»

«Warum gerade mit mir. Ich meine...»

«Ja, wir kennen uns nicht. Jedenfalls nicht näher. Vielleicht, weil mir gefallen hat, wie du gestern diskutiert hast. Du hast eine eigene Meinung und – okay, du nimmst ja sicher zur Kenntnis, was die anderen schreiben. Sie sind nicht schlecht, nur meistens ein bißchen zu brav. Was du bisher für uns gemacht hast, ist qualitativ –

wir können den Punkt relativ schnell abhaken. Wenn du fest in die Redaktion kommen willst, gibt es keine Probleme. Ich kriege bis zu sieben fünf durch. Ist das für dich akzeptabel?»

«Das ist...» Sie fing sich gerade noch. «Ja, das wär in Ordnung. Aber...»

«Hast du heute noch was vor?»

«Abends, ja. Mit den Leuten, bei denen ich übernachte.»

«Freunde?»

«Eine Freundin und – sag mal, wie war das denn eigentlich da in der Wohnung. Mit Polizei und so?»

«Ja, sicher. Warum?»

«Birtes Freund ist – er ist bei der Kripo, Sonderkommission, und Pit...»

«In der Beziehung brauch ich keine Unterstützung. Ich konnte ja auch nicht viel sagen.»

«Ich meine, wenn du Lust hast, können wir ja zusammen essen. Ich hab versprochen, heute mit ihnen auszugehen.»

«Nein, das ist... das wird mir zuviel.»

«Ach was.» Sie faßte nach Juttas Hand, drückte sie kurz. «Die sind okay, beide.»

«Ich halte nichts von Analyse», sagte Jutta.

«Aber du kommst allein nicht weiter.»

Jutta schüttelte den Kopf.

«Ich habe mich betrunken, bin herumgestolpert und – völlig außer Kontrolle. Mit einem aus der Branche. Ich hab einen Kollegen vom Funk mit zu mir... mein Gott, ich hab den ganzen Vormittag über in einer Tour gekotzt. Ich ekle mich vor mir selbst.»

«Nur weil du dir einen Typ geangelt hast?»

«Wie. Wie ich dann bin. Ich... ich erniedrige mich...»

«Das ist doch Unsinn. Red dir das nicht ein.»

«Es ist so. Ich empfinde es so – nachher.»

Regina rieb sich flüchtig über die Augen. Shit, dachte sie. Die Frau ist wirklich ziemlich fertig. Sie wußte nicht, was sie ihr noch sagen sollte.

«Hast du... ich meine, gibt's für dich eine Erklärung?»

«Eine Ahnung, aber... das ist eine etwas längere Geschichte. Du siehst auch nicht gerade frisch aus.»

«Ehrlich gesagt, ich bin hundemüde», gestand Regina. «Macht aber nichts. Trinken wir noch was?»

«Ja. Was war's bei dir?»

«Der Trubel da und dito. Ein Mann. Ein – ich werd ihn in Zukunft Monster nennen. Gut zwei Zentner...» Sie mußte unwillkürlich lächeln. «Ja, so ein Brocken, und ich mag ihn.»

Jutta sah sie ungläubig an.

Es war fünf, als Fedder vom Office aus Gottschalk endlich erreichte. Unbewußt hatte er etwas Weinerliches in der Stimme.

«Ich habe mehrfach hinter dir her telefoniert», sagte er.

«So?»

«Warst du nicht bei Broszinski?»

«War ich.»

«Ich hatte gebeten...»

«Er hat's mir ausgerichtet. Ich hatte Besseres zu tun.»

Fedder bekam Schwitzhände. Er wußte nicht, wie er darauf reagieren sollte. Gottschalk kicherte.

«Ich bin ein alter Sausack», gluckste er und trällerte dann: *«Ich hab geträumt heut nacht, ich hab geträumt heut nacht, von dir, von dir, von dir* – nein, nicht von dir. Was gibt's denn?»

«Bist du... bist du besoffen?» brachte Fedder heraus.

«Trunken, Schätzchen. Trunken.»

«Dann geh ich wohl recht in der Annahme...»

«Hör mit diesem Was-bin-ich-Geseiere auf! Das macht mich schlagartig – also, was gibt's denn so Dringendes?»

«Du hast heute noch keine Zeitung gelesen?»

«Nein, und ich gedenke...»

«Blutbad in Pöseldorf – BILD», sagte Fedder. Er hatte sich wieder gefangen und schnurrte die Fakten herunter. Am anderen Ende der Leitung blieb es still.

«Ich habe inzwischen weitgehend Klarheit über den Mann», schloß Fedder. «Und einen Stapel Ausdrucke vor mir liegen. Und es ist Samstag, und ich bin praktisch allein hier.»

Gottschalk seufzte.

«Gut», sagte er dann. «Ich komme rüber. Hast du schon was gegessen?»

«Nein, aber...» Gottschalk hatte bereits aufgelegt. Er kam nach gut einer Stunde und lud schnaufend einige Tüten und mit Folie eingeschlagene Plastikteller auf seinem Schreibtisch ab.

«Kaltes Huhn, Schweinefleisch, süßsauer, Rind, extra scharf, etwas gebratene Ente und diese kleinen Frühlingsrollen. Die magst du doch, oder?»

«Herr im Himmel.»

«Denke, ich hab was gutzumachen», sagte Gottschalk und zog seine Jacke aus. Fedder stand auf und sah zu, wie Gottschalk das Zeug auspackte. Er schnalzte und schmatzte dabei, als habe er seit Wochen hungern müssen.

«Nun nimm. Willst du Stäbchen oder Gabel?»

«Gabel», sagte Fedder und ließ sich einen Becher in die Hand drücken.

«Das ist das Huhn», erklärte Gottschalk. «Und die Zutaten – ich schwör dir, mein kleiner Gelber mengt da was rein, das ist besser als Koks.»

«Ah, ja.»

«Ja, solltest du übrigens hin und wieder mal nehmen. Bei gemäßigter Dosierung ausgesprochen anregend.»

«Sag mal, ist bei dir wirklich alles in Ordnung?»

«Weil ich von Koks rede?»

«Erst läßt du mich auflaufen, und dann …»

«Wie lange arbeiten wir schon zusammen?»

«Vier Jahre, aber …»

«Das Aber erübrigt sich. Nach vier Jahren erwarte ich, daß dir meine Launen keine Probleme mehr bereiten. Ich toleriere schließlich auch deine.»

«Das wüßte ich aber. Gestern vormittag hatte ich einen eher gegenteiligen Eindruck. Und seitdem – und das ist, was mich verdammt noch mal nervt – hast du nichts mehr von dir hören lassen. Einfach weg, und ich hab alle Scheiße am Hals, alles. Den ganzen Dreck hier! Raubmord, Totschlag, Killer, Wahnsinnige, Perverse, abartige Wichser und Stinkbeutel und Schwätzer, Klugscheißer und – Scheiße, alles Scheiße, voll auf mich runter! Auf mich! Ich, ich halt hier die Stellung! Ich! Ich muß mir die Arien anhören! Ich!» Er schnappte nach Luft. Gottschalk legte ihm sacht die Hand auf die Schulter.

«Gut», sagte er ernst. «Du hast ja recht. Ich hab ein wenig überzogen. Willst du wissen, warum?»

«Ja», sagte Fedder und atmete tief durch. Er schrie sonst nie. Gottschalk nickte.

«Jetzt geht's besser ja?» sagte er. «Darauf hab ich längst schon gewartet. Daß du dir mal Luft machst. Also, ich häng an der Samurai-Geschichte. Ich kapiere sie nicht. Keiner unserer Informanten begreift sie, niemand, und das fuchst mich.»

«Dazu kann ich dir was sagen.»

«Sicher. Irgendeine Theorie, Jörg. Danke, aber – okay, laß hören.»

Fedder schüttelte den Kopf.

«Es gibt eine Verbindung zwischen dem Samurai und Süchting, Ludwig Süchting. Die LUNA.»

«Bitte?»

«Ja, und zwar bevor er nach Hamburg kam – Auer, meine ich. Noch in Rosenheim.»

«Wie kommst du darauf?»

«Vorläufig ist es nicht mehr als eine Vermutung, obwohl – ich bin systematisch vorgegangen.» Er setzte sich an den Schreibtisch, und auch Gottschalk zog sich seinen Stuhl heran. Fedder stellte den Becher mit Huhn ab und nahm einige Blätter aus der Ablage.

«Noch einmal alles, was wir aufgelistet hatten. Sämtliche Aspiranten aus dem Milieu», fuhr er fort.

«Da gab's nichts, was auf die LUNA hingewiesen hätte.»

«Nicht direkt, nein. Das *Palais* hat weitgehend Stobbe unter Kontrolle, und Auer hat da ja auch nur kurzfristig gearbeitet. Und Feinde hat er sich kaum welche gemacht, nicht unter Stobbes Leuten und...»

«Ja, ja, ja. Nun komm bitte zur Sache.»

«Süchting ist bei der LUNA für den Bereich Prostitution zuständig, sorgt für neue Frauen, die in ihren beiden Sauna-Clubs tätig sind. *Oase* und *Zündfunke*. Die Stammbesetzung – und das ist der Punkt – neun von den inzwischen zweiunddreißig Mädchen kommen aus Rosenheim und Umgebung und sind engagiert worden, als Auer noch da unten lebte, alle um 79/80 herum.»

Gottschalk runzelte die Stirn.

«Das ist in der Tat ein interessanter Aspekt», sagte er.

«Finde ich auch, zumal Süchting seit Monaten auf Ibiza hockt und der Killer *Biera* bestellt hat, möglicherweise Spanier ist, angeheuert.»

«Trotzdem bleibt die Frage, warum?»

«Wenn sich bestätigt, daß Süchting und Auer in den Jahren miteinander zu tun hatten, krieg ich das Warum auch raus. Das garantier ich dir.»

«Gute Arbeit, Jörg. Ehrlich, ausgezeichnet. Ich glaube, ich unterschätz dich gelegentlich.» Er kratzte sich am Ohr und blinzelte Fedder an. Fedder drückte ein wenig die Brust heraus und nickte.

«Soweit war ich, als mir das da aufgehalst wurde.» Er griff sich die vor ihm liegende Mappe und wiegte sie in der Hand. «Die Fotos vom Tatort möchte ich dir aber nicht vor dem Essen zumuten.»

4

Die Wandsbeker Sporthalle war ausverkauft, doch eine der aneinandergestellten Tischreihen vorn am Ring war noch nicht besetzt. Die Tische waren mit weißen Tüchern bedeckt, und man hatte an jeden Platz einen Sektkelch plaziert. Vier Pappschilder wiesen die Reihe als *Ehrenloge* aus. Werner «Emma» Stobbe saß auf der gegenüberliegenden Seite. Rechts neben ihm seine Lebensgefährtin Irma, eine exzentrisch gestylte Blondine, deren genaues Alter selbst enge Freunde nicht kannten. Ihre Figur war die einer Zwanzigjährigen, und nur ihr Gesicht ließ vermuten, daß sie irgendwo zwischen Vierzig und Anspruch auf Seniorenpaß liegen mußte.

Stobbe ging stramm auf die Sechzig zu. Man sah ihm die Jahre nicht an. Sein dichtes Haar war zwar graumeliert, aber sein Körper wirkte durchtrainiert. Kein Gramm zuviel für seine Größe. Ein Mann von knapp 1,80 m, mit einer gesunden Bräune im Gesicht und wachen, hellen Augen. Er trug ein englisches Sportjackett und eine schwarze Hose, Halstuch und weißes Hemd.

An seiner linken Seite hockte Herbert Botan, der Stone, ein gegen ihn affig aussehender Muskelprotz in zu engen Jeans und einer knappsitzenden Lederjacke. Der Stone kaute auf einem Zahnstocher herum.

«Unsere Freunde lassen auf sich warten», bemerkte Stobbe.

Der Stone grunzte irgendwas.

«Was sagtest du?»

«Penner», sagte der Stone.

«Ja, sie sind ein wenig unausgeschlafen. Ich möchte aber nicht, daß es nachher zu solchen dummen Bemerkungen kommt.»

«Sie hängen uns die Geschichte an.»
«Das regele ich schon.»
«Als ob ich den Franze ausgeknipst hab.»
«Niemand weiß besser als ich, daß du nichts damit zu tun hast. Und jetzt halt den Mund, drüben sitzt die Presse. Auch wenn es nur die Sportis sind, die Angelegenheit ist im Moment nicht das Thema. Nicht wahr, Goldie? Ich denke an mein Versprechen.» Er hatte sich vom Stone abgewandt und sich zu Irma gebeugt. «Ein Glas Champagner?»
Irma zupfte sein Halstuch zurecht.
«Ja«, sagte sie. «Ist der Schwarze deiner?»
«Der Junge heißt Bob, Schatz. Bob Hamilton. Es wäre nett, wenn du dir das merken könntest. Er wird sich später zu uns setzen. Ja, er ist in unserem Verein. Es ist sein erster Kampf als Profi.»
«Das werde ich nie begreifen.»
«Was, bitte?» Stobbe gab dem miniberockten Girl mit der Champagnerflasche ein Zeichen. «Was begreifst du nicht?»
«Warum diese Jungs unbedingt Profis werden wollen.»
«Das ist ein weites Feld», sagte Stobbe. Er hatte auf Ibiza Fontane gelesen und zehrte noch immer davon. «Müßig, es jetzt zu durchschreiten. Achte auf seine Linke.»
Die beiden Kämpfer waren gerade vorgestellt worden. Bob Hamilton, Hamburg, gegen Reiko Juracz, Jugoslawien, Halbmittelgewicht, über vier Runden.
Reiko grüßte das Publikum schattenboxend mit einem Wirbel kurzer Schläge. Hamilton bleckte die Zähne. Er bekam begeisterten Beifall. Der Ringrichter sprach kurz auf sie ein. Die Boxer tauschten mit den Handschuhen ihren Gruß aus, gingen in ihre Ecken, und dann ertönte der Gong.
Stobbe stützte seine Arme auf den Tisch und verfolgte konzentriert den Angriff seines Schützlings. Hamilton brachte nach einer schnellen Links-rechts-Kombination einen knallharten linken Haken in die Rippen des Jugos an. Der Jugo steckte ihn weg, konterte und setzte eine gestochene Gerade nach. Hamilton tänzelte zurück. Er war besser auf den Beinen als der einen Kopf kleinere Juracz, umkreiste ihn und hielt ihn abtäuschend auf Distanz.
Die ersten Pfiffe gellten.
Der Stone stieß Stobbe an.
«Sie kommen.» Norbert und Uli kamen die Stufen herunter, An-

dis weißer Schopf war hinter ihnen sichtbar. Ihm folgten einige Herren mit Sonnenbrillen und zwei langbeinige Damen. Stobbe verpaßte einen Treffer von Hamilton.

«Lui fehlt», stellte der Stone fest.

«Sehr gut.»

«Er saß aber mit bei Kalla.»

«Hm. Sehr gut», wiederholte Stobbe mehr für sich. Der Stone suchte seinen Blick. Norbert hatte Stobbe ausgemacht und winkte herüber. Stobbe winkte zurück. Hamilton hatte den Jugo an den Seilen und deckte ihn mit schnellen, kurzen Schlägen ein.

«Höher!» schrie Stobbe. «Höher! Klopf ihm auf die Birne!»

«Reiko!» feuerte einer aus Norberts Gruppe den Jugoslawen an. «Hau rin! Roll die Dachpappe auf!»

Reiko duckte sich weg, klammerte. Der Ringrichter brachte die Kämpfer auseinander. Stobbe lächelte dünn.

Drüben ließ Norbert Champagner auffahren. Der Stone spuckte seinen Zahnstocher aus. «Sie machen uns den Affen», meinte er.

«Lächeln», sagte Stobbe. «Kamera.»

Ein Fernsehteam schlich leicht gebückt durch die Reihen. Der Reporter hatte in ihrer Nähe einen weltweit bekannten Modeschöpfer ausgemacht und hielt ihm das Mikro hin. Stobbe hörte, was gefragt wurde. Der Stone hörte es auch und schnaubte entrüstet.

Irma hatte nur noch Augen für Bob. Stobbe tätschelte ihr beruhigend die Hand. Er wußte, was in ihr vorging, und gönnte es ihr. Träume, Schatz, träume deinen Traum, aber versuch nicht, ihn wahr zu machen. Sonst zieh ich dir ein paar über, daß dir die Fetzen vom Arsch hängen. Die Vorstellung gefiel ihm. Vielleicht sollte er sie doch gewähren lassen.

Der Junge erwischte den Ćevapčići am Kopf. Seine Augenbraue platzte, und Bob knallte ihm noch einen vor den Latz. Der Jugo taumelte.

Stobbe war mit seinem Mann zufrieden.

In der dritten Runde schickte er den kleinen Stinker mit der Linken auf die Bretter. Juracz kam nicht mehr hoch.

Stobbe applaudierte stehend und hauchte Irma dann einen Kuß auf die Stirn. «Du entschuldigst mich kurz.» Sie hörte es nicht.

Auch Norbert war aufgestanden und nickte Uli und Andi zu, ihm zu folgen.

Jutta hatte gerade den Fernseher eingeschaltet, als es an der Wohnungstür klingelte. Sie ging hin und öffnete.

Weiniger stand vor ihr. Er hatte die Brille abgenommen und rieb die Gläser an seinem Pullover trocken.

«Darf ich reinkommen?» fragte er. Jutta war blaß geworden. Sie starrte Weiniger sprachlos an. Er zuckte entschuldigend die Achseln. «Nur kurz.»

Sie bot ihm keinen Platz an und knipste auch den Fernseher nicht aus. Thommie begrüßte Gudrun Landgrebe. Jutta schaute zu, wie er sie zur Sitzgruppe geleitete.

«Ja?» fragte sie schließlich. Weiniger strich sein nasses Haar aus der Stirn und räusperte sich.

«Das war alles nicht so toll», begann er. «Ich hab mich heute den ganzen Tag über ziemlich elend gefühlt. Vielleicht wär's ganz gut, wenn wir darüber reden könnten.»

«Über was?»

«Du, ich hab dir doch gesagt, daß ich mich gerade erst von Karin getrennt habe. Wahrscheinlich lag es daran.»

Sie hatte sich inzwischen einigermaßen im Griff und nahm sich eine Zigarette. «Ich war betrunken», sagte sie. «Und es ist vorbei.»

«Das war ich auch. Ich war furchtbar betrunken, und ich möchte nicht, daß es bei dem Eindruck bleibt.»

«Sondern?»

«Können wir nicht – du, ich find's schade, daß wir uns so kennengelernt haben, und würd gern ein besseres Verhältnis...»

«Nein», unterbrach sie ihn schroff. «Ich aber nicht.» Das traf ihn, als habe sie ihm einen Schlag versetzt. Er sank förmlich in sich zusammen. Was für eine jämmerliche Figur, dachte sie. Ein Verhältnis, mein Gott. Ich muß blind gewesen sein. Wirklich völlig weggetreten. Ein nichtssagendes, etwas schwammiges Gesicht. Unreiner Teint und strähnige Haare. Und diese abgeschabten Jeans und der wahrscheinlich von seiner Karin gestrickte Norwegerpullover. Er trug Turnschuhe, natürlich. Genau eine von den Gestalten, um die sie gemeinhin einen großen Bogen machte. Gerlach Weiniger. Auf Sendung moderat bis zum Erbrechen. Jetzt völlig hilflos, verklemmt bis zum Geht-nicht-mehr. Und schmierig.

Sie sah ihn kalt an.

«Na ja, dann – du, ehrlich, es tut mir leid. Ich dachte, wir könnten... wir könnten Freunde bleiben.»

Sie hätte ihm eine langen können. Freunde. Sie nahm noch einen Zug und schaute zum Fernsehbild. Die Landgrebe hatte sich zu Blüm herübergebeugt. Der Politiker gestand, daß er ihren neuen Film noch nicht gesehen hatte. Gottschalk nahm das Stichwort auf und kündigte einen Ausschnitt an.

«Mir wär's lieber, wir vergessen es.»

«Dir geht's auch nicht gut?»

«Nein, ganz und gar nicht. Das liegt aber nicht an dir», log sie. Sie hoffte, daß es glaubwürdig klang.

«Ja, das versteh ich. Wirklich dumm.»

«Ja.»

Schweigen. Ein unangenehmes Schweigen. Im Fernsehen eine Landgrebe, die aus dem Wagen stieg und zu einem Hochhaus blickte. Ein Hubschrauber kreiste darüber. Schüsse krachten, Glas splitterte. Das Bild wurde dunkler. Ein Mann zog die Landgrebe zu sich auf das Bett. Sie hatte versucht, ihn auf Touren zu bringen. Sie. Ich.

Ihr Hals war eng.

«Ja, dann – dann geh ich jetzt wohl besser», sagte Weiniger endlich. Sie nickte und ging schnell vor. Er streckte ihr die Hand hin, und sie berührte sie flüchtig.

Als sie die Tür hinter ihm geschlossen hatte, lehnte sie sich dagegen und schloß die Augen. Weiniger. Sie hoffte inständig, ihm nie, nie wieder zu begegnen. Sie hörte ihn noch auf der Treppe.

Plötzlich kamen ihr Tränen. Später wußte sie nicht mehr, wie lange sie so gestanden und geheult hatte.

Das Telefon klingelte. Sie schleppte sich hin, nahm den Hörer ab und meldete sich.

Ein schweres Atmen war die Antwort, ein keuchender Atem, und bevor sie noch etwas sagen konnte, wurde eingehängt.

Regen schlug an die Scheibe. Ein starker Wind wehte. Fedder fand es kühl im Büro. Er stand auf und befühlte den Heizkörper. Er war warm. Man konnte die Heizung nicht höher drehen. Sie war zentral eingestellt. Fedder rieb sich die Hände und schaute aus dem Fenster. Unter ihm die Lichter der Stadt, viele Wagen auf den Straßen. Samstagnacht. Tausende sind noch unterwegs, dachte Fedder. Kommen aus dem Kino, ziehen durch Kneipen und Discos, über die Reeperbahn. Bei Wind und Wetter. Es wird wieder unzählige Unfälle geben und Zechprellern, Schlägereien. Auch Eifersüchteleien, dramatische Szenen nach entsprechendem Alkoholkonsum. Depressive. Irgend jemand wird sich vom Balkon stürzen wollen. Es gab an jedem Wochenende mindestens einen Lebensmüden. Und Einbrecher, Autoknacker, Eierdiebe. Hehler, Dealer und verzweifelte Fixer. Amokläufer. Abgedrehte Typen. Wahnsinnige. Perverse. So einer wie ihr Mann. Fedder war sich sicher, daß es ein Mann war. Peters' Wunden waren tief gewesen und mit großer Kraft beigefügt worden. Gewaltige Hiebe, hatte der Arzt vermerkt. Einstich und Schnitt. Exakt zwischen die jeweiligen Rippen gesetzt. Wahrscheinlich Anatomiekenntnisse.

Fedder fröstelte. Ihm war, als spiele sich die Szene vor seinen Augen ab. Er sah Gottschalks Rücken als Spiegelbild auf der Scheibe. Gottschalk aß immer noch und studierte dabei die bei Peters sichergestellten Papiere. Es war ein weißer Plastikordner mit Versicherungspolicen, Mietvertrag und Schriftwechsel mit der Hausverwaltung, Mitteilungen der HASPA und der Deutschen Bank in bezug auf Dispositionskredite, Depotmeldungen. Reimer Peters hatte DM 100 000 in Bundesschatzbriefen angelegt. Er besaß darüber hinaus ein Sparbuch, auf dem sich DM 43 000 angesammelt hatten. Die letzten Auszüge der laufenden Konten verzeichneten ein Guthaben von insgesamt DM 12 500.

Es gab ein Testament, mit dem Peters sein Vermögen zu gleichen Teilen zwei Personen vermachte. An erster Stelle stand seine Schwester Barbara Simon, wohnhaft in Boston. Sie war die einzige noch lebende Angehörige. Fedder hatte bereits mit ihr telefoniert. Sie hatte die Nachricht relativ gefaßt aufgenommen und wollte spätestens am Montag in Hamburg eintreffen.

Wesentlich länger war das Gespräch mit dem zweiten Erben gewesen, einem Holger Ziemann in Köln. In seinem Testament hatte Peters ihn als seinen «langjährigen Freund und Person meines absoluten Vertrauens» bezeichnet. Er hatte alles ganz genau wissen wollen und dann Vermutungen geäußert, die auch Fedder schon gekommen waren. Sie zielten auf Peters' Adreßbuch, in dem fast ausschließlich Frauennamen notiert waren. Nur Vornamen und Rufnummern, einem Städte-Alphabet zugeordnet. Allein unter Hamburg standen gut zwei Dutzend, die meisten mit einem, einige mit zwei, ganz wenige mit drei Sternchen versehen. Laut Ziemann waren die Dreier ungebunden und für Peters fast jederzeit ansprechbar, die Zweier weitgehend frei, und auf die Einser sollten sich seiner Meinung nach die polizeilichen Ermittlungen konzentrieren. Das seien verheiratete Frauen, nicht berufstätig, mit denen sich Reimer tagsüber, zwischen seinen Flügen, getroffen habe. Er, Ziemann, denke sich, daß einer der Ehemänner in Frage käme.

Fedder hatte die Gesprächsnotiz mit zu den Papieren gelegt. Er wollte abwarten, was Gottschalk dazu sagte. Aber Gottschalk hatte bisher keinen Kommentar abgegeben.

Er hatte die Eßstäbchen in der Linken, angelte hin und wieder ein Stück der inzwischen kalt gewordenen Ente vom Teller, aß, blätterte und las.

Fedder drehte sich um und sah ihm über die Schulter. Gottschalk war bei den Leasing-Verträgen über Fernsehen und Video.

«Ja», sagte Fedder. «Das ist auch noch ein nicht uninteressanter Punkt. Wir haben einige Kassetten gefunden. Er scheint gewisse sexuelle Praktiken bevorzugt zu haben.»

«Zum Beispiel?»

«Analverkehr.»

«Schwules Zeug?»

«Nein, nein, bei Frauen.»

«Hattest du dafür Zeit?»

«Ich hab's mir nicht angesehen. Es steht drauf, auf drei, vier Kassetten. Amerikanische Ware.»

«Mit Videos hast du's wirklich», sagte Gottschalk und schlug die Seite um. «Nach dem, was ich bisher gesehen habe, liegt sein Spezi nicht verkehrt. An die PLO-Kiste glaub ich einfach nicht. Die warten nicht zwei Jahre und kommen dann mit dem Messer angeschlichen, nee, nee. An Fingerabdrücken war nichts?»

«Nur seine und einige verwischte. Mittwochs war Putztag. Diese Irena Soundso, eine Polin. Sie hatte einen Schlüssel. Er ist erst Donnerstag nachmittag von einem L. A.-Flug zurückgekommen und hatte übers Wochenende frei.»

«Ja, ja, das hast du ja schon alles wunderbar aufgelistet. Die Frau, die er zu sich eingeladen hatte – Jutta Wolf, das ist nicht zufälligerweise *die* Wolf?»

«Ich weiß nicht, wen du meinst.»

«Du hast Redakteurin geschrieben. Es gibt eine Chefredakteurin der Zeitschrift *Metropolitan Lady,* die Jutta Wolf heißt.»

«Ach ja?» meinte Fedder und schüttelte den Kopf. «Nein, davon hat sie nichts gesagt. Aber Zeitschriftenverlag stimmt.»

«Ungewöhnlich groß?»

«Was...?»

«Sie. Schlank, dunkelhaarig, Ende Dreißig?»

«Ja. Kennst du sie?»

«Sie hat 1972 in München Bronze geholt. Im Weitsprung. Und gestern – es ist schon merkwürdig, wie sich manche Kreise schließen.» Er schaute zu Fedder hoch. «Bei Broszinski ist eine Journalistin zu Besuch, die für das Blatt arbeitet. Ich hab einiges von ihr gehört, von der Wolf.»

«Ich weniger. Also wenn sie es ist, mir gegenüber war sie äußerst verschlossen. Da kam so gut wie nichts, und irgendwas stimmt da auch nicht. Angeblich hat er sie am Abend vorher noch angerufen, aber in seinem Adreßbuch steht ihre Nummer nicht.»

«Na, das läßt sich doch...»

«Nein.» Fedder winkte energisch ab. «Das läßt sich eben nicht so leicht erklären. Er soll sie zu Hause angerufen haben, und der Anschluß ist nicht im Fernsprechbuch verzeichnet. Sie hat eine Geheimnummer.»

Er schloß die Tür auf und blieb auf der Schwelle stehen.

Die antike Kommode war umgestürzt, die Schubfächer herausgerissen worden. Die *Gucci*-Schuhe waren mit rotem Spray versaut. Auf die Wand war *Fuck you* gesprayt.

Sie hatten in den Flur geschissen und in die Ecken gepißt. Der Gestank hing noch in der Luft. Es konnte allenfalls eine Stunde her sein. Süchting hielt sich die Nase zu und stieg über die verstreut herumliegenden Sachen. Im Wohnzimmer war der Teppich mit zerbrochenem Glas übersät. Couch und Sessel waren aufgeschlitzt, Lampen umgestürzt, der Fernseher zertrümmert. Der alte, handbemalte Bauernschrank war mit der Axt bearbeitet worden. Mit Axthieben war auch der Sekretär zu Kleinholz gehauen. Die Vorhänge hingen in Fetzen herunter. Auch hier Scheiße und verpißte Polster. Der Zustand der Wunderlich-Grafiken schmerzte Süchting am stärksten.

Er stürzte ins Bad und übergab sich.

Sie hatten vor nichts haltgemacht. Sämtliche Toilettenartikel lagen in der Wanne, und einer von ihnen hatte wie ein Wilder darauf herumgetrampelt. Einer, zwei – drei mindestens.

Süchting klammerte sich an das Becken. Ein dünner Schweißfilm bildete sich auf seiner Stirn.

Er zwang sich, auch noch in die restlichen Zimmer zu sehen. Überall Zerstörung, umgekippte Möbel, zerrissene Kleidung, Scherben und besprayte Tapeten. Im Schlafzimmer war der Wandsafe entdeckt und bearbeitet worden. Sie hatten es nicht geschafft, ihn zu öffnen.

Süchting zog den Schlüssel hervor und steckte ihn ins Schloß. Die Lade klemmte. Schließlich kriegte er sie auf und griff in die Öffnung. Er nahm die hundert Riesen heraus, die zwei gefälschten Pässe und die Scheckhefte, stopfte sie in seine Jackentaschen und nahm dann den Smith & Wesson. Er überprüfte die Trommel. Kampf war angesagt. Blutige Rache. Er glaubte zu wissen, auf wessen Konto das ging.

Er suchte das Telefon und fand es unter den Matratzen. Es funktionierte. Er mußte einen Moment überlegen, bis ihm Gabys Nummer einfiel. Sie war gleich am Apparat.

«Ich bin's», sagte er. «Ich bin für ein paar Tage hier. Bei mir ist es etwas unwohnlich. Wenn du noch raus willst, leg mir den Schlüssel an die alte Stelle.»

Gaby verstand sofort.

«Ich warte. Hast du schon was gegessen?»

«Ich habe gekotzt.»

«So schlimm?»

«Böse», sagte er. «Sehr böse.»

«Ich habe Steaks im Fach.»

«Okay, ich bin in einer halben Stunde da.» Er drückte die Gabel und wählte eine weitere Nummer.

«Lola», flötete eine weibliche Stimme.

«Erwin», sagte er.

«Wer will ihn denn?»

«Hol ihn, du Pißnelke. Ludwig!» Der Hörer wurde hingelegt. Es dauerte einige Zeit, bis Erwin sich meldete.

«Ludwig?» fragte er. «Sprichst du von hier?»

«Ja. Ich brauch dich. Kannst du in einer Stunde bei Gaby sein?»

«Schlecht. Nach eins hab ich Luft.»

«Okay, ich seh dich dann.»

«Ist was passiert?»

«Später», sagte Ludwig und hing ein. Er warf noch einen Blick durch das verwüstete Zimmer, preßte die Zähne zusammen und verließ die Wohnung.

«Du bist auch im Haus?» Gottschalk stellte sich an das nächste Becken. Broszinski war fertig. Er knöpfte seine Hose zu.

«Nur auf einen Sprung», sagte Broszinski. «Ich muß morgen nach Amsterdam. Zwanzig Kilo.»

Gottschalk pfiff durch die Zähne.

«Emma?» fragte er.

«An eine Hamburger Adresse. Mehr ist noch nicht durchgesikkert. Du hast das Blutbad?»

«Wir werden versuchen, es abzugeben. Fedder ist wirklich auf eine aufschlußreiche Verbindung beim Samurai gestoßen.»

«Hat er dir gesagt, daß er gute Aussichten hat, schon bald zu mir rüberzukommen?»

«Ja, aber laßt uns noch die Sache zu Ende bringen.»

«Was hat er denn herausgefunden?»

«Süchting», sagte Gottschalk. «Ludwig.» Broszinski hielt mit dem Händewaschen inne, schaute in den Spiegel. Gottschalk drückte die Beckenspülung und wandte sich zu ihm um. Broszinski wusch sich weiter die Hände.

«Süchting ist auf Ibiza», sagte er.

«Da kann er vorerst auch bleiben. Wir werden abklopfen, ob tatsächlich was dran ist, und wenn…»

«Die LUNA», unterbrach Broszinski ihn. «Das halt ich für ziemlich ausgeschlossen.»

«Nicht die Gesellschaft, nur Ludwig.»

«Und was soll er mit Auer gehabt haben?» Gottschalk kam zu ihm und erzählte, was Fedder aufgefallen war. Broszinski griff nach dem Handtuch und hörte nachdenklich zu.

«Legt ihr das Montag vor?» fragte er dann.

«Natürlich. Sag mal, ist was? Warum fragst du das? Ich will die Mittelweg-Sauerei vom Hals haben und mich voll darauf konzentrieren.»

«Denke, es könnte anders entschieden werden.»

«Ach nee? Willst du damit sagen, daß das jetzt zu euch soll?»

«Süchting ist nicht von der LUNA zu trennen», antwortete Broszinski.

«Aber Auer fiel von Anfang an bei euch raus.»

«Nicht völlig. Das weißt du.»

«Leck mich, ja?! Fängst du jetzt auch schon mit dieser Kompetenzscheiße an?! Das hätt ich von dir nicht erwartet!» Er schnaubte. «Kommt mir auf dem Pissoir wie unser aller Meister. Du, wenn ich den Samurai aus der Hand geben muß, ist für mich Feierabend. Dann scheiß ich auf den Laden und mach's wie Mitch!»

«Reg dich ab. Du bist lange genug dabei, um...»

«Ja, lange genug! Lange genug, um zu sehen, wie Kollegen, Kollegen sag ich, gegeneinander arbeiten. Den Blick allein nach oben. Was kann ich für mich verbuchen. Wie sieht meine Statistik aus...»

«Nun komm, ja? Hier geht's um was anderes.»

«Ja, ich weiß. Es geht immer um etwas anderes! Es gibt viele nette Worte, Begriffe wie...»

«Verdammt!» schrie Broszinski. «Dreh nicht durch! Was liegt dir denn an diesem Auer?! Du machst ein Theater, als sei deine Existenz in Frage gestellt.»

«Nein, meine Arbeit!» schrie Gottschalk zurück und drängte ihn beiseite. Heftig riß er das Handtuch ein Stück weiter aus dem Automaten.

Broszinski schlug sich an die Stirn. Er ging ein paar Schritte im Raum umher, fingerte schließlich einen Zigarillo aus der Brusttasche.

Gottschalk baute sich vor ihm auf.

«Meine Arbeit», wiederholte er. «Nur meine Arbeit, und die werd ich schmeißen, wenn mir ständig Knüppel zwischen die Beine geworfen werden, wenn irgendwelche inkompetenten Arschlöcher darüber entscheiden, was ich zu tun habe und was nicht.»

«Bin ich das Arschloch?»

«Nein, bist du nicht. Aber ich hab den Big Boss rausgehört, unseren Herrn Meister. Seinen Ehrgeiz, sich durch euch zu profilieren.»

«Du täuschst dich in ihm.»

«Er will Karriere machen.»

«Soll er. Soll er doch. Meinetwegen kann er – ach, Scheiße, ich seh keinen Grund, mich vor ihn zu stellen. Du liegst jedenfalls daneben. Aus, fertig.» Er hatte ein Streichholzheftchen hervorgezogen und zündete sich den Zigarillo an. Seine Hände zitterten leicht. Gottschalk sah es und dachte sich seinen Teil. Wortlos ließ er Broszinski stehen.

Fedder schreckte zusammen, als hinter ihm die Tür ins Schloß knallte. Er hatte Mappen angelegt und beschriftet, war im Begriff, sie wegzuschließen.

«Wir fahren in die *Oase*», sagte Gottschalk.

«Jetzt noch? Es ist...»

«Ich weiß, wie spät es ist. Wenn du nach Hause willst, bitte. Ich korrigiere mich. Ich nehme mir die Frauen vor.»

«Nein, nein. Ich meine nur, du hast selbst gesagt, daß für heute Schluß ist.»

«Ich werd Montag, Dienstag hier nicht erscheinen. Und du tust in den Tagen ausschließlich das, um was ich dich jetzt bitte.»

Fedder sah ihn verständnislos an. Gottschalk nickte grimmig.

Sie hatten Andi vor der *Prinzenbar* abgesetzt, und Uli steuerte den Wagen durch die schmalen Straßen. Die Mädchen und Frauen standen bibbernd in den Hauseingängen. Es goß jetzt in Strömen. Nur wenige Freier waren noch unterwegs. Norbert stellte die Heizung höher.

«Wie schätzt du das Angebot ein?» fragte er.

«Es stinkt.»

Der Meinung war Norbert auch, aber er wollte es sich nicht ganz so einfach machen. Emma hatte immerhin einige überzeugende Argumente gebracht. Der Deal war für ihn allein eine Nummer zu groß. Er hatte das *Bel ami* schließen müssen und verschärft die Steuer am Arsch. Und überhaupt, Emma war reichlich schwach auf der Brust. Nicht mehr genügend Leute, kaum Kontakte zu den Türken, die inzwischen kräftig mitmischten, und in Wandsbek lief bei ihm ebenfalls nichts. Nur die alten, eingefahrenen Schienen, und darüber schoben sich nur ein paar läppische Kilo.

Norbert schürzte die Lippen.

«Wirklich rührend», sagte Uli noch. «Der alte Mann kommt angekrochen und sülzt sich einen ab. Das war Show, Bert. Eine miese Show. Hast du die Visage vom Stone gesehen? Der kann sich nicht verstellen. Nein, Emma kocht da was aus.»

«Ja, ja», sagte Norbert. «Bleiben wir mal kurz bei dem satten Brocken. Er kann in der Höhe nicht einsteigen, das kauf ich ihm ab. Was also schließen wir daraus?»

«Daß er uns ablinken wird, wenn wir ihm auf den Leim kriechen.»

«Das rechnet er sich aus, wahrscheinlich. Aber es muß ja nun nicht so kommen.»

«Ich bin klar dagegen.»

«Ich spiel es nur durch. Gehen wir davon aus, daß wir den Kurier machen.»

«Allein der Vorschlag ist schon oberfaul. Nein, das kannst du komplett abhaken.»

Sie hatten das Viertel hinter sich gelassen, und Uli bog wie selbstverständlich in Richtung Altona ab.

Norbert wohnte draußen in Othmarschen, in einem schmucken Häuschen mit großem Garten. Er war der einzige von ihnen, der verheiratet war und Kinder hatte, zwei Töchter im Alter von fünf und drei Jahren. Seine Frau Julia hatte vor der Ehe als Fotomodell gearbeitet und hohe Gagen kassiert. Kennengelernt hatten sie sich, als sie sich in seinem Büro nach einer Eigentumswohnung erkundigte. Norbert machte nach außen hin in Immobilien. Die Wohnung hatte er ihr noch vermittelt. Sie lag in der Nähe vom Gänsemarkt und war jetzt Arbeitsplatz einer Farbigen aus Costa Rica. Julia wußte natürlich davon, wie inzwischen auch von allen anderen Geschäften Norberts. Sie hatte ihre Probleme damit. Mindestens einmal im Monat gerieten sie darüber aneinander.

Uli hatte so eine Ahnung, daß es augenblicklich mal wieder bei Norbert Stress gab.

«Nein», sagte Norbert.

«Was?»

«Wir sollten das etwas ausführlicher erörtern.»

«Bert, ich hab dazu alles gesagt, und Andi...»

«Andi kann das nicht richtig beurteilen. Fahr zur *Oase*. Ich will ohnehin noch einen wegstecken.»

«Darauf hab ich gewartet», sagte Uli aufstöhnend. «Ich hab aber keinen Bock auf die Torten.»

Norbert zuckte nur mit den Schultern. Er dachte angestrengt nach.

Uli fuhr weiter die Königstraße hoch, bog aber dann doch rechts ab und nahm den Weg über die Max-Brauer-Allee. Die *Oase* war draußen am Lokstedter Steindamm – das Haus für den kultivierten Herrn, American Express, Visa und Eurocard willkommen.

Gottschalk saß auf der durchgehenden Bank an der Stirnseite des hinter der Bar gelegenen Zimmers. Er hatte seine Jacke ausgezogen und die Hemdärmel hochgekrempelt. Es war warm in dem Raum. Die junge Frau, die vor ihm auf einem Hocker Platz genommen hatte, trug nur einen grünen Tanga und ein vergoldetes Kettchen mit kleinem Kreuz am Hals. Sie hatte kurzgeschnittenes, braunes Haar und dunkle Augen. Fedder, der rechts neben ihr hockte, starrte unentwegt auf ihre grünlackierten Fußnägel. Er hielt den *Sony* hoch. Die Aufnahmetaste war gedrückt. Gottschalk fragte. Die Frau antwortete, ohne zu zögern. Das gefiel Gottschalk.

Sie hieß Dagmar Zöller, war 28 Jahre alt und stammte aus Rosenheim.

«Sagt Ihnen der Name Franz Auer was?»

«Ja, den Franze kannte ich von der Schule her. Ein ganz Lieber war das. Jetzt ist er ja tot.» Gottschalk nickte.

«Und niemand weiß, warum.»

«Er ist doch erschossen worden.»

«So meinte ich das nicht. Es findet sich kein Motiv.»

«Wir haben für einen Kranz gesammelt.»

«Ah, ja?» sagte Fedder und sah kurz auf. Dagmar wandte sich ihm zu, und Fedder konzentrierte sich wieder auf ihre Füße.

«Ja», sagte sie. «Wir aus Rosenheim.»

«Das sind außer Ihnen noch …»

«Die Rosi, die Fränze, Kathi …»

«Stop!» sagte Gottschalk. «Dazu kommen wir noch. Die Schulbekanntschaft müssen Sie mal genauer erklären. Sie sind doch nicht ein Jahrgang.»

«Nein, der Franze war schon lang nicht mehr auf der Schul. Er kam nur immer in der Pausen und – das ist ja nix, wo man noch ein Geheimnis draus machen muß. Der Franze hat's Dope gebracht.»

«Verstehe.»

«Ja», lachte sie. «Er hat's selbst angebaut, gutes Gras. Nix Hartes.»

«Hm. Und dabei blieb's?»

«Freilich. Wir waren eine ganze Clique, und der Franze...»

«Ja, ja. Ich dachte in eine andere Richtung. Hat er nur gedealt?»

«Ich wüßt von nix weiter.»

Eine kleine Pause entstand. Die Kassette schnurrte.

«Er lieferte, und Sie zahlten», stellte Gottschalk fest. Dagmar nickte. Ihre Brüste wippten ein wenig. Gottschalk fand sie hübsch. Das sah man ihm an. Der Frau entging es nicht.

«Oder auch nicht», sagte sie. «Wollen's das hören? Wie ich herkommen bin?»

«Ja», mischte sich Fedder ein. «Das ist in etwa der Punkt.»

Gottschalk blickte ihn mißbilligend an. Dagmar kratzte sich unter ihrer rechten Brust und schlug die Beine übereinander.

«Das ergab sich so», sagte sie. «Ich hab halt viel geraucht in der Zeit, und von Haus aus wurd ich ein bissel knapp gehalten. Da hat's der Franze dann vorgeschlagen, und im Grund war ja auch nix groß dabei. Er hat da im Tennisclub gearbeitet, und die Männer dort suchten schon mal ihren Spaß. Grad auf uns junge Madels waren's heiß.»

«Sie wurden also zur Prostitution gezwungen?» Fedder fragte das. Gottschalk seufzte.

«Ach, gehn's. Gezwungen. Mich nicht. Und die Kathi und die Rosi – wir haben schon unsern Spaß dabei gehabt. Ein Jux war das.»

«Häufig wechselnden Geschlechtsverkehr auszuüben?»

«Selten», sagte Dagmar und kicherte ein wenig. «In der Regel war's Handarbeit.»

«Gut, gut», sagte Gottschalk ungeduldig. «Wir müssen nicht ins Detail gehen. Wie entwickelte sich das denn weiter? Mit dem Franze und hier nach Hamburg?»

«Daheim gab's nach der Schul keine Arbeit. Ich hab erst noch gejobbt, in der Gastronomie und was sich halt so anbot, zwei, drei Jahr, bis ich achtzehn war, und dann hat's mir gereicht. Der Franze hat immer schon durchblicken lassen, daß Mädel wie wir woanders gutes Geld machen könnten, nicht auf der Straß – nein, er hätt da eine solide Adresse und...»

«Moment. Der Vorschlag kam von ihm?»

«Nicht direkt. Er hat's halt mal erwähnt, und ich...»

«Was hat er gesagt? Können Sie sich daran noch erinnern?»

«Daß er Leut in Hamburg kennt.»

«Leute? Nicht irgendwelche Namen?»

«Nein, nur Leut...»

«Und woher?»

«Er fuhr häufig übers Wochenend hoch.»

«Hat er davon erzählt? Näheres?»

«Ach, wissen's, das ist lang her. Von Freunden eben, seinen Spezis.»

«Wovon hat er damals gelebt?»

«Er hat die Stell da im Club gehabt», sagte sie. «Und von dem Hasch halt. Von mehr wüßt ich nicht.»

«Na gut», sagte Gottschalk. «Wann sind Sie denn zum erstenmal dem Ludwig begegnet? Ludwig Süchting.»

«Als ich herkam. Achtzig war das, Oktober achtzig.»

«War der Franze dabei?»

«Nein, der hat mir nur die Adress, die Telefonnummer gegeben. Vorgestellt hab ich mich – nein, warten's, die Kathi ist mit mir gekommen. Wir sind mit dem Zug, und der Franze hat die Karten zahlt.»

«Ah ja», ließ sich Fedder wieder vernehmen. Er unterdrückte nur mühsam ein Gähnen und warf einen Blick auf die Uhr. Es ging auf eins zu. Gottschalk nagte an seiner Unterlippe.

«Was haben Sie bei Ihrer... Ihrer Vorstellung gesagt?»

«Zu dem Ludwig?»

«Ja.»

«Nun ja, daß Franze uns schickt und wie das mit dem Verdienst ausschaut. Hier gibt's ein gutes Geld, und die Kunden sind angenehm, sehr angenehm – sonst wär ich nicht die ganzen Jahr über hier.»

«Ja», sagte Gottschalk. «Und Auer – hat Ludwig mal erwähnt, woher sie sich kannten?»

«Nein. Aber da können's doch den Ludwig selbst fragen.»

Erwin kam spät. Er war naß geworden, zog seinen Mantel aus und fragte nach einem Bügel. Ludwig zeigte zum Haken. Erwin zögerte. Gaby eilte zu ihnen auf den Flur und nahm Erwin den Mantel ab.

«Danke», sagte Erwin. «Du siehst blendend aus.» Sie hielt ihm die Wange hin. Ihr Haar roch nach Küche.

Ludwig faßte ihn am Arm.

«Ich krieg Druck», sagte er. «Komm.» Sie gingen ins Zimmer, und Erwin setzte sich in einen der Sessel. Er streckte seine Beine aus und zupfte an den Bügelfalten. Ludwig faßte sich kurz. Die Sitzung der Gesellschafter. Die Behauptung, Auer umgenietet zu haben. Die in Klump geschlagene Wohungseinrichtung.

«Ich bin lange genug im Geschäft, um zu wissen, was das heißt», schloß er. «Aber ich werd mich verdammt noch mal nicht von ihnen fertigmachen lassen.»

«Wen hast du noch angesprochen?» nuschelte Erwin.

«Außer dir niemanden.»

«Und was erwartest du von mir?»

Ludwig zog den Revolver aus dem Hosenbund und legte ihn vor Erwin auf den Tisch.

«Nein», sagte Erwin.

«Andi büßt mir das», sagte Ludwig.

«Ich sagte, nein.»

«Ich kann dich hochgehen lassen.»

«Mit was?»

«Du weißt schon Bescheid. Ich hör immer noch genug.»

«Von wem?»

«Andi ist fällig.»

«Worüber willst du Bescheid wissen? Ich hab keine Krumme laufen. Versuch keinen Bluff. Wenn du abtauchen willst, kann ich dir helfen. Mehr ist nicht drin.»

Ludwig nahm die Waffe wieder vom Tisch und wog sie in der Hand. Er sah Erwin nicht an. Er faßte den Griff und spannte den Hahn. Erwin stand auf.

«Bleib sitzen», sagte Ludwig und richtete den Revolver auf ihn. Erwin schüttelte den Kopf. Er lachte kurz und rieb sein schiefes Kinn.

«Du steckst in der Scheiße, und du hast gehört, was ich für dich tun kann. Spiel hier nicht den Harten.» Es klang nicht so forsch, wie es klingen sollte

«Setz dich.»

«Gaby!» rief Erwin. Er drehte sich zur Tür. Mit einem Satz war Ludwig bei ihm, riß ihn herum und schob ihm den Lauf zwischen die Zähne. Erwins Augen weiteten sich entsetzt. Ludwig drückte ihn an die Wand.

«Du sorgst dafür, daß Andi erledigt wird», flüsterte er. «Sonst bist du der erste, der ins Gras beißt. Hast du mich verstanden? Ob du mich verstanden hast?» Er nagelte ihn fester. Erwin gurgelte Unverständliches. Langsam zog Ludwig den Revolver zurück. Erwin schnappte nach Luft. Sein Gesicht war rot angelaufen.

«Du… du…» brachte er heraus. «Ja… ja.» Die Mündung war an seiner Stirn. Er hörte, daß Gaby eine Tür schloß.

«Ich will ihn kalt haben. Mir ist scheißegal, wer es durchzieht. Aber du nimmst das in die Hand.»

«Ich…»

«Ich mach keine leeren Drohungen.»

«Ich… Ja, ich… ich kümmere mich drum.» Ludwig ließ ihn noch immer nicht los. Er sah Erwin direkt in die Augen, und Erwin versuchte, seinem Blick standzuhalten. Durch die geschlossene Tür des Nebenzimmers drangen gedämpft Wortfetzen aus dem Fernseher.

«Ja, ich… ich werd…»

«Ja, du wirst», sagte Ludwig. «Denk an deinen Deal mit den Bullen. Ein Wort von mir, und man wird sich darum reißen, dich einzuzementieren. Alles klar?»

Erwin zuckte zusammen und wurde schlagartig blaß. Er wollte etwas erwidern, aber Ludwig haute ihm unvermittelt die Linke in die Eier. Erwin schrie auf und krümmte sich. Der nächste Schlag traf ihn im Nacken. Stöhnend sackte er zu Boden.

5

Die Leiche wurde am frühen Nachmittag entdeckt. Sie lag in einem Gebüsch am Kaiser-Friedrich-Ufer und war nackt bis auf die Socken. Es waren weiße Socken mit blau-roten Streifen. Einige Kleidungsstücke hingen in den Ästen, andere fanden sich neben dem Toten. Der Pullover und das Unterhemd mit Knopfleiste und halben Ärmeln waren blutdurchtränkt und vom Regen durchweicht. Die beiden Halbwüchsigen hatten vom höher gelegenen Uferweg aus zuerst die Turnschuhe gesehen. Als sie heruntergestiegen waren, hatte einer von ihnen auf die Brille getreten. Er wiederholte gerade, daß er in dem Moment etwas gecheckt habe. Total gecheckt. Echt.

Fedder nickte und schickte die beiden zur Aufnahme ihrer Personalien zum Streifenwagen. Er hatte sich diesmal wesentlich besser unter Kontrolle. Der Mann war ähnlich zugerichtet wie der vom Mittelweg. Das abgeschnittene Glied im Mund ließ kaum daran zweifeln, daß hier erneut der psychopathische Schlächter gemetzelt hatte. Innerhalb achtundvierzig Stunden die zweite Sauerei, dachte Fedder und klappte die sichergestellte Brieftasche auf.

Sie enthielt einen Presseausweis mit der Nummer 85276, ausgestellt auf Gerlach Weiniger, Lange Reihe 31, 2 Hamburg 1.

Das Farbfoto zeigte einen mürrisch dreinblickenden Mann mit ungepflegt wirkenden Haaren. Geboren am 14.3.46 in Uelzen. Hinter dem Ausweis steckte ein NDR-Passierschein, aus dem hervorging, daß Weiniger freier Mitarbeiter der Redaktion Hamburg-Welle war. Des weiteren fanden sich ein etwas zerfledderter Personalausweis, eine Eurocheque-Karte, zwei Zwanziger und drei Zehner und einige Notizzettel in den Fächern. Sie waren mit Namen und Nummern beschrieben. Ein notierter Termin ließ Fedder stutzen: *Freitag, 20 Uhr, Galerie Morgenland – Schobel. Korruption.*

Er schob das Blatt zurück und gab den Kollegen noch einige Anweisungen. Er hatte genug gesehen und glaubte, genug zu wissen.

Langsam ging er zur Straße zurück. Es war ein trüber Tag, und die Zahl der Sensationslüsternen hielt sich in Grenzen. Er beachtete sie nicht weiter und überquerte die Bismarckstraße. Es waren nur 300 m bis zu dem Haus.

Fedder zählte die Schritte, und mit jedem Schritt festigte sich das Bild. Er war sich sicher, daß Weiniger genau diese Strecke gegangen war.

Gestern, im Dunkeln. Von ihrer Wohnung bis zum Pfad am Ufer. Gefolgt von dem Mörder, der ihm als erstes die Kehle aufgeschlitzt haben mußte.

Er schaute zum Haus hoch.

Die Haustür war offen. Im ersten Stock klingelte er.

Er hörte, daß sie da war, aber sie machte nicht auf. Er klingelte noch einmal, klopfte und rief seinen Namen.

«Ja?» Ihre Stimme klang etwas verängstigt.

«Fedder», wiederholte er. «Kripo. Sie erinnern sich...» Sie öffnete. Über den weißen Jeans trug sie ein bis zu den Knien reichendes kariertes Herrenhemd. Sie war barfuß.

Fedder bat, eintreten zu dürfen. Das Zimmer, in das sie ihn führte, war abgedunkelt. Sie verstellte die Lamellen der Jalousie und blieb am Fenster stehen. Fedder sah sich nach einem Platz um. Auf den

Sesseln waren Zeitschriften und Papiere ausgebreitet. Auf dem Tisch lag ein Stapel Fotos. Bücher, Aschenbecher, Teekanne und Tasse. Er entdeckte eine Lesebrille und eine angebrochene Rolle Pfefferminz.

«Frau Wolf», begann er. «Sie haben mir am Freitag gesagt, daß Reimer Peters sie angerufen hat, hier, privat. Ist das richtig?»

«Wir haben miteinander telefoniert, ja. Haben Sie schon... ich meine, haben Sie ihn...?»

«Peters hatte Ihre Nummer nicht. Nicht notiert.»

«Ich... ich habe sie ihm gegeben.»

«Genannt oder aufgeschrieben?»

«Warum... Ich... was soll das?»

«Er hatte ein sehr umfangreiches Adreßbuch. Ihre Rufnummer ist nicht dabei. Es ist möglicherweise nicht wichtig, aber mich irritiert, daß er sich bei Ihnen gemeldet haben soll.»

«Ja, und wenn nicht? Wenn ich sage, daß ich ihn... mein Gott, was ändert das daran...?»

«Sagt Ihnen der Name Weiniger etwas? Gerlach Weiniger?» Er sah, daß sie zusammenzuckte, und nickte nachdenklich.

«Ja... ja, sicher. Ein... ein Funkjournalist.»

«Kennen Sie ihn persönlich?»

«Flüchtig.» Sie hatte sich wieder gefangen und wollte noch etwas sagen. Fedder kam ihr zuvor.

«Er ist letzte Nacht ermordet worden. So wie Peters. Seine Leiche liegt drüben in einem Gebüsch, keine 300 m von hier.»

«Das...»

«Das wirft einige Fragen auf», sagte er.

«Das ist... mein Gott!» Sie kam heran und raffte die Zeitschriften zusammen. Sie hielt sie an ihren Körper gedrückt, als sie sich setzte. Fedder ließ ihr keine Zeit.

«War er gestern abend bei Ihnen?»

«Ja, ich...»

«Wann?»

«Mein Gott», wiederholte sie leise und schüttelte den Kopf. «Mein Gott, ja. Was... was hat das zu bedeuten? Wie Peters?»

«Um wieviel Uhr? Und warum?»

«Halb neun, neun. Ich... er...» Sie schluckte. «Ich... ich war die Nacht zuvor mit ihm... wir haben uns auf einer Veranstaltung getroffen.» Sie brachte es nur mit Mühe heraus.

«Freitag nacht?»

«Ja», sagte sie. «Ja, ich wollte nicht nach Hause. Ich war … ich brauchte Ablenkung.»

«Ich verstehe», sagte Fedder.

«Ja?»

«Ja, ich glaube schon. Sagen Sie mir, was in dieser Nacht geschehen ist. Alles. Mit Weiniger, und auch Ihr Kontakt mit Peters noch einmal.» Er machte eine Pause. «Es gibt einen gemeinsamen Punkt, und der sind Sie.»

Das Flugzeug landete pünktlich auf dem Schiphol Airport, und Broszinski nahm die Bahn zum Hauptbahnhof. Er hatte kein Gepäck dabei. Der Treffpunkt mit Hansen war das *Americain.* Ihr Mann sollte um 21 Uhr im *Golden Dragon* auftauchen, einem Restaurant in der Nähe des Nieuwmarkts. Little China Town.

Broszinski kannte das Viertel gut. Er war in Bottrop aufgewachsen und hatte als Jugendlicher fast jedes Wochenende in Amsterdam verbracht. Mit Anne-Marie. Mit Sex & Drugs & Rock 'n' Roll. Lange, wilde Nächte. Und dann die Abtreibung. Er erinnerte sich nicht gern daran. Es war übel gewesen, wie er Annemie danach behandelt hatte. Er hatte die Kosten gezahlt und sie von einem Tag auf den anderen fallenlassen. Null Interesse mehr gezeigt. Die nächste anvisiert. Hanna. Von allen Jungs in der Nachbarschaft begehrt. Er war ihr mit seiner Erfahrung gekommen, und mit dem Fiat Spider seines Onkels. Anfangs. Schnell mal runter nach Düsseldorf. Weekend auf Texel. Genever, und noch einmal Genever, und ein Rumgemache ohne Ende.

Broszinski lächelte bitter.

Hanna war kurz nach ihrem 19. Geburtstag ermordet worden. Der Täter wurde nie gefaßt, aber Broszinski wußte, wer es war. Man hatte seinen Verdacht damals nicht ernst genommen, und das Schwein hatte sich wenige Monate später nach Brasilien absetzen können. Möller. Klaus Möller. Ihr Stiefvater. Irgendwann würde er ihm begegnen und zur Rechenschaft ziehen. Eine offene Rechnung. Eine der wenigen. Seinerzeit hatte er keine Chance gehabt, keine Beweise bringen können, nichts. Nur das, was Hanna ihm in den letzten Wochen angedeutet hatte. Daß ihr Stiefvater ihr nachstelle, sie sich seiner kaum noch erwehren könne.

Der Mord an Hanna hatte den Ausschlag gegeben, daß er zur Polizei ging. Raus aus dem Pott, nach Hamburg. Streife fahren auf St. Georg. Über Jahre hinweg keine feste Beziehung mehr, keine neue Liebe. Nur der Job und das Bestreben, gut zu sein. Der Beste. Bis ihm Elinor begegnete, die sich gerade von ihrem Mann getrennt hatte und mit ihrem kleinen Sohn ins Schanzenviertel gezogen war. Mäxchen. Bist du jetzt mein Papa?

Max war inzwischen zwölf. Sieben Jahre hatte er mit Elinor zusammengelebt. Dann war er bei der Arbeit am Schmetterlings-Fall auf Birte getroffen. Die äußerlich kühle Hannoveranerin, die sich als Peep-Show-Mädel hatte engagieren lassen, um darüber zu schreiben.

Er würde nie vergessen, wie sie Prätsch' Büro betreten hatte. Eine Stiefelfrau in knappsitzender Lederkorsage. Hanna. Die ihm genommene Liebe. Eine frappierende Ähnlichkeit. In beinahe allem, wie er nach und nach feststellte. Er schloß für einen Moment die Augen, dachte an Birte, an das, was sie ihm gab, sie sich gaben. Vertrauen. Stärke.

Der Zug verlangsamte seine Fahrt, und Broszinski stand auf, sah aus dem Fenster. Ihm war, als sei er erst gestern noch hier gewesen.

Draußen winkte er eine Taxe heran. Vor dem *Americain* drückte der Fahrer den Knopf unter dem Zigarettenanzünder.

«Dreiundsechzigdreißig», sagte er. Das übliche Spiel. Broszinski lachte und drehte den Knopf nach rechts. Aus den Lautsprechern dröhnte Hardrock. Der Fahrer griente und schaltete das Digitalradio aus.

«Okay, einen Zehner. Willst du einen Spliff?»

Broszinski gab ihm zwanzig. Er schob einen Joint in die Brusttasche und zündete sich den anderen noch im Wagen an. Rauchend betrat er das Jugendstil-Café. Hansen saß an einem der hinteren Tische und blätterte eine Illustrierte durch.

Er sprang auf, als er Broszinski bemerkte, und schüttelte ihm die Hand. Hansen war noch von Mitch angeheuert und in Amsterdam eingesetzt worden. Er war lässig gekleidet. Ein dunkles Jackett mit aufgekrempelten Ärmeln über dem schwarzen Boss-Polohemd, eine ebenfalls schwarze, weite Hose. Beiläufig fragte er nach Mitch.

Broszinski zuckte die Achseln.

«Unverändert», sagte er. «Er rührt gelegentlich in den alten Geschichten und ist verbittert.»

«War 'n anständiger Kerl.»

«Er macht's einem schwer, das weiter anzunehmen. Laß uns gehen und unterwegs reden.»

Hansen legte einen Schein auf den Tisch, und sie verließen den Treff, schlenderten durch die schmalen Straßen, überquerten Grachten. Hansen hinkte ein wenig. Hin und wieder hob er die Hand, grüßte ihnen begegnende Personen, Männer, die scheinbar ziellos umherstreiften und nach irgend etwas Ausschau hielten.

Aus den Kneipen dröhnten die Hits der Saison. Touristen waren unterwegs und viele Jugendliche. Einige schleppten ihren Ghettoblaster mit, hatten volle Power drauf.

Broszinski schnippte die Kippe weg. Er war angenehm angetörnt und genoß die abendliche Atmosphäre.

«Also», sagte er schließlich. «Wie war das im einzelnen?»

«Die Ware ist bei einem kleinen Händler deponiert. Theo Bierkens.» Hansen rieb sich seinen Dreitagebart. «Schreibwaren und Bürobedarf. Er ist ein Spieler. Karten. Hat sich mit einigen Leuten aus der Organisation an einen Tisch gesetzt und ist gehörig abgezockt worden. Sie haben ihm ein Geschäft aufgedrückt. Als Ausgleich. Er hat für seinen Laden bei einer Firma in Bogota fünfhundert Brieföffner bestellen müssen. Sie liegen jetzt bei ihm im Lager. Der Stoff ist in den Griffen. Er hat mir ein Exemplar gebracht.»

«Von sich aus?»

«Er war mir was schuldig und ist bei der Gelegenheit mit der Geschichte übergekommen. Die Leute selbst halten sich bedeckt. Zoll und alles andere war allein sein Ding. Wenn was schiefgelaufen wäre, hätte man ihn an den Eiern gehabt.»

«Gut durchdacht.»

«Ja, ausschließlich telefonische Anweisungen. Heute soll der mögliche Abnehmer in Erscheinung treten. Ein Deutscher, der sich von der Qualität überzeugen will.»

«Bin gespannt, wer das ist.»

«Er wird im *Dragon* nach Bierkens fragen. Für Bierkens ist ein Tisch reserviert. Nummer 5.»

«Was hast du vorbereitet?»

Hansen erwiderte nichts, machte nur eine knappe Kopfbewegung. Broszinski folgte ihm. Sie gingen durch einige kleinere Gassen und gelangten schließlich zum Hintereingang eines neueren Backsteinhauses. Hansen zog einen Schlüssel hervor und öffnete. Gleich hinter der Tür führte eine Treppe nach oben. Immer noch schweigend, stiegen sie in den zweiten Stock hoch. Auf dem Flur roch es nach billigem Parfüm. Von irgendwo war leise Musik zu hören und gedämpftes Lachen.

Es war eine junge Farbige, deren Zimmer sie betraten. Sie hatte gerade Kaffee gekocht.

«Jamie», stellte Hansen sie vor. «Sie wird mit einer Freundin am Nebentisch sitzen. Ich hab ihr aus der Wanze einen Ohrclip fabriziert.»

Auf dem Fensterbrett stand ein Empfänger, eine Kamera lag daneben. Broszinski lugte durch die Gardine. Das Lokal war direkt gegenüber. Er nickte anerkennend und schaute auf die Uhr. Es war nach acht.

Dann wandte er sich zu Jamie. Sie reichte Hansen eine Tasse. Broszinski spürte, daß die beiden etwas miteinander hatten.

«Sie ist taubstumm.» Hansen gab Jamie zu verstehen, sich fertig zu machen. Sie hatte nur Slip und BH an. Er setzte sich auf das Bett. «Ich bin schon länger mit ihr zusammen. Sie arbeitet eigentlich ein paar Häuser weiter, aber das hier ließ sich problemlos organisieren.»

Jamie lächelte und nahm ein rotes Kleid vom Bügel.

«Du hast eine Menge Kontakte», stellte Broszinski fest.

«Hat einige Zeit gedauert. Ja, ich bin einigermaßen drin. Würd mir schwerfallen, mich wieder in Hamburg einzuklinken.»

Broszinski wartete, bis Jamie ihr Kleid übergestreift hatte und von Hansen den Ohrclip entgegennahm. Sie steckte ihn an, und als sie sich mit einem Lächeln verabschiedete, fingerte Broszinski den Spliff aus seiner Jackentasche.

«Daran ist gedacht», sagte er. «Nicht zuletzt deshalb bin ich selbst gekommen. Ich will einige Leute auswechseln. Es sickert noch immer was durch. Einige von uns sind nicht sauber, und ich glaub inzwischen zu wissen, wer alles ein doppeltes Spiel spielt, Stobbe zuarbeitet.»

Er fühlte sich wieder beschattet. Im letzten Moment sprang er heraus. Die Türen schlugen zu, die Bahn fuhr ab. Der Aufsichtsbeamte blaffte ihn über das Mikro an.

Mitch verschwand hinter dem Kiosk. Die U 2 in Richtung Niendorf ratterte heran. Er nahm sie, stieg an der nächsten Station aus und hastete nach oben. Der Hunderzweiundachtziger kam gerade. Mitch rannte bei Rot rüber. Eine Frau rief ihm was nach.

Schwer atmend sackte er auf den Sitz und schaute nach draußen. Niemand schien ihm gefolgt zu sein. Trotzdem blieb er wachsam, fixierte die Fahrgäste. Ein Typ mit Schnauz war in ein Heftchen vertieft.

Am Schlump ließ er ihn vor und wartete, bis er die Straße überquert hatte. Dann erst lief er zu den Taxen und nannte als Ziel Bahnhof Altona.

Dort angekommen, streifte er eine Weile durch die Halle, bevor er sich auf den Weg machte. Die Luft tat ihm gut. Er wurde allmählich ruhiger. Die Fenster im 5. Stock des Eckhauses waren abgedunkelt.

Er drückte die Tür auf und fuhr mit dem Fahrstuhl hoch.

Neumann vom Einbruchdezernat öffnete ihm.

«Daß du dich auch mal wieder sehen läßt», begrüßte er ihn. «Wie geht's denn?»

«Immer noch die alte Runde?»

«Nach wie vor», sagte Neumann. «Unverändert.»

An dem großen Tisch im Eßzimmer saßen Tielscher von der Sitte, Harry Lankowa aus der FD 65 und Staatsanwalt Giesing. Harry mischte gerade die Karten. Er legte sie aus der Hand, als er Mitch sah, und stand auf.

«Mensch, ist das 'ne Überraschung!» Auch Tielscher war aufgestanden. Giesing nickte Mitch freundlich zu. Neumann brachte ein paar Flaschen *Flens*.

«Steigst du mit ein?»

Mitch sah die vier Männer der Reihe nach an. Er kannte sie eine Ewigkeit. Mit dem stark übergewichtigen Tielscher war er oft zum Flußaale angeln in die Lüneburger Heide gefahren. Tielscher hatte in der Nähe von Rothenburg eine Pacht und eine kleine Wochenendkate. Manchmal war Neumann mit von der Partie gewesen. Sie hatten nachts am Ufer gehockt, Dosenbier und Korn getrunken, von Frauen und dem Leben als solchem geredet. Neumann war geschieden. Seine Frau hatte ihn nach zwölf Jahren Ehe verlassen, um auf einem Hof in Südfrankreich gemeinsam mit weiteren fünf oder sieben Bekloppten Selbstfindung zu betreiben. Seitdem hatten es die etwas sensibleren Gemüter in seiner Abteilung schwer.

Mitch' Blick blieb auf Harry.
«Ich muß euch was fragen.»
«Nur raus damit», sagte Harry. «Wo drückt's?»
«Erst einmal, hat mich irgend jemand aus dem Haus auf dem Zettel?»
«Meines Wissens nicht. Warum auch?»
«Ich hab in den letzten Wochen eine Menge zusammengetragen. Ich will euch nicht mit Einzelheiten langweilen, aber Garrelt war nicht der einzige, den Stobbe im Sack hatte.» Alle sahen zu Giesing, der sich jetzt ebenfalls erhob und die Daumen in seine Westentaschen hakte. Er war ein großer, schlanker Mann, der eine gewisse Ähnlichkeit mit Steve McQueen hatte.
«Von langweilen kann in dem Fall keine Rede sein. Zumal ich vorige Tage mitgekriegt habe, daß Garrelt wieder ins Amt gehievt werden soll.»
«Was? Das glaubst du doch selbst nicht!» Tielscher tippte sich an die Stirn.
«Vorzimmer Zawodnik», erklärte Giesing. «Und das ist mehr als nur ein Gerücht.»
«Zawodnik.» Mitch lachte kurz. «Der Mann traut sich wirklich was.»
«Das kann ich mir einfach nicht vorstellen. Garrelt ist von Zawodnik höchtspersönlich in die Wüste geschickt worden und...»
«Ja, ja, ja, aufgrund eines Videos, das nie vorgelegt werden konnte», unterbrach Giesing Tielscher. «Wenn die Presse die Geschichte nicht breitgetreten hätte – das muß ich euch doch nicht erzählen. Zu der Zeit standen Wahlen an. Zawodnik mußte Garrelt ablösen, um weiter Innensenator bleiben zu können. Aber jetzt will er nach Bonn.»
«Und der Superficker soll zurück ins Haus? Was ist dann mit Meister?»
«Der hat andere Ambitionen. Also, Mitch, deine Fragen?»
«Okay. Ich hab den Streifen inzwischen gesehen.»
«Du hast... Garrelt mit Stobbe auf...»
«Ja, und die Nummer ist noch schweinischer, als Schwertfeger sie mir damals beschrieben hat.»
«Wo? Wie? Mann, das wär ja...»
«Nichts», sagte Mitch. «Nicht mehr, als daß ich jetzt die Existenz der Aufnahme beschwören kann.» Er pfloppte den Verschluß der

Flasche auf und trank einen Schluck. Neumann hatte sich bisher zurückgehalten.

«Natürlich ist das was», sagte er nun. «Wenn ich das richtig verstehe, weißt du, wo die Kassette zu finden ist.»

«Ja, die Kopie. Falls ihr euch nicht mehr erinnert...»

«Wo?» wiederholte Neumann.

«LUNA. Das N hat sie mir in seinem Büro vorgespielt. Norbert.»

«Wie kommt er dazu?»

«Ich arbeite für ihn», sagte Mitch ruhig. Harry reagierte augenblicklich.

«Red keinen Scheiß!»

«Er hat mir seinerzeit ein interessantes Angebot gemacht, und ich habe angenommen. Arbeiten ist vielleicht zuviel gesagt. Ich geb ihm gelegentlich einen Tip.»

«Unmöglich! Davon hätten wir gehört.»

«Danach hab ich gefragt. Ich werde bespitzelt. Und wenn nicht von euch, dann von der anderen Seite.»

«Was ist das für ein Scheißdeal?» wollte Harry wissen. Er konnte es offensichtlich noch nicht fassen. Mitch fletschte die Zähne.

«Ich bin der Wolf», sagte er. «Ein einsamer Wolf. Der Wolf hetzt die Meute.»

Er mußte lachen, als er sah, was für Gesichter sie machten.

«Alles okay?»

«Ja, du hast Glück. Wir sind gerade erst reingekommen. Und bei dir?»

«Ich vermisse dich.»

«Sag so was nicht. Ich muß neben Regina schlafen.»

«Hört sie zu?»

«Nein, sie ist hochgegangen. Ich bin ein bißchen betrunken.»

«Ich liebe dich.»

«Mach es nicht noch schlimmer. Hat alles geklappt?»

«Nein. Ich bin jetzt in Hansens Wohnung. Es ist deprimierend.» Sie hörte ihn Atem holen. «Ich habe heute an Hanna denken müssen.»

Birte nahm den Apparat vom Bord und setzte sich auf die Treppenstufe. Sie hatte das Licht gelöscht. Der Hund lag in seinem Korb neben der Tür und schnaufte leise. Über ihr ging Regina im Zimmer umher. Es war das Zimmer, in dem sie mit Jan schon mehrere Wochenenden verbracht hatte.

«Ich will dich nicht verlieren.» Ihr war, als unterdrücke er ein Schluchzen und wußte nichts zu sagen. Er war weit weg. Er war ihr nah. Ihre leichte Trunkenheit war verflogen. Sie fror.

«Schlaf gut», sagte er mit veränderter Stimme. «Ich ruf dich morgen wieder an.»

«Ja.» Mehr brachte sie nicht heraus.

Regina schminkte sich vor dem Spiegel ab. Sie hatte sich ausgezogen und ein verwaschenes T-Shirt übergestreift. Auf dem Waschbeckenrand glimmte eine Zigarette.

Birte öffnete das Fenster und lehnte sich hinaus.

«Na?» fragte Regina. «Sehnsucht?»

«Wir waren oft hier.»

«Was sagst du? Moment, ich bin gleich fertig.» Sie kam zu ihr und berührte ihre Schulter. «Ist was?»

«Nein, nichts. Ich soll dich grüßen.»

«Gelogen. Du bist traurig, ja? Du bereust, allein mit mir zu sein.»

«Ach was.»

«Doch, doch. Du hast schon Stress.»

Birte schüttelte die Hand ab, ging zum Bett und setzte sich.

«Hilf mir mal», sagte sie und streckte Regina ihr Bein hin. Regina faßte den Stiefel an Spitze und Absatz. «Paß auf, daß du dabei nicht aus dem Fenster segelst.»

«Sehr verräterisch. Daß du auf so einen Gedanken kommst.» Sie zog kräftig und taumelte gespielt entsetzt zurück. «Die beiden Freundinnen hatten einen heiteren Abend miteinander verbracht, aber um Mitternacht gellte ein Schrei durch das friedliche Kampen...»

«Laß das.»

«Nein, im Ernst. Du hast schlagartig die Sentimentale drauf. Versteh ich ja, nur gesteh's dir auch ein.»

«Ich bin müde.»

«Du wirst mit offenen Augen neben mir liegen und dich fragen, warum zum Teufel...»

«...du jetzt nicht endlich die Klappe hältst. Okay, ja?» Regina sah sie zweifelnd an. Schließlich grinste sie und half ihr wortlos aus dem rechten Stiefel.

Birte begann, sich zu entkleiden.

Regina behielt recht. Sie konnte nicht schlafen.

Sie lag mit geschlossenen Augen da und dachte an Jan. Es brauchte viel, um ihn so reden zu lassen. Er kam ihr sonst kaum mit Beteuerungen, Appellen. Und Hanna hatte er schon lange nicht mehr erwähnt.

Sie drehte sich auf die Seite, zog die Knie an. Auch Regina bewegte sich, rückte dichter heran. Birte spürte ihren Atem im Nakken.

Irgendwann tauchte sie ab. Eine plüschbezogene Scheibe. Eine Tür öffnete sich. Der Umriß eines Mannes hob sich vor gleißendem Licht ab. Er kam näher. Ihr Vater beugte sich über sie, drückte ihre Beine auseinander. Er trug seinen OP-Kittel und den Mundschutz. Ein kleiner Eingriff. Sie wurde gepackt und auf einen Tisch gehoben. Ihr Rücken schmerzte. Es roch sauer. Männer traten in den Saal, musterten sie, nickten. Stumme Übereinkunft. Die Operation war unvermeidlich. Sie war mit breiten Lederriemen festgeschnallt. Sie war nackt, lag auf einer Bahre. Irgend jemand gab ihr einen Stoß. Sie schoß einen schneebedeckten Hang hinab.

Plötzlich wurde ihr heiß. Die Hitze war in ihrer Möse. Sie fühlte sich gepackt und hochgehoben. Ein kleines Mädchen im Rüschenkleid. Es war Frühling. Die Bäume standen in Blüte. Sie saß auf Vaters Schoß. Er sang ihr ein Lied vor, wiegte sie. Jan hechtete über den Gartenzaun. Er zielte mit seinem Revolver auf Vater. Papa hatte die Hände auf der Brust gefaltet. Sie stand an seinem Sarg. Jan legte den Arm um sie und führte sie weg. Sie gingen einen Weg entlang, und der Weg wurde immer schmaler. Er endete auf einer Klippe. Das Meer rauschte. Das Wasser war angenehm. Sie ließ sich weit hinaustreiben, und dann hielt Jan sie sanft umschlungen und streichelte ihren Körper, und sie wandte sich ihm zu und schmiegte sich enger an ihn.

Gottschalk wurde früh wach und schaltete das Radio ein. Bei den Country-Klängen döste er noch eine Weile vor sich hin, bis der Druck auf seiner Blase so stark wurde, daß er sich ins Bad bequemen mußte. Mit Genugtuung stellte er fest, daß der Himmel grau war und es nieselte.

Während er sich rasierte und duschte, überlegte er, was er sich als Frühstück zubereiten sollte. Er entschied sich für frische Kiwi mit

Sahnejoghurt, ein Krabbenomelett und gebutterten Toast, einige Scheiben Katenschinken und eventuell noch einen kleinen, gebackenen Camembert mit Preiselbeerkonfitüre.

Bei der dritten Tasse Kaffee sah er seine Notizen durch. Er hatte gestern schon eine Menge erledigen können. Ohne weitergekommen zu sein allerdings. Drei weitere Frauen, die aus Rosenheim stammten, wollte er heute aufsuchen. Eine wohnte in Schnelsen, eine in Farmsen und die dritte in Barmbek. Die in Farmsen hieß Anne Maier. Sie hatte die Schicht ab 14 Uhr.

Er stopfte sich eine letzte Scheibe Schinken in den Mund, zog seinen Trench an und stülpte sich den schwarzen Schlapphut auf den Schädel. Phantastisch. Im Treppenhaus begegnete ihm der Sextherapeut aus dem zweiten Stock. Worscherinky oder Worbinsky. Gottschalk konnte sich den Namen beim besten Willen nicht merken, obwohl er von Kollegen ständig auf das Arschgesicht angesprochen wurde. Der Mann war in den letzten Wochen ungemein populär geworden. Jeden Freitag von zehn bis Mitternacht grinste er in die Kamera eines Privatsenders und gab Weisheiten von sich, die schlichtweg zum Kotzen waren.

Gottschalk tippte an die Hutkrempe, und der nach eigenem Bekunden total heiße Typ buckelte. Zu spät fiel Gottschalk ein, daß er ihm die Treppenreinigung unter die Nase hätte reiben können.

Der Motor sprang nicht sofort an, und als der Wagen endlich in Gang kam, tröpfelte es durch eine der Ritzen des Schiebedachs.

Gottschalk schob eine Kassette ein. Es war die 7. Lektion eines Italienischkurses. Mit der ersten Aufforderung, die folgenden Sätze nachzusprechen, vergaß Gottschalk alles andere. Die Strecke war relativ frei. Knapp eine halbe Stunde später parkte er vor einem schmucken Einfamilienhaus ein.

Anne Maier trug einen Jogginganzug und Stirnband. Sie hatte große, wache Augen, und Gottschalk fand sie auf Anhieb sympathisch. Er stellte sich vor und sagte, um was es ging. Sie fragte, ob er schon gefrühstückt habe.

«Kaum», sagte Gottschalk.

Sie tischte ihm Croissants und verschiedene Marmeladen auf. Die Küche war geräumig. Die Tür zum Garten stand offen. An einem starken Ast war eine Schaukel angebracht. Gottschalk sah Kinderspielzeug, Eimerchen und einen bunten Ball. Ein Stundenplan klebte am Geschirrschrank.

«Oliver», erklärte Anne. «Er ist bis fünf im Kinderladen.»

«Und danach?»

«Eine Nachbarin nimmt ihn bis abends. Ich bin in der Regel um halb neun zurück.»

«Kommen Sie denn mit den paar Stunden finanziell zurecht?»

«Es reicht für mich und den Kleinen.»

«An der Tür steht Ihr Name. Was ist mit Ihrem Mann?»

«Ollies Vater lebt wieder in den Staaten. Wir waren nicht verheiratet. Das wär auch nicht gutgegangen. Er war lang in Vietnam und – ich hab meine Probleme mit Fixern, mit Drogen überhaupt.»

«Schon immer?»

Sie nahm einen Schluck Kaffee und griff dann nach ihren Zigaretten.

«Ich bin angerufen worden», sagte sie. «Was Sie wissen wollen, ist inzwischen unter uns rum.»

«Und was können Sie mir sagen?»

«Ich kannte Auer nicht», sagte sie und lehnte sich bequem zurück. «Jedenfalls nicht von daheim, nicht persönlich. Ich hab erst hier von ihm gehört.»

«Sie wurden nicht von ihm vermittelt?»

«Nein. Ich wollt zum Film. Ich war mal Disco-Queen.» Sie lächelte ein wenig. «Interessiert Sie die Geschicht?»

«Sicher», sagte Gottschalk. «Immer.» Die Stachelbeerkonfitüre war hervorragend. Er löffelte sich noch einen großen Klacks auf den Teller. Anne inhalierte tief und blies den Rauch zur Tür hin.

«Ich bin früh nach München gangen und hab gedacht, ich mach Karriere. Ziemlich naiv, wenn ich heut so zurückblick. Aber damals war ich fest überzeugt, daß ich ganz groß rauskomm. Ich hab dann tatsächlich ein paar kleine Rollen gekriegt, das fesche Madel – na ja, auf die Titten waren's halt scharf. Mir hat's nicht groß was ausgemacht. Bis ein Kameraassi mich für einen Porno haben wollt, eine Privatproduktion. Erst wollt ich natürlich nicht, aber dann – das Geld hat gelockt, und im Grund genommen, ich hab in der Zeit schon ein bissel locker gelebt, und ob ich es nun so oder vor der Kamera bring – ich hab mir gesagt, schau halt, wie du's packst und wenn's dich ankotzt, steigst auf der Stell aus.» Sie klopfte die Asche ab und zuckte die Achseln. «Es lief easy, und es lief weiter. Drei Jahre, dann hab ich den Ed kennengelernt und war mit ihm auf Tour. Er ist Musiker und spielte in einer Band, die's inzwischen nicht mehr gibt, die *Blue Shoes*. Das ging eine Saison, und am End war ich schwanger und kam mit dem Ed nun überhaupt nicht mehr klar. In Hannover haben wir uns getrennt. Ich hab versucht, mich irgendwie durchzuschlagen, aber mit dem Bauch – das können's sich ja vorstellen. Ich war im sechsten Monat, hat noch ein wenig Erspartes und sonst nix. Das war schon herb. Na ja, und eines Tages steht der Ludwig in der Tür...»

«Süchting?»

«Ja. Jetzt fragen's sich sicher...»

«Genau», sagte Gottschalk. «Sie waren also in Hannover, und plötzlich taucht Süchting bei Ihnen auf?»

«Er hatte mich gesucht, ja. Sehen's, die Pornos, die mit mir gedreht wurden, die können's in allen Videotheken haben, und der Ludwig – er hat in München nachgefragt, wo er mich erreicht.»

«Und das konnten die ihm sagen?»

«Die haben ihm gesagt, daß ich mit einem von den *Blue Shoes* zusammen bin und nicht mehr im Geschäft.»

«Und weiter?»

«Er hat nicht aufgegeben und hinter der Band her telefoniert, bis er wußt, daß ich irgendwo in Hannover hing.»

«Schwanger», ergänzte Gottschalk.

«Das war ihm wurscht. Schwanger ist kein Dauerzustand, hat er gemeint. Er wollt mich halt unbedingt haben.»

«Für die *Oase*?»

«Er war auf mich abgefahren. Vom Anschauen her.»

«Gibt's dafür eine besondere Erklärung?»

«Eine simple», sagte sie. «Ich hab damals bei den Aufnahmen kaum schauspielern müssen. Einer meiner Partner war ein ganz Netter. Ich hatt mich ein bissel in ihn verknallt.»

«Na schön», sagte Gottschalk. «Trotzdem – Süchting leidet meines Wissens nicht unter sexuellem Notstand.»

Sie zuckte wieder die Achseln.

«Ich bin offenbar genau sein Typ.»

«Nach wie vor?»

«Er hat mir angeboten, mich zu finanzieren, bis ich wieder voll einsatzfähig bin. Er hat keinen Hehl draus gemacht, daß er in mehrerer Hinsicht an mir interessiert ist. Ich wußt, wo ich letztendlich landen würde.»

«Aber bis dahin waren Sie sozusagen seine Braut?»

«Er hat eine Zeitlang bei mir das Familienprogramm draufgehabt und sich bekochen lassen.»

«Wenn ich alles richtig in Erinnerung habe, ist das nicht bekannt», sagte Gottschalk und zog seine Zettel aus der Tasche.

«Nein», sagte Anne. «Unter den Kolleginnen jedenfalls nicht.»

«Bei uns auch nicht.»

«Er war nicht ständig hier, aber halt doch – ich verdank ihm viel.»

«Na ja», meinte Gottschalk. «Das Gelbe vom Ei ist Ihr Job ja nun nicht.»

«Denken Sie.»

«Denk ich mir, ja.»

«Sauber», sagte sie und lächelte müde.

Gottschalk seufzte. Die Bemerkung hätte er sich verkneifen sollen.

«Gut», sagte er. «Sie haben in der Zeit sicher einiges von ihm gehört. Mich interessiert die Beziehung zu Auer.»

Sie nickte und trank noch einen Schluck Kaffee.

«Er war schlecht auf ihn zu sprechen», sagte sie dann. «Die anderen hatten auf der Schicht über den Franz geredet, und ich hab's dem Ludwig erzählt, weil ich bis dato nichts davon gewußt hab, von der Clique da und den Deals und... Der Ludwig hat gemeint, der Franz hab bei der Sach mehr als reichlich abkassiert, und er hoff nur, daß er nie wieder damit anfang.»

«Mit dem Zuschieben von Frauen?»

«Ich hatt den Eindruck, er dacht an was anderes, aber was, das weiß ich nicht, sonst – ich würd's schon sagen.»

«Wirklich?»

«Ja», sagte sie. «Obwohl ich nix davon hab, oder?»

Gottschalk schürzte nachdenklich die Lippen. *Was hat der Boxer vom Leben der Welt?* kam ihm unwillkürlich in den Sinn. Wieder so eine Melodie, die ihm heute nicht mehr aus dem Kopf gehen würde.

Er griff zur Tasse und schlürfte den Rest.

«Oder?» wiederholte Anne.

«Und das ist alles?» fragte er. «Mehr nicht?»

6

Der Chef hatte ein angenehmes Wochenende verbracht. Er sprach von Mußestunden im Wintergarten, Blick auf die Elbe, die vorbeiziehenden Frachter zum Greifen nah. Er erwähnte Vivaldi: Der Wechsel der Jahreszeiten, der bevorstehende Sommer, auch urlaubsmäßig gesehen. Er zwinkerte dämlich und legte die Fingerspitzen aneinander.

Fedder rutschte auf dem unbequemen Stuhl herum.

Er hatte für Meister nicht allzuviel übrig. Der Mann war ihm zu glatt. Ein Schönling, wie man sich einen Schönling vorzustellen hatte. Das ganze Jahr über gut gebräunt, das leicht angegraute, dichte Haar locker gestylt. Teures Tuch am Körper, und zu Hause eine Frau aus Hamburgs besseren Kreisen. Blond natürlich, und mindestens einmal wöchentlich in den Klatschspalten abgebildet. Theaterpremieren, Empfänge, überall dabei. Meister sagte gerade, daß er selbstverständlich nicht völlig untätig gewesen sei, am Samstag ausführlich die Zeitungen studiert habe. Und dieser Mord – eine häßliche Geschichte.

Fedder nickte knapp.

«Und der Kollege Gottschalk hat sich also krank gemeldet», schloß Meister übergangslos an.

«Er ist krank», sagte Fedder. «Eigentlich schon seit Wochen.»

«Ja, ja.» Meister gab sich keine Mühe, seine Ironie zu verbergen. «Der gute Mann neigt dazu, sich zu überfordern.»

«Das sind wir mehr oder weniger alle. Zu stark ausgelastet, meine ich.»

«Ich weiß, ich weiß.»

Du weißt einen Scheiß, dachte Fedder.

«Ja», sagte er.

«Ein großes Problem», fuhr Meister fort. «Ich bringe es immer wieder zur Sprache, aber –» Er zuckte bedauernd die Achseln. «Es bleibt ein unbefriedigender Zustand.»

«Ich habe einen Fehler gemacht.» Fedder wußte sich nicht anders zu helfen. Meister schaute ihn irritiert an. Er hatte braune Augen. Wie Toffees.

«Wie soll ich das verstehen?»

«Meine Bewerbung betreff der Übernahme in die Fünfundsechzig. Ich möchte sie zurückziehen.»

Einen Moment lang herrschte Schweigen. Dann räusperte sich Meister und zupfte an seinen Manschetten.

«Und warum, wenn ich fragen darf?»

«Ich fühle mich der Aufgabe nicht gewachsen. Noch nicht.»

«Aber Sie sind bestens qualifiziert.»

«Meiner eigenen Einschätzung nach nicht», sagte Fedder und zwang sich, Meister in die Knopfaugen zu sehen. Sie wurden schmal.

Fedder wußte, daß ihm jetzt der schwierigste Teil bevorstand.

Der Chef beugte sich vor und drückte auf eine Taste der Sprechanlage. Er gab Anweisung, keine Gespräche durchzustellen, und bat um Kaffee. Fedder stellte die Füße nebeneinander und legte die Arme auf die Lehne. Aufrecht sitzen, das Kreuz durchdrücken und ruhig durchatmen. Nicht ungefragt reden. Jede Frage erst einen Moment stehenlassen, die Antwort genau überlegen. Warten.

Meister sagte nichts.

Seine Sekretärin kam mit einem Tablett herein. Sie lächelte ihr Vorzimmerlächeln, als sie die Tassen abstellte. Fedder hatte oft mit ihr zu tun. Er mochte sie, weil sie Meister affig fand. Steffi war eine hübsche Frau, und man munkelte, daß sie seinerzeit mit Meisters Vorgänger, mit Garrelt, ein Verhältnis gehabt hatte. Fedder glaubte das nicht. Er hätte sich gern einmal privat mit ihr verabredet, traute sich aber nicht, sie zu fragen. Mein Problem, dachte er. Durchgängig. Er wußte, daß sie mit einer Freundin regelmäßig Tennis spielte und häufig ins Kino und in Konzerte ging. Augenblicklich war John Farnham bei ihr angesagt. Fedder war nicht blond und hatte auch nicht annähernd die Figur und überhaupt: Mir fehlt die Ausstrahlung, das gewisse Etwas.

Meister wartete, bis sie die Tür wieder hinter sich geschlossen hatte. Ein Hauch Parfüm blieb zurück.

«Nun», sagte Meister schließlich. «Das werden Sie mir schon ein wenig genauer erläutern müssen.» Er zog sich die Tasse heran, nahm Milch und Zucker.

«Ich überschätze mich gelegentlich», sagte Fedder und faltete brav die Hände.

«Sie sind ein ausgezeichneter Beamter, Herr Fedder. Das sage nicht nur ich. Sie haben allein im letzten Jahr drei Fälle klären können, die Ihre Kollegen bereits ad acta gelegt hatten.»

«Mit Gottschalk.»

«Die Initiative ging von Ihnen aus, wenn ich das richtig im Gedächtnis habe.»

Hatte er nicht. Fedder mußte ihn korrigieren.

«Nicht ganz. Gottschalk …»

«Zu Gottschalk komme ich noch», unterbrach ihn Meister. «Tatsache ist, daß Sie sich weit über das Übliche hinaus engagiert haben, und das doch mit dem Ziel, eine bessere Position zu erreichen.»

«Nein», sagte Fedder. «Das ist nicht mein Bestreben. Nicht primär.»

«Sondern?»

«Ich kenne inzwischen meine Grenzen.»

«Und wo liegen die?»

«Ich bin kein Einzelkämpfer. Ich brauche Kollegen, mit denen ich mich austauschen kann, auch auf persönlicher Ebene.»

«Wollen Sie damit sagen …?» Meister hatte die Tasse angehoben. Er setzte sie wieder ab. Zu hart. Etwas Kaffee schwappte über.

«Ja», sagte Fedder jetzt doch schnell. «Das sehe ich bei den Fünfundsechzigern nicht. Nicht das Team, keinen Zusammenhalt. Ich werde mich in der Abteilung sicher nicht wohl fühlen.»

Sie drehte sich auf die Seite, tastete noch schlaftrunken nach ihm. Er lag nicht mehr neben ihr. Sie blinzelte, öffnete die Augen ganz. Ihr Blick fiel auf die Uhr. Es war nach zehn. Scheiße, dachte sie, er hat mich nicht geweckt, obwohl ich ihn darum gebeten hab. Dumme Sau. Sie richtete sich auf. Der Ascher war nicht geleert, das Fenster nicht geöffnet: Kein Wunder, daß ich Kopfschmerzen habe.

Monika rieb sich die Schläfen. Sie hatte wüst geträumt. *Bürger, Senatoren, Freunde! Hört mich an!* fiel ihr ein. Ihre Worte, eine Rede von der Bürgerschaft. In ein Bettlaken war sie gehüllt gewesen, in eine Toga, und unter den Blitzen der Pressefotografen nach vorn ans Pult getreten. In den Reihen hockten Schweine, quiekende, grunzende Schweine, alle in Abendrobe, Frack und gestärkte Hemden, Kleider mit tiefem Dekolleté. Wie in einem Walt Disney-Film. Schweinchen Schlau. Und mitten unter ihnen Ede Wolf. *Hört mich an! Befragen will ich Zawodnik, nicht ihn schmähen. Der edle Mann hat euch gesagt, daß er voll guten Willens ist, und ist er das, ist das allein nicht hoch genug zu werten.* Mitch hatte an der Tür gestanden, bekleidet mit einem Wams aus Samt und einer grünen

Strumpfhose. Sein Schwanz hatte sich deutlich abgezeichnet und war größer geworden, je länger sie geredet hatte: *Denn schwer macht er sich seine Arbeit, das hör'n wir oft von ihm, zu oft, sag ich, die hier ihn fragen will nach seinem Tun, den ehrenwerten Mann.* Wahnsinn! In ihrem Traum hatte sie nicht mehr auf die Blätter schauen können, das sauber getippte Manuskript, mit dem sie sich tagelang, nächtelang gequält hatte. Nur auf den sich jetzt einen abwichsenden Mitch, der seinen gewaltigen Schwanz auf Zawodnik gerichtet hatte: *Ja, Zawodnik ist ein ehrenwerter Mann. Das sind sie alle, alle ehrenwert.* Die in die Sessel furzenden Schweine. Mitch ächzend und stöhnend und ein Sturm, der die Saaltüren aus den Angeln, ihr das Laken vom Körper riß. Eine Sturmflut. Zawodnik, mit Helmut Schmidt-Mütze und Friesennerz an der Elbe: *Rettet St. Pauli! Stobbe darf nicht untergehen!* Innensenator Dietrich Zawodnik im Einsatz: *Der Staat muß jede Gelegenheit nutzen, um beim Abbau von Gewalt voranzugehen.*

Monika hatte die Sequenz wieder deutlich vor Augen, versuchte, sich zu erinnern, wie es weitergegangen war. Naß, wußte sie noch. Naß und kalt, eine eisige Kälte, und daß sie nach Mitch gerufen, nach Hilfe geschrien hatte, weil Zawodnik die Peitsche schwang und sie gekettet... mein Gott, ja, man hatte sie in einem Kellerloch eingesperrt, und über ihr war Musik zu hören gewesen, wurde getanzt, und durch die Decke tröpfelte eine übelriechende Flüssigkeit. Schales, abgestandenes Bier.

Sie sah die umgestoßene Flasche auf dem Boden.

Es war zum Kotzen. Dieser Penner.

Sie verfluchte Mitch, stand auf und nahm die Flasche mit raus.

Er hatte nicht gefrühstückt und auch keinen Finger gerührt. Auf dem Tisch waren noch die Teller und Schüsseln, die Reste vom Abendessen. Sie hatte ein Huhn gebraten, Curryreis dazu gemacht. Ein Stück von der Hühnerbrust war übriggeblieben, und viel Reis.

Monika setzte Kaffee auf und ging pinkeln.

Ein beängstigender Traum. Allmählich fand sie für einige Abläufe eine Erklärung. An ihren Handgelenken zeichneten sich noch leicht die Druckstellen der *Hamburger Acht* ab. Mitch hatte es so haben wollen, sie ans Bettgestell gefesselt. Nur mit den Fingerkuppen hatte er sie berührt, ihre Brüste, ihren Bauch, die Hüften und Schenkel. Ein Hauch, ein schier unerträglicher Kitzel. Ein Schauer durchrieselte sie.

Sie zog die Spülung und stellte sich unter die Dusche. Die Sitzung war für elf angesetzt. Sie würde ohnehin zu spät kommen, ließ sich Zeit. Ich muß mir das aufschreiben, wieder anfangen, Tagebuch zu führen. Rückblickend. Ihre erste Begegnung mit Mitch. Vorher die dreiteilige Serie im *Stern*: *Ein Kommissar packt aus. Der Sumpf*. Auf dem Foto hatte er entschlossen ausgesehen. Ein schmales Gesicht, kurzgeschnittenes Haar. Er wirkte jung. 23 Dienstjahre, davon acht auf der Reeperbahn. Davidswache. Bei ihrem Treffen im *Klett* hatte sie ihn erst nicht erkannt. Er stand unter Strom, war reichlich abgefüllt. Sie hatte ihn mit zu sich nach Hause geschleppt, ihm Kaffee eingetrichtert. Er sollte reden, erzählen. Ausführlicher, genauer als in der Illustrierten. Sie war ihm mit der Partei gekommen, dem Initiativkreis. Phrasen, hatte er ihr geantwortet, und sie mehr und mehr zur Weißglut gebracht. Bis sie... ja, Scheiße. Es war eine linke Tour gewesen, ihn dazu zu bringen, mit ihr ins Bett zu steigen. Aber sie wollte ihn knacken, mit allen ihr zur Verfügung stehenden Mitteln. Infos, Fakten, Details. Nur daran hatte sie gedacht, nachdem er endlich doch einen hochgekriegt und sie schlaff gefickt hatte. Mist. Er hatte sie durchschaut. In gewisser Weise: *Ich kauf es dir sogar ab. In der Nacht stimmte es*. Es stimmte, daß es ihr nicht gereicht hatte. Seine konfusen Andeutungen, sein Desinteresse. Eine müde Nummer, für nichts und wieder nichts. Das hatte sie wahnsinnig gefuchst. Neu aufgegeilt hatte sie ihn. Das sah er richtig. Daß sie nicht lockergelassen und irgendwann nichts anderes mehr im Kopf gehabt hatte, ganz Körper gewesen war.

Sie seifte sich noch einmal ein.

Schreib das auf, Frau. Notier deine Empfindungen, den Wandel. Die Nächte mit Mitch. Reflexionen über Sexualität und Macht. Zawodnik. Der schmallippige Techniker der Macht. Der Major a. D. Der Einpeitscher. Klack.

Ein weiteres Bild erklärte sich. Mit der Neunschwänzigen hinter ihr her: *Ich spreche hier von dem nur, was ich weiß. O Bürger! Strebt ich, Herz und Mut in euch zur Wut und zur Empörung zu entflammen, so tät ich Unrecht ihm, den ihr als ehrenwerten Mann doch kennt*. Souverän im Umgang mit der Presse. Selbst im *Spiegel*-Gespräch gut abgeschnitten. Überzeugende Argumentation. Blitzgescheit, keine Blöße gezeigt: *Ich teile Ihre Skepsis. Da muß ich Ihnen recht geben. Das ist jetzt nicht logisch gefragt. Da stimme ich Ihnen zu. Das ist auch eine Bewertungsfrage.* Immer noch ein As im Ärmel.

Aber ich auch, hatte Mitch gesagt. Ich halte mit. Sie sollte das Spiel eröffnen. Mit dem, was er ihr in die Hand gegeben hatte. Es war kein starkes Blatt.

Sie drehte den Kaltwasserhahn auf, prustete, japste nach Luft. Der Kopfschmerz hatte sich verflüchtigt. Monika frottierte sich ab, bearbeitete Arme, Beine und Bauch mit der Massagebürste.

Vor dem Kleiderschrank konnte sie sich lange nicht entschließen. Draußen war es regnerisch, Grau in Grau. Schließlich wählte sie die alte, braune Wildlederhose und zog über dem Herrenunterhemd mit Knopfleiste eine helle Bluse an, band locker eine schmale, schwarze Krawatte um und stieg in Boots. Okay. Ihr Haar war beinahe trocken. Sie föhnte es noch kurz durch und schminkte sich.

Der Kaffee war längst fertig. Sie schnitt sich eine Scheibe Brot ab. An die Küche mußte sie sich wirklich bald machen. Total verdreckt. Sie setzte sich nicht, ging mit dem Honigbrot und dem Becher in der anderen Hand nach vorn in ihr Arbeitszimmer.

Auf dem Schreibtisch stapelten sich Papiere, Bücher.

Der Shakespeare-Text. Julius Caesar. Oh, Brutus-Zawodnik: *Ihr alle wißt, daß Bonn ihn rief, was mehrfach er verweigerte. Warum? frag ich. Was hindert ihn zu gehen, den ehrenwerten Mann?*

Hamburger Verhältnisse. Der Sumpf.

Ich brauche mehr, du alter Sack.

Mitch hatte auch hier seine Spuren hinterlassen. Kippen und ein halbgeleertes Glas. Sie fand den Zettel, auf dem er seine Stichworte gekritzelt hatte. *Zawodnik – Garrelt. Garrelt – Stobbe. Stobbe – LUNA.* Von Zawodnik führte eine weitere Linie zu *Tochter Steffi.* Und von ihr eine zurück zu *Stobbe.* Ein Punkt. Er hatte ihr weitere aufgelistet und zu jedem etwas gesagt.

Sie suchte nach ihren Notizen. Papier, Papier, Papier.

Aufräumen. Einen eigenen Katalog aufstellen und mehr, mehr von Mitch erfragen. Nicht mittendrin aufhören und mit ihm vögeln. Das reicht alles noch nicht, Schobel. Wenn ich mich ans Pult begebe, muß ich jeden Gegenschlag parieren können. Zawodnik läßt sich nicht mit ein paar läppischen Behauptungen aus der Reserve locken und schon gar nicht zu Fall bringen.

Norbert knallte den Hörer auf und stürmte aus seinem Büro. Er brauchte nicht mehr als zwanzig Minuten bis zu Andis Wohnung. Sie war in der Seilerstraße, in der ersten Etage eines Hinterhauses. Ein Loft.

Uli öffnete ihm die schwere Eisentür und schloß gleich, nachdem er eingetreten war, wieder ab.

Norbert genügte ein Blick.

Andi lag rücklings auf dem Boden. Die Kugel hatte ihn mitten in der Stirn getroffen. Großes Kaliber. Ein häßliches Loch.

Norbert fluchte leise.

«Ich hab mehrfach versucht, ihn anzurufen», erklärte Uli. «Er hatte nicht auf Band geschaltet.»

«Ja, wie auch?» blaffte Norbert. «Scheiße! Das zahl ich dem Alten heim.»

«Laß uns erst mal überlegen, was wir mit ihm machen.»

«Die linke Sau!»

Uli schüttelte entschieden den Kopf.

«Bei allem, was ich gegen Emma habe», sagte er. «Aber das hier geht nicht auf sein Konto.»

«Ach nee? Und wer…?»

«Später. Wo hast du den Wagen stehen?»

«Nee, nee, nee», wehrte Norbert ab. «Da lassen wir mal schön die Finger von.»

«Und haben die Bullen am Arsch. Willst du das?»

«Das ist mir zu heiß.»

«Wenn gleich einer seiner Schwanzlutscher auftaucht und Alarm schlägt, haben wir keine ruhige Minute mehr.»

«Wer sagt dir, daß es nicht schon durch ist?»

«Dann wären sie längst da. Nein, er ist noch ziemlich frisch. Keine zwei Stunden, schätze ich. Und er muß weg, spurlos verschwinden.»

«Und was bringt das?»

«Zeit», sagte Uli trocken und sah sich suchend um. Die Wohnung entsprach ganz und gar nicht seinem Geschmack. Industrieregale, in denen Klamotten gestapelt waren. Ausrangierte Kinositze und ein Bistrotisch, auf dem ein Sektkübel mit Plastikrosen stand. Das Bett stammte aus einem Krankenhaus. Weißlackiertes Gestell, grauschwarz gestreifte Bettwäsche. Überall lag irgendwelcher Scheiß herum, nur nicht das, was er brauchte.

Norbert stieg vorsichtig über Andi hinweg und setzte sich auf einen niedrigen Hocker. Heftig knetete er sein Kinn, dachte nach.

Stobbe. Das konnte nur Emma veranlaßt haben. Obwohl es keinen Sinn ergab. Man stand in Verbindung, man verhandelte, und Andi wurde ausgeknipst, noch bevor etwas entschieden war. Nein, das stimmte nicht ganz. Sie hatten sich entschieden. Er hatte mit Uli in der *Oase* darüber diskutiert, oben, in einer der Nischen. Und als die beiden Bullen aufgetaucht waren, hatten sie sich in eins der unteren Zimmer verdrückt, da weitergeredet. Fuck.

Er schlug sich an die Stirn.

«Ja, was ist?» Uli hatte jetzt doch die Müllsackrolle gefunden, riß zwei ab und breitete sie auf dem Boden aus.

«Unser Gespräch in der *Oase*. Wir haben nicht an die Anlage gedacht.»

«Genau. Ludwig. Los, pack mit an.»

«Nein», sagte Norbert. «Eine undichte Stelle. Irgend jemand hat Emma gesteckt, daß wir nicht interessiert sind.»

«Quatsch. Der einzige, dem von da was geflüstert wird, ist Ludwig.» Er faßte die Leiche unter den Schultern. «Wir kommen ihm auf die Schliche, und er schlägt zurück.»

Norbert machte keine Anstalten, aufzustehen.

Fedder war erleichtert. Reimer Peters sah aus, als sei er sanft entschlummert. Seine Schwester nickte kurz, und Mann zog das Laken wieder über das Gesicht des Toten.

«Danke», sagte Fedder und ließ Frau Simon vorgehen. Sie trug einen weiten, mausgrauen Umhang mit hochgestelltem Kragen und extrem hochhackige Stiefeletten. Auf dem Weg zur Tür klappte sie ihre Tasche auf und nahm ein Kleenex heraus. Fedder zupfte an seinem Rollkragen. Es kostete ihn immer wieder einiges an Überwindung, diesen Gang zu machen. Als sie über den Flur zum Ausgang gingen, drückte er noch einmal sein Bedauern aus.

Frau Simon blieb stehen.

«Ich habe mir den Rückflug offen gelassen», sagte sie. «Ich möchte wissen, wer es war und – Sie glauben, es hängt mit dieser Frau zusammen?»

«Ja, ich...»

«Wo erreiche ich sie?»

«Sie weiß kaum etwas von Ihrem Bruder.»

«Ich zweifle nicht an Ihren Fähigkeiten, aber ich denke, daß sie mir mehr sagen wird als Ihnen. Reimer war offenbar ernsthaft an ihr interessiert. Daß er sie zu sich eingeladen hat...»

«Wie gut war der Kontakt zwischen Ihnen und Ihrem Bruder?»

«Sehr gut. Wir haben uns regelmäßig gesehen und auch ständig miteinander telefoniert.»

«Wann zuletzt?»

«Vergangene Woche. Er rief von L. A. aus an und erwähnte die Verabredung.»

«Mit Jutta Wolf?»

«Er sagte, eine faszinierende Frau. Und daß wir uns sicher gut verstehen würden. Seine früheren Freundinnen waren nicht so ganz mein Fall.»

«Sie kannten sie?»

«Kennen wäre zuviel gesagt. Es war oft nur ein Abend, wenn er Boston angeflogen hatte. Sie übernachteten dann bei uns.»

«Und er sprach mit Ihnen über alles?»

«Ja, wir standen uns sehr nah.» Fedder hatte seine Zweifel. Er dachte an die vielen Frauennamen in Peters Adreßbuch und schwieg. Das Buch war fotokopiert worden, und es würde ihr zusammen mit all den anderen Papieren und Dokumenten ausgehändigt werden. Mit den Wohnungsschlüsseln. Er fragte sich, wie stark ihre Nerven wirklich waren. Bisher hatte sie sich erstaunlich gut unter Kontrolle.

«An was denken Sie?» fragte sie.

«Haben Sie hier jemanden? Ich meine, Bekannte, Freunde?»

«Ja, eine Jugendfreundin. Warum?»

«Sie werden in der Wohnung Ihres Bruders noch Spuren vorfinden...»

«Sieht es...?»

«Ja. Ich kann Sie begleiten.»

Sie zögerte. Fedder bereute schon, das Angebot gemacht zu haben. Er hatte genug zu tun, und der Frau konnte er auch nicht allzuviel abgewinnen. *Ich zweifle nicht an Ihren Fähigkeiten*. Natürlich nicht. Alle hielten ihn für total bescheuert. Besonders Frauen.

Frau Simon kam zu einem Entschluß. Sie sagte nein, das sei nicht nötig. Sie knüllte ihr Taschentuch zusammen und schaute sich um. Es gab auf dem Flur nichts, wo sie es hätte hineinwerfen können.

Fedder stieß die Tür auf.

Es nieselte jetzt. Ein schiefergrauer Himmel. Nasse Straßen. Hamburg, wie man es kannte und liebte. Er schlug den Jackenkragen hoch.

Bis zum Wagen waren es nur ein paar Schritte. Fedder eilte vor und schloß die Tür auf.

Die Lady aus Boston/USA zeigte Bein, als sie einstieg. Sie hatte schöne Beine. Wahrscheinlich eine der Frauen, die regelmäßig joggten und strenge Diät hielten. Sie hatte gesagt, daß sie ihren Beruf nicht mehr ausübe. Sie hatte als Innenarchitektin gearbeitet und lebte seit zwölf Jahren in den Staaten. War zum zweitenmal verheiratet.

Fedder startete.

Es war ein Tag, den er nicht mehr richtig in den Griff bekommen würde. Das lange Gespräch mit Meister war unbefriedigend ausgegangen. Er sollte seine Bedenken Broszinski mitteilen, und genau das hatte er vermeiden wollen. Auf dem Weg zurück ins Büro hatte ihn ein Gewerkschaftsvertreter belabert. Die Kollegen von der Bereitschaftspolizei gedachten zu streiken. Durch dauernde Demoeinsätze hatten sie kaum noch Privatleben. Ein junger Beamter hatte neun Wochenenden hintereinander Dienst gehabt, und seine Frau drohte jetzt, sich scheiden zu lassen. Stell dir vor, es wird gemordet und keiner klärt auf. Fedder hatte das überhaupt nicht komisch gefunden. Seine Freundin hatte ihm schon längst den Laufpaß gegeben. Gisela. Gilla. Er hatte lange nichts mehr von ihr gehört.

Frau Simon kramte in ihrer Tasche.

«Haben Sie ihre Nummer?» fragte sie.

«Von Frau Wolf? Im Büro.» Er warf ihr einen kurzen Blick zu. Ihr Gesicht war eine Maske. Ähnliche Züge wie die ihres Bruders. Ihres toten Bruders. Das abgetrennte Glied in seinem Mund.

Fedder hatte das Detail ausgespart. Auch in den Zeitungen war es nicht erwähnt worden. Der Mord war ohnehin grauenvoll genug. Die Morde. Fedder war sich sicher, daß die Wolf nicht mit Barbara Simon reden würde. *Wird mir mehr sagen als Ihnen.* Weil Bullen komplette Idioten sind.

Er war versucht, sie das zu fragen. Und was sie sich erhoffte.

Er schaltete hoch.

«Sie haben schon ein Hotel?» fragte er.

«Eine Schulfreundin hat mir angeboten, bei ihr zu wohnen. Ich habe mich noch nicht entschieden.»

«Sagen Sie mir dann bitte Bescheid.»
«Stört es Sie, wenn ich rauche?»
«Wir sind gleich da», sagte er.

Harry kam mit seinem Tablett zu Broszinski an den Tisch, sah ihn fragend an. Broszinski machte eine einladende Geste. Er war kurz zu Hause gewesen, hatte sich rasiert und geduscht, einen Anzug angezogen.

Harry setzte sich und rollte das Besteck aus der Serviette. Er hatte sich das serbische Reisgericht genommen, Salat und als Nachtisch eine Quarkspeise mit Früchten. Broszinski aß das Bauernfrühstück.

«Hast du was davon gehört, daß Garrelt wieder im Gespräch sein soll?» fragte Harry.

«Wer sagt das?»

«Giesing», sagte Harry. Broszinski hob die Augenbrauen. Harry spießte einige Salatblätter auf. Sie waren mit zu viel Essig angemacht. Das sah er schon. Er schüttelte sich, bevor er sie sich schnell in den Mund schob.

«Interessant», meinte Broszinski. «War Mitch dabei?»

«Ja, als ob er sich nie verpißt habe. Hat sozusagen das Scheißgespräch ausgelöst. Garrelt war nur ein Text.»

«Und die anderen?»

«Später», sagte Harry. «Wie schätzt du das ein?»

«Ist mir völlig neu, aber wenn's von Giesing kommt...»

«Via Vorzimmer Zawodnik», ergänzte Harry.

Broszinski sprach nicht aus, was ihm durch den Kopf ging. Kripochef Dr. Hans Garrelt hatte ihn seinerzeit bei den Fünfundsechzigern haben wollen, als Führungsbeamten. Um Mitch auf kaltem Weg auszuschalten, der dann aber von sich aus das Handtuch geschmissen und die Ergebnisse seiner Ermittlungen der Presse zugespielt hatte: Garrelt gemeinsam mit Stobbe als Akteure in einem 8-Millimeter-Pornofilm. Der Beweis konnte nicht erbracht werden, weder von ihm noch von Broszinskis alter Truppe, die den Mord an einer Peep-Show-Tänzerin aufzuklären hatte und dabei auf eine Verbindung zu Stobbe gestoßen war. Das in den Medien breit ausgewalzte Gerücht in bezug auf ein Zusammenspiel des Kriopchefs mit dem mächtigsten Mann vom Kiez hatte zum Skandal geführt. Garrelt war gegangen worden. Auf unbestimmte Zeit beurlaubt. Und

Broszinski saß auf Mitchs Platz. Aufgabenbereich Organisierte Kriminalität. Werner «Emma» Stobbe. Die LUNA. Vorläufig keine Ergebnisse, kein großer Schlag. An Garrelt allein konnte es nicht gelegen haben, daß der Sumpf nicht trockenzulegen war. Broszinski hatte zwangsläufig oft darüber nachgedacht.

Er schüttelte den Kopf.

Harry verstand es falsch. Er wiederholte sich.

«Was soll sich ändern?» unterbrach Broszinski ihn.

«Umstrukturierung», sagte Harry. «Er wird die Fünfundsechzig neu besetzen. Mit Figuren, die... Mann, das liegt doch auf der Hand. Alle, die hinter Mitch standen, schickt er in die Wüste.»

«Das kann er nicht.»

«Das garantier ich dir. Durch Mitch ist er in die Scheiße geraten, vollgekübelt worden, und wer immer sich da die Hände gerieben und einen abgefeixt hat – er weiß es. Und das vergißt so einer nicht. Du kannst dich drauf verlassen, daß er als erstes unseren Haufen aufmischt.»

«Nicht, solange ich die Leitung habe.»

«Er ist dann der Boss. Wenn du gegen ihn aufmuckst... na ja, das ist die Frage.»

«Deine?»

«Ich hab 'ne andere Meinung über dich als Mitch. Trotzdem...»

«Okay», fiel ihm Broszinski ins Wort. «Okay. Nur zur Erinnerung. Mitch hat sich verpißt, bevor ich mich entschieden hatte.»

«Ich weiß. Darum sag ich ja, daß ich nicht seine Schiene fahr. Aber es gibt 'ne Menge Kollegen, die dich nicht einordnen können, sich fragen, wo du eigentlich stehst. Ich hab vorhin gehört, daß Fedder bei Meister war und mehr oder weniger aus dem Grund...»

«Was?»

«Kein Interesse an der Fünfundsechzig.»

Broszinski legte die Gabel aus der Hand. Harry nickte bekräftigend. Er schob das Salatschälchen beiseite, betrachtete kurz die Portion Reis, konnte sich nicht entschließen, mit dem Essen zu beginnen.

Broszinski hatte einen Zigarillostummel aus seiner Jackentasche geangelt, rollte ihn nachdenklich, wartete.

Harry zuckte die Achseln.

«Das kommt von Gottschalk», sagte Broszinski schließlich. «Ich hatte eine Auseinandersetzung mit ihm. Über Kompetenzen.»

«Selbst wenn Fedder außenvor bleibt, Fakt ist, daß in der Mannschaft Zweifel bestehen. Zweifel, inwieweit du... Das fängt bei deinem Auftreten an. Edelbulle ist noch eine der freundlicheren Einschätzungen, andere halten dich schlichtweg für einen arroganten Hund, dem der Job hier – sorry, aber das saug ich mir nicht aus den Fingern, und du tust verflucht wenig, um dem die Spitze zu nehmen. Ich sag dir das in aller Freundschaft, als Kollege, der sich selbst auch ein klares Wort wünscht, eine eindeutige Haltung.»

Broszinski nickte.

«Danke», sagte er dann. «Ich denke, ich werd einige Punkte klarstellen müssen. Weißt du, wo Mitch zur Zeit zu erreichen ist?»

«Das ist 'ne andere Geschichte...»

«Nicht ganz.»

«Dazu gibt's auch noch was zu sagen. Er hat uns da gestern abend eine Story aufgetischt, bei der ich total ausgerastet bin. Und wenn da was dran ist, hat er mehr als nur 'nen leichten Knacks weg.» Er pickte sich einen Fleischbrocken heraus. «Scheiße, ich hatte eigentlich Hunger.»

Broszinski zündete sich den Stummel an, nahm einen Zug.

Die Kantine füllte sich. Um sie herum wurde es laut. Harry warf einen Blick zum Nebentisch.

«Ich mach uns einen Kaffee», sagte Broszinski und stand auf. An der Tür begegnete ihm Fedder. Broszinski verspürte keine Neigung, mit ihm zu reden, nickte ihm nur flüchtig zu. Seine Gedanken waren bei dem, was Harry ihm hingerieben hatte. Unmißverständlich. Kritik an ihm, an seiner Person. Er war nicht dankbar und alles andere als ruhig. Einen Moment lang erwog er, auf der Stelle die Brocken zu schmeißen. Birte wäre happy. Und er? Nein, sagte er sich. So nicht. Nicht bei dem ersten kleinen Stich. Arrogant. Edelbulle. Das war albern, dumm. Flachsiges Gerede. Mehr nicht. Doch. Er machte sich was vor. Das hatte gesessen. Er war tiefer getroffen, als er es wahrhaben wollte.

Sie löste sich kurz aus der Umarmung und griff nach dem Kondom. Er verfolgte ihre Vorbereitungen mit einem Lächeln, streckte sich aus. Sie erinnerte sich noch genau, wie er es mochte, und tat es. Wie eine Professionelle, eine Hure. Ich streif es ihm über. Mit dem Mund. Das gefällt ihm. Er stöhnte leise, zog sie dann auf sich. Es war gut, es war unglaublich gut, seinen Schwanz zu spüren. *Die Frauen von heute nehmen nicht den ersten, sondern den Besten.* Sie hatte sich dagegen ausgesprochen. Aber die Kampagne kam an. Riesige Plakate in allen U-Bahn-Stationen. Geile Fotos. Modern gestylte Models. Es ist doch so. Nein. Den erstbesten. Ein Witz. Er war greifbar gewesen. Damals, an diesem ersten Abend. Zehnjähriges Jubiläum Schmieder. Und der achtunddreißigste Geburtstag der pummeligen Blank aus dem Bildarchiv. Kalte Platten und Wein und Bier. Die Schreibtische leergeräumt. Musik. Nur auf einen Sprung, hatte sie gesagt, und war dann doch länger geblieben. Er hatte am Fenster gestanden und rauchend hinausgesehen. Ein junger Bursche. Ein gutaussehender Typ. Sie stützte sich auf seinen Schultern ab, legte den Kopf zurück und schloß die Augen. In der Tiefgarage war er plötzlich neben ihr aufgetaucht. Nicht zufällig. Sie hatte ihm zu verstehen gegeben, daß er ihr folgen sollte. Es ausgedrückt mit einer winzigen Geste. Einem Nicken. Ich gehe jetzt. Ein Signal. Nehmen Sie mich ein Stück mit? Richtung Hoheluft. Sie hatten nicht viel miteinander geredet. Seine Hand auf ihrem Knie. Wie selbstverständlich. Kein Widerstand bei ihr, nicht der geringste. Noch nicht einmal ein leichtes Zurückzucken. Nur heiß, heiß war ihr geworden, als er langsam ihren Rock hochgeschoben und angefangen hatte, sie sanft zu streicheln. Ihren Schenkel. Im Wagen, den Blick starr nach vorn auf die Straße gerichtet, und er hatte nicht aufgehört. Ihre Bewegungen wurden heftiger. Sie sah auf sein Gesicht. Er erwiderte ihren Blick. Seine Lider flatterten. Er begann, ihren Hintern zu kneten, stieß ihr seinen Finger in den Arsch. Sie biß sich in die Lippe, wollte nicht schreien, aber er brachte sie doch dazu. Sein Griff wurde hart. Starke Hände. Er warf sie herum, packte sie und drang tief in sie ein. Ja, nimm mich, dachte sie. Sie hätte sich jetzt gern gesehen. Alles. Wie er über ihr war und sie mit ihm vögelte. Ihre gespreizten Beine. Die Möse. Seinen Schwanz. Bilder. Wie sie, kaum mit ihm in ihrer Wohnung, übereinander hergefallen waren, noch halb bekleidet es getan hatten. Es. Die immer wieder auftauchende Frage, wie *es* in den jeweiligen Artikeln zu nennen war. Ein Thema für sich. Es klinkte sich ein. Er zog sich ein wenig zurück. Hielt sie hin. Wahnsinn. Es war teuflisch. Beim erstenmal hatten sie keine Vorkehrungen getroffen. Kein Gummi. Der Alkohol. Melodien im Kopf. Schwindel. Dann hatte er ihr die Bluse aufgeknöpft, sie und sich nach und nach völlig ausgezogen, sie hochgehoben und engumschlungen mir ihr aufs Bett gefallen. Sie geküßt. Ihre Brüste, ihren Bauch und tiefer. Irrsinnig lange sie geleckt. Erneut in sie eingedrungen. Sie hatte Paul erinnert. In ihrer guten Zeit. Wenn sie vom Baden gekommen waren, ganze Nachmittage in dem abgedunkelten, angenehm kühlen Raum verbracht hatten. Das Haus in Formentera. Que es la vida? Alles war ausgeblendet, weg. Nur ihr Verlangen blieb, ihr Wunsch, ihn tief in sich zu haben. Wahnsinn. Sie bäumte sich unter ihm auf, preßte ihre Schenkel an seine Hüften, keuchte, daß er nicht aufhören solle, noch nicht, und auch er redete jetzt, flüsterte heiser, wie er ihr es noch zu machen gedenke in dieser Nacht, ihrer Nacht. Endlich wieder. Sie hörte es kaum. Er bat sie, sich umzudrehen. Er ließ nichts aus. Es war phantastisch. Und er redete, redete weiter. Allmählich verstand sie ihn. Daß er diesmal nicht gehen, sich nicht fortschicken lassen würde. Sie verkrampfte sich. Er spürte es, ließ nicht locker. Er. Er lag schwer auf ihr. Er machte sich schwer. Es war nicht mehr gut. Sie versuchte, sich ihm zu entwinden. Schweiß brach ihr aus, kalter Schweiß. Plötzlich hatte sie Angst. Was hatte sie sich nur dabei gedacht, ihn wieder zu sich mitzunehmen? Nach all dem, was geschehen war. Sie war verrückt. Es war schlagartig vorbei. Sie empfand nichts mehr. Nur ein bohrender Schmerz. Ihre Schläfen pochten. Sie ballte die Hände, stemmte sich hoch. Er war wie ein Felsbrocken. Dieser schmale, sehnige Typ. Klammerte. Redete weiter. In einer Tour. Und blieb in ihr. Ihr Hals wurde eng. Endlich gelang es ihr, ihn abzuschütteln. Schwer atmend setzte sie sich auf. Er schien nicht zu begreifen, nichts, schaute sie verständnislos an, und sie, sie strich flüchtig ihr Haar zurück, holte tief Luft.

Püschel erwartete Gottschalk vor seinem Büro. Er war ein untersetzter, grauhaariger Mann, trug einen Pepitaanzug, weißes Hemd und Fliege. Seine schwarzen Schuhe waren blankgewienert. Gottschalk befürchtete das Schlimmste. Er wurde überrascht. In jeder Beziehung.

«Komm», sagte Püschel und streckte Gottschalk die Hand hin. «Da drin ist es nicht gerade einladend. Wir haben die Maler im Haus.»

«Gottschalk», sagte Gottschalk.

«Jochen», sagte Püschel.

«Okay.» Gottschalk nickte lächelnd. «Pit. Du hast gehört, um was es geht?»

«Ja. Wir hätten's euch auch faxen können.»

«Ich ermittle gewissermaßen privat.»

Püschel schaute Gottschalk fragend an. Gottschalk zuckte die Achseln.

«Ich hab keine Rückendeckung», erklärte er. «Unter Umständen bringt's mir einen Verweis oder noch mehr. Ich hab mich krank gemeldet.»

«Und du bist dir sicher, auf der richtigen Spur zu sein?»

«Kanntest du Auer?» fragte Gottschalk zurück. «Du redest nicht wie einer von hier.»

«Er hat gedealt. Das wußten wir. Aber dabei erwischt haben wir ihn nie. Keine Akte, kein Verfahren. Nein, bin aus Hannover. Seit zwanzig Jahren im tiefsten Bayern und immer noch ein echter Preuß. Kein bisserl schlampert, wenns vastehst wos i mein?»

Er zupfte an seiner Fliege. Gottschalk lächelte.

«Er hat Schülerinnen beliefert», sagte er dann. «Und sie auch an Männer aus dem Tennisclub verkuppelt.»

«Wer sagt das?»

«Die Mädchen sind inzwischen in Hamburg. Sie arbeiten als Prostituierte in einem Club. In der *Oase*. Der Geschäftsführer ist Ludwig Süchting. Süchting ist Mitinitiator, Gesellschafter einer Organisation, die sich LUNA nennt – Ludwig, Uli, Norbert und Andi. Mehr oder weniger Kiezgrößen. Zuhälterei, Rauschgift und so weiter. Auer hat die Mädchen von hier an Süchting vermittelt, und die Frage, die entscheidende Frage ist, woher Auer und Süchting sich kannten, beziehungsweise was sie noch alles gemeinsam gedreht haben.»

«Und das soll also bei uns begraben sein. Na ja, sehen wir es uns mal an. Ich hab den Packen nach hinten bringen lassen. Da sind wir ungestört.» Er ging vor, und Gottschalk bemerkte, daß er ein steifes Bein hatte.

Das Zimmer war am Ende des Ganges, Nummer 241, ein kleiner Raum, in dem nur ein Tisch und einige Stühle standen. Die Akten waren aufgestapelt, gut zwei Dutzend Hängeordner.

Püschel nahm den obersten, blätterte ihn flüchtig durch.

«Du hast wahrscheinlich genug zu tun», sagte Gottschalk und zog seine Jacke aus.

«Willst du allein sein?»

«Nicht unbedingt.»

«Gut. Ich geb dir die jeweilige Kurzfassung.» Er setzte sich. «Das ist der Mord an einem Stadtstreicher. Ist mit einem stumpfen Gegenstand erschlagen worden.»

«Nein.»

«Dann haben wir hier einen Raubmord. Rentnerin in ihrer Wohnung...»

«Weg», sagte Gottschalk und nahm ebenfalls Platz.

Die ersten acht ungeklärten Fälle konnten nach Püschels Einschätzung nichts mit Auer oder Süchting zu tun haben.

Den neunten legte er gesondert.

«Da kommen noch drei weitere zu. Junge Frauen, die nachts auf dem Heimweg abgefangen, vergewaltigt und erdrosselt worden sind. Alle Mitte Zwanzig, alle in gewisser Weise behindert. Kinderlähmung, Contergan – ich hab alles drangesetzt und nichts, absolut nichts herausfinden können. Ist in einem Zeitraum von einem halben Jahr passiert, Mai bis Oktober neunundsiebzig.»

«Gut, die gehen wir im einzelnen durch, obwohl mir mein Gefühl sagt... Was ist das?»

Püschel gab ihm kommentarlos die nächste Akte.

Gottschalk schlug sie auf. Der zusammenfassende Bericht begann mit der fernmündlichen Meldung:

Die Ehefrau des Drogerie-Ladenketten-Inhabers Anton Zelnitschek, Gabriele Zelnitschek, geborene Holling, wohnhaft Rosenheim, Püstlingstraße 89. Tel.-Nr. 62319, teilt am 11.6.79 (Montag) gegen 14.15 Uhr fernmündlich mit: Ihre zehnjährige Tochter Anita sei von der Schule nicht nach Hause gekommen.

Der weitere Verlauf war: Anruf des Vaters gegen 15 Uhr. Um 19.30 die Gewißheit, daß Anita entführt worden war. Die Kidnapper hatten sich telefonisch bei den Eltern gemeldet. Wiedergabe des kurzen Gesprächs durch den Vater: *Ich saß mit meiner Frau auf der Terrasse unseres Hauses, als das Telefon klingelte. Ich stürzte zum Apparat und meldete mich. Der Anrufer, eine männliche Stimme mit Akzent (norddeutsch?), sagte, daß Anita in ihrer Gewalt sei. Er forderte 2 Millionen. Ich unterbrach ihn und verlangte, Anita zu sprechen. Das lehnte er ab. Er sagte, ich solle die morgige Post abwarten. Danach würde er erneut mit mir Kontakt aufnehmen. Er warnte mich noch, die Polizei einzuschalten, und hängte dann ein.*

Gottschalk las weiter.

Zelnitschek hatte sich umgehend an die Kripo gewandt.

Die Beamten fingen in der Nacht auf dem Hauptpostamt einen an Zelnitschek adressierten, wattierten DIN-A5-Brief ab.

Er enthielt eine 60-Minuten-Tonkassette, auf der Anita zu hören war. Abschrift: *Mama, Papa, ihr müßt tun, was die... (Stocken)... was verlangt wird. Ich bin... ich bin gesund und bitte, bitte, Papa, bezahl das Geld. Ich will ganz schnell wieder bei euch sein und auch nie mehr... (deutliche Unterbrechung/Neuansatz)... Ich habe das gelbe Kleid an mit dem Marienkäfer vorne. Das soll ich noch sagen, und daß mir nichts passiert, wenn Papa alles richtig macht.*

Oh, mein Gott, dachte Gottschalk und sah auf.

«Zelnitschek gibt uns die Schuld», sagte Püschel. «Er wollte... na, du weißt, wie das ist. Wir haben uns weitgehend im Hintergrund gehalten, aber die Schweine... sie war schon tot, als Zelnitschek das Geld deponierte.»

Gottschalk seufzte schwer.

«Und ihr habt keine Hinweise bekommen, auch später nicht?»

«Nein, obwohl wir einen Zusammenschnitt...»

«Mit der Stimme des Entführers?»

«Ja. Er hat, glaube ich, insgesamt drei- oder viermal mit Zelnitschek gesprochen. Wir haben's danach wochenlang über Funk gebracht.»

«Die Aufnahme brauche ich», sagte Gottschalk. «Und Zelnitschek. Stimmt die Adresse noch?»

«Nein. Seine Frau hat...» Püschel räusperte sich. «Sie hat den Tod der Kleinen nicht verkraften können und sich das Leben genommen. Er hat alles verkauft und ist weggezogen.»

«Wohin?»

«Keine Ahnung. Siehst du denn da eine Verbindung?»

«Kannst du mir was zu essen besorgen? Und Kaffee?» Püschel schien ihn zu verstehen.

Kaum hatte er das Zimmer verlassen, machte Gottschalk sich auf dem Tisch Platz und breitete den Faltplan von Rosenheim aus, den er sich gestern abend am Bahnhof gekauft hatte.

7

Fedder sortierte seine schmutzigen Hemden aus. Es waren vier. Für drei hatte die Reinigung diese Woche einen Sonderpreis. Neun fünfzig. Warum gerade drei und nicht vier? Schon wieder eine Frage. Als ob er heute nicht schon genug gefragt hätte. Wo waren Sie am vergangenen Freitag zwischen 18 und 20 Uhr? Kann das bezeugt werden? Durch wen? Und die Adresse, bitte? Rufnummer? Viermal dieser Sermon. Auch vier. Vier schmutzige Hemden. Vier Schmierlappen. Fedder verstand diese Wolf immer weniger. Eine intelligente Frau, und die Männer, die sie ihm aufgelistet hatte, durch die Bank Idioten. Der Sparkassenangestellte hatte den Vogel abgeschossen. Fedder hatte ihn sich in der Mittagspause vorgenommen. Ein selbstgefälliger Typ: Die Lady hat gecheckt, daß es mit mir satt abgeht. Was? Mann, ich hab's eben drauf. Diese B-Picture-Masche. Ey, brother, du verstehst schon. Zum Kotzen. Fedder hatte sich dumm gestellt. Lassen Sie hören. Wie war das denn? Das hätte er nicht fragen sollen. Der Mann hatte keine Einzelheit ausgelassen. Nichts als Dreck von sich gegeben.

Fedder schüttelte sich. Er stopfte die Hemden in eine Plastiktüte. Karstadt, nicht gut, aber teuer. Ein paar Grundnahrungsmittel, und ein Hunderter war weg. Keine Frage, wo sein Geld blieb. Oder doch. Er mußte sich wieder einmal hinsetzen und die festen Kosten zusammenrechnen. Die monatlichen und vierteljährlichen Abbuchungen. Miete, Strom, Gas. Versicherungen. Telefon, Zeitschriftenabos. Er schätzte, daß das inzwischen bei zwei fünf lag. Und der Rest? Noch eine Frage. Das Leben ist eine einzige Frage, dachte er. Und sagte sich sogleich, Scheiße. Er füllte die restliche Wäsche in die Trommel, gab Pulver in das Fach und stellte die Maschine an. Es war nach 21 Uhr, der Schnarchsack unter ihm würde fluchen. Fedder war schon mehrere Male mit ihm aneinandergeraten. Ein alter Stinker, der sich als Hausmeister aufspielte. Blockwart Willy Wichtig. Meier hieß er. Klaus Meier. Eine reaktionäre Sau. Fedder sehnte sich den Tag herbei, an dem er den Mann kalt erwischen konnte. Bei irgendeiner Sache. Und wenn es nur der falsch geparkte Wagen war. Zwei Räder auf dem Bürgersteig. Das würde schon reichen. Strammgestanden, Meier.

Fedder rieb sich die Hände. Das Wasser kochte. Er goß grünen Tee auf und nahm das Stövchen vom Regal. Eine lange Nacht stand ihm bevor. Er hatte sich Material über Jutta Wolf besorgt und einige Nummern *Metropolitan Lady*. Die Wolf hatte in jeder Ausgabe eine Kolumne. Unter ihrem Foto. Es war ein schönes Bild. Die Haare hochgesteckt, der Mund leicht geöffnet. Eine dunkle Jacke und darunter eine tief ausgeschnittene Bluse. *Metropolitan-Lady Jutta Wolf: Und wenn Macht nun Spaß macht?*

Das hatte er schon gelesen und sich einige Passagen angestrichen: *Der «weibliche Stil» gilt als Managermerkmal der Zukunft, an dem sich auch die Karrieremänner orientieren sollen. Kommunikationsbereitschaft, Teamgeist, Sachlichkeit – das sind die Stärken, die man uns zuschreibt.* Phrasen. Von Kommunikationsbereitschaft keine Spur. Jedenfalls nicht ihm gegenüber. Spröde, zugeknöpft war sie gewesen. *Was fehlt, ist der Mut zur Macht. Der Wille wäre schon da. Nur wollen wir das nicht zugeben.* Das war aufschlußreich. Der ganze folgende Abschnitt: *Weil bisher die Männer die Mächtigen waren – und siehe, welch schlechten Ruf sie haben. Während wir immer noch als friedfertige Frauen gelten – ein Etikett, das wir mit Ohnmacht und Opfern bezahlen. Wer sagt denn, daß Macht mißbraucht werden muß? Und was ist, wenn Macht nun Spaß macht?*

Fedder nickte. Der Wille zur Macht. Er suchte sich aus dem Stapel den großen Bericht heraus, der anläßlich ihres Olympiasiegs erschienen war: *Bronze für unser Mädel aus Leverkusen.*

Sie war dort geboren. 1950. Einzelkind. Ihr Vater leitender Angestellter bei Bayer. Die Mutter früh verstorben. Krebs. Die vierzehnjährige Jutta machte nach der Schule den Haushalt. Und trainierte trotzdem jeden Tag. Trainer Karl-Heinz Bollmann: *Jutta hat den stark ausgeprägten Willen, die Beste zu sein.* Die ersten Rekorde. Bilder der Sechzehnjährigen. Sie überragte ihre Mannschaftskameradinnen. Das Haar kurzgeschnitten. Eher männlich wirkende Gesichtszüge. Kaum Busen.

Fedder nahm einen anderen Ausschnitt zur Hand, betrachtete lange das abgebildete Foto. Es war nach zweiundsiebzig aufgenommen worden: *Die Olympiasiegerin und der Mann an ihrer Seite. Ist er ihre große Liebe?*

Paul Kanitz, Sportjournalist.

Sie hatte ihn mit keinem Wort erwähnt. Auf dem Bild hatte er den Arm um sie gelegt, und sie schaute ihn verliebt an. Was über Kanitz zu lesen war, brachte nicht viel. Es hieß, daß er Jutta Wolf in München bei den Spielen kennengelernt hatte und sie seitdem ständig begleitete. Es gab noch ein paar Meldungen. Die letzte von fünfundsiebzig: *Die Bronzegewinnerin im Weitsprung, Jutta Wolf (25), nimmt Abschied vom aktiven Sport.*

Über sieben Jahre war nichts mehr über sie berichtet worden. Anfang dreiundachtzig eine kleine Notiz: Gast in der Talk-Show Drei nach neun. Fedder schrieb sich das Datum auf. Unter Macht–Bollmann–Kanitz.

Er trank einen Schluck Tee.

Sieben Jahre waren eine lange Zeit. Wo und wie hatte sie die verbracht? Es interessierte ihn. Grundsätzlich. Nein. Sie. Er mußte sich eingestehen, daß sein Interesse ihr galt. Warum? Eine eher unangenehme Frage. Wenn er sie ehrlich beantworten müßte. Wenn Gottschalk sie stellte. Zum Beispiel. Warum zum Teufel stocherst du in ihrer Vergangenheit herum? Was kümmert dich ihre Geschichte? Der Psychopath hat in diesen Tagen gewütet. Selbst wenn deine Vermutung zutrifft, und es sieht in der Tat so aus, ist er unter ihren letzten Beischläfern zu suchen. Beischläfer.

Fedder sah wieder auf das Foto.

Jutta Wolf hatte ihm knapp ein Dutzend Namen genannt, Vornamen weitgehend. Ein Carsten in Kiel. Fotograf. Mehr wußte sie nicht von ihm. Angeblich. Anfang, Mitte Zwanzig. Bei der Eröffnung der Kieler Woche getroffen. Hotelzimmer. Zum Kotzen.

Zu den in Hamburg lebenden Männern gab es zum Teil ausführlichere Informationen. Obwohl, wer war Peter? Dunkelhaarig, Dreitagebart, irgendwas mit Werbung zu tun. Sie glaubte, *Lintas*. Glaubte, vermutete, wollte sich nicht festlegen. Hatte sich gewunden und immer wieder gesagt, daß sie sich das eigentlich nicht vorstellen könne. Es sei in der Regel gut abgelaufen. In der Regel, ja. Fedder hatte nach der Ausnahme gefragt.

Wen konnte sie gekränkt, verletzt haben?

Ich weiß nicht, ich weiß es wirklich nicht. Ihre Stimme. Sie hatte verzweifelt geklungen. Für einen Moment.

Fedder seufzte, wie Gottschalk oft seufzte. Schwer und resignierend. Nach diesem Paul Kanitz mußte er sie fragen. Vielleicht war das eine engere Beziehung gewesen, abgebrochen, beendet von ihr. Und seitdem tickte die Bombe. Bei ihm. Möglich. Möglich aber auch, daß irgendein perverses Schwein, das nichts mit ihr zu tun hatte, es sich aber wünschte, jeden ihrer *Ohne-night-stands* registrierte und das Messer wetzte.

Das Messer. Breite Klinge, geriffelte Schneide, hatte die Technik herausgefunden. Es gab eins, das unter der Bezeichnung *Rambo* zu haben war. In beinahe jedem Waffengeschäft. Zig Kids liefen damit herum. Und natürlich die Survival-Heinis. *Camel-Tour*-Aspiranten. Der Sparkassenangestellte hatte nicht geraucht und auch ein Alibi gehabt. Eine süße, kleine Strapsmaus, du verstehst, brother? Adresse? Klar, kein Problem. Aber versau mir nicht die Nummer.

Ekelhaft. Ein aufgeblasener Laffe. Mit so einem ließ sie sich ein.

Fedder kriegte das nicht in den Kopf. Nicht nachvollziehbar. Er stand auf. Die Waschmaschine begann zu rumpeln. Gleich würde Meier Laut geben. An die Decke klopfen. Es rührte sich nichts. Nur in der Nachbarwohnung wurden Stimmen laut. Jemand rief zum Essen. Um halb zehn abends. Was da nebenan eigentlich abging, begriff Fedder auch nicht. Auf dem Türschild waren zwei Namen, aber es hausten mindestens vier Personen in den zwei Zimmern. Geschnitten wie seine Räume, also nicht allzuviel Platz.

Fedder beschloß, sich darüber nicht auch noch Gedanken zu machen. Er reckte sich, bevor er das *Karneval-in-Venedig*-Poster von der Wand nahm und eins der Olympia-Fotos anpinnte: *Unsere Jutta – ihr entscheidender Sprung*. Sie hatte unglaublich lange und schöne Beine. Fedder konnte den Blick nicht davon lösen. Warum war er ihr nicht vorher einmal begegnet? An einem freien Abend, in einem Lokal?

Darauf gab es eine Antwort. Keine besonders witzige. Er hatte keine freien Abende, jedenfalls keine, an denen er in irgendeinem Lokal hockte.

Sie spazierten über die Promenade an den Landungsbrücken. Es war Nacht, und es war kalt. Erwin hatte den Mantelkragen hochgeschlagen. Sein weißer Seidenschal schimmerte matt.

«Okay», sagte Broszinski. «Was ist das Problem?» Sie waren jetzt lange genug schweigend herumgestiefelt.

«Ludwig ist zurück.»

«Das ist bekannt.»

«Ah, ja? Auch, daß er Bescheid weiß?»

«Worüber?»

Erwin blieb stehen und nahm die Hände aus den tiefen Taschen.

Er hauchte hinein, rieb sie kräftig. Er übertrieb. Unter Null war es nicht.

«Du hast dich zu oft bei mir blicken lassen», nuschelte er.

Broszinski ging nicht direkt darauf ein. Er zuckte leicht die Achseln. «Was ist passiert?» fragte er dann.

«Er regnet Scheiße», sagte Erwin. «Er hat mich genagelt. Ich sollte ihm den Albino wegputzen. Die Schwuchtel, Andi.»

«Du? Andi?» Er sah seinen Mann nun doch zweifelnd an.

Erwin nickte und fragte nach einer Zigarette. Broszinski hielt ihm das Zigarillokästchen hin und griffelte sich auch einen heraus.

«Es gab Ärger», erklärte Erwin. «Die Jungs wollen ihn ausbooten. Er hat offenbar Weiber abgezogen, nicht korrekt abgerechnet und noch so einiges. Eine ganze Latte. Und das mit dem Samurai.»

Broszinski spitzte die Lippen.

Erwin paffte Rauchwolken in die Luft und schaute rüber zu Blohm + Voss. Die erleuchteten Werftanlagen. Es wurde noch gehämmert. Schweißflammen blinkten als winzige Punkte auf. Ein schönes Bild. Eine Postkartenidylle. Hamburg bei Nacht. Und das Wasser im Hafen ist tief und schwer. Broszinski dachte kurz an mit Zement gefüllte Ölfässer. Nicht nur mit Zement gefüllt.

«Ah ja», sagte er jetzt auch und tat, als verstehe er alles.

Erwin merkte es.

«Das check ich auch nicht. Aber Text ist, daß sie ihm die Geschichte anhängen.»

«Und da hat er sich prompt an dich gewandt?»

«Er sülzt mal wieder bei Schwesterchen rum.» Erwin machte eine längere Pause. «Die Kleine bringt mich noch ins Grab.»

Die Story kannte Broszinski. Die Kleine hieß Gaby und war ehemals eine solide verheiratete Frau. Eine ausgesprochene Schönheit. Eine Traumfrau. Ihr Mann Filialleiter bei SPAR. Einfamilienhäuschen in Norderstedt. Alles bestens. Bis Erwin die *Lola* übernahm und mit einer Riesenfete neu eröffnete. Unter den Gästen der schöne Ludwig, und schon war es um Gaby geschehen. Total durchgeknallt, hatte es Erwin später kommentiert. Einmal sich flachlegen hätte er gerade noch akzeptieren können. Scheidung aber und andauernde offene Zweierbeziehung mit dem Süchting verzieh er seiner Schwester nicht.

«Warum Andi?» fragte Broszinski.

Erwin zuckte die Achseln.

«Sie haben ihm die Möbel verrückt und versucht, seinen Safe zu knacken. Für solche Nummern war der Albino immer zu haben.»

«War? Heißt das...?»

«Ludwig hat sich heute bei mir bedankt», sagte Erwin. «Für sauber erledigte Arbeit.» Seine Hand zitterte ein wenig. «Andi gibt's nicht mehr.» Broszinski schüttelte leicht irritiert den Kopf.

«Nun mal eins nach dem anderen», sagte er. «Und ein bißchen deutlicher. Da hakt doch was.»

«Ja», sagte Erwin. «Allerdings. Da mischt jemand die LUNA auf und läßt mich dabei verdammt gut aussehen. Möchte trotzdem nicht wissen, wer. Null Interesse, das kannst du mir glauben. Ich mach meinen Laden für ein paar Wochen dicht. Können auch Monate werden.»

«Keine Ahnung, wer?» fragte Broszinski noch einmal nach.

Erwin schniefte. Er klopfte die Asche ab, betrachtete nachdenklich den glühenden Stummel, rollte ihn hin und her. Schließlich gab er sich einen Ruck.

«Habt ihr was über den Samurai rausgefunden?»

«Möglich, daß er vor Ewigkeiten einen Deal mit Ludwig hatte», sagte Broszinski und umriß knapp, was seine Kollegen herausgefunden hatten. Gottschalk. Fedder. Ärger stieg dabei wieder in ihm auf. Diese blödsinnige Auseinandersetzung. Kompetenzrangeleien. Und die Retourkutsche. Kein Interesse an der 65. Da lieferten sie sich im Haus Gefechte, während draußen jemand die Leute ausknipste. Den Albino. Den Samurai.

«Kann sein, daß inzwischen mehr auf dem Tisch ist», schloß er. «An was denkst du?»

Erwin sagte erst einmal nichts und kam dann mit ein paar Vermutungen über, die nicht sonderlich erhellend waren. Bis auf eine Bemerkung, eine Frage, der Broszinski nachzugehen gedachte: Warum der Samurai seinerzeit im *Palais* gearbeitet hatte, unter Stobbe, und nicht in einem der LUNA-Clubs, wenn er wirklich mit Süchting im Geschäft gewesen war.

Broszinski nickte knapp und schnippte den Stummel weg.

Erwin hielt die Hand auf. «Es ist nirgendwo mehr billig», sagte er.

Broszinski überhörte es. Erwin hatte mehr als ein paar Groschen abgezogen. Er wandte sich ab und legte einen Schritt zu.

Erwin hastete ihm nach.

«Hast du das über Weiniger gelesen?» fragte Monika. Mitch gähnte. Gegen fünf herum hatte er sie herausgeklingelt, um seine Sehnsucht zu stillen. War dann aber augenblicklich neben ihr eingeschlafen und hatte gräßlich geschnarcht.

«Mmm», machte er und goß sich Kaffee nach. «Hast du eine Zitrone?»

Monika zeigte zum Korb in der Ecke. Mitch stemmte sich hoch und schlurfte hin. Sein Hemd hing ihm aus der Hose. Die dunkle Hose glänzte speckig und war bis zu den Knien verdreckt.

«Du siehst zum Kotzen aus», sagte Monika.

«Zitrone, Banane», brabbelte er. «Sorry, sollte nicht sein.»

«Was?»

Er gähnte wieder.

«Du bist eine saugeile Frau. Probier mal.» Er hatte die Frucht durchgeschnitten und wollte ihr Saft in den Kaffee tröpfeln. Monika hielt die Hand über die Tasse.

«Was sollte nicht sein?»

«Ich wollte mit dir schlafen.»

«Du hast geschlafen.»

«Vögeln», sagte er und tippte auf die Zeitungsseite. «Schwachsinn.»

«Er hat sich aber mit einigen Informanten getroffen. Das hat er mir selbst erzählt. Und wenn jetzt keine Notizen auffindbar sind…»

«Hat er nichts aufgeschrieben. Punkt, aus. Alles nur Show. Heiße Luft.»

«Du hast ihn nicht gemocht.»

Mitch beugte sich zu ihr runter und hauchte ihr einen Kuß auf die Schläfe. «Wann mußt du los?» fragte er.

«Keine Chance», sagte sie und schob ihn von sich. «Ich halt es nicht für ausgeschlossen.»

«Baby», sagte er.

«Bitte, laß das.»

Er reckte sich, kratzte sich im Nacken und schlappte zu seinem Platz zurück. Genüßlich seufzend drückte er die Zitronenhälfte über seiner Kaffeetasse aus.

«Kann ich noch duschen?»

Monika riß die Zeitungsseite ab und faltete sie zusammen. Sie stand auf.

«Wie ist deine Version?» fragte sie.
«Ich kann mich erkundigen.»
«Hast du keine eigene Meinung?»
«War's so schlimm?»
«Ich würd gern hören, was du zu dem Mord an Weiniger sagst, was du darüber denkst. Ich würd gern mit dir reden, fragen, ein Gespräch führen, diskutieren. Kommunikation, Austausch von Ansichten, die normalen Verkehrsformen. Ja, nun grins nicht, ich meine es ernst. Mir ist das verdammt wichtig. Ich hab mich lange genug mit Typen rumgenervt, die nach dem ersten Mal meinten, genug von sich gegeben zu haben. Okay, Alte, bis die Tage dann. Bis zum nächsten Fick. Das ist gegessen, Mitch. Wenn du noch breit bist, verpiß dich nach Hause und penn dich aus. Aber mach mir hier nicht die Mackertour – Baby.» Sie fegte ihr Haar aus dem Gesicht und nahm das Tabakpäckchen vom Tisch.
Mitch trank einen Schluck Kaffee.
«Okay», sagte er. «Dein Freund Weiniger ist böse niedergemacht worden. Nummer zwo auf der Liste irgendeines Norman Bates. Hat mit seinen angeblichen Recherchen auf der Meile nichts zu tun. Das ist Gewäsch.»
«Ist das schon alles? Und mein Freund ist er übrigens ...»
«Ja, ja, schon gut. Geschenkt. Breit bin ich nun überhaupt nicht, aber ziemlich fertig. Erklärung? Grund?»
Er sah sie herausfordernd an. Monika begann, sich eine Zigarette zu drehen.
«Das ist nicht die Form, die ich mir wünsche», sagte sie.
«Ich auch nicht.»
«Du tust verflucht wenig dafür.»
«Meine Kunden haben einen Mann abschreiben müssen. Er ist in seiner Wohnung erschossen worden. Sie haben ihn in seinen Wagen gelegt und die Kiste auf den Schrottplatz gefahren. Es sind noch ein paar Wracks dazugepreßt worden. Das war Montag nacht, und seitdem bin ich auf Trab und versuche, mir Klarheit zu verschaffen. Denn wenn ich richtig liege, wenn's stimmt, was ich schon immer vermutet hab, kann ich ihm wirklich die Hölle heiß machen. Dann fährt er ein und wird im Bau krepieren. Aber vorher werden noch einige Wichsfrösche ihren Hut nehmen müssen – du weißt, wen ich meine. Hohe Tiere. Unsere gemeinsame Sache. Darum geht's. Reicht das fürs erste?»

Monika setzte sich wieder, zündete die Zigarette an und reichte sie ihm. Ihre Hände berührten sich.

«Du mutest einem eine Menge zu», sagte sie. «Und ich versteh echt nicht alles.»

«Ich hab keinen Kopf für Weiniger. Sorry. Auch wenn er kein Klugscheißer gewesen wäre.»

«Hat's mal eine Frau länger mit dir ausgehalten?» fragte sie.

«Ich rede von Stobbe», sagte er. «Und von Zawodnik und seiner Mischpoke. Ich will sie. Alle, einen nach dem anderen.»

Regina übertrug die Flugzeiten in ihren Taschenkalender, bevor sie den Hörer wieder abnahm. Das Band war voll gewesen. Sie hatte es gestern abend noch abgehört. Allein Klaus hatte dreimal angerufen. Beunruhigt: *Wo steckst du? Du wolltest doch nur übers Wochenende weg. Ich mache mir Sorgen. Warum sagst du mir nicht Bescheid?*

Das liebte sie. Sie würde ernsthaft mit ihm reden müssen. Länger, und nicht am Telefon. Nicht jetzt.

Sie wählte Birtes Nummer.

Es wurde gleich abgenommen.

«Hey», sagte sie. «Regina. Bei dir alles okay? Ich wollt dir nur noch einmal sagen, daß ich's gut fand. Rundum, alles. Und daß wir jetzt wirklich wieder öfter voneinander hören sollten.»

«Ja. Es war schön.»

Regina rollte ihren Stuhl zurück und legte die Beine hoch.

Unten auf der Straße startete ein Wagen. Sie sah zu den gegenüberliegenden Häusern. Auf einem der Balkone pumpte ein junger Bursche Hanteln. Er trug einen grün-weißen Jogginganzug.

«Ich bin echt froh, daß wir das so phantastisch in den Griff gekriegt haben», sagte Regina. «Wie war das Wiedersehen?»

«Jan schläft noch.»

Regina war versucht, einen lockeren Spruch zu machen, aber Birte redete schon weiter. Ihre Stimme klang gedämpft. Jan sei erst spät in der Nacht zurückgekommen. Abgekämpft, zu müde, um Freude zeigen zu können. Er habe viel um die Ohren.

Regina nickte ihrem Spiegelbild zu, griff nach der Zigarettenpakkung.

«Und du?» fragte Birte.

«Ich rauche. Schon wieder die fünfte. Ich hatte irre viel Anrufe, Post – na ja, ich werde die nächsten Tage auch einen wahnsinnigen Stress haben.»

«Ich meine deinen Klaus.»

«Er hat mich vermißt.»

«Sagst du es ihm?»

«Pit hat sich nicht bei mir gemeldet, wenn du das meinst.»

«Schon erledigt?»

«Nein, aber – ach, weißt du, ich hab jetzt auch was anderes im Kopf. Bis zum Wochenende muß ich hier durch sein. Mein Flug geht Montag. Und was dann ist…» Sie ließ es unausgesprochen. Kalifornien. San Francisco. Und in Hamburg. Gottschalk. Das Monster.

Sie hatte auf eine Nachricht von ihm gehofft, einen kleinen Gruß, und war enttäuscht gewesen, nichts gehört, nichts vorgefunden zu haben. Okay, so war's eben. Wie sie es vorausgesehen hatten. Eine Weekend-Liebe. Dieser Schweinepriester.

Birte fragte nicht nach.

Sie wechselten noch ein paar Worte, und als sie eingehängt hatten, fluchte Regina laut.

Sie ärgerte sich, daß sie sich jetzt doch über den Typ ärgerte. Sie hatte sich heute früh vorgenommen, nicht mehr an ihn zu denken, und tat es nun doch. Verdammt! Sie hatte ihm gesagt, wo sie auf Sylt erreichbar gewesen war. Er hatte ihre Berliner Adresse, ihre Nummer, und der Fettsack gab keinen Laut! Sie war gekränkt.

Heftig drückte sie die gerade erst angerauchte Zigarette aus und griff nach ihrem Adreßbuch. *Jederzeit*… hatte er ihr auf seine Karte gekritzelt.

Hauptkommissar Peter Gottschalk.

Sie überlegte nicht lange. Sie mußte ihrem Ärger Luft machen. Auf der Stelle. Sonst war der ganze Tag versaut.

Vorwahl. Ruf. Durchwahl. Es knackte in der Leitung.

Regina räusperte sich.

«Ja?» blaffte er.

«Ich bin's», sagte sie.

«Wer?»

«Reizend.» Sie lachte böse.

«Du? Entschuldige. Kann ich dich zurückrufen?»

«Nächstes Jahr oder nie?»

«In zwei Minuten», sagte er und legte auf. Aus ihrem Ärger wurde Wut. Das durfte doch nicht wahr sein! Sie zupfte wieder eine Zigarette aus der Packung, klickte ihr Feuerzeug an. Es trug den Aufdruck *Metropolitan Lady*. Pink auf Weiß. Wirklich reizend. Dieser Ton. Der Arsch konnte sie mal. Es dauerte nicht einmal zwei Minuten, bis es klingelte. Sie riß den Hörer ans Ohr und fauchte, daß er ihr nicht noch einmal so kommen solle. Nicht in diesem Ton. Sie sagte noch mehr, viel mehr, bis sie merkte, daß er keine Anstalten machte, sie zu unterbrechen, dann aber schließlich Klaus reden hörte.

Die Träger hoben den Toten an. Der Arzt nahm Fedder beiseite.

«Vor zwölf bis vierzehn Stunden», sagte er. «Gestern am späten Abend. Das dürfte für euch einfach sein. Sieht nach einem Streit aus, Affekt.» Er wies auf die am Boden liegenden Jiffytüten, auf den Packtisch. Die Kollegen von der Spurensicherung waren noch bei der Arbeit.

Fedder wandte sich an den Personalleiter. Holm, ein mittelgroßer, teuer gekleideter Mann mit Brille und Stirnglatze. Ende Dreißig, Anfang Vierzig. Die Akte schon in der Hand. Er hatte sie Fedder kommentarlos überreicht.

«Läßt sich feststellen, wer wann das Haus verlassen hat?» fragte Fedder.

«Nur bedingt», sagte Holm. «Darf ich Sie dazu in mein Büro bitten?» Er ließ Fedder vorgehen. Sie nahmen den Aufzug.

«Unglaublich», sagte Holm.

«Haben Sie den Mann eingestellt?»

«In gewisser Weise, ja. Er ist uns von einem unserer Grafiker empfohlen worden, Langenfeld. Herr Langenfeld ist allerdings noch nicht an seinem Platz. Er kommt meist erst gegen elf. Ich habe dafür absolut keine Erklärung.»

«Für was?»

«Frey», sagte Holm. «Er war überaus beliebt, bei allen.»

«Bei einem wohl nicht. Oder einer.»

«Eine? Sie glauben …?»

«Einer Person», sagte Fedder.

«Ah ja, entschuldigen Sie. Obwohl … es ist unfaßbar.» Er nestelte an seiner Krawatte. Sie war dunkelblau, mit aufgesticktem

Hamburger Wappen. In seinem Büro hingen mehrere gerahmte Stiche der Freien und Hansestadt. Der Schreibtisch war leer. Bis auf einen länglichen Wochenkalender und eine Uhr.

Vom Fenster aus hatte man einen schönen Blick über die Außenalster. Fedder unterdrückte ein Gähnen.

«Wie habe ich das zu verstehen?» fragte er. «Nur bedingt?»

«Nur das technische Personal stempelt. Redakteure und darüber nicht.»

«Das heißt, sie kommen und gehen, wann sie wollen.»

«Der Empfang ist durchgängig besetzt. Ich habe bereits veranlaßt, daß Ihnen die Damen der zweiten und dritten Schicht zur Verfügung stehen. Sie müssen gleich eintreffen.»

«Beachtlich.»

«Was, bitte?»

«An was Sie alles gedacht haben.»

«Ich säße sonst nicht hier», sagte Holm, knöpfte sein Jackett auf und setzte sich. Fedder blieb am Fenster stehen und blätterte flüchtig in der Akte.

«Können Sie mir vielleicht noch etwas darüber Hinausgehendes sagen?»

«Es war vorgesehen, Herrn Frey in das Textarchiv zu übernehmen. Im Grund genommen auch nicht der seinen eigentlichen Fähigkeiten entsprechende Tätigkeitsbereich.»

«Der wäre gewesen?»

«Er hat mir einmal Fotos gezeigt. Phantastische Aufnahmen. Stadtbilder. Atmosphärisch sehr dicht. Ich war begeistert und habe ihn um einige Abzüge gebeten. Gegen entsprechende Bezahlung natürlich.»

«Sie hatten einen guten Kontakt zu ihm?»

«Ich hatte jeden Tag mit ihm zu tun. Wie übrigens jeder hier im Haus. Er mußte ja zwangsläufig durch alle Abteilungen. Morgens die Post verteilen, abends die Fächer wieder leeren.»

«Arbeitete er allein in der Poststelle?»

«In dieser Woche, ja. Wie gesagt, entdeckt hat ihn Frau Siemers. Soll ich sie jetzt hereinbitten?» Er hatte die Hand schon am Hörer. Fedder nickte.

Als die Frau, die ihm bereits unten vorgestellt worden war, Sekunden später den Raum betrat, stand Holm auf und fragte, ob er sich zurückziehen solle. Fedder machte eine entsprechende Geste. Irgend etwas an dem Mann gefiel ihm nicht. Er hätte nicht sagen können, was. Vielleicht war es die fehlende Betroffenheit, kaum spürbares Entsetzen oder auch nur ein Anflug von Nervosität, Unruhe. Holm verhielt sich, als gehe es um einen letztlich unbedeutenden Betriebsunfall und nicht um Mord.

Fedder legte die Personalakte behutsam neben sich aufs Fensterbrett.

Frau Siemers war nervös. Sie wußte nicht, wohin mit ihren Händen. Ihre Lippen zuckten.

Fedder bat sie, Platz zu nehmen. Sie setzte sich und faßte an ihren Rocksaum.

«Ich muß Sie noch einmal fragen, ob Sie wirklich nichts angerührt haben und nach Ihnen niemand mehr den Raum betreten hat», begann Fedder.

«Nein... ja... also, ich habe nach Herrn Holm telefoniert, und er ist dann auch sofort gekommen und hat dann... auch von dem Apparat aus die Polizei angerufen... also, Sie...»

«Gut. Wie kam es, daß Sie in die Poststelle gingen?»

«Frau Mehring hatte... Sie hat mich runtergeschickt, weil... Rainer, er... mein Gott, ich... ich kann das immer noch nicht fassen.» Sie verschränkte die Hände, schaute zu Fedder auf. «Frau Mehring erwartete eine Sendung aus Stade. Grafiken, und die Post... Rainer war sonst... er meldete sich nicht.»

«Es ist gestern abend passiert. Wahrscheinlich zwischen zwanzig und zweiundzwanzig Uhr. Wann haben Sie Herrn Frey zuletzt gesehen?»

«Das... das ist eigentlich nicht möglich. Rainer... ich meine, acht Uhr. Da hat er längst Feierabend. Spätestens sechs, halb sieben, wenn er noch mal von der Post zurückkam.» Ihre Stimme wurde ein wenig fester.

Fedder runzelte die Stirn.

«Er war um fünf herum bei uns», sagte Frau Siemers. «Und meinte noch, daß es ja heute nicht viel sei. Der Postausgang.»

«War er anders als sonst?»

«Nein, eigentlich... er...» Sie stockte, überlegte kurz. «Nein, er schien es eilig zu haben, aber das...»

«Irgendwie gehetzt?»

«Nein, nur eilig. Um pünktlich durchzusein, denke ich. Er hat... doch, ja. Stimmt. Er hat gesagt, daß er...»

«Ja? Was?» drängte Fedder. Frau Siemers zupfte an ihrem Rock. Ein dunkelblauer Strickrock, der eng anlag. Etwas zu eng. Sie hatte breite Hüften und war sichtbar übergewichtig. Und langsam, dachte Fedder.

«Er hatte eine Verabredung», sagte sie.

«Hat er gesagt, mit wem?»

«Ich... nein, nicht direkt.»

«Aber?»

«Ich... ich glaube mit... von einer Marion hat er öfter mal gesprochen. Das war wohl seine Freundin. Jedenfalls... ja, er hatte auch ein Bild von ihr, ein Foto in seinem Portemonnaie. Das muß er...»

«Nein», sagte Fedder. «Ein Portemonnaie hatte er nicht in der Tasche. Nur eine Zigarettenpackung, Feuerzeug, Schlüsselbund, ein Bröckchen Shit und Kondome.»

Besetzt. Immer noch besetzt.

Gottschalk knallte den Hörer auf und nahm sich wieder das Blatt vor, auf das er in Stichworten notiert hatte, was er ausführlich zu protokollieren gedachte.

Franz Auer und Ludwig Süchting. Ein Jahrgang. Eine einfache Erklärung für ihre Bekanntschaft. Sie hatten zur gleichen Zeit ihren Wehrdienst absolviert. 1972 in Hamburg.

Süchting war danach in Hamburg geblieben, hatte als Kellner in verschiedenen Kneipen und Diskotheken gejobbt, nebenbei ein paar Mark als Dressman gemacht. Der schöne Ludwig. Mit Schlag bei den Frauen. Es war hinlänglich bekannt, wie er sich weiter hochgearbeitet hatte. Als «Poussierer» für einige etablierte Zuhälter. Ein Aufreißer.

1975 hatte er das große Los gezogen, wurde der Lover einer Edelnutte. Hannelore. Für ihre Kunden Sylvie. Ein Marlene-Charell-Typ vom Niederrhein mit Eigentumswohnung in Blankenese. 1979 war sie von einem ihrer Gäste erdrosselt worden. Im März 1979. Täter ermittelt und rechtskräftig verurteilt.

Ende des Jahres hatte Süchting die LUNA gegründet und die beiden Clubs übernommen, *Zündfunke* und die *Oase*. Nach den bisher vorliegenden Ermittlungen mit Geldern der Gesellschafter.

Doch wer hatte wieviel eingebracht?

Süchting sollte angeblich den Safe seiner Hannelore geleert haben. Hieß es damals. Er hatte es jedenfalls überall herumerzählt.

Gottschalk malte die 2 nach.

Die Zwei-Millionen-Forderung für die gekidnappte Tochter des Drogerie-Ladenketten-Inhabers Anton Zelnitschek aus Rosenheim. Wie verlangt hinterlegt. In der Nacht zum 13.6.1979. Ein Waldstück in der Nähe der Tennisplätze.

Das war bei Gottschalk eingerastet.

Die Tennisplätze. Auers Job. Und dann der ehemalige Kumpel vom Franz, den er gestern nachmittag noch aufgespürt hatte. Einige aufschlußreiche Bemerkungen.

Gottschalk seufzte und griff erneut zum Hörer, drückte auf die Taste Wahlwiederholung.

Er kam wieder nicht durch. Es hörte sich an, als habe sie ausgehängt.

Gottschalk merkte, daß ihm das zu schaffen machte. Wenn er sie nicht erreichte und nicht wenigstens ein paar klärende Worte sagen konnte, würde er blockiert sein. Sich nicht auf seine Arbeit konzentrieren können. Er trommelte mit den Fingerkuppen auf die Tischplatte. Allmählich gereizt. Der Tontechniker war bei ihm gewesen, als sie ihn angerufen hatte, und Gottschalk haßte es nun mal, Privatgespräche im Beisein anderer zu führen. Er hätte ihr nicht seine Karte mit der Dienstnummer geben dürfen. Ach was.

Er zog die Schublade auf und kramte nach der angebrochenen Schokoladentafel, brach ein Stück ab.

Kauend überflog er erneut seine Notizen.

Auer.

Auer, Franz (genannt «Der Samurai»).

79/80 die Mädchen nach Hamburg vermittelt. Also noch mit Süchting in Verbindung. Dann das halbe Jahr in Japan, und von Mitte '81 an in Hamburg. Wirtschafter im *Palais d'Amour*. In den Kreisen um Stobbe. Dafür gab es nur eine Erklärung: Bruch mit dem schönen Ludwig. Und niemand schien darauf reagiert zu haben.

Oder doch?

Nach knapp einem Jahr zieht sich der Samurai zurück, lehrt Bogenschießen im Winterhuder Sportcenter und bleibt sechs Jahre unbehelligt.

Sechs Jahre, in denen die LUNA zulegte, nach und nach Werner «Emma» Stobbe seine Vormachtstellung streitig machte.

Krieg, fiel Gottschalk wieder ein. Es wird einen Krieg geben, eine blutige Schlacht. Mitch' Worte. Sein besoffenes Gerede. Vielleicht war das doch nicht so daneben.

8

Die Hütte lag an einem kleinen See, in der Nähe von Dorfmark, einem kleinen Ort in der Lüneburger Heide. Es gab keinen Strom, aber einen Wassertank und innen einen Kamin. Die Kochnische war mit einem zweiflammigen Gasherd ausgestattet und einem alten Vorratsschrank. In dem Wohnraum standen ein einfacher Holztisch, zwei Gartenstühle und ein alter Ohrensessel, der mit mehreren Fellen bedeckt war. Ein kleiner Nebenraum diente als Schlafzimmer. Ein breites Bettgestell aus Metall und eine Truhe für Wäsche. Einen Kleiderschrank gab es nicht. Gleich neben der Eingangstür waren Garderobenhaken angebracht. Direkt gegenüber der mit einem Plastikvorhang verdeckte Durchgang zur Dusche. Das Klosett war draußen, ohne Spülung. Gaby kam den Sommer über oft hierher, meistens mit einer Freundin, um im See zu schwimmen und durch die Wälder zu spazieren. Sie hatte das Häuschen bereits vor Jahren von einem Bauern gekauft, mit ihrem ersparten Geld und ohne Wissen ihres Mannes, mit dem sie schon damals häufig im Clinch gewesen war. Nur wenige Leute wußten von dem Besitz. Selbst Ludwig gegenüber war sie erst gestern vormittag damit herausgerückt. Sie goß frischen Kaffee auf und setzte sich wieder zu ihm an den Tisch. «Ich muß spätestens um drei im Geschäft sein.»

«Ja», sagte er. «Wirst du dichthalten könnnen?»

«Du rechnest wirklich damit, daß sie kommen?»

«Natürlich. Unsere Beziehung ist kein großes Geheimnis. Wahrscheinlich waren sie schon da.»

«Unsere Beziehung», sagte sie. Es klang ein wenig traurig. Ludwig legte seine Rolex, mit der er gespielt hatte, aus der Hand und sah Gaby an. Er hatte sich ein anderes Outfit zugelegt, trug alte Jeans und einen dunklen grobgestrickten Rollkragenpullover. Seit seiner Ankunft in Hamburg hatte er sich nicht mehr rasiert, und sein Bartwuchs war stark. Noch ein paar Tage, und es würde schwer sein, den schönen Ludwig wiederzuerkennen.

«Ja, unsere Beziehung», wiederholte er. »Für mich gibt es nur dich. Das weißt du.»

«Du warst lange weg, sehr lange.»

«Drei Monate, ja. Aber jetzt bin ich hier und regele, was zu regeln ist, und dann hauen wir gemeinsam ab. Ich hab die Schnauze voll von diesem verpißten Land. Regen, Regen und...»

«Und deine Gespielinnen da unten?» unterbrach sie ihn. «Glaubst du, ich kann das so einfach wegstecken? Die Vorstellung, daß du keine Gelegenheit ausläßt...»

«Quatsch nicht!» Er schlug auf den Tisch. «So eine Scheiße will ich nicht hören! Nicht von dir.»

«Was bin ich denn anderes für dich?!» Sie wurde jetzt auch lauter. «Du redest und redest, aber im Grunde genommen halt ich auch nur hin! Eine von vielen! Verkauf mich doch nicht für dumm! Denkst du, ich hör nichts? Erwin läßt keine Gelegenheit aus...»

«Schluß jetzt», sagte er. «Wenn du das nicht begreifst, bist du wirklich dämlich. Stellt sich auf eine Stufe mit den Pißnelken.» Er schnaubte abfällig.

Gaby stand auf.

Ludwig schnappte nach ihrem Arm, zog sie zu sich heran. Sie versuchte, ihn abzuschütteln. Er hielt sie fest, erhob sich und zwang sie, ihm ins Gesicht zu sehen.

«Du bist die einzige, die alles von mir weiß», sagte er leise. «Vor der ich keine Geheimnisse habe. Ich vertraue dir. Nur dir, dir allein. Enttäusch mich nicht.»

«Mir macht das zu schaffen. Ja, verflucht noch mal, ich komm mir beschissen vor. Jede an meiner Stelle würd sich so fühlen, verstehst du das denn nicht? Die bekloppte Gaby! Setzt auf den Lui, und der...»

«Der sülzt dir nichts vor. Was du von deinem sauberen Bruder und anderen hörst, ist Scheiße, Dreck. Klar, ich mach hin und wieder mit ein paar Hühnern rum. Na, und? Was ist das schon? Das zählt nicht soviel. Du bist die Nummer eins, und niemand sonst.»

Sie nickte müde. Es war nicht neu für sie, was er da sagte. Für ihn war das alles sehr einfach. Seine Vertraute, ja, das war sie. Die Frau, zu der er immer wieder zurückkam. Bei der er sich fallenließ, ausruhte. Seine treue Geliebte. Es gab keinen anderen Mann mehr in ihrem Leben. Seit ihrer Scheidung nur ihn.

Er schien zu merken, was in ihr vorging, nahm sie sanft in den

Arm, streichelte sie, küßte sie. Küßte sie auf die Stirn, die Augen, den Mund. Seine Bartstoppeln kitzelten. Er faßte in ihren Nacken, war zärtlich wie lange nicht mehr.

Als sie sich schließlich voneinander lösten, lächelte er. Sie strich ihr Haar zurück und tat, als sei es jetzt gut. Ende der kleinen Debatte.

Sie holte die Kaffeekanne, füllte die Tassen.

«Brauchst du noch was?» fragte sie. «Die Läden sind heute nachmittag geschlossen.»

«Du wirst Druck kriegen. Hältst du das durch?»

«Ja. Davor habe ich keine Angst.»

«Ich ruf dich um zehn an. Wenn sie dich abgegriffen haben sollten... Vielleicht ist es besser, du gehst zu deiner Freundin.»

«Nein», sagte sie. «Ich bleib zu Hause. Wie lange wird es dauern?» Er zuckte die Achseln.

«Schwer zu sagen», meinte er. «Mein Mann trifft morgen ein.»

Bobby ging in seine Ecke und ließ sich vom Stone den Mundschutz herausnehmen und die Handschuhe aufknoten. Sein nackter Oberkörper glänzte. Stobbe warf ihm das Handtuch zu. Er war zufrieden mit dem, was Hamilton gezeigt hatte. Sein Sparringspartner hielt sich an den Seilen fest und keuchte. Bob hatte mit jedem zweiten Schlag einen Treffer gelandet, war flink auf den Beinen gewesen.

Stobbe tätschelte seinen Arm.

«Weiter so, Junge», sagte er. «Und halt dein Gewicht.»

Der in Hamburg aufgewachsene Jamaikaner grinste breit. Der Stone zog ihm die Boxhandschuhe ab und wandte sich an Stobbe.

«Du wolltest dem Boy noch was sagen.»

«Richtig. Komm doch mal runter, Bob.» Er trat einen Schritt zur Seite und wartete, bis der Farbige aus dem Ring geklettert war, legte ihm dann die Hand auf die Schulter. «Wir haben Samstag nett gefeiert, nicht wahr?»

«Ja, war gut.»

«Und Sonntag hast du dir einen ruhigen Tag gemacht. Richtig ausgeschlafen, kein Training. Abends Disco...»

«No», sagte Bob. «No, no. Früh wieder ins Bett.»

«Brav. So soll es sein. Aber weißt du, Bob, ich habe Freunde, viele Freunde hier. Überall. Die sehen und hören...»

«Ich...»

«Unterbrich mich bitte nicht, Bobby. Ich versuche, dir etwas zu erkären. Du kannst das nicht wissen. Du bist neu in meinem Verein, und du bist gut. Ich möchte dich gern halten, dich groß machen. Viele Kämpfe, viele Siege. Eine Menge Geld für uns beide. Du kannst dir dann alles leisten, einen großen Wagen, schöne Wohnung, schöne Frauen. Du verstehst mich?»

«Ja, aber was hat das mit...?»

«Meine Freunde sagen, du hattest Besuch...»

«Ich? No, no – nix. Das ist gelogen.»

«Bobby, meine Freunde lügen nicht. Ich war allein am Sonntag abend, sehr lange allein...»

«Was soll...? Chef, ich versteh das nicht.»

Stobbe schüttelte den Kopf. Er winkte den Stone heran.

«Was hast du gesehen?» fragte er ihn.

«Irma», sagte der Stone.

«Wo?»

«Stieg zu ihm hoch.»

«Du lügst!» schrie Bob und riß sich von Stobbe los.

«Fakt», sagte der Stone knapp.

«Nun?» fragte Stobbe.

Bob holte aus. Der Stone duckte sich weg und trat zu. Er traf Bob an der Hüfte, war blitzschnell neben ihm und versetzte ihm einen harten Schlag in den Nacken. Der Boxer stürzte zu Boden.

«Eine überzeugende Darbietung», sagte Stobbe und klatschte leicht in die Hände. Die anderen Jungs hatten aufgehört, die Punchingbälle und Sandsäcke zu bearbeiten. Zögernd legten sie wieder los.

Bob stöhnte und kam schwankend auf die Beine.

«Karate», sagte Stone. «Einfache Übung. Keine Chance, Blacky. Irma hat sich für dich lang gemacht. Selbst wenn sie es so wollte, hast du sie zum Teufel zu schicken.»

«Zu mir», korrigierte ihn Stobbe. «Irma weiß nicht immer, was sie tut.»

«Ich habe nicht...»

«Geh duschen. Und denk in Zukunft daran, daß mir nichts verborgen bleibt. Und daß ich nur dein Bestes will.»

«Alles klar?» fügte der Stone hinzu und ging noch einmal kurz in Kampfstellung. Er war bestens gelaunt.

Als er mit Stobbe nach oben ins Lokal kam, rieb er sich die

Hände. Die Stühle standen noch auf den Tischen, eine Frau mit Kopftuch wischte den Boden. Hinter dem Tresen hantierte der schmächtige Krause.

Stobbe ging zur Tür.

Es regnete nicht mehr. Nur ein leichter Wind wehte, und es war kühl. Einige abgewrackte Gestalten schlichen über die Meile. Autos fuhren vorbei. Stobbe steuerte auf den Kiosk zu und deckte sich mit den vier Hamburger Tageszeitungen ein. Er gab dem Stone BILD und *Mopo* und blätterte, während er weiterging, das *Hamburger Abendblatt* auf. Es war ein etwas mühseliges Unterfangen.

«Irma war nicht bei Bob», sagte er unvermittelt.

«Was?» fragte der Stone.

«Du hast es gehört.»

«Ich hab's aber von Alex.»

«Nimm ihn dir gelegentlich vor. Sie war bei ihm.»

«Scheiße», sagte der Stone. Seine Stimmung schlug um. «Warum ...?»

«Es kann nicht schaden, wenn der Junge weiß, wie's läuft. In bezug auf Alex wünsche ich mir eine deutlichere Sprache. Er soll sich verpissen.»

Der Stone schniefte und spuckte aus.

Sie hatten es nicht mehr weit.

Das Café war kaum besucht. An einem Tisch saß ein Pärchen. Ein jüngerer, dicklicher Mann mit übermüdeten Augen und eine noch frisch wirkende Frau in schwarzen Lederklamotten. Weiter hinten hockten drei finster aussehende Türken oder Griechen. Oder Jugos. Der Stone kannte sie nicht, checkte sie aber mit einem schnellen Blick ab. Die Nutte im Eck zahlte gerade mit einem Blauen. Sie trug einen billigen Kunstpelz über ihrem knappsitzenden Fummel.

Stobbe nahm am Fenster Platz und vertiefte sich in die Zeitung. Die Bedienung kam. Der Stone bestellte zwei Portionen Kaffee und schaute dann auf die Uhr. Es war kurz vor halb elf.

Sie mußten nicht lange warten. Norbert und Uli waren pünktlich. Man nickte sich zu, Stühle wurden gerückt. Werner «Emma» Stobbe faltete das Abendblatt zusammen.

Die Männer ersparten sich Floskeln. Norbert eröffnete das Gespräch.

«Wir können in der genannten Höhe einsteigen», sagte er.

«Theoretisch», fügte Uli hinzu. Er hatte ein schmales, ledernes Notizbuch aus der Tasche gezogen.

Der Stone warf Stobbe einen Blick zu. Emma lächelte dünn.

«Planspiele stehen nicht zur Debatte», sagte er. «Die Ware kann nicht ewig gebunkert bleiben. Ihr habt euch lange genug Zeit gelassen.»

«Wir hatten ein Problem», sagte Norbert und schaute zur Decke. «Andi hat Urlaub genommen.»

Weder Stobbe noch der Stone reagierten darauf.

«Die Überführung ist der strittige Punkt», sagte Uli nach einer Pause, die er wie eine Gedenkminute empfunden hatte.

«Wollt ihr beteiligt sein oder nicht?»

«Das Angebot kam überraschend.»

«Es ist an der Zeit, in größeren Zusammenhängen zu denken. Es nutzt niemandem, sich gegenseitig aufzureiben. Nur unseren gemeinsamen Gegnern, und die ...»

«Gegner ist gut», stoppte ihn Norbert. «Du bist, seit ich zurückdenken kann, nie ernsthaft belangt worden.»

«Was nicht heißt, daß es so bleibt.» Stobbe beugte sich vor. «Ich tue zwar mein Bestes, aber auf mittlerer Ebene gibt es genügend Plattfüße, die ständig querschießen.»

«Wie dem auch sei», schaltete sich Uli wieder ein. «Du wirst verstehen, daß wir mißtrauisch sind. Einen Kurier kannst du dir locker leisten.»

«Es geht um den noch offenstehenden Betrag.»

«Gut, das sind eins fünf. Nehmen wir an, wir wickeln das Geschäft ab. Fünfzig-fünfzig also. Und dann?»

«Das wäre der Ausgangspunkt für eine langfristige Zusammenarbeit.»

«Auf allen Ebenen?» fragte Norbert nach.

Der Stone bemühte sich um ein Pokerface. Emma nicht. Er runzelte die Stirn, tat, als sei es schwierig, darauf zu antworten.

Der Grieche reichte ihnen die Karten. Fedder legte sie ungeöffnet beiseite. Gottschalk hatte Sonderwünsche.

«Grillteller ohne Krautsalat und etwas mehr Tsatsiki. Kein Reis, dafür Kartoffeln, in dünnen Scheiben gebraten. Wenn möglich, mit gewürfeltem Speck. Kriegt Ihr Koch das hin?»

«Ist Österreicher», sagte der Grieche.

«Nun denn», meinte Gottschalk und orderte noch einen halben Liter Retsina, Mineralwasser und für den Kollegen einen großen Salat.

«Nein», sagte Fedder. «Ich nehme gebackenen Schafskäse.»

Gottschalk wiederholte es. Der Grieche schob ab. Er ging wie Tati. Fedder nahm ein Stück Brot aus dem Korb.

«Also, am Montag hat sie angerufen und gesagt, daß sie krank sei», begann er. «Eine Grippe. Sämtliche Termine mußten verschoben werden. Sie wollte zwei, eventuell drei Tage zu Hause bleiben, hat sich aber noch Unterlagen bringen lassen, per Kurier. Gestern, Dienstag, kommt sie für alle unerwartet in die Redaktion. Von Erkältung oder sonstwas keine Spur, verliert auch nicht ein Wort darüber, diktiert, telefoniert ohne Pause. Am frühen Nachmittag läßt sie nachfragen, ob noch ein Platz in der 20-Uhr-Maschine nach Frankfurt frei ist. Sie will sich dort mit einer Tübinger Verlegerin treffen, die heute in der Talk-Show ist – live ab 22 Uhr. Ich habe veranlaßt, daß das aufgezeichnet wird, um zu sehen, ob sie unter den Gästen ist.»

«Ist sie geflogen?»

«Ja. Buchstäblich in letzter Minute. Konkret, sie war bis 19 Uhr 20 im Haus, hat erst um Viertel nach eine Taxe bestellt. Laut endgültigem Obduktionsbericht ist Frey zwischen 19 und 20 Uhr ermordet worden, keinesfalls später.»

«Du hast gesagt, er war verabredet...»

«Mit Marion Stieler. Sie hat nach ihm gefragt, als ich noch im Verlag war. Ich bin umgehend zu ihr. Sie arbeitet auf Zeit bei der Hamburg-Mannheimer. Frey hat sie kurz vor 17 Uhr angerufen und gesagt, daß aus dem Squash nichts werde. Sie wollte den Platz nicht sausen lassen und ist mit einer Freundin hin. Frey wollte sie dann später in einer Kneipe treffen. Sie hat sich zwar gewundert, daß er nicht kam, aber... naja, sie rief heute vormittag an, um ihm zu gestehen, daß sie nicht lange in dem vereinbarten Lokal geblieben ist. Sie ist mit ihrer Freundin in die Disco und erst früh um fünf nach Hause.»

Der Grieche kam mit den Getränken herangewippt und stellte sie vor ihnen ab.

Er hatte eine Kassette eingedrückt. Gottschalk fragte ihn, was das sei.

«Musik», sagte der Grieche.

Gottschalk seufzte. Er goß sich ein Glas voll.

«Stellen Sie das ab», bat er. Sie waren die einzigen Gäste in dem Lokal. Es hatte gerade erst geöffnet.

Der Grieche verstand nicht. Gottschalk erklärte ihm, daß er im Prinzip nichts gegen griechische Folklore habe. Ungewohnt entschieden fiel Fedder ein.

«Das Gekreische stört», sagte er. «Wir haben eine Besprechung.»

«Besprechung? Ich...» Er stockte, als er Fedder ansah. Fedder hatte drohend die Hand gehoben. Schau einer an, dachte Gottschalk. Der Mann macht sich. Er war heute auch einigermaßen erträglich gekleidet. Zumindest waren Jackett und Hemd aufeinander abgestimmt. Nur das Halstuch hätte er sich schenken können.

Der Grieche hüpfte davon. Der wehmütige Gesang verstummte.

«Weiter», sagte Gottschalk und nahm einen Schluck.

«Ich bin aus dem Konzept», gestand Fedder.

«Das Motiv.»

«Ja, danke.» Fedder griff nach der Wasserflasche. «Frey lebte mit seiner Mutter zusammen.»

«Bitte...?»

«Eine ältere Dame, sehr herrisch und... sie saß wie versteinert da. Keine Regung. Es war... Scheiße, ich hab mich lange nicht mehr so unwohl gefühlt. Rainer war ihr einziger Sohn.»

«Und was erklärt das?»

«Ich muß erst noch einmal auf diese Marion zurückkommen, seine Freundin. Sie hatte mit Frey eine... wie soll ich sagen? Eine offenbar ambivalente Beziehung. Das heißt, sie wünschte sich schon mehr, aber er... er ist zum Beispiel nie die ganze Nacht über bei ihr geblieben. Wegen Mama, die ihm sonst eine Szene gemacht hätte.»

«Wie alt war er, sagst du?»

«Achtundzwanzig, und total abhängig von ihr. Marion nennt sie Kaiserin. Die Kaiserin hatte ihn unter der Knute. Marion ist der Meinung, daß Rainer nie von ihr losgekommen wäre, obwohl – und das war ein entscheidender Hinweis – sie in letzter Zeit zu spüren glaubte, daß er sich ernsthaft verliebt hatte. Sie hat ihn die Tage erst darauf angesprochen und er – Zitat: Mit dir schaff ich das nicht. Sie akzeptiert dich nicht. Ich brauch eine starke Frau.»

«Das hat sie sich so einfach angehört?»

«Nein, natürlich nicht. Sie ist ausgeklinkt, sagt sie. Nicht ganz überzeugend, weil sie dann nachher damit rausrückte, daß sie sich ebenfalls schon anderweitig orientierte. Sie war es allmählich leid, in ihm nichts Festes zu haben.»

«Gut», sagte Gottschalk. «Das kann ich alles nachvollziehen, aber das Entscheidende fehlt...»

«Kommt», unterbrach Fedder. «Punkt für Punkt.»

Broszinski fing Gaby vor der Parfümerie auf Mönckebergstraße ab. Er trat auf sie zu.

«Broszinski», sagte er. «Fachdirektion Organisierte Kriminalität. Mein Wagen...» Er wies ein Stück die Straße hinunter.

«Ich habe meinen eigenen», sagte Gaby. «Was wollen Sie von mir?»

«Ich bin mit Ihrem Bruder in Kontakt und möchte Ihnen einige Fragen stellen.»

Sie ließ sich nichts anmerken, steckte die Schlüssel in die Tasche und schlug ihren Kragen hoch.

«In Ihrem Büro?» fragte sie.

«Nicht unbedingt.»

«Dauert es lange?»

«Das hängt von Ihnen ab.»

Gaby erwiderte nichts. Sie zögerte auch nicht lange und ging vor zur nahegelegenen Passage. Im *Mövenpick* waren sämtliche Tische besetzt, nur an dem Tresen war noch etwas frei. Gaby setzte sich, und Broszinski registrierte, daß man zu ihr hinschaute. Selbst unter den durchweg elegant gekleideten Gästen erregte sie Aufmerksamkeit. Sie ähnelte der Deneuve, war mit einem langen Rock, Stiefeln und einer modischen Jacke bekleidet, die sie nicht öffnete.

Broszinski fragte, was er ihr bestellen dürfe.

Sie wandte sich direkt an die Dame hinter der Theke.

Broszinski orderte für sich einen trockenen Rotwein.

«Die Fragen betreffen Ihren Lebensgefährten», sagte er. Er wollte vermeiden, den Namen zu nennen. «Er hat Ihrem Bruder einen Auftrag erteilt.»

«Ich interessiere mich nicht für ihre Geschäfte.»

«Der Auftrag ist ausgeführt worden.»

«Tut mir leid, aber ich weiß nicht, wovon Sie reden.»

«Sie sind zwangsläufig gefährdet.»

«Das sind keine Fragen.»

«Okay, wo ist er?»

«Ich habe ihn gestern zuletzt gesehen. Sie sind falsch unterrichtet, wenn Sie annehmen, daß er ständig mit mir zusammen ist.»

«Wo?» wiederholte Broszinski.

«Bei mir in meiner Wohnung.»

«Wo er im Augenblick ist?»

«Das weiß ich nicht.»

«Seine Partner werden sich nicht damit zufriedengeben, und ich kann... in nicht mehr als einer Stunde habe ich die entsprechenden Papiere», sagte er und reichte ihr Feuer.

Sie inhalierte tief, blies den Rauch zur Decke hoch. Die Gläser wurden ihnen hingestellt.

«Ich werde Ihnen auch dann nicht mehr sagen können. Beziehungsweise mein Anwalt.»

«Hören Sie, mir ist nicht daran gelegen, Ihnen Schwierigkeiten zu machen. Sie wissen, wo er sich aufhält, und wenn er Ihnen etwas bedeutet, sagen Sie es mir. Sein Leben ist gefährdet und...»

«Und Sie wollen ihn schützen?» Sie lachte verhalten.

Broszinski nickte und senkte seine Stimme.

«Wir sind seine einzige Chance. Er hat überzogen und niemanden mehr, der zu ihm hält. Ihr Bruder hat sein Lokal geschlossen.»

Gaby hob unmerklich die Augenbrauen. Ihre Blicke trafen sich. Schnell schaute sie zur Seite, drückte die Zigarette aus und griff nach dem Glas. Sie trank nicht, hielt es nur in der Hand.

Broszinski sprach weiter.

«Er hat Angst. Ich kann Ihnen erklären, warum. Es sei denn, Sie bleiben bei Ihrer Haltung. Dann kann ich nichts für Sie tun. Man wird Sie aufsuchen und... und sich lange mit Ihnen beschäftigen. Sie sind eine schöne Frau...»

«Hören Sie auf.»

«Hat er Ihnen gesagt, was sie in seiner Wohnung angerichtet haben? Was das heißt?»

«Ich möchte gehen.»

«Ich werde Sie noch ein Stück begleiten», sagte Broszinski. «Und deutlicher werden.» Er legte einen Schein hin und zog den Verschluß seiner Jacke zu.

«Doch Berliner Tor?» fragte sie.

«Ich befürchte, er hat Ihnen nicht klargemacht, in was er Sie hineinzieht.»

Noch ein Bild. Ein Foto. Eine junge Frau mit verschwitzten Haaren. Gerötetes Ohr. Nicht perfekt manikürte Fingernägel. Renée machte sie darauf aufmerksam. Sie redete unentwegt. Daß nicht alles sauber zu sein habe. Schmutz, und daß auch Schmerz gezeigt werden müsse. Du kennst das. Wenn er zu groß ist, zu heftig eindringt. Sie zündete sich eine neue Zigarette an. Schwarze, französische. Mit Filter. Sie hatten beim Zimmerservice Kaffee bestellt. Und Cognac. Renée las einen Text vor. Sie las gut. *Heute nacht ist anders, heute nacht spielen wir das Spiel so, wie ich es will.* Sie schloß für einen Moment die Augen. Mein Spiel. Das Spiel mit dem Feuer. Plötzlich schlagen Flammen empor. Sie hatte die Fackel gesenkt. Das ewige Feuer. Fanfaren. Die Welt sieht dich. Millionen. Sein fragender Blick. Sie rückte ein Stück von Renée ab. Zu schnell. Alles zu schnell. Ungewohnt, diese Vertrautheit vom ersten Moment an. Sie will mich gewinnen, auf ihre Seite ziehen. Business. Ich soll sie verkaufen, die von ihr verlegten Bücher vorstellen. Zumindest erwähnen. Ein Hinweis. Erschienen im Mitternacht-Verlag. Bilder bringen. Ein Porträt vielleicht. In der Oktober-Ausgabe. Renée hatte viel zu erzählen. Gossip. Klatsch aus der Szene. Kölner Episoden. Warum die Dame so argumentierte und jene in ihrer Gefolgschaft sich heimlich in Latex hüllte und auf High-heels in Kellergewölbe hinunterstieg. Sie war schmal. Auch keine großen Brüste.

Schwarze Strumpfhosen und einen schwarzen Rock. Eine locker fallende Bluse über dem T-Shirt. Kettchen mit schwarzem Stern. Die Haare kurz geschnitten und nach hinten geföhnt. Festiger. Sie rauchte Kette. Die Schuhe vor dem Doppelbett. Allein gekommen. Und später? Nach der Sendung? Sie würde sehen. Sie nicht aus den Augen lassen. Frauen inszenieren sich selbst. Sie sprach schnell. Von der Lust am eigenen Körper. Die Bilder schoben sich übereinander. Ihr Körper. Sie stand vor dem Spiegel. Geduscht und zurechtgemacht. Ein letzter, prüfender Blick. Die Kleider fielen von ihr ab. Nackt hockte sie auf dem Boden. Die Schenkel gespreizt. Renée hatte von ihrer Erregung gesprochen. Wenn sie sich streichelte. Phantasien. Seinen Kopf zwischen die Hände nehmen, ihn ansehen.

Nein. Nie mehr. Sie unterbrach Renée. Eine Frage. Die Frage nach der Umsetzung der beschriebenen Phantasien. Der Konsequenz im alltäglichen Leben. Mut zur Unanständigkeit. Die Frage zielte auf Gewalt. Grenzen. Renée nickte eifrig. Die Voraussetzung ist. Absprachen. Kenntnis. Eine Gegenfrage. Offen geantwortet. Sie nahm ihre Brille ab. Sie hatte einen leichten Silberblick. Ihre Worte verhallten. Widerhall. Ihr Kopf war leer. Sie konnte nichts mehr denken. Plötzlich glaubte sie, hinsinken zu müssen. Erschöpfung, dachte sie noch. Total fertig. Der Flug. Die verspätete Ankunft. Das zu heiße Bad. Weggedämmert und dann wieder aufgeschreckt. Hellwach. Den Fernseher eingeschaltet. Erst Tele 5. Videoclips. Brian Ferry. Keith Richards. Eine Lita. Verwüstete Straßenzüge. Rauch. Dann der Porno aus dem Angebot des Hauses. Zur Einstimmung, hatte sie sich gesagt. War drangeblieben. Der junge Mann auf der Insel. Einem Geheimnis auf der Spur. Sie war neugierig geworden. Eine geheimnisvolle Gräfin aus dem Stamme Dracula. Sie hatte lachen müssen. Das Lachen war ihr vergangen. Als die Gräfin eins ihrer Opfer empfing. Einen dümmlich aussehenden Burschen. Die Realität. Er war dumm. Jedes Wort von ihm eine Zumutung. Der Film wurde Wirklichkeit. Sie, seine Brust küssend. Seinen Bauch. Ihr war schlecht geworden. Der Gräfin triefte das Blut aus dem Mund. Blut, Blut. Eingetrocknet, abgewaschen. Zurechtgemacht für die Hinterbliebenen. Die Schwester. Und die Schwester horchte stumm. Es tut mir leid. Heute keinen Termin frei. Ich war krank. Das Wochenende über im Bett. Sie spürte eine Hand. Das Zimmer rückte wieder ins Bild. Renée fragte besorgt, was mit ihr sei. Nichts. Der Zigarettenrauch. Luft. Sie ging zum Fenster. Draußen war es dunkel geworden. Frankfurt. Die Skyline. Sie hörte, daß Renée Fotos und Bücher zusammenlegte. Hörte, daß es auch langsam Zeit sei, sich umzuziehen. Nach der Sendung könne man ja noch weiterreden. Über die Reaktionen. Sie nahm ihre Tasche. Fahren wir gemeinsam? Ich klingele durch. Ihre Zimmer waren auf einer Etage. Schräg gegenüberliegend. Eine Ewigkeit. Ein leichter Schwindel war geblieben. Sie nahm eine Tablette. Sie hatte kein anderes Kleid dabei. Überstürzte Entscheidung. Sich zwei Slips besorgen lassen, eine Strumpfhose. Der diskrete Ton in Hotels wie diesen. Sehr wohl, gnädige Frau. Darf ich nach der Größe fragen? Ein spätes Frühstück und danach Renée. Vier, fünf Stunden Anschauungsunterricht. Erfahrungen. Sie hat Power. Sie dachte jetzt doch daran, ihr eine Seite zu geben. Zu Reginas Reportage aus San Francisco. Das war eine gute Kombination. Oktober. Die Mai-Nummer wurde in den nächsten Tagen ausgeliefert. Juni, Juli waren dicht. August in der Endplanung. Die September-Themen noch nicht endgültig festgelegt. Sie wunderte sich, daß ihr das kam, sie offenbar wieder funktionierte. Formal. Schutz. Sie zog die Vorhänge zu und legte sich aufs Bett. Einen Moment lang ruhig atmen. Noch einmal alles abrollen lassen. Ohne Überblendungen, Minute für Minute, den gestrigen Tag.

Hansen schloß erst kurz vor der Grenze dichter auf. Der Fünfeinhalbtonner war auf der rechten Fahrspur. Es war ein Wagen der Oberhausener Speditionsfirma *Fr. Kastner*.

Nach Geschäftsschluß hatten die beiden Fahrer von Theo Bierkens zehn Kartons übernommen und ihrer Ladung beigepackt. Als Empfänger der Lieferung war in den erforderlichen Papieren ein Duisburger Hotel- und Gaststättenbetrieb verzeichnet, Inhaber H. Matschewski.

Brieföffner, stand korrekt in der Spalte Ware.

Hansen hatte sich die Durchschläge von Bierkens zeigen lassen. Es war alles sehr schnell gegangen. Überraschend für den immer noch hochgradig verängstigten Theo Bierkens. Er war am späten Nachmittag angerufen worden. Man hatte ihn angewiesen, länger im Laden zu bleiben. Ein Mann der Organisation. Eine Stimme mit starkem Akzent. Ein Kolumbianer vermutlich.

Hansen machte sich darüber keine Gedanken.

Zwanzig Kilo reinstes Kokain, eingeschweißt in den Griffen der fünfhundert Brieföffner, waren innerhalb weniger Stunden auf den Weg gebracht worden. Und der Abnehmer hatte sich vorher nicht von der Qualität der Ware überzeugt. Das war mehr als merkwürdig. Hansen war gespannt, wie sich die Sache weiter entwickeln würde.

Er überholte den Laster.

Sie hatten die letzte Ausfahrt hinter sich. Es war 20.12 Uhr. Wenig Verkehr. Das Wetter war umgeschlagen. Es hatte zu regnen begonnen. Gute Voraussetzungen für die Männer von der Spedition. Sie würden bestimmt schnell abgefertigt werden. Hansen war ohnehin davon überzeugt, daß sie beim Zoll bekannt waren, sicher täglich oder zumindest mehrmals in der Woche die Strecke fuhren. Und er glaubte auch, daß sie keine Ahnung hatten, was sie da eigentlich über die Grenze brachten.

Er griff in seine Jackentasche, legte Paß und Wagenpapiere auf den Beifahrersitz. Die Papiere waren in Ordnung. Er hatte eine Aufenthaltsgenehmigung, wurde als Systemberater für Softwareentwicklung im Außendienststab eines größeren Unternehmens geführt. Formal. Seit zwei Jahren. Eine weitgehend ruhige Zeit.

Sie war abgelaufen.

Hansen dachte an Jamie. Vielleicht würde er sie noch einmal sehen. Vielleicht auch nicht. Es war durchaus möglich, daß er gleich in Hamburg bleiben mußte. Ein neuer Aufgabenbereich, engere Anbindung an das Haus. Hansen war alles andere als glücklich darüber. Das Leben in Amsterdam hatte ihm gefallen. Die Atmosphäre. Jamie. Jamie, seine taubstumme Geliebte. Ihre Liebe.

Er verbot sich Sentimentalitäten, nahm den Fuß vom Gaspedal, schaltete runter.

Grenzkontrolle. Zoll.

Keine Probleme. Der Beamte winkte ihn weiter.

Hansen sah im Seitenspiegel den Laster auf die andere Spur einbiegen. In wenigen Minuten konnte es entschieden sein. Er gab ihnen zehn Minuten, maximal zwanzig. Dann mußten sie es hinter sich haben. Freie Fahrt. Mit normaler Geschwindigkeit fuhr er bis zur nächsten Parkbucht und schaltete die Scheinwerfer aus.

Die Regentropfen trommelten aufs Dach.

Hansen massierte seinen rechten Oberschenkel. Er war lange nicht mehr eine größere Strecke gefahren. Oberhausen, Duisburg oder welche Stadt auch immer sie ansteuern würden, er mußte dranbleiben.

Im Fach hatte er das Tablettenröhrchen. Wenn er jetzt zwei Pillen einwarf, hielt er bis zum frühen Morgen durch. Er konnte sich noch nicht entscheiden. Es war durchaus denkbar, daß er doch keinen Push brauchte.

Er schaute wieder auf die Uhr. Dreiundzwanzig. 20 Uhr 23.

Nur nicht nervös werden, sagte er sich. Cool, be cool. Wie oft hatte er das schon geflüstert und sich das Kinn gerieben, die Bartstoppeln?

Er grinste sich im Spiegel an. Sein Gesicht gefiel ihm. Es gefiel auch Frauen. Sie sahen in ihm den Mann mit Erfahrung. Einen Mann für die gewissen Stunden.

Hansen lächelte jetzt ein wenig bitter. Keine der vielen Amouren hatte sich tief bei ihm eingeprägt. Einzig und allein Jamie, und das würde ihm noch verdammt zu schaffen machen. Das wußte er.

Er kurbelte das Seitenfenster herunter, streckte den Kopf heraus. Einige Pkws waren vorbeigerauscht. Der Speditionswagen war nicht in Sicht. Noch nicht.

Doch. Da. Er tuckerte heran. Hansen wartete, bis er auf seiner Höhe war, er die Schrift erkennen konnte, das Kennzeichen.

Sie hatten es also geschafft. Unglaublich eigentlich, wie einfach, wie verflucht einfach es war. Zwanzig Kilo Koks mit einer offenbar unverdächtigen Spedition weitergeleitet.

Er legte den Gang ein, hängte sich an und blieb einige hundert Meter hinter ihnen.

Knapp eine Stunde später hatten sie ihr Ziel erreicht. Der Laster war auf einen Hof gefahren, hatte vor einer Lagerhalle geparkt. Hansen beobachtete, wie die beiden Männer ausstiegen und zu einem Flachbau gingen. Neonlicht flackerte auf. Zwei Fenster wurden erleuchtet. Hansen setzte ein Stück zurück und verließ ebenfalls seinen Wagen. Auf der Straße war kein Verkehr. Eine öde Gegend, keine Wohnhäuser, Industriegebiet. Es regnete nicht mehr so stark, aber ein kalter Wind wehte.

Hansen zog den Reißverschluß seiner Lederjacke zu, schlug den Kragen hoch. Leicht geduckt lief er zur Einfahrt, spähte zu den Fenstern. Es war nicht auszuschließen, daß die Fahrer den Auftrag hatten, ihr Eintreffen zu melden. Dann konnte es sein, daß gleich noch umgeladen wurde. Mit ihrer Hilfe oder ohne sie, was wahrscheinlicher war. Aber wie auch immer. In jedem Fall mußte er ein sicheres Versteck finden. Für seinen Golf. Für sich. Es sei denn, die Nummer ging erst morgen über die Bühne. Und das hieß, die Nacht über auszuharren. Um sicherzugehen, daß nicht doch jemand die Ware abgriff.

Das Licht erlosch. Hansen hörte die Tür und machte die Männer aus, die nun über den Hof eilten, zum abgrenzenden Gitterzaun hin, wo zwei Wagen dicht nebeneinander geparkt waren. Sie wurden fast gleichzeitig gestartet.

Hansen preßte sich an die Mauer. Er verharrte so, bis sie vom Platz und an ihm vorbei waren.

9

Fedder führte die Tasse an die Lippen. Sie war innen weiß und außen rosa. Und groß. Er hielt sie mit beiden Händen.

Vorsichtig nahm er noch einen Schluck. Der Kaffee war heiß. Schwarz, stark und süß.

Marion nickte ihm aufmunternd zu.

«Keine gute Idee», sagte er.

«Aber sicher doch», sagte sie. «Das hilft.»

In seinen Schläfen pochte es. Er hatte getrunken, sich von Gottschalk das Glas füllen lassen, immer und immer wieder. Kühler Retsina. Wie Wasser in sich hineingeschüttet. Der Wein stieß ihm übel auf. Jetzt schon.

Fedder schloß für einen Moment die Augen.

Als er sie wieder öffnete, sah er, daß Marion aufgestanden war. Sie stand an der Spüle. Der weite, locker fallende Pullover bedeckte knapp ihren Hintern. Sie trug eine dicke, schwarze Strumpfhose und weiße Socken. Wunderschöne Beine, sagte er sich und hielt die Hand vor den Mund. Er glaubte, es laut gesagt zu haben. Eine schlimme Entgleisung.

Marion stellte ihm ein Glas Wasser hin.

«Ich hol Ihnen ein Aspirin. Moment.»

Sie huschte aus der Küche, bevor er etwas erwidern konnte.

Die Küche war blitzsauber. Alles ordentlich aufgeräumt. Fedder hatte sich ein anderes Bild gemacht. Ein völlig anderes.

Er rieb sich das Gesicht. Er hatte nicht nur Kopfschmerzen. Auf der letzten Stufe war er gestolpert und lang hingeschlagen. Ihr direkt vor die Füße. Beschämend. Mehr als beschämend. Kriminalhauptkommissar Jörg Fedder ermittelt um Mitternacht. Privat. Und sturzbetrunken. Im wahrsten Sinne des Wortes.

Marion hatte ihm aufgeholfen. Sie war sehr nett.

Nett! Sie war hübsch. Eine ausgesprochen hübsche, junge Frau. Ein südländischer Typ. Der kleinen Sabatini wie aus dem Gesicht geschnitten. Fedder hatte den ganzen Tag über an sie denken müssen. Zwangsläufig. Seine Freundin. Nun ja. Rainer Frey schien nicht mehr sonderlich an ihr interessiert gewesen zu sein. Und jetzt war er in ihrer Wohnung. Marion lebte allein.

Sie kam zurück, ließ die Brausetablette in das Glas fallen.

«Danke», sagte er. «Das wäre nicht...»

«Sind Sie mit dem Wagen hier?» unterbrach sie ihn.

«Um Gottes willen, nein. Warum?»

«Nur so. Aus Interesse. Ich hab überlegt, was passiert wäre, wenn man Sie gestoppt hätte.»

«Ärger», sagte er. «Viel Ärger. Ich muß... ich muß mich nochmals entschuldigen. Da... da hat bei mir was ausgehakt.»

Er tippte sich an die Stirn.

«Haben Sie das öfter?» Sie setzte sich wieder und schlug die Beine übereinander. Fedder wagte nicht, hinzusehen.

Er starrte auf das Glas. Die Tablette löste sich auf.

«Nein», sagte er schließlich. «Ich fühl mich ziemlich... ziemlich elend. Sie müssen einen verdammt schlechten Eindruck von mir haben.»

«Weil Sie einen im Tee haben? Quatsch. Ich nehme an, Sie wollen noch was von mir wissen. Oder haben Sie schon...?»

«Nein, nichts. Jedenfalls nichts... nur einen Verdacht. Nein, nein, ich... ich komme morgen wieder. Ich krieg das jetzt doch nicht mehr auf die Reihe.»

«Laß dir Zeit», sagte sie. Das war kein Versprecher. Sie lächelte ihn an, zuckte dann die Achseln. «Okay?»

Fedder schluckte.

«Okay», brachte er heraus.

«Und?»

«Was?»

«Ist das gegen die Vorschrift? Mir fällt's leichter, du zu sagen.»

«Ich... nein, ich weiß nicht. Ich trink sonst nie. Und ich bin noch nie in so eine... so eine Situation gekommen, ehrlich nicht. Ich wollte nach Hause und... und im Taxi hat's ausgesetzt... einfach zuviel. Das war heute zuviel. Dieser... dieser Tag. Ich bin...»

«Willst du dich hinlegen?»

Fedder merkte, daß er zu zittern begann. Ein kalter Schauer überlief ihn. Und dann war ihm heiß. Er glühte. Gleich würde ihm der Schweiß ausbrechen.

Hastig griff er nach dem Glas, nahm einen Schluck. Und noch einen.

«Nun komm», sagte sie. «Das ist keine Aufforderung für sonstwas.»

«Nein», sagte er. «Ich... ich bin okay. Alles okay.» Er stellte das Glas ab, stemmte sich hoch. Ihm wurde leicht schwindelig. Er mußte sich zusammenreißen, um bis zur Tür zu kommen. Schwankte etwas.

Marion war augenblicklich bei ihm. Sie hielt ihn zurück. Hielt ihn am Arm fest. Ihm war zum Heulen zumute. Er versuchte, zu lachen.

«Kein Problem», krächzte er und hustete.

Marion stützte ihn. Er ließ sich von ihr in ein nur spärlich erleuchtetes Zimmer führen. Zu einer Couch. Mehr nahm er nicht wahr. Einzig und allein die Couch. Es war sehr verlockend, sich darauf auszustrecken. Er sagte es.

«Nur einen Moment», sagte er. «Bin gleich wieder... okay, okay.»

Sie nickte. Eine wirklich Nette, eine ganz Liebe war sie. Wie eine Schwester. Er fror. Das konnte nicht allein der Alkohol sein. Der Kaffee. Die Tablette. Ein abscheuliches Gemisch. In seinem Magen brodelte es. Schwester. Schwesterchen. In ihrem Arm. Es ist nicht schlimm, Bauchschmerzen zu haben. Das ist die Hitze.

Ihm war am ganzen Körper kalt. Nur die Stirn, die Stirn war heiß.

«Auf Band!» Gottschalk schnaubte.

«Was ist daran so komisch?»

«Ich wünsch mir, du wärst hier.»

«Um zu sehen, wie du vor mir auf den Knien rutschst?»

«Ich liege in der Badewanne», sagte Gottschalk. Er hörte, daß Regina sich eine Zigarette anzündete. «Arbeitest du noch?»

«Nein, ich komm vor Langeweile um.»

Gottschalk seufzte.

«Regi», sagte er. «Es tut mir leid. Und das mein ich ernst.»

Am anderen Ende der Leitung blieb es still.

Eine weitere Einheit verstrich.

Gottschalk schnippte das Schiffchen von sich weg. Es schoß in eine Schaumkrone. Einige Flocken stoben. Der Gummi-Donald wackelte. Das Glöckchen in seinem Bauch schlug an.

Gottschalk drückte die Figur unter Wasser.

«Na schön», sagte Regina endlich. «Ich war enttäuscht. Ich will das nicht.»

«Das hast du mich spüren lassen, und ich hab's begriffen. Okay. Passiert nicht noch mal. Bestimmt nicht.»

«Ich hab gesagt, daß ich lästig werde.»

«Ja», sagte Gottschalk. «Und das ist gut so.»

«Bist du dir sicher?»

«Du nicht?»

«Ich hab Klaus heute abblitzen lassen», sagte sie und lachte plötzlich. «Es ist verrückt, total daneben. Er hatte das Band vollgequatscht. Von Sorge zerfressen. Während du...»

«Ich liebe dich», sagte Gottschalk.

Sie lachte wieder. Etwas verlegen, schien Gottschalk. Er ließ seinen kleinen Donald los. Das Ding kam mit einem lauten Platsch hoch. Klingeling, machte es. Gottschalk spitzte die Lippen.

Regina fing sich.

«Was gab's denn eigentlich so enorm Wichtiges bei dir?» fragte sie.

«Ist dir das zu dick?»

«Du bist nur geil. Also...?»

«Das schließt sich nicht aus. Aber wenn du's nicht hören willst, gut. Hast du inzwischen mal wieder mit der Wolf gesprochen?»

«Mit Jutta? Bist du damit beschäftigt?»

«Sie hat's dir erzählt», stellte er fest und rutschte ein wenig tiefer.

«Ja, und ich hab versucht, dich am Sonntag noch...»

«Ich war wegen einer anderen Sache auf Achse. Fedder hat den Fall. Er glaubt, ihn gelöst zu haben. Was ist das für eine Frau?»

«Wie meinst du das?»

«Dein persönlicher Eindruck, als ihr... habt ihr länger darüber geredet? Über ihre sonstigen Beziehungen möglicherweise?»

«Ja, sie war sehr offen. Das hat mich schon... und ihr habt ihn? Den Mörder?»

«Fedder ist davon überzeugt. Er ist allerdings tot. Der angebliche Killer. Mit einem Brieföffner erstochen worden. Es deutet einiges darauf hin, daß die Wolf ihn umgebracht hat.»

Regina atmete tief ein. Das bekam Gottschalk deutlich mit. Auch, daß sie aufstand und den Apparat vom Tisch oder sonstwo nahm.

«Das ist doch absurd.»

«Das habe ich auch gesagt. Zuerst.»

«Habt ihr Beweise?»

«Du weißt von ihrem Problem?»

«Ich kann mir das nicht vorstellen. Wie kommt ihr darauf?»

«Er», korrigierte Gottschalk. «Fedder. Er geht davon aus, daß

Jutta wahrscheinlich herausgefunden hat, wer die beiden Morde begangen hat.»

«Die beiden? Ich...»

«Habt ihr auf Sylt keine Zeitung gelesen? Samstag nacht ist ein zweiter Mann abgemetzelt worden. Nicht weit von ihrer Wohnung. Er ist die Nacht zuvor mit Jutta zusammengewesen.»

«Der?! Dieser Funkmann?»

«Das hat sie dir also auch erzählt. Ja, der. Gerlach Weiniger. Fedder hatte es in dem Punkt nicht gerade leicht mit ihr.»

«Ich glaub's nicht», sagte Regina.

«Sie hat ihm dann doch noch einige Namen genannt. Ihre Bekanntschaften der letzten Zeit. Zumindest die, die sie erinnerte. Fedder vermutete den Killer...»

«War er dabei?»

«Er war Redaktionsbote. Poststelle. Nein, sie hat ihn nicht erwähnt. Aber er ist im Verlag...»

«Und das...?»

«Regina», sagte Gottschalk. «Du kannst mir glauben, daß ich mehr als skeptisch war. Zumal Fedder bisher keinen handfesten Beweis hat. Nur die Tatsache, daß sie...»

«Und was sagt sie dazu?»

«Sie ist gestern abend nach Frankfurt geflogen. Überstürzt. Kurz nachdem der Mann – Frey, übrigens, Rainer Frey – ermordet wurde. Sie wird morgen in der Redaktion zurückerwartet. Wir werden dann mit ihr reden müssen.»

«Ihr habt nichts», sagte Regina.

«Würdest du es ihr zutrauen?»

«War er es denn wirklich?» fragte sie. «Rainer, sagst du?»

«Fedder vertraut seiner Intuition», sagte Gottschalk. «Und er wird es belegen. Da bin ich mir hundertprozentig sicher. Aber das interessiert mich im Moment eigentlich weniger. Glaubst du, daß die Wolf...»

«Warum? Warum sollte sie... mein Gott, Pit! Sie hat eine sagenhafte Position. Sie ist...»

«Ich weiß, was sie ist. Trotzdem.»

«Das wär ein Skandal, ein Riesenskandal. Wenn ihr sie verhört und ihr tatsächlich einen Mord nachweisen könnt...»

«Das ließe sich eventuell verhindern.»

«Was...?»

«Hör zu, ich frage dich, weil du sie kennst. Jedenfalls besser als wir. Nehme ich an. Du könntest ihr helfen.»

Kuddel öffnete ihr die Tür. Er hatte die große Beleuchtung schon gelöscht, nur die beiden Kutscherlampen hinter dem Tresen gaben gedämpftes Licht. Gaby ging vor in den Schankraum. Sie zog dabei ihre Handschuhe aus, knöpfte die Jacke auf.

Kuddel nahm eine Flasche aus dem Regal. Eine aus dem oberen. Wortlos schenkte er zwei Gläser ein.

Gaby kippte den Cognac wie nichts.

«Tja», meinte Kuddel und stellte sein Glas ab. Er füllte nach.

Gaby hatte sich einen Hocker herangerückt und setzte sich.

Sie nickte, zog ihre Zigaretten aus der Tasche. Kuddel gab ihr Feuer. Sie berührte leicht seine Hand. Kuddel legte den Kopf schief und schaute wie Ventura. Er ähnelte ihm sehr. In vielem.

Gaby inhalierte tief.

«Hast du ein Zimmer frei?» fragte sie dann.

«Einige», sagte Kuddel, und nach einer kleinen Pause wieder: «Tja.»

«Tja», sagte auch Gaby. «Ich habe ein Problem.»

«Prost dann erst mal.»

«Prost.» Sie stießen jetzt an.

Kuddel kramte nach seinen Filterlosen, klopfte eine auf den Daumennagel und leckte über das Paper.

«Gutaussehender Mann», sagte er. «Gebräunt, dunkelblondes, gewelltes Haar. Läßt sich einen Bart wachsen.»

«Ja.»

«Ein Freund?»

«Ich habe ihn gestern zur Hütte rausgefahren. Er brauchte ein paar Tage Ruhe.»

«Tja. Das Gesicht kam mir bekannt vor. Kann das angehen?»

«Er hat in gewissen Kreisen einen Namen», sagte Gaby. «Er wollte sich nirgendwo blicken lassen. Ja, er ist ein Freund. Ein guter Freund.»

Kuddel rauchte. Er hielt die Zigarette mit drei Fingern der etwas gekrümmten Hand, leckte einen Tabakkrümel von den Lippen, spuckte ihn weg.

«Hat sich das wohl anders überlegt», sagte er. «Er war so gegen neun hier. Büschen ab. Schuhe verdreckt und Hose. Tja. Geräucherte Forelle mit Toast und Rührei, ein Bier. Hat aber kaum was gegessen, ständig aus dem Fenster geguckt. Er saß da vorne, gleich neben der Tür. Halbe, dreiviertel Stunde vielleicht, nicht länger.»

«Es war verabredet, daß er mich um zehn anruft.»

«Tja», sagte Kuddel wieder. «Wirklich ein guter Freund?»

«In der Beziehung habe ich mich immer auf ihn verlassen können. Er ist nicht mehr draußen. Seine Tasche, Wäsche, alles ist noch da. Aber er ist weg.»

Sie schluckte den Rest Cognac. Kuddel faßte die Flasche. Gaby protestierte nicht.

«Kennen wird er ja hier niemanden», meinte Kuddel.

«War sonst noch wer bei dir? Fremde?»

«Eine Gruppe Drücker. Haben drei Zimmer genommen. Sind noch rüber nach Falling. Wollen was erleben.» Er lachte abfällig.

«Ludwig hat keinen Wagen», sagte Gaby.

Kuddel tat, als habe er den Namen nicht gehört.

«Sonst nichts», sagte er. «Verlaufen haben kann er sich wohl kaum.»

«Ich weiß nicht, was ich tun soll.»

«Tja. Ist ziemlich finster. Hast du eine Lampe dabei?» Er knipste die Glut ab und griff unter die Theke. Gaby wußte, was er hervorziehen würde. Kuddel wäre für Ludwig ein guter Mann gewesen. Aber Kuddel würde sich nie jemandem wie Ludwig fügen. Kuddel kümmerte sich nur um seine Angelegenheiten. Und jetzt um ihre. Ihr war klar, warum.

Sie gab dem Barkeeper ein Zeichen. Er fragte routinemäßig nach. Gin Tonic. Noch einen Gin Tonic. Der Mann neben ihr zog die Augenbrauen zusammen. Es gefiel ihm nicht. Er hatte schon vorhin eine entsprechende Bemerkung gemacht. Einen Scherz. Daneben. Völlig daneben. Er sollte nicht denken, daß sie ihm zuliebe aufhören würde. Selbst wenn ich vom Stuhl kippe. Der Kopf ist klar. Glasklare Gedanken. Die Sendung war eine einzige Katastrophe gewesen. Dumme Fragen. Sie hätte nicht darauf geantwortet. Normal. Fast in jedem Satz. Normales Empfinden. Normal ist. Normalerweise ist es doch so. Auch ihm war das leicht von den Lippen gekommen. Diesem Smartie. Sie sah zu ihm hin. Er saß weiter unten an der Bar. Redete auf Renée ein. Renée hatte sich wacker geschlagen. Gut provoziert. Eine Frau aus dem Publikum hatte ihr vorgeworfen, sie falle der Bewegung in den Rücken. Ihr propagiert doch nur Kuschelsex, hatte Renée erwidert. Lesbischen Kuschelsex. Aber eure Emma nimmt sich ihre Mädels hart ran. Ein wütender Aufschrei. Diffamierung. Üble Nachrede. Die Moderatorin hatte hilflos zur Regie geschaut. Kameraschwenk. Auftritt Georgette. Ein wunderbarer Transvestit. Sie hatte spontan gecheckt, was lief. Noch einen draufgesetzt. *Ich bin von Kopf bis Fuß. Motten umschwirren mich*. Ach Gottchen, ja, uns Alice soll ja jetzt auch ein Filmangebot bekommen haben. Als Partnerin von Pinocchio. Den soll die Süssmuth spielen. Weil sie so schön hölzern ist. Pinocchio und die Pornografin aus Kölle am Rhein. Kein Halten mehr. Auf dem Schirm wild gestikulierende Gäste. Überforderung der öffentlich-rechtlichen Anstalt. Konsequenzen würden gezogen werden. Die Stunden in der Alten Oper hatten sie abgelenkt. Konsequenzen. Das stand auch ihr bevor. Sie mußte sich allmählich der Tatsache stellen, daß man sie verdächtigen würde. Mehr noch. Beweise präsentieren. Es gab sicher welche. Portemonnaie und Notizbuch hatte sie an sich genommen. Natürlich hatte er ihre Nummer notiert. Unter den jeweiligen Tagen waren keine Eintragungen gewesen. Trotzdem. Es würden sich Freunde melden. Bestimmt hatte er sich damit gebrüstet. Geschwätzig. Wenn er nicht geredet hätte. Wenn er. Die Eiswürfel klirrten im Glas. Unheimlich, wie ruhig sie trotz allem war. Jetzt. Inzwischen. Der Mann neben ihr fragte sie irgendwas. Sie hatte es nicht verstanden. Nicht hingehört. Er wiederholte, was er gesagt hatte. Nein, sie träumte nicht. Sie dachte nach. Wünschte, nicht weiter belästigt zu werden. Sie war überrascht, wie entschieden sie sein konnte. Plötzlich. In einer solchen Situation. In der sie ansonsten eher nachgiebig war. Bereit, sich auf jedes dumme Geschwätz einzulassen. Sie verspürte auch kein Verlangen. Nur das nach Alkohol. Gin. Gin Tonic. Die Drinks bekamen ihr ausgezeichnet. Sie war davon überzeugt, nicht betrunken zu werden. Heute nicht. Nicht in dieser Nacht. In dieser Nacht voller Seligkeit. Sie fühlte sich mit einem Mal beschwingt. Leicht war sie. Jetzt springen. Die Meter nehmen. Die Aschenbahn unter sich wegstoßen. Hinter sich lassen und weit, weit springen. Gold. Glänzendes Gold. Sie hatte Geld genug. Von Frankfurt aus kam sie überall hin.

Südamerika. In die Karibik. Costa Rica. Sie sprach Englisch. Ein gutes Spanisch. Verrückt. Eine verrückte Idee. Mit dem, was auf ihrem Konto war, kam sie nicht weit. Das große Geld war festgelegt. Mußte gekündigt werden. Das konnte sie nur in Hamburg erledigen. Nur sie allein. Sie hatte niemanden. Wurde sie jetzt wieder wehleidig? Ich bin allein, ich allein. Ja, und? Ich werde auch weiterhin allein leben. Über Monate, über Jahre in Haft, eingeschlossen. Es schreckte sie nicht. Wahrscheinlich würde alles ganz anders kommen. Er hatte gemordet. Ein Wahnsinniger. Das ließ sich nachweisen. Mußte sich nachweisen lassen. Daß er ihr nachgestellt hatte. Sie allein für sich haben wollte. Dieses Kind. Ein bösartiges Kind. Ein schwachsinniges. Nichts im Kopf. Ihr Herz klopfte stärker. Und ihre Hände zitterten. Ein Kind. Ich wollte ein Baby. Ich wollte Mutter sein. Eine liebende Mutter. Dieses Schwein. Der Mann an meiner Seite. Eine gescheiterte Existenz. Ein haltloser Säufer. Sie wußte nicht, was aus ihm geworden war. Abgeschlossen. Abgetrennt. Das Glied abgetrennt. Sie nahm schnell einen Schluck. Wieder verabschiedeten sich welche. Renée winkte ihr zu. Der sanfte Therapeut drehte sich ebenfalls um. Sie nahm ihr Glas und rutschte vom Hocker. Kein Schwanken. Aufrechter Gang. Renée zog sie an sich. Sie gab sich sehr vertraut. War euphorisch. Das bringt eine Riesenpresse. Der Therapeut hielt ihren Arm. Er hielt ihn auch noch, als sie schon saß. Die Medien, hörte sie. Sie sollen schreiben, was sie wollen. Der Therapeut hatte einen leichten bayrischen Akzent. Er setzte zu einer Erklärung an. Renée unterbrach ihn. Du gefällst mir, sagte sie. Du hast schöne Hände. Sie lachten. Renée lachte. Sie lachte. Das war zu komisch. Smartie war rot geworden. Verlegen, er ist verlegen. Schau doch, Jutta. Sie gab dem Barkeeper einen Wink. Später wußte sie nichts mehr. Nicht, wie sie aufs Zimmer gekommen war. Ins Bett. Sie war ausgekleidet. Sie kreiste. Eine Kugel in einer Roulettschüssel. Ein merkwürdiges Bild. Sie hatte nie gespielt, aber sie sah sich am Tisch stehen und Chips werfen. Und sie war die Kugel. Die von Ziffer zu Ziffer sprang. Sie war gesprungen. Gesichter waren über ihr. Nein, helle Flecken. Wabernde Punkte. Flatschen. Pfannkuchen. Die hatte sie früher gern gegessen. Pfannkuchen mit Speck. Oder mit Apfelmus. Kirschblüten. Es grünt so grün, wenn Spaniens Blüten blühn. Paul schrieb nicht mehr. Pauls Gesicht wurde deutlich. Und nach und nach die anderen. Sie blieb auf Rot liegen. Blut. Er hatte nicht stark geblutet. Seine Hände hatten in die

Luft gegriffen. Spitze Klinge. Spitzer Stein. Sie war auf Steinen gebettet. Ihr Rücken schmerzte. Eine Spülung rauschte. Eine Dusche. Wie spät war es eigentlich? Sie konnte nichts erkennen. Ihre Bewegungen waren langsam. Allmählich kam sie zu sich. Sie fühlte sich wie zerschlagen. Es konnten doch nur Minuten vergangen sein. Sekunden. Ein böses Spiel. Sie bemühte sich, tief durchzuatmen. Ich habe getrunken. Ich habe einige GinTonics getrunken und noch mit Renée gesprochen und mit Smartie. Ein hübscher Mann. Renée hat ihn angemacht. Renée hat ihn bestimmt mit auf ihr Zimmmer genommen. Renée würde mich verstehen. Mein altes Ego. Ich habe es abgestreift. Ich will es nicht mehr. Ich habe genug. Er hat mir weh getan. Ich habe ihn dafür büßen lassen. Wer hat mich aufs Zimmer gebracht? Wer hat mich ausgezogen? Sie tastete nach dem Schalter. Das Licht war grell. Als sie sich daran gewöhnt hatte, sah sie, daß ihre Kleider verstreut am Boden lagen. Ich. Kein anderer. Ich habe zuviel getrunken. Sie stand auf. Der Gin stieg ihr in die Kehle. Sie schaffte es gerade noch bis zum Bad. Ein Schwall. Ein bitterer Geschmack. Sie klammerte sich an das Becken. Ein Halt. Und wieder übergab sie sich. Ihre Augen tränten. Sie kotzte und heulte, und dann war es vorbei. Nur noch ein leichtes Zittern. Ein unerheblicher Kopfschmerz. Sie spülte ihren Mund aus. Ließ Badewasser ein. Lange betrachtete sie sich im Spiegel. Bis sie lachen mußte. Sie ging zurück ins Zimmer. Es war kurz nach halb vier. Donnerstag, der einundzwanzigste April. April, April, der April macht, was er will. Und wieder lachte sie. Sie zog die Vorhänge auf, öffnete die Tür zum Balkon. Ihr war nicht kalt. Der kühle Wind tat ihr gut. Sie atmete tief ein. Und gleich das heiße Bad und schlafen, tief und fest schlafen. Sie mußte ausgeruht sein, brauchte Kraft.

Broszinski wurde um sieben geweckt. Er hatte das Telefon nicht auf Anrufbeantworter umgeschaltet. Birte drehte sich zur Seite, als er aufstand. Er zog den Bademantel über und ging nach nebenan.

Hansen war am Apparat.

«Sie laden jetzt um», sagte er. «Ein VW-Bus, blau, weißes Dach. Kennzeichen HH-PL 1847. Fahrer ist ein jüngerer Mann. Leicht zu erkennen. Er hat eine Glatze. Wann kann ich mit Unterstützung rechnen?»

«Melde dich noch mal, wenn klar ist, ob er über Hannover oder

Bremen fährt. Denke, wir übernehmen ihn, bevor er Hamburg erreicht.» Broszinski hatte den Apparat mit zum Tisch genommen, nach einem Stift gegriffen. Er notierte die Wagennummer.

«Wie soll ich mich bemerkbar machen?» fragte Hansen.

«Fährst du den Golf?»

«Ja.»

«Okay. Ich sag's dir dann. Danke.»

«Wofür?»

«Drei, vier Stunden mußt du noch durchhalten», sagte Broszinski. Er hörte, daß Hansen schniefte. Als sie aufgelegt hatten, zog Broszinski Boxershorts und Sweatshirt an, schnürte die *Nikes*. Es versprach ein guter Tag zu werden. Er hatte diesmal die *Kinks* dabei, eine neue Kassette. Eine neue Gruppe, schnell, hart und laut. Heavy. Der Sound peitschte ihn über die vertraute Piste. Nach wenigen Minuten schon lief ihm der Schweiß über Gesicht und Körper. Er war der Blitz. Er schoß vor. *Black Leather*, sangen die *Kinks*. Broszinski hatte Birte vor Augen. Am Wochenende würde er mit ihr aufs Land fahren. Zwei Tage nur mit ihr. Lange schlafen. Gut frühstücken. Spaziergänge. Reden. Sie hatten eine Krise. Er war kaum ansprechbar gewesen. Das mußte anders werden. He boy, go home. Nicht ständig den Job im Kopf. Es war kein Job. Eine Aufgabe. Ein Ziel. Das Ziel war unerreichbar. Nach Stobbe ein anderer. Andere. Auch sie haben eine Geschichte. Eine Tradition. Seit Jahrzehnten im Geschäft. Schwarzmarkt. Wirtschaftswunder. Schutzgelder eingefordert. Frauen postiert. Häuser gebaut. Etagen unter sich aufgeteilt. Beteiligung. Das war über Jahre gewachsen. Nicht mehr so ohne weiteres ausrottbar. Feuer und Schwert. Er erinnerte den Traum. Von Sprengstoff und einer Magnum hatte er geträumt. Als Dirty Harry über die Meile. *Make my day.* Stobbe den Finger in den Arsch schieben und zur Decke hoch heben. Du Scheißer willst mir drohen? Du mir? Ein pubertärer Traum. Er wußte nicht, was ihn ausgelöst hatte. Er haßte Stobbe nicht. Er haßte keinen dieser Drecklappen. Es waren dumme Wichser. Einer wie der andere. Stobbe, der Stone. Die LUNA. Allein diese Namen. Gangstermythen. Spießige Kleinbürger. Der schöne Ludwig. Der Samurai. In seinem Traum hatte er sich ihnen gleichgemacht. Die Kehrseite. Der harte Bulle. Der einsame Wolf. Mitch fiel ihm ein. Was Harry von ihm erzählt hatte. Der Wolf hetzt die Meute. Es war lächerlich. Es brachte nichts, ein paar Typen abzugreifen.

Broszinski sprintete das Stück bis zur Brücke, trabte dann hinüber und begann auf der Wiese mit seinen Übungen.

Frühjahrsmüdigkeit, wir kommen nicht aus dem Bett, sind lahm, einfach nicht in Form. Amerikanische Psychologen glauben nun, dagegen ein wirksames Mittel gefunden zu haben – Licht, helles Licht. Die Moderatorin machte eine bedeutungsvolle Pause.

Gottschalk grunzte. Es war hell in seinem Zimmer. Die Sonne schien. Das war für ihn überhaupt nicht aufmunternd. Im Gegenteil. Es lähmte ihn. Er schaltete das Radio nun doch aus und wälzte sich auf den Rücken. Seine Latte war beachtlich. Wichsen oder pissen, war die Frage.

Er entschied sich, aufzustehen. Eine Fehlentscheidung.

Als er auf die Straße kam, sah er gerade noch, wie ein Fahrradfahrer gegen den Kotflügel seines Wagens trat. Gottschalk war nicht fix genug, sich den Krummbuckel vom Sattel zu zupfen. Er blaffte ihm Worte hinterher, über die sich eine stark geschminkte Zicke entrüstete. Auch ihre Töle kläffte ihn an. Gottschalk war nahe dran, das haarige Etwas platt zu stampfen. Er brauchte lange für die Fahrt bis zum Berliner Tor. Kollege Schweckendick fuhr gleichzeitig mit ihm auf den Parkplatz. Er entdeckte die Beule und tippte ungefragt auf einen schwarzen Affen. Gottschalk seufzte nur. Im Fahrstuhl wechselte Schweckendick abrupt das Thema. Er wollte ab sofort Raucher und Nichtraucher getrennt wissen. Alle Raucher nach Bayern, meinte er. Es hörte sich nach KZ an. Gottschalk bekam Ohrenschmerzen. Ein junges Ding erwartete ihn in seinem Büro. Es war die neue Schreibkraft. Gottschalk hatte vergessen, daß sie heute anfangen sollte. Er hatte nichts vorbereitet. Sie nannte ihren Namen und bot ihm Gummibärchen an. Bevor er noch ablehnen konnte, klingelte das Telefon. Er riß den Hörer ans Ohr. Der Arbeitstag begann mit der Aufforderung, sich an einem Geschenk für den Chef zu beteiligen. Der Laffe hatte morgen Geburtstag und gab sich die Ehre, zu einem kleinen Umtrunk einzuladen.

Gottschalk stieß der Retsina auf. Zwangsläufig kam ihm die Erinnerung an den gestrigen Abend. Erst jetzt fiel ihm auf, daß Fedder nicht an seinem Platz saß.

Er brummelte was von später und hängte ein.

«Haben Sie meinen Kollegen gesehen?» fragte er. «Frau…?»

«Tumback. Karina.»

«Ja?»

«Ja, was bitte?»

«Fedder», sagte Gottschalk. «Hat er sich schon blicken lassen?»

«Für wen muß ich denn alles arbeiten?»

«Ja oder nein?!» Gottschalk merkte, daß er laut geworden war. Karina zog eine Schnute und schaute in ihre Tüte. Schließlich schüttelte sie den Kopf. Sie stand etwas dumm herum.

Gottschalk ließ sich schwer auf seinen Stuhl fallen. Er bedauerte schon, die Kleine so angeschnauzt zu haben. Zu einer Entschuldigung aber konnte er sich nicht durchringen.

«Na gut», sagte er. «Dann wollen wir mal sehen, wie wir das hier auf die Reihe kriegen. Sie können sich den Schreibtisch da einrichten.»

«Ich?» sagte sie.

Gottschalk schloß die Augen. Irgendwas lief heute schief.

Die Kaiserin öffnete, erkannte ihn und ging, ohne ein Wort zu sagen, über den Flur zurück in ihr Zimmer. Fedder schloß leise die Tür hinter sich und folgte ihr.

Das Zimmer war abgedunkelt, der Fernseher eingeschaltet. Die alte Dame sah einen Zeichentrickfilm. Sie drehte den Ton nicht herunter, setzte sich auf einen Stuhl mit hoher Rückenlehne. Für Fedder blieb ein Sessel.

Er wartete, daß sie ihm den Platz anbot. Sie tat es nicht. Sie schaute zum Fernseher hin. In ihrem Gesicht war keine Regung.

«Frau Frey», sagte Fedder und räusperte sich. «Frau Frey, es tut mir leid, aber ich muß Ihnen noch einige Fragen stellen.»

Er bekam keine Antwort. Vielleicht, weil er noch nichts gefragt hatte. Oder sie hatte ihn nicht verstanden.

Fedder wartete einen Moment. Die Alte lachte plötzlich.

«Jetzt kriegen sie ihn», kicherte sie.

Fedder begriff, daß sie den Gnom auf dem Schirm meinte.

«Frau Frey», sagte er lauter.

«Ich hab's gewußt. Sie kriegen ihn, und dann kommt das Fräulein mit den Flugzeugabstürzen. Die Blonde. Sie sollte längere Röcke tragen. Aber das muß wohl heute so sein. Ich habe mich daran gewöhnt. Aber es gibt auch andere. Die Gabi war immer anständig angezogen. Die sah man gern. Jetzt tritt sie ja nicht mehr auf. All die Guten sind weg.»

Sie faltete ihre Hände im Schoß, nickte.

«Ihr Sohn», setzte Fedder an.

«Weg», wiederholte sie. «Sie hat geweint, und der Kuli auch. Das war eine schöne Sendung. Rainer mochte sie. Er wollte sie mir immer mal vorstellen.»

«Dieser Schlüsselbund», sagte Fedder. Er hatte ihn aus der Tasche gezogen. «Ich möchte die einzelnen Schlüssel gemeinsam mit Ihnen ausprobieren. Der ist für die Haustür. Das habe ich schon...»

«Sie haben ihn.»

Fedder verspürte einen stechenden Kopfschmerz. Mit einem gewaltigen Getöse war die Zeichentrickfigur auf einer Hängebrücke eingebrochen, platschte ins Wasser. Kanus schossen heran. Paddel wurden geschwenkt. Es war ein irrsinniges Quieken und Piepen. Die Kaiserin schaute sichtlich fasziniert hin.

Sie trug das Kleid, das sie auch gestern schon angehabt hatte. Es war dunkelgrün und hatte vorn eine durchgehende Knopfleiste. Die Schultern waren dick ausgepolstert.

Fedder entschloß sich, der Sache ein Ende zu machen. Er ging zu dem Apparat und schaltete ihn aus. Die Alte sah irritiert zu ihm hoch.

«Das gehört sich aber nicht», sagte sie.

«Ich muß Sie bitten, mir behilflich zu sein.»

Sie kniff die Lippen zusammen und stand auf.

«Junger Mann», sagte sie dann.

«Fedder», korrigierte Fedder unwillkürlich. «Sie können mir glauben, daß es mir auch nicht leichtfällt.»

«Wie alt ist Ihre Mutter?»

«Sie ist tot», sagte Fedder und fragte sich sogleich, warum er verdammt noch mal darauf antwortete.

«Sie sollten nicht so von ihr sprechen. Sie hat Sie großgezogen und kann ein wenig Dankbarkeit erwarten. Mein Sohn war ein guter Sohn. Er hat mir den Fernseher geschenkt. Er hat ein schönes Bild. Ich kann alles deutlich erkennen. Ich sehe, wie die jungen Mädchen heutzutage herumlaufen. Mit so gut wie nichts am Leib. Es wird immer schlimmer. Ich muß jetzt neun Mark für ein Rezept zahlen. Und in der Apotheke ist man auch noch frech. Das war früher anders. Da wurde ich sofort bedient. Das will ich Ihnen mal sagen.»

«Bitte», sagte Fedder. «Es sind sieben Schlüssel. Zwei davon hatte Ihr Sohn von Ma... von Frau Stieler. Von Marion Stieler.»

«Ich kenne keine Frau Stieler.»

«Marion – die Freundin Ihres Sohnes.»

«Rainer war gut befreundet mit Fräulein Gabi. Das ist die Assistentin von Herrn Kulenkampff. Ich habe zu Rainer gesagt, daß ich mich sehr freuen würde, sie kennenzulernen. Er hat versprochen, sie zum Kaffee einzuladen.»

«Gut», sagte Fedder. «Gut, das ist... ich weiß, daß es schwer ist.»

«Oh, nein. Keineswegs. Rainer ist oft mit ihr aus gewesen. Gabi hat ein Geschäft am Mittelweg. Sie sind sich jeden Tag begegnet.»

Fedder schüttelte den Kopf. Er erinnerte sich dunkel, daß es tatsächlich eine Gabi in Kulenkampffs Sendung gegeben hatte. Gottschalk würde ihm sagen können, ob an dem Gefasel der Alten was war. Ein neuer Gedanke kam ihm. Kein dummer.

Er lächelte verbindlich.

«Ihr Sohn war mit einigen prominenten Damen näher bekannt», sagte er. Es hörte sich absolut bescheuert an, aber es wirkte.

Die Kaiserin wies zum Sessel.

«In allen Ehren», sagte sie. «Er wußte, was sich schickte.»

«Frau Wolf», sagte Fedder und ließ alles weitere offen. Er setzte sich auch nicht.

Die Alte runzelte die Stirn.

«Dagmar Berghoff schätzte ihn», sagte sie.

«Jutta Wolf», sagte Fedder. «Die Chefredakteurin von *Metropolitan Lady.*

«Er hatte Manieren. Ich habe immer seine Hemden gebügelt. Das wollte ich keiner anderen zumuten.»

«Frau Wolf hat sich sehr lobend über Ihren Sohn geäußert. Auch was seine Arbeit betraf.»

«Sie haben eine gewisse Ähnlichkeit mit ihm», sagte sie unvermittelt. «Machen Sie Ihrer Mutter eine Freude. Wir sind am Wochenende oft an die See gefahren. Nach Timmendorf, in ein Café.»

«Hat er Ihnen nie etwas von Frau Wolf erzählt?»

Sie griff nach dem Schlüsselbund. Fedder ließ ihn sich aus der Hand nehmen. Die alte Dame zählte die Schlüssel. Sie faßte jeden kurz an.

«Sie irren sich», sagte sie. «Rainer verkehrte nur in den besten Kreisen. Sieben. Das stimmt. Ich habe keine Verwendung dafür.»

«Haben Sie einen Keller oder einen Abstellraum?» lenkte Fedder ein.

«Ein Labor.»

«Ein bitte was?»

Die Kaiserin straffte sich.

«Mein Sohn war sehr begabt», sagte sie streng. «Er hat nächtelang in seinem Fotolabor gearbeitet. Allein. Ihre Frau Wolf lügt, wenn sie behauptet, dort Zutritt gehabt zu haben. Nur bei Gabi gedachte er eine Ausnahme zu machen. Ich hätte dieser Verbindung nicht im Wege gestanden. Frau Wolf!» Sie lachte böse.

Fedder hatte Mühe, ruhig zu bleiben.

Norbert ließ die Zeitung sinken. Julia war in die Küche gekommen und goß sich einen Kaffee ein. Sie hatte wie jeden Morgen die Töchter in die Kindertagesstätte der Evangelischen Kirchengemeinde Osdorf gebracht und wirkte gelöst. Norbert war fest davon überzeugt, seinen Teil zu ihrer sichtlich guten Stimmung beigetragen zu haben.

Sie waren gestern abend im *Avocado* gewesen, hatten lange und ausgezeichnet gegessen, gut miteinander geredet. Offen vor allem. Er hatte ihr gesagt, was sich in den letzten Tagen getan hatte, welche Schwierigkeiten es gab und wie er damit fertig zu werden gedachte.

Julia kam zu ihm und küßte ihn leicht auf die Wange. Norbert legte die *Morgenpost* weg und hielt seine Frau an den Hüften fest. «Was würden deine Eltern dazu sagen, zwei Wochen die Kinder zu übernehmen?» fragte er.

«Das war also keine Laune?» fragte sie zurück.

«Nein. Ich will das heute noch in die Hand nehmen.»

«Und wenn was schiefgeht?»

Norbert zog sie näher an sich.

«Wenn jemand abgegriffen wird, ist es keiner von uns», sagte er. «Erspar mir, mich zu wiederholen. Ich würde gern am Samstag schon fliegen.»

«Laß uns noch darüber reden.»

«Wir reden darüber.» Er streichelte ihren Hintern.

Julia machte Anstalten, sich ihm zu entziehen. Lächelnd. Etwas verlegen lächelnd. «Mußt du nicht ins Büro?» sagte sie.

«Sprich mit den alten Herrschaften. Wenn sie wollen, können sie hier wohnen.»

Julia nagte an ihrer Lippe, zuckte dann die Achseln.

«Das kommt alles ein wenig überraschend», sagte sie. «So von einem Tag auf den anderen.»

«Was ist?» Er suchte ihren Blick.

Sie wich ihm aus.

«Ich habe Angst», gestand sie. «Angst um dich, um uns.»

Norbert ließ sie frei und stand auf. Er betrachtete seine Hände, den Ring an seiner Rechten.

«Du enttäuschst mich», sagte er. «Hab ich etwa gegen die Wand geredet?»

«Ich kann mich nicht so schnell entscheiden.»

«Also was denn nun?» Seine Stimme klang jetzt ärgerlich. Er holte sich eine angebrochene Zigarettenpackung vom Bord und zündete sich eine an.

Julia stellte ihre Tasse ab und strich ihren Rock glatt.

«Ich weiß auch nicht, ob ich Lust dazu habe», sagte sie schließlich.

«So?» sagte er. «Das weißt du nicht.»

«Nein.»

«Du hast keine Lust, mit mir zu verreisen? Verstehe ich das richtig?»

«Nein, das ist es nicht.»

«Sondern?»

«Die Umstände. Nicht unter diesen ... diesen Voraussetzungen.»

Norbert hob fragend die Augenbrauen. Falten bildeten sich auf seiner Stirn. Er brauchte einige Zeit, um sich seinen Strang zurechtzulegen. In etwa jedenfalls.

«Okay», sagte er dann und nahm noch einen tiefen Zug. «Okay, okay. Es war also wieder mal für den Arsch. Gnädige Frau läßt mich sabbeln und sabbeln, und was sie hört, gefällt ihr nicht. Wie gehabt. Sie sagt aber nichts. Sie sagt mir nur jetzt, daß sie nicht möchte, keine Lust hat. Danke. Vielen Dank. So wünsch ich mir meine Ehe, genau so. Hervorragend. Wirklich bestens. Was geht eigentlich in deinem Scheißkopf vor? Kannst du mir das mal sagen? Kannst du das?»

«Das weißt du.»

«Ich weiß gar nichts! Ich weiß einen Dreck, Gnädigste! Ich weiß nur, daß du mir wieder mal was vorgekaspert hast.»

«Nein», sagte sie. «Das habe ich nicht. Es war ...»

«Es ist zum Kotzen!» schrie er. «Und ich Arsch fall voll drauf rein!»

«Es hat mir schon was gebracht.»

«Daß ich dich gefickt habe, oder was?!»

Sie reagierte impulsiv, holte aus. Ihr Schlag traf ihn voll ins Gesicht.

Norbert fiel die Zigarette aus der Hand. Fassungslos starrte er Julia an. Sie war einen Schritt zurückgetreten, blaß geworden.

«Rühr mich nicht an», sagte sie leise. «Ich schreie, ich schrei um Hilfe.»

«*Du* schlägst mich?» Er bückte sich, nahm die Kippe auf und schüttelte den Kopf. «Du wagst es, mich zu schlagen?»

«Ich schreie», wiederholte sie und ging weiter rückwärts zur Tür.

Norbert warf die Zigarette in die Spüle. Er sagte nichts mehr. Er betastete sein Kinn, schaute auf seine Fingerspitzen, schüttelte noch einmal den Kopf. Und dann sah er sich in der Küche um, als suche er etwas.

10

Gottschalk bemerkte, daß die Kleine an ihrer Bluse herumnestelte. Wenn sie auch nur einen Knopf öffnet, jag ich sie zum Teufel, dachte er.

Sie öffnete zwei und griff nach ihrer Tasche.

Gottschalk erhob sich seufzend.

«Machen Sie eine Pause», sagte er. «Draußen.» Er ließ die Jalousie ganz herunter. Es war ein grausam strahlender Tag.

Broszinski lehnte sich zurück und schlug die Beine übereinander. Er trug keine Jacke und hatte das Waffenhalfter umgeschnallt. Gottschalk haßte nichts mehr als diesen Aufzug. Diese Schwanzshow. Eine erbärmliche Nummer.

Karina stand auf. Nicht ohne Broszinski noch zu signalisieren, daß sie von ihm sehr angetan war. Sie schwenkte ihren Arsch, als sie zur Tür tippelte. Ein wirklich reizender Arsch, mußte Gottschalk sich eingestehen. Aber ansonsten eine tumbe Nuß. Tumback. Der Name paßte.

«Ist Fedder krank?» fragte Broszinski.

Er hatte ihr nicht hinterhergeschaut. Immerhin etwas.

«Keine Ahnung», sagte Gottschalk. «Zu Hause meldet er sich nicht.»

«Er war bei Meister.»

«Hat er mir gesagt, ja. Seine Entscheidung.»

«Da bin ich mir nicht sicher», sagte Broszinski und klappte seine *Davidoff*-Schachtel auf.

Gottschalk nahm wieder hinter seinem Schreibtisch Platz. Er sah zu, wie Broszinski sich den Zigarillo anzündete.

«Geht's dir darum?» fragte er.

«Auch», sagte Broszinski. «Es ist kindisch, wie wir aneinander vorbeischleichen. Mir ist daran gelegen, die Sache zu klären. Mag sein, daß ich mich im Ton vergriffen habe. Aber gerade du solltest wissen, wo ich stehe und um was es mir geht.»

«Wir sitzen seit Wochen an dem Fall.»

«Ich werde dir sagen, was *wir* haben. Es ist nach wie vor nicht viel. Wir vermuten, daß Stobbe einen Partner hat – nein, nicht unser Garrelt, der uns übrigens wieder ins Haus stehen soll. Einen Neuen, einen Mann mit Geld. Es gibt einige Hinweise.»

«Von wem?»

Broszinski blies Ringe.

«Aus Wiesbaden», sagte er. «Das BKA ist auf Stobbe aufmerksam geworden. Sein Name stand auf einem Computerausdruck, der ihnen zugespielt wurde. Eine Liste der europäischen Großabnehmer. Wir wissen alle, daß Emma nicht die Mittel hat, Geschäfte in Milliardenhöhe abzuwickeln. Er kann nur im Auftrag, beziehungsweise mit entsprechend geringer Beteiligung eingestiegen sein.»

«Na schön. Ihr wollt Stobbe und seinen Mister X nageln. Wir ermitteln im Mordfall Samurai.»

«Ihr seid auf Süchting gestoßen.»

«Allerdings. Wir. Vielmehr Fedder.»

«Kein Grund, gleich wieder loszublaffen», sagte Broszinski. «Stobbe kämpft um seine Vorherrschaft. Muß er, um für seinen Partner interessant zu bleiben. Die LUNA ist seine stärkste Konkurrenz. Mit einem Schwachpunkt, und das ist Süchting. Der schöne Ludwig. Was habt ihr inzwischen über ihn zusammen?»

Gottschalk zog die untere Schreibtischschublade heraus und rollte seinen Stuhl zurück. Er legte die Füße hoch, schnaubte.

«Worauf soll das hinauslaufen?» fragte er.

«Du hast kritisiert, daß hier mehr gegen- als miteinander gearbeitet wird.»

«Dabei bleibe ich.»

«Der Samurai war Wirtschafter im *Palais d'Amour.*»

«Lang, lang ist's her», sagte Gottschalk bewußt leichthin.

«Pit, ich bin nicht in der Stimmung zu flachsen. Ich denke, daß Stobbe von ihm was über Süchting erfahren hat.»

«Soweit bin ich mittlerweile auch. Trotzdem würd ich gern wissen, was dir das bringt.»

«Uns», sagte Broszinski. «Mit dem Nachweis, daß Stobbe die Morde in Auftrag gegeben hat...»

«Morde?»

«Ja. Andi ist der zweite, der meines Erachtens auf sein Konto geht.»

«Andi? Welcher Andi? Ich hab...»

«Das A der LUNA. Der schwule Albino. Die LUNA wird dezimiert, aufgerieben. Von Stobbe.»

Gottschalk seufzte. Er fuhr sich mit der flachen Hand über den Schädel, knetete kurz und kräftig seinen Nacken.

Broszinski stand auf und machte ein paar Schritte. Gottschalk wußte, was er jetzt von ihm erwartete. Es gab keinen Grund, weiterhin abzublocken. Keinen vernünftigen. Nur den, daß ihm noch etwas fehlte. Ein persönliches Wort. Eine freundschaftliche Geste.

Broszinski stakste weiter umher. Zu Fedders Schreibtisch. Zum Fenster. Schnippte an die Jalousie, paffte.

«Stobbe», sagte Gottschalk deshalb nur und dachte sich seinen Teil. Namen, Daten. Auer in Rosenheim. Der Tennisclub. Die kleine Zelnitschek wird gekidnappt. Zwei Millionen werden gezahlt. Anita ist bereits tot. Erstickt. Süchting? Auer? Wer auch immer. Möglich, daß das nicht geplant war. Entführung ist eine Sache. Der Mord an einem Kind ein Verbrechen, das selbst im Milieu Abscheu hervorruft. *Er hoff nur, daß er nie wieder damit anfang.* Der Auer. Die Anne Maier. Was sie ihm vom Ludwig erzählt hatte. Das Familienprogramm. Sich rührend um den kleinen Oliver gekümmert. Schuldbewußt? Und der Samurai. Die Verbindung zu Süchting abgebrochen.

«Ja, Stobbe», wiederholte Broszinski. «Und um ihm das nachzuweisen, braucht es mehr als uns beide. Süchting wird der nächste sein, den er auslöscht. Er ist zurück und...»

«Er ist zurück?!»

«Seit Samstag...»

«Reizend!» schrie Gottschalk. «Entzückend! Wo bin ich denn hier?! Ja, leck mich doch! Leckt mich doch alle!» Er war aufgesprungen und hatte gegen die Schublade getreten. Sie schoß wieder heraus und knallte ihm ans Schienbein.

Er schrie vor Schmerz.

Broszinski war mit einem Satz bei ihm, wollte ihm beruhigend die Hand auf die Schulter legen.

Gottschalk schlug sie weg, hüpfte auf einem Bein. Es sah sehr komisch aus. Broszinski begriff und mußte grinsen.

Die Bürotür wurde aufgerissen. Schweckendick stürmte herein. Gottschalk ließ ihm keine Zeit zu fragen.

«Raus!» schrie er. «Verpiß dich!»

«Ist schon gut», sagte Broszinski.

«Nein! Nichts ist gut! Überhaupt nichts! Verdammte Scheiße! Scheißladen!» Er ließ sich auf den Stuhl fallen, beugte sich vor und rieb sein Bein. Schweckendick sah von ihm zu Broszinski. Broszinski betrachtete seinen Zigarillo.

«Ich dachte», setzte Schweckendick an.

«Raus», wiederholte Gottschalk. Er zischte es. Schweckendick schien es nicht gehört zu haben. Er ging zum Fenster und zog die Jalousie hoch.

Der Locher traf ihn an der Schulter.

Monika wollte allein sein. Sie hastete die Treppe herunter, aber Ute ließ sich nicht abschütteln. Gemeinsam verließen sie das Rathaus.

Monika schlug die Richtung zur Brücke ein. Auf dem Platz waren Buden aufgebaut worden und ein Zelt. Ab morgen präsentierte sich Schwaben. Kisten wurden ausgeladen, Kabel verlegt. Jemand pfiff ihnen nach.

«Mensch», sagte Ute. «Nun mal ruhig. Du bist doch selbst nicht hundertprozentig überzeugt.»

«Arschlöcher.»

«Wenn wir das thematisieren, müssen wir echt was in der Hand haben.»

«Diva», sagte Monika. «Pressegeil.»

«Mein Gott, das hast du nun wirklich nicht zum erstenmal gehört. Scheiß drauf. Das ist auch überhaupt nicht der Punkt.»

«Ich bin nicht bescheuert.»

«Das hat niemand gesagt.» Ute mußte sich anstrengen, Schritt zu halten. Tauben flatterten vor ihnen auf. Ein bärtiger Typ stolperte heran und nuschelte seinen Spruch vom Groschen.

Monika wich ihm nicht aus. Sie streifte ihn.

Frust, dachte sie. Totaler Frust. Ute ist die falsche Adresse. Sie hat zu vermitteln versucht. War weitgehend auf ihrer Seite.

«Nein», sagte sie und wandte sich jetzt ihr zu. «Gesagt nicht, aber sie haben's mir vermittelt. Das und noch etwas. Etwas Entscheidendes. Es sind Spießer, durch die Bank. Spießige Kleinbürger. Keine Argumentationsebene, daß ich nicht lache! Unter der Gürtellinie – ach Gottchen, ja. Wir wollen schön brav sein und den Herren Sozialdemokraten nicht an die Wäsche, auch wenn's noch so sehr stinkt. Nur keine Polemik! Keine Emotionen!»

«Es ist heikel.»

«Wichser! Pisser! Kleine Pisser! Muttersöhnchen!»

Ein Mann blieb stehen und öffnete den Mund. Ute sah, wie er den Kopf schüttelte. Sie hakte Monika unter und faßte Schritt. Monika ließ es geschehen. Sie waren ein auffälliges Paar.

«Ich spendier einen Whopper mit Fritten», sagte Ute.

«Ein Steak», sagte Monika grimmig.

«Okay, einen Salat.» Sie landeten im *Blockhouse* am Gänsemarkt. Am Eingang deutete ein Anzugmann eine Verbeugung an.

«Zwei Plätze, die Damen?»

«Drei», sagte Monika.

Der Geschäftsführer war irritiert. Er versuchte, es sich nicht anmerken zu lassen, räusperte sich leicht.

«Bitte?» meinte er.

«Oder bedienen Sie keine Behinderten?» setzte Monika nach.

Ute spielte mit. Sie ging in die Knie und flüsterte einem imaginären Gnom etwas ins Ohr, wartete auf eine Antwort und nickte dann.

«Ottokar möchte gern am Fenster sitzen», sagte sie.

«Ein Fensterplatz, sehr wohl.» Der Mann griffelte seine Krawatte ab und gab ihnen zu verstehen, ihm zu folgen. Er hielt sich einigermaßen unter Kontrolle.

Monika dankte ihm, als er sie an den Tisch geleitet hatte. Die Bedienung war eine dunkelhaarige Schönheit. Sie hätte Carmen darstellen können. Ottokar wurde nicht mehr erwähnt. Sie bestellten Salat nach Wahl und Knoblauchbrot und häuften sich am Buffet ihre Teller voll.

«Nur nichts riskieren», fing Monika schließlich wieder an. «Das regt mich am meisten auf. Diese duckmäuserische Tour.»

«Das kannst du so nicht sagen. Es sind Gerüchte, Vermutungen.»

«Selbst wenn. Wie anders kann man ihn denn aus der Reserve locken?»

«Nicht, indem du ihm seine S/M-Praktiken vorwirfst.»

«Ach was! Ich will ihm doch nicht moralisch kommen. Mir ist es scheißegal, wie's jemand treibt. Das habt ihr auch nicht kapiert. Sache ist, daß Zawodnik damit erpreßbar ist. Würd er öffentlich dazu stehen, wär er's nicht mehr.»

«Und müßte sich von der Politik verabschieden. Nach der herrschenden Moral...»

«Das ist nicht mein Ansatz, und da liegt das Mißverständnis.»

«Du, es läuft aber darauf hinaus. Angeblich abweichendes Sexualverhalten ist das Aus. Denk an den als schwul diffamierten General oder – du, ich weiß von einem *Spiegel*-Journalisten, was sie über uns Hannelore im Archiv haben und nicht veröffentlichen, weil das nicht das Kriterium in bezug auf einen Kanzler oder gar eine Regierung sein kann.»

«Ja, genau. Nur haben wir es hier mit organisierter Kriminalität zu tun, und die ehrenwerten Herren nutzen sehr wohl die Neigungen eines Senators für ihre Interessen. Sie haben ihn in der Hand. Die Tatsache, daß er sich von seiner eigenen Tochter hat auspeitschen lassen...»

«Woher hast du das eigentlich?» fragte Ute. «Vorhin bist du ausgewichen, okay. Aber es ist...»

«Ich weiß es.»

«Von wem? Von deinem –. Stimmt es, daß du mit diesem Schobel ein Verhältnis hast?»

«Verhältnis! Du redest doch sonst nicht so. Ja, er ist mein augenblicklicher Lover, und natürlich hab ich einiges aus ihm rausgeholt.»

«Warum sagst du's dann nicht?»

«Unseren Pfeifen da? Von einem Bullen? Holla, da wittern wir doch erst mal...»

«Ja», unterbrach Ute sie. «Schließt du das denn völlig aus? Daß das gesteuert ist? Dir wohlüberlegt was gesteckt wird, um uns letztendlich in der Öffentlichkeit als üble Stimmungsmacher dastehen zu lassen?»

«Die Verschwörungstheorie», sagte Monika. «Klar, ich kann hinter allem und jedem etwas vermuten und mehr und mehr handlungsunfähig werden. Ich vertrau dem Mann nicht blind, das kannst du mir glauben. Er ist ziemlich abgedreht, ist kaputt und in gewisser Weise auch ein blöder Arsch. Und er hat den Job geschmissen.»

«Du, ich kenn seine Story. Trotzdem...»

«Nein, ich bin nicht die dumme Tussi, die er einwickeln kann. In keiner Beziehung.» Sie spießte einen Tomatenschnitzel auf und langte nach dem Salzstreuer.

«Trotzdem fährst du auf ihn ab», sagte Ute. Sie hatte etwas anderes sagen wollen. Monika spürte es. Die Skepsis. Das Umschwenken. Sie war nicht bereit, darauf einzugehen. Nicht direkt.

«Du hättest am Freitag zur Veranstaltung kommen sollen», sagte sie.

«Um von ihm überzeugt zu sein?»

«Er ist voller Widersprüche. Aber eins nicht. Kein Spitzel. Wo warst du denn?»

«Wo alle waren. Fischmarkthalle, auf der Klabauterfete. Übrigens – hast du das mit Weininger verfolgt?»

«Ja», sagte Monika. «Warum?»

«Ich hab ihn da noch getroffen.»

«Und?»

«Du kanntest ihn doch ganz gut. Hast du 'ne Ahnung, wer ihn ermordet haben könnte? Was in der *taz* stand, fand ich reichlich spekulativ.»

Monika zuckte die Achseln. Schwachsinn, fiel ihr ein. Schwachsinn, Gewäsch, hatte Mitch gesagt und seinen Streifen ausgefahren. Zawodnik, Stobbe. *Ich will sie. Ich brauch dich. Provozier ihn.* Der Glanz in seinen Augen. *Ich bin ein Wolf.* Er war ein Tier. Ein räudiger Köter. Abstoßend und zugleich anziehend, faszinierend. Oder einfach nur verrückt.

Die Wölfin
Hungrig streift sie des Nachts
Durch grauer Städte Straßen
Mit bebenden Lefzen
Glut in den Augen und heiß
Gier treibt sie
Ein wildes Verlangen zu reißen
Das Lamm
Ich stelle mich ihr entgegen
Die blanke Brust
Springt sie an
Schlägt ihre Krallen
In mein sehniges Fleisch
Ein Kampf entbrennt
Ich ringe sie nieder
Verliere Blut
Rasend vor Lust
Werden wir eins
Meine Wölfin und ich
Der nun ihr folgt
Jederzeit

Fedder legte das Blatt zurück in die Mappe und nahm sich noch einmal die Fotos vor. Es waren gut ein Dutzend großformatige Abzüge.

Das Flughafengebäude bei Nacht. Die Ankunfthalle.

Ankommende Passagiere. Unter ihnen, deutlich zu erkennen, Jutta Wolf.

Auf den restlichen Fotos sah man sie zusammen mit Reimer Peters.

Er trug seine Lufhansa-Uniform und die Mütze.

Er war mit Jutta auf dem Parkplatz, schloß seinen Wagen auf.

Er betrat mit ihr die *Weinstube Nagel*.

Er verabschiedete sich auf der Straße von ihr.

Er war vor seinem Haus zu sehen.

Schnappschüsse. Der Ablauf eines Abends, festgehalten von Frey.

Er hatte sie beobachtet, war ihnen gefolgt. Seiner Wölfin. *Rasend vor Lust*. Vor Eifersucht.

Fedder nickte bitter.

Ein Film, ein düsterer Film. Ahnungen, die sich beim Anblick dieser Bilder bestätigten. Ihr auf der Spur. Nach einer gemeinsam verbrachten Nacht. Einschneidend für ihn. Schneidend. Die Klinge. Das Messer. Niedermetzelnd die anderen. Ihm sollte sie gehören. Ihm allein. Tagtäglich mit ihr zu tun gehabt. Beim Verteilen der Post. Ihr begegnet im Büro, auf dem Flur. Ihr. Und die allmählich sich aufbauende Phantasie, mit ihr etwas zu haben. Nachvollziehbar.

Frey war ihm tief im Innersten verwandt. Auch er hatte von ihr geträumt, war ihr erlegen, machtlos und doch Macht über sie habend, als Ermittler, als unerbittlich Fragender, sie zwingend, ihm einzugestehen, mit wem sie alles und wann, und das Wie entfaltete sich bei ihm, wüst, in grellen Bildern, unterlegt mit dem keuchenden Atem seiner Schwester, ein nackter Körper, ihre Brüste, ihr Bauch, und Frey hatte sie, sie ihn, einander verschmolzen und es nicht dabei belassen wollen, bei dem einen Mal, nach dem alles Vorherige verblaßte, Marion, kein Interesse mehr, Rückzug, Distanz, ein liebes Mädchen, ein Mädchen, eine gute Mutter, mütterlich die Decke über ihm ausgebreitet, nun schlaf, schlaf ein, mein Kindchen, schlaf ein und träum was Schönes, träum von der Frau, die immer nur will, dich will, es will, jederzeit, es gibt sie nicht, sie ist eine Fiktion, Ausgeburt eurer kranken Hirne, er war krank, irre, ein Psychopath, der sich nicht auf die Couch legte, ausrastete, von einem Tag auf den anderen, in einer Nacht, und zum Messer griff, zum Schwanz, monomanisch, ich bin es, er, und ich entdecke in dir den Bruder, den bösen, kleinen Jungen, der nur eins im Kopf hat, aber ich bekomme einen trockenen Mund und feuchte Hände, wenn ich nur Nylons sehe und kurze, enganliegende Röcke, bleibe außen vor, werde nicht beachtet, herablassend behandelt, auch von ihr, das hast du mir voraus, dich hat sie sich gegriffen, in einem Moment der Schwäche, angetrunken, betrunken, geil, es hätte jeder sein können, ich war es nicht, du bist die Sau, ich habe mich unter Kontrolle, mache mir keine falschen Hoffnungen, doch, manchmal, letzte Nacht, aber es funktioniert nicht, ich muß kotzen und fühle mich elend und bleibe ein Netter, der sich brav entschuldigt, ich hab's nicht drauf, nicht das, du dummes Schwein, du hast mit ihr gefickt, in ihrer Wohnung, abgedunkelt der Raum, stockende Antworten, seinen Namen verschwiegen, ausgespart, natürlich, sicher, es war ihr ohnehin schwer genug gefallen, peinlich, möglich auch, daß sie sich überhaupt nicht mehr an ihn erinnert hatte, vergessen, verdrängt, ihr erst später etwas dämmerte, egal, es war egal, er war es, und sie hatte sich von ihm befreit, ihn getötet, das würde sich nachweisen lassen.

Ihm fror.

Mitch knackte die Dose. Schaum spritzte. Er leckte sich die Hand ab und nahm einen großen Schluck. Augenblicklich fühlte er sich besser. Er rülpste und schüttete dann den Rest in sich hinein.

Es war schon nach zwölf. Er hatte lange und tief geschlafen, nicht gemerkt, wann Monika aufgestanden und gegangen war. Sie hatte erst nicht bei ihm übernachten wollen. Das Bett war ihr zu schmal. Die Matratze zu durchgelegen. Eine Furzkuhle.

Er hatte gelacht.

Sie hatte schließlich die Laken gewechselt und dabei in seinem Schrank den flachen Karton entdeckt. Er hatte nicht verhindern können, daß sie ihn öffnete. Ihre Reaktion auf das Ding hatte ihn verblüfft. Kommentarlos war sie damit ins Bad gegangen und ihm später gesagt, daß auch sie schon daran gedacht habe. Er hatte damit warten, sie erst fragen wollen. Ob sie dazu bereit sei.

Sie hatte es einfach getan. Und er sich ihr unterworfen.

Die Umkehrung. Ein weiterer Schritt auf dünner werdendem Eis.

Phänomenal.

Er zerdrückte die Bierdose und warf den Klumpen zu den anderen in die Ecke. Irgendwann mußte er mal die Wohnung von Grund auf säubern. Oder ausziehen. Hervorragende Idee, mit einem dicken Minus auf dem Konto. Er brauchte Geld.

Er hustete sich frei, spuckte den schleimigen Rotz in die Spüle und drehte den Hahn auf.

Mit der ersten Zigarette und einem zweiten eiskalten Bier lenkte er seine Gedanken auf seine Freunde von der LUNA. Der Strom wurde unterbrochen. Das Telefon klingelte.

Er nahm ab und wartete, was der Anrufer zu sagen hatte.

Es war Gottschalk.

«Du bist nie zu erreichen», sagte er.

«Ich bin am Apparat», antwortete Mitch.

«Ich muß mit dir reden.»

«Ich höre.»

«Nicht so. Ich komme vorbei.»

«Der Kühlschrank ist leer.»

«Ich habe keinen Hunger.»

«Das klingt nicht gut», sagte Mitch und setzte die Dose an.

«Ich habe einen Haß.»

«Okay. Bring Bier mit.» Mitch legte auf und bleckte die Zähne. Er ging pissen. Gottschalk mußte mit hundertachtzig durch die Stadt gebrettert sein. Schnaufend stand er knapp eine Viertelstunde später vor der Tür. Ohne Bier.

«Zieh dich an», sagte er. «Wir suchen uns eine Kneipe.»

Mitch schüttelte den Kopf. Er hob seine Hose vom Boden auf und fingerte einen Schein aus der Tasche.

«Um die Ecke ist ein SPAR-Laden. Alles, nur kein *Holsten.*»

Gottschalk wollte losblaffen, fing sich gerade noch. Er riß Mitch den Schein aus der Hand und kam mit *Jever* wieder.

Mitch hatte sich einen Bademantel übergezogen und fegte einen Stapel Zeitungen vom Küchenstuhl. Dem einzigen.

Gottschalk legte vier Flaschen auf Eis und hielt nach einem Öffner Ausschau. Mitch hatte sich schon eine Flasche gegriffen und sie im Türschloß aufgehebelt. Es ging eine Menge verloren.

«Du verdreckst», stellte Gottschalk fest.

«Ich bin 'ne tolle Cop-Nummer. Abgehalftert, Alki. Steck hin und wieder bei 'ner Nutte einen weg.»

«Laß den Scheiß. Du hängst mit dieser GAL-Frau zusammen.»

«Geht's darum?»

«Nein. Mir stinkt's allmählich. Allmählich ist untertrieben. Ich hab die Schnauze restlos voll.»

«Willkommen», sagte Mitch. Er prostete Gottschalk zu.

Gottschalk schlug den Kronkorken an der Tischkante ab und leerte die Flasche in einem Zug. Sein Rülpser war bemerkenswert. Mitch brachte nur noch einen gedämpften heraus.

Dann lachte er.

«Süchting ist in der Stadt», stoppte Gottschalk ihn.

«Aber klar.»

«Scheint in der Zeitung gestanden zu haben. Ich hab nichts gelesen und nichts gehört.»

«Ist das der berühmte Tropfen?»

«Ich muß wissen, wo er steckt.»

Mitch trank wieder. Er hatte sich an den Herd gelehnt, stellte die Flasche auf einer der Platten ab. Sein Blick signalisierte Gottschalk, ihm die Zigarettenpackung und Feuerzeug herüberzureichen. Gottschalk tat es. Mitch zündete sich in aller Ruhe eine an.

«Du glaubst, daß er den Samurai…?»

«Ich will ihn mir vorknöpfen», unterbrach Gottschalk. «Es gibt einen kalten Fall in Rosenheim. Kidnapping. Eine Zehnjährige. Zwei Millionen abgezogen, und die Kleine – sie wurde tot aufgefunden.»

«Shit. Das ist aber nicht Süchtings Stil.»

«Auer lebte zu der Zeit noch in Rosenheim. Es geht mir… ach, Scheiße! Ich brauch Gewißheit. Darüber, über das, was danach ablief. Über alles.»

«Davon weiß ich nichts.»

«Aber wo ich Süchting finden kann.»

«Das dürfte im Haus bekannt sein.»

«Ich wäre nicht hier, wenn ich's erfahren hätte.»

«Du bist doch dick mit Broszinski.»

Gottschalk seufzte.

Mitch spitzte die Lippen, stieß einen Pfiff aus. Er nahm noch einen Schluck, schmatzte leicht und beugte sich vor.

Nissen warf die Münzen ein und zog das Fach auf. Das kalte Schnitzel war stark paniert. Der Klacks Kartoffelsalat mit einem Stengel Petersilie gekrönt.

Er ging mit dem Teller zu einem der Stehtische. Draußen schlurfte ein Rucksackmädel heran. Astreine Figur, registrierte Nissen. Er schätzte sie auf etwas über zwanzig. Sicher nicht verkehrt, auf den letzten Kilometern ein wenig Gesellschaft zu haben. Er hoffte, daß sie ihn ansprach.

Sie kam herein und schaute sich um. Nissen war der einzige, der allein stand. Er gab sich Mühe, lässig zu bleiben. Cool einen Bissen. Finger an der Serviette abtupfen. Nur nicht zu ihr hinlinsen.

Sie hatte ihr Geld im Brustbeutel. Gönnte sich einen Tee.

Nissen beobachtete sie aus den Augenwinkeln. Auf die Arschtasche ihrer Jeans war ein roter Stern genäht. In der Kniekehle ein Riß. Die *KangaRoos*-Schuhe schienen relativ neu zu sein. Nissen wußte, daß sie nicht billig waren. Er hatte auch schon mit ihnen geliebäugelt, aber nicht die Knete gehabt. Das würde in wenigen Stunden anders sein. Einen Riesen bar auf die Hand. Für einen easy Tag. Einen langen, okay. Er war um drei aufgebrochen. Nachdem er bei *Erika* am Schlachthof geil gefrühstückt hatte. Echt gut. Frische Brötchen mit Tatar und Ei und sämtlichen Schikanen. Alles auf Spesen.

«Ey», hörte er. «Hast du Feuer?»

Er wandte sich ihr zu, faßte an den Bügel seiner Sonnenbrille. Sie klemmte die Zigarette zwischen die Lippen, machte eine Daumenbewegung.

Nissen ließ sich Zeit. Er hielt das Feuerzeug so, daß sie die Schrift lesen konnte: *I only sleep with the best!* Meistens kam dann ein Spruch.

Von ihr nicht. Sie sagte noch nicht einmal Danke, nickte nur. Nissen rückte ab. Das Mädel rauchte. Sie ging es locker an.

«Letzte Raststätte vor Hamburg», meinte sie.

«Bingo», sagte er. «Wenn du von Stillhorn absiehst. Dein Ziel?»

«Bist du aus Hamburg?»

«Hört man das nich?»

«Nee», sagte sie. «Klingt affig. Kannst du die Flossen am Steuer lassen?»

«Hör ma», sagte er. «Auf die Tour kommst du nicht weit.»

«Wenn du fickrig bist, vergiß es.»

Nissen verlor jede Lust, noch länger mit der Tante zu labern. Er schob sich eine Gabel voll Kartoffelsalat rein und kratzte den Rest zusammen. Mit der Serviette grabschte er sich das angebissene Schnitzel und stiefelte raus. Das mußte er nicht haben.

Sie erreichte ihn, als er die Karre aufschloß.

«Ey, sei nicht stinkig. Ich muß es heute noch bis Puttgarden schaffen.» Nissen stieg ein.

Er ließ den Schlag offen, musterte sie von Kopf bis Fuß.

«Wüßte nicht, wer auf so was wie dich stehen könnte», sagte er.

«Okay, okay», sagte sie. «Ich hab da 'ne Paranoia. Okay?»

«Okay, hiev deinen Arsch rein.» Er strafte sie erst einmal mit Schweigen, konzentrierte sich voll auf den inzwischen stärker gewordenen Verkehr. Nach Möglichkeit blieb er auf der rechten Spur, fuhr nicht schneller als achtzig. Er durfte nicht zu früh ankommen. Nicht in der Mittagszeit. Er hätte das überhaupt anders getimt, aber der Typ wollte es nun mal so haben. Keine Debatte. Klare Anweisungen. Er hatte sofort geschnallt, daß der Mann ein Profi war. Einer von den Großen.

Nissen hatte sich nicht anmerken lassen, daß er ihn kannte. Aus der Zeitung. Der Exhauptkommissar Robert «Mitch» Schobel deckt Hintergründe auf. Dieser schmierige Bulle hatte ihn in die Eier getreten. Und sich Monika gekrallt. Die Frau war total abgedriftet. Vor kurzem noch die Riesenklappe, und jetzt machte sie sich für so einen breit.

Er sog eine Fleischfaser aus den Zähnen. Paranoia-Girl schaute zu ihm hin.

«Gudde», sagte sie.

«Hä?»

«Ich heiß Gudrun. Gudde. Hast du 'ne Ahnung, wann die letzte Fähre geht?»

«Nee. Hamburg ist Feierabend.»

«Ist das dein Job?»

«Gefälligkeitsfahrt», sagte er und schenkte ihr ein Lächeln. Sie lächelte zurück. Nissen entschloß sich zu einem kleinen Talk. «Von wo bist du?»

«Hagen», sagte sie. «Ich hab 'nen Freund in Kopenhagen.»

«Klar doch. Ich lang dich nicht an.»

«Das war nicht so gemeint. Ich hatte nur vorhin einen, der während der Fahrt plötzlich sein Ding rausgeholt hat. Bei über Zweihundert. Kotz, würg. Sonne Gurke.»

«Echt?»

«Ungelogen.» Sie schüttelte sich. Nissen setzte den Blinker. Er überholte einen Laster. Als er sich wieder eingefädelt hatte, wechselte er das Thema. Er testete sie auf Hafenstraße und Autonome an. Sie hatte keinen Schimmer. In puncto Musik sprang auch nicht groß was über. Disco-Grütze. Sie arbeitete in einem Reisebüro und wollte im Sommer mit ihrem Dänefax nach Kenia. Je länger sie redete, desto uninteressanter wurde sie für Nissen.

Er gähnte ausgiebig.

«He», kam es ihm plötzlich. «Reisebüro? Und dann weißte nicht, wie die Zeiten sind?»

«Hab den Zettel verloren.» Fix, ganz fixe Antwort. Nissen wurde mißtrauisch. Die nächste Ausfahrt war Egestorf.

«Und im Kopf ist nicht viel?» sagte er. «Oder wie oder was?» Er bereute es sofort. Scheiße, dachte er. Das hätte nicht sein müssen.

Sie hob ihren Rucksack auf den Schoß und umklammerte ihn.

«Laß mich raus», sagte sie.

Er antwortete nicht.

Im Seitenspiegel wurde weit hinten ein Grün-Weißer sichtbar. Er schoß mit hoher Geschwindigkeit heran. Eingeschaltetes Blaulicht. Horn.

Gaby war unter der Dusche gewesen, hatte sich nur das Badetuch umgeschlungen. Durch den Spion sah sie einen unglaublich fetten Mann, dem der Schweiß auf der Stirn stand. Er hielt eine Marke hoch.

Sie öffnete ihm.

«So schnell habe ich nicht mit Ihnen gerechnet», empfing sie ihn. «Warten Sie, ich bin gleich soweit.»

Noch bevor sie ganz im Bad war, löste sie das Tuch, und Gottschalk hatte Gelegenheit, Rücken, Hintern und Beine von geradezu klassischer Schönheit zu bewundern. Und dann Zeit, sich zu fragen, was sie gemeint haben konnte.

Es vergingen gut fünf Minuten.

Das Zimmer, in das sie ihn gewiesen hatte, war Weiß in Weiß durchgestylt. Tiefe Ledersessel, wie große Tropfen geformte Tischchen. Gläserne Vitrinen.

Gottschalk setzte sich nicht. Er wischte sich mit dem Taschentuch über das Gesicht, rieb sich den Nacken trocken.

Gaby erschien in einem hochgeschlossenen, schwarzen Kostüm.

«Sie haben mich erwartet?» fragte er.

«Jemanden von Ihnen. Eigentlich mehrere. Obwohl ich nur wiederholen kann, was ich Ihren Kollegen aus Fallingbostel bereits zu Protokoll gegeben habe.»

«Ah ja», sagte Gottschalk. «Und das wäre?»

Sie setzte sich, schlug ihre Beine übereinander und nahm eine Zigarette.

«Mir war nicht bekannt, daß Ludwig sich in meinem Ferienhaus aufhielt», sagte sie. «Ich fahre in unregelmäßigen Abständen raus, um nach dem Rechten zu sehen. Heute hatte ich mir vorgenommen, sauberzumachen und ein paar Vorräte für das Wochenende einzukaufen. Die Hütte war nicht verschlossen. In dem Raum fand ich Wäsche von ihm. Mehrere Sachen, die ihm gehören. Ich muß dazu sagen, daß es ihm natürlich jederzeit freistand, das Haus zu bewohnen. Aber er hatte mir nichts davon gesagt. Ich rief nach ihm. Er war nicht da. Ich dachte, daß er spazierengegangen oder vielleicht im Ort ist. Es war so gegen zehn. Ich habe aufgeräumt, geputzt. Wenn ich gewußt hätte, daß ich damit eventuelle Spuren verwische...»

«Stop», unterbrach Gottschalk. «Stop. Was ist das für eine Geschichte? Was...?»

«Die Wahrheit. Ludwig... Ludwig hat sich im Wald erhängt.»

Gottschalk setzte sich doch. Er sackte in den Sessel. «Er hat...?»

«Darüber sind Sie doch...»

«Nein! Nein, zum Teufel!»

«Nein? Aber die Beamten aus Falling...»

«Erhängt.» Gottschalk ballte die Hand und schlug auf die Lehne. Mehrere Male. Er hätte schreien können. Schreien vor Wut. Vor Enttäuschung. Er schrie nicht.

«In welcher Angelegenheit sind Sie dann gekommen?»

«Zum Teufel», wiederholte Gottschalk leise. Es passierte ihm nicht oft, daß er nicht weiter wußte, er blockiert war.

Gaby fragte noch etwas. Er hörte es, aber eine Antwort erschien ihm sinnlos. Es war alles sinnlos. Ein sinnloses Unterfangen, von Anfang an. Milieu. Eine andere Dimension. Mitch hatte recht. Broszinski hatte recht. Es ging nicht um den Samurai. Auch nicht um Ludwig. Nicht allein um ihn, und um Auer schon gar nicht.

Er streckte seine Finger, starrte auf seine Handflächen. Theatralische Floskeln lagen ihm auf der Zunge. Zu blöde.

Er lehnte sich zurück, faltete die Hände über dem Bauch und klopfte die Daumen aneinander.

«Nun denn», sagte er. «Er hat sich erhängt, und Sie haben ihn gefunden?»

«Es war ein furchtbarer Schock. Ich hatte einen... einen...»

«Zusammenbruch.» Gottschalk hatte sich wieder im Griff.

«Ja», sagte sie.

«Und dann?»

«Sie haben meine Frage noch nicht beantwortet.»

«Ach so, ja. Ich ermittle im Mordfall Franz Auer, auch der Samurai genannt. Ihr... Ludwig war mit ihm befreundet.»

Gaby nickte. «Ja, das... Ich habe davon gehört.»

«Was?»

«Von seinem Tod. Ludwig hatte dafür keine Erklärung.»

«Dazu hätte ich ihn gern befragt», sagte Gottschalk. «Hat er irgend etwas hinterlassen? Notizen, einen Abschiedsbrief?»

«Nein.» Sie drückte ihre Zigarette aus und stand auf. Auch Gottschalk stemmte sich aus dem Sessel. Sie sahen sich an. In ihren Augen war Trauer. Echte Trauer.

Gottschalk knöpfte seine Jacke zu. In seiner Tasche hatte er die Kassette. Die Stimme des Kidnappers. Er zog sie hervor, betrachtete sie. Und steckte sie dann doch wieder ein.

Er verabschiedetes sich müde.

Nichts sagen. Schweigen. Sich in Schweigen hüllen. Karl-Heinz hatte ihr das damals immer wieder eingebleut. Kein Wort zu irgendwelchen Pressefritzen. Keine Einschätzung. Keine eigene. Keine in bezug auf Konkurrentinnen. Du sagst nichts. Ich rede. Sie wünschte, er wäre da. Neben ihr im Flieger. Karl-Heinz mit seinen energischen Gesten. Sie abschirmend. Das Mädel braucht Ruhe. Kein weiterer Kommentar. Nach den Kämpfen stehen wir zur Verfügung. Kampf. Hochleistungssport. Überall war sie erkannt worden. Die Wolf mit ihren sagenhaft langen Beinen. Für Werbung allerdings weitgehend untauglich. Zu strenge Gesichtszüge. Intellektuell. Bestenfalls für Kreissparkassen geeignet. Bei Strumpfhosen ziert sie sich ja. Karl-Heinz war grundsätzlich dagegen gewesen. Gegen jede Form der Vermarktung. Sie war ihm dankbar. Für alles, was er ihr gegeben hatte. Der väterliche Lehrer. Ich werde ihm schreiben. Er wird mich bestimmt besuchen. Im Knast. U-Haft. Frauenabteilung. Warum war noch niemand von ihren Autorinnen darauf gekommen? Gefängnisalltag von Frauen. Sie. Ihr fiel das ein. Sie brachte die meisten Themen in die Diskussion. Mich. Olympiasiegerin als Mörderin angeklagt. Die dunkle Seite der Jutta Wolf. In der Branche wußte man es schon immer. Die als machtbessen geltende Frau führte ein Doppelleben. Unser Psychologe über Frauen in den Chefetagen. Sie sind einsam. Sie neigen zur Drogensucht. Alkohol. Sie hatte den schalen Geschmack noch im Mund. Nichts frühstücken können. Eine weitgehend schlaflose Nacht. Das heiße Bad hatte nichts genutzt. Sie hatte sich befriedigt. Zum erstenmal seit einer Ewigkeit. Auch das hatte sie nicht ermüdet. Scham. Sie glaubte, daß man es ihr ansehen müsse. Lächerlich. Ihr Sitznachbar war in eine spanische Tageszeitung vertieft. Er studierte den Sportteil. Sie hatte mit ihm ins Gespräch kommen wollen. Ihn verblüffen. Er hatte ihr auf Deutsch geantwortet. Ein harter Akzent. Er war ein gutaussehender Mann. Das Spiel, welchen Beruf er ausübte. Kein Geschäftsmann. Er hatte kräftige Hände. Aber eine teure Uhr. Er blieb abweisend. Sie wurden gebeten, das Rauchen einzustellen. Ein Ziehen im Magen. Sie merkte, daß ihre Hände zitterten. Die Halle. Sie stehen sicher schon in der Halle. Dieser junge Beamte. Fedder. Ein blasser Mensch. Keine Ausstrahlung. Kaum hörbar würde er sie bitten, ihm zu folgen. Hoffentlich erwartete er sie nicht im Büro. Ich habe nichts zu sagen. Der Verlag würde einen Anwalt stellen. Schweigen. Schweigen. Wie lief das ab? Wenn sie nicht aussagte. Nichts zur Sache. Nur ihre Personalien. Die waren bekannt. Ich habe im Affekt gehandelt. Ich wollte einen Brief zurückhalten. Er fiel plötzlich über mich her. Eine Vergewaltigung. Eindeutig. Ich mußte den Eindruck haben, daß er mich vergewaltigen wollte. Der Brieföffner. Abwehr. Notwehr. Sie schaute aus dem Fenster. Unter ihr die Stadt. Fernsehturm. Das Klicken der Kameras. Im Licht der Öffentlichkeit. In den Schlagzeilen. Gehässige Kommentare. Kein Kommentar. Karl-Heinz, deine Lange macht dir wieder einmal Kummer. Ihre Augen wurden feucht. Sie merkte, daß der Spanier aufschaute. Er wird sich heute abend vergnügen. Reeperbahn. Oder im Hotel auf jemanden treffen. Vielleicht wird er abgeholt. Von einer Frau. Einer Partnerin. Partner. Ich habe keinen Partner. Ich will niemanden um mich haben. Nicht Tag für Tag. Nie mehr. Über Monate in der Zelle. Jahre. Nein, es war kein Mord. Ich bin schuldig, mich nicht gleich gestellt zu haben. Flucht. Ich habe mich nicht versteckt. Natürlich weiß ich, daß ich mich hätte melden müssen. Ich war durcheinander. Wie in Trance funktioniert. Sie werden mich auslachen. Ich darf nicht reden. Nur mit dem Anwalt. Die Maschine setzte auf. Sie drückte sich tief in den Sitz. Schloß die Augen. Das stehen wir durch, Mädel. Du hast eine gute Kondition. Ich habe Angst. Entsetzliche Angst. Ich will ins Bett. Schlafen. Einmal wieder richtig schlafen. Morgens einen Tee gebracht bekommen. Zwieback. Toast. Radio hören. Mozart. Draußen die Sonne. Lachende Kinder vor dem Haus. Ich bin so klein. Schwach. Ihr war flau. Sie schaffte es nicht, den Gurt zu lösen. Flehend blickte sie den Spanier an. Er lächelte dünn. Half ihr. Im Bus blieb er an der Tür stehen. In der Halle wartete niemand auf ihn. Und niemand hielt sie auf.

11

Norbert knotete das Küchenhandtuch auf und betastete die Orangen. Sie waren sehr weich geworden, aber noch brauchbar. Er drückte auf den Knopf der Sprechanlage und fragte seine Sekretärin, ob sie eine Fruchtpresse in ihrem Büro habe. Sie bejahte, und er bat sie zu sich.

«Würden Sie mir bitte daraus einen Saft machen?» sagte er und wies auf die vier Früchte.

Sie hatte gelernt, keine unnötigen Fragen zu stellen.

«Wir haben O-Saft im Kühlschrank», sagte sie statt dessen.

«Das hoffe ich. Aber ich möchte davon trinken. Auf das Wohl meiner geliebten Frau.»

Sie nickte.

Norbert dachte daran, demnächst ihr Gehalt zu erhöhen. Sie war perfekt. Als sie mit einem hohen Glas zurückkam und es vor ihm abstellte, teilte er es ihr mit.

«Danke», sagte sie. «Darf ich Sie bei der Gelegenheit noch um etwas bitten? Es ist ein eher privates Problem.»

«Nur zu.»

«Mein Freund – er ist Ausländer. Er sucht eine Arbeit.»

«Ausländer? Welche Nationalität?»

«Chilene.»

«Politisch engagiert?»

«Nicht extrem», sagte sie. «Er ist schon länger hier und spricht sehr gut Deutsch.»

«Was kann er?» fragte Norbert.

«Er würde alles annehmen.» Die Betonung war unüberhörbar. Norbert nippte an seinem Saft. Er war ein wenig bitter. Wehmütig dachte er an Julia. Warum hatte sie ihm das angetan? Er liebte sie doch. Sie war seine Frau. Er fügte ihr höchst ungern Leid zu. Aber es hatte sein müssen.

«Ich werde morgen für vierzehn Tage verreisen», sagte er. «Notieren Sie einen Termin danach. Mir wird schon etwas für ihn einfallen. Wohnt er bei Ihnen?»

«Ja», sagte sie. «Danke. Sie können sich ... er ist verläßlich.»

«Wenn Sie es sagen.» Er entließ sie und blätterte ein paar Angebote durch, schrieb knappe Bemerkungen dazu und nahm hin und wieder einen kleinen Schluck.

Sie störte ihn noch einmal, hatte leise angeklopft und kam mit einem Paket herein.

«Entschuldigen Sie», sagte sie. «Das wurde gerade von einem Boten gebracht. Für Sie persönlich.»

«Was für ein Bote?»

«Ein junger Mann. Ich nehme an, ein Kurier. Er bat...»

«Zeigen Sie her.»

Es war ein flacher, brauner Karton ohne Aufdruck und nicht adressiert. Norbert stand auf und wog ihn in den Händen. Er war nicht sonderlich schwer, ein, zwei Kilo vielleicht. Eine innere Stimme warnte ihn, die Hände davon zu lassen.

Es war zu spät.

Krachend flog vorn die Tür auf, und mehrere Männer stürmten über den Gang.

Seine Sekretärin schrie entsetzt auf.

Die Männer waren in Zivil, hatten Waffen in den Händen. Pistolen. Sie gaben Befehle, waren blitzschnell bei Norbert, umstellten ihn. Einer entriß ihm das Paket. Ein anderer schnauzte ihn an.

Die Frau wurde aus dem Zimmer gedrängt. Norbert fand keine Worte. Er war wie gelähmt. Fassungslos sah er zu, wie das Klebeband aufgeschlitzt wurde. Unter einer Lage leicht zerknülltem Seidenpapier fanden sich Brieföffner. Schön geformte Teile mit einem breiten, verzierten Griff.

Ein schnauzbärtiger Mann trat vor. Er nahm sich einen Öffner und untersuchte ihn.

Der Griff ließ sich abdrehen.

Norbert schluckte trocken. Er mußte etwas sagen, Einspruch erheben, nach der Berechtigung fragen.

«Was...?» setzte er an.

«Kein Mucks!» wurde er unterbrochen.

Der Schnauzbärtige zog ein prall gefülltes Plastiktütchen aus dem Hohlraum des Griffs.

«Okay», sagte er. «Das reicht für die Festnahme.»

«Nein!» schrie Norbert jetzt. «Das ist...!»

«Koks, Gollan. Kokain ist das. Via Amsterdam nun endlich auf deinem Schreibtisch. Ich hab euch für klüger gehalten.»

«Ich hab damit nichts zu tun. Das Zeug... das habt ihr mir untergeschoben! Damit kommt ihr nicht durch!»

«Abwarten.»

«Ich verlange meinen...»
«Später.»

Stobbe schaute auf die Uhr. Er wurde nun doch unruhig. Von seinem Platz am Fenster aus hatte er einen schönen Blick über die Elbe.

Und bis zum Tor.

Der Stone lungerte vor dem Haus herum.

Irma war in ihren Räumen und telefonierte. Verabschiedete sich von Freundinnen und Bekannten. Die Abreise stand bevor. Ein längerer Aufenthalt in ihrem Haus auf Ibiza. Stobbe freute sich auf die Zeit. Er war gestern in der *Thalia*-Buchhandlung gewesen und hatte sich die Proust-Gesamtausgabe gekauft. *Auf der Suche nach der verlorenen Zeit.* Schon die ersten Seiten hatten ihn begeistert: *Im Schlafe hatte ich unaufhörlich über das Gelesene weiter nachgedacht, aber meine Überlegungen waren seltsame Wege gegangen.*

Wie wahr. Eine gute Empfehlung. Er sah sich bereits im Schatten auf der Veranda liegen, lesend, träumend. Ein Glas Rotwein neben sich. Irma in der Nähe, sich bräunend. Eine leichte Zwischenmahlzeit. Fahrten mit dem Boot. Gegrillter Fisch in einem der kleinen Lokale am Strand.

Hier war alles soweit erledigt. Bis auf den krönenden Abschluß. Den Joker.

Er kam.

Der blaue VW-Bus fuhr vor. Endlich.

Stobbe rieb sich die Hände und ging nach unten.

Der Stone half dem Jungen beim Ausladen. Sie stapelten die neun Kartons vor den Treppen, die zum Haus führten.

«Gab es irgendwelche Probleme?» fragte Stobbe.

«Stau. Ein Unfall», sagte Nissen.

Stobbe nickte zufrieden. Die dämlichen Greifer mußten gleich auftauchen. Sie enttäuschten ihn nicht.

Sie trampelten in relativ kleiner Besetzung über den Rasen und gebärdeten sich wie Cops aus billigen Serien. Beidhändig die Knarren auf ihn gerichtet, die Beine gespreizt. Ein einziges Affentheater. Die Arme hoch. Keine Bewegung. Es war wirklich amüsant.

Der Stone griente.

Stobbe lächelte.

Nur der Glatzkopf schien sich in die Hosen zu scheißen.

«Aber, aber», sagte Stobbe. «Nach was verlangt's uns denn so vehement?»

«Nach rieselndem Schnee, du Pfeife!» witzelte einer aus der Truppe.

Ein alter Bekannter schaltete sich ein.

«Sie werden offenbar doch alt, Stobbe», sagte Broszinski.

«Wer wird das nicht? Wie geht's der jungen Freundin? Wie war gleich der Name? Ich erinnere mich nur, daß sie...»

«Sag es nicht. Öffnen!»

«Was?»

«Die Verpackung. Wir wünschen uns ein Foto. Von Ihnen, Stobbe. Mit vielen kleinen Tütchen in der Hand.»

«Umschläge», korrigierte ihn Stobbe. «Eine exzellente Qualität. Das bekommt man hierzulande nicht.»

Broszinski kniff die Augen zusammen.

Stobbe hielt seinem Blick stand. Um sie herum war gespanntes Schweigen. Spatzen tschilpten. Von der tiefer unten liegenden Elbchaussee waren vorbeifahrende Wagen zu hören.

Der Stone verschränkte die Hände hinter dem Kopf und blinzelte in die Sonne.

Nissen bibberte noch immer.

Unsäglich langsam beugte Stobbe sich zum obersten Karton. Stumm deutete er an, daß er irgend etwas benötigte, um den breiten Tesastreifen zu durchstechen.

Broszinski ritzte ihn mit einem KBS-Schlüssel auf und trat wieder einen Schritt zurück.

Stobbe zog die Klappen auf und griff sich einen Packen länglicher Briefumschläge heraus. Sie waren mit seiner Adresse bedruckt.

«Scheiße!» entfuhr es Broszinski.

«Nicht doch», sagte Stobbe kopfschüttelnd. «Persönlicher Bedarf.»

Broszinski fing sich schnell. «In allen?» fragte er.

«Überzeugen Sie sich. Umschläge, Briefbögen, Visitenkarten. In einem müßte der Lieferschein sein.»

«Schaut nach», wies Broszinski seine Männer an, obwohl er wußte, daß es nichts bringen würde. Ausgetauscht, dachte er. Bei Bierkens schon ausgetauscht. Nur einen für Norbert. Genug, um ihn aus dem Verkehr zu ziehen. Meine Anerkennung, Stobbe. Wie du das eingefädelt hast. Alle Achtung.

Stobbe erriet seine Gedanken.

«Ja, man wird alt», sagte er. «Und weise. Haben Sie mal Proust gelesen? Sich hineinversenken in vergangene Tage. Auf der Suche…»

«Ich pack dich noch am Arsch.»

«Verlorene Zeit, meine Herren. Oder darf ich Ihnen einen Kaffee anbieten?»

«Der Glatzkopf kommt mit», befahl Broszinski.

«Ich habe…»

«Du hältst die Schnauze. Vorerst. Und Sie, Stobbe – irgendwann machen Sie einen Fehler, und wir sind da. Bald, verlassen Sie sich darauf.»

«Ich werde Sie enttäuschen müssen, Herr… ach, jetzt fällt's mir ein. Birte. Hat doch mal bei Prätsch gestrippt. Sind Sie glücklich mit ihr?»

Harry mußte Broszinski zurückhalten.

Der Stone schmatzte genüßlich, und Stobbe lächelte freundlich.

Alle Kartons waren aufgerissen worden. Sie enthielten, was Stobbe gesagt hatte.

Hinter ihm erschien Irma in der Tür. Sie wedelte mit den Wagenschlüsseln.

«Brauchst du noch was aus der Stadt?» fragte sie ihren langjährigen Lebensgefährten. Den Beamten schenkte sie keine Beachtung.

Broszinski winkte seine Männer ab.

Sie griffen sich Nissen, der zu lamentieren begann.

Uli hatte sämtliche Daten auf Disketten kopiert und löschte die auf der Festplatte gespeicherten Programme. Er schaltete die Kiste aus und ging noch einmal durch seine Wohnung.

Er hatte nichts vergessen.

Die Waffe, mit der er Andi erschossen und Ludwig gezwungen hatte, in den Wald zu gehen, lag auf dem Grund des Sees. Selbst wenn man sie herausfischen würde, war der einzig mögliche Schluß, daß Ludwig sie benutzt hatte. Der logische Schluß. Bullenlogik. Bullen dachten so. Bullen waren dumm. Überfordert und unterbezahlt. Korrupt. Im Dutzend billiger. Sie latschten herum und stellten dämliche Fragen. Bekamen bescheuerte Antworten. Wurden ausgelacht. Nicht für voll genommen. Verarscht. Zu recht. Zu unrecht. Sie waren Zielscheibe. Ließen sich ins Knie ficken und zu Hause von Muttern den Nacken tätscheln. Specknacken. Wurstgriffel. Schlechte Verdauung und Mundgeruch. Bullen stanken. Waren einfach zu doof. Breitärschige Beamte mit Pensionsberechtigung. Pfennigfuchser. Spießig. Selbst wenn sie Saxophon spielten oder sonst einen auf modern kasperten. Sie heirateten, und ihre Weiber kriegten dicke fette Kinder, die in Spielmannszügen mitmarschierten. Eine einzige dumpfe Bagage. Gummisohlentreter.

Uli zog die Vorhänge zu.

Es würde eine Weile dauern, bis er sich hier wieder blicken lassen konnte. Bullen waren langsam. Und im Milieu gab es sicher einige, die nachtragend waren. Auch nicht besser als die Bürostuhlfurzer. Eitle Affen, wie Ludwig einer gewesen war. Kettchen und Klunker. Lackschuhe. Jeder ein kleiner Al Capone. Kampfsport. Eisenreißer. Sich schon schwachsinnig gefickt. Oder auch mit Familie. Immobilienmakler Norbert Gollan. Fahr zur Hölle! Norbert war ihm voll auf den Leim gekrochen. Hatte ihm vertraut. Dein Fehler, Alter. Gesellschaften sind out. Köpfe werden gefragt. Helle Köpfe. Von wegen Zusammenschluß und sabbeln und sülzen. Gemeinsam getroffene Entscheidungen. Nichts da. Zweiter Mann bei Stobbe ist allemal besser als eine Stimme in einer Hinterzimmerrunde. Diese Skatklopfermentalität. Kaum auszuhalten. Ein Wunder, daß er überhaupt so lange dabeigeblieben war. Bei Stobbe ging das anders ab. Ein Mann, der klar dachte und Stil hatte. Etruskische Vasen und eine auserlesene Bibliothek. Aufgeschlossen. Interessiert. Eine bewundernswerte Figur.

Uli hatte mit ihm Schach gespielt. Grandiose Züge. Allein die Eröffnung. Der Tod des Samurai.

Es wurde Zeit.

Noch ein Blick ins Bad. Auf dem Flur standen die zwei gepackten Koffer. Uli verstaute die Disketten im Seitenfach der Reisetasche.

Er schaute in den Spiegel. Tiefe Ringe unter den Augen. Blaß.

Er konnte Erholung gebrauchen. Hamburg–London–New York. Endstation Miami. Key West.

Stobbe hatte ihm eine Telefonnummer genannt. Ein Partner. Hat ein nettes Haus. Boot. Wagen ist kein Problem. Ein kluger Mensch. Kein typischer Ami. Verheiratet mit einer Italienerin. Familienanschluß. Die Familie, nun ja. Ein weites Feld, hatte Stobbe geschlossen. Nicht so ganz unsere Welt, aber irgendwie halt doch.

Uli bestellte ein Taxi und schleppte die Koffer nach unten.

Es war ein phantastischer Tag. Ein wolkenloser Himmel.

Er sah noch einmal zum Haus hoch, zu den Fenstern seiner Wohnung. Unzählige Nächte hatte er durchwacht. Über Wochen, Monate. Es hatte sich gelohnt. Reibungslos hatte der Plan gegriffen. Die LUNA gab es nicht mehr. Es gab Stobbe, und es gab ihn. Die rechte Hand.

Sie war gleich am Apparat.

«Wann genau fliegst du?» fragte Gottschalk.

«Was ist mit Jutta?» fragte Regina zurück.

«Keine Ahnung. Fedder ist heute noch nicht aufgetaucht. Vielleicht ist er bei ihr. Hast du mit ihr telefoniert?»

«Sie ist angeblich in einer Besprechung. Im Haus ist sie jedenfalls.»

«Ich spiele mit dem Gedanken, morgen nach Berlin zu kommen.»

«Du hast gesagt, ich...»

«Ja, unter Umständen auch deswegen. In erster Linie aber, um dich zu sehen.»

Es entstand eine Pause.

«Ich weiß nicht, ob aus der Reise jetzt noch was wird», sagte Regina.

«Du hast doch einen Auftrag. Natürlich fliegst du. Was hier mit ihr geschieht, ist unter dem Aspekt nicht dein Problem. Wie auch immer – das Wochenende über...?»

«Pit, ich muß in jedem Fall mit ihr reden.»

«Sicher. Ich will jetzt nur wissen, ob du ein bißchen Zeit für mich hast.»

«Was ist denn los?»

«Mir steht's bis zum Rand. Ich brauche Abstand, ein Gespräch. Einen guten Abend. Keine Angst, ich will dich nicht mit meinem Ärger belasten. Nicht mit Einzelheiten. Es geht um eine grundsätzliche Entscheidung. Um diesen verfluchten Job. Ich hab's über.»

«Du hast auch noch Simone.»

«Und ein paar weitere gute Freunde, ja, ja. Ich rufe dich an.»

Am anderen Ende der Leitung war es wieder still. Gottschalk griffelte sich einen Stift aus der Schale, malte Kreise, zog Striche.

Die Tumback kam vom Fotokopieren zurück.

«Schwierig», sagte Regina.

«Überleg es dir», sagte Gottschalk. «Ich melde mich nachher noch mal. Wenn ich Fedder gesprochen habe und dir dazu was sagen kann. Es ist gerade jemand reingekommen.»

«Gut. Bis dann.» Sie legte schnell auf.

Gottschalk seufzte.

Er drückte die Gabel runter, hielt den Hörer am Ohr. Die Nummer des Verlags hatte er nicht präsent. Er versuchte es wieder bei Fedder zu Hause. Es war gleich vier. Sechzehn Uhr, und kein Anruf von Jörg. Das war beunruhigend. Fedder sagte sonst immer Bescheid.

«Haben Sie noch etwas für mich?» fragte die Plumback.

«Würden Sie mir was aus der Kantine holen?»

«Es ist alles ein wenig neu für mich. Sie müssen entschuldigen, wenn ich vielleicht...»

«Schon gut», sagte Gottschalk. «Es ist nicht immer so wie heute. Ich weiß auch nicht, wo mir der Kopf steht.»

Jutta Wolf stellte ihre Kaffeetasse ab. Fedder beugte sich vor. Er hatte Mühe, sie zu verstehen. Sie war immer leiser geworden, sprach mehr für sich.

Er sagte es ihr.

«Es war aus der Situation heraus», wiederholte sie. «Eine Berührung, keine großen Worte. Ich habe es nicht bereut. Erst bei unserem zweiten Treffen, als mehr geredet wurde. Da stimmte es nicht mehr.»

«Wie ging es aus?»

«Er war enttäuscht. Das habe ich schon gespürt. Aber nicht, daß er... er hatte mich seiner Mutter vorstellen wollen. Das war das einzig Verrückte. Ich habe nicht darauf geantwortet. Es war einfach zu absurd. Er hat dann nicht weiter darüber gesprochen, ist irgendwann in der Nacht gegangen. Freundlich wie immer am nächsten Tag. Er hat sich nichts anmerken lassen, und ich glaube auch nicht, daß hier irgendwer etwas mitbekommen hat. Ich kann mich natürlich irren.»

«Nein», sagte Fedder. «Jedenfalls hat mir gegenüber niemand eine Andeutung gemacht. Warum haben Sie mir das nicht schon am Sonntag erzählt?»

«Es war Monate her.»
«Monate?»
«Einen Monat. Ich hatte es vergessen.»
«Und danach?»
«Was meinen Sie?»
«Andere … eine neue …»
«Ach so, nein. Ich war häufig unterwegs. Ein paar Tage in London. München. Zu Besuch bei einer Freundin. Ich habe wirklich nicht mehr …»
«Ja», sagte Fedder. «Danke. Ich glaube Ihnen.»
Jutta Wolf schüttelte den Kopf.
«Das tun Sie nicht», sagte sie. «Aber ich versichere Ihnen …»
«*Er* hat es nicht vergessen. Sie nicht. Er wollte wieder mit ihnen zusammensein. Er hat sie bedrängt, und dabei ist es zu einem … einem Handgemenge gekommen. Einer Notwehrsituation.»
«Ich kann Sie nicht überzeugen», stellte sie fest.
«Ich bin davon überzeugt, daß Frey ein gestörtes Verhältnis zur Realität hatte. Und er ist durchgedreht, hat zwei Männer bestialisch ermordet. In dem Wahn – ich muß Ihnen das nicht erklären. Sie wissen es. Ich weiß es. Und …» Er stand auf und trat zu ihr an den Schreibtisch. «Setzen Sie sich mit Ihrem Anwalt in Verbindung, und bleiben Sie bei Notwehr.»
«Und Sie?»
«Wir werden Ihre Aussage noch zu Protokoll nehmen müssen. Sie können morgen vorbeikommen.»
«Mehr geschieht nicht?»
«Nein», sagte Fedder.
Sie sah zu ihm hoch. Er zuckte die Achseln und drehte sich um, wollte zur Tür.
«Warum tun Sie das?» fragte sie.
«Erinnern Sie sich an Peters. Wie er zugerichtet war. Und Weiniger. Wer weiß, was noch alles passiert wäre. Frey hatte sich nicht mehr unter Kontrolle. Früher oder später hätte er Sie … es war vielleicht schon soweit. Sie haben …»
«Ich habe ihn umgebracht. Ja. Ich habe es …»
«Sie haben sich verteidigen müssen.» Er wollte jetzt nichts mehr hören, und er ging, ohne sie noch einmal anzusehen.
Es war nicht weit bis zum Alsterufer. Er knöpfte seine Jacke auf und lief, rannte bis hoch zum Fährdamm und weiter die Alster-

chaussee hinauf. Es tat ihm gut. Ihm wurde warm. Er schwitzte. Dachte an nichts mehr, nur daran, gut ein- und auszuatmen, seinen Rhythmus zu finden. Locker zu werden, leicht. Es gelang ihm. Er trabte durch die Straßen und fühlte sich frei von allem, losgelöst, in eine Art Trance verfallend, bis seine Kräfte versagten, er, völlig ausgepumpt, ein Ende machen mußte, endlich stehenblieb, den Rumpf beugte und die Arme herunterhängen ließ, Stimmen an sein Ohr drangen, Lachen. Ein Verrückter. Er schwang die Arme aus, kam hoch, hüpfte auf der Stelle. Schräg gegenüber der Dammtorbahnhof. Nachmittagsverkehr. Passanten, die sich nach ihm umschauten. Verrückt. Das Hemd klebte ihm am Körper. Er ging wie auf Watte. Ging langsam zu seinem Wagen zurück, total erschöpft, aber innerlich gestärkt, klar.

Broszinski schloß die Tür hinter sich, wirbelte herum und schlug zu.

Nissen riß es von den Beinen.

Er zappelte und schrie.

Broszinski war schon bei ihm, packte ihn am Kragen, zog ihn hoch und baute ihn sich auf.

«Bei jeder dummen Antwort setzt es was. Klar?»

«Ich...» Broszinski knallte ihn an die Wand.

«Ob das klar ist, hab ich gefragt?»

«Ja-a», brachte Nissen raus.

Broszinski hielt ihn noch fest.

«Wer hat dich engagiert?»

«Ich... ein Typ, ein Mann. Ich... ich kenn ihn nicht. Ich...» Der Rest ging in einem Röcheln unter. Broszinski hatte ihn an der Kehle gefaßt, zugedrückt.

«Ich will keine Scheiße hören. Den Namen?»

Er lockerte den Griff. Nissen schnappte nach Luft. In seinen Augen war blankes Entsetzen.

«De... De... Detering.»

Broszinski ließ ihn frei.

«Detering?» fragte er nach. «Uli Detering?»

«Ja-a. A-aber er hat... kein Name. Keinen Namen. Ich...»

«Du wußtest, wer er war?»

«Ja.»

«Irrtum ausgeschlossen?»

«Ja, ich ... ich.» Broszinski stoppte ihn mit einer Handbewegung. Er ging zum Tisch und nahm den Telefonhörer ab, gab durch, was er soeben erfahren hatte.

Als er aufgelegt hatte und sich wieder an Nissen wandte, nickte er.

«Okay», sagte er. «Ich merke, wir verstehen uns allmählich. Wie ist das abgelaufen? Schritt für Schritt, sonst ...» Er hob drohend den Arm.

«Te ... Telefon», sagte Nissen. «Ein ... ein Anruf.»

«Aus heiterem Himmel, oder wie? Wie verfällt jemand wie Detering ausgerechnet auf dich?»

«Ich ...»

«Ich warne nicht.»

«Ich hab ... Sport ... Sportstudio. Mit Herbert trainiert.»

«Botan? Der Stone?»

«Ja. Aber ...»

«Ja reicht. Du kennst also den Stone?»

«Nur ... nur vom Training. Ich ...»

«Okay. Anruf von Uli, und weiter?»

«Treffen», sagte Nissen. «Stadtschänke.»

«Ja, und? Es darf jetzt schon zügiger überkommen.»

«Er ... er hat ... eine Tour, eine Tour machen. Oberhausen, Spedition Kastner. Eine Ladung abholen. Ich ... ich ...»

«Ja, ja, du hattest natürlich keine Ahnung, was du da transportieren solltest. Spar dir die Sülze. Briefpapier, Kuverts. Was ich von dir hören will, betrifft einen Karton. Die Lieferung an Gollan. Er war markiert?»

«Ja, ein ... breiteres Klebeband. Uli ... Uli hat gesagt, daß ich zuerst in das Büro soll. Genaue Zeit. Und ... und für Gollan privat.»

«Na gut. Eine vorerst letzte Frage. Du hast auf dem Hof der Spedition beim Umladen geholfen. Vom Laster in deine Schleuder. Waren in dem Laster noch andere Kartons, ähnliche?»

Nissen schniefte.

«Ja», sagte er dann. «Eine ... eine ganze Menge. Alle in ... in der Größe.»

Er erzählt von einem Fall: Er hat ihn gelöst. Für sich gelöst, sagt er. Er lächelt dabei. Es ist ein Lächeln, das ich sonst nur bei Kindern gesehen habe. Auch seine Stimme ist sehr weich. Er sagt, daß er sich verliebt habe. In der Frau erkenne er etwas von seiner Schwester wieder. Aber sie mache ihm keine Angst. Er schweigt einige Zeit. Ich bemerke, daß er eine Erektion hat. Es ist deutlich zu sehen. Ich räuspere mich. Nicht vorwurfsvoll, wie ich meine. Er soll nur reden. Auch darüber. Er reagiert ungewohnt heftig. Mit einer längeren Haßtirade auf einen nicht genauer benannten Mann. Ein «Typ», sagte er. Offenbar hat «dieser Typ» eine Beziehung zu jener Frau gehabt, sie «beschmutzt». Er müsse sie jetzt «reinwaschen». Sachlicher ergänzt er, daß ihm das nicht leichtfalle. Obwohl er – wie ich ja wisse – «Drecksarbeit» gewohnt sei. Er habe schon immer «in der Scheiße gewühlt». Wieder ein aggressiver Unterton. Er erinnert sich an eine frühkindliche Situation, wo er von der Mutter auf die Finger gehauen wurde, weil er in seinen Kot gepinkelt und damit rumgematscht hatte. Der Vater sei toleranter gewesen. Heute würde er sagen, desinteressiert. Nur die Entwicklung der Schwester habe er aufmerksam verfolgt, alles darangesetzt, ihre «Begabung» zu fördern. Deutliche Ironie. Die Schwester hat schon während der Schulzeit Heroin gespritzt. Sie ist später auf den Strich gegangen und mit 22 an einer Überdosis gestorben. Ihm kommen die Tränen. Er gibt wieder einmal sich die Schuld. Aber jetzt habe er die Gelegenheit, es «wiedergutzumachen». Die schon erwähnte Frau werde er nicht fallenlassen. Sie sei auch süchtig. Süchtig nach Liebe. Die könne und müsse er ihr geben. Er sei ganz zuversichtlich, daß sie zu retten sei. Die Tränen sind versiegt. Er wird schwärmerisch. Typische Beschreibungen ihrer äußeren Erscheinung. Männertypische Sichtweisen. Er bricht sie, indem er sie «diesem Psychopathen» zuschreibt. Lacht plötzlich. Es ist ein etwas merkwürdiges Lachen. Mehr ein hämisches Kichern. Der Mann sei auf der Strecke geblieben. Sie habe sich von ihm befreit, um für ihn frei zu sein. Nur er könne ihr folgen, überall hin und jederzeit. Er spitzt die Lippen. Er pfeift. Es ist eine Melodie, die mir bekannt ist. Ich weiß nicht, woher. Warte, bis er geendet hat, um ihn zu fragen. *Brüderlein, Brüderlein fein, mußt nicht böse sein.* Ein Kinderlied. Seine Schwester hat es ihm vorgesungen. Am Abend nach jenem Vorfall im Badezimmer. Sie sei noch einmal in sein Zimmer gekommen und habe ihn wieder in den Arm genommen, ihn gewiegt. *Mußt nicht böse sein.* Er war nicht böse. Er hat sich geschämt und ihr doch nicht widerstehen können. Diese Sünde laste auf ihm. Und daß er sie dann doch von sich gestoßen habe. Wieder Tränen. Er schäme sich. Auch für sie. Es wird anfangs nicht klar, was oder wen er meint. Leise schluchzend spricht er von der Begierde. Von der Schwester? Nein, von ihrer. Von einer Wölfin, die er zähmen müsse. Zivilisieren, sagt er. Sie sei eine kultivierte Frau. Aber gefährdet. Er wird pathetisch. Nur er könne sie retten. Kraft seiner Liebe und seiner Macht. Ich unterbreche ihn nicht. Er steigert sich in eine wahnhafte Omnipotenz. Alttestamentarische Äußerungen. Mit Feuer und Schwert glaube er umherziehen zu müssen. Um das Böse zu vernichten. Er erinnert einen Traum. In dem Traum habe er sie gestraft. Sie geschlagen. Er sei schweißgebadet aufgewacht. Das war nicht er, der das getan hat. Das war der andere, sagt er. Und den habe sie vernichtet und mit ihm die böse Schwester, ihre dunkle Seite. Nun sei Licht und auch seine Erlösung nahe. Wenn sie ihn denn erhöre, nachdem er alles getan habe, um ihr gefällig zu sein.

DER TANZ DES SKORPIONS

Für Hans C. Blumenberg, dem ich den Titel des Buches verdanke; Peter Weismann, der mein Archiv ordnete und auf mögliche Ansatzpunkte hinwies; Günter Bonnet, der über Monate erzählte; Horst Königstein, der mir sein Material über das St. Pauli der fünfziger Jahre zur Verfügung stellte; Cornelia Buhe, die mich auf «Küsse und Schläge» von Jenny Diski hinwies; Carl Schenkel, der immer wieder wissen wollte, wie denn nun alles endet; Monika Treut, die eine Zeit über das «Mo» war; Theodor Kotulla, der mich an «Prince of the City» von Sidney Lumet erinnerte; Klaus Lemke, der die Rocker-Story aufleben ließ, und Steffi Delfmann, die Produzentin eines Films ohne Worte.
Für die Frauen und Männer, die aus guten Gründen namentlich nicht genannt werden wollen.
Für Klaus Ebert, den Freund und kritischen Leser, und für Susanne von Molié.

Before I sink
Into the big sleep
I want to hear
The scream
Of the butterfly.

The Doors

EINS

1

Es war ein regnerischer Novembermorgen. Zappa erwachte frierend. Er hüllte sich fest in die Bettdecke und stand auf. Nachdem er das Fenster geschlossen und die Heizung aufgedreht hatte, ging er ins Bad und ließ heißes Wasser in die Wanne laufen. Dann zündete er sich eine Zigarette an.

Zappa hatte überall in der Wohnung angebrochene Zigarettenpackungen und Feuerzeuge deponiert. Er rauchte *Chesterfield*-Filter und kaufte jeden Samstag drei Stangen. Für seine Frau nahm er eine weitere Stange *Marlboro* mit.

Mit dem ersten tiefen Zug schaute Zappa in den Spiegel.

Er sah nicht gut aus. Sein schmales Gesicht war blaß, und unter den Augen hatte er dunkle Ringe. Wie schon oft überlegte er, sich den Schnäuzer abzurasieren. Früher hatte er einen kurzgestutzten Vollbart getragen, und sein hellbraunes Haar war bis auf die Schultern gefallen. Oben kurz und etwas gebleicht. Zu der Zeit war er kräftiger gewesen, hatte viel Sport getrieben und auch regelmäßig gegessen. Jetzt hatte er kaum noch Appetit, nahm täglich einige Nasen, rauchte viel und trank *Coke*.

Zappa legte die Zigarette auf den Waschbeckenrand und kratzte seinen Handrücken. Die Decke fiel zu Boden und enthüllte seinen mageren Oberkörper. Auf den linken Oberarm war ein Skorpion eintätowiert. Zappa war im Sternzeichen des Skorpions geboren. Er hatte vor wenigen Tagen, am 3. November, seinen 39. Geburtstag gefeiert. Der Gedanke an den Tag verursachte ihm einen stechenden Schmerz in der Brust.

Niemand hatte angerufen und ihm gratuliert. Renate war wie immer in der Woche früh um sieben aufgestanden und zur Arbeit ins Büro gefahren. Seine Tochter Julia hatte die Nacht bei ihrem Freund verbracht und war erst am Nachmittag nach Hause gekommen. Sie hatte ihn flüchtig geküßt und gemurmelt, sie wünsche ihm alles Gute.

Er durfte nicht daran denken.

Er hatte sich blutig gekratzt.

Zappa pinkelte und prüfte dann die Badewassertemperatur. Er drehte den Kaltwasserhahn weiter auf und wartete rauchend. Schließlich stieg er in die Wanne. Er streckte sich aus, schloß die Augen und versuchte, angenehme Situationen zu erinnern.

Bis Ende August dieses Jahres hatte er sich weitgehend wohl gefühlt. Er hatte mit Renate drei Wochen Urlaub auf Ibiza gemacht und war in den Tagen sehr entspannt und gut gelaunt gewesen. Sie hatten abends oft mit Uli und Barbara zusammengesessen und sich aus ihrer Jugendzeit erzählt. Uli war in Köln aufgewachsen und er in Bochum. Nach seinem Abitur hatte er zwei Semester Betriebswirtschaft studiert und zum erstenmal einen dieser depressiven Schübe gehabt, die ihn seitdem immer wieder überkamen. Aus einer Nichtigkeit heraus, einer Bemerkung von Renate, einer abwehrenden Geste seiner Tochter.

Damals hatte er sich eingeredet, daß Renate ihn nicht mehr liebe. Sie hatte ihn drei oder vier Tage nicht angerufen, sich nicht blicken lassen, und als er es in seiner Bude nicht mehr ausgehalten hatte und zu ihr gefahren war, hatte er hören müssen, daß sie mit gemeinsamen Freunden herumgezogen war. Weil er doch an einem Referat schrieb. Sehr rücksichtsvoll. Als ob er nicht auch schlafen mußte und in den Stunden gern ihren Körper gespürt oder zumindest vor dem Zubettgehen ein paar Worte von ihr gehört hätte. Anteilnahme. Wärme. Er hatte ihr das nicht gesagt, sie nur kalt angeblickt und war dann gegangen. Hatte gewartet, daß sie kam, von sich aus. Nichts. Er hatte tierisch gelitten, die Wände angeschrien und ihr Foto zerrissen. Getrunken und gekifft. Und sich einen Revolver besorgt. Seine erste Waffe.

Zappa merkte, daß er schon bald wieder abdriftete in diese unendliche Traurigkeit. Er rauchte noch eine Zigarette und zwang sich dabei, ein Programm für den heutigen Tag aufzustellen.

Er kam nicht weit.

An der Wohnungstür klingelte es.

2

Hamburger Morgenpost, Donnerstag, 9. November.

DER KILLER VON ST. PAULI VERHAFTET. SIEBEN MORDE FÜR DEN «KRONPRINZEN»?

Hamburg – Sieben Männer aus dem St.-Pauli-Milieu wurden in den letzten Jahren erschossen oder kamen unter mysteriösen Umständen ums Leben. Nun glaubt die Kripo den Täter gefaßt zu haben.

In den frühen Morgenstunden des gestrigen Tages verhafteten Beamte des LKA Karl «Zappa» Weber, 39. Er soll am 21. März 1988 in dem Reeperbahn-Lokal Die Grotte *Franz Auer («Der Samurai»), 35, mit drei Schüssen getötet haben. Knapp einen Monat später wurde der LUNA-Gesellschafter Ludwig Süchting, 34, in der Heide an einem Baum entdeckt – erhängt. Inzwischen scheint bewiesen, daß der «Schöne Ludwig» aufgeknüpft wurde – von «Zappa». Zugeschrieben werden ihm auch die Morde an dem Zuhälter Paul Bogmüller, 32, der in seinem schwarzen Pontiac mit einem Kopfschuß «hingerichtet» wurde, an Jürgen Schwengel, 49, Sex-Lokal-Besitzer, und an Thommy Lebahn, 44, dessen Leiche in einem Blechfaß einbetoniert im November letzten Jahres im Osterbekkanal entdeckt wurde.*

Spektakulärste Tat des Killers aber soll der Doppelmord an dem «Paten von St. Pauli», Werner «Emma» Stobbe, 55, und seinem Leibwächter Herbert Botan, 43, genannt «Der Stone», sein.

Als Auftraggeber für die offenbar bezahlten Morde will das LKA den Juniorpartner und «Kronprinzen» Stobbes ermittelt haben – den St. Paulianer Uli Detering, 38.

Detering konnte sich dem Zugriff der LKA-Beamten durch Flucht entziehen.

3

Kriminalhauptkommissar Peter «Pit» Gottschalk verbrachte die Weihnachtstage mit der Familie Dierich in ihrem südschwedischen Ferienhaus. Vater Lutz war selbständiger Grafiker und arbeitete unter anderem für die Zeitschrift *Metropolitan Lady*, bei der Gottschalks Freundin Regina inzwischen Redakteurin war.

Am zweiten Feiertag fragte sich Gottschalk allerdings, ob er Regina wirklich noch als seine Freundin bezeichnen sollte.

Gegen Mittag nämlich tauchte ein weder des Deutschen noch des Englischen mächtiger Skimützenträger auf, dem Lutz erst einmal einen großen Wodka eingoß – augenzwinkernd und Gottschalk zuflüsternd, das sei der hiesige Postbote. Ein Original.

Gottschalk haßte Postbeamte, und originell fand er den einheimischen Troll keineswegs. Der Mann brabbelte weiterhin Unverständliches, bevor er dann endlich einen stark zerknitterten Umschlag aus seiner Jackentasche fischte. Es war ein Telegramm für Gottschalk: BLEIBE NOCH IN N.Y. – SORRY, MEIN LIEBSTER – HOFFE, DASS DU DIE TAGE AUCH OHNE MICH GENIESSEN KANNST – GRÜSSE AN ALLE – SEHEN UNS IN HH WIEDER – R.

«Von Regina?» fragte Lutz.

«Ach, ist das lieb, vorher zu telegrafieren», sagte seine Frau Carla. «Ich freue mich so auf Reginchen. Das könnt ihr euch gar nicht vorstellen.» Gottschalk ging zum Kamin und legte das Telegramm auf die glühenden Holzscheite. Augenblicklich ging es in Flammen auf.

Tochter Anja lag bäuchlings auf der Couch und las in einem Buch. Sie war zwanzig und enorm stolz darauf, in Hamburg mit einem dreiundvierzigjährigen Kneipier zu bumsen. Wir haben guten Sex miteinander, teilte sie bei jeder Gelegenheit ungefragt mit. Befriedigenden Sex. Unendlich lang andauernde Orgasmen mit Herbie. Phantastisch. Geil.

Sie hob den Kopf.

«Können wir jetzt essen?» wollte sie wissen.

Vorn in der Küche verabschiedete Lutz den trunkenen Schweden.

Carla kam in den Wohnraum gehuscht und wischte ihre Hände an der Schürze ab.

«Wann landet sie denn in Stockholm?» fragte sie.

«Gar nicht», blaffte Gottschalk. «Habt ihr einen Fahrplan?»

«Ist was passiert?» Lutz hatte den Mann nun endlich aus dem Haus und kam ebenfalls an den Kamin. Gottschalk sah erst ihn und dann seine dusselige Else an.

«Reginchen läßt grüßen», sagte er mit böser Betonung. «Sie zieht es vor, drüben mit irgendwelchen Weibern zu talken oder weiß der Geier was. Ich gedenke jedenfalls, unter diesen Umständen eure Gastfreundschaft nicht länger in Anspruch zu nehmen.»

«Oh», sagte Lutz.

«Ach nein», hauchte Carla. Anja klappte ihren Stephen King zu und stand von der Couch auf.

«Habt ihr 'ne Krise?» fragte sie.

Gottschalk musterte sie eingehend. Sie war ein verdammt gutaussehendes Ding, hatte ein schmales, sommersprossiges Gesicht und wache Augen. Gottschalk schnaubte kurz. Krise war geschmeichelt. Er war stinkig wie nichts.

«Ein Scheißjob», sagte er und ließ offen, was er damit meinte. Aber Anja nickte.

Lutz hielt nach der Flasche Ausschau.

«Nehmen wir einen Drink», sagte er.

Carla schüttelte den Kopf.

«Dascha nu echt blöd», sagte Anja. «Kannste sie nicht anrufen?»

«Ach, Kind», setzte Carla an und wollte den Arm um ihre Tochter legen. Anja wehrte sie ab.

«Nenn mich nicht immer Kind. Was soll das? Pit ist sauer. Das siehst du doch.»

«Reginchen wird zu tun haben. Das muß Peter einsehen. Als ich noch voll im Beruf stand, hatte Lutz anfangs auch seine Schwierigkeiten damit. Ich meine, es ist natürlich schade –»

«Du bist eine unsäglich bekloppte Kuh», unterbrach Gottschalk sie.

Carla zuckte zurück, und Anja grinste.

Lutz schnappte nach Luft. Fassungslos starrte er Gottschalk an.

Das Mittagessen fiel aus.

Das Ehepaar Dierich brach nach einigem hilflos-entrüsteten Gestammel zu einem Gang durch die Wälder auf. Gottschalk packte seine Sachen. Anja hatte es sich wieder auf der Couch bequem gemacht und mampfte mit geräuchertem Lachs belegten Toast, als Gottschalk das kleine Gästezimmer geräumt hatte.

«Das hat die Alte mal gebraucht», sagte sie. «Zu dumm, daß du abhaust. Jetzt wird's total öde.»

«Warum hast du dich nicht zu deinem Herbie abgesetzt?»

«Ha – abgesehen davon, daß seine Wohnung ein einziges Dreckloch ist, hab ich mit dem Typ auch meine Probleme. Außer Sex läuft bei uns absolut nichts.»

«Ich denke, das macht dir Spaß – ist geil.»

«Weil ich ständig davon rede? – Nee, das tu ich nur, um die Alte mal ausklinken zu lassen. Das reicht aber wohl immer noch nicht. Wahrscheinlich muß ich erst detailliert auflisten, wie ich es mit Herbie treibe.»

«Das wird sie sich schon vorstellen können.»

«Nee, das glaub ich nu nich. Aber egal – ich kann mit Herbie nicht ein vernünftiges Wort reden.»

«Dann schieß ihn in den Wind.»

«Ist bei dir mit Regina so einfach Ende?»

Gottschalk schulterte seine Reisetasche.

«Ich werd ihr sagen, daß sie verdammt noch mal was bringen muß, wenn sie noch an mir interessiert ist. – Können wir fahren?»

Anja nickte und stand auf.

«Shit», sagte sie. «Ich würd jetzt gern länger mit dir quatschen.»

«Wenn heute kein Zug mehr fahren sollte – gibt's in dem Kaff da unten eigentlich ein Hotel?»

«Ich bring dich nach Jönköping», sagte Anja und hatte plötzlich Tränen in den Augen.

4

Gottschalk bestieg den Zug nach Hamburg am nächsten Tag kurz nach 14 Uhr.

Zur gleichen Zeit wurden im Hamburger Stadtteil Schnelsen zwei Frauenleichen aus einem Bungalow im Radenwisch getragen und in die Gerichtsmedizinische transportiert.

Der für Mitte Dreißig sehr jugendlich wirkende Kriminalhauptkommissar Jörg Fedder ging zurück zum Schreibtisch des Bungalow-Besitzers Hermann Weigel.

Weigel saß mit durchgedrücktem Kreuz vor seinem *Schneider*-PC und rief ein Dokument ab. Der neben ihm stehende Notarzt zuckte resignierend die Achseln.

«Hundertneun», sagte Weigel leise. «Ich werde ein Lokal mit einem großen Gesellschaftsraum benötigen. Vielleicht ein Hotel.

Aber das heißt, Wagen zu leasen, nein, Busse. Es müssen Busse sein. Drei – drei müßten reichen.»

Fedder räsuperte sich.

«Sie müssen sich hinlegen und schlafen, Herr Weigel. Bitte widersetzen Sie sich dem Arzt nicht. Es ist besser, wenn Sie –»

«Ich bin völlig in Ordnung, Herr Kommissar. Fedder – ja? Sehen sie, Sie haben mir Ihren Namen nur einmal genannt, und ich – ich habe ihn behalten. Ich habe alles präsent. Jede Einzelheit. Wenn Sie noch etwas vergessen haben zu fragen – bitte, fragen Sie. Zweiundzwanzig Uhr fünfzehn, auf die Minute genau. Durch diese – die Verandatür. Ich hatte –»

«Sie haben einen Schock. Bitte, Herr Weigel.»

«Ich hatte gerade umgeschaltet. Wir wollten den Spielfilm im Ersten sehen. – Einen Schock? Nein, ich bin völlig in Ordnung. Ich brauche niemanden.» Er lachte, lachte lauter und schüttelte heftig den Kopf.

Fedder schluckte.

Der Arzt atmete tief ein.

«Mein Kollege –», setzte er an. «Ihr Hausarzt ist in Urlaub, Herr Weigel. Wir können Sie nicht allein lassen. Es gibt doch sicher Verwandte. Freunde der – der Familie.»

«Familie!» lachte Weigel. «Familie!» Er hörte nicht auf zu lachen. Es war ein irres Lachen.

Fedder wechselte einen Blick mit dem Arzt und gab sich einen Ruck.

«Ja», sagte er entschieden. «Zumindest einige dieser – dieser hundertneun zu benachrichtigenden Personen werden Ihnen doch persönlich nahestehen. Sagen Sie uns bitte, wen wir anrufen sollen.»

«Familie! – Nein, ich will keinen sehen. Dazu können Sie mich nicht zwingen. Ich bin – ich werde hier sitzenbleiben und die Adressen ausdrucken, und dann das Bestattungsunternehmen anrufen. Das ist – es ist alles soweit geregelt. Ja, seit Jahren schon. Ich habe –»

«Herr Weigel», unterbrach Fedder. «Ich habe tatsächlich noch Fragen. Was hatten Sie für die nächsten Tage, für Silvester und Neujahr geplant?»

«O ja – richtig. Das ist gut, daß sie darauf zu sprechen kommen. Ich muß auf Sylt absagen.» Er schloß das Dokument und ließ ein anderes auf dem Bildschirm erscheinen.

Fedder beugte sich vor. Er sah Daten und unter jedem Datum mehrere Stichworte: *Bank. Karstadt – Rahmen. Brinkmann – Toaster, Batterien. Sportlepp – Schuhe, J-Anzug f. S., evtl. – l. Thalia-B. – div. B. Uhr ? Hemd. K-Karten. Oper.*

Fedder hakte bei einem Namen ein.

«Dierich – Pflanzen. Wer ist Dierich?» fragte er.

«Unsere Nachbarn», sagte Weigel. «Sie sind verreist. Meine Frau –» Er brach ab und preßte die Lippen aufeinander.

Fedder war versucht, den Arm um ihn zu legen und den Mann an sich zu drücken. Ganz fest. Um ihn weich und nachgiebig werden zu lassen. Er wünschte, daß Weigel schluchzte, weinend seinen Schmerz zuließ. Ihn herausschrie. Sich verzweifelt immer wieder fragte, warum seine Frau und seine Tochter erniedrigt, gequält und bestialisch ermordet worden waren. Vor seinen Augen. Er, gefesselt, hatte mitansehen müssen, wie das alles geschah. Über Stunden hinweg. Eine entsetzliche Nacht.

Aber Weigel schwieg.

Er hatte berichtet. Er hatte ausgesagt. Kaum stockend. Hatte von *den Tätern* gesprochen und *ihren Opfern – Sie haben ihre Opfer zu Boden geworfen.*

Nur anfangs hatte er ihre Namen genannt – *Irene hatte Sabine in eine Decke eingewickelt. Meine Tochter hatte leichtes Fieber.*

Fedder rieb sich die Stirn.

«Da – Frau Munck», sagte Weigel jetzt und wies auf den Schirm. «Sie wird enttäuscht sein, daß – es war immer sehr schön bei ihr. Ich muß sie gleich anrufen und – oder wollten Sie noch etwas wissen, Herr Fedder?»

5

Broszinski schlug die Augen auf. Er atmete schwer.

Weber war ihm in Traumbildern nähergerückt. Die Szenerie der Region. Das Revier. Bottrop und Bochum. *Queen's Pub, Im Winkel.* Eine Vivi, die mit Informationen über Atze rausrückte und überfahren worden war. Organisierte Kfz-Diebstähle. In das Geschäft verwickelte Jugendliche. Andrea in der Sauna *Blumenhof Herker*. Querenburger Straße. Uni. Die Wache. Ein Kollege, der sich radikal links gab und Rocker ans Messer lieferte, später Polizeipressesprecher wurde.

Broszinski hatte gelegentlich noch von ihm gehört.

Weber nannte ihn den Knüppelbullen. Er war von ihm gegriffen worden. Ein dilettantisch ausgeführter Banküberfall. Nicht ausgeklügelt. Spontan. Unter Dope in die Kassenhalle gestürmt. Zwei Schüsse in die Decke: *Das Geld oder ich knall euch ab*.

Lächerlich. Weber war bereits wenige Stunden danach gefaßt worden. Von Wie-hieß-er-Noch? Der Knüppelbulle. Das Käsegesicht mit dem dünnen Blondhaar.

Broszinski war der Name nicht mehr eingefallen, und Weber hatte sich zwischen den Fingern gekratzt: *Einen Zweier für den Scheiß*.

Er hatte von Renate erzählt. Kein Tag, keine Nacht ohne Gedanken an sie.

Hinter Mauern. Eingeschlossen.

Erinnerungen. Phantasien.

Wie sie neben ihm gelegen, mit ihrem Fuß an seinem Bein hochgestrichen war. Nahtstrümpfe und Stöckelschuh. Größe 40 M. Ihre Schenkel. Ihr flacher Bauch. Das dunkle, rötlich getönte Haar. Ein knabenhaft schlanker Körper. Kleine Brüste.

Sie hatte ihm ein Foto in den Knast geschickt und selbstgebackenen Schokoladenkuchen. Geschrieben, daß es ihr leid tue und sie ihn liebe. *Ich küsse, küsse, küsse dich*.

Handbetrieb.

Freimütige Äußerungen. Eine eindringliche Schilderung der damaligen Situation.

Kollege Lankowa hatte nur gegähnt. Staatsanwalt Giesing hatte sich geräuspert: *Und mit wem hatten Sie in der Haftanstalt Siegen Kontakt?*

Broszinski rieb sich die Stirn.

Nachdem er beiläufig erwähnt hatte, daß auch er aus dem Ruhrgebiet komme, wandte Weber sich fast ausschließlich an ihn. Fragte, ob er damals nicht doch Renate begegnet sei oder zumindest von ihr gehört habe. Während er im Bau gesessen hatte. Jahre, in denen sie nach wie vor die Pille genommen hatte. Das war ihr später einmal herausgerutscht. Und er hatte hart zugeschlagen: *Mit wem hast du es die ganze Zeit über getrieben? Mit wem alles? Mit wie vielen?*

Rasende Eifersucht.

Weber wünschte sich unausgesprochen von Broszinski Bestätigung. Daß in Bochum eine junge, hübsche Frau im *Queen's Pub* und in der *Kokille*, in Discos und sonstwo herumgeturnt und zu haben gewesen sei. Eine heiße Nummer. Möglicherweise auch für ihn.

Aber Broszinski konnte ihm nichts sagen. Selbst wenn er sich an Webers Frau erinnert hätte, wäre er nicht darauf eingegangen. Sie mußten weiterkommen. Bochum, Siegen, Köln.

Hamburg.

Stadt am Fluß. Und das Wasser der Elbe ist tief und schwer.

Broszinski merkte, daß er keinen Schlaf mehr finden würde.

Birte drehte sich zu ihm. Ihre Hand streifte seine Wange. Sie öffnete die Augen.

«Du bist schon wach? Wie spät ist es?»

«Gleich fünf», sagte Broszinski leise. «Schlaf weiter.»

«Mir ist kalt.» Sie kuschelte sich an ihn, und er zog ihr die Decke über die Schultern. «Halt mich fest.»

«Ja», sagte er. «Schlaf.»

«Ich hab geträumt, daß du mit Pit einen Elch jagst.»

«Kein Wunder. Pit ist in Schweden. Da gibt es Elche.»

«Ihr habt euch im Wald verirrt, und Regina hat gesagt, jetzt ist es wieder so wie früher. Bist du traurig, daß wir nicht mitfahren konnten?»

«Ich konnte nicht. Du hättest es machen sollen. Es wäre bestimmt schön geworden.»

«Ich bin nicht gern ohne dich.»

«Ich auch nicht. Aber wir haben im Moment wenig voneinander.»

«Geht das noch lange?»

«Ich fürchte, ja. Er schweift immer wieder ab. – Du solltest schlafen.»

«Ich will dich spüren.»

Broszinski dachte an Weber, der in seiner Zelle eingeschlossen auf der schmalen Pritsche lag, sich nach Renate sehnte, ihr täglich lange Briefe schrieb: *Ich umarme dich, ich sinke vor dir auf die Knie, ich drücke meinen Kopf in deinen Schoß, ich will dich. Ich will nicht Knast ohne Ende. Ich rede, und wenn das nicht hilft, bring ich mich um.*

Birte schmiegte sich enger an Broszinski. Er küßte sie leicht auf die Schläfe und streichelte sanft ihren Rücken.

Zu mehr fühlte er sich nicht in der Lage.

6

Wilfried hatte Garfield am Schwanz gepackt und schleifte das Stofftier über den Boden. Angelika stellte sich ihm in den Weg. Bevor sie etwas sagen konnte, beugte er sich zu Garfield herunter.

«Was kommt dir zufolge noch mal dabei heraus, wenn wir eine Katze mit einem Hund kreuzen?»

«Leg ihn zurück auf die Couch.»

«Ich höre. – Was nuschelst du da? Deutlicher, bitte. – Ah, ja – eine blöde Katze.» Er richtete sich zufrieden nickend auf. «Eine blöde Katze kommt dabei heraus. Ein kluges Tierchen. – Auf die Couch? Will Geli unseren süßen Garfield nicht mehr in ihrem Bettchen haben? Nein?» Er zog einen Schmollmund.

«Auf die Couch», wiederholte Angelika.

Wilfried nahm das Stofftier zu sich hoch.

«Armer Kater», sagte er und schaute den Gestreiften betrübt an. Und dann seine Frau. Sie war eine großgewachsene, schlanke Frau. Ihr dunkelblondes, gewelltes Haar hatte sie zurückgebunden. Ihr Gesicht war gerötet. Sie trug noch ihren grauen Jogginganzug. Die Hosenbeine waren bis zu den Knien mit Dreckspritzern gesprenkelt. Die *Nikes* waren stark verschmutzt.

«Frauchen muß duschen.»

Angelika preßte die Lippen aufeinander. Wilfried zuckte die Achseln und trottete zur Couch hinüber.

«Ein Herr Mahlzahn hat angerufen», sagte er mit veränderter Stimme. Ruhig und sachlich. «Er ist bereit, die geforderte Summe zu akzeptieren.»

«Hast du etwa mit ihm gesprochen?»

«Nein, wie käme ich dazu. Die Nachricht ist auf Band. – Ist das *der* Mahlzahn?»

«Es gibt nur einen in der Branche.» Sie machte eine wegwerfende Handbewegung. «Gut. – Er hat es sich zu lange überlegt.»

«Hast du schon verkauft?»

«Ja. Gestern abend. An den *Stern*.»

Wilfried hatte Garfield plaziert, rückte Bibo und Karlchen zurecht und zupfte an Wendelin.

Als Angelika und er vor vierzehn Jahren geheiratet hatten, war sie in ihn vernarrt gewesen, hatte all ihre Liebe ihm allein gegeben. Nicht diesen Plüschtieren, den unzähligen Teddys und Bären, die überall in der Wohnung ihren bestimmten Platz hatten.

Wilfried hörte, daß Angelika den Reißverschluß ihrer Jacke aufzog. Er drehte sich nicht zu ihr um. Siebenhundertzweiundneunzig Nächte schlief er jetzt schon allein. Immer noch zählte er. Und jedesmal wurde sein Hals wieder eng. Er schluckte und wartete, bis sie die Schuhe abgestreift hatte und ins Bad ging. Kurz darauf rauschte die Klospülung. Garfield grinste ihn fett an.

«Was betrachtest du noch als Selbstverstümmelung? – Gymnastik, ja. Und Fasten. – Ja, du fetter Lasagne-Fresser. Und Selbstmord. – Schwachkopf. Ich springe nicht aus dem Fenster. – O nein. Wilfried springt nicht.» Er wandte sich ab und sah hinaus auf die Straße. Der Bus zum Flughafen fuhr vorbei. Wilfried zählte drei Fahrgäste. Wie so oft fragte er sich, wohin sie fliegen würden.

In den ersten Ehejahren war er mit Angelika nach Portugal und Spanien, nach Griechenland und in die Türkei gereist. Mittelklassehotels, Halbpension. Sie hatten gebadet und Ausflüge gemacht. Abends in Lokalen gesessen, Wein getrunken. Sie hatte von zu Hause erzählt, von ihren Eltern, der älteren Schwester, den jüngeren Brüdern. Wie sie um Anerkennung hatte kämpfen müssen. Ständig. Den ganzen Haushalt geführt. Putzen und waschen und bügeln. Einkaufen, Essen kochen. Vorbei, hatte sie oft gesagt. Nie, nie wieder stelle ich mich an den Herd. Er hatte sie verständnisvoll angelächelt und sie beruhigt. Das brauche sie auch nicht mehr: *Ich mache das Frühstück, und ansonsten gehen wir aus. Oder lassen uns was kommen. Vom Griechen oder Chinesen. Legen uns dabei hin und sehen fern. Ganz gemütlich. Kuschelig.*

Beine hoch – Amerika. Beine breit.

«Vorbei», sagte er jetzt leise. Er begriff nach wie vor nicht, warum es seit einer Ewigkeit so war, wie es war.

Mit gesenktem Kopf schlurfte er in die Küche und schaltete die Kaffeemaschine ein. Er nahm Teller und Tassen aus dem Schrank und begann, den Frühstückstisch zu decken.

Alf saß auf seinem Hocker in der Ecke. Wilfried war versucht, dem Viech eine zu langen. Es in den Mülleimer zu stopfen. Katzenfresser.

Wenn er doch nur der blöden Katze ins Genick beißen würde. Damit sie nach Hilfe schrie. Nach ihm, ihrem Mann.

Angelika fand einen Platz vor dem *Klett*. Sie parkte ein, nahm ihren Aktenkoffer vom Rücksitz und stieg aus.

Es war in diesen letzten Dezembertagen ungewöhnlich mild. Angelika hatte eine rostrote kragenlose Jacke angezogen und dunkelbraune Bermudas. Die ebenfalls rostrote Strumpfhose würde die Blicke der Beamten auf ihre Beine lenken. Sie hatte sich in diesem Outfit schon einmal der Presse gestellt.

Das Hamburger Abendblatt hatte das Foto auf der ersten Seite gebracht, in Farbe und unter der Schlagzeile: DIE KÜHLE UND DER KILLER – RECHTSANWÄLTIN ANGELIKA GARBERS-ALTMANN ÜBERNIMMT DIE VERTEIDIGUNG DES KARL «ZAPPA» WEBER.

Sie war mit Glenn Close (*Gefährliche Liebschaften*) verglichen worden – *ihre Schönheit ist ihre Kälte*.

Das hatte ihr geschmeichelt, obwohl sie den Film bislang nicht gesehen hatte. Es gefiel ihr aber, als eiskalt und überlegen gehandelt zu werden. Sie wollte faszinieren – in jeder Hinsicht.

Ein Radfahrer verlangsamte und schaute zu ihr herüber. Er grüßte nickend. Sie wußte sich erkannt und tat, als sei es ihr lästig, blickte an ihm vorbei in Richtung Schlump. Der junge Mann drehte sich noch einmal um. Angelika war bereits auf dem Weg.

Webers Wohnung lag über dem Waschsalon im ersten Stock. Mit großem Balkon zur Straße hin.

In den Tagen nach Zappas Verhaftung hatten vor dem Haus unzählige Journalisten und Fernsehteams darauf gewartet, Renate oder Julia abfangen und befragen zu können. Doch Angelika hatte Julia angewiesen, vorerst bei ihrem Freund in Wandsbek zu bleiben, und Renate hatte sich ohnehin verschanzt.

Auch jetzt noch ließ sie die Kette vor und öffnete die Tür nur einen Spaltbreit.

«Gute Neuigkeiten», begrüßte Angelika sie. «Ich werde heute den Vertrag vorgelegt bekommen. Dreihunderttausend – exklusiv. Titelstory und eine weitere Folge. Es wird nichts gedruckt, was ich nicht vorher abgesegnet habe.»

Renate ließ sie ein und schloß wieder ab.

«Machen Sie es rückgängig», sagte sie.

Angelika reagierte nicht darauf. Sie ging in das Wohnzimmer, legte den Aktenkoffer auf die Couch und ließ die Schlösser aufschnappen.

«Das Honorar schließt einige Fotos mit ein, und zwar das vor dem Standesamt, Julias erster Schultag, Karl am Schießstand auf dem Dom und natürlich Ibiza. Mit Detering.»

«Nein», sagte Renate. Sie zündete sich mit ihrer heruntergerauchten Zigarette eine neue an.

Angelika nahm einen Hefter aus dem Koffer und setzte sich. Sie schlug die Beine übereinander und schaute zu Renate hoch.

«Es ist die Entscheidung Ihres Mannes, Renate. Er hat mich bevollmächtigt, den Kontakt aufzunehmen und die Verhandlungen zu führen.»

«Ich will ihn sprechen.»

«Ihr Besuchstermin ist morgen, 14 Uhr.»

«Ich will heute zu ihm – gleich, mit Ihnen.» Sie blickte dabei zu dem kleinen Hängeregal. Angelika mußte nicht hinsehen. Sie wollte es auch nicht. Es war ihr peinlich. Das dort aufgestellte Polaroid-Foto zeigte den nackt auf dem Bett liegenden Zappa mit erigiertem Penis.

Angelika wartete, bis Renate sich wieder ihr zuwandte. Sie bemerkte, daß Renate Nahtstrümpfe trug, und schüttelte leicht den Kopf.

«Morgen», wiederholte sie. «Kann Julia zu Ihren Eltern nach Bochum? Haben Sie das geklärt?»

«Sie sehen ihn jeden Tag. Gehen Sie immer so zu ihm?»

«Wie meinen Sie das?»

«Sie sind mit ihm allein. Länger als eine Stunde. Es ist kühl in dem Raum, feucht. Er trägt unter dem Pullover noch ein Hemd. Frieren Sie nicht?»

«Nein», sagte Angelika ruhig. «Ich nehme allerdings auch keine Drogen.»

Renate lachte bitter.

«Was ist mit *Ihrem* Mann? Tablettensüchtig, depressiv – stimmt es, daß Sie nicht mehr mit ihm schlafen?»

«Renate –»

«Ich liege nachts wach und finde keine Ruhe. Weil *mein* Mann nicht neben mir liegt und weil *ich* ihn brauche. Weil ich ihn spüren will – in mir, Frau Garbers, ganz stark in mir. Ja. – Können Sie das wenigstens verstehen? Auch wenn Sie selbst nicht dieses – das Bedürfnis haben. Oder haben Sie es –?»

«Ich würde sagen, wir haben andere Sachen zu besprechen.»

«Lassen Sie sich von ihm anfassen –?»

«Großer Gott, Renate. Machen Sie mich nicht ärgerlich. Ich verstehe, daß sie enorm belastet sind. Es steht außer Frage, daß Kalli einen schweren Stand hat. Aber es gibt verschiedene Möglichkeiten, ihm die Zeit zu erleichtern. Der Artikel –»

«Sie sind rot geworden.»

«Der Artikel wird Informationen enthalten, aus denen hervorgeht, daß Ihr Mann –»

«Kalli – eben haben Sie Kalli gesagt. Kalli!»

Angelika legte den Hefter zurück und stand auf. Sie war etwas größer als Renate, die ihre Arme vor der Brust gekreuzt hatte und an der Zigarette sog.

Sie hatte sich auffallend geschminkt, die Wimpern getuscht, Eyeliner und einen grellroten Lippenstift benutzt. Um die Taille hatte sie einen breiten, schwarzen Ledergürtel mit einer Löwenkopfschnalle.

«Wenn ich jetzt Ihnen gegenüber von meinem Mandanten sprechen soll – bitte, Frau Weber. Ich war der Meinung, daß Sie mir vertrauen. – Was ist passiert? Warum reden Sie so mit mir? Was sollen diese Anspielungen, diese Unterstellungen?»

«Sie können jederzeit zu ihm.»

«Nein, das ist nicht richtig. Und selbst wenn es so wäre –»

«Sie waren immer schnell zur Stelle. Bei ihm, bei seinen Freunden. Kaum eingeliefert, schon waren sie da. Das hat er mir oft genug erzählt. Und noch mehr.»

«Zum Beispiel?» fragte Angelika, obwohl sie es nicht hören wollte. Sie konnte sich schon denken, was bei Renate gegriffen hatte. Diese wilden Phantasien von Knackis und auch Vollzugsbeamten, die für die *Bild*-Zeitung bare Münze, glaubwürdige Aussagen waren.

Hatte auch Zappa so geredet?

Gerade er müßte es besser wissen.

Sie merkte, daß sie enttäuscht war. Und verletzt.

Renate lächelte böse.

«Ja?» fragte Angelika nach. «Sagen Sie es nur – damit wir das ein für allemal klären können.»

«Das mit Milstadt», sagte Renate. «Mit HP.»

Angelika wartete.

Zappa ging vor ihr auf und ab und auf und ab. Immer bis dicht an die Wand und zurück zur anderen. Er rauchte und blickte zu Boden. Er knipste die Kippe aus und ging schneller. Blieb stehen. Sein Körper spannte sich. Er holte kurz aus und schlug mit der Faust an die Wand. Mehrere Schläge mit beiden Fäusten. Aus der Hüfte heraus.

Angelika schloß die Augen. Bis es vorbei war.

Aber Zappa hatte nur für Sekunden aufgehört. Jetzt klatschte er die flachen Hände an das Mauerwerk und knallte die Stirn dagegen.

Angelika war wie gelähmt. Ihr war kalt.

Sie mußte an Renate denken. *Frieren Sie nicht?* – Ich nehme keine Drogen. Ich bin kühl und überlegen. Ich bin gut in meinem Beruf. Ich habe meine Arbeit, mein Leben im Griff. Bestens. Alles geregelt.

Sie wollte es herausschreien. Und heulen.

Zappa preßte sich an die Wand. Seine Schultern zuckten.

Angelika biß sich auf die Lippe. Schmerz. Schmerz empfinden. Körperlichen Schmerz. Sie konnte es nicht, schluckte.

Zappa stieß sich von der Betonwand ab.

Angelika hob den Kopf. Zappa war nichts mehr anzumerken.

Als ob nichts geschehen sei, kam er an den Tisch zurück und setzte sich. Er zündete sich eine neue Zigarette an, nahm einen tiefen Zug und streckte den Arm aus. Seine Hand war ruhig. Kein Zittern.

Er nickte entschlossen.

«Weiter», sagte er. «Was noch?»

«Entschuldige», sagte sie.

«Was denn? – Daß sie eine blöde Fotze ist? Nichts als Scheiße im Hirn hat? Dafür brauchst du dich nicht zu entschuldigen. – Hat sie das mit Julia geregelt?»

«Wir haben nicht mehr darüber reden können. Ich – Kalli, es tut mir leid. Ich mußte gehen. Ich konnte mir das nicht länger anhören.»

Zappa winkte ab.

«Ich brauche Stoff – sag ihr das.»

Angelika schüttelte den Kopf und strich ihr Haar aus der Stirn.

«Das kann ich nicht», sagte sie. «Das – das darf ich nicht einmal zur Kenntnis nehmen.»

«Es geht okay», stoppte er sie. «Sie wissen, daß ich drauf bin und bei Laune bleibe, wenn ich versorgt werde. Weder du noch sie werden kontrolliert. Das hab *ich* ausgehandelt. Und was bringt sie? – Null.»

Angelika atmete tief ein.

«Ich habe das nicht gehört.» Nicht weiter darauf eingehen. Schnell, ganz schnell die eigentlichen Punkte abhaken. Ihm nicht in die Augen sehen. Seine Hiebe an die Wand vergessen. «Ich habe im Anschluß den Termin in der Redaktion. Wir sollten besprechen, was alles veröffentlicht werden kann, ohne die Staatsanwaltschaft zu brüskieren.»

Sie griff nach ihrem *Date Liner*. Festhalten. Notieren.

«Erledige das», sagte Zappa und nickte heftig. Er drückte die erst halb heruntergerauchte Kippe aus. «Milstadt. – Weißt du, was mit HP war? Das hat sie von ihm. Nicht ein Wort von mir. Er hat sich an sie rangeschmissen. Zappa reißt ja noch ein paar Monate runter. Zappa spinnt ohnehin nur von der Garbers. Was glaubst du, warum die uns als Kunden hat? Für praktisch nichts jede Menge Schreiben –»

«Du weißt doch, daß das nicht wahr ist», unterbrach sie ihn. «Ich habe es dir nur gesagt, weil es mich verletzt hat.»

«Sie puhlt *mir* wieder einen bei – das ist angesagt. *Sie* hat sich auch von Milstadt wegmachen lassen. Das ist die message – blick das mal. Um dich geht's dabei nicht.»

Angelika schüttelte wieder heftig den Kopf.

«Nein, das ist – es ist widerlich», sagte sie. «Es behindert – mein

Gott, ich bemühe mich, das eben Mögliche für euch, für dich herauszuholen und ihr – ihr benutzt mich –»

«*Sie* – klar?»

«Macht das unter euch aus, sonst – sonst lege ich mein Mandat nieder!» Sie war laut geworden. Hatte nun plötzlich rasende Kopfschmerzen, einen trockenen Mund. Wie wahnsinnig schnell das ging. Benutzt. Kaum ausgesprochen, hatte es sie voll erreicht. Benutzt – beschmutzt. Sie mußte sich dagegen wehren.

Zappa umfaßte ihr Handgelenk, zwang ihr seinen Blick auf.

«In Ordnung», sagte er. «Schrei nicht. Dreh nicht durch. Okay? Ich sage, es ist okay.» Sein Griff wurde fester, aber er lächelte – zärtlich.

Angelika spürte seine Kraft.

7

Die Digitaluhr zeigte 7:16. Fedder schwang die Beine über die Bettkante und stand auf. Er rasierte und duschte sich und saß um Punkt 7.30 Uhr an seinem neuen *Clyde/Balder*-Tisch.

Im gegenüberliegenden Haus waren mehrere Fenster mit elektrischen Girlandenkerzen erleuchtet – grün, rot und hell.

Es war Samstag, der 30. Dezember.

Fedder hatte sich für diesen Tag eine Menge vorgenommen. Um nichts zu vergessen, begann er, die Notizen aus seinem *Zweckform*-Spiralbuch – *umweltfreundlich, 100% Altpapier* – auf die Rückseite eines länglichen Kuverts, einer Postwurfsendung der *Süddeutschen Klassenlotterie* zu übertragen. Er hatte ernsthaft überlegt, sich mit einigen 1/8 Losen zu beteiligen: *Dann besitzen Sie eine fast 100%ige Chance auf einen Gewinn bis zu 625000 DM.* – Fast. Keine Garantie. Fedder hatte es dann doch gelassen. Aber er dachte immer noch an die sechsstellige Summe. Die Renovierungsarbeiten in der Wohnung hatten sein Sparbuch auf Null gebracht. Ein neuer Teppichboden, eine Couchgarnitur und die Einbauküche. Tapezieren, streichen, Türen und Fußleisten lackieren – eins war zum anderen gekommen. Dafür ein Hunderter und für jenes sechs fünf, vier acht und so weiter, und so weiter.

Nett hatte er es jetzt, nur leisten konnte er sich nicht mehr viel.

Den Kurzurlaub über die Feiertage hatte er streichen müssen. Evelyn hatte sich daraufhin entschieden, Weihnachten bei ihren Eltern in Lünen zu verbringen. Sie wollte heute zurückkommen.

Fedder warf einen Blick auf das gerahmte Foto.

Es war im *Treibhaus* aufgenommen worden, der Schnappschuß eines Stammgastes.

Evelyn lehnte am Tresen und hatte den linken Fuß auf die Streben eines Barhockers gestellt. Sie trug Stiefel und eine an Knie und Schenkel geschlitzte Jeans und unter der offenen schwarzen Lederjacke ein T-Shirt mit dem Aufdruck: *I love me.* Anstelle des *o* war das übliche rote Herz. Ihre Brüste zeichneten sich deutlich ab. Evelyn hielt eine Sektflöte in der Hand und lachte in die Kamera.

Sie hatte sich an diesem Abend total betrunken: *Männer, geh mir weg mit Männern. Mach lalla.*

Fedder hatte sie nach Hause gefahren.

Sie in ihre Wohnung im dritten Stock zu schaffen war nicht leicht gewesen. Er hatte sie sich über die Schulter hieven müssen, und sie hatte immer wieder versucht, ihm zwischen die Beine zu greifen. Und dann auf den letzten Stufen gekotzt – der Anfang einer nun schon drei Monate andauernden Liebe.

Jasmintee, schrieb Fedder auf. Yoghurt, Milch, Cornflakes. O-Saft, Sekt. Was er an den drei vor ihnen liegenden Tagen kochen sollte, war ihm noch nicht endgültig klar. Er dachte an Forellen und Kartoffeln, Spaghetti mit frischen Kräutern und eine Gemüsepfanne. Weder er noch Evelyn hatten Einladungen zu einer Silvesterparty angenommen. Sie wollten für sich bleiben und es sich rundum gemütlich machen.

Fedder notierte die restlichen Stichworte und ging wieder ins Schlafzimmer. Er wechselte die Bettwäsche, wischte Staub und mit einem feuchten Lappen Fensterbrett und Rahmen ab. Kurz vor neun war er auch mit dem vorderen Zimmer und der Küche durch. Er stopfte die schmutzige Wäsche in die Waschmaschine und stellte sie auf 40 Grad ein.

Als er sich das Bad vornahm, hörte er aus der Wohnung über ihm die beiden Frauen. Die eine Stimme war ihm hinlänglich bekannt – Elvira Hotze, Frau Dr. Elvira Hotze, die Mieterin. Sie hatte fast jede Woche eine neue Liebschaft. Im Moment ging offenbar wieder eine zu Ende. Eine Tür knallte, und Frau Doktor legte los.

Fedder wußte, wie es weitergehen würde. Der neben Frau Hotze wohnende Taxifahrer würde seine Stereo-Anlage anwerfen, voll mit den *Scorpions* kontern. Das brachte den alten Sausack im Vierten auf Trab und den Lütten des alleinerziehenden Vaters von oben zum Schreien. Spätestens dann waren sämtliche Hausbewohner aus den Betten, und irgendein Idiot würde wieder bei ihm klingeln und ihn auffordern, hart durchzugreifen. Er war doch bei der Polizei und hatte Ausweis und Dienstwaffe – oder?

Lächerlich.

Fedder ließ alles stehen und liegen, schlüpfte in seine Jacke und stürmte die Treppe hinunter.

Er hatte es nicht weit bis zur *KKB*, nickte der Plakat-Steffi charmant lächelnd zu und ließ mit seiner Karte die Tür aufschnappen.

Nachdem er seine Überweisungen getätigt hatte, eilte er weiter zu *Karstadt* und schob mit dem Einkaufswagen durch die Lebensmittelabteilung.

Lachs war im Angebot. Aal war günstig. Die *Feinkost-Käfer*-Pizza in der Gefriertruhe sah als Abbildung auf der Packung gut aus. Er griff zu und zahlte letztendlich 89,23 DM.

Mit drei Tüten bepackt, kam er zurück. Im Treppenhaus und in den Wohnungen war es auffallend ruhig. Fedder schloß bei sich auf und blieb auf der Schwelle stehen.

Im Flur brannte das Licht, und das Telefon war nicht an seinem Platz. Im großen Zimmer telefonierte jemand – eine Frau.

Fedder atmete tief durch.

Er stellte die Plastiktüten ab und schlich zur Tür.

Die Frau stand mit dem Rücken zu ihm mitten im Raum, hielt den Apparat mit der Linken und hatte den Hörer zwischen Ohr und Schulter geklemmt. Mit der rechten Hand unterstrich sie die Dringlichkeit ihres Anrufs.

«Ma, ich hab gerade noch zehn Mark und allein dieses gottverdammte Gespräch – nein, du kannst mich nicht zurückrufen! – Nein! – Eine telegrafische Anweisung – nun red nicht! Komm mir nicht damit – ja?! Du hast es nicht weiter als hundert Meter zur Post rüber – ja, Scheiße! – Es regnet, es regnet! – Was? Wer? – Oh, mein Gott – nein! Wie oft muß ich dir noch sagen, daß – es ist mein Leben, hörst du?! Ich allein – nein, zum Teufel! Ich scheiß auf das, was – Ma, bitte – bitte –»

Sie drehte sich um, und Fedder sah, daß sie nicht ganz so jung war, wie er vermutet hatte. Er schätzte sie auf Ende Zwanzig.

Ihre *Annie-Lennox*-Frisur war nur an den Spitzen gebleicht. Sie hatte dunkelbraunes Haar und große, intelligent blickende Augen.

Sie bemerkte ihn nun auch und war kein bißchen verlegen.

«Moment», sagte sie und nickte ihm zu. «Nein, Ma, ich bin alles anderes als hysterisch. Du – ja, du raffst dich jetzt bitte auf und – ach was!»

Fedder musterte sie kurz von Kopf bis Fuß, schüttelte ein wenig hilflos den Kopf und holte dann seine Einkaufstüten rein. Er überprüfte Tür und Schloß und konnte nichts feststellen. Es war ihm absolut unerklärlich, wie die Frau in seine Wohnung gekommen war.

Während er in der Küche auspackte, beendete sie ihr Gespräch mit einer wüsten Beschimpfung. Sie knallte den Hörer auf und kam herangestöckelt.

«Sagen Sie –», setzte Fedder an, aber sie machte gleich weiter.

«Oh, Scheiße, verdammte Scheiße! Ich hasse sie, ich hasse sie. Diese dumme, ignorante Kuh – redet einen solchen Scheißdreck, daß einem übel wird. – Haben Sie einen Schluck? Was ist das? *Mumm –?*

Sie war neben ihm. Fedder hielt ihren Arm fest.

«Wie sind sie hier reingekommen? Wer sind Sie und was –?»

«Sorry», sagte sie. «Die Tür war offen.»

«Offen –?»

«Ja, zum Teufel. Ich hab geklingelt. Ich bin von oben, über Ihnen. Haben Sie nichts gehört?»

«Was soll ich –? Von Hotze –?»

«Ja, verdammt! – Das ist auch so eine.» Sie schnaubte abfällig. «Elvira – total durchgeknallt. Dreht durch, weil ich 'ne Valium genommen hab, mal nur pennen wollte – verstehen Sie? Eine Nacht lang Ruhe und nicht ständig grapschen. Das ist ja abartig. So was hab ich noch nie erlebt. Wo du gehst und stehst, klebt sie an dir und fummelt an dir rum. Sie haben's bestimmt mitgekriegt. Sie ist dermaßen laut dabei – tierisch.»

«Die Tür war nicht offen – unmöglich.»

«Kreischt wie verrückt und – doch.»

«Nein. – Und selbst wenn – wie kommen Sie dazu, hier einfach –»

«Ich hab geklingelt», wiederholte sie. «Ich mußte telefonieren.»

«Ihren Namen, bitte», sagte Fedder.

«Mein Gott, nun machen Sie doch nicht so einen Larry. – Martina. Martina Lorenzon. J – ist das Jens?»

«Jörg. Ich –»

«Wahnsinn», sagte sie und hob theatralisch die Arme. «Sie setzt mich raus, ich hab nichts Bares mehr und meine Alte bepißt sich. Und Sie denken, ich bin völlig abgedreht. Sie sind doch Bulle. Sie müßten das doch kennen. Oder nicht?»

«Bulle.» Fedder versteifte sich augenblicklich. «Ich würde sagen, Sie verschwinden jetzt. Das war ein Ferngespräch – ja?»

«Ja, ja – sorry. – Okay, ich bin vielleicht wirklich ein bißchen daneben. – Martina, meine Liebste. Oh, du hast so einen phantastischen Body. Ich möchte dich, ich will dich –» Sie schloß halb die Augen und mimte die völlig Entrückte.

Fedder hatte genug.

«Vergessen Sie's», sagte er.

«Nicht nur für eine Nacht – eine Ewigkeit.» Sie war mit ihrer Nummer durch und blinzelte Fedder an. «Wie sind Sie eigentlich mit ihr klargekommen?»

«Ich? – Wieso?»

«Bei dieser gräßlichen Geschichte mit der Kleinen – Sabine. Mein Gott, sie hat so was von ihr geschwärmt. Und jetzt –»

«Was? Welche Sabine?»

«Sie haben doch diese Akte da auf dem Tisch. Weigel, glaub ich.»

Fedder blickte sie fassungslos an. Das war der Gipfel. Sie war wie auch immer in seine Wohnung eingedrungen. Sie hatte sein Telefon benutzt, und sie hatte zudem noch auf seinem Schreibtisch herumgeschnüffelt. In seinen Unterlagen. Unglaublich!

Er pumpte sich auf.

Sie merkte es und wich einen Schritt zurück.

«Das ist –», setzte er an.

«Ich hab nur einen Blick drauf geworfen», unterbrach sie ihn.

«Das ist nicht zu fassen!» Er schlug auf den Tisch und tat sich weh. Er wollte sie zurechtstauchen, schreien und toben, und konnte es nicht. Statt dessen starrte er sie an.

Sie hatte sich an den Türrahmen gelehnt und erwiderte seinen Blick. Ihre mattgeschminkten Lippen zuckten. Aber auch sie sagte jetzt nichts mehr. Sie stand einfach da – eine schmale Person auf sehr hohen Hacken in einem kurzen, schwarzen Stretchkleid und einer Pepitajacke mit ausgestopften Schultern.

Fedder fiel nun auf, daß sie wenig Busen hatte und ein Halskettchen mit einem Sichelmond trug. Und daß sie keine Handtasche oder sonstwas bei sich hatte.

«Können Sie sich ausweisen?» sagte er betont förmlich. Er wußte sich nicht anders zu helfen.

Sie griff in ihre rechte Jackentasche, zog ein Portemonnaie hervor und öffnete es.

Das Foto auf der Personalkarte zeigte sie mit langen Haaren.

Fedder las, daß sie am 1. März 1960 in Emden geboren war. Martina Elisabeth Lorenzon. Er reichte ihr den Ausweis zurück.

«Entschuldigen Sie», sagte sie. Ihre Stimme hatte sich verändert, klang ruhiger. «Ich habe auf Ihrem Schreibtisch nichts angerührt. Aber das Bild liegt neben dem Hefter, und Elvira hat den Zeitungsartikel aufbewahrt. Ich dachte, sie hätte schon mit Ihnen darüber gesprochen. Sie weiß doch, daß Sie bei der Kripo sind. Auch wenn sie nicht mit Männern kann – in dem Fall muß sie doch damit raus. Daß sie sie kannte, gut kannte. Das hat sie mir jedenfalls gesagt.»

«Setzen Sie sich», sagte Fedder. «Ich kann das noch nicht richtig glauben. Das ist irgendwie verrückt.»

«Ich find's schlimm, wenn sie tatsächlich nicht zu Ihnen gekommen ist. – Haben Sie eine Zigarette?»

«Nein. – Doch, ja. Warten Sie.»

Er rückte ihr einen Stuhl hin und ging ins Schlafzimmer. Beim Staubsaugen war er unterm Bett auf eine angebrochene Schachtel gestoßen. Er hatte es Evelyn noch nicht abgewöhnen können, im Bett zu rauchen. Bei dem Gedanken an sie schaute er auf die Uhr. In knapp einer Stunde mußte er am Bahnhof sein. Und hier war ihm eine wildfremde Frau reingeschneit, die was von Sabine wissen wollte. Von einer angeblichen Beziehung zu Frau Doktor Hotze.

Eine Etage über ihm. Er lauschte nach oben und hörte nichts.

Martina hatte Platz genommen. Sie nickte dankend, als er ihr die Packung reichte und ein Streichholzheftchen vom Küchenbord nahm.

«Also», forderte er sie auf. Sie schlug ihre wirklich sehenswerten Beine übereinander. Fedder verbat sich, länger hinzusehen.

Er blieb stehen.

«Sie verkehrt im *Gnosa*», fing Martina an. «Elvira, mein ich. Ich hab sie allerdings im *Marriott* kennengelernt, am Pool. Es war eindeutig, daß sie – na ja, Sie wissen schon. Ich hab da einen Blick für. Wenn ich knapp bei Kasse bin – und ich bin im Moment verdammt knapp, investier ich die zwanzig Mark –»

«Das will ich nicht hören.»

«Es ist nichts dabei. Für mich nicht. Ich laß mich nicht von Typen anbaggern, verstehen Sie?»

«Das ist mir egal. Ich möchte wissen, wie das mit Sabine Weigel war.»

«Okay, okay – Elvira hat mich eingeladen und gleich in die vollen. Ich war's. Ich und nur ich allein. – Von wegen. Schon in der ersten Nacht ging pausenlos das Telefon. Irgendwelche Verflossenen. Ich hab sofort geschnallt, daß sie sie sich allesamt noch warmhält.» Sie nahm einen Zug und schaute sich nach einem Ascher um.

Fedder stellte ihr eine Untertasse hin. Er mußte das Geschirr noch einräumen.

«Sabine.»

«Ja, ja – das war gestern. Sie saß in der Wanne, und ich hab ihre Bücher durchgesehen. Ich wollte was lesen. Dabei bin ich auf die Mappe gestoßen – zufällig.»

«Ja, ja», sagte jetzt auch Fedder.

«Ein Fotoalbum», korrigierte sich Martina. «Okay, ich war neugierig. Ich hab's durchgeblättert, und sie hat mich dabei überrascht. Sie hat angefangen zu erzählen. Wie lange und wo sie mit der in Urlaub war, was die für eine Macke hatte, warum sie mit der nur kurz – das war alles ganz witzig. Zum Schluß kam der Zeitungsausschnitt.»

«Und was hat sie dazu gesagt?»

«Daß sie das Mädchen aus dem *Gnosa* kennt. Eine Novizin.»

«Eine was?»

«Eine Neue. Eine Jungfrau. – Das hat sie gereizt.»

«Und hat sie mit ihr –?» Fedder räusperte sich. Es fiel ihm schwer, auch nur *geschlafen* zu sagen. Er sah die tote Sabine vor sich. Die vergewaltigte und brutal ermordete Sabine. Eine Zwanzigjährige, von der er bislang so gut wie nichts wußte. Vater Weigel war keine große Hilfe. Freunde und Bekannte der Familie waren weitgehend in Urlaub und nicht erreichbar. Die Zeit zwischen den Jahren war in bezug auf Ermittlungen eine Katastrophe. Gelinde ausgedrückt. Aber ausgerechnet in seinem Haus gab es eine Frau, die Sabine gekannt hatte. Wunderbar, würden die Kollegen sagen. Großartig. Wo Fedder ist, kommt Leben in jeden noch so aussichtslosen Fall.

«Sie hat – ja. Sie war echt fertig. Ehrlich, ich dachte, sie wär längst bei ihnen gewesen. Mein Gott, mit einem von der Kripo praktisch Tür an Tür – haben Sie denn Sabine hier nie gesehen?»

«Nein», sagte Fedder. «Möglicherweise gehört.»

«Die Wände sind verdammt dünn, ja?»

«Das kann man sagen.»

«Na ja, mit Namen hat sie's ja nicht so – stört Sie das nicht?»

«Was?» fragte er dummerweise.

«Ich hab damit ein Problem. Ich beiß lieber ins Kissen, und ich kann auch nicht –»

«Hat sie Ihnen gesagt, wie lange sie mit – mit Sabine zusammen war?»

«Wollen Sie nicht zu ihr hoch?» fragte Martina zurück.

«Ja, später.»

«Ich nehm mal an, sie war die Flamme vor mir. Wissen Sie schon was?»

«Nicht viel», gestand Fedder.

Martina drückte die Kippe aus und sah ihn offen an.

«Wie ist das eigentlich? Bei der Kripo, mein ich. Sie haben reichlich Stress, was?»

«Was hat sie noch von Sabine erzählt?»

«Wie sie war?»

«Was sie miteinander geredet haben.»

«Bestimmt nicht viel.»

«Wissen Sie das?»

«Nein, ich denk's mir. Elvira wird ihren Strang abgespult haben. Das hat sie verflucht gut drauf. Sie schmeichelt dir, sie findet dich total geil – *sie* macht *sich* heiß und gibt dir zu verstehen, daß es wahnsinnig mit ihr abgeht. Wahnsinnig, ja. Darum hält's auch keine länger mit ihr aus. Sie zieht nur das eine Ding durch. Echt sexbesessen – und du kannst irgendwann nicht mehr. Also, mir wird das zu heavy. Hast du – Entschuldigung, haben Sie nicht doch einen Schluck für mich?»

Fedder hatte drei Flaschen Sekt gekauft. *Mumm dry*.

Er zögerte.

Er sah demonstrativ auf seine Armbanduhr.

Martina angelte sich noch eine Zigarette aus der Packung.

Ein Glas, dachte Fedder. Und sie noch etwas ausquetschen. Ihre Adresse und Telefonnummer notieren. Für später.

Er nickte kurz, nahm ein Glas aus dem Schrank und entkorkte vorsichtig eine Flasche. Dann entschied er sich, ein Gläschen mitzutrinken. Auf diesen ihm immer noch unglaublich erscheinenden Zufall.

Er schenkte ihr und sich ein.

Als sie anstießen, hörte er jemanden im Treppenhaus. An seiner Tür. Ein Schlüssel wurde ins Schloß gesteckt.

«Prosit Neujahr!» rief Evelyn vom Flur aus. «Wo steckt denn mein Hase? – Oh, ich sag dir – Familie! Family! Ein einziger Horror!»

Fedder eilte ihr entgegen.

«Du –?» setzte er an. Evelyn fiel ihm um den Hals, schmiegte sich an ihn und küßte ihn leidenschaftlich.

«Okay», sagte Martina. Sie war nun auch aus der Küche gekommen, stand hinter ihm. «Dann zisch ich mal ab. Und – danke.»

Evelyn löste sich abrupt von Fedder. Sie sah Martina und dann Fedder an. Und wieder Martina, die ihr Kleid an den Hüften glattstrich.

8

«Hast du das gesehen?» Gottschalk hatte die Zeitung vor sich und klopfte mit seinen dicken Fingern auf die Titelseite. «Die Alsterarkaden ausgebrannt. Hoffentlich erinnert sich im Haus niemand mehr, daß ich mehrfach gedroht habe, diesen Körnerfresserschuppen abzufackeln. Horrende Preise für einen Klacks Joghurt – ich bitte dich. Aber wahrscheinlich steckt dieser Hungerleider selbst dahinter. Was denkst du?»

«Ein gutes neues Jahr», sagte Fedder. Er hängte seine Lederjacke an den Haken und entnahm der Innentasche einen *Milka*-Riegel.

Gottschalk grunzte irgendwas. Er hatte an der rechten Seite seines Schreibtisches die obere Schublade ein Stück herausgezogen. In ihr lag eine aufgerissene Tüte der Konditorei *Oertel*.

Gottschalk zupfte einen Brocken von dem Kopenhagener ab und stopfte ihn sich in den Mund. Er kaute genüßlich.

Er leckte sich die Finger ab und beobachtete dabei seinen Kollegen, der einen grobgewebten Umhängebeutel entleerte. Fedder stapelte Akten vor sich auf den Schreibtisch. Er legte sie ordentlich aufeinander. Sehr ordentlich. Gottschalk ließ ihn gewähren.

Karina kam von nebenan zu ihnen herein und wünschte Fedder ein erfolgreiches neues Jahr. «Haben Sie schön gefeiert?» fragte sie.

«Wie verrückt», sagte Fedder.

Gottschalk horchte auf. Das hörte sich nicht gut an.

«Wir waren an den Landungsbrücken», erzählte Karina. «Mit Verwandten aus Wismar. Die hatten so was noch nicht erlebt. Aber wo sie ja jetzt frei sind –»

«Wird kommen der Tag, an dem wir sie verfluchen.»

«Wieso –?» Sie wandte sich an Gottschalk. Der hatte sich zurückgelehnt und nickte bekräftigend.

«Kommunistische Strategie», erklärte er. «Siehe Kuba. Warum wohl hat Castro seinerzeit die Gefängnisse und Irrenhäuser geöffnet und sämtliche Kriminellen und Bekloppten nach Miami ziehen lassen? Fragen Sie Jörg. Der war vor einigen Jahren drüben. Rapider Anstieg der Kriminalität. Das wird uns auch ins Haus stehen. Ich sehe finsteren Zeiten entgegen. – Stimmt's?»

«Das interessiert mich momentan einen Scheißdreck», sagte Jörg. «Würden Sie das bitte eingeben und dreimal ausdrucken – eine Zeugenaussage zum Fall Weigel. Und dann habe ich hier noch einen Namen. Ich brauche die Adresse.»

«Du hast doch was, oder irre ich mich?»

«Ich glaub das nicht», sagte Karina. «Unsere Verwandten aus Wismar sind einfach nur glücklich, endlich reisen zu können.»

«Ja, ja.» Fedder deutete ihr gestisch einen Abgang an.

«Sie sehen immer alles gleich schwarz», sagte sie zu Gottschalk.

«Lebenserfahrung», meinte der. «Das ist übrigens ein sehr schöner Armreif. Ein Geschenk?»

«Ja, von Hans. Gefällt er Ihnen?»

«Sonst würd ich's nicht sagen. Darf ich mal sehen?» Er streckte seine Hand aus.

«Ich hätte die Ausdrucke gern noch vor Mittag», sagte Fedder.

Gottschalk schüttelte leicht den Kopf.

«Was halten Sie von einem kleinen Lunch nachher im *Mövenpick*, Karina? Sagen wir um eins?»

«Bis spätestens elf, wenn's denn möglich ist», konkretisierte Fedder. Er schaute grimmig zu Gottschalk hinüber.

«Gern», sagte Karina. Sie warf einen Blick auf die ihr von Fedder in die Hand gedrückten Seiten und zog eine Grimasse.

Als sie die Tür hinter sich geschlossen hatte, stand Gottschalk auf und streckte sich.

«So, nun red mal», sagte er.

«Was?»

«Was sitzt dir denn schon wieder quer?»

«Castro, Miami – kommunistische Strategie. Du hast sie doch wohl nicht alle.»

«Gefeiert wie verrückt. – Mit Evelyn?»

«Mit Evelyn? Mit Evelyn?» äffte Fedder ihn nach. «Ich hab mich keine zehn Tage abseilen können, nicht wie ein Geisteskranker gefressen und gesoffen und gepennt und – ach Scheiße! Weißt du, mit wem ich Dienst hatte? – Mit dem größten Idioten im Laden. Übertrag ihm eine Aufgabe, und du kannst sicher sein, er versiebt sie. Nicht fähig, auch nur einen simplen Anruf zu tätigen. Der verwählt sich schon bei der zweiten Ziffer und braucht 'ne halbe Stunde, um zu merken, daß er mit der falschen Person spricht. – Ich hab jeden Abend bis zehn, elf Uhr hier gesessen und selbst über Silvester gearbeitet. – Gefeiert! Feier du mal, wenn dir Boll als Partner aufgedrückt wird. Da vergeht dir aber alles. Willst du noch mehr wissen?»

«Ja», sagte Gottschalk.

«Dann lies dir das durch.» Fedder schnappte sich einen Hefter und schlug ihn auf. «Sechsundzwanzigster Dezember, 22.15 Uhr. Zwei maskierte, offenbar jüngere Männer dringen über die Veranda in den Bungalow des Prokuristen Hermann Weigel ein, überwältigen ihn und vergewaltigen und ermorden vor seinen Augen Frau und Tochter. Oder das.» Er warf die schmale Akte auf Gottschalks Schreibtisch und griff eine weitere von seinem Stapel. «Siebenundzwanzigster Dezember, gegen 20.30 Uhr. Der 69jährige Rentner Klaus Paulsen wird in seiner Wohnung mit zertrümmertem Schädel aufgefunden. Nachbarn geben zu Protokoll, daß Paulsen am Nachmittag einer jungen Frau die Tür geöffnet und sie eingelassen habe. Sie beschreiben die Frau als mittelgroß. Dunkles, gewelltes Haar. Bekleidet war sie mit einem Overall, beige. – Auch alles sehr aufschlußreich. Boll sollte feststellen, ob in der Wohnung etwas entwendet wurde. Was macht er, während ich im Treppenhaus mit Paulsens Nachbarin rede? – Er hockt sich aufs Klo und schreit dann, daß kein Toilettenpapier da sei. Fall drei –»

«Schon gut», unterbrach Gottschalk ihn. «Kollege Boll allein kann's nicht sein. Ich denke, du hättest über die Tage gern Urlaub gemacht. Ich hab's dir angeboten. Mir war es diesmal nicht so wichtig und im nachhinein sogar mehr als verzichtbar. Also komm mir nicht mit dem Kram. Das ist der Job. Wenn du dich überfordert fühlst –»

«Ich bin es!»

«Du hast mehr Freistunden angesammelt als irgend jemand sonst. Nimm sie, spann aus. Fahr mit Evelyn –»

«Hör mir auf mit Evelyn!»

«Ah, ja. Was ist mit ihr?»

Fedder drehte sich um und ging zurück zu seinem Platz. Er setzte sich, nahm einen Stift aus der Schale und zog die Kappe ab.

«Nichts», sagte er. «Sie spinnt.»

«Und? Gibt es dafür einen Grund?»

«Nein. – Ich habe gearbeitet.»

«Bis in die Nächte, du dämlicher Arsch – ja?»

«Ich kann mir keinen Urlaub leisten.»

«Aber ein paar ruhige Tage zu Hause.»

«Nein», wiederholte Fedder und klappte seinen *ÖTV*-Taschenkalender auf. «Können wir die Sachen noch vor der Besprechung durchgehen?»

Gottschalk seufzte.

«Soll ich dir sagen, daß ich mit Regina auch meinen Stress habe? Fällt's dir dann leichter?»

«Du und Stress? Dafür siehst du verdammt gut erholt aus.»

«Wenn du stundenlang an der Elbe rumläufst –»

«Elbe in Dänemark.»

«In Schweden. Ich war nur vier Tage da. Genaugenommen zwei. Der Rest elende Bahnfahrten und Hamburg – allein.»

«Ach nein», sagte Fedder.

«Ich hatte erst gestern abend das Vergnügen, von Regina zu hören. Telefonisch. Sie hat mich informiert, daß sie nun aus New York zurück ist und viel, viel Arbeit hat. Keine Zeit für einen Wein, für ein Gespräch. Sie sieht sich außerstande, auch nur eine Stunde mit mir zu verbringen. Das war mein Urlaub – sehr entspannend.»

Fedder sah ihn jetzt fragend an. Gottschalk strich sich über Stirn und Stoppelhaar. Er zuckte abschließend die Achseln.

«Was – was ist denn passiert?»

«Was passiert schon, wenn einer nichts anderes mehr als seine Arbeit im Kopf hat? Das kannst du dir selbst beantworten.»

9

«Hamburg.»

«Hamburg.» Zappa zündete sich die letzte Zigarette aus der Pakkung an.

«Polizeilich gemeldet seit Februar einundachtzig.»

«Polizeilich.»

«Waren Sie schon früher in Hamburg ansässig? Sie haben gesagt –»

«Ich hab viel gesagt.»

«Das sehen wir vorerst noch anders», sagte Staatsanwalt Giesing ruhig. Er nahm sich, nach einem fragenden Blick zu dem neben ihm sitzenden Broszinski, einen Zigarillo aus dessen aufgeklappter Schachtel und entzündete ihn. Tief inhalierend nahm er den ersten Zug.

«Ich hab die Zeiten nicht so genau im Kopf.»

«Ihre Tochter ist noch in Bochum eingeschult worden. Neunzehnhundertachtzig. Und Sie hatten eine Anstellung als Kraftfahrer. Das ist doch richtig?»

«Ja. Als Beifahrer.»

«Beifahrer. Gut. Das Arbeitsverhältnis endete nach Ihrer eigenen Aussage Anfang einundachtzig. Mitte Januar. Müssen wir das korrigieren?»

«Ist das wichtig?»

«Entscheidend für uns ist in erster Linie, ab wann Sie Kontakt im Hamburger Milieu hatten und mit wem.»

«Renate wollte nach Hamburg.»

«Dann erzählen Sie bitte, wie das war.»

«Geld. Schulden. Hinten und vorne kein Hochkommen. Nervkram. Wir hatten ständig Zoff. Sie hat was mit einem Vertreter angefangen. Pharmazie. Mit dem ist sie öfter hier rauf, hat sich mit ihm was eingeschmissen und ab die Post. Ein Wichsfrosch. Ich bin ihnen mal nach. Er wohnte draußen in Reinbek. Ich hab vor dem Haus gewartet, bis ich sicher war, daß sie zugange waren. Er hat sich in die Hose geschissen, der Sack. Und von dem Stück Scheiße läßt du dich knallen, ja? Sieh ihn dir an, sieh ihn dir genau an und – ich hab ihr eine gefegt. Und dann bin ich mit ihr los. Reeperbahn, Große Freiheit. Wir sind in irgendeiner Pension gelandet. Mit dem Arsch hat sie danach nichts mehr gehabt. Aber Hamburg hatte sie drauf.»

«Und Sie?»

«Ich hatte nichts zu verlieren.»

«Ihre Arbeit. Und ihre Frau hatte doch auch –»

«Wir hatten so gut wie nichts. Nur Schulden ohne Ende.»

«Okay», mischte sich Broszinski ein. «Was schwebte Ihnen und Ihrer Frau denn vor?»

«Sie hat ein paar Bewerbungen rausgejagt, und ich hab erst mal auf Stütze gemacht. Mich hier umgesehen.»

«Noch von Bochum aus?»

«Ja.»

«Ohne Ihre Frau?»

«Ja.»

«Und das waren längere Aufenthalte?»

«Die Woche über.»

«Bei wem sind Sie in der Zeit untergekommen?»

«Billige Zimmer, Absteigen. Manchmal bei Frauen.»

«Also weitgehend Kiez. Ende achtzig, Anfang einundachtzig – okay?»

Harry Lankowa wurde wieder ungeduldig. Giesing ließ sich nicht beirren.

«Was waren das für Frauen?» fragte er. «Erinnern Sie sich noch an die eine oder andere?»

«Ja.»

«Waren Sie mit ihnen intim?»

«Auch.»

«Und Ihrer Frau gegenüber – haben Sie ihr davon erzählt?»
«Ja, das brauchte sie.»
«Was?»
«Sie war dann kusch, kam von sich aus.»
«Ich verstehe», sagte Giesing.
«Wollen wir weiter diese Ehegeschichten durchkauen?» fragte Harry. «Ich kann Kaffee holen.»
«Das ist eine gute Idee. Mir würden heute belegte Brötchen reichen. Dann könnten wir uns die Mittagspause schenken. Wenn es den Herren recht ist. – Herr Weber?» Staatsanwalt Giesing blickte erst ihn und dann Broszinski und Lankowa an. Er machte dem Stenografen ein Zeichen, zu unterbrechen.
«Cola», sagte Zappa.
«Von mir aus gern.» Broszinski stand auf. «Ich hab kurz einige Anrufe zu erledigen. – Harry?»
«Okay – Brötchen, Kaffee, Cola. Sonst noch Wünsche?»
«Cola und *Mars*.»
«Verbrauchte Energie, klar. Ich weiß nicht, wie ihr – Entschuldigung, wie Sie das sehen, Herr Giesing. Meines Erachtens bringt uns das nicht die Bohne. Ob Zappa nun eine Woche früher oder später hier in Hamburg aufgeschlagen ist, bleibt sich Jacke wie Hose. Wir haben heute noch keinen einzigen Namen gehört, keinen Fakt. Und ich denke, wir haben einen Deal, Weber – oder sehe ich das falsch?»
«Ihr fragt.»
«Wir müssen das jetzt nicht erörtern, Herr Lankowa. Ich weiß, wie ich vorzugehen habe.»
«Schon möglich. Aber ich sehe keinen Sinn darin –»
«Ich sagte, jetzt nicht. Bitte. – Ich hätte gern Schinken und Käse, rohen Schinken, und auch noch Mineralwasser.»
Harry zuckte die Achseln.
Broszinski war schon an der Tür.
«Ich bring mir selbst was mit», sagte er.
«Und du?» fragte Harry den Stenografen.
«Wann geht es weiter?»
«Zwanzig Minuten, Herr Broszinski?» fragte Giesing.
«Ja.»
«Also in zwanzig Minuten.»
«Dann komme ich mit», sagte der Stenograf zu Harry.

Er schloß sich ihnen an.

Der Wachbeamte schaute herein und fragte, ob er im Raum Platz nehmen solle.

«Das ist nicht erforderlich», sagte Giesing. Er wartete, bis der Mann die Tür wieder hinter sich geschlossen hatte, und stand auf, ging um den Tisch herum.

«Keine Angst?» fragte Zappa.

«Ich bemühe mich, Sie zu verstehen, Herr Weber. Ich lese zur Zeit ein mich sehr beeindruckendes Buch. Einen Roman. Die Geschichte eines Mannes, der sich eines Tages fragt, was ist geschehen? Wie ist mein Leben verlaufen? Wann und warum habe ich von bestimmten Wünschen und Vorstellungen Abstand genommen? Habe resigniert, bin zum Zyniker geworden. Ich bin deshalb so beeindruckt, weil unglaublich genau erzählt wird, und zwar alles. Von jedem Gefühl, jedem Gedanken – unzensiert, widersprüchlich. Das interessiert mich. Auch bei Ihnen. Dieser Vertreter, von dem Sie eben gesprochen haben –»

«Schulze.»

«Schulze –?»

«Heinz Schulze.»

«Ist es da bei Ihnen so weit gegangen, daß Sie ihn getötet hätten? Ich meine, haben Sie in dem Moment daran gedacht?»

«So einen Scheißer? – Nein.»

«Er hatte ein Verhältnis mit Ihrer Frau.»

«Wenn ich jeden ausgeknipst hätte, mit dem sie gefickt hat – Sind Sie verheiratet?»

«Ja.»

«Und?»

«Sie wollen wissen, ob meine Frau mir treu ist? – Ich denke, ja.»

«Und wenn nicht?»

«Es würde mich verletzen, und ich wüßte nicht, wie sich das äußern würde.»

«Ich hab's ihr jedesmal heimgezahlt.» Zappa lachte trocken. Er legte den Kopf zurück. «Wenn sie dann glaubte, es sei alles wieder okay – ich hab mitgespielt. Ich hab auf eine echt gute Situation gewartet und – nein.»

«Was? Reden Sie ruhig weiter.»

«Peepshow, was? Kopfkino. – Nee.»

«Nein. Interesse.»

Zappa schwieg. Er kratzte seinen Unterarm, seinen Handrücken. Giesing drehte ihm den Rücken zu und trat ans Fenster. Er fragte sich, zu was er in der Lage wäre. Seine Frau war glücklich. Sie war eine jener Ehefrauen, die ihrem Beruf nicht nachtrauerten. Ihre Tage waren ausgefüllt. Sie absolvierte ihre morgendlichen zwei Stunden im Fitness-Center. Sie ging zum Reiten und zum Jazz-Dance. Sie lud gern Gäste ein und kochte gern. Er bemühte sich, abends früh zu Hause zu sein, unterhielt sich mit ihr, las oder sah fern. Ihr Sexualleben war ausgeglichen. Er konnte sich nicht vorstellen, daß seine Frau ihn je betrügen würde. Er glaubte sie zu kennen. Sie war nicht der Typ, der andere Erfahrungen brauchte.

«Interesse», sagte Weber jetzt. «Woran? – Lankowa hat recht. Das mit Renate nervt.»

«Aber Sie lieben sie, und sie liebt Sie auch.»

«Geschenkt.»

«Sie tut viel für Sie.»

«Angelika tut mehr.»

«Ihre Anwältin hat einen rein beruflichen Ehrgeiz. Darüber sind Sie sich doch hoffentlich im klaren.» Er hatte sich Weber wieder zugewandt.

«Sie etwa nicht? Lankowa, Broszinski – ihr profiliert euch alle mit meinem Ding.»

«Das bleibt abzuwarten. Und es hängt letztendlich von Ihnen ab.»

«Gehören die Fickstorys dazu?»

«Nein», sagte Giesing. «Wir reden im Moment privat.»

Zappa bearbeitete eine Stelle zwischen Daumen und Zeigefinger. Er hatte die glimmende Zigarette in den Ascher gelegt.

«Ja», sagte er. «Privat. Intim. – Wir hatten sagenhaft intime Stunden. Sehr gut. Wie zu Anfang. Die ganz große Liebe. Danach hab ich ihre Scheiß-Dessous zerrissen und sie so, wie sie war, auf die Straße gejagt.» Er sah zu Giesing hoch. «Zufrieden?»

«Ihre Rache?»

«Was wollen Sie verstehen? Was können Sie verstehen?»

«Haben Sie je daran gedacht, sich von Ihrer Frau zu trennen?»

«Sie können nichts verstehen.»

«Wir können es umdrehen. Fragen Sie mich.»

«Was?»
«Was Sie interessiert.»
«Von Ihnen?»
«Ja.»
«Haben Sie Kinder?»
«Nein.»
«Warum nicht?»
«Wir wollen keine. Das heißt, meine Frau wünscht sich keine. Ich hatte anfangs Schwierigkeiten damit. Ich bin mit der Vorstellung aufgewachsen, daß jede Frau Kinder haben möchte. Aber das ist offenbar nicht der Fall. Es gibt natürlich auch dafür eine Erklärung – ihre zumindest. Die meiner Frau. Vereinfacht –»
«Genau», unterbrach Zappa ihn.
«Es hat mit ihrer Mutter zu tun. Mit einer psychischen Struktur, einem bestimmten Verhalten, das sie auch an sich entdeckt und – verabscheut. Ihre Mutter ist eine kalte Person. Sie hat keine Liebe. Meine Frau jedenfalls hat nie Liebe von ihr erfahren. Sie fürchtet, sich ihrem Kind gegenüber ebenso zu verhalten.»
«Und Sie haben da nichts zu melden?»
«Ich habe ihre Entscheidung akzeptiert.»
«Schlafen Sie mit ihr?»
«Natürlich.»
«Aber sie sagt, wann – ja?»
«Nein, es ergibt sich. Harmonisch.»
Zappa schaute skeptisch. Er fragte nicht weiter.
Giesing ging zu seinem Stuhl und setzte sich.
Er war ein schlanker Mann, der eine gewisse Ähnlichkeit mit Steve McQueen hatte. Sein kurzer Haarschnitt verstärkte den Eindruck.
Giesing nahm seine Lesebrille und klappte die Bügel auf.
«Ist das alles, was Sie wissen wollen?» fragte er.
«Was ist, wenn ich vollständig auspacke?»
«Das haben wir Ihnen bereits erläutert.»
«Ich weiß mehr.»
Giesing schwieg. Er schien nachzudenken.
Er ließ sich Zeit.
Die Tür wurde geöffnet, und Broszinski kam herein.
«Ich habe niemanden erreicht», sagte er. «Ich muß es nachher

noch mal versuchen. – Sagt Ihnen übrigens die *Vide*-O-Produktion in Hannover etwas, Herr Weber? Die Filmproduktionsfirma einer Dame namens Stephanie Hoffmann?»

«Nein. Nie gehört.»

«Ein anonymer Hinweis», erklärte Broszinski. «Milstadt soll sich da versteckt halten.»

«Das ist ein Lacher – in Hannover!»

«Wir werden sehen.»

«Haben Sie etwas über die Dame?» fragte Giesing.

«Bisher nur, daß sie Deutsch-Amerikanerin ist und seit Oktober letzten Jahres produziert. Pornos für gehobene Ansprüche. Sie ist auch die Hauptdarstellerin.»

«Und woher soll HP sie kennen?»

«Das ist die Frage an Sie, Weber. Vielleicht über Daniela. – Aber warten wir auf Harry.»

Zappa schüttelte den Kopf. «Schluß für heute», sagte er.

«Wie bitte?» Giesing sah ihn überrascht an.

«Heute läuft nichts mehr. Ich muß mich mit der Garbers besprechen.»

«Herr Weber, das ist –»

«Erst die Garbers.» Er stand auf.

Staatsanwalt Giesing wechselte mit Broszinski einen Blick. Der Ärger stand ihm im Gesicht geschrieben.

10

Der Einsatzleiter meldete über Funk, daß seine Männer ihre Positionen eingenommen hätten. Broszinski bestätigte die Durchsage und startete den Wagen.

Langsam bog er in die Henriettenstraße ein.

Harry öffnete seine Jacke und griff schon nach der Waffe.

Seinen Kaugummi nahm er nicht aus dem Mund.

«Okay, Partner», sagte er. «Dann schaun wir mal, wie spaßig es sich bei der Puppe lebt.»

Broszinski bremste vor dem Haus Nummer 17 ab.

Im Rückspiegel sah er, daß hinter ihm die Straßensperre aufgebaut wurde.

Harry sprang aus dem Wagen und rannte zur Tür.

Von den beiden Nachbargrundstücken her schlossen MEK-Männer auf.

Broszinski eilte Harry nach.

Die Frau, die ihnen öffnete, war eine Farbige.

Harry drängte sie beiseite.

Sie schrie, als sie die Männer in den Kampfanzügen sah. Sie hatten ihre Maschinenpistolen in Anschlag gebracht.

Broszinski packte sie am Arm und zog sie mit sich über den Flur.

Eine lange dürre Rothaarige war Harry entgegengetreten.

«Milstadt!» schrie Harry.

Irgendwo im hinteren Teil des Hauses splitterte Holz.

Milstadt erschien mit erhobenen Händen.

Broszinski konnte nicht verhindern, daß sich vier MEKler auf ihn stürzten und ihn zu Boden warfen.

Die beiden Frauen schrien.

Harry schrie.

Broszinski schrie.

Milstadt leistete nicht den geringsten Widerstand. Er war nur mit Boxershorts bekleidet.

Weitere MEK-Männer trampelten in den Flur.

Harry zielte mit nach unten gestreckten Armen beidhändig auf Milstadts Kopf.

Broszinski übertönte die anderen.

Plötzlich war Ruhe.

Milstadt war auf die Beine gestellt worden. Seine Hände waren auf dem Rücken zusammengeschlossen.

«Gratuliere», sagte er. «Rückt noch 'ne Hundertschaft an?»

«Schnauze», bellte Harry. Er blickte sich suchend nach dem Einsatzleiter um. «Zeigt der Lady den Wisch, damit sie keinen Grund hat, groß die Klappe aufzureißen.»

«Sind Sie der Verantwortliche?» fragte die Rothaarige. Sie hatte sich schnell wieder unter Kontrolle bekommen.

«Laß es», sagte Milstadt. «Schenk mir eins von deinen Fotos. Ich möchte mich an unsere schöne Zeit erinnern.»

«Du wirst dich an ganz andere Sachen erinnern müssen.»

«Harry», sagte Broszinski. Er wandte sich an den Hannoveraner Kollegen und wies ihn an, die Männer abziehen zu lassen.

Der Kollege stierte unentwegt die Rothaarige an. Die wiederholte ihre Frage nach dem für die Aktion Verantwortlichen. Sie nannte es jetzt Überfall und Hausfriedensbruch. Und sie wollte telefonieren.

Harry fiel ihr ins Wort.

Milstadt sagte, daß er friere.

Es dauerte, bis Broszinski sich durchgesetzt hatte. Er begleitete die Rothaarige in einen der Räume.

Es war als Studio eingerichtet. Scheinwerfer, Fotolampen und eine Videokamera waren auf ein herzförmiges Bett gerichtet. Mehrere Klappstühle standen herum. Über einem hingen einige Kleidungsstücke. Weitere lagen auf dem Boden.

Das rote Bettlaken und die Kissen waren zerknautscht.

Die Rothaarige angelte sich einen Kimono vom Stuhl und zog ihn über.

Harry stieß Milstadt ins Zimmer.

«Halt dich da raus», sagte Milstadt zu der Rothaarigen. «Das bringt dir nur Ärger. – Kann ich mir was anziehen?»

«Ärger ist stark untertrieben. Lady, Sie –»

«Ich habe einen Namen –»

«Sie haben Herrn Milstadt versteckt gehalten», kam Broszinski Harry zuvor. «Ich denke, Sie wissen, daß nach ihm gefahndet wurde. Gegen Milstadt liegt ein Haftbefehl vor.»

«Steffi weiß nichts. Aber mich würd stark interessieren, wer mich verpfiffen hat.»

«Das würden wir auch gern wissen», antwortete Broszinski.

Milstadt zog die Augenbrauen hoch und blickte Broszinski zweifelnd an.

11

Angelika nahm sich eine von Zappas Zigaretten. Sie rauchte selten. Sie rauchte, wenn sie sich über das gewohnte Maß hinaus gefordert fühlte. Wenn sie sich entscheiden mußte. Meistens waren es private Entscheidungen.

Sie rauchte, bevor sie sich zu einem weiteren Glas Wein entschloß. Das Glas, das zuviel sein würde. Sie wußte, was sie vertrug und was geschehen würde, wenn sie weitertrank. Sie war dann noch klar, konnte die Situation einschätzen und sich fragen, ob sie den Absturz wollte. Den Aufbruch. Den Ruf nach einem Taxi. Die Fahrt zu einem der jungen Männer, deren Job es auch war, diskret zu sein.

Jetzt rauchte sie, weil es um Milstadt ging. Um Hans-Peter.

Sie brauchte eine Zigarette, um eine Linie festlegen zu können: Was will, was muß ich hören und was nicht?

Zappa rauchte ebenfalls.

Minuten verstrichen. Kostbare Minuten. Sie hatten nicht mehr viel Zeit. Zappa brach das Schweigen.

«Es war *mein* Job», sagte er. «Du kennst ihn doch.»

«Was bitte?»

«Von wem reden wir? – HP hat keinen einzigen Schuß abgefeuert.»

«Er war also dabei.»

«Ja, ja, ja – muß ich's noch mal wiederholen?»

«Das hast du bisher abgestritten.»

«Ich hab Emma weggemacht. Emma und den Stone. Beide. – HP wollte nur mit ihm quatschen.»

«Also gut. Ich muß mich damit auseinandersetzen.» Angelika drückte die Zigarette aus. «Hast *du* Milstadt angesprochen?»

«Du kennst ihn.»

«Bitte, Kalli. – Milstadt war ein Klient wie jeder andere.»

«Er sabbelt dir die Ohren ab. Er kriegt jeden rum – selbst Emma.»

«War es das? Hast du ihn gebraucht?»

«Paß auf – *ich* brauche niemanden. Verstehst du? *Ich* hab den Samurai umgenietet, *ich* hab Paule weggepustet, und *ich* hab Thommy versenkt. Und Emma – wer war schon Emma? Stobbe, der Pate! Ein alter Sack! Glaubst du, für den brauche ich einen Milstadt?»

«Ich meine damit Milstadts Kontakt zu Stobbe.»

«Er hatte nichts auf der Naht. Er hat den Wagen gefahren – Ende.»

«Wie du willst. Klammern wir das vorerst aus. – Ihr fahrt also zu Stobbe raus und dann –?»

«Ich bleib bei dem, was ich gesagt habe.»

«Kalli, nun begreif doch. Du hast nichts von Milstadt gesagt.

Du hast die Zeugenaussage der Nachbarin Stobbes bestritten. Du hast auf die Frage nach der unterschiedlichen Munition –»

«Er hat den Wagen gefahren», wiederholte Zappa.

«Es sind drei unterschiedliche Geschosse verwendet worden.»

«Für Experten ist das klar.»

Angelika stand auf und ging ein paar Schritte im Raum hin und her. Es lag an ihr, daß es heute nicht gut lief. Das wußte sie. Es war Milstadt. Es war das, womit HP sich brüstete. Was bei Renate griff und Zappa –

«Gut», sagte sie und blieb stehen. «Ich kenne Milstadt. Ich weiß, was er aus einer Sache macht. Und ich sage dir jetzt die volle Wahrheit. Er hat mich überrumpelt. Ein einziges Mal. Bei einem Besuch, einem Termin. Er hat versucht, mich zu küssen, und ich habe mich losreißen müssen. Ich habe nicht geschrien. Ich habe kein Theater gemacht. Das ist sicher ein Fehler gewesen. Weil er seitdem offenbar glaubt, mich in der Hand zu haben. Das ist meine Geschichte mit Milstadt. Die einzige. Was er dir erzählt –»

«Das hat null Bedeutung. Kein Thema. Das ist dein Ding.»

«Ach, red nicht. Das schwingt doch ständig mit. *Selbst* Emma rumgekriegt. *Auch* Renate weggemacht. Ich habe das nicht vergessen. *Auch* – im Zusammenhang mit mir. Und dann dein *du kennst ihn*. Das soll keine Bedeutung haben? – Mein Gott! Und auf der anderen Seite verschweigst du mir, daß Milstadt mit bei Stobbe war. Warum, frage ich dich, warum?»

«Er hat nicht geschossen.»

«Ist das deine Antwort? Nur das?»

«Alles andere interessiert nicht.»

«Dann such dir einen Anwalt, der dabei mitspielt!»

Zappa sprang auf und packte sie an den Schultern. «Es interessiert nicht», sagte er heftig. «Es hat nicht zu interessieren. Stobbe geht allein auf mein Konto. Egal, was HP sagt. Verstehst du das?»

«Nein», sagte sie. «Das verstehe ich nicht. Und wenn du es mir nicht endlich erklärst –»

«Ich weiß nicht, was Milstadts Deal ist», sagte Zappa. Er ließ sie los und griff nach seinen Zigaretten. «Das ist der Punkt. – Kommt es dir nicht merkwürdig vor, daß er verbrannt ist? Nach drei Monaten plötzlich ein Tip – anonym. Und Milstadt fährt ein. Während ich bei Giesing Text ablasse. Zufall? Ich glaub nicht an Zufälle.»

«Was soll das heißen?»

«Darüber denke ich nach.»

«Aber erst einmal bleibt noch der Fakt –»

«Okay, okay – gehen wir es durch.» Er entzündete die Zigarette und nahm einen tiefen Zug. «Fall Stobbe. Stobbe Strich Botan. – Uli bestellt mich zu sich und sagt, Stobbe muß weg. Stobbe und der Stone gleich mit. Für jeden fünfzig Mille. Dreißig vorab. – Aber das kann ich mir eigentlich sparen. Das kennst du. Dann taucht Milstadt auf. Hat nichts laufen, hat keine Asche. Aber spricht von Stobbe. Daß er mit ihm wieder ins reine kommen will. Ich laß ihn sabbeln und zieh mein Ding weiter durch. Check die Lage – *allein*. Doch Milstadt ist immer wieder da und redet und redet und redet. Von Stobbe. Wie eng er mal mit ihm war und daß es der Mann ist. Der Größte von Anfang an. Der King, der alle anderen in die Tasche steckt.» Zappa lachte böse. «Der King! Der Pate! – Drei Kugeln und weg!»

12

«PLAY WATT EI SÄH!»
Eine semidokumentarische Kino-Collage
von Helmut Reinfeldt

Die erste Szene zeigt Werner «Emma» Stobbe.

Er sitzt im Arbeitszimmer seiner Hamburger Villa am Schreibtisch.

Der Schreibtisch ist massiv Birke, rotbraun gebeizt, klarlackiert.

Stobbe trägt eine graue, dezent gemusterte Strickjacke mit Smokingrevers über einem schlichten weißen Hemd mit offenem Kragen.

Großaufnahme. Sein Gesicht.

Ein markantes Gesicht. Gerade Nase, hohe, breite Stirn, dichtes, dunkles Haar, graumeliert, nach hinten frisiert. Seine Augen sind hellbraun und klar. Kein unruhiger Blick. Schmale Lippen.

Stobbe ist glattrasiert und leicht gebräunt. Eine gesunde Bräune.

Stobbe ist Mitte Fünfzig.

Während die Kamera auf seinem Gesicht bleibt, ist das Reden

und Lachen mehrerer Personen in einem Straßencafé zu hören. Spanische Satzfetzen. Stobbe wirkt sehr konzentriert.

Aus dem Off nun deutlich die Stimme Uli Deterings:

«Die Verbindung steht.»

Stobbe zieht die Augenbrauen zusammen. Über seiner Nasenwurzel bilden sich zwei steile und tiefe Falten.

Unten im Haus fällt eine Tür ins Schloß.

Draußen entfernen sich leichte Frauenschritte auf einem Kiesweg.

Schnitt.

Der junge Werner Stobbe steht am Rande einer Kiesgrube. Er hat den Mantelkragen hochgeschlagen, den Hut tief ins Gesicht gezogen. Sein Gesicht ist kaum zu erkennen.

Der Himmel ist grau. Es nieselt.

Stobbe sieht hinunter in die Grube.

Unten in der Grube liegt ein sich krümmender und leise wimmernder Mann auf dem Boden.

Zwei Jugendliche in Lederjacken und Röhrenhosen binden seine Arme und Beine mit Ketten zusammen. Sie haken die Enden der Ketten an Abschleppseile und ziehen die Seile straff.

Mit dem Straffziehen intoniert Bill Haley *Rock Around The Clock*.

Geräuschkulisse eines Rock 'n' Roll-Konzerts.

Wochenschau-Bilder. Archivmaterial.

Fox Tönende Wochenschau.

Bill Haley und seine Band auf der Bühne in der Ernst-Merck-Halle.

Sie spielen *Rock Around The Clock*.

Die jugendlichen Zuhörer schreien begeistert, toben. Sie drängen sich aus den Reihen, steigen über die Sitze, tanzen und schieben sich immer weiter nach vorn. Vereinzelt werden Latten und Eisenstangen geschwungen.

Polizisten erscheinen in den Eingängen, Schlagstöcke in den Händen.

Dazu die Stimme des Berichterstatters.

«Überall barsten Fensterscheiben. Die Polizei hatte Großeinsatz. Man ging hundertschaftsweise gegen die Rock 'n' Roll-Jünglinge vor. Die Schlacht setzte sich am Dammtor-Bahnhof fort. Dort mußte Tränengas eingesetzt werden, weil die vom Rock 'n' Roll-Wahnsinn befallenen jungen Leute den Reiseverkehr blockierten. Gesamtschaden in Hamburg nach erster Schätzung: 20000 Mark. Sieben Jugendliche wurden als Rädelsführer verhaftet.»

Ein Polizist reißt einen Jugendlichen an den Haaren zurück.

Es ist einer der Jugendlichen aus der Kiesgrube – fünfzehn, sechzehn Jahre alt vielleicht.

Groß sein schmerzverzerrtes Gesicht.

Das Bild friert ein.

Stimme des Polizeisprechers:

«Hans Berger ist nie gefunden worden.»

Der Jugendliche wird von zwei Strafvollzugsbeamten über den Flur der Haftanstalt Fuhlsbüttel geschleift.

Eine Zellentür wird aufgeschlossen.

Hinter der Tür ist ein Kneipenraum. Tresen. Vier, fünf einfache Holztische, Eckbank, Stühle. Links an der Wand eine Musikbox.

Es sind keine Gäste in der Kneipe.

Der Jugendliche schlendert lässig zur Musikbox, steckt ein Geldstück in den Schlitz und drückt einige Tasten.

Die Automatik setzt sich in Gang. Eine 45er wird aufgelegt.

Es ist *Buona Sera* von Louis Prima.

Zu dem Lied wieder die Straßencafé-Atmosphäre aus der ersten Szene.

Das Café ist jetzt zu sehen.

Es liegt in der Nähe des Yachthafens von Ibiza.

Strahlend blauer Himmel.

Stobbe, seine Lebensgefährtin Irma, Uli Detering und seine Begleiterin Barbara sitzen an einem der Tische. In Freizeitkleidung. Buntgemusterte, kurzärmlige Hemden die Männer, helle, weite Hosen, Sandalen. Irma in einem leichten, sandfarbenen Sommerkleid. Barbara hat ein lindgrünes Top und weiße Shorts an.

Detering trägt eine Sonnenbrille.
In den Gläsern spiegelt sich Stobbes Gesicht.

Dazu gesprochener Kommentar:
«Werner Stobbe galt als *die* Größe im Hamburger Milieu. Sein Werdegang von 1953 an ist als Ergebnis der Sonderkommission der Hamburgischen Staatsanwaltschaft unter dem Aktenzeichen BN. 6.56–304 protokolliert. Die geschäftlichen Aktivitäten des Stobbe in ihrem vollen Umfang jedoch sind undurchsichtig.»

Louis Prima singt noch immer.

Ein Louis-Prima-Imitator steht auf der Bühne eines Tanzlokals.
Eine Gruppe Italiener schlängelt sich durch die Tanzenden zu einem Tisch, an dem weitere Italiener sitzen.
Sie begrüßen sich, lassen Getränke kommen.

Dazu gesprochener Kommentar:
«Einer von ihnen war Carlo – Carlo de Sio. Carlo de Sio hatte nach vielen Stürmen seinen Hafen gefunden. Seine besten Jahre hatte er im Dunstkreis von Meyer-Lansky und Lucky Luciano verbracht, die späten Vierziger in Hamburg, wo ihn auch Meyer-Lansky auf Geschäftsreise besuchte, und dann hatten wieder die USA gelockt. Die wiesen den Neapolitaner jedoch 1954 wegen Beamtenbestechung und Falschgeldverbreitung endgültig aus. Eine Weile hielt sich de Sio daraufhin bei Lucky in Italien auf, der ihn quer durch Europa auf Geschäftsreisen schickte.»

Die Italiener kommen palavernd aus dem Lokal.
Es ist Nacht.
Sie ziehen zur Ecke Nobistor.
Helle Lampen. Leuchtreklamen: *Mehrer. Regina-Cabaret. Casino. Tabu. Bis 4 Uhr früh.*
Im Hintergrund ist ein Plakat zu erkennen, auf dem das Bill-Haley-Konzert in der Ernst-Merck-Halle angekündigt wird.
Auf der gegenüberliegenden Straßenseite redet ein junger Werner Stobbe auf die junge Irma ein. Irma trägt einen Pelzmantel. Ihre blonden Haare sind hochtoupiert.

Sie sieht jetzt zu den Italienern hinüber.

Ein junger, gutaussehender Italiener erwidert ihren Blick.

Irma wendet sich nun ganz von Stobbe ab, zündet sich eine Zigarette an, nimmt genüßlich einen Zug und lächelt dem jungen Italiener über die Straße hinweg zu.

Großaufnahme ihrer stark geschminkten Lippen, die leicht geöffnet sind und alles zu versprechen scheinen.

Werner «Emma» Stobbes Stimme:

«Mama sagte... sagte immer, das... das gehört sich nicht. Sie war eine feine Frau, zierlich... volles Haar bis... bis ins hohe Alter. Ich hab Mama... Mama geliebt.»

Hafengeräusche sind zu hören.

Alte Wochenschaubilder, flackernd.

Hafenarbeiter besteigen Barkassen. Die Barkassen legen ab.

Dazu gesprochener Kommentar:

«Töne von gestern, Bilder von gestern. Sie sagen: Die Stadt wandelt sich. Der Hafen zieht sich zurück. – Neunundachtzig, das zweitbeste Umschlagergebnis der Hafengeschichte. 60 Millionen Bruttoregistertonnen. Warenströme. Die schmutzigen Hafenindustrien werden in die Dritte Welt ausgelagert. Was bleibt, sind – Restnutzung und Altlasten. Der Hafen als Herz der Stadt, aber nicht mehr richtig sichtbar, anfaßbar. Die Elbe als Grenze zwischen schön und häßlich, zwischen Stadt und Industrie. Jungmobile Angestellte treiben den Strukturwandel voran. Sie entdecken das Wasser als Kulisse.»

Schnitt auf Werner «Emma» Stobbe.

Er blickt aus dem Fenster seines Arbeitszimmers auf die Elbe.

Ein Frachtschiff zieht vorbei.

Dazu wieder die eindringliche Stimme Deterings:

«Die Verbindung steht.»

Gesprochener Kommentar:

«Eine Tonne Koks entdeckt. Spur führt nach Hamburg. – Drogenfahnder des Bundeskriminalamts haben in Frankfurt eine Tonne Kokain im Wert von rund 200 Millionen Mark entdeckt. Spuren kolumbianischer Großdealer führen nach Hamburg und Bremen. Die größte je in der Bundesrepublik sichergestellte Menge Koks war als Röstkaffee deklariert. BKA-Verbindungsbeamte in Kolumbiens Drogen-Metropole Medellin hatten ihrer Wiesbadener Zentrale einen Tip gegeben. Die Hamburger Kripo prüft, ob der Stoff für Hamburg bestimmt war. Letztes Jahr hatte das Hamburger Rauschgiftdezernat verhindert, daß sich das Kokain-Kartell in der Hansestadt etablieren konnte. Die Drogenbarone Südamerikas weichen nach Europa aus, weil sie in den USA nur noch rund 25 000 Mark pro Kilo erlösen. In Hamburg bringt das Kilo Koks bis 200 000 Mark.»

Der am Fenster stehende Stobbe streicht sich mit den Fingerspitzen der rechten Hand über die Augen.

Schnitt auf Irma, die draußen über den Kiesweg zur Garage geht.

Ein schwarzer Porsche parkt vor dem Garagentor.

Bevor Irma einsteigt, sieht sie zu dem Fenster hoch, hinter dem Stobbe steht, und winkt ihm zu.

Dann setzt sie sich ans Steuer und startet den Wagen.

Schnitt.

Irma fährt, von der Elbchaussee kommend, auf die Reeperbahn.

Überblende.

Die Reeperbahn bei Nacht.

Touristen, Szenegänger – das gewohnte Bild. Aber sämtliche Geräusche sind weggeblendet.

Carlo de Sio schreitet die Meile ab. Er zieht sein linkes Bein ein wenig nach.

Dazu gesprochener Kommentar:

«Fast jeden Abend konnte man ihn sehen, einen älteren Herrn, dezente Nadelstreifen, schwerer Wollmantel, wie er mit der Würde eines inkognito reisenden Monarchen die Meile abschritt. Die Portiers der Lokale verneigten sich vor ihm, und auch die Köpfe der

Prostituierten und Eckensteher senkten sich bei seinem Nahen. Betrat er ein Lokal, erstarrten die Eingesessenen zu einer Ehrensekunde des Schweigens.»

Carlo de Sio hat ein italienisches Lokal betreten.

Der Inhaber geleitet ihn zu einem Tisch.

Das Tischtuch wird von einem Kellner sofort gewechselt. Ein weiterer Kellner bringt schon das Besteck, Brot und Wein.

De Sio läßt sich seinen Mantel abnehmen und nimmt Platz.

Schnitt.

Innenansicht eines Nachtlokals: Zerfetzte Stühle und Polstergarnituren, eine umgestürzte Bartheke, zerschlagene Tonbandgeräte und Filmapparaturen, zerstörte Dekorationen und zerbrochene Flaschen und Gläser. Der Inhaber Hans Berger steht mit zwei Beamten inmitten der Trümmer und gestikuliert erregt: «Ich bin ständig bedroht worden… sollte zahlen… zwanzig Prozent von meinem Umsatz… zwanzig Prozent… wer bin ich denn?»

Die Beamten nicken nur.

Schnitt auf Stobbe.

Er nickt den beiden jungen Männern in Lederjacken und Röhrenhosen zu.

Stobbe sitzt in einem grauen Mercedes, hat die Scheibe auf der Fahrerseite heruntergekurbelt.

Die beiden jungen Männer verschwinden in einer Toreinfahrt.

Elvis singt *Heartbreak Hotel.*

Schnitt.

Die junge Irma steigt aus einem Volkswagen und geht aufreizend die Hüften schwingend die Reeperbahn entlang.

Es ist vormittags. Die Sonne scheint.

Irma trägt ein pinkfarbenes, enganliegendes Kleid und Stöckelschuhe.

Männer bleiben stehen, drehen sich nach Irma um und pfeifen ihr nach.

Irma stört sich nicht daran.

Sie stöckelt auf eine italienische Eisdiele zu.

Werner «Emma» Stobbes Stimme:

«Bring Kuchen mit... Torte... Schwarzwälder. Für mich Käse-Sahne... und beeil dich. Sie kommen um fünf.»

Stobbe im Arbeitszimmer seiner Hamburger Villa.

Er hat sich wieder an den Schreibtisch gesetzt und zieht eine Schublade auf.

In der Lade liegt eine Pistole.

Stobbe nimmt sie heraus und überprüft das Magazin.

Dazu gesprochener Kommentar:

«Heißes Blut und kaltes Eisen. 200 Main-Italiener auf dem Wege nach Hamburg? – Das Hamburger Vergnügungsviertel bietet wieder einmal etwas ganz Besonderes: Die große Kolonne der dort ansässig gewordenen Italiener, die regen Stoffhandel oder Eisbars betreiben, haben sich den Zorn der alteingesessenen St. Paulianer zugezogen. Es sieht so aus, als ob eine hübsche blonde Frau, die ihrem Freund, einem deutschen Gastwirt, davongelaufen und in den Armen eines heißblütigen Italieners gelandet ist, den offenen Ausbruch der Fehde hervorgerufen hat. Seinen Höhepunkt erreichte der Krieg, als plötzlich eine Gruppe Portiers, Kellner und Bierzapfer in eine italienische Bar auf der Reeperbahn eindrang und eine wilde Schlägerei mit den Besitzern Cosimo und Ermando begann.»

Schnitt auf Irma.

Sie liegt mit dem jungen Italiener, dem sie nachts auf der Straße zugelächelt hat, im Bett.

Mattes Licht einer Leuchtreklame fällt in das Zimmer der Pension.

Der Italiener hat Irma unter sich und fickt sie. Er hat die Lippen fest aufeinandergepreßt. Es sieht aus, als *arbeite* er angestrengt.

Dazu Hafengeräusche. Werftarbeiten.

Hämmern und Nieten.

Schnitt.

In einem Kellerraum geht Carlo de Sio auf und ab.

Er zieht sein Bein jetzt stärker nach.

Nun ist er an der Treppe, die zur Tür führt, und dreht sich um.

In dem Raum sind gut ein Dutzend Italiener versammelt.

Carlo de Sio mustert die Männer. Einen nach dem anderen. Auf keinem verweilt sein Blick länger als einige Sekunden.

Dann beginnt de Sio mit seiner Rede: «Wir müssen einander nichts sagen. Wir sind alte Bekannte. Wir sind alle im selben Gewerbe. Doch ihr macht euren Teil, ich den meinen. Unser Gewerbe ist alt… und es hat seine Regeln. Hauptregel: Es braucht einen Don. – Wozu dient ein Don? – Er ist eine Bank. Wie eine Bank verkehre ich mit euch. Und wie eine Bank will ich behandelt werden. Ich komme für eure Bedürfnisse auf. Aber von euch will ich die Zinsen.»

Er zieht ein Bündel Geldscheine aus seiner Manteltasche und wedelt es: «Und damit beschwichtigen wir – Stobbe.»

Aus dem Off ein lustvoller Aufschrei Irmas.

Schnitt.

Die ältere Irma wählt in einer Konditorei verschiedene Tortenstücke aus. Die Verkäuferin kippt eins seitlich weg.

Dazu die Beatles: *Love, love me do / you know I love you / I'll always be true / so please love me do…*

Ein Schuß unterbricht den Song.

Kurzer Schlagzeugwirbel.

Im *Club Indra* tritt Conchita auf. Sie trägt ein rot-schwarzes Flamenco-Kostüm, hat ihr Haar hochgesteckt und ist mit Kamm und Mantilla bekrönt.

Gitarren werden gezupft, Kastagnetten klappern.

Conchita legt einen rassigen Tanz hin.

Mit jeder Drehung schleudert sie ein Kleidungsstück von sich.

Das Publikum klatscht begeistert.

Conchita trägt jetzt nur noch ein glitzerndes Höschen.

Die Band schmettert einen Akkord.

Conchita streift das Höschen ab und zeigt, daß sie/er ein Mann ist.

Schnitt auf Stobbe in seinem Arbeitszimmer.

Er legt die Waffe entsichert in die Schreibtischlade zurück, steht auf und verläßt das Zimmer.

Er geht eine breite, geschwungene Treppe hinunter zur Haustür.

Stobbe blickt durch den Spion.

Vor der Haustür steht Herbert Botan, der Stone.

Eine Ähnlichkeit mit dem Jugendlichen aus der Kiesgrube ist unverkennbar.

Stobbe öffnet die Tür.

Broszinski steht vor der Tür und sagt: «Sie werden alt, Stobbe.»

Stobbe, breit lächelnd: «Wer wird das nicht? – Wie geht's der jungen Freundin?»

Ein Klatschen. Und noch ein Schlag.

Schnitt auf die junge Irma.

Sie liegt bäuchlings auf dem Bett, ist mit Händen und Füßen an den Bettrahmen gefesselt.

Sie ist nackt.

Stobbe schwingt einen zusammengelegten Hosengürtel und schlägt Irma immer wieder auf Hintern und Oberschenkel.

Irma schreit.

Schnitt.

Gerichtssaal.

Staatsanwalt: «Sie sollen zum Beispiel gesagt haben: Das ist die Lederjacken-Gang, verhaltet euch bloß ruhig. Die helfen auch mit dem Messer nach.»

Zeuge: «Das ist mir von der Polizei in den Mund gelegt worden.»

Staatsanwalt: «Einer Ihrer Gäste hat zu Protokoll gegeben, mit einem Eispickel bedroht worden zu sein.»

Zeuge: «Davon weiß ich nichts.»

Staatsanwalt: «Gibt es in Ihrem Lokal Eispickel?»

Zeuge: «Das kann ich so nicht beantworten.»

Staatsanwalt: «Wissen Sie es nicht?»

Zeuge: «Ich müßte nachsehen.»

Schwenk auf die Anklagebank.

Dort sitzen Stobbe, Mitte Zwanzig, und fünf Jugendliche. Der neben Stobbe ist nun eindeutig als Botan erkennbar.

Stobbe beugt sich zu ihm und flüstert ihm etwas ins Ohr.

Botan grinst breit und nickt.

Schnitt auf die Lautsprecher des Straßencafés auf Ibiza.

Der Beatles-Song ist zu hören.

Die blonde Barbara ist vom Tisch aufgestanden und verschwindet im Lokal.

Auch Irma hat sich erhoben, gibt Stobbe einen Kuß auf die Wange und geht ab.

Stobbe lehnt sich im Stuhl zurück und macht eine Geste, die besagen soll: Ich höre.

Detering deutet auf Stobbes Brust und dann auf seine.

Einblendung einer Ausgabe des Landeskriminalblatts Hamburg.

Zu lesen ist:

A. Tataufklärung/Täterermittlung.

Straftaten gegen das Leben. – Mord an Wirtschafter in Hamburg-St. Pauli.

1. Am Montag, dem 21. März 1988, gegen 20.15 Uhr wurde der 35jährige Wirtschafter Franz Auer, genannt *Der Samurai*, in Hamburg 4, Reeperbahn 140, Lokal *Die Grotte*, von einem bisher Unbekannten erschossen.

Schnitt.

Ein Flugzeug rollt auf die Startbahn, beschleunigt und hebt ab.

An einem Fensterplatz ist Uli Detering zu erkennen.

Umschnitt.

Blick von oben auf Hamburg.

Annie Lennox singt *King And Queen Of America*.

Schnitt auf eine Seitenstraße in St. Pauli. Nacht.

Die zwei Jugendlichen in Lederjacken und Röhrenhosen haben Berger in ihrer Mitte und schleppen ihn zu einem in der Nähe parkenden Mercedes.

Am Steuer sitzt Stobbe. Hochgeschlagener Mantelkragen, Hut.
Die beiden Männer stoßen ihren Mann in den Fond des Wagens.

Eine lange nächtliche Fahrt aus der Stadt heraus, über die Elbbrükken und auf der ansonsten leeren Autobahn in Richtung Hannover.

Aus dem Autoradio klassische Musik, Mozart, *Oboenkonzert C-Dur KV 314*.

Dazu gesprochener Kommentar:

«Journalisten und Interviewer hörten von ihm immer wieder diese Geschichte: Wie er früh schon für die Mutter hatte sorgen müssen, weil der Vater, ein einfacher Hafenarbeiter, beim Entladen eines Frachters tödlich verunglückt war und Klein-Werner nun als Laufbursche von Lokal zu Lokal seine ersten Groschen verdiente, den Frauen in den Steigen ihr Essen brachte und später dann beim großen Herrn K. als Portier vor den Schaukästen stand, treten Sie näher, meine Herren, treten Sie ein, hier sehen Sie Rasputin und die badenden Gräfinnen, Claude, Ruby und Sophia vom Carrousel de Paris, ein musikalisches Nacktpotpourri, Damenringkämpfe und Sittenfilme, die Wäscheschau, olala, da blieb einiges hängen an größeren Scheinen, so jedenfalls will er es verstanden wissen, sein allmählich anwachsendes Kapital, und selbstredend auch sein ausgesprochen gutes Verhältnis zum großen Herrn K. war da dienlich, der nämlich hatte familienbedingt beste Karten, vom Vater das große Ballhaus geerbt, und pfiffig wie nix nach Fünfundvierzig ein ausgebombtes Grundstück nach dem anderen in seinen Besitz gebracht, fast die halbe Große Freiheit, und bald schon rollte die neue, harte Mark, es waren eben Zeiten, in denen Wirtschaft und Wunder sich nicht ausschlossen, im Gegenteil, Werner ‹Emma› Stobbe nennt sich gern Kind jener Jahre, ein Wirtschaftswunderkind, und zwangsläufig demnach der Aufstieg, das eigene Terrain und die damit verbundene Macht.»

Schnitt.

Ein auf der Reeperbahn vor einem Lokal parkender Wagen explodiert und brennt aus.

Von der Davidwache her ertönen Martinshörner.

Ein erster Streifenwagen rast heran.

Stimme des Polizeipressesprechers:
«Schutzgelderpressung. Nötigung.»

Schnitt auf Stobbe, in Hut und Mantel. Er ist im Hausflur eines Altbaus. Stobbe steigt die schmale Treppe hoch und schließt in der ersten Etage eine Wohnungstür auf.

In einer kleinen Küche steht Stobbes Mutter am Herd und rührt in einem Topf.

Sie legt den Löffel beiseite, wischt sich ihre Hände an der Schürze ab und läßt sich von ihrem Sohn umarmen und auf Wangen und Stirn küssen.

Werner «Emma» Stobbes Stimme:
«Es galt... ein Wort galt... ein Wort und ein Handschlag... wir hatten... hatten Verträge.»

Aus dem Off der entsetzliche Schrei eines Mannes, dessen Körper extrem *gespannt* wird.

Der Schrei wird übertönt von dem Johlen und Pfeifen der Bill-Haley-Fans. Kaum zu vernehmen sind die ersten Takte von *See You Later Alligator*.

Wochenschaubilder von der Schlacht im Dammtor-Bahnhof.

Dazu die Stimme des Berichterstatters:
«Der Beat steigerte sich, und überall liefen die Teds Amok. Sie trugen Röhrenjeans, Dreivierteljacken, spitze Schuhe, Kordelschlipse, und meistens waren sie klein, dünn und picklig. Als sie aufwuchsen, waren die Lebensmittel rationiert, und daher waren sie meistens unterernährt und rattengesichtig. Sie erschienen als die unsympathischsten und übelsten Teenager, die es je gegeben hatte, und wenn sie aufgeputscht waren, dann zogen sie ihre Schnappmesser und stachen aufeinander ein.»

Polizeipräsidium. Büro.

Herbert Botan, Lederjacke und Röhrenhosen, sitzt auf einem Stuhl.

Ein Kommissar hat sich vor ihm aufgebaut.

Der Kommissar sagt: «Berger – es gibt Zeugen, die aussagen, daß ihr Berger unter Druck gesetzt, ihm gedroht habt.»

Botan zuckt die Achseln.

Schnitt.

Im Arbeitszimmer seines Hauses reicht Stobbe Botan eine fotokopierte Seite aus dem Landeskriminalblatt Hamburg.

Zu lesen ist:

Weber, Karl, geb. 3.11.1950 in Bochum. Beschreibung: 1,76 gr., schlank, hellbraunes Haar, braune Augen; Tätowierungen: linker Oberarm, außen: Skorpion.

Arbeitsweise: Entwendete mit Mittäter zunächst späteres Fluchtfahrzeug (Mercedes 250 M) und ließen sich neue Kennzeichen eines abgemeldeten PKW anfertigen. Beobachteten das Opfer schon Wochen vor der Tat. Weber und Mittäter hielten sich in der Nähe des Nachttresors der Sparkasse auf und trugen Pullover mit hochgeschlagener Kapuze. Als das spätere Opfer den Nachttresor aufgeschlossen hatte und 2 Geldbomben einwerfen wollte, wurde es von den Tätern mit Faustschlägen angegriffen. Im Verlauf der Rangelei zog einer der Täter eine Pistole, Colt, Kaliber 45, und schoß zweimal auf das Opfer, das aufgrund der Schußverletzungen auf dem Wege ins Krankenhaus verstarb.

Schnitt.

Ein Thai, ein Transvestit, mit kleinen Brüsten und langen schwarzen Haaren, zieht einen roten Minirock über die Strapse und streift ein ebenfalls rotes Top über.

Stobbe hat nur ein Handtuch um die Hüften geschlungen und steht an der Haussprechanlage der Wohnung.

Verzerrt Botans Stimme: «Wir haben ihn.»

Schnitt.

Detering hechtet in den Swimmingpool einer Villa auf Ibiza.

Er bleibt unter Wasser.

Stobbe sieht vom Liegestuhl aus zu, wie er zu der sich am Beckenrand festhaltenden und leicht mit den Beinen paddelnden Barbara hinschwimmt und zwischen ihren Schenkeln hochschießt.

Sie juchzt.

Zu den Wasserspielen im Pool singen die Beatles *When I'm Sixty-Four*. Stobbe scheint verträumt der Musik zu lauschen.

Neben seiner Liege ein aufgeklapptes Buch, mit dem Umschlag nach oben: *Marcel Proust, Auf der Suche nach der verlorenen Zeit, Band 1*.

Dazu gesprochener Kommentar:

«Sie waren eine reine Schülerband, und 1959 verließen sie alle ihre jeweiligen Ausbildungsstätten. Aber John, Paul und George blieben zusammen, jeder ausgerüstet mit einer anständigen Gitarre und dem unbändigen Wunsch, Musik zu machen.»

Bilder von der nächtlichen Reeperbahn.

Weiter der Kommentar:

«Hamburg war zu dieser Zeit das Las Vegas von Europa. Es war aufregend, voll von Leben, und man hatte so etwas wie einen Freifahrschein für die verrücktesten Dinge. Für die meisten Engländer war Hamburg eine total phantastische Stadt. Britische Soldaten, die in Westdeutschland stationiert waren, brachten die tollsten Geschichten von der Reeperbahn mit nach Hause: bizarre Sexspiele auf der Bühne, Damenringkämpfe im Schlamm und – Musik, die unwichtigste Attraktion. – Die Beatles waren natürlich schon an große Städte gewöhnt. Aber das doch sehr provinzielle Liverpool konnte niemals so eine Fülle an Sex, Drogen und Alkohol bieten wie gerade Hamburg. Das alles veränderte sie und auch ihre Musik. In Hamburg wurden sie zu ausgesprochenen Profis.»

Archivmaterial. *Panorama*-Beitrag.

Ein Mann hinter einer Scheibe, nicht erkennbar und mit verzerrter Stimme, berichtet: «Wir hatten Mädchen, Frauen, und da waren die Tommies natürlich heiß drauf – das war gewissermaßen die Beschaffungsabteilung. Es kamen ja tonnenweise Lebensmittel in den Hafen, und davon konnten wir eine ordentliche Menge abzweigen.»

Abenddämmerung. Eine junge Frau hat sich bei einem britischen Soldaten eingehakt und geht mit ihm zum Bismarck-Denkmal. Die beiden verschwinden im Gebüsch.

Ein Blick zum Hafen hin, und der Mann aus der *Panorama*-Sendung erzählt aus dem Off weiter: «Mit Moral und Gesetzbuch ist man damals verhungert. Die Chance, bei einem dicken Ding erwischt zu werden, war geringer als heute beim Schwarzfahren, und das hat jeder gewußt. Es gab zwar Fälle, auch Skandale. Aber was wir heute unter Kriminalität verstehen, das gab es nicht. Das kam erst später, als alle wieder genug hatten. Da wurden doch dann Anfang der Fünfziger alle möglichen konservativen Vereine gegründet, von der Aktion Jugendschutz angefangen. Da konnte erst wieder diese Moral gedeihen, die Kriminalitätsbegriffe tierisch ernst nimmt.»

Schnitt auf Schaukästen mit Fotos kaum bekleideter Frauen.

Der junge Werner Stobbe steht in Portierskluft vor dem *Tabu*.

Mehrere Polizisten, angeführt von zwei Beamten in Zivil, kommen heran.

Die Zivilbeamten zeigen Stobbe einen Beschlagnahmebescheid. Der wirft einen Blick auf das Papier und schüttelt verständnislos den Kopf.

Die Polizisten aber haben schon begonnen, einen Schaukasten aufzubrechen.

Für einen Moment ist Stobbe fassungslos. Dann will er eingreifen.

Die Zivilbeamten halten ihn fest.

Stobbe muß zusehen, wie die Polizisten die Fotos aus dem Schaukasten entfernen.

Eins flattert zu Boden.

Margot Eskens singt schon *Tiritomba*.

Schnitt auf die junge Irma. Sie sitzt auf einem niedrigen Hocker an einem Toilettentisch und schminkt sich. Als sie damit fertig ist, steht sie auf und streicht das pinkfarbene Kleid an den Hüften glatt. Sie dreht sich selbstverliebt und wiegt sich zum Rhythmus der Musik.

Das Zimmer ist hübsch eingerichtet. Helle Möbel, ein flauschiger Teppich.

Irma tänzelt zum Fenster und blickt durch die Gardinen hinaus auf die Straße.

Überblende.

Nasses Kopfsteinpflaster. Schritte.

Stobbe geht zum Hintereingang einer Kneipe und öffnet die Tür.

An einem runden Tisch sitzen fünf Jugendliche. Alle tragen schwarze Lederjacken. Ihre Gesichter liegen im Schatten. Die tief herunterhängende Lampe beleuchtet sie nur von den Schultern an.

Stobbe setzt sich auf den noch freien Stuhl.

Er knöpft seine Portiersjacke auf und fragt ab: «Kuddel?»

Einer der fünf schiebt kommentarlos einen Packen Geldscheine zur Mitte des Tisches.

Stobbe: «Hansi?»

Auch der kommt mit einem Bündel über.

Schnitt.

Stobbe schreckt von der Liege hoch, blinzelt in die Sonne.

Irma steht in der offenen Verandatür der Villa auf Ibiza und klatscht in die Hände: «Kaffee!»

Schnitt.

Botan gibt im Arbeitszimmer Stobbe die fotokopierte Seite zurück: «HP ist ein schlimmer Finger.»

Schnitt.

Der stark angetrunkene junge Botan in Lederjacke und Röhrenhosen hat einen Revolver in der Hand und bedroht damit die Band, die im *Club Indra* auf der Bühne steht.

Er schreit: «Play watt ei säh!»

Die vier Musiker versuchen sich nun an einem Rock 'n' Roll – *Rock Around The Clock*.

Es klingt überhaupt nicht gut, aber Botan beginnt zu tanzen.

Die anderen Gäste haben die Tanzfläche verlassen und verdrükken sich.

Botan rockt wild ab.

Von der Theke her schaut ihm Stobbe zu, nachsichtig lächelnd.

Dazu gesprochener Kommentar:

«Als die Beatles im *Indra* und im *Kaiserkeller* spielten, bekamen sie Kontakt zu Männern aus dem Milieu. Ein ehemaliger Boxer, der vom Boxsport ausgeschlossen wurde, weil er einen Seemann bei einer Rauferei tötete, wurde zum Freund und Beschützer der Liverpooler Gruppe.»

Standfotos.

Stobbe in breitgestreifter Anzugjacke und schwarzer Fliege mit Freddy, der seine Gitarre im Arm hat – signiert mit *In ewiger Dankbarkeit, Freddy*.

Stobbe, weißes Jackett und schmale Fliege, einen Sektkelch in der Linken, den rechten Arm um Sophia Lorens nackte Schultern. Schräg unten das Autogramm der Schauspielerin, umrandet mit einem schwungvoll gezeichneten Herz.

Stobbe mit Max Schmeling.

Stobbe mit Hans Albers.

Stobbe mit Peter Kraus.

Stobbe mit Marion Michael.

Stobbe mit Horst Frank.

Stobbe mit Jürgen Roland.

Es erklingt *Auf der Reeperbahn nachts um halb eins*.

Dazu gesprochener Kommentar:

«Obwohl Stobbe seit Mitte der fünfziger Jahre einer der Großen der Hamburger Unterwelt war und eine Schlägertruppe von Hochkriminellen um sich gruppiert hatte – die sogenannte Lederjacken-Gang –, konnte er nur zweimal rechtskräftig verurteilt werden. Am 19. September 1957 wurde er vom Schöffengericht Hamburg wegen gemeinschaftlichen Diebstahls zu einer Freiheitsstrafe von sechs Monaten verurteilt. Die Strafe wurde nach Ablauf der Bewährungsfrist erlassen. Wegen gemeinschaftlicher schwerer Körperverletzung wurde er vom Landgericht Hamburg zum Az.: 38 HLS 1/62 zu einer Geldstrafe von DM 5000 verurteilt.»

Schnitt auf Stobbe. Er wird vor dem Gericht von Prostituierten, Zuhältern und Gastwirten empfangen. Großes Hallo. Champagnerflaschen werden entkorkt.

Irma schwenkt freudig ihr Handtäschchen.

Botan legt eine paar Rock 'n' Roll-Schritte hin.

Werner Stobbe strahlt.

Das Bild friert ein.
Die Stimme des Polizeisprechers:
«Hans Berger ist nie gefunden worden.»

Postkartenansichten. Landschaftsbilder von Ibiza.

Dazu gesprochenes Zitat aus *Auf der Suche nach der verlorenen Zeit.*

«Die Sphäre der Trauer, in die ich eintrat, hob sich dann so deutlich von der Sphäre ab, in die ich mich eben noch voll Freude hineingestürzt hatte, wie manchmal auf dem Abendhimmel ein rosa Streifen gegen einen grünen oder schwarzen ganz klar abgegrenzt ist. Man sieht dann einen Vogel in einem rosigen Streifen fliegen, er erreicht die Grenze, berührt den schwarzen Bezirk und verschwindet auf einmal darin. Die Wünsche, die mich eben noch bewegten, nach Guermantes zu gehen, zu reisen, glücklich zu sein, lagen mir mit einem Male so fern, daß mir ihre Erfüllung keine Freude mehr gewährt haben würde. Wie gern hätte ich das alles dafür hingegeben, die ganze Nacht in meiner Mutter Armen weinen zu können!»

Schnitt.

Schlafzimmer in Stobbes Villa auf Ibiza.

Stobbe liegt nackt auf dem Bett, die Arme hinter seinem Kopf verschränkt.

Er sieht zu, wie Irma sich vor ihm auskleidet.

Irma läßt sich Zeit.

Sie legt ihre Kleider ordentlich gefaltet auf einen Stuhl.

Schließlich ist auch sie völlig nackt.

Sie öffnet eine Schranktür und nimmt einen Dildo heraus, an dem drei schmale Lederriemen befestigt sind.

Sie schnallt sich den Dildo an und cremt ihn ein.

Schnitt.

Werner «Emma» Stobbe betritt eine Eckkneipe in Winterhude.

An dem Tisch in einer Nische erwartet ihn Herbert Botan.

Neben ihm sitzen HP Milstadt und Zappa.

Stobbe bleibt am Tisch stehen und sieht Milstadt durchdringend an.

Zappa nimmt einen Zug aus seiner Zigarette.
Er stößt den Rauch aus.

Talkshow im Dritten. Archivmaterial.

Hermann Schreiber hat den Kopf ein wenig schräg gelegt und sieht die neben ihm sitzende Brünette an. Er bemüht sich, seinen Blick nicht ständig auf ihren langen, schlanken Beinen ruhen zu lassen.

Schreiber: «Daniela – ich darf Sie Daniela nennen? Sie haben eine Karriere als Fotomodell – abgebrochen, oder ist sie beendet worden? Hat man Sie nicht mehr beschäftigt? Entschuldigen Sie, wenn ich das gleich so offen frage, aber in der Presse konnte man lesen, daß Ihre Heirat mit einem Mann aus – ja, sagen wir aus dem Milieu Grund war, Sie von den Listen der Agenturen zu streichen. Stimmt das?»

Daniela: «Das haben Journalisten geschrieben.»

Schreiber: «Ja, ja, aber der Anlaß war doch, daß Sie einen Mann vom Kiez –»

Daniela: «Ich bin von diesem Mann geschieden.»

Schreiber: «Ein Mann, der mit dem sogenannten Paten von St. Pauli sehr eng –»

Daniela: «Es war keine gute Ehe. Ich habe die Scheidung eingereicht.»

Schreiber: «freundschaftlich verbunden ist. – Es gibt da auch gewisse Aufnahmen von Ihnen –»

Die Regie blendet *Penthouse*-Fotos von Daniela ein.

Strip in einem St.-Pauli-Nachtclub.

Ilse Werner pfeift *La Paloma*.

Die Stripperin läßt nach und nach die Hüllen fallen.

Mit dem letzten Kleidungsstück bricht in dem Lokal ein Feuer aus.

Die Gäste springen von ihren Sitzen auf, stürzen schreiend zu den Ausgängen.

Martinshörner und Feuerwehrsirenen sind schon zu hören.

Die Flammen schlagen hoch.

Ein Geldbündel fällt klatschend auf eine Tischplatte.
Carlo de Sios Stimme:
«Und damit beruhigen wir – Stobbe.»

Schnitt.
Eine junge Frau steigt durch ein Loch in der Brüstung des Bismarck-Denkmals. Ein Mann in einem abgetragenen Mantel folgt ihr ins Innere des Eisernen Kanzlers.
Leere Bierflaschen und benutzte Kondome liegen überall herum.
Hans Albers singt: *Komm doch, liebe Kleine, sei die meine...*

Schnitt.
Herbertstraße. Betrunkene Männer wanken an den Fenstern vorbei.
Die Frauen hinter den offenstehenden Fenstern reagieren gelassen, professionell.
Einige stricken oder häkeln.

Dazu gesprochener Kommentar:
«*Für Jugendliche verboten!* steht an einer Blechwand, die die Herbertstraße in Hamburg-St. Pauli von den übrigen Straßen absperrt. Sie ist eine der drei *geschlossenen* Bordellstraßen in Hamburg. Der untere Teil der meisten Häuser ist zu Schaufenstern ausgebaut, in denen Prostituierte sitzen, die hier auf *Kundschaft* warten. Sie sind mehr oder weniger mangelhaft bekleidet oder tragen Pullover, die zwei oder drei Nummern zu klein sind. Da gibt es junge Mädchen, aber auch ältere Semester des *horizontalen Gewerbes*. Eine von ihnen, die hier im Schaufenster saß, an die Scheiben klopfte oder das Fenster öffnete, um über den Preis für ihren Körper zu verhandeln, war die 39jährige Ingeborg Heimbuch. Sie stammte aus Sachsen. Vielleicht war ehrliche Arbeit nicht ihre starke Seite, und vielleicht glaubte sie, im *goldenen Westen* auf *leichtere* Art und Weise Geld zu verdienen. Sei es, wie es sei. Bei Nacht und Nebel verließ sie die junge, aufblühende Republik, wechselte sie in den Staat der glänzenden Fassaden. Gewiß hatte sie damals noch große Illusionen über ihre Zukunft. Doch in der Bonner NATO-Republik, wo das Gesetz des Dschungels herrscht, gibt es nur eine Devise für das Volk: die großen Raubtiere bezwingen oder sich von ihnen fres-

sen lassen! Ingeborg Heimbuch aber glaubte den Lockrufen und fand im Freudenhaus den Tod.»

Schnitt auf Werner «Emma» Stobbe.

Er steht wieder am Fenster seines Arbeitszimmers: «Erinnerst du dich noch an Berger?»

Botan muß nachdenken und schüttelt dann verneinend den Kopf.

Draußen fährt ein Wagen vor das Tor.

Dazu gesprochener Kommentar:

«Selbstreinigungskraft des Milieus. – Dahinter verbirgt sich die Einsicht, daß die Staatsgewalt mit ihren klassischen Mitteln der Konfrontation unmöglich jenes kriminell-halbkriminelle Gemenge durchdringen kann, das zu Vergnügungsvierteln gehört. Abwarten und beobachten ist deshalb die Devise. Die Unterwelt hat ihre eigenen Gesetze, und ihr Mann an der Spitze wird für Ruhe und Ordnung sorgen.»

Schnitt.

Die Kiesgrube.

Wagenreifen drehen auf Kies durch, fassen schließlich.

Regen prasselt auf Blech.

Ein Wolkenbruch.

Ein entsetzlicher Schrei.

Schnitt.

Aus dem *Club Indra* dröhnt rauher Beat.

Auf dem Dach eines St.-Pauli-Hauses steht ein Mann in einem Abendanzug und schießt mit einem Gewehr auf Tauben.

Eine getroffene Taube fällt klatschend auf das Kopfsteinpflaster.

Stobbe, gekleidet wie James Cagney in Michael Curtiz' Film *Angels with dirty faces*, blickt auf den toten Vogel vor seinen Füßen.

Irma wendet sich angeekelt ab.

Vom anderen Ende der Straße kommt Carlo de Sio auf Stobbe zu.

Carlo de Sios Stimme:

«Wir sind alle im selben Gewerbe. Unser Gewerbe ist alt... und es hat seine Regeln.»

Gesprochener Kommentar:

«Es war einmal. Es war einmal in Hamburg, Mitte bis Ende der fünfziger Jahre. Da gab es Elvis und *Heartbreak Hotel*, Fraulein-wunder und Petticoat, *Bonjour Tristesse* und *Außer Atem*, *Vespa* und Rimini, Kofferradio und den Sputnik hoch über dem Michel, Juke Box und *Rock Around The Clock*. –

Damals begann die Lederjacken-Gang sich zu formieren.»

Schnitt auf Stobbe und Botan. Sie stehen nebeneinander am Fenster, nicken sich zu.

Stobbe geht zu seinem Schreibtisch und nimmt auf dem *Castelli*-Stuhl Platz.

Botan geht zur Tür und öffnet sie.

Schnitt.

Irma tritt aus der Konditorei auf die Straße.

Die Reeperbahn am frühen Nachmittag.

Irma geht mit dem eingewickelten Kuchentablett zu ihrem Porsche.

Keiner der Passanten beachtet sie.

Aus einem auf dem Bürgersteig stehenden, tragbaren Radiogerät ist Johnny Gill zu hören: *Rub You The Right Way*.

Schnitt.

Werner «Emma» Stobbe sitzt an seinem Schreibtisch.

Er hat die Hände flach auf den Tisch gelegt, blickt zur Tür.

Zappa und Milstadt treten ein.

ZWEI

1

Zappa lag rauchend auf der Pritsche. Er hatte das Licht gelöscht und die Augen an das Dunkel gewöhnt.

Zappa wußte Milstadt in einem der Zellentrakte. Durch Mauern und Eisentüren hindurch spürte er seine Nähe.

Er nahm einen tiefen Zug.

Die Zigarettenglut machte die Tätowierung auf seinem Arm sichtbar.

Der Skorpion.

Die Scheren des Skorpions waren dunkelrot und leicht geöffnet.

Der sechsgliedrige Schwanz war in einem helleren Rot, der Stachel ein dünner violetter Strich. Auch die vier Paar Füße waren violett und der Leib blau wie Stahl.

Zappa ließ die Muskeln spielen.

Der Skorpion tanzte.

Der Skorpion-Mann ist ein Vulkan, der Feuer speit und alles verschlingt, was ihm in den Weg kommt.

Milstadt kreuzte seinen Weg.

Er war ihm zum erstenmal im *Bistro* begegnet.

Milstadt zockte und verlor. Er schob die Wagenschlüssel in die Mitte des Tisches und nahm die Karten auf. Es war kein schlechtes Blatt, aber Milstadt war kein guter Spieler. Er stand auf und hatte nichts mehr auf der Naht.

Zappa zahlte ihm einen Whisky. Er fuhr ihn nach Hause.

Daniela kochte Kaffee und legte eine letzte Linie.

Zappa nahm das Angebot an.

Er fing Renate auf dem Weg zur Arbeit ab und hatte einen geilen Tag mit ihr.

Als Milstadt am nächsten Morgen bei ihm vor der Tür stand, entschuldigte sie sich gerade telefonisch mit einer Grippe.

Sie trug nur ein schwarzes Seidenhemdchen.

Milstadt lächelte und nickte anerkennend.
Sein Blick war auf ihrem nackten Hintern.
Zappa sog den Rauch ein und dachte, daß er es hätte wissen müssen.
Der Skorpion redet nicht lange, er handelt. Er ist ein Mann der einsamen Entschlüsse.
Die Scheren des Skorpions öffneten sich weiter.
Der Leib schwoll an. Der Schwanz zuckte.
Der Skorpion verlangt nach Treue.
Die Eifersucht des Skorpions.
Milstadt redete von Geld. Er brauchte Geld, und er hatte gleich mehrere Pläne. Es sollte alles ganz einfach sein.
Milstadt brachte viel Text und zeigte im entscheidenden Moment schwache Nerven.
Sie knackten die Bomben und warfen sie dann in die Elbe.
Daniela kochte wieder Kaffee und konnte neue Linien legen.
Sie war zu allem bereit, doch er zeigte kein Interesse.
Vielleicht ein Fehler.
Renate ließ sich richtig krank schreiben, und sie lebten satt ab.
Auch Milstadt verhielt sich auffallend.
Er machte hohe Einsätze.
Sie wurden verpfiffen, und Milstadt verlangte nach Angelika.
Angelika war in Milstadts Kreisen eine allgemein bekannte Adresse.
Zappa kannte sie noch nicht.
Milstadt. Angelika.
Zappa rauchte und starrte viele Sekunden lang mit äußerster Konzentration auf die verschlossene Tür.
Je ruhiger, gefaßter, verharrender ein Skorpion wird, desto gefährlicher wird er für seine Umgebung.
Die Tür öffnete sich.
Angelika trat ein.
Von fast hypnotischer Gewalt ist der Blick des Skorpions auf die Frau.
Angelika trug Renates Seidenhemdchen.
Sie gab die Sicht auf Milstadt frei.
Milstadt packte sie und drückte sie an die Wand. Er faßte sie an den Schenkeln, und ihre Beine schlossen sich um seine Hüften.

Zappa ließ das Bild einfrieren.

Er projizierte den Skorpion auf Milstadts nackten Rücken.

Der Skorpion setzte den Stachel an.

Zappa sah ruhig zu, wie Milstadt zusammenbrach.

So war es gut. So mußte es sein.

Zappa drückte die Kippe aus und verschränkte die Arme hinter dem Kopf.

Angelika atmete befreit auf.

Als sie sich über ihn beugte, nahm sie Renates Gesichtszüge an. Renates Haar streifte sein Gesicht.

Ihre Zunge liebkoste die Tätowierung.

Der Skorpion blieb bewegungslos.

2

Es war nach zehn, als Gottschalk endlich einen Parkplatz gefunden hatte, sich aus dem Sitz hievte und sich auf der Straße umsah. Es war eine gute Wohngegend. Anja hatte Glück gehabt. Bis zur U-Bahn-Station Mundsburg waren es nur ein paar hundert Meter.

Gottschalk ging das Stück zurück.

Er war noch am Hauptbahnhof vorbeigefahren und hatte Brot und Aufschnitt gekauft und gegenüber bei *Nagel* zwei Flaschen *Pinot Grigio*.

Niemand begegnete ihm.

Gottschalk schob seinen Hut aus der Stirn und schaute zu der nächsten Hausnummer hoch. Es war die 26.

Er faßte die Tüte fester und beschleunigte seine Schritte.

Das Haus Nummer 18 hatte einen frischen Anstrich. An der Haustürscheibe klebte ein Zettel des Schornsteinfegers. Die Klingelanlage war neu. Einheitliche Namensschilder.

Gottschalk studierte die Namen, bevor er bei A. Dierich schellte.

Anja betätigte die Sprechanlage nicht.

Leichtsinn, dachte Gottschalk und drückte die Tür auf.

Die Wohnungstür im dritten Stock war weit geöffnet. Sträflicher Leichtsinn, war Gottschalks Steigerung.

Anja kam aus einem der Zimmer in den Flur. Sie sah phantastisch aus. Sie trug ein tiefausgeschnittenes Cocktailkleid. Die Strümpfe waren mit silbernen Fäden durchwirkt, und ihre Füße steckten in ebenfalls silbern glänzenden Pumps.

Sie war offensichtlich beim Friseur gewesen. Sie hatte die Wimpern getuscht und die Lippen geschminkt.

Gottschalk war von dem Anblick überwältigt. Er hatte Anja noch nie so gesehen.

Sie küßte ihn auf die Wange. Er nahm ihr Parfüm war. Es war betörend.

«Ey», sagte sie. «Was ist?»

«Was hast du vor?» fragte er. «Wir wollten reden.»

«Ja, und?»

«Ich hatte nicht die Absicht, mit dir auszugehen.»

«Nö», sagte sie. «Will ich auch nicht.»

«So sieht's aber aus.»

«Das hab ich neu. Neue Klamotten muß ich immer gleich tragen. Steht mir das? Ich hab mich vorher noch nie zu so'm Fummel durchringen können. Die Strümpfe sind Spitze, was? Saumäßig teuer im Vergleich zu allem anderen. Von den Schuhen abgesehen. Die gehen dir aber so was von auf die Hacken – ja, nu, Mund zu. Du gaffst vielleicht.»

Gottschalk nahm den Hut ab und hielt nach einem Haken Ausschau. Es gab keine Garderobe.

«Da», sagte Anja und wies zu dem Zimmer, aus dem sie gekommen war.

Gottschalk stellte die Einkaufstüte ab und stapfte an ihr vorbei. Er knöpfte seinen Mantel auf.

In dem Zimmer stand ein breites Bett mit einem wunderschönen alten Messinggestell. An einer Wand lehnte ein großer, schmaler Spiegel. Vor der anderen war eine Aluminiumkiste plaziert, deren Deckel aufgeklappt war.

«Ich hab noch keinen Schrank», erklärte Anja. «Leg's einfach auf meine Klamotten oder aufs Bett. Wenn Herbie mal seinen Arsch hochkriegen würde, wär ich längst weiter.»

«Unverändert?»

«Was?»

«Euer Zusammensein.»

«Klaro, wie immer. Nicht besser und nicht schlechter. – Ey, ich hab aber keine Böcke, darüber mit dir zu quatschen.»

«Das werden wir zwangsläufig müssen», sagte Gottschalk. «Fedder hat Herbie auf dem Zettel. Du hast mir nicht gesagt, daß Sabine häufiger in seiner Kneipe war.»

«Hin und wieder, würd ich sagen. Und–?»

«Weiß Herbie von mir?»

«Spinnst du?»

«Ich meine, weiß er, daß ich bei euch in Schweden war?»

«Nee, nu mach keine Panik. – Ich freu mich.» Sie wollte ihn umarmen, aber Gottschalk wehrte sie ab.

«Trinken wir erst mal was», sagte er.

«Ey, keine Probleme – ja?»

«Ich hab Wein mitgebracht.» Er ging zurück in den Flur. Anja kam nach.

«Echt, du. Das muß ich nicht haben.»

«Das Problem hab ich», sagte Gottschalk. «Nun komm. Wohin setzen wir uns? In die Küche?»

Anja schüttelte den Kopf.

Der Wohnraum war auch noch nicht vollständig eingerichtet. Es gab ein mit grünem Stoff bezogenes Biedermeiersofa, einen niedrigen Glastisch, ein leeres Regal, eine Schreibplatte auf verchromtem Stahlrohr und einen Bürostuhl. Neben dem Fenster waren Kartons gestapelt.

«Du verbreitest ja 'ne total miese Stimmung», sagte Anja. «Weißt du das?»

«Hast du Gläser?» Er hatte sein Schweizer Messer aus der Jakkentasche gezogen und klappte den Korkenzieher aus.

«Was soll das mit Herbie?»

«Gleich», sagte er. «Bitte.»

Anja holte die Gläser, stellte sie auf den Glastisch und warf sich auf das Sofa. Sie legte die Beine hoch und verschränkte die Arme vor der Brust.

Gottschalk schenkte ein. Er hielt ihr ein Glas hin.

Anja nahm es und trank einen großen Schluck.

Gottschalk seufzte.

Er zog den Drehstuhl heran und setzte sich.

«Nun gut», fing er an. «Ich hab einen Fehler gemacht. Ich hatte Schiß – nein, ich wollte es einfach nicht. Ich wollte nicht, daß Fedder mich löchert. Er hatte deine Eltern auf seiner Liste, und ich konnte es hinbiegen, daß Boll das übernahm. Aber mit dir – okay, ich hab dich auf ihn vorbereitet. Ich hab dich gebeten, sag ihm alles, was er wissen muß. Nur laß mich raus – uns. Das geht ihn nichts an.»

«Ich hätt's auch so nicht ausposaunt.»

«Ich weiß. Aber ich hab dir, und zwar nur dir, in Schweden von Fedder erzählt. Eine entsprechende Bemerkung –»

«Das hab ich geschnallt. Obwohl – ich fand's albern.»

«Das war es. Davon rede ich.»

«Na schön. Und wo ist jetzt das Problem?»

«Daß Fedder mit Herbie spricht und unter Umständen hört – gut, die eine Frage hast du schon beantwortet. Die nächste ist, könnte Herbie etwas anderes über Sabine sagen? Über Sabine und dich.»

«Ey, ich war mit ihr nicht so dicke. Sie war – sorry, sie war 'ne reichlich blöde Kuh.»

«Auch für Herbie?»

«Mann, du – das ist nun so was von daneben. – Nee.»

«Bist du dir sicher?»

«Aber total. Und selbst, wenn ich's nicht wär – was hat das mit dir zu tun?»

«Mit Fedder», erklärte Gottschalk. «Ich kenn ihn in der Beziehung verdammt gut. Er kommt von Herbie wieder auf dich zurück. Er fragt dich genau das, was ich dich jetzt frage. Wie gut ist Ihre Beziehung zu Herbie? Ist es denkbar –»

«Ja, logo. Mit einigen, aber nicht mit Sabine. Gebongt. Abgehakt.»

«Er fragt dich, ob dir das nichts ausmacht. Und ob du nicht vielleicht auch –»

«Das ist echt paranoid!» fuhr ihn Anja an. «Du hast 'nen Hau, ehrlich. – Warum rückst *du* dann nicht einfach damit raus? Was ist schon groß dabei?» Sie hatte sich aufgesetzt und faßte sich an die Stirn.

«Nach drei Monaten – ja? Nach drei Monaten nehm ich mir Fedder beiseite und sag ihm, du, hör mal, bevor du diese Anja Dierich noch mal aufsuchst, sollst du wissen, daß sie mich sporadisch besucht und –»

«Beispielsweise. Könntest du sagen.»

«Kann ich nicht. Nicht mehr. Das hätte ich –»

«Hast du aber nu mal nich.»

«Du hast nicht widersprochen.»

«Jetzt sag bloß, ich bin's.»

«Nein, ich», sagte Gottschalk. «Ich hab mich da reingedreht. Aus einer blödsinnigen –»

«Blödsinnig, ja. – Ach Shit. Was soll das alles? Du machst aus nichts einen Wirbel.»

«Aus nichts?»

«So mein ich's nicht», sagte Anja. Sie stand auf und nahm ihm das Glas aus der Hand. Gottschalk sah zu ihr hoch. Anja zuckte leicht die Achseln. «Ich denk, wir wollten uns nicht nerven.»

3

Fedder hörte von Deutschland. Von DDR und der Gier des Volkes. Drüben wie hüben. Harte DM und marode Wirtschaft. Braunkohlewerke. Umweltsünder. Verbrecher. Er hörte von Beuteltierchen, von Guckern und Gaffern. Mit *Sony-* und *Braun*-Paketen durch die Herbertstraße. Nutten anglotzen, mit Muttern am Arm.

Fedder hörte von Körpersprache. Von der Krawatte des Kanzlers. Von Blüm in der Flügeltür und unter dem Tisch. Waigel, wurde eingeworfen. Bayrischer Pinocchio. SPD kein Thema. Nicht mit der Strategie. Nicht mit dem saarländischen Schleckermäulchen. Wein, Weiber und Tralala. Jemand wünschte sich Steffi zur Frau. Da ist der Graf vor. Der Vater hält die Hand drauf. Und mit dem Finger, dem kleinen Finger …

Zwei aufgetakelte ältere Modelle rümpften die Nasen. Demonstrativ nahmen sie sich in den Arm. Ein Bärtiger wischte sich Schaum vom Schnauz.

Fedder stand zwischen den Hockern am Tresen. Er hatte Espresso geordert und Mineralwasser. Coco zwinkerte ihm zu. Evelyn zapfte weitere Biere an. Der Laden brummte. Muddy Waters sang *Hoochie Coochie Man*. Evelyns Lieblingskassette. *Electric Blues*. Fedder kannte diesen Teil. John Lee Hooker, Little Walter, Baby-Face Willette, Jimmy Nelson, Howlin' Wolf. Sein Favorit war Memphis Slim mit *Mother Earth*.

Evelyn sah wahnsinnig gut aus. Coco nicht minder. Und die Neue erst. Schwarze Mähne und einen göttlichen Körper. Sie hatten die

Typen an der Theke und an den Tischen voll im Griff. Einen Halben nach dem anderen. Sich vollschütten und sich Phantasien hingeben. *Männer, geh mir weg mit Männern. Mach lalla.*

Evelyn flirtete mit einem Stammgast.

Fedder nippte an seinem Espresso und wartete auf den *Morgenpost*-Austräger. Er traute sich nicht, sein Notizbuch hervorzuziehen. *Du und deine Arbeit. Du und deine Welt.*

Die Weltlage wurde erörtert. Der Osten blutet aus. Gorbi ist ein Guter. Der Kommunismus ist am Ende. Ausverkauf. Freie Marktwirtschaft. Fröhliche Western. In der Weste nichts Neues. Ostern naht. Klingeling, klingeling, ich bin der Eiermann. Suffassoziationen. EWG-Eier. Kleine Größen aus Belgien nach Frankreich. Mittlere Größe aus Frankreich in die BRD-DDR. Klar doch. Eier und Fett. Das Eingefettete macht lüstern. Wie alles Glitschige. Fedder hörte was von Schweiß und Wasserfilm auf nackten Körpern. Keuchen auf dem Centre Court. Die Minis beim Aufschlag. Gigantisch. Er hörte von dem Flachland-Triefauge und von *Alles Nichts Oder*. Lesbisch wie von Sinnen. Gefragt wurde nach Mutter Beimer und Wie-heißt-sie-Gleich? Der Unterhaltungswert. Da steh ich zu. Pizza-Service und Dosenbier. Flasch Bier. Tass Kaff.

Sach ma Bescheid.

Evelyn zapfte weiter. Coco goß Wein ein. Die Göttliche nahm ihr Tablett und schwebte von Tisch zu Tisch. Einige Gäste zahlten. Am Tresen wurde jetzt Klartext geschnackt. Scheiß auf Beziehungsanalyse. Fakt ist.

Fedder hörte weg. Er trank seinen Espresso aus und sagte sich, es ist zuviel. Zwei Kneipenbesuche hintereinander und in jedem Laden die gleichen Sprüche. Das Aufplustern. Die Anmache. Zum Kotzen. Er dachte daran, zu gehen.

Doch da kam endlich die *Morgenpost*. Schlagzeile:

KOKAIN FÜR DEN ST.-PAULI-KILLER.
MODEL MIT PORNOS ERPRESST.

Fedder las, daß in Düsseldorf Daniela Milstadt verhaftet worden war: *«Ihre zarten Hände flattern. Daniela Milstadt (24), das schlanke, brünette Model mit Mini-Pferdeschwanz und Jeans-Anzug, ist nervös. Ihr Ende Februar in Hannover festgenommener Ex-Mann, Hans-Peter Milstadt, beschuldigt sie, den St.-Pauli-Killer Karl Weber (‹Zappa›) regelmäßig mit Kokain versorgt zu haben.*

‹Zappa hat mich erpreßt›, sagt sie. ‹Er hatte Fotos von mir, die er meinem Freund schicken wollte. Er sagte es nicht so deutlich, aber ich verstand.› Danilea Milstadt hatte sich 1989 von ihrem Mann getrennt und von Hamburg aus in Düsseldorf mit Hilfe eines millionenschweren Amerikaners eine Boutique für exklusive Ledermoden eingerichtet. 350000 Mark ließ sich der Geschäftsmann den Spaß kosten. Er ahnte nichts von der St.-Pauli-Vergangenheit der Brünetten – bis dann doch eines der Pornofotos auf seinem Schreibtisch landete. Da aber saß ‹Zappa› bereits in Haft. ‹Mein Freund hat weiterhin zu mir gehalten›, sagt sie. Jetzt allerdings sieht sie ihre Existenz gefährdet. Sie fragt sich, was ihren Ex-Mann bewogen hat, sie als Dealerin des St.-Pauli-Killers zu benennen.»

Das fragte sich Fedder auch.

«Heißes Teil», sagte einer neben ihm. Die *Morgenpost* hatte ein Foto von Daniela gebracht. Fedder hatte es schon einmal in einer Fernsehsendung gesehen. Er reagierte nicht auf die Bemerkung und faltete die Zeitung zusammen.

«Noch ein Wasser?» fragte Coco.

«Kannst du Evi mal kurz ablösen?»

Coco zwinkerte ihm wieder zu und nahm Tasse, Glas und Flasche mit. Evelyn sah nicht zu ihm hin, als Coco es ihr sagte. Sie hielt den Zapfhahn umfaßt und wiegte sich zu John Lee Hooker.

Aber sie nickte.

Bevor sie kam, zündete sie sich eine Zigarette an.

«Ja?» fragte sie und blies ihm den Rauch rüber.

«Sehen wir uns heute noch?»

«Kann spät werden.»

«Heißt das nein?»

«Unter Umständen. Wir telefonieren – ja?»

«Ich wollte dich was fragen.»

«Dann frag», sagte sie und nahm die *Fernet*-Flasche vom Bord. «Willst du auch einen?»

«Nein – ja, meinetwegen.»

«Was denn nun?»

«Einen», sagte Fedder. «Wie spät meinst du?»

«Drei, halb vier mit Sicherheit. Und ich muß unbedingt pennen.»

«Ich auch, und ich muß früh raus.»

«Dann lassen wir's – okay? – Was gibt's denn?»

«Na ja, ich hätte gern – okay. Kannst du mir was zu Herbie sagen? Der *Getaway*-Herbie. Du weißt –»

«Ich kenn ihn.» Evelyn winkte ab. «Was willst du hören?»

«Wie würdest du seinen Laden einschätzen? Vom Publikum her.»

«Gemischt. Er bemüht sich, die Skins und Faschos rauszuhalten. Das war 'ne Zeitlang ziemlich herb.»

«Ah, ja. Wann in etwa?»

«Letztes Jahr, so im Herbst. Als ich auch solo war. Da kam er öfter rüber.»

«Auch?» fragte Fedder.

Evelyn kippte ihren Fernet. Sie kniff die Augen zusammen.

«Geht's da lang?» fragte sie zurück.

«Du meinst, Herbie war –? Nein, ach was. Oder –?»

«Nichts oder, mein Lieber. Das haben wir geklärt.»

«Evi –»

«Ja, was?»

«Mir geht's allein um Herbie. Das heißt, wenn du mir mehr sagen kannst – ihn genauer kennst – Sabine war um die Zeit gelegentlich im *Getaway*, und ich hab den Eindruck, Herbie rückt nicht mit allem raus. Die Weigel, du weißt –»

«Ich weiß – mit der Geschichte ziehst du dich aus jeder Affäre.»

«Evi, das ist absoluter Unsinn. Mein Gott, wie oft muß ich dir das noch sagen?»

Evelyn schwieg. Sie schenkte sich noch einen *Fernet* ein und schaute sich nach Coco um. Coco tat, als habe sie alle Hände voll zu tun. Aber als Evelyn sich wieder zu Fedder drehte, gab sie ihm gestisch zu verstehen, daß sie unten vor den Toilettenräumen mit ihm reden wolle. Und sie zwinkerte verschwörerisch.

O nein, dachte Fedder und sah Evelyn flehend an.

4

Fips mußte dran glauben. Er war der Kleinste. Nicht der erste, *nein, nein*. Fips war erst später dazugekommen. Ein Mitbringsel. *Fips, Fipsi*. Nein, mit Fipsi hatte sie es nicht so. *Fips. Fips, der Wipps*. Fips klammerte sich an den Lampenschirm. *Nun komm schon, sei brav*. Fips war nicht groß. Nicht größer als seine Hand.

Wilfried trug das graue Äffchen in die Küche. Die pinkfarbene Brille des Äffchens verrutschte.

Mußt nichts sehen, Fipsi. Es ist Unordnung in der Küche. Wilfried war nicht brav, hat nach dem Kochen nichts zusammengestellt, nichts weggeräumt. Sollte Fipsi noch ein Häppchen essen? Letzte Mahlzeit. Etwas Hackfleischsoße? Vanillecreme?

Wilfried gönnte Fipsi eine Portion. Er tunkte Fips in die Soße.

Oh, oh, oh, jetzt hat Fipsi sich aber bekleckert. Und die Brille verloren. Böser Fipsi. Nun muß Wilfried Fipsi aber zurechtweisen. Beim Essen kleckern. Wenn Frauchen das sehen würde. Muß sie wieder Wisch und Wasch. Weg den Fleck.

Wilfried faßte Fipsi mit spitzen Fingern. *Mou-li-nex. Mou-li-nex.*

Nein, nicht in einem Stück. *Schrei nicht, Fipsi. Du hast geschlekkert und gekleckert. Jetzt bist du fett und rund. Und was machen wir mit kleinen, fetten Äffchen? Ja, Fipsi, jetzt mußt du dran glauben.*

Wilfried legte das Äffchen auf das Holzbrett. Es kreischte. *Ooohhhh*, es kreischte entsetzlich, als er das Messer ansetzte und ihm die Ärmchen abtrennte. Damit Fipsi nicht nach ihm schlug. *Erst die Ärmchen und dann die Beinchen.* Ganz schmutzige Finger machte Wilfried sich dabei. Hackfleischsoßenfinger. Tomatenmark und Majoran. *Pfeffer und Salz, Gott erhalt's.*

Noch ein Gebet, Fipsi? Lieber Gott, mach mich stumm, daß ich in den Himmel kumm. Du kannst die Händchen nicht mehr falten? Das ist nicht schlimm, Fipsi. Gott, der Herr, erhört dich. Er hört dich. Schluß mit dem Kreischen. Ich erbarme mich deiner.

Wilfried legte das Messer beiseite und griff nach dem Kräuterhobel. Er setzte den Hobel am Hals des Äffchens an. Nun kreischte Fipsi nicht mehr. Nun war er erlöst. *Mou-li-nex. Mou-li-nex.*

Wilfried gab Ärmchen und Beinchen, gab Rumpf und Kopf hinein und säuberte seine Hände am Tischtuch. Das war Fipsi. Wilfried schaltete die Maschine ein.

Affenfleisch. Lecker, lecker Affenfleisch.

«Danke», sagte Angelika zu dem Boten und nahm den großen Umschlag entgegen. Sie mußte noch quittieren. Sie unterschrieb mit ihrem vollen Namen. *Angelika Garbers-Altmann.*

Der Bote verabschiedete sich.

Angelika schloß die Tür und verriegelte sie wieder. Sie wußte sich allein in dem Bürohaus. Trotz mehrerer Anrufe hatte der Verwalter immer noch nicht dafür gesorgt, daß das Haustürschloß ausgewechselt wurde. Es schnappte nicht mehr zu. Jeder konnte ins Haus, und bei den Stadtstreichern war das auch schon rum. Sie schlichen sich nachts hoch in die oberste Etage und schliefen dort. Verrichteten ihre Notdurft. Das war mehr als unangenehm. Es war beängstigend für all die, die hin und wieder länger arbeiten mußten.

Angelika hatte schon zweimal in ihrem Büro genächtigt. Es ging, aber das mußte ja nun nicht sein. Nur weil man im Treppenhaus keinem Penner in die Arme laufen wollte. Einem Betrunkenen.

Heute würde sie sich abholen lassen. Sie hatte sich mit einem Anwaltskollegen zu einem späten Essen verabredet. Ihr fiel ein, daß sie noch zu Hause anrufen mußte. Wilfried sollte zumindest Bescheid wissen. Dazu fühlte sie sich immer noch verpflichtet.

Doch das Manuskript hatte Vorrang.

Angelika setzte sich an ihren Schreibtisch und öffnete den Umschlag. Der Redakteur hatte ihr einen handgeschriebenen Kurzbrief beigelegt:

«Liebe Frau Garbers-Altmann, die jüngste Entwicklung, Milstadt betreffend, ist von meinem Kollegen Hambrücher in einem gesonderten Artikel berücksichtigt. Ich hoffe, das Porträt Ihres Mandanten findet Ihre Zustimmung. Geben Sie mir bitte schnellstmöglich Bescheid. – Ihr Matthias Th. – PS: Ich darf Sie bei dieser Gelegenheit herzlich zu einer kleinen Redaktionsfeier am kommenden Montag, 20 Uhr, einladen.»

Das Manuskript war 25 Seiten stark. Es war mit dem bereits abgesprochenen Zitat betitelt: «ICH BIN NUR EINE KLEINE NUMMER...»

Angelika begann, den Text sorgfältig zu lesen. Auf Seite 18 strich sie eine Passage an und versah sie mit einem Fragezeichen. Sie betraf den Sex-Lokal-Besitzer Jürgen Schwengel: «... *der Ablauf des Raubes hatte dem ‹Kronprinzen› sehr gut gefallen, der präzise, professionelle Arbeit schätzt. Er lud Milstadt und ‹Zappa› beim nächsten Freigang in ein Kellerlokal am Hans-Albers-Platz ein. Dort soll Detering, laut Weber, gesagt haben, ein Konkurrent müsse einen Denkzettel bekommen. Der Sex-Lokal-Besitzer Jürgen Schwengel,*

49, mache sich in der Branche zu breit. Ende der siebziger Jahre hatte Schwengel eine Millionenpleite mit seinen ‹Party-Schwein›-Imbissen hingelegt, war dann aber mit neuen Vorsätzen aus den Staaten zurückgekehrt. Er eröffnete im norddeutschen Raum ein paar Etablissements und auf der Reeperbahn ein Go-go-Girl-Lokal, in dem die Tänzerinnen den Gästen eindeutige Angebote machten. Das war nicht im Sinne der ‹Detering-Stobbe-Connection›, zumal es zwischen Detering und Schwengel Streit um die Ablösesummen der Mädchen gab. Also einen Denkzettel für Schwengel. Detering hielt einen abgeschnittenen Finger für angemessen, dafür wollte er 10 000 Mark zahlen. ‹Zappa› nahm gleich die ganze Hand. ‹Das löse ich auf meine Art.› Er schlug Revolver statt Messer vor. Detering war einverstanden und erhöhte auf 20 000. Also machten sich ‹Zappa› und Milstadt im BMW gen Buchholz auf. Sie trugen, so erinnert sich ‹Zappa›, ihre Berufskleidung, die Freigängermontur aus Neuengamme: dunkelblauer Overall und Mütze. Sie sahen aus wie Handwerker, eine gute Tarnung, weil ihr Opfer ausgesprochen vorsichtig war und so gut wie nie das Haus verließ. Den BMW stellten sie in der Nähe auf einem Parkplatz ab. Sie liefen ein wenig ratlos die Treppen hinauf und herunter, denn der Name stand nicht an der Tür des Hauses, dessen Adresse sie hatten. Dann klingelten sie, ein Mann im Bademantel öffnete. ‹Zappa› fragte nach seinem Namen – es war der Richtige – und schoß. Komplize Milstadt betäubte derweil die Ehefrau in der Küche mit Gas. Auf der Flucht der Täter ging einiges schief: ‹Zappa› verlor seinen Schließfachschlüssel Nr. 17 von Neuengamme, Milstadt die Gassprühdose, und kurz vor Hamburg bockte der BMW, aber sie trafen rechtzeitig wieder in der Vollzugsanstalt ein. Das war am 9. Juli 1988. Drei Tage zuvor hatte das Landgericht Hamburg, Große Strafkammer 9, beschlossen, die restliche Freiheitsstrafe des Karl Weber auszusetzen und ihn am 13. Juli, also vier Tage nach dem Buchholzer Mord, freizulassen. Weber hatte bei seinem ersten Auftritt im neuen Gewerbe makellose Arbeit geleistet …»

Auer, schrieb Angelika an den Rand. *Der Samurai – März 88.*

Sie konnte sich allerdings denken, warum das unter den Tisch gefallen war. Kalli hatte sich bei diesem Fall in Widersprüche verwickelt. Im Zusammenhang mit dem Mord an Stobbe und Herbert Botan hatte er zu Protokoll gegeben, Botan in den Tagen vor dessen

Ermordung zum erstenmal begegnet zu sein. Aber Botan war Zeuge der Erschießung des *Samurai* gewesen. Der Stone. Stobbe. – Es war *mein* Job. Angelika dachte an das konfuse Gespräch mit Kalli. Sie fragte sich, ob Zappas Ungenauigkeiten allein auf seinen Drogenkonsum zurückzuführen waren. Ob er nicht auch log, sich mit Taten brüstete, die er gar nicht begangen hatte.

Aber, warum?

«*... makellose Arbeit geleistet und seinen sich selbst gestellten Anspruch erfüllt: Die Opfer sollten nicht leiden. Gleich der erste Schuß mußte tödlich sein. Der zweite kam dann immer nur so ‹zur absoluten Sicherheit›. Nein, eine Kindesentführung, Unschuldige als Opfer eines Kommandos – für ‹Zappa› undenkbar. Weber hatte sich, was seine Opfer angeht, eine Rechtfertigung zusammengestellt: ‹Das waren alles keine Unschuldslämmer› – eine Haltung, die auch in diesen Tagen bei ihm zum Tragen kommt, jenen Mann betreffend ...*»

Nein!

Angelika machte einen dicken Strich. Das durfte unter keinen Umständen veröffentlicht werden.

5

Der Sender brachte einen Kommentar zum Attentat auf den SPD-Kanzlerkandidaten: «*Eine Gewalttat ist geschehen. Diesmal ist das Opfer ein Politiker. Wieder einmal wird man sich fragen, ob genug für die Sicherheit getan wurde. Und wieder wird man sagen, daß es hundertprozentige Sicherheit nicht gibt ...*»

Der Mann sah zu dem gerahmten Foto an seiner Bürowand.

Es war eine Luftaufnahme: eine hakenförmige Koralleninsel in einem türkisen Meer, umsäumt von einem sechseinhalb Kilometer langen weißen Sandstrand.

Der Mann hatte diese Insel gesichert – hundertprozentig. Es war eine Bahama-Insel. Sie lag nur 200 Meilen von der Küste Floridas entfernt und gehörte seinem kolumbianischen Partner. Aber das würde der Mann immer weit von sich weisen und eine Verleumdungsklage erheben, wenn irgend jemand behauptete, daß er mit dem Kolumbianer geschäftlich in Beziehung stehe.

Er hatte ihm eine Wächtertruppe zusammengestellt, Personal vermittelt. Mehr nicht.

Der Mann war alleiniger Inhaber einer gutgehenden Firma. Security-Service. Sicherheit war gefragt. Bei Geldtransporten. Von Personen des öffentlichen Lebens, Unternehmern, Bankern – auch Politiker wären gut beraten, ihn mit ihrem Schutz zu beauftragen. Seine Männer hätten diese Schizophrene früh genug weggehauen. Selbst bei Tuchfühlung mit ihrem Opfer.

«*... die Menschen wollen keine hermetisch abgeschirmten Politiker. Und die Politiker wollen es auch nicht. Sie wollen Menschen bleiben. Und sie genießen das Bad in der Menge, wohl wissend, in der Menge badet es sich manchmal sehr gefährlich.*»

Dennoch – ein Messer ziehen und zustechen sind zwei Bewegungen. Schon bei der ersten ist der Bewacher gefordert. Darauf waren seine Leute trainiert. Besser als jeder MEK- oder GSG-9-Mann.

Der Mann hatte ein paar ehemalige GSGler beschäftigt und gesehen, daß seine Kernmannschaft ihnen in jeder Hinsicht überlegen war.

Der Mann konnte sich rühmen, die schnellsten und härtesten Kämpfer zur Verfügung stellen zu können. Wahre Teufel. Was für andere die Hölle, ist ihr Zuhause, scherzte er gelegentlich.

Sein kolumbianischer Partner war mehr als zufrieden. Er hatte ihm weitere Aufträge gegeben. Gepanzerte Limousinen, Motorräder. Fahrer und Hausangestellte. Einen Koch und auch eine Lehrerin, die den Deutschen Spanisch beibringen sollte und den Kolumbianern Deutsch.

Der Mann hatte lange nach einer für diese Aufgabe geeigneten Frau suchen müssen. Bis er sich an Ulrike erinnert hatte. Sie beherrschte fließend fünf Sprachen und wenige Tage nach ihrer Ankunft auf der Insel auch den Kolumbianer.

Der Mann äußerte manchmal im Kreis enger Vertrauter, wie einfach doch dieser Latino im Grunde genommen gestrickt war.

Ihm konnte das allerdings nur recht sein. Als Geliebte des Kolumbianers hatte Ulrike seinen ganz großen Einstieg beschleunigt. Ihrem persönlichen Einsatz verdankte der Mann inzwischen die Kontrolle über den gesamten europäischen Markt. Selbstverständlich war sie angemessen beteiligt.

«*... sie und wir werden weiter mit der Gewalt leben müssen*», schloß der Kommentator, und der Sprecher leitete zum nächsten Beitrag über: *«Hören Sie nun das bereits angekündigte Interview von Butz Peters mit der Anwältin des St.-Pauli-Killers, Angelika Garbers-Altmann...»*

6

«ICH BIN NUR EINE KLEINE NUMMER...»

Die Geschichte des St.-Pauli-Killers Karl Weber.

Wir erinnern uns: Alain Delon steht vor dem Spiegel. Er hat seine «Uniform» angelegt, den hellen Trenchcoat mit Gürtel und den großen Taschen. Er hat den Hut aufgesetzt und bringt mit zwei Fingern die Krempe in die richtige Linie. Ein Ritual.

«In meinen Filmen gibt es immer diese Minute der Wahrheit», sagte Melville. «Der Mensch vor dem Spiegel, das ist die Prüfung, die Bilanz.» Alain Delon ist Jeff Costello, «Der eiskalte Engel» – ein professioneller Killer.

Auch Karl Weber, «Zappa» genannt, hat an jenem Novembermorgen vor dem Badezimmerspiegel gestanden. Wir wissen nicht, ob er dabei zu sich, zu seinem eigentlichen Ich, vorgedrungen ist. Er ist Minuten später verhaftet und abgeführt worden. Sieben Morde im Auftrag werden ihm angelastet, zu fünf hat er sich inzwischen bekannt: Karl Weber – ein Alain Delon vom Hamburger Kiez?

So will es die Staatsanwaltschaft, doch das Bild ist schief.

Karl Weber hat nicht das Mystische des von Alain Delon verkörperten Jeff Costello. Seine Gesten haben nichts Existentielles. In seinen Augen ist keine Kälte. Sein Blick ist offen. Und auch sonst ist so manches anders als in einem Film Noir.

*

Karl Weber lebte nicht allein. Mit seiner Frau Renate und der 15jährigen Tochter bewohnte er eine Dreizimmerwohnung an der Grindelallee. Die Universität liegt nicht weit entfernt. 45 000 Einwohner sind in diesem Stadtteil gemeldet, ebenso viele Studenten an der Uni eingeschrieben. Es ist das typische Studentenviertel mit Copy-

Shops, Geschäften und Boutiquen, Kinos, Kaffeestuben und italienischen, griechischen und türkischen Lokalen. Doch Karl Weber nahm von diesem Umfeld kaum Notiz.

Der Kontakt zu den Nachbarn war minimal. Frau Renate verließ fünf Tage in der Woche um 7.30 Uhr das Haus, um 8 Uhr war für sie Dienstbeginn als Buchhalterin in einem technischen Großhandel.

Wenn sie gegen 17 Uhr von der Arbeit zurückkam, hatte ihr Mann Karl sich um den Haushalt gekümmert und oft auch schon das Abendessen vorbereitet. Am liebsten kochte er Nudelgerichte. Der gemeinsame Feierabend verlief ruhig. Weber schaute sich die Regionalprogramme RTL «Nord live» und das «Hamburg Journal» an. Er las den «Spiegel», STERN, «Sport» und «Geo» und immer wieder in der Kröner-Ausgabe Herodot, Historien.

Die schönsten Stunden aber waren für ihn die mit der Tochter Julia. Mit ihr ging er zum Schwimmen in das Alsterbad oder begleitete sie zu ihrem Reitunterricht in die New Forest Reitschule. Das war das Vaterprogramm für Karl, den Killer, der meistens Jeans und Jogging-Jacke trug, stangenweise Chesterfield rauchte und kaum ein Wort mit den Nachbarn sprach.

Er mied überhaupt Menschen, vor allem Menschenmassen. Fußball fand er zu laut, im Kino und in der U-Bahn bekam er Platzangst. Er fuhr in seinem Golf mit Stereoanlage oft in die Randbezirke der Stadt, in die Landschaftsschutzgebiete hinter Rahlstedt, nach Volksdorf und auch nach Reinbek, Aumühle. Dort lief er stundenlang durch die Wälder, trank dann in einer Gaststätte ein Cola und fütterte den Spielautomaten. Seit Jahren war er weg vom Alkohol, konsumierte Hasch und Kokain. Während seiner letzten Haft im Knast Fuhlsbüttel war er abhängig geworden. Manchmal wachte er nachts schweißgebadet auf, und wenn kein «Stoff» mehr im Haus war, zog er los und suchte «seinen Mann». Frau Renate wußte von seiner Sucht, hat aber nie etwas dazu gesagt. Sie ist ihm eine treue Frau.

Seit ihr Mann am 8. November vergangenen Jahres von fünf Beamten des LKA 26 (Organisierte Kriminalität) in der Wohnung festgenommen wurde, hat sie ihn mehrmals im Untersuchungsgefängnis besucht und ihm Pakete geschickt: Wäsche, Kaffee, Kuchen und Schokoriegel. Am vergangenen Wochenende haben sie sich unter extremen Sicherheitsvorkehrungen an einem anderen Ort inner-

halb Hamburgs gesehen. Am Freitag vor Silvester brachen sie die Besuchszeit vorzeitig ab, weil sie nicht allein miteinander reden konnten.

Fünf Tage vor seiner Verhaftung hatte Karl Weber seinen 39. Geburtstag. Er wirkte in diesen Tagen sehr gedrückt, «irgendwie deprimiert», sagt Frau Weber. Sie kennt solche Phasen bei ihm. Weber sagt: «Ich habe gespürt, daß ich aus dem Spiel war, nicht mehr gebraucht wurde. Ich bin nur eine kleine Nummer.»

Doch wer ist diese «kleine Nummer», die zum – mindestens – fünffachen Mörder wurde?

*

Karl Weber ist in Bochum geboren, einer Ruhrgebietsstadt, von der Herbert Grönemeyer singt: «Du bist keine Schönheit, vor Arbeit ganz grau. Du liebst dich ohne Schminke, bist 'ne ehrliche Haut.»

Webers Vater ist kaufmännischer Angestellter bei «Aral», die Mutter arbeitet aushilfsweise in einer Bäckerei. Karl besucht nach der Volksschule das Gymnasium und macht sein Abitur. Er ist kein herausragender Schüler, nur in Sport und Musik hat er überdurchschnittlich gute Noten.

Im Abiturjahr 1968 trifft Karl Weber bei den legendären ersten «Internationalen Essener Song-Tagen» auf den damals in Deutschland noch weitgehend unbekannten Frank Zappa. «Total angetörnt» von ihm und seinen «Mothers of Invention» übernimmt er Haltung und Posen des amerikanischen Underground-Musikers. Fortan ist er «Freak», trägt langes Zottelhaar und einen Schnauzbart wie sein Idol. Er zieht von zu Hause aus und beginnt an der Bochumer Universität mit dem Studium der Betriebswirtschaft. Bei einer von Studenten und Lehrlingen gemeinsam organisierten Demonstration lernt er Renate kennen. Ihr ist gerade das Lehrverhältnis in einem Möbelgeschäft wegen «unerlaubten Urlaubs und Vernachlässigung der berufsschulischen Pflichten» gekündigt worden.

Die Tochter eines Kfz-Mechanikers und einer dazuverdienenden Halbtagskassiererin bei «Aldi» verbringt einige Nächte mit «Zappa», sieht in dem Zusammensein aber nichts «auf Dauer». Doch Karl Weber ist in das knabenhaft wirkende Mädchen mit dem dunkelbraunen Haar ernsthaft verliebt. Er will sein Studium abbrechen und Geld machen, Renate heiraten.

«Eine Serviette, bitte», sagte Detering. Barbara zog fragend die Augenbrauen hoch. «Ich muß mir die Sülze von den Fingern wischen.»

Detering legte die gefaxten Seiten auf den niedrigen Rattantisch. Er betrachtete angewidert seine Hände.

Barbara wußte nicht, ob sie seiner Bitte Folge leisten sollte. Sie wußte nie so recht, woran sie mit Uli war. Auch im Bett nicht, obwohl sie sich auf dem Gebiet auszukennen glaubte. Sie sagte oft, daß sie eine der wenigen Huren aus Leidenschaft war und sie nichts erschüttern könne. Doch Detering war die Ausnahme. Im Bett und überhaupt.

«Eine Serviette?» fragte sie nach.

«Eine Serviette», wiederholte Detering. «Bitte.» Seine Stimme war sehr sanft.

Barbara unterdrückte einen Seufzer und stand auf.

Als sie mit einer einfachen weißen Papierserviette auf die Veranda zurückkam und sie Uli reichte, dankte er und rieb sich damit die feuchten Hände ab.

Es war um diese Tageszeit sehr heiß. Eigentlich war es immer heiß in Costa Rica. Eine schwüle Hitze. Hohe Luftfeuchtigkeit. Barbara sehnte sich seit Wochen schon nach Hamburger Schmuddelwetter. Nach einem Bett mit Daunendecke, nach frischen Brötchen und der Klatschspalte in der *Morgenpost*, einem Klönschnack mit früheren Kolleginnen am Telefon oder im *Elysee* an der Bar.

«Sie ist ihm eine treue Frau», zitierte Detering. Er winkte Barbara näher an sich heran. «Zum Abkotzen. – Wie war das noch gleich mit ihr? Im August, auf Ibiza?»

«Du meinst Renate?»

«Ich frage nach Renate, ja.»

«Was denn?»

«Würdest du uns noch eine Serviette holen?»

Barbara war nun wirklich völlig irritiert. Doch Uli streichelte leicht ihren nackten Schenkel und lächelte bittend.

Aber bevor Barbara sich in Bewegung setzen konnte, ging es in dem benachbarten Bungalow wieder los: *Sympathy For The Devil* in einer Lautstärke, die ganz San José erbeben ließ. Barbara traf es wie ein Schlag.

Ihr Kopf ruckte nach hinten, und sie taumelte.

Detering schnellte hoch und stürmte an ihr vorbei ins Haus.

Wahrscheinlich schrie er irgend etwas, aber es war nicht zu hören. Nur das Trommeln und das Rasseln und Mick Jagger. Und das Geheul – oh, yeah!

Bewaffnet mit einer Pumpgun tauchte Detering wieder auf.

Er zog durch und feuerte eine Ladung rüber.

Eine Scheibe zersplitterte – aber auch das war nicht zu hören. Selbst der Schuß schien nichts weiter als ein kurzes Knacken der Platte zu sein.

Detering lief über den Rasen zur Hecke.

Drüben erschien Indianer-Joe auf dem Balkon, nackt und in der Rechten eine Magnum.

Barbara warf sich instinktiv auf den Boden.

Sie bekam nicht mehr mit, daß Uli noch einmal schoß, und auch nicht, daß Indianer-Joe das Feuer erwiderte.

Sie hörte und sah nicht, daß Kaiser Kalle, Ingo, der Lange, Petermännchen und Leberfleck-Willi nun ebenfalls aus ihren Domizilen herbeieilten und ausschwärmten, alle mit Pistolen und Revolvern bewaffnet und Petermännchen zudem noch mit einem Baseball-Schläger, wild entschlossen, dem Spuk jetzt ein für allemal ein Ende zu bereiten.

Nichts gegen Mick Jagger. Nichts gegen die guten alten Zeiten. Gekifft und ordentlich einen losgemacht haben wir alle – das kam Barbara in den Sinn, obwohl sie achtundsechzig noch im Kinderladen herumgekrabbelt war und später kaum geraucht, sondern fast ausschließlich geschnieft hatte.

Aber seit sie sich hier einquartiert hatten, waren diese Sprüche ständig abgelassen worden, von den mittlerweile gesetzten Herren, deren Aktion sie jetzt absolut nicht wahrnahm. Weil sie nicht aufblickte und erst recht nicht zur Brüstung robbte und dann auch gleich wieder an die Serviette dachte – uns, uns eine Serviette holen, o nein, dieser Scheiß-Song nahm und nahm kein Ende!

Doch.

Plötzlich hörte sie nur Uli.

«... Wichser!» schrie er. «Ich knall dich ab! Ich pump dich voll und versenk dich im Pool!»

«Hab ihn schon!» rief ein anderer. Barbara erkannte Leberfleck-Willis Stimme. Und die von Ingo, dem Langen.

«Meine Fresse! Guck dir nur seinen Riemen an!»
«Was ist damit?»
«Rot! Rot lackiert!»
«Was?!»
«Er hat seinen Dödel lackiert!»
«Ich niete ihn um, diesen Wichsfrosch!»

Barbara riskierte es, ihren Kopf zu heben. Was sie sah, erinnerte sie an eine Szene aus Miami Vice. Die Männer aus der Nachbarschaft trugen Muskel-Shirts und weite weiße Hosen. Sie hielten ihre Waffen mit beiden Händen und richteten sie auf den Balkon. Dort standen der Peter-Maffay-Typ, Leberfleck-Willi, und Ingo, der Lange. Sie hatten den offenbar bewußtlosen Indianer-Joe zwischen sich und zogen ihn zur Brüstung.

«Den Sack auch!» rief Ingo, der Lange. «Meine Fresse!»

«Daran krepiert er», ergänzte Leberfleck-Willi und fing an, meckernd zu lachen.

«Schmeißt ihn runter!» schrie Uli.
«Frisch lackiert! Meine Fresse!»
«Wie? Was?» wollte Petermännchen wissen.
«Matt!»
«Runter mit ihm!»

Barbara stand auf. Sie verspürte ein dringendes Bedürfnis.

Auf der Toilette sitzend, hörte sie, daß nun alle zu ihnen auf die Veranda kamen, wild durcheinander redeten und lachten. Sie tupfte sich mit einem Handtuch Brüste und Bauch trocken, streifte sich ein Top über und holte einige Dosen Bier aus dem Kühlschrank.

Der lange Ingo und Leberfleck-Willi hatten den nackten Indianer-Joe auf die Fliesen gelegt. «Sieh dir das an», begrüßte Kaiser-Kalle sie. «Hat sich das ganze Gehänge bepinselt.»

Uli legte die Pumpgun auf den Tisch und bat sie, einen Eimer Wasser zu holen. Er wischte sich den Schweiß von der Stirn und machte ein böses Gesicht. Petermännchen fragte ihn, was er vorhabe. Uli gab ihm keine Antwort.

Barbara ließ sich die Bierdosen aus den Händen nehmen und beeilte sich, Ulis Bitte nachzukommen. Sie hatte nur einen flüchtigen Blick auf den wie tot daliegenden Indianer-Joe geworfen. Einen Eimer Wasser und dann nichts wie rauf in den hinteren Schlafraum. Doch sie ahnte schon, daß daraus nichts werden würde.

Uli nahm ihr den Eimer ab und nickte zu dem noch freien Korbsessel hin. Die anderen hatten bereits Platz genommen und sich zurückgelehnt.

«Er ist im Grunde genommen eine arme Sau», sagte Kaiser-Kalle gerade.

«Aber echt nervig.»

«Wieder total bedröhnt, wenn du mich fragst.»

«Meine Fresse!»

«Er soll was davon haben», sagte Uli und goß den Eimer über Indianer-Joes Kopf aus. «Die Keule.»

Petermännchen zögerte einen Moment.

Indianer-Joe rührte sich und hustete. Uli stellte den Plastikeimer ab und langte nach dem Baseballschläger.

Barbaras Arme und Beine überzogen sich mit einer Gänsehaut. Sie drückte sich tief in den Sessel und schloß die Augen.

«Nachrichten aus Old Germany?» fragte Kaiser-Kalle und befingerte die Fax-Seiten. Irgend jemand lachte. Dann war kurz Indianer-Joe zu hören, der was brabbelte. Und dann ein dumpfer Schlag und ein entsetzlicher Schrei.

7

Lucile landete mit der Abendmaschine aus Miami auf dem Airport Juan Santamaria.

Beim Anflug hatte sie einen wunderbaren Blick auf das riesige Lichtermeer im Zentraltal von Costa Rica gehabt.

Ihr Sitznachbar, ein junger, sympathischer Jurastudent aus Bremen, hatte ihr während des Fluges einiges von Land und Leuten erzählt. Er hatte im Frühjahr mit seiner Freundin schon einmal zwei Wochen Urlaub in einer der Pazifikbuchten gemacht. Die Freundin hatte danach einen auf ein Jahr befristeten Job in einer Anwaltskanzlei in San José angenommen.

Sie hatte ihm seitdem regelmäßig geschrieben, das weitverbreitete Bild von Costa Rica als der Schweiz Mittelamerikas korrigiert.

Es gab Inflation, Arbeitslosigkeit, Unterbeschäftigung, eine Auslandsverschuldung, die pro Kopf zu den höchsten der Welt zählte, fehlende Finanzierung für die Universität, die Bananenkrise, die

Wohnungskrise, die Krise des Sozialversicherungssystems, alarmierenden Wassermangel in der Hauptstadt – eine staatliche Unfähigkeit zur Lösung der strukturellen Probleme des Landes, bei der Verteilung des Grundbesitzes und der ungleichen Einkommenverteilung angefangen bis hin zu der Tatsache, daß lediglich durch die Zufuhr von Mitteln aus den USA der Staat am Leben gehalten wurde.

«Davon liest und hört man so gut wie nichts», hatte der Student gesagt. «Costa Rica ist demokratisch und neutral – ja, ja, schon. Aber der Bevölkerung geht es unheimlich dreckig. Nur den Ausländern, Deutsche vor allem – da hat sich eine Clique der übelsten Sorte eingenistet. Eine Mafia Alemana, schreibt Rita. Bordellbesitzer aus Hamburg, Zuhälter, Großdealer.»

Lucile hatte Erstaunen gemimt und den Gurt angelegt.

Der junge Mann hatte noch von den luxuriösen Villen geredet – gleich neben der des Präsidenten –, in denen nächtelang wilde Koksorgien gefeiert wurden.

Er war ein lieber Junge und hatte sich ein wenig in sie verguckt.

Bis sie durch die Kontrollen waren, blieb er in ihrer Nähe und fragte auch, in welchem Hotel er sie erreichen könne. Sie sagte, sie wisse noch nicht, wo ihre Geschäftspartner sie unterbringen würden, und er schrieb ihr die Telefonnummer der Kanzlei auf. Dann eilte er auf seine Rita zu.

Lucile hielt nach Barbara Ausschau.

Sie erkannte sie kaum wieder.

Barbara hatte mindestens fünf Kilo weniger, trug flache Schuhe und einfache Jeans. Sie hatte ihre langen blonden Haare glatt zurückgekämmt und zu einem Zopf gebunden.

Lucile ließ sie herankommen.

Barbara umarmte sie und drückte sie fest an sich.

«Ich bin ja so froh», sagte sie. «Lucile, o Lucile.» Sie küßte sie auf beide Wangen.

«Du heulst ja.»

«Ich kann dir gar nicht sagen, wie ich mich freue.»

«Ja, ich find's auch schön, dich zu sehen. Am Telefon –»

«Ich konnte nicht so reden. Aber du hast mich verstanden, ja? – Du bist gekommen.»

«Du hast von ausspannen gesprochen, und ich hab's nötig. Ich hab in den letzten Monaten hart ackern müssen. Die verfluchten Schulden. Du weißt ja, was ich mir mit der Wohnung ans Bein gebunden habe. Und das Geld sitzt keinem mehr locker.»

«Ja, ja, du sollst – du kannst dich hier schon erholen», sagte Barbara und griff nach Luciles *Holiday Bag*. «Ist das alles? Bist du sehr müde?»

«Warte mal ab. Hab ich vielleicht was falsch verstanden? Ich möchte wirklich meine Ruhe haben. Auch in nichts hineingezogen werden. Sonst düs ich gleich wieder ab.»

«Lucile – nein, nein. Ich wünsch mir nur –» Sie brach ab. Ihre Lider flatterten, und sie wandte ihr Gesicht ab, wischte sich über die Augen. Lucile nickte entschlossen.

«Okay», sagte sie. «Für was soll ich diesmal herhalten? Was steckt hinter der Einladung? Ich hab's offenbar nicht geschnallt.»

«Ich brauche dich. Ich – ich muß mit jemandem reden können. Nur einfach reden, ganz normal reden. Ich halt's nicht mehr aus. Ich dreh durch. Ich kann nicht mehr. Du – du bist die einzig wirkliche Freundin, die ich habe, und du –»

«Was soll ich?» fragte Lucile wieder. «Was hältst du nicht mehr aus?» Sie sah sich kurz um.

Die Halle hatte sich geleert. Eine dunkel gekleidete Frau mit indianischen Gesichtszügen feudelte die Fliesen. An einer Säule lehnte ein Mann und blätterte eine Illustrierte durch. Er erwiderte Luciles Blick und deutete an, daß er bereitstehe, ihnen zu Diensten sei.

Barbara schniefte.

«Bitte», sagte sie leise.

«Kann man hier irgendwo was trinken?»

«Ja, ich –»

«Ich hör's mir an», unterbrach Lucile sie. «Und du erzählst mir alles. Dann werd ich entscheiden, ob ich bleibe oder nicht. – Mein Gott, ich hätte mir eigentlich denken können, daß es nicht *just for fun* ist. Wie ist das mit dem Ticket?»

«Ich – Lucile, du hast keine Kosten. Dabei bleibt's. Aber bitte, bitte – ein paar Tage.»

Lucile entzog ihr die Reisetasche und schulterte das Teil.

Für einen Moment dachte sie an den jungen Studenten und beneidete ihn. Er würde aller Wahrscheinlichkeit nach eine gute Zeit und keine größeren Probleme haben. Jedenfalls wünschte sie ihm das. Und sich die Gewißheit, ihren Trip nicht bereuen zu müssen.

Ohne darauf zu warten, welche Richtung Barbara vorgab, marschierte sie los.

8

Broszinski dankte und hängte ein. In der vor ihm liegenden Akte notierte er Datum und Zeit und schrieb die ihm durchgegebene Rufnummer darunter. Damit war sein Arbeitstag beendet. Es war 22.12 Uhr, und er konnte in zehn Minuten zu Hause sein.

Broszinski griff noch einmal zum Hörer und wählte seinen Anschluß. Nach dem ersten Freizeichen schaltete sich der Anrufbeantworter mit Birtes Ansage ein: *«Hallo. Ich bin zur Zeit telefonisch nicht zu erreichen. Sie können aber nach dem Signalton eine Nachricht auf Band sprechen. Ich rufe dann zurück.»*

«Brauchst du nicht», sagte Broszinski. «Ich bin's. Du kannst abnehmen. Ich mach jetzt Schluß und komme. Wenn du magst, können wir uns aber auch im *Rexrodt* treffen. Ich muß noch eine Kleinigkeit essen. – Hey, schläfst du etwa schon? Oder sitzt du in der Wanne? – Okay, ich erzähl dir noch ein bißchen was. Wir haben Vollmond, und ich hab mich vorhin entschlossen, den nächsten Vollmond mit dir irgendwo im Süden zu erleben. Egal, was sein wird. Mit Weber läuft es gut, und auch sonst kommen wir jetzt gut voran. Zwei Wochen Urlaub, lange schlafen – mit dir schlafen. Weißt du, daß ich dich – nein, das sag ich jetzt nicht. Das hörst du nur, wenn du dich meldest. – Hey, willst du nicht? – Okay, dann schläfst du tatsächlich. Ich bin gleich bei dir. Tschau.»

Er legte den Hörer auf, schloß die Akte ein und zog seine Jacke über. Auf dem Parkplatz waren noch über ein Dutzend Privatwagen. Gottschalks grüner Ford parkte neben seinem Golf.

Broszinski sah auf dem Beifahrersitz eine prall gefüllte *Alsterhaus*-Tüte. Er dachte daran, daß sie seit Wochen ein gemeinsames Essen planten. Aber immer wieder mußte er es verschieben. Mal war es wegen Weber, und dann kam dies und jenes dazwischen. Gespräche mit Giesing, Treffen mit Informanten oder auch Birtes Wunsch nach einem Abend mit ihm allein.

Gottschalk war schon maulig.

Broszinski wußte, daß Pit das Bedürfnis hatte, mit ihm über Regina zu reden. Obwohl er so tat, als sei seine Beziehung zu ihr beendet, kam er doch nicht so richtig damit klar. Er ließ jedenfalls druchblicken, daß er die Frau nicht verstand. Sie hatte ihm nichts erklärt, sich von einem Tag auf den anderen total zurückgezogen. Und Gottschalk litt – auch wenn er es zu überspielen versuchte.

Broszinski stieg ein und fuhr los. Er nahm sich fest vor, an einem der nächsten Abende zumindest einen Wein mit Pit zu trinken.

Er brauchte acht Minuten bis zum Haus und weitere fünf, um einen Parkplatz zu finden.

Als er die Wohnungstür aufschloß, hatte er ein merkwürdiges Gefühl. Das Licht brannte. Nicht nur im Flur, auch in der Küche, in den vorderen Räumen, im Bad. Sämtliche Türen standen weit offen. Bis auf die Schlafzimmertür. Sie war angelehnt. Er ging gleich nach dorthin durch und blickte durch den Spalt. Die Leselampe auf Birtes Bettseite brannte.

Birte lag nicht im Bett.

Sie ist ausgegangen, war sein erster Gedanke. Sie ist angerufen worden, hat sich mit einer Freundin, einem Bekannten getroffen, eine Nachricht hinterlassen. Wie immer. In der Küche, auf der Tafel. Oder auf dem Block neben dem Telefon.

Er sah nach.

Er fand keine Notiz.

Er stellte fest, daß ihre gefütterte Jacke nicht am Garderobenhaken hing, daß ihre Wildlederstiefel fehlten und die schmale Handtasche mit den Papieren.

Wenn sie ihn auch nur ein einziges Mal über eine ihrer Aktivitäten nicht informiert hätte, wäre er ruhig geblieben. Aber Birte hatte einen Tick. War sie allein, verließ sie die Wohnung nie, ohne ihm einen Zettel geschrieben zu haben. Er hatte es ihr oft auszureden versucht. Sie war ihm keine Rechenschaft schuldig. Er mußte nicht wissen, mit wem sie unterwegs war, wohin sie ging und was sie machte. Doch sie wollte es. Es konnte ja was passieren. Dann werde ich es schon erfahren, hatte er entgegnet. Von dir oder schlimmstenfalls von Kollegen.

Nein. Sie war dabei geblieben.

Diesmal nicht.

Nicht der geringste Hinweis. Nichts deutete auf einen überstürzten Aufbruch hin.

Broszinski hatte keine Erklärung. Es gab keine.

Er zündete sich einen Zigarillo an. Seine Hände zitterten. Er mußte was tun.

Sofort.

Er nahm noch einen Zug und ging hinüber zu den Nachbarn.

Ulla öffnete ihm.

«Hast du Birte heute gesehen oder gehört?» fragte er.

«Ja», sagte sie. «Vorhin noch. Ist was?»

«Sie ist weg, und ich habe Grund, mir Sorgen zu machen.»

«Wieso? Habt ihr euch –?»

«Nein, haben wir nicht», unterbrach er sie. «Entschuldige. Wann war das?»

«Vor einer halben, dreiviertel Stunde. Ich weiß nicht genau. Aber was ist denn?»

«Sie ging raus? Hat sie irgendwas gesagt?»

«Jan, bitte – was soll das? Was heißt, du machst dir Sorgen? – Ja, wir haben ein paar Worte gewechselt. Sie ist Luft schnappen –»

«Hat sie *das* gesagt?»

«Nein, aber – ich versteh dich nicht.»

«Über was habt ihr geredet?»

«Du, ist das nicht wirklich ein bißchen übertrieben?»

«Nein», sagte er. «Überhaupt nicht. Wenn ich sage, ich habe Grund, beunruhigt zu sein, dann habe ich einen. Seid ihr euch hier im Treppenhaus begegnet?»

«Vor dem Haus, Jan. Ich kam, und sie ging. Sie hat gefragt, ob es bei morgen bleibt. Sie will mir ja die Kinder abnehmen. Ich hab um drei einen Termin. Ja, danke, noch mal danke. Schönen Abend noch, das war's. – Sie ist spazieren. Herrgott noch mal, was hast du denn für einen Grund?»

«Das war alles? In welche Richtung ist sie gegangen?»

«Jan –»

«Verdammt, mir ist es ernst! Sie spaziert nicht einfach so los! Sie – entschuldige, ich weiß, daß sie das nicht tut. Ich weiß es!»

«Dann sei so lieb und erklär mir –»

«In welche Richtung?» unterbrach Broszinski sie wieder.

Ulla war sichtlich genervt.

«Zur Mundsburger hin», sagte sie.

«Vor ungefähr einer dreiviertel Stunde, ja? – Danke.» Er ließ sie stehen und eilte zurück in seine Wohnung.

9

Die Nachricht verbreitete sich auf den Revierwachen der Freien und Hansestadt wie ein Lauffeuer. Sie war der vorläufige Hit der Vollmondnacht: Am Burchardkai waren zwei südafrikanische Seeleute in die Elbe gesprungen, um ihr bereits auslaufendes Schiff noch zu erreichen. Sie hatten aufgeben müssen und, patschnaß auf der Wache sitzend, dem herbeigerufenen Dolmetscher erklärt, am Hans-Albers-Platz sei ihnen Madonna begegnet und habe allein für sie gesungen.

Klar doch. Am Hans-Albers-Platz standen jede Menge Madonnas herum. Mit Arsch kneift Hose, hatte Polizeimeister Dieter Thiele, 26, gewitzelt. Er saß am Steuer des Grünweißen 11/2 und kurvte mit seiner Kollegin Annette Schneider, 24, durch St. Georg.

Annette war zwar eine affengeile Alte – fand jedenfalls Thiele –, aber sie hatte null Humor. Sie verbat sich Bemerkungen dieser Art.

Sie ließ Thiele an der Imbißbude Ecke Pulverfaßstraße halten und holte sich eine Thüringer.

Thiele nutzte die Gelegenheit, um sich ausgiebig am Sack zu kratzen. Er bekam deshalb nicht mit, daß drei türkische Kids das Heck des Streifenwagens besprayten. Annette bemerkte es, aber da war es schon zu spät. Die Kids rannten johlend über den Steindamm und tauchten zwischen den Passanten unter.

Thiele besah sich den Schaden. Er hielt sich in Grenzen. Wenn man von dem zu erwartenden Schriftkram einmal absah.

Aus dem Funk wurde zum Einsatz Gurlittstraße gerufen.

Thiele und Annette Schneider waren in wenigen Minuten da.

Vor dem Haus erwartete sie eine Zweizentnerfrau in einem Aldi-Kittel. Darunter trug sie so gut wie nichts. Sie erklärte, daß ein Pärchen in ihre Wohnung eingedrungen sei und sie vertrieben habe. Aus ihrer weit geöffneten Balkontür im zweiten Stock war Gesang zu hören. Zweistimmig erklang *Er gehört zu mir wie mein Name an der Tür*.

Die beiden erschienen stark schwankend auf dem Balkon, und der Mann begann ein in Streifen zerrissenes und zusammengeknotetes Bettlaken an einer Gitterstange zu befestigen.

Fasziniert verfolgte Thiele, wie der Mann seine Begleiterin huckepack nahm und sich mit ihr abseilen wollte.

Es gelang ihm auch.

Kollegin Schneider war bereits im Haus. Als sie den Balkon betrat, riß das Laken. Das Paar stürzte sechs Meter tief ab.

Thiele mußte nun ebenfalls aktiv werden.

Oskar Perschau, 69, nicht verwandt mit dem CDU-Politiker, und seine Gattin Ingrid, 52, wurden mit mehreren Knochenbrüchen ins Krankenhaus eingeliefert.

Gattin Ingrid war noch vernehmungsfähig.

Die Polizistin Annette Schneider konnte sich nach einer etwas längeren Befragung zusammenreimen, daß sich das Ehepaar im richtigen Haus gewähnt hatte, zugegebenermaßen aber in der falschen Etage. Oskar hatte seinen Wohnungsschlüssel nicht mehr gefunden und entschieden, sich vom zweiten in den ersten Stock herunterzuhangeln.

Während Annette das notierte, versuchte Thiele einer exotisch aussehenden Krankenschwester zu entlocken, wann ihre Schicht zu Ende sei. «Viertel hier ganz, ganz gefährlich», sagte er immer wieder. «Du nie alleine gehen.»

Annette brachte ihn schließlich mit einem vernichtenden Blick zum Schweigen.

Auf der Rückfahrt zur Wache lief ihnen ein nackter Mann vor den Wagen. Thiele mußte hart abbremsen. Der Nackte hüpfte auf die Kühlerhaube und grölte *Marmor, Stein und Eisen bricht, aber meine Rute nicht*.

Es wurde in dieser Nacht offenbar viel gesungen.

Polizeimeister Thiele stellte fest, daß seine Kollegin zur Seite blickte und keine Anstalten machte, auszusteigen.

Er gab wieder Gas. Den nackten Mann schleuderte es aufs Pflaster.

Annette schien darüber nicht sonderlich glücklich zu sein, aber sie gab keinen Kommentar ab.

Ihr nächster Einsatz war in der Bahnhofshalle.

Ein Mann war auf das Dach eines Gleiskiosks gestiegen und

feuerte mit einem Luftgewehr auf die farbigen Leuchtschriften der elektronischen Nachrichtentafel. Gemeinsam mit Kollegen von der Bahnhofspolizei und vier weiteren zur Verstärkung herbeigerufenen Streifenbeamten konnte er überwältigt und abgeführt werden. Auf der Wache gab er zu Protokoll, die Meldungen und Veranstaltungshinweise würden manipuliert. Als Beispiel führte er an, daß Vater Graf keineswegs dieses Nacktmodell Nicole geschwängert habe, sondern vielmehr die von *ihm* seit Monaten hofierte Sparkassenangestellte Bärbel Illich.

Schneider und Thiele fuhren schon wieder Streife.

Es waren Thieles letzte Minuten in dieser Schicht. Um 2.38 Uhr splitterte die Heckscheibe des Grünweißen. Polizeimeister Thiele wurde von einem 5,6-Millimeter-Geschoß in die rechte Schulter getroffen. Er verlor die Kontrolle über den Wagen und rammte einen Altglas-Container.

Annette Schneider stieß geistesgegenwärtig den Schlag auf. Sie hechtete auf die Straße. Eine weitere Kugel pfiff knapp an ihr vorbei. Der Schütze hockte offenbar auf dem Dachfirst. Thiele stöhnte, jammerte und fluchte gepreßt. Aber er gab noch die Meldung durch: «Heckenschütze, Kirchenweg, Ecke Zimmerpforte.»

Es wurde ein größerer Einsatz. Dem Polizeihund Jago brachte er den Tod. Auf der Suche nach dem Schützen rutschte er vom Dach und mußte eingeschläfert werden. Die schießwütige Person konnte entkommen.

Thiele wurde im St.-Georg-Krankenhaus verarztet und durfte nach Hause. Er ließ sich ein Taxi rufen. Der Fahrer war ein Chinese, der eine Rap-Kassette eingeschoben hatte. Thiele wäre lieber von Kollegen gefahren worden. Aber die hatten nach wie vor volles Programm. Er dachte an Annette. Er hätte ihr gern einmal seine Single-Wohnung gezeigt.

Annette Schneider stärkte sich zu der Zeit auf der Revierwache mit *Coke light* und einem *Bounty*-Riegel. So wurde sie Zeugin des Auftritts von Jesus.

Jesus rollte auf seinem Skateboard an den Tresen und prophezeite den Beamten, daß die Schleusen des Himmels sich noch in dieser Nacht öffnen würden. Hinweggespült werde all der Unrat, der ihnen zu schaffen mache. Die Krieger Gottes würden kommen und das Kommando übernehmen. Gelobet sei der Herr. Amen. Mit diesen Worten überreichte er eine schmale, braune Handtasche. Ein Beamter öffnete sie. Sie enthielt nur das Foto eines Mannes und den Personalausweis einer Frau, ausgestellt auf den Namen Birte Heinrich.

10

Sie ist kein braves Mädchen gewesen. Mit zwölf hatte sie ihren ersten Freund, der ihren Eltern alles andere als angenehm war. Ein Junge, der seine Nachmittage auf dem Gänsemarkt und bei *McDonald's* verbrachte. Dort war er dann auch auf der Toilette gefunden worden. Hamburgs jüngstes Drogenopfer zu jener Zeit. Gerade fünfzehn war er und sie dreizehn. Knapp ein Jahr hatte sie jede freie Minute mit ihm verbracht. Wohl nicht allein, um mit ihm an einer *Coke* zu nuckeln. Nach seinem Tod hatten sich ihre schulischen Leistungen noch mehr verschlechtert. Die neunte Klasse war ihre letzte. Kein Abschluß. Kein Interesse an einer Ausbildung, obwohl der Vater das hätte in die Wege leiten können. Sie packte eine Reisetasche und setzte sich in den Zug. Hamburg–Osnabrück, Anschluß nach Amsterdam. Es brauchte keine Phantasie, um zu wissen, was sie da suchte. Sie blieb zwei Jahre. Sie kam zurück und begab sich freiwillig in eine Therapie. Es war der ständig abwesende Vater. Es war die sich in den Alkohol flüchtende Mutter.

Fedder konnte das nicht mehr lesen. Es half ihm auch nicht weiter.

Sabine hatte ein Praktikum bei einem Fotografen begonnen. Sie war dann zu ihm gezogen. Im März 1989 hatte der Fotograf sein Studio aufgelöst und war nach Italien gegangen. Angeblich nach Rom, um für einen Modeschöpfer zu arbeiten.

Fedder hatte inzwischen herausgefunden, daß der Mann in der Nähe von Florenz lebte, im Ferienhaus einer römischen Verlegerin. Er hatte mit ihm telefoniert und erfahren, daß er mit der Verlegerin seit langem fest liiert war. Schon während er in Hamburg mit Sabine zusammengelebt hatte. Er habe es nie über sich gebracht, ihr die Wahrheit zu sagen.

Die Wahrheit.

Tatsache war, daß Sabine danach nirgendwo mehr untergekommen war, keinen Job fand. Sie war wieder zu ihren Eltern gezogen. April neunundachtzig.

Tatsache war auch, daß sie mit ihren Eltern im Juni zwei Wochen in Singapur gewesen war. Weigel hatte eine Geschäftsreise zum Anlaß genommen, um mit Frau und Tochter einige Urlaubstage anzuhängen. Sabines Verhältnis zu ihm und seiner Frau sei zu der Zeit ausgesprochen gut gewesen. Sehr offen habe man über Zurückliegendes geredet. Über den Drogenkonsum. Die Beziehungen.

Weigels Eindruck war, Sabine habe endlich zu sich gefunden.

Den restlichen Sommer über verbrachte sie weitgehend zu Hause, half der Mutter bei der Gartenarbeit und im Haushalt, klebte Urlaubsfotos ein und schrieb einen Reisebericht dazu.

Fedder hatte das Album durchgeblättert und den Text gelesen. Der Schlußsatz lautete: *Dienstag, Rückflug – ein langer, langer Flug, der mir Zeit zum Nachdenken gab, mehr als ich eigentlich brauchte.*

Nachdenken worüber? Über ihre berufliche Zukunft?

Weigel hatte sie nicht drängen wollen. Er hatte ihr monatlich fünfhundert Mark gegeben und war froh, daß die Tochter wieder in geordneten Verhältnissen lebte. Bei ihm.

Irgendwann mußte ihr das dann doch auf den Geist gegangen sein.

Irgendwann im Herbst war sie ausgebrochen.

Aussage des Günther Tast, 22, Fernmeldetechniker.

F.: Wann und wo haben Sie Sabine kennengelernt?

T.: In der U-Bahn. Das war 'n Samstag, erster verkaufsoffener Samstag im September. In der U 2. Sie stieg mit mir am Gänsemarkt aus. Ich fand sie stark und hab sie einfach angequatscht.»

F.: Wie?

T.: Na ja, so'n blöden Spruch. Auf der Rolltreppe. Sie hatte so 'ne witzige Jacke an – do the right thing. Ich hab sie gefragt, ob sie auf den Streifen steht.

F.: Welchen Streifen?

T.: Den Film. War echt geil. Na ja, sie war ganz meiner Meinung, und wir sind dann 'n Stück Richtung Jungfernstieg runter. Sie ist zu WOM. *Ich hatte eigentlich Blockhouse auf'm Programm, 'ne Verabredung mit Edith. Das hat mich schon irgendwie genervt. Wir hatten damals so'n bißchen Zoff. Also hab ich's sausen lassen, und*

Sabine war echt gut drauf, richtig locker. Wir haben uns dann Kino reingezogen und danach 'ne Pizza. Alles easy. Ich wollt sie –

(Zeuge bricht ab. Auf Nachfrage erklärt er, daß er Sabine in eindeutiger Absicht mit zu sich in die Wohnung habe nehmen wollen. S. lehnte entschieden, aber nicht unfreundlich ab. Man habe Telefonnummern ausgetauscht.)

F.: Haben Sie dann angerufen?

T.: Nee, das kam von ihr. Gleich am nächsten Tag. Wir sind dann abends ins Big Apple. Das wurd ziemlich lang, drei Uhr so. Wir haben uns echt gut verstanden. Aber gelaufen ist sonst nichts.

F.: Und später?

T.: Na ja, wir haben uns erst am nächsten Wochenende wiedergesehen. Kino, Disco, wie gehabt. Aber sie machte tierisch einen los. Ich dachte wirklich, jetzt ist alles klar. Sie kam auch mit zu mir auf die Bude, und dann is plötzlich Panik. Von einem Moment auf den anderen. Sie will nicht, sie kann nicht. Da bin ich irgendwie ausgerastet.

F.: Wie?

T.: Na ja, ich hab's echt nicht kapiert. Ich meine, wir ziehen rum. Wir knutschen und quatschen auch ganz gut, so auf einer Wellenlänge, und denn rühr mich nicht an. Das is doch nicht normal.

F.: Über was hat Sabine mit Ihnen geredet?

T.: Wie's bei ihr zu Hause ist, der ganze Nervkram mit ihrem Alten. Schrankkontrolle und solches Zeug.

F.: Schrankkontrolle?

T.: Ja, der muß echt einen an der Waffel haben. So ordnungsmäßig gesehen. Er hat sie ständig zusammengeschissen. Ich weiß nicht. Sie hatte jedenfalls die Faxen dicke und guckte sich schon länger nach 'ner Bleibe um. Hat sie gesagt. Aber find mal was. Ich meine, sie hätte bei mir – das hab ich in der Nacht angesprochen.

F.: In der Sie ausgerastet sind?

T.: Na ja, ich hab mich dann ja wieder beruhigt. Sie hat bei mir gepennt. Aber sonst war nichts. Ehrlich. Nur quatschen.

F.: Haben Sie das mit Ihrem Angebot ernst gemeint?

T.: Ja, ich dachte – ach Scheiße. Ich war echt scharf auf sie.

F.: Ist es zwischen Ihnen zu einem späteren Zeitpunkt... (gefragt werden sollte nach Geschlechtsverkehr. Der Zeuge unterbrach und erklärte wortgemäß wie folgt)

T.: Nein, das war's ja. Ich hab sie dann nie wieder gesehen. Ich hab mehrmals bei ihr angerufen, von der Arbeit aus, abends. Ich hatte die Mutter dran, auch den Alten. Es hieß immer, Sabine is grad nich da. Rausgegangen, zu irgendwelchen Freunden. Und mir erzählt sie, sie hat keine. Also keine engen, überhaupt nichts. Ich hab das nicht gecheckt. Kein Rückruf, nichts. Ich hab einfach nichts mehr von ihr gehört.

F.: Hatten Sie nicht ihre Adresse?

T.: Nee, nur Telefon.

F.: Und Sie haben nicht versucht, ihre Adresse in Erfahrung zu bringen?

T.: Klar, ich hab dran gedacht. Ich mein, von den Nummern her wußte ich, daß es draußen in Schnelsen sein mußte. Kein Problem. Aber dann war's mir doch zu blöd. Und außerdem ging's mit Edith wieder ganz gut längs.

Fedder schob die Papiere zusammen. Er bemerkte, daß Gottschalk zu ihm herübersah.

«Weigel?»

«Hm», machte Fedder. «Ich werde aus dem Mädchen nicht schlau.»

«Möglicherweise ging es in erster Linie um die Mutter.»

«Ach Unsinn.»

«Warum nicht?»

«Weigel ist sich sicher, daß die Täter Jugendliche waren, und nach allem, was ich ermitteln konnte, hat Sabine –»

«Danach frage ich», sagte Gottschalk. «Soweit ich das mitbekomme, konzentrierst du dich ausschließlich auf das Umfeld des Mädchens. Wer sagt dir, daß nicht die Mutter Aufmerksamkeit auf sich gelenkt hat?»

«Aufmerksamkeit.»

«Nenn es Haß oder wie immer.»

«Frau Weigel hat ein äußerst zurückgezogenes Leben geführt. Sie ist kaum ausgegangen. Jedenfalls nicht allein.»

«Das heißt überhaupt nichts.»

«Sabine hatte eine kritische Phase. Von September an ist sie ständig unterwegs gewesen, war kaum einen Abend zu Hause. Sie war in Kneipen, hat Bekanntschaften gemacht und –»

«Ja, ja, ja – ich mein ja nur.»

«Und ich weiß, daß es nicht nur ganz normale Kneipen waren. Sie hatte kurz vor Weihnachten eine Beziehung zu einer Frau.»

«Bist du bei irgendeinem der Punkte auch nur einen Schritt weitergekommen?» sagte Gottschalk und stand auf. «Nein. – Versteh mich nicht falsch. Deine Beharrlichkeit ist lobenswert, aber es gibt nun mal Fälle, die ungeklärt bleiben – so furchtbar es für die Leidtragenden auch sein mag. Und auf den Kollegen Zufall ist eben kein Verlaß.»

«Zufälle gab's schon reichlich. Meine Nachbarin, Evelyn –»

«Jörg, das alles hat nichts gebracht.» Gottschalk rückte seinen Krawattenknoten zurecht und knöpfte das Jackett zu. «Wir haben morgen das große Meeting, und du kannst nichts Neues vorlegen.»

«Ich fahr gleich noch zu Weigel raus», sagte Fedder. Er begann, seinen Schreibtisch aufzuräumen.

Gottschalk zuckte die Achseln. Er nahm seinen Hut und zog sich den dünnen Regenmantel über.

«Na schön», sagte er. «Ich bin mit Jan verabredet. – Das ist eine mysteriöse Geschichte. Ich werde mich dafür zur Verfügung stellen.» Er sah Fedder fragend an, aber der reagierte nicht.

11

Weigel empfing Fedder in einem grau-schwarz karierten Morgenmantel. Darunter trug er ein Hemd ohne Kragen und eine graue Flanellhose. Seine Füße steckten in schwarzen Lederpantoffeln. Weigel war nicht rasiert und roch nach Alkohol. Er bat Fedder herein und wies ihn in den Wohnraum.

«Möchten Sie etwas trinken? Einen Cognac, ein Bier?»

Fedder lehnte dankend ab. Weigel füllte seinen Cognacschwenker auf.

«Mein Besuch –», sagte Fedder. «Also, ich will nicht viel Worte machen. Es sieht nicht gut aus. Meine einzige Hoffnung ist, daß Sie sich vielleicht doch noch an etwas erinnern.»

«Ich erinnere mich an alles, Herr Fedder. An jede Einzelheit. Ich sehe die Täter genau vor mir – das ist nicht zu vergessen.»

«Ich meine, in bezug auf Ihre Tochter.»

«Auch das. Ich habe hingesehen. Ich habe hinsehen müssen. – Meine Aussage liegt doch vor.»

«Auf die Aktivitäten Ihrer Tochter, Herr Weigel», konkretisierte Fedder. «Sie hat sich in den Monaten zuvor um eine Wohnung bemüht. Sie war viel unterwegs, auch abends. Und sie ist auch über Nacht weggeblieben.»

«Ach ja?» Weigel tat erstaunt. Er nahm einen Schluck.

«Ja. Ich habe das von mehreren Personen gehört.»

«Mehrere Personen? Wollen Sie damit sagen, daß meine Tochter sich herumgetrieben hat? O nein. Nein, Herr Fedder, das sind Lügen. Das sind böswillige Lügen. Nennen Sie mir bitte die Namen dieser Personen. Das kann ich nicht hinnehmen. Sabine war – sie hat jeden Abend mit uns zu Abend gegessen, Punkt halb acht. Wir waren bis zur Tagesschau fertig, und ich habe – ich habe mich an Herrn Zimmermann gewandt.»

«Bitte? – Was haben Sie?»

«Ich habe ihm einen Brief geschrieben. Ich stelle Ihnen gern eine Kopie zur Verfügung. Sabine – meine Frau hatte Sabine in eine Decke gewickelt. Sie lag auf der Couch. Sabine – sie lag in einer Decke eingewickelt auf der Couch. Dort – sehen Sie? Phantasiere ich das? Sie war zu Hause. Sie haben ihr die Decke fortgerissen und sie gepackt. Sie haben sie –»

«Herr Weigel –»

«Sie haben sie auf den Boden gezerrt, auf den Teppich. Herr Zimmermann wird das nachstellen lassen. – Wer sagt, daß Sabine sich herumgetrieben hat? Die Namen, Herr Fedder! Ich verlange –»

«Sie können nicht die Augen davor verschließen –»

«Ich? Ich die Augen verschließen? – Ich sehe nur zu genau, was in meiner Angelegenheit geschieht. Nichts, Herr Fedder, nichts! Sie speisen mich ab mit Ausflüchten. Ich will Ihnen mal etwas sagen, Herr Fedder. Wenn ich in meiner Firma so gearbeitet hätte –»

«Mein Gott! Was wissen Sie denn schon von Ihrer Tochter!» Fedder reichte es. «Ich kann Ihnen sämtliche Namen nennen. Glaubwürdige und mehrfach überprüfte Aussagen. Ihre Tochter hat sich nicht herumgetrieben. Sie wollte einzig und allein raus, weg von hier. Das ist ein völlig normales Bestreben – Herrgott noch mal, sie hat sich von ihrem fünfzehnten Lebensjahr an allein durchgeschlagen und ist aus Gründen, die Sie tatsächlich nur zu genau kennen, wieder hier eingezogen. Das kann kein Dauerzustand für sie gewesen sein – das müßten Sie besser wissen als ich. Darüber will ich mit Ihnen reden. – Zimmermann? XY-Zimmermann? Das ist lächerlich, Herr Weigel! Wir arbeiten seit Monaten wie besessen –»

«Nein!» fuhr ihn Weigel an. «Nein, nein, nein! Ich lasse diese Diffamierungen meiner Tochter nicht zu. Sie wollen damit nur Ihre Unfähigkeit kaschieren. Ausflüchte, Ausflüchte, Ausflüchte – Lügen! Schmutzige Lügen. Sabine hatte – sie trug ein weißes Höschen. Sie war sauber, sie hielt sich sauber und sie –»

«Sie wollen es nicht wahrhaben. Sie können es offenbar nicht. Mein Gott, Herr Weigel. Irgendwo in dieser Stadt laufen die zwei Männer herum. Die Mörder, Herr Weigel. Brutale Mörder. Und ich tue verdammt noch mal alles, um sie zu finden.»

«Sie konnte sich nicht wehren», schloß Weigel ruhig. Er sah in das Glas und drehte es in seinen Händen. Dann nahm er einen Schluck und nickte. «Ich habe lange genug gewartet. Gewartet und gehofft. Es ist nichts geschehen. Das ist enttäuschend. Die staatlichen Organe versagen – nun ja. Sie sollten vielleicht doch einen Cognac trinken, Herr *Kriminalhauptkommissar* Fedder. Damit Sie das ebenfalls klar sehen.»

Aber Fedder sah nur, daß eine Fortsetzung des Gesprächs sinnlos war.

12

Die Regentropfen prasselten auf das Wagendach. Broszinski schaltete die Scheibenwischer ein. Er hatte den Motor abgestellt. Der Wagen parkte auf dem Bahnhofsplatz gegenüber dem Schauspielhaus. Broszinski zündete sich einen Zigarillo an.

«Der Mann hat dort drüben sein Büro», sagte er zu Gottschalk. «*Security-Service*. Zappa weiß angeblich von seinen Geschäften. Er will die Verbindungen kennen und wissen, wer geschmiert, festgemacht ist. Es sollen Kollegen aus dem BKA darunter sein. Zappa hat das an einem Beispiel deutlich gemacht. Du erinnerst dich an die Tonne Koks, die im letzten Jahr in Frankfurt sichergestellt wurde. Als Röstkaffee deklariert und für Hamburg bestimmt. Der Tip kam nach offizieller Verlautbarung von BKA-Kollegen aus Medellin. Das ist nicht ganz richtig, sagt Zappa. Der eigentliche Tip-Geber soll der Mann dort sein. Er schenkt dem BKA, er schenkt uns eine Tonne, damit wir auch mal gut dastehen. Gleichzeitig aber schleust er fünf weitere Tonnen ein. Zappa will dazu und zu anderen Abläufen Aussagen machen. Giesing rechnet jedenfalls fest damit. Und ich bin unter anderem damit beauftragt, die Punkte zu untermauern. Das ist der Stand der Dinge. Für uns sieht es gut aus, wenn Zappa wirklich reinen Tisch macht. Er will seinen Arsch retten. Er da drüben muß damit rechnen, abgegriffen zu werden. Aufzufliegen. Und mit ihm noch einige Herren. Ich an seiner Stelle würde das nicht abwarten, sondern etwas tun. Was meinst du?»

«Ich verstehe», sagte Gottschalk. «Aber hättest du dann nicht schon längst etwas gehört? Birte ist seit über einer Woche verschwunden.»

«Ich kann mich auch irren. Das schließe ich nicht aus. Sie hat die Wohnung freiwillig verlassen. Der Taxifahrer, der sie hierher zum Hauptbahnhof gefahren hat, will bemerkt haben, daß sie *versonnen* gelächelt hat. Oder auch wie in Trance. Er hat ungefragt von Drogen geredet. Okay, ich habe selbst das in Erwägung gezogen. Selbst so etwas Verrücktes wie Hypnose.»

Gottschalk schnaubte abfällig. Er sah aus dem Seitenfenster zum Standplatz der Taxen hinüber.

«Du kannst auf mich zählen», sagte er.

«Das weiß ich. Es gibt keine vernünftige Erklärung. Ich habe alles durchgespielt, und es bleibt nicht mehr als eine Ahnung.»

Eine Zeitlang schwiegen beide.

Broszinski rauchte. Gottschalk verfolgte, wie eine Frau zu den Taxen hastete und in den ersten Wagen einstieg.

Er schnaubte noch einmal und schüttelte unwillig den Kopf.

«Du hast auch mit Regina gesprochen?»

«Ja. Es war nicht leicht. Sie ist offenbar viel unterwegs.»

«Was sagt sie?»

«Über dich kein Wort. Entschuldige, aber ich habe auch nicht weiter nachgehakt.»

«Verständlich», sagte Gottschalk. «Ich meine – na ja, es ist egal, was ich denke. Ich denke, sie ist eine blöde Fotze.»

«Ich war bei ihr. Sie hat sich verändert. Sie ist sehr hektisch und unkonzentriert.»

«Sie macht Karriere. Das kann ich ja noch nachvollziehen. Ich könnte auch akzeptieren, wenn sie sagen würde, schieß in den Wind, Fettsack. Ich hab dich über, ich will nicht mehr. Aber sie ist einfach blöd. Ich hoffe, das rächt sich irgendwann. Ich hatte vorige Nächte einen Traum. Ich habe geträumt, daß sie bei mir ist, neben mir liegt. Ich bin aufgestanden und habe einen riesigen Topf Wasser aufgesetzt. Ich wollte sie darin brühen. Als ich sie in den Topf werfen wollte, habe *ich* mir die Finger verbrüht. – Ich sollte nicht länger an sie denken.»

«Ich träume in letzter Zeit auch viel», sagte Broszinski.

«Lassen wir's. Es ist alles eine große Scheiße. Wenn der Mann da tatsächlich seine Hände im Spiel hat, nagel ich ihn persönlich. Out of law. Ich hab schon mal dran gedacht, die Brocken zu schmeißen. Inzwischen ist es wieder soweit. Das wäre ein guter Anlaß. Das und noch so ein paar Sachen. Ich mach mich ja doch nur verrückt. Und lächerlich. – Trinken wir noch einen?»

«Ja. – Mir fällt auch nichts mehr ein.»

Broszinski kurbelte die Scheibe herunter und warf den Zigarillo hinaus. Er startete und setzte zurück.

Gottschalk schnallte sich nicht wieder an. Er faltete die Hände über seinem Bauch und hing seinen Gedanken nach.

13

SWINGING IN THE DEATH
Texte, Pressemeldungen und O-Töne
zu einem Funkfeature,
zusammengestellt von Peter M. Lindner.
(Die Arbeit wurde vom Autor abgebrochen. Die vom NDR bereits eingeplante Sendung konnte nicht realisiert werden.)

Well, this could be the last time, this could be the last time, maybe the last time I don't know, oh no, oh no.

Oder auch: *Oh no, no, no, oh no, no, no, oh no, no, no.*

Between the Buttons.

Ein Wandsafe wird geöffnet. In den Fächern gebündelte Geldnoten, Wertpapiere, ein in Leder gebundenes Notizbuch. Eine Pistole wird hervorgeholt. Im Morgengrauen wird eine Leiche entdeckt. Müllmänner finden sie neben den Abfalltonnen in einer Toreinfahrt. Kopfschuß aus nächster Nähe. Werner «Emma» Stobbe frühstückt mit Irma im Wintergarten seiner Villa an der Elbchaussee. Er läßt ein Stück Zucker in die Teetasse gleiten und sich von Irma den Toast reichen. Im Polizeipräsidium gehen Meldungen ein. Es wird telefoniert und geflucht. Herbert Botan, auch Der Stone genannt, erwacht neben Gina, einem Animiermädchen aus dem *Bel ami*. In St. Pauli gehen die ersten Prostituierten ihrer Arbeit nach. Sie tragen Miniröcke und enganliegende Pullover. Der Innensenator ist in einer Sitzung. Mittags trifft er mit dem großen Herrn K. zusammen. Die Entwicklung des Hamburger Vergnügungsviertels ist beunruhigend. Nepp und Taschendiebstahl, Beischlafdiebstahl, Raub und nun schon wieder ein Mord. Der große Herr K. hört geduldig zu. Werner «Emma» Stobbe ist beim Friseur. Carlo de Sio hinkt draußen auf der Straße vorbei. Auf dem Hamburger Flughafen landet eine Maschine aus New York via Frankfurt am Main. Der Passagier David White zeigt seinen Paß vor. In der Haftanstalt Fuhlsbüttel, in Santa Fu, legt ein blonder Rocker seine Kutte an. Wenig später wird er vor dem Tor von einer Gruppe Hell's Angels lautstark empfangen. Irma telefoniert mit Stobbes Mutter und lädt sie für den kommenden Sonntag zu Kaffee und Kuchen ein. Der Stone verläßt Ginas Wohnung. Er schlendert gemächlich zum nächsten Taxenstand. Und im fernen München zieht ein geiles Huhn ihren ersten Joint durch: «Zweimal schon war sie im Hamburger Stammlokal des Blonden aufgekreuzt. Aber da war der Boß der Hell's Angels gerade Kohle schnappen, stand auf der Meile, um Kunden für seine drei Schlampen zu kobern. Sie hatte schrille Geschichten von ihm gehört. Doch was sie eigentlich abhalten sollte, hat sie nur noch mehr angetörnt. Der Blonde war ein Spinner, ein Zocker, ein ganz Perverser.»

Der große Herr K. kann sich rühmen, der eigentliche Herrscher über St. Pauli zu sein: «Er hat nach dem Krieg Grundstücke auf St. Pauli gekauft. Sie waren zu einem Quadtratmeterpreis von dreißig bis fünfzig Mark zu bekommen. Er hat viel gebaut, auch Wohnungen in anderen Stadtteilen. Alles in allem elf- bis zwölftausend Neubauwohnungen. Das brachte Geld, und was mit Geld und Grundbesitz zu bewerkstelligen ist, kann beim Monopoly-Spiel nachvollzogen werden.»

Der in Hamburg gelandete Amerikaner David White spielt andere Spiele: «Das illegale Glücksspiel ist längst ein straffgeführtes Milliardengeschäft geworden. In Amerika liegt es fest in den Händen von 26 Mafia-Familien, auch Cosa Nostra genannt. Es ist keineswegs der Drogenhandel, mit dem die Mafia ihre größten Gewinne macht. Nach Angaben amerikanischer Strafverfolgungsbehörden kam dem Glücksspiel am 48-Milliarden-Dollar-Umsatz mit 38 Milliarden Dollar die weitaus größere Bedeutung zu. Es gibt sichere Anzeichen dafür, daß die Cosa Nostra in der europäischen Unterwelt Filialen eröffnet und Geschäftsträger eingesetzt hat. Eine Sonderkommission der Hamburger Staatsanwaltschaft berichtete dem Innensenator, daß es seit mindestens drei Jahren Verbindungen zwischen Personen der Hamburger kriminellen Szene und Angehörigen der US-Mafia gibt.»

Der Innensenator ist ein kluger und energisch durchgreifender Mann: «In der Nacht vom 16. zum 17. Februar 1962 fegte eine Sturmflut über einen großen Teil Nordeuropas und Deutschlands. Böen mit hundertfünfzig Stundenkilometern rasten die Elbe hinunter und trieben das Hochwasser auf nahezu sechs Meter über den normalen Wasserstand. In den frühen Morgenstunden barsten in Hamburg die Deiche. Viele Menschen wurden noch im Schlaf von der Flut überrascht und noch mehr, als sie zu fliehen versuchten. Die Sirenen heulten, aber nur wenige hörten sie in dem Sturm. Telefon- und Stromleitungen knickten wie Streichhölzer um, ganze Stadtteile waren von der Außenwelt abgeschnitten. Etwa ein Fünftel der Stadt lag unter Wasser. Die Katastrophe trat ein, als der Innensenator gerade von einer Konferenz in Berlin nach Hamburg zurückkehrte. Er eilte ins Polizeipräsidium und übernahm das Krisenmanagement auf eine Weise, die ihm mehr Ansehen einbrachte als alles, was er in den vergangenen acht Jahren in Bonn geleistet hatte. Das Image vom Krisenmanager war geboren. Niemand scheint seine Autorität damals ernstlich in Frage gestellt zu haben, obwohl er eindeutig die

Grenzen dessen überschritt, was einem Landesminister gestattet war. Schnellstens stellte er eine Truppe von mehr als vierzigtausend Helfern auf – aus Bundeswehr und Soldaten der westlichen Alliierten, Polizei, Rotkreuzhelfern und anderen Zivilisten. Auf dem Höhepunkt der Rettungsarbeiten nahmen auf seinen Einsatzbefehl hin etwa hundert Hubschrauber daran teil, obwohl der Sturm das Doppelte der Höchstgrenze erreichte, bis zu der Piloten fliegen durften. Wer gab ihm die Befehlsgewalt, diese Kräfte zusammenzubringen? – Die sind mir nicht unterstellt worden, erklärte er. Ich habe sie mir einfach genommen. Es gab keine andere Wahl.»

Diese Haltung imponiert dem Gastronomen Werner «Emma» Stobbe. Er besitzt inzwischen ein Hotel in der Talstraße und eins in der Silbersackstraße, beide solide Stundenhotels. Er betreibt ein Etablissement auf der Reeperbahn und ein weiteres Hotel mit angeschlossenem Pub, das *Bel ami*. Ein Imperium, das es zu verteidigen gilt: «Mit den Italienern hatte man seinen Frieden geschlossen. Stobbe und de Sio wurden häufig zusammen gesehen. Sie waren Freunde geworden. Doch de Sios Macht reichte nicht aus, eine Alpeninvasion ganz anderer Art als die seiner Landsleute unter Kontrolle zu bringen. Es war ein wildes Rudel Wiener Zuhälter samt Damen in Hamburg eingefallen und machte sich auf der Meile breit.»

«Zenzi, spiel mit dem Herrn ein bisserl.»
«Zenzi, du wirst dich von dem Herrn pudern lassen, verstehst?»
«Zenzi, was macht man erst?»
«Hör auf zu schlecken, Zenzi!»
«Tu nur schön vögeln. Tu nur schön pudern. Schön fickerln, ja?»

Herbert Botan, genannt Der Stone, ist norddeutscher Meister im Weltergewicht und hat den dritten Dan. Er ist vom offiziellen Kampfsport ausgeschlossen, gesperrt worden. Aber Botan trainiert weiterhin täglich. Er hat sich sein eigenes Programm aufgestellt. Es beginnt mit Dehngymnastik und dem Hartmachen der Fäuste und Füße an einer Bleiwand. Dann geht es mit dem Dänemann, dem Kopfschlag, weiter und mit Übungen am toten Mann: Schläge auf Leber, Herzspitze, Kehlkopf, hinter das Ohr und unter die Achseln.

Und in die Eier. Der Stone ist nicht sonderlich groß – 1,72 m. Einen größeren Gegner muß er sich runterholen. Er tritt ihn in die Wade, in die Kniemuskeln oder zwischen die Beine. Wenn der Mann fällt, landet er seine Treffer am Kopf. Vorher aber mißt er ihn ab. Er blickt ihm in die Augen. Die Augen des Gegners sagen ihm, ob der Mann Mut hat, ein Guter oder ein Bluffer ist. Er registriert, wie der Mann atmet und wie er steht. Der Stone macht täglich 8000 Bewegungen. Das entspricht einer Trainingszeit von 6 Stunden. Er pumpt insgesamt 500 Liegestütze. 500 Trizepsübungen am Stuhl. Arme lockern. Zehn Minuten Pendel- und Kreisgymnastik. Bauchaufzüge. 500 Kniebeugen in verschiedenen Variationen. Eine halbe Stunde Schlagbewegungen mit 10-kg-Hanteln. Er läuft 5000 Meter und legt 100-Meter-Spurts ein. Entengang und seitwärts laufen. Schattenboxen und Wegducken: «Der Stone hat einen Namen auf der sündigsten Meile der Welt. Er kann mit einem einzigen Schlag seiner stählernen Handkanten einen Mann töten. Der Stone braucht keine Waffe, heißt es. Er ist eine.»

Der blonde Rocker ist dagegen ein Lacher: «Was ihm an Muskeln fehlt, macht er mit Reaktion und dem richtigen Vortrag wett. Und manchmal hilft auch die Mauser. Er ist ein Macho lateinamerikanischer Gangart, ein Selbstdarsteller, ein Sexmaniac.»

«Das Huhn fidel ich um wie nix.»

«Mach Kaffee, Alte.»

«Du Hühnerarsch, du hältst das Maul, wenn zwei Männer sich unterhalten.»

Das Animiermädchen Gina ist nicht ohne. Die 21jährige Italienerin aus Neapel tritt Abend für Abend im *Bel ami* mit einem brav aussehenden Mädel aus Lüneburg auf. Nachdem sie sich und ihre Partnerin zu einschmeichelnder Musik entkleidet hat, zieht sie eine superscharfe Show mit ihr ab: «Ti piacera' verdrai... mmmhh... non far resitenza... non puoi resistere alle mie carezze... mmhh... ummm... cominci a bagnarti... adesso voglio che me la esplori tu... fino in fondo... su datti da fare.»

Irma träumt immer häufiger von der schwarzhaarigen Schönheit. Tagsüber jedoch ist sie damit beschäftigt, Abendgesellschaften zu organisieren. Bei Werner «Emma» Stobbe trifft sich, was in Hamburg Rang und Namen hat. Es sind Rechtsanwälte und Ärzte, Banker und Makler, Reeder, Kaufleute, aber auch städtische Bedienstete, Polizeibeamte aus verschiedenen Dezernaten: «De Sio hatte den Hamburger Freunden gelehrt, daß das Maschinengewehr, der Revolver und die Pistole veraltete Waffen sind. Er sprach immer wieder von Kartellabsprachen, von Kapitalverflechtung und Konzernbildung. Er wies auch darauf hin, daß die Polizei nicht die Gegenseite sein muß. Beamte werden schlecht bezahlt, sagte er. Sie haben Frau und Kinder und Versicherungen und Ratenzahlungen laufen. Sie sehen, wie wir leben, und sind begierig, ebenfalls ein Stück vom Kuchen zu haben. Es muß kein großes Stück sein, aber ein süßes. Der Hunger muß anhalten.»

Die Wiener Loddel fläzen sich in Cafés herum und verlangen a Braunen und Kipferl und Schlagobers. Die Hamburger Jungs bekommen ständig einen dicken Hals. Der Stone ist mit der Rekrutierung beschäftigt. Werner «Emma» Stobbe wartet auf eine günstige Gelegenheit. De Sio gibt weiterhin Ratschläge und telefoniert mit Freunden in New York. David White aber ist kein Ausputzer, sondern ein Falschspieler: «Karten werden nicht mehr simpel gezinkt, sondern an den Rändern abgeschliffen. Die jeweilige Stelle und die Art des Schliffs verraten dem Falschspieler den Wert einer Karte. Er ertastet ihn – beim Bakkarat beispielsweise, wenn er die Bank hält oder die Karten austeilt. Oder die Karten werden auf der Rückseite mit einer unsichtbaren chemischen Substanz präpariert. Falschspieler identifizieren sie durch Brillen oder Haftschalen mit Spezialglas – beim Pokern beispielsweise.»

Für Stobbe beginnt der entscheidende Tag mit der Nachricht, daß eins seiner Mädchen von Wiener Zuhältern zusammengeschlagen wurde. Irma gießt Tee auf. Der Stone ist noch dabei, sein tägliches Training zu absolvieren. Gina schläft. Der Innensenator geht mit seinem persönlichen Referenten die Termine des Tages durch. Der große Herr K. führt seinen Hund aus. De Sio hat starke Schmerzen im Bein. David White überprüft den Sitz seines Toupets. Der blonde Rocker hat eine Morgenlatte und denkt daran, sich einen runterzureißen. Stobbes alte Mutter hält ein Schwätzchen mit der Zeitungsfrau. Das geile Huhn trinkt im Münchner Apartment ihres adeligen Liebhabers ein letztes Glas Champagner und will dann nur pennen: «Bisher lag sie richtig. Sie hat schon immer aus dem Bauch gelebt. Mit ausgeprägtem Instinkt, immer nur sich selbst im Fokus, hat sie Klippen umschifft, auf denen jeder andere gestrandet wäre. Sie weiß, was sie will, wenn sie was will. Sie weiß, daß sie stark ist. Und sie weiß, daß sie letztlich immer die Siegerin ist. Schwächen hat sie sich nie zugestanden, ebensowenig wie ihren Partnern. Zäh war sie schon als Kind. Als sie auf die Welt kam, war sie eine stark lädierte Frühgeburt, unterernährt, eine Hüfte verkrüppelt, ein Bein zu kurz. Sie kam in den Brutkasten, von dort in ein Gipsbett, dann wurde ihr eine Stahlschiene angeschnallt, drei Jahre lang, zehn Stunden täglich.»

Carlo de Sio hinkt infolge einer Schußverletzung: «Als zwischen den Mafia-Bossen Salvatore Maranzano und Joe Masseria der sogenannte Castellamareser Krieg ausbrach, nutzte Luciano die Gunst der Stunde. Unterstützt durch die Männer des Bugs and Meyer Mob lockte er am 15.4.1931 seinen Boss Masseria in ein Restaurant und ließ ihn aus dem Hinterhalt erschießen. Maranzano, nunmehr *capo di capi re*, wurde auf Initiative von Luciano ebenfalls von den Killern des Bugs and Meyer Mob umgebracht. In der darauffolgenden Nacht vom 10. zum 11.9.1931, die als *Nacht der Sizilianischen Vesper* in die Geschichte des organisierten Verbrechens einging, ließ Luciano 40 Cosa Nostra-*capi* überall in den Vereinigten Staaten ermorden, wodurch mit einem Schlag die herkömmliche Organisation der Mafia in Amerika zerstört wurde. Die freigewordenen Führungspositionen besetzte Luciano mit jüngeren, seinen moderneren Methoden des organisierten Verbrechens verpflichteten Männern. Carlo de Sio war einer von ihnen. 1934 traten unter Lucianos Führung die Bosse der Cosa Nostra im New Yorker *Waldorf Astoria Hotel* zusammen, wo ein *National Crime Syndicate* gegründet wurde, dem neun Bosse gleichsam in Form eines Aufsichtsrates vorstehen sollten. Die Umformung der mafiosen Organisation in ein modernes Wirtschaftsunternehmen war perfekt. Lucianos äußere Erscheinung glich der eines soliden, in nichts extravaganten Bürgers und widersprach so vollständig dem Bild, das sich die Öffentlichkeit vom Gangster gemacht hatte, daß sich um ihn keine Legenden rankten wie um andere Gangster-Gestalten, die im Vergleich zu ihm zweitrangige Positionen innehatten. Die Monstrosität dieser Gestalt, die selbst immer im Hintergrund blieb, während sich durch ihren Einfluß das Gangstertum zu einem Zweig der kapitalistischen Wirtschaft entwickelte, ließ nichts Dramatisches, nichts Romantisches oder Exotisches zu. Lucky Luciano ist ein kapitalistischer Alptraum. Er entzieht sich als Person der Beschreibung so sehr, wie sich seine Herrschaft dem gesellschaftlichen Zugriff entzogen hat.»

Der Amerikaner David White führt ein Telefonverzeichnis mit sich: «Es liest sich wie ein Gotha der Unterwelt. Internationale Falschspiel-Koryphäen, amerikanische Mafia-Bosse, aber auch Prinzipale der deutschen Bordellszene.»

Werner «Emma» Stobbe rückt mit dem Stone und einem Dutzend ausgesuchter Schläger, unter ihnen Petermännchen, Kaiser-Kalle, Ingo, der Lange, Indianer-Joe und Leberfleck-Willi, vor dem Stammcafé der Wiener Konkurrenz an. Es ist früher Nachmittag, und es ist ein klarer Januartag: «Was dann geschah, heißt in der Fachsprache St. Paulis *Zerstampfen*. Der Kampf begann im Café und setzte sich auf der Straße fort. Niemand aus den umliegenden Lokalen rief nach der Polizei. Die Beamten in der nur zweihundert Meter entfernt liegenden Davidwache hörten zwar von der Schlägerei, unternahmen aber nichts. Der Anführer der Wiener Zuhälter konnte fliehen.»

«Also, der Rudolf hat gesagt: Du kannst es schon hergeben, aber du mußt immer was davon haben. Wenn dir einer auch nur die Fut angreift, soll er dir was dafür zahlen. Umsonst ist der Tod. Deswegen bin ich immer beim Rudolf am liebsten, weil er so viel gescheit ist und man ihn um alles fragen kann.»

Der große Herr K. sieht vor seinen Lokalen auf St. Pauli die Prostituierten auf und ab gehen. Das gefällt ihm nicht: «Einst besaß die Hansestadt fünf öffentliche Bordelle. Vier mußten im Lauf der Zeit chromglitzernden Geschäftsneubauten weichen. Zurück blieb die bekannte Herbertstraße mit ihren grünen Eisentoren und dem abgetretenen Katzenkopfsteinpflaster – und der Straßenstrich.»

Der Innensenator hat sich schon vor Jahren Gedanken über seine Heimatstadt gemacht: «Ich liebe diese Stadt mit ihren kaum verhüllten Anglizismen in Form und Gebärden, mit ihrem zeremoniellem Traditionsstolz, ihrem kaufmännischen Pragmatismus und zugleich ihrer liebenswerten Provinzialität. Aber ich liebe sie mit Wehmut, denn sie schläft, meine Schöne, sie träumt; sie ist eitel mit ihren Tugenden, ohne sie recht zu nutzen; sie genießt den heutigen Tag und scheint den morgigen für selbstverständlich zu halten.»

Carlo de Sio denkt daran, den seinerzeit mit Cosa-Nostra-Geldern aus dem Knast freigekauften David White Werner «Emma» Stobbe zu empfehlen. Stobbe denkt an de Sios Worte: «Wenn schon eine gewalttätige Auseinandersetzung unvermeidlich ist, dann muß der feindlichen Gruppierung der Kopf genommen werden.»

Der blonde Rocker denkt an seine morgige Entlassung und an das Wegfideln des geilen Huhns. Das geile Huhn wird gegen sechs Uhr abends wach und sieht den adeligen Liebhaber vor dem Spiegel den Torero mimen. Sie gedenkt ihn abzuhaken.

Irma denkt beim Durchblättern der neuen *Constanze* zurück: «Ich war ein gewöhnliches Mädchen, lustig, leichtlebig, ich tanzte gern. Partys, Liebschaften, Bettschaften, frivole Spielereien in Autos, zwei kurze Verhältnisse mit Verheirateten, typisch für meine Jugend in den frühen Fünfzigern. Vergnügungssüchtig, modesüchtig. Mein einziges Interesse war Zeitvertreib, bis ich ahnte, daß ich beim Zeitvertreib der Zeitvertreib anderer Zeitvertreibender war, bis ich mich in der Langeweile des Zeitvertreibs als Objekt des Zeitvertreibs erkannte. Ich bin nicht dumm in der Birne. Da kurvste mit einem Kerl durch den Abend, zwei Bier und Gehopse vor der Musikbox. Hat er Geld, liegt vorher ein Essen drin, nachher Autositze lang, im Gebüsch. Er hat seinen Spaß. Was hast du? Hat er Geld und Wohnung, landeste wenigstens im Bett. Einer schenkte mir danach Konfekt, eine Bluse und Nylons, präsentierte das Zeug wie ein Pascha, benahm sich dann wie ein Pascha, wollte wer-weiß-was. Man macht es und manchmal gern. Nachher zurück in die Kledage. Verkatert stehste morgens hinterm Ladentisch für Lumpengeld. Es reicht für Essen, zwei neue Fetzen, einmal Friseur, dreimal Kino, und im Kino sieht man die schlauen Weiber. Filmstars? Haben sie mehr Brust? Eine bessere Figur? Nein. Doch sie machen Geld aus ihren Proportionen, während unsereins nicht einmal mehr Spaß dabei hat. Ich schmiß den Job als Verkäuferin und arbeitete als Barmädchen beim NATO-Schießplatz Todendorf. Kein Fräulein für Amis, kein Animiermädchen der Troupiers, ich war Serviererin und sparte für eine Wohnung in Hamburg. Eine groteske Situation. Ich war entschlossen, ein paar Jahre als Dirne zu leben, ein paar Jahre das Mädchen Rosemarie zu sein, lebte aber keuscher als vorher. Mit Anschaffen war da keine Mark zu machen. Soldaten. Arme Schwänze. Kleines Kaff. Bist gleich abgestempelt. Liebschaften schmecken nicht, wenn du einmal so weit bist. Aber ich lernte dort den Umgang mit Männern. Ich lernte die schnoddrige Sprache, die Männern schmeichelt und sie verschüchtert. Ich lernte die primitive, knappe Sprache, die man spricht, wenn sich Geld und Lust konfrontieren. Als ich später in Hamburg startete, kannte ich Platte und Masche. Eine meiner ersten Begegnungen war Stobbe. Ich steh nun mal auf elegante Männer! Dicke war Werner mit dem großen Herrn K. Da griff ich blindlings zu. Haste den am Finger, kommt dir keiner mehr frech, dachte ich, und wir standen auch aufeinander.»

Gina denkt an ihren Auftritt, und Der Stone auch.

«Godi... godi... ed ora preparati a pagare il debito... perche' ho tutte le intenzioni di farti il culo... ancora per poco... si... sei mia... ooohh... ooohh come ce l'hai stretto!»

Spät in der Nacht wird ein Wandsafe geöffnet. In den Fächern gebündelte Geldnoten, Wertpapiere, ein in Leder gebundenes Notizbuch. Eine Pistole wird hervorgeholt.

Well, this could be the last time, this could be the last time, maybe the last time I don't know, oh no, oh no.

Oder auch: *The times they are a-changin'*.

Der Anführer der Wiener Luden liegt tot neben den Abfalltonnen in einer Toreinfahrt. St. Pauli soll schöner werden. St. Pauli soll sicherer werden. Der große Herr K. hat große Pläne. Der blonde Rocker tobt wieder über die Meile. Er ähnelt dem Film-Bösewicht Klaus Kinski. Er hat auch was von Mick Jagger. David White ist Stobbes Gast im *Bel ami*. Carlo de Sio hat das Lokal nie betreten. Er klappt auf der Straße vor seinem Haus zusammen. Herzanfall. Ein kurzes Zappeln noch, und auf St. Pauli gehen die Lichter aus. Gina ist sehr traurig. Sie will in dieser Nacht nichts von dem Stone wissen. Auch David White kommt ihr nicht näher. Er tröstet sich mit Whisky und spielt mit sich allein. Irma fragt nach einem der Bedeutung de Sios entsprechenden Gebinde. Stobbe mag darauf keine Antwort geben. Er träumt, daß er gemeinsam mit dem Innensenator den Kranz in der Trauerhalle ablegt. Das geile Huhn in München gönnt dem adeligen Liebhaber einen Abschiedsfick. Der Innensenator ist früh auf den Beinen. Er hat die Vorschläge des großen Herrn K. überschlafen und ist zu dem Schluß gekommen: «Wir wollen keine Kleinstadtatmosphäre auf St. Pauli.»

«Die Hamburger gehen mit der Zeit. Zukunftsweisende Projekte sollen verwirklicht werden: ein Vorhafen im Wattenmeer, die norddeutsche Wirtschaftsgemeinschaft und ein neuer Großflugplatz am Stadtrand. Keiner dieser großen Pläne scheint jedoch so viele Schwierigkeiten aufzuwerfen wie ein viertes waghalsiges Projekt – die Modernisierung eines der ältesten Gewerbe in der Hafenstadt. Auf eine mehr als 200jährige Geschichte blicken jene Hamburger Straßen zurück, in deren Schaufenster – hinter zarten Tüllgardinen – unvollständig bekleidete Damen warten. Von einst 40 dieser Welthafenquartiere hat allein die berühmte Herbertstraße Bomben, Stadtsanierung und den Familienminister Würmeling überdauert. Nun aber droht ihr, die sich sogar mit dem stolzen Jungfernstieg an internationaler Popularität messen kann, der Abbruch. Freilich glauben nur wenige Hamburger und nur einige der zuständigen Herren des Bonner Familienministeriums daran, das uralte Übel mit der Spitzhacke ausrotten zu können. Eine zeitgemäße Ersatzlösung für jene Straße liegt nun als Geheimsache den Behörden und einigen Privatunternehmern vor. Im Herzen von St. Pauli, unweit der Großen Freiheit, sollen drei Hochhaus-Blocks zum neuen Heim bald obdachloser Damen werden. 600 kleine Apartments sollen zunächst in den grauen St. Pauli-Himmel gebaut werden. Bei Bedarf wird erweitert... Die Verantwortlichen machen sich die Vorarbeiten nicht einfach. Eine Sonderkommission reiste in diesen Tagen nach Stuttgart und inspizierte dort ein bereits fertiggestelltes Pendant der Hamburger Pläne. In ihrem Bericht äußern sich die Herren Gutachter kritisch über das schwäbische Vorbild. Man fand es zu *schäbig* für die Ansprüche der Weltstadt Hamburg. Wir wollen das seriöser, äußert sich ein ungenannter Interessent. Als *seriös* gelten zunächst die Unternehmer, die die Finanzierung des Projekts übernommen haben. Die Herren über St. Paulis Vergnügungsindustrie sollen aus dem Geschäft bleiben.»

«Da lachen doch die Hühner.»

«Das Huhn fidel ich um wie nix.»

«Den Hühnerarsch muß ich nicht mal poussieren.»

Der blonde Rocker bringt Spruch ohne Ende. Auf dem Kiez wird nicht mehr nach a Braunen verlangt. Aus ist es mit schlecken und pudern. Die Zenzi und wie sie alle heißen haben Feuer unter den Hintern gekriegt. Schieb mal 'n Bier rüber. Laß die Würfel rollen. Laß sie hüpfen. David White bietet guten Bekannten Werner «Emma» Stobbes ein Spielchen an. Der Bausenator nimmt die Karten auf. Der Polizeipräsident macht seinen Einsatz. Vorn auf der Bühne im *Bel ami* kniet Gina mit weit gespreizten Schenkeln über einer neuen Partnerin. Der Stone unterbreitet Petermännchen, Kaiser-Kalle, Ingo, dem Langen, Indianer-Joe und Leberfleck-Willi ein Angebot. Die Herren legen feines, schwarzes Tuch an und hüllen sich in Pelze. Die Beerdigung de Sios findet nicht in aller Stille statt: «Das Begräbnis des Don war ein Gesellschaftsereignis ersten Ranges. Mehrere Kranzwagen waren nötig, den verwelkenden Ausdruck immerwährenden Dankes auf den Friedhof Wedel zu karren. Auf dem beeindruckendsten Gebinde stand: *Carlo de Sio. Ehrlich und aufrecht war dein Leben. Vieles hast du uns gelehrt. Nach deinem Kodex wollen wir streben. Wir haben dich alle sehr verehrt. Farewell – Dein Freund Werner Stobbe und Irma.*»

Irma hat Tränen in den Augen. Gina friert. Hamburg ist eine kalte Stadt. Der blonde Rocker heizt seinen Ofen an. David White übergibt Stobbe Schuldscheine und läßt sich seinen Anteil bar auszahlen. Der Stone muß sehr, sehr junge Mädchen ausfindig machen. Der große Herr K. wird wieder einmal Bauherr. Der Innensenator bleibt ein ehrenwerter Mann. Das geile Huhn aus München kommt dem blonden Rocker aus Hamburg auf halber Strecke entgegen. In Wiesbaden knallt es, während im Casino die Kugel rollt. Auch dort hat White schon seine Finger im Spiel: «Er beherrscht elektronische Tricks genauso wie Finessen mit der bloßen Hand. Er dirigiert Falschspieler, die in Paris, Amsterdam, London oder München auf seine Marschbefehle warten. Manchmal leitet er die Einsätze persönlich, manchmal dirigiert er nur vom Telefon aus, gelegentlich arbeitet er auch als Solist.»

Nach einem Essen im Hause Stobbes gesteht die angetörnte Irma ihr Verlangen nach Gina. David White gesteht seinerseits, daß er gern dabei zuschauen würde. Stobbe lächelt nachsichtig. Dem Stone kommt das Kotzen. Er mag die Italienerin sehr. Der blonde Rocker ist mit dem geilen Huhn auf dem Sozius über die Elbbrücke gedonnert. *Easy-Rider*-Feeling. *Born to be wild.* All die kaputten Träume. Prelus und Protest. Eine neue Zeit bricht an: «Gestern stand der Baukran hier, heute macht man Saukram hier. Unter den roten Laternen des Hamburger Amüsierviertels St. Pauli mauerten Bauarbeiter in knapp einem Jahr Europas modernstes Bordell. 160 Kolleginnen von Irma la Douce schlugen dort zwischen Reeperbahn und Großer Freiheit ihre Couch im Liebesbunker auf. Der Bauherr des Liebes-Silos lud zur Eröffnung. Bei Sekt, Whisky und Alkoholfreiem schildert der große Herr K. die Entstehungsgeschichte des Eros-Centers. Den Namen ließ sich der clevere hanseatische Kaufmann stolz als eingetragenes Warenzeichen schützen. Das vierstökkige Apartmenthaus breitet sich unter dem Lichtergefunkel der Amüsierstraße wie ein großes L aus. Zwei Eingänge lotsen den Besucher in ein Geviert, den Kontakthof.»

Werner «Emma» Stobbe verschließt sich den Wünschen des Amerikaners nicht. Sowohl White wie auch Irma finden ihre Befriedigung. Indianer-Joe drückt im Stammlokal des blonden Rockers immer wieder *I can't get no Satisfaction … oh, no, no, no, hey, hey, hey, that's what I say.* Der blonde Rocker steht mehr auf *Street Fighting Man.* Alles Spruch: «Doch das geile Huhn ist überzeugt, sich den Richtigen gegriffen zu haben. Er schiebt sie durch seine Hütte. Sein Wohnstil trifft genau ihren Nerv. Die Rolex im Aquarium neben dem Totenkopf, die Geweihe über der Wanne, der Adler in der Ecke, der Tannenbaum mit Luftschlangen, die vergoldeten Kommisstiefel zwischen Plüsch und Pleureusen, das an die Flurdecke genagelte Gelsenkirchener Barock, die seidene, blutrote Bettwäsche auf dem Kingsize-Bett, von einem Polyester-Penis matt erleuchtet; denn hier, macht er ihr gleich klar, hier liest man nicht. Logo.»

«4,7 Millionen Deutsche Mark investierte der große Herr K. in den weißen Klinkerbau. Da stecken alle Schikanen drin, verkündete er zum Auftakt. Seine Frau trug zum schwarzen Persianerkostüm unverhüllten Stolz. Die Einstandsparty fand im Aufenthaltsraum statt. Aus der Musikbox klang die Schnulze: *Geh doch nicht mit jedem Mädchen.* Ganz unauffällig umrahmten elegante Mieterinnen, Luden und Lokalgrößen die *Eros*-Idylle. Trotz sittenpolizeilicher und kommunalpolitischer Gewogenheit mußte der große Herr K. hart um die Erlaubnis für das Haus der offenen Tür kämpfen. Ehe die Baupläne genehmigt waren, gingen zwei Jahre ins Land. Hamburger Sittenwächter bereisten die einschlägigen Quartiere in der Bundesrepublik, um dann der dezenten Hamburger Form freudig zuzustimmen. Der große Herr K. hatte nämlich den Stein des Weisen gefunden. Um den Kupplerparagraphen im Strafgesetz zu umgehen, schuf sein Architekt den sogenannten Kontakthof. Dort müssen unter einer Säule mit pilzförmigem Dach die Liebesgeschäfte ausgehandelt werden.»

Im Licht des Polyester-Penis geht der blonde Rocker das geile Huhn an. Werner «Emma» Stobbe hat für seine Getreuen einen neuen Job. Petermännchen, Kaiser-Kalle, Ingo, der Lange, Leberfleck-Willi und Indianer-Joe werden Wirtschafter im Nutten-Bunker: «Als Devise für das Unternehmen hat der große Herr K. Sicherheit, Sauberkeit und Unauffälligkeit angeordnet. Die Mieter verwalten zwischen 11 und 14 Zimmer. In die Abteilung Amourette führt ein roter Läufer. Die Zimmerwände sind tapeziert. Die Einrichtung besteht aus einem Einbauschrank in afrikanisch Birnbaum, einer Liege mit rosa Steppdecke, Teppich, Tisch und Klubsessel. Neben dem Mini-Flur wird es sehr hygienisch. Die Badewanne ist schwarz gekachelt, Waschbecken, Toilette und Bidet Mandschu-gelb. In jedem Apartment verbirgt ein Bild den Tresor, in den der Liebeslohn durch einen Schlitz gesteckt wird. Der Schlüssel befindet sich zur Sicherheit nicht im Zimmer. Unter jedem Bett ist außerdem eine Alarmklingel montiert. Bei geschäftlichen Flauten stehen den Damen neun Aufenthaltsräume zur Verfügung. Die breiten Treppenaufgänge ließ der große Herr K. mit goldenem Geländer verzieren. Die Polizei lobt: *Wir haben mit kasernierten Dirnen die besten Erfahrungen gemacht. Man kann sie in hygienischer Hinsicht besser überwachen und hat keinen Ärger mit dem Sperrgebiet.*»

David White nimmt gelegentlich die Dienste einer Liebesdame in Anspruch. Sie sieht aus wie Irma und hat Ginas Figur. Er ist sehr zufrieden. Er kennt das geile Huhn noch nicht. Der blonde Rocker muß wieder mal Kohle greifen. Gina wird vom Stone trainiert. Er will sie heiraten und mit ihr ein Sportstudio eröffnen. Werner «Emma» Stobbe schließt weitere Schuldscheine in seinen Safe. Irma führt längere Gespräche mit einem Innenarchitekten. Vor dem Springer-Hochhaus wird demonstriert: «Polizisten auf wildgewordenen Gäulen bedrängen unsere schönen Leiber, unsere schönen, geilen Leiber, deinen Leib, Lady Jane; denn Polizisten vögeln nur unter der Bettdecke, deshalb toben sie hier ihre Aggressionen aus. Under my thumb – fliegen wir auf unserer Wolke zum Trade-Center – Amis raus aus Vietnam. Los – gehen wir rein, die US-Flagge brennt. Wir hissen unsere rote, die Scheibe gibt nach, und Fiberglaskugeln kugeln auf unsere Fiberfüße. Wasserwerfer und Kommandopfeifen vermitteln den Eindruck eines Kriegsfußballspieles – unser Feind spricht Deutsch.»

Ableuchten und abfegen.
 Abloddeln.
 Absahnen.
 Bunkern, linken und löhnen.

Gefüllt sein, geputzt sein.
Abstecken.
Die Biege machen.
Greifen.
Komm in die Hufe, Alte. Ackern.
Ich bin mause.
Reiß raus. Tu raus.
Schmieren. Schmalz. Tip.
Seibel nicht. Laber nicht.
Rüber die Patte. Das Moos.
Die Kröten. Die Eier. Die Mäuse. Die Möpse.
Die Kohle. Die Knete. Der Knödel.

«Man muß es einmal gesehen haben, wie sie mit geiler Andacht die großen Scheine betrachten, sie in der Hand halten, sie mit einem schmatzenden Geräusch glattstreichen, sie streicheln und liebkosen, wie sie im Casino, am Tisch, mit Stapeln von Geldnoten ihren Einsatz machen, sie offen vor sich ausbreiten, sie präsentieren, wie sie auch ihre langbeinigen, blonden Frauen, ihre Geliebten zur Schau stellen, wie sie in Strip-Lokalen und Sexbars Geldnoten in BHs und Höschen schieben oder sie auf die nackte Haut der Sich-Darbietenden klatschen, sie zu länglichen Röllchen gedreht über die Bar reichen – man muß es gesehen haben. Man muß es nur einmal gesehen haben: Diese schwüle Begierde, die Obszönität des Geld-Verkehrs.»

«Die meisten Menschen sind gierig: gierig nach Essen, Trinken, Sex, Besitz, Macht und Ruhm. Gier ist eine Leidenschaft – das heißt, sie ist mit Energie geladen und treibt den Menschen unerbittlich dazu, die Objekte seiner Gier zu erlangen.»

Der blonde Rocker ist böse in die Miesen gekommen. Er tritt bei Werner «Emma» Stobbe an. Der nun auch Nuttenkönig genannte Stobbe will es mit dem Spruchkasper versuchen. Der Stone meldet Bedenken an. Das geile Huhn macht David White ganz kirre. Er legt zeitweise die Karten aus den Griffeln. Doch die Kugel rollt und rollt. Die Hell's Angels rutschen nach Westerland hoch und machen aus Inselbewohnern Geschnetzeltes à la St. Pauli. Indianer-Joe will seine Puff-Etage sozialisieren. Petermännchen greift häufiger zum Baseballschläger. Ingo, der Lange, verteilt Cappis. Kaiser-Kalle quatscht eine Solide nach der anderen an. Leberfleck-Willi steckt bei Studentinnen einen weg. Die sexuelle Revolution ist auf dem Höhepunkt. Jede mit jedem. Jeder mit allen. Auch Stobbe läßt sich mal die Uhr aufziehen. Gina geht auf der Bühne noch schärfer ran. Das geile Huhn ist ständig im *Star-Club* anzutreffen. Der große Herr K. leidet unter Prostata. Irma liegt oben ohne im Garten. Die Karten werden neu gemischt. *Morgens ein Joint und der Tag ist dein Freund.* Zeitungswagen brennen aus. *Stoppt Dutschke jetzt. Drei Kugeln auf Rudi.* Vietnam und Prag. *Make love, not war. Der Platz des Poeten ist die Straße.* Arafat wird PLO-Vorsitzender. Aus Bürgerkindern werden Revoluzzer. Jimmy Hendrix treibt es mit seiner Gitarre. Jim Morrison prophezeit das Ende. *Before I sink into the big sleep, I want to hear the scream of the butterfly.* Für den Stone ist der Kinski für Arme ein Scheißkopf. Stobbe mimt Al Capone auf der Meile. Für den großen Herrn K. ist das Foto ein Ausdruck von Größenwahn. Irma trägt *Brillo*- und *Fragile*-Kleider aus New York. David White mischt wieder mit. Indianer-Joe ist ständig bekifft und gibt einem jungen Dichter aus Lokstedt Interviews. Ingo, der Lange, geht auf einen Trip. Leberfleck-Willi behängt sich mit Schmuck. Kaiser-Kalle hat ein Schlagersternchen aus Duisburg auf dem Zettel. Der Innensenator ist längst zum amtierenden Fraktionsvorsitzenden seiner Partei in Bonn aufgerückt. Große Koalition und: «Die Kernfrage war die Diskussion um ein Gesetz, das der Regierung im Falle eines nationalen Notstands Sondervollmachten einräumte. Als Überbleibsel aus der Besatzungszeit hatten die drei westlichen Verbündeten – USA, Großbritannien und Frankreich – immer noch das gesetzlich verbriefte Recht, die Kontrolle über die Bundesrepublik zu übernehmen, wenn eine schwerwiegende Naturkatastrophe eintrat oder die *demokratische Grundordnung* bedroht war. Unter anderem waren die Verbündeten ermächtigt, Telefongespräche abzuhören und persönliche Briefe zu öffnen. Nun ging es darum, diese Rechte auf die Bonner Regierung zu übertragen.»

Telefonisch entschuldigte sich Tanja im *Bel ami*. Ihre Mutter hat sie überraschend besucht. Telefonisch fragt jemand nach der Frau mit den großen Glocken. Telefonisch zählt der Stone auf, was gerade im Angebot ist. Gina telefoniert mit ihrer Familie in Italien. David White wird aus Holland antelefoniert. Der blonde Rocker greift zum Hörer. Stobbe wählt und muß gelegentlich Klartext reden. Und das Telefongespräch zwischen einem NDR-Reporter und einem anonymen Anrufer macht Schlagzeilen:

«NDR: *Sie sind also der Informant einer Sonderkommission der Hamburger Polizei gewesen, trifft das zu?* – X: *Ja* – NDR: *Haben Sie denn Kenntnis von kriminellen Verflechtungen zwischen Polizeibeamten und Leuten aus dem sogenannten Milieu?* – X: *Ja* – NDR: *Wie sind Sie zu Ihren Kenntnissen gekommen?* – X: *Ich habe mich immer im gewissen Milieu bewegt, wo ich eben mit Straftätern zusammenkam, teils in eigener Sache. Überwiegend interessierten mich dann eben Sachen, die die Hamburger Polizei betrafen, was die eben abgemacht haben mit Straftätern* – NDR: *Sie haben also Aussagen vor der Sonderkommission gemacht. Haben Sie da denn all das gesagt, was Sie wissen?* – X: *Nein, ich habe nicht alles gesagt. Ich habe nur einen Teil meines Wissens weitergegeben. Wahrscheinlich auch, weil ich mich mit einigen Sachen selbst belasten würde.* – NDR: *Was haben Sie denn ausgesagt?* – X: *Also, zuerst haben mich die leitenden Staatsanwälte der SoKo gehört, weil ich was von organisierten Verbrechen hier in Hamburg gesagt habe, so ein paar Andeutungen. Die haben mich dann gedrängt. Weil die Sache aber heiß war, habe ich erst gezögert, wurde dann aber doch in irgendeiner Weise provoziert, daß man sagte, das ist vielleicht ein Spinner, der weiß gar nichts. Und ich habe dann die Sache klipp und klar geschildert. Es betrifft das Glücksspiel auf St. Pauli. Die Staatsanwälte konnten das gar nicht glauben, was da abgeht. Es wurden dann zwei Mann von der SoKo darauf angesetzt. Die haben aber die Unterlagen, meine Aussage, weitergegeben an den beschuldigten Beamten.* – NDR: *Woher wissen Sie das?* – X: *Ich weiß das von Zeugen, die ich genannt habe. Die sind zu mir gekommen und haben gesagt, sie kriegen Druck. Ihre Chefs haben Druck von der Polizei. Wenn sie reden, würden sie enorme Schwierigkeiten kriegen. Sie wollten dann nicht mehr aussagen. Es sind aber dann doch noch ein paar Zeugen dabei gewesen, die ausgesagt haben. Aber gegen diesen*

Beamten ist dann praktisch das Verfahren stillschweigend eingestellt worden. – NDR: *Heißt das im Klartext, hier sind Aussagen unterdrückt worden, anstatt daß man diesen Aussagen nachgegangen ist?* – X: *Ja, das ist richtig.*»

Ein Polizeiskandal bahnt sich an.

DREI

1

Peter Gottschalk war reichlich abgefüllt, als er eine von ihm lange nicht mehr benutzte Nummer eintippte. Er sprach ein gutes Viertelstündchen mit dem Anrufbeantworter und schlief dann auf der Couch ein. Es war wieder so ein wüster Traum, der ihn heimsuchte. Wieder Regina, die sich mit Anja verschworen hatte und ihn aufs Streckbett fesselte, während sich die Kleine eine schwarze Gummimaske überstreifte und zu glühendem Eisen griff. Als Gottschalk erwachte, war er wie gerädert. Er hatte entsetzliche Kopfschmerzen, und sein Mund war trocken. Gottschalk schmeckte noch den Knoblauch und mußte kotzen. Danach rührte er sich zwei Eier in einen halben Liter Bier, gab einige Spritzer Tabasco dazu und leerte den Krug, ohne ihn auch nur einmal abzusetzen. Augenblicklich ging es ihm besser. Rülpsend und furzend stellte er sich unter die Dusche.

Während er sich frottierte, kam der Rückruf.

«Kein Problem», sagte Lucile gleich. «Nur heute wird's nicht mehr klappen.»

Gottschalk erinnerte sich nicht sofort.

«Lucile?» fragte er vorsichtig.

«Hast du noch andere angerufen? Mein Gott, ich denke, du bist in festen Händen. Mir ist es ja egal, aber über ein paar deiner Wünsche reden wir noch, okay? Ich bin morgen zurück. Du kannst mich vom Flughafen abholen, wenn du magst. Zweiundzwanzig Uhr und noch was. Sonst schlag ich bei dir auf – falls es bei deinem Angebot bleibt.»

«Was habe ich gesagt?»

«Fünf und Schampus bis zum Abwinken.»

«Vergiß es», sagte Gottschalk. Es dämmerte ihm allmählich. «Wo steckst du?»

«See you later», erwiderte Lucile und hängte ein. Gottschalk glotzte kopfschüttelnd den Hörer an, bevor er ihn auflegte. Der Gedanke an Champagner verursachte erneut einen Brechreiz. Vielleicht aber war es auch das andere. Er hatte sich gehenlassen. Es war verdammt weit mit ihm gekommen. Wahre Abgründe taten sich auf.

Diese blöde Schnalle. Er verfluchte Regina und fand es nun doch an der Zeit, ihr endlich mal seine Meinung zu sagen.

Sie nahm nach dem vierten Klingeln ab.

«Hör zu», fing Gottschalk an. «Bevor du auflegst, sollst du wissen, daß ich dich auch im Zusammenhang mit einer Ermittlung anrufe. Unser letztes Gespräch war nicht gerade klärend.» Er machte eine Pause und hörte, daß Regina tief einatmete.

«Ja», sagte sie dann. Nur einfach *ja*.

«Vielleicht gibt es nichts zu erklären», sagte Gottschalk. «Vielleicht ist nichts, außer der Tatsache, daß du nicht mehr willst. Aber das würde ich gern von dir hören. Drei Worte – ich will nicht.»

«Ich habe einen Termin.»

«Das sind vier und nicht die richtigen. Ich habe dich verdammt noch mal geliebt, hörst du? Ich hab's ernst gemeint mit uns. Was denkst du dir eigentlich? Was geht in deinem Kopf vor? Du hast mir alles andere vermittelt, aber nicht, daß du mich jemals auf die Art und Weise abhaken würdest. Was zum Teufel ist geschehen? Bin ich ein Wahnsinniger, ein Monster –?»

«Um was geht es?» unterbrach sie ihn.

«Um mich und um dich und um dein beschissenes Verhalten!» brüllte er. Er schimpfte sich sogleich einen Idioten, und er fror. Mit dem Badetuch um die Hüften geschlungen und mit nackten Füßen stand er auf den kalten Küchenfliesen und wollte von ihr hören, daß sie ihn überhatte. Aus welchem Grund auch immer. Es lief letztendlich doch darauf hinaus, daß Schluß war. Er konnte sich in diesem Moment nicht vorstellen, sie je wieder zu umarmen.

Es war endgültig vorbei.

Gottschalk wartete ihre Antwort nicht ab. Er hängte ein und nickte grimmig. Und er fühlte sich überraschend gut.

Die Gänsehaut verflüchtigte sich.

Gottschalk zog sich an und dachte an ein ausgiebiges Frühstück.

Dein beschissenes Verhalten. Das war es gewesen. Unglaublich einfach. Mit der richtigen Wut herausgebrüllt. Ihm war danach, es zu wiederholen, und er tat es. Er schrie es, bis er heiser war und sich mit einem zweiten Bier die Kehle neu ölte. Ohne Eier und ohne Tabasco.

Gottschalk briet sich Eier und dänischen Frühstücksspeck. Er toastete eine halbe Packung *Golden Toast* und brühte Kaffee auf. Im Radio wurde ein Oldie gespielt, *Baby blue*. Gottschalk sang mit. Er schlang den ersten Marmeladentoast im Stehen herunter und beschloß, nicht ins Büro zu gehen. Nach dem gestrigen Abend hatte er eine gute Entschuldigung.

Nach und nach kriegte er zusammen, über was Broszinski und er sich unterhalten hatten. Auch warum er Lucile angerufen hatte, war ihm jetzt klar. Angesoffen und geil war er gewesen. Keine Kontrolle mehr über sich, keinen Halt.

Regina. O nein. Nein.

Er wußte Anja auf seiner Seite. Sie würde ihn nicht enttäuschen. Weil sie sich gegenseitig nichts versprachen und sich nur trafen, wenn sie es beide wollten.

In der Regel zumindest.

2

«Ein date?» fragte Uli. Er stand in der Tür und rieb sein Kinn. Seit einigen Tagen rasierte er sich nicht mehr. Er hatte keinen starken Bartwuchs, und die schmutzig-grauen Stoppeln machten ihn nicht gerade attraktiv. Er war nun mal kein Don-Johnson-Typ.

«Eine Flugbekanntschaft», sagte Lucile leichthin. «Ein Student.»

«Kommt er vorbei?»

«Wo denkst du hin.» Lucile ging zur eingebauten Minibar und nahm ein *Tonic* heraus. Sie spürte Ulis Blick. Ruhig, dachte sie. Ganz cool. Was hat er schon gehört? «Ich treff ihn in der City. Zum Essen.»

«Babsi wird dich vermissen», sagte Uli. Er kam jetzt ins Zimmer und verstellte die Jalousien an dem einzigen Fenster. Das Sonnenlicht erhellte den karg eingerichteten Raum. Es gab nur ein schmales Bett, ein Nachttischchen, einen Hocker und einen Korbsessel. Die Längsseite des Zimmers war eine durchgehende Schrankwand. Eine Schranktür stand offen. Auf den Bügeln hingen einige Blusen und leichte Kleider.

Uli rückte das Telefon auf dem Nachttischchen zurecht und hob das neben dem Bett liegende Taschenbuch auf.

«Möchtest du auch was?» fragte Lucile. Sie deutete auf ihr *Tonic*.

Uli schüttelte verneinend den Kopf. Er setzte sich auf die Bettkante und blätterte in dem Buch.

«Spannend?» fragte er.

«Hm – nicht besonders.»

«Ja, das meiste ist Schund.»

Mein Gott, was sollte das? Lucile riß die Lasche auf und trank einen Schluck. Sie trug ihren einteiligen lachsfarbenen Badeanzug und darüber ein bis zu den Knien reichendes Hemd.

Uli legte das Buch weg und rieb sich wieder das Kinn. Er machte den Eindruck, als beschäftige ihn irgend etwas. Lucile war nicht gewillt, danach zu fragen.

«Ist Barbara schon auf?» fragte sie statt dessen.

«Ich glaube, es geht ihr nicht gut. Du kannst einiges ab – ja?»

«Ich habe nicht viel getrunken.»

«Ich meine, gymnastikmäßig.»

Was sollte sie dazu sagen? Sie stellte die Dose ab und zuckte die Achseln.

«Ich geh an den Pool», sagte sie.

«Komm mal her.» Uli winkte sie heran und klopfte einladend auf die Matratze. «Ich bin ein bißchen besorgt. Babsi gefällt es hier nicht. Sie langweilt sich. Sie hat an nichts Spaß. Das nervt auf Dauer. Mich nervt es. Was würdest du mir raten?»

«Wie meinst du das?»

«Einfach so. Einen Rat.»

«Das kann nicht dein Ernst sein. Du willst von mir einen Rat?»

«Soll ich sie zum Teufel jagen? Zurück nach Deutschland, nach Hamburg? Was, glaubst du, wird dann passieren? Deterings ständige Begleiterin in Hamburg. Ein Riesenwirbel. Fragen, Fragen und nochmals Fragen, und Babsi wird weich. Es gibt zwar kein Auslieferungsabkommen, aber wer weiß.» Er machte eine bedeutungsvolle Pause. «Und wer weiß, was von euch beiden bekannt ist. – Hattest du nie eine Unterhaltung mit unseren Freunden?»

Das war es also. Lucile hatte schon längst damit gerechnet.

Sie war vorbereitet.

«Natürlich», sagte sie. «Sie waren bei allen.»

«Und?»

«Nichts und. Niemand möchte ein Loch im Kopf oder sonstwie verunglücken. Außerdem wußte keiner, wo ihr steckt.»

«Aber *du* weißt es jetzt. Du fliegst zurück, und am Flughafen stehen sie schon. Eine Freundin besucht – sieh an. Dürfen wir mal das Ticket sehen? – Ach komm, das haben sie doch längst raus.»

«Selbst wenn. Was soll sein?» Sie war zu ihm gekommen, setzte sich aber nicht neben ihn. Uli sah zu ihr hoch.

«Du hast für alle hier schön hingehalten.»

«Just for fun.»

«Quak, quak, quak. – Ich denke mal laut. Meine stark frustrierte Babsi wünscht sich die Gesellschaft einer alten Kollegin. Sie lädt sie ein, und schon bist du da. Bumst fröhlich durch die Gegend und stellst die Lauscher auf. Es wird viel geredet. Alte Geschichten –»

«Ja», unterbrach Lucile ihn. «Geschichten, die ich auch ohne das runterbeten kann. Geschichten, die keinen vom Hocker reißen. Damit ist nicht ein Stich zu machen. Und warum auch? Warum sollte ich riskieren –»

«Laß mich ausreden. Alte Geschichten. Mosaiksteinchen oder auch die ein und andere neue Information. Einen Namen, ein Gespräch, das da und nicht dort stattgefunden hat. Ich habe unsere Freunde nie unterschätzt. Was du ihnen jetzt erzählen kannst, bringt sie schon ein gutes Stück weiter nach vorn.»

«Für wie blöde hältst du mich, Uli?»

«Sag es mir.»

«Ich werd den Teufel tun, mich da auch nur so weit reinzuhängen.» Sie unterstrich es gestisch und blickte ihn herausfordernd an. «Das kannst du mir glauben. Dein Problem, dein einziges Problem ist Zappa.»

Uli lachte abfällig.

«Nein», sagte er. «Mein Fehler war, daß ich Babsi mitgenommen habe. Das ist außer Kontrolle geraten. Läßt dich hier einfliegen – großartig. Lucile hält dicht – das hab ich noch geschluckt. Bis dein starkes Interesse an unseren Nachbarn deutlich wurde. Du hast keinen ausgelassen.»

«Mein Gott, dreh's mal um – ja?»

«Es läuft auf eins hinaus», sagte Uli und stand auf. «Gib mir dein Ticket.»

«Was?»

«Du hast mich verstanden.»

«Nein –»

«Dein Rückflug ist gestrichen.» Er streckte die Hand aus. Lucile wich instinktiv zurück und sah zur Tür. Gleichzeitig dachte sie, daß ihr das nichts nützen würde. Sie mußte versuchen, ihn zu überzeugen. Daß er sich ihrer sicher sein konnte. Daß es dumm war, sie festhalten zu wollen. Man nach ihr fragen würde. Dann erst der Tanz losginge. Telefonate. Nachforschungen. *Das* würde ihn in Schwierigkeiten bringen.

Uli schien ihre Gedanken zu erraten.

«Ein Ticket Costa Rica retour», sagte er. «Aber hier sind schon einige Leute abhanden gekommen. Das Klima, die Drogen – Verlockungen. Du wirst reichlich Gelegenheit haben, ihnen nachgehen zu können. Du hast doch deinen Spaß.»

«Nun spinn nicht rum, Uli. Ich bin nicht der Typ, der einfach von der Bildfläche verschwindet.» Cool, sagte sie sich wieder. Bleib cool. Tu es als Witz ab. «Ich bin auch nicht lebensmüde.»

«Babsi sagt, du brauchst Geld. Und ich kenn die Angebote, die sie unterbreiten.»

«Sie! Sie! – Fuck! Nichts ist damit. Nicht mit mir.»

«Ich unterstelle dir nicht, daß du dich gleich in die Berliner fahren läßt. Ich denke nur daran, daß sie dich sehnsüchtig erwarten. Und das möchte ich nicht riskieren. – Also, dein Ticket, bitte.»

«Mein Gott, wie stellst du dir das vor? Ich habe eine Agentin, ich habe Kunden, Termine, Absprachen –»

«Du hast dein Leben geändert», sagte Uli freundlich, und seine Hand schoß blitzschnell vor. Er packte sie am Hemd und zog sie zu sich. «Dir ist irgend jemand über den Weg gelaufen, der dich ohne Ende aushält. Für eine gewisse Zeit zumindest. Kaiser-Kalle zum Beispiel. Er hat Grundstücke in Playa Conchal, baut Bungalows, Hotels, steigt groß ein. Und Kaiser-Kalle ist doch auch ein ganz sympathischer Typ. Ihr kommt bestens miteinander aus – oder sehe ich das falsch? Ist es vielleicht Leberfleck-Willi oder gar der Lange? Egal. Wer auch immer, er läßt sich deine Gesellschaft was kosten. Du bist ein heißes Teil – *die* Nummer hast du geritten, Lucile. Und du wirst sie noch eine Weile beibehalten. Just for fun, wie du sagst.» Er lockerte seinen Griff ein wenig und nickte mehrmals.

Lucile preßte ihre Lippen aufeinander. Es fiel ihr immer schwerer, keine Angst zu zeigen. Ihr Magen krampfte sich zusammen, und ihre Blase drückte. O Scheiße! Verdammte Scheiße. Was konnte sie nur tun?

«Okay», sagte sie schließlich. «Okay, okay – ich kann Zürich anrufen –»

«Nein», stoppte Uli sie. «Haben wir uns immer noch nicht verstanden? Du bist ausgeflippt. Du kennst keine Verpflichtungen mehr. Du kokst dich voll, du denkst nicht an morgen oder übermorgen. Du hebst schlicht und ergreifend ab.»

Er lächelte.

Sie nahm kaum wahr, wie er ausholte, spürte nur noch den Schlag hinterm Ohr und sackte weg. Ihr letzter Gedanke war, daß es wie ein Schuß geklungen hatte. Dann war nichts mehr da. Kein Halt.

3

Renate Weber erschien pünktlich zum vereinbarten Termin im Präsidium. Sie war ungewöhnlich schlicht gekleidet und sah blaß aus. Broszinski traf nicht das erste Mal mit ihr zusammen. Nachdem er sie begrüßt hatte, wiederholte er routinemäßig: «Als Ehefrau des Beschuldigten haben Sie das Recht, die Aussage zu verweigern. Sie haben ferner das Recht, auf die Fragen die Antwort zu verweigern, die Sie selbst der Gefahr einer Verfolgung wegen einer Straftat oder einer Ordnungswidrigkeit aussetzen könnten. Ich muß Sie bitten, diese Belehrung zu bestätigen.»

«Ja, ich habe verstanden. Ich will aussagen.»

«Gut.» Broszinski nahm sich einen Zigarillo und schob den Aschenbecher zu Renate Weber hinüber. Sie hatte eine Marlboro aus der Packung gezogen, und Broszinski riß ein Streichholz an und gab ihr Feuer. «Sie haben mir mitgeteilt, daß Sie Angaben zur Sache machen wollen – Sie sind ohne Rechtsbeistand gekommen.»

«Ich brauche keinen. Ich will lediglich eine Aussage machen. Sie betrifft die meinem Mann zur Last gelegten Morde an Stobbe und Botan.»

«Entschuldigen Sie, Frau Weber. Diese Morde hat Ihr Mann gestanden.»

«Er hat die beiden nicht umgebracht. Das war HP – Hans-Peter Milstadt.»

Broszinski lehnte sich in seinem Stuhl zurück und schloß für einen Moment die Augen.

Harry Lankowa räusperte sich.

Die Stenografin wedelte den Tabakrauch von sich weg.

«Erzählen Sie», forderte Broszinski Renate Weber dann auf.

«Es war eine Woche später, vor seinem Geburtstag jedenfalls. Das genaue Datum weiß ich nicht mehr. Da hat mein Mann mir gesagt, daß der HP den Stobbe und den Botan erschossen hat.»

«In welcher Situation hat Ihr Ehemann Ihnen das erzählt? Stand er unter dem Einfluß von Alkohol oder Drogen?»

«Mein Mann hat mir das in ganz ruhigem Ton erzählt. Es war abends, nach dem Essen. Mein Mann stand nicht unter Alkohol- oder Drogeneinfluß. Er hat mir gesagt, daß er ja da vor einigen Tagen mit dem HP losgefahren ist.»

«Hat Ihnen Ihr Mann erzählt, warum Stobbe und Botan getötet worden sind?»

«Das war allein eine Sache zwischen dem HP und dem Stobbe. Irgendein Streit.»

«Worum ging dieser Streit?»

«Das weiß ich nicht. Das hat er mir nicht gesagt.»

Harry wechselte mit Broszinski einen Blick. Es war offensichtlich, daß Harry nichts auf diese Aussage gab.

Renate Weber bemerkte es.

«Der HP hatte mit dem Stobbe irgendwelche Differenzen», ergänzte sie. «Ich nehme an, es ging immer noch um Milstadts Ehe mit Daniela. Mehr kann ich wirklich nicht sagen. Es war jedenfalls beabsichtigt, daß der Streit geschlichtet werden sollte – das hat mir mein Mann erzählt. Er hat sich dann vom HP überreden lassen, mit rauszufahren.»

«Wie sind Ihr Mann und Milstadt denn zu dem Haus des Stobbe gelangt?»

«Mit dem Auto.»

«Mit wessen Auto?» fragte Harry.

«Das weiß ich nicht.»

Harry nickte, und Broszinski stellte die nächste Frage.

«War außer Milstadt und Ihrem Mann noch jemand im Wagen?»

«Soweit ich weiß, nur die beiden. Ich meine, daß mein Mann mir das so erzählt hat.»

«Und wie hat Ihr Mann den weiteren Ablauf dargestellt?»

Renate Weber nahm einen letzten Zug aus ihrer Zigarette und drückte sie dann aus. Sie ließ ihre Hände auf der Tischplatte. Broszinski bemerkte, daß sie nur ihren Ehering trug. Bei früheren Gesprächen hatte sie noch weitere Ringe getragen. Er erinnerte sich an einen schmalen Reif mit einem Brillanten.

«Alle Einzelheiten kriege ich nicht mehr zusammen. Aber der Streit zwischen HP und dem Stobbe ist irgendwie weitergegangen. Und dann soll sich auch noch der Botan eingeklinkt haben. Der hat den HP wohl wahnsinnig erniedrigt, indem er irgend etwas über Daniela gesagt hat. Ich erinnere mich, daß mein Mann – er hat dem Botan in dem Punkt recht geben müssen. Ich würde Daniela auch als geldgierig und hurenhaft bezeichnen. Aber der HP ist völlig ausgerastet und hat geschossen.»

«Hat Ihr Mann erzählt, daß Milstadt allein geschossen hat?»

«Ja, so habe ich meinen Mann verstanden. Der HP hat Stobbe und den Botan allein erschossen.»

«Haben Sie vorher mal persönlich ein Gespräch zwischen Milstadt und Ihrem Mann über Stobbe mitgehört?»

«Ja. Der HP war ja einige Male abends bei uns. Er hat meinen Mann immer wieder gedrängt, ihn zum Stobbe zu begleiten. Er hat ihm sogar Drogen angeboten, die ihm Daniela beschaffen sollte. Und dann fällt mir jetzt noch ein, daß an dem Abend, als mein Mann mir das von Stobbe und Botan erzählt hat, später abends noch der Uli Detering anrief. Da hat mein Mann schon geschlafen.»

Harry Lankowa sah wieder zu Broszinski hin. Broszinski rieb sich die Schläfe.

«Ja», sagte er. «Und weiter?»

«Der Detering hat nur gesagt, daß er meinen Mann sprechen möchte – persönlich. Also, er sollte zu ihm kommen. Ich habe meinen Mann geweckt und ihm das ausgerichtet. Mein Mann hat sich dann angezogen und hat die Wohnung verlassen. Das ist alles, was ich aussagen kann. Mehr weiß ich nicht. Egal, was mein Mann behauptet oder gestanden hat – den Stobbe und den Botan hat er nicht getötet. Das war der HP.»

«Weißt du, was ich mir wünsche?» sagte Lankowa und streute reichlich Salz über das Hacksteak. «Ich wünsche mir einen schönen, sauberen Mord mit einer überschaubaren Anzahl von Verdächtigen. Ein Familienfall, Erbschaft oder was in der Richtung. Eifersucht meinetwegen. Eine Frau, eine Geliebte, ein abservierter Freund der Geliebten – hieb- und stichfeste Beweise, ein paar Verhöre und Klappe zu. Das wär mal wieder was. Aber diese Scheiße macht mich wahnsinnig.» Er griff zu Messer und Gabel und nahm sich den mit gedämpften Paprikastreifen garnierten Klops vor. Broszinski stocherte nachdenklich in seinen Nudeln. Sie schwammen in einer dünnen Sahnesoße.

«Ja, ja», meinte er. «Giesing wird das völlig aus dem Konzept bringen.»

«Weißt du eigentlich, was mit ihm ist? Ist er wirklich krank, oder genießt er nur ein verlängertes Wochenende?»

«Grippe.» Broszinski probierte einen Happen. Die Nudeln hatten Biß. Er stand auf und ließ sich an der Essensausgabe ein Schälchen Parmesan geben. Als er an den Tisch zurückkam, näherten sich von der Eingangstür her Gottschalk und Fedder.

Gottschalk schaute zur Tafel hinüber.

«Ach, du meine Güte!» blökte er los. «Geht's wieder mal quer durch die internationale Küche?! Ungarisch Hack, Thüringer Bratwurst – sieh dir das an, Jörg. Tachliatelli mit Schinken und Erbsen. Tachliatelli – haben wir jetzt einen Friesen als Koch?!» Er lachte dröhnend und winkte Broszinski zu. «Was hast du?»

Harry antwortete ihm.

Nachdem Gottschalk und Fedder mit ihren Tabletts am Tisch Platz genommen hatten, setzte Harry seinen Strang fort. Zuerst gratulierte er Fedder zur Festnahme des *Ufa*-Mörders. Fedder hatte den eindeutig geistesgestörten Mann, der während der 15-Uhr-Vorstellungen allein sitzende Kinobesucher beiderlei Geschlechts mit einem Schal erdrosselt hatte, nach dem dritten Mord überführt. Nicht nur Lankowa fragte sich, wie Fedder es geschafft hatte, dem Mann in so relativ kurzer Zeit auf die Spur zu kommen.

Fedder gab sich bescheiden. Er nannte es Glück. Bevor Harry nachhaken konnte, sprach er von dem Fall, den er nach wie vor nicht aufgeklärt hatte.

«Ich denke ständig an dieses junge Mädchen», gestand er. «Sabine Weigel. Ich weiß nicht, ob ihr euch noch erinnert – die Weihnachtsgeschichte. Schöne Bescherung, muß ich mir gelegentlich sagen lassen.»

«Von mir nicht», meinte Gottschalk und wandte sich an Broszinski. «Willst du wirklich nicht eine Zeitlang pausieren?»

Für einen Moment herrschte betretenes Schweigen.

Broszinski schüttelte den Kopf. Er sah Fedder an.

«Ich verstehe dich», sagte er. «Hast du denn absolut nichts herausgefunden?»

«Nichts, was mich den Tätern näher bringt. Zwei Phantome, die aber doch Sabines Wege gekreuzt haben müssen. Sie war – ach, ich kann inzwischen minutiös auflisten, wo und mit wem sie alles zusammen war. Ich habe jede Person mehrfach befragt und Alibis überprüft. Ich bin von Hinz zu Kunz gelaufen, und nichts, absolut nichts ist dabei herausgekommen. Das macht mich fertig.»

«Ja, es macht einen fertig.»

«Hatte sie einen Freund?» fragte Harry.

«Der Vater wird allmählich verrückt», sagte Fedder mehr zu sich. «Freund – nein, keinen in dem Sinn. Keinen festen. Freundinnen, Bekannte. Merkwürdige Bekannte zum Teil. Bei einigen habe ich das Gefühl, sie wissen mehr, als sie mir sagen.»

«Ja, ja, das ist doch immer so.» Gottschalk kippte den Rest Parmesan über seine Nudelportion. «Du wirst nur warten können.»

«Warten? – Nein, Pit. Das kann ich nicht.»

«Jörg, denk mal ein bißchen mehr an dich. Aber was red ich. Gibt's denn überhaupt nichts Erfreuliches? Dieser Fraß ist es nicht. Ha, wißt ihr, mit wem ich die Tage telefoniert habe? Mit Lucile.»

«Lucile?»

«Lucile?»

Sowohl Fedder wie auch Broszinski sahen Gottschalk an.

«Hast – hast *du* Lucile angerufen?» fragte Broszinski. Er wirkte irgendwie verstört. «Doch nicht etwa –»

«Na ja, in gewisser Weise schon.»

«Wer ist Lucile?» wollte Harry wissen.

Fedder hatte sich erinnert.

«Eine Peepshow-Tänzerin», sagte er. «Das ist Jahre her. Birte –»

«Ja, wegen Birte», bestätigte Gottschalk. «Was siehst du mich denn so fassungslos an? Es wäre doch möglich, daß –»

«Nein. Nein, nein.» Broszinski schien sich gefaßt zu haben. «Mit Lucile hatte Birte seit der Zeit nicht mehr den geringsten Kontakt. Das ist – das führt zu nichts.» Er stand auf, nickte kurz und ging hastig zur Tür. Harry war sichtlich irritiert.

«Eine Peepshow-Tänzerin? Was hat die mit Birte zu tun?»

«Hat er dir das nie erzählt? Ich dachte – ach Scheiße, nein. Ich hab nicht gedacht.» Gottschalk stand ebenfalls auf und eilte Broszinski nach.

Er erwischte ihn am Aufzug.

«Das war keine gute Idee», sagte Broszinski leise.

«Tut mir leid.»

«Aus einem anderen Grund, als du denkst.» Broszinski steckte sich einen Zigarillo an und schaute sich um. Sie waren allein auf dem Flur. «Ich habe Informationen, nach denen Lucile für das BKA arbeitet. Meines Wissens ist sie zur Zeit gar nicht in Deutschland. Wann hast du denn mit ihr gesprochen, und was hast du ihr gesagt?»

«Nach unserem letzten Abend. Für das BKA? In welcher Sache?»

«Ich weiß nichts Genaues. Ich weiß nur, daß sie irgendwas mit einem Drogenfahnder haben soll, der seitdem Punkte macht. Ich halte es nicht für ausgeschlossen, daß sie auch unseren Mann kennt.»

«Na, dann lag ich doch gar nicht so falsch.»

«Was hast du ihr gesagt?»

«Nichts. Ich – ich glaub, ich muß dir das erklären. Gehen wir noch was essen. Ich hab – also kurz und knapp, ich hab mir Lucile im letzten Jahr zwei- oder dreimal kommen lassen. Du weißt schon Regina war halt – sie war halt immer verdammt viel unterwegs.»

4

Broszinski nahm den Zimmerschlüssel und seine Post in Empfang. Er blätterte die Kuverts durch. Es waren Briefe von Bank, Versicherung und *American Express*, einige Drucksachen und eine Ansichtskarte aus der Türkei. Ein befreundetes Ehepaar schickte ihnen Urlaubsgrüße. Entweder gab es in ihrem Hotel keine *BILD*-Zeitung oder sie lasen sie nicht. Broszinski hatte nicht verhindern können, daß über das Verschwinden seiner Lebensgefährtin groß berichtet worden war. Zwölf Tage waren es nun her, zwölf entsetzlich lange

Tage und Nächte. Nächte, in denen Broszinski kaum Schlaf fand. Er war ins *Marriott* gezogen, wollte und konnte sich nicht in seiner Wohnung aufhalten. In ihrer. Birte hatte sie weitgehend eingerichtet. Birte hatte die Atmosphäre geschaffen, in der er sich zum erstenmal in seinem Leben richtig zu Hause gefühlt hatte. Heimisch. Ein Heim. Ein harmonisches Zusammenleben mit der Frau, die er liebte. Einer Partnerin, mit der er alles hatte bereden können. Einer klugen und schönen Frau. Sie waren sich ihrer sicher gewesen, hatten sich gegegnseitig vertraut, nichts hätte sie trennen können. Nichts. Allein der Tod.

Broszinskis Hals wurde eng. Wenn er allein in seinem Hotelzimmer war, kamen ihm oft Tränen. Doch er glaubte, bald keine Tränen mehr zu haben, auszutrocknen, allmählich zu versteinern. Tagsüber verdrängte er die Gedanken an Birte. Aber nachts beherrschten sie ihn. Jedes ihrer Worte, jede Geste erinnerte er, und er suchte über Stunden nach einer Erklärung. Nach *der* Erklärung.

«Wünschen Sie noch etwas?» Die Dame an der Rezeption schaute ihn freundlich lächelnd an.

«Nein, danke», sagte Broszinski. «Anrufe waren keine?»

«Nein – das heißt, ich glaube, bei meiner Kollegin hat jemand nach Ihnen gefragt. – Ingrid.» Sie winkte sie heran. «Was war mit – ach, da ist sie ja.» Broszinski drehte sich um und sah Webers Anwältin auf sich zukommen. Sie reichte ihm die Hand.

«Entschuldigen Sie, wenn ich Sie einfach so überfalle, Herr Broszinski. Ich würde mich gern mit Ihnen unterhalten – privat.»

«Privat?»

«Ja. – Bitte. Und es wäre mir lieb, wenn es nicht hier sein müßte. Wir könnten zur Alster gehen. Es ist noch ganz angenehm draußen.»

Broszinski zögerte.

Angelika Garbers-Altmann wiederholte ihr *Bitte*. Broszinski steckte seine Post ein und wies zur Flügeltür. Er trug seinen dunkelblauen *Liberty*-Blouson und stellte den Kragen hoch, als er nach Angelika im Freien war. Der farbige Hotelboy griff unaufgefordert nach dem Hörer, um ein Taxi zu rufen.

Broszinski winkte ab.

Er ließ der Anwältin bis zum Übergang zur Gänsemarkt-Passage Zeit. Auf der anderen Straßenseite brach er das Schweigen.

«Worüber wollen Sie mit mir reden?»

«Ich war heute nachmittag bei meinem Mandanten», fing sie an.

«Moment. Sie wissen –»

«Es geht nicht um ihn und nicht um seinen Fall. Er hat eine Bemerkung gemacht, die Ihre – Ihre Frau betrifft.»

Broszinski blieb stehen.

«Er weiß was von Birte? — Was?»

«Ein Nebensatz. Ich habe nicht nachfragen können. Kalli – Weber redet mitunter unablässig, springt von einer Sache zur anderen. Er fühlt sich von Ihnen und auch von mir in die Enge getrieben und – ja, er sieht sich bedroht. In dem Zusammenhang fiel der Name Ihrer Frau: So würden sie ihn auch abservieren. Das war alles. Wie gesagt, er nahm gleich wieder einen neuen Faden auf. Ich wollte nicht zu Ihnen ins Büro kommen, aber – ich kann auch nicht darüber hinweggehen, obwohl Weber –» Sie unterbrach sich und legte ihre Hand auf Broszinskis Arm.

Zwei Skateboarder tobten vorbei.

«Abservieren. – Wer? Wen hat er damit gemeint?»

«Weber ist mein Mandant», sgte sie. «Ich kann und möchte mich nicht in Vermutungen ergehen. Sie sollen nur wissen –»

«*Nur*? Er spricht davon, daß Birte abserviert ist, und Sie sagen *nur*. Ich soll es *nur* wissen.»

«Ich – ich will Ihnen helfen.»

«Danke», sagte er. Er wußte, daß es zynisch klang.

Angelika suchte seinen Blick.

«Uns allen ist doch klar, daß Weber – er phantasiert sich auch viel zusammen.»

«Aber *die* Äußerung nehmen Sie offenbar ernst.»

«Sie haben immer noch nichts von Ihrer Frau gehört. Wenn Sie Weber fragen würden, ich meine – ich lasse wirklich völlig außer acht, daß ich auf seiner Seite stehe. Es ist – es muß furchtbar für Sie sein. Die Ungewißheit.»

Broszinski schwieg. Er spürte eine Kälte, die seine Gedanken einzufrieren schien. Einen Gedanken: Birte abserviert, tot. Beiseite geschafft. Er durfte es nicht akzeptieren. Nicht so. Sich nicht selbst die Hoffnung nehmen. Nicht bevor er den eindeutigen Beweis hatte. Es mit eigenen Augen sah – ihren leblosen Körper oder das, was davon übriggeblieben war. Er wehrte sich gegen das Bild, gegen das, was es mit ihm machte.

Reflexartig tastete er nach seiner Waffe.

«Furchtbar?» Ein Wort. Worte. Was Zappa sagt. Er will mir Angst machen. Warum sagt er das? Was weiß er schon? Eine kleine Nummer.

Nur eine kleine Nummer. Ein paarmal abgedrückt und sonst nichts. Ein billiger Killer. Ein Werkzeug. Was weiß er denn schon? Was weiß er denn schon von Detering, von den wirklich großen Geschäften, von diesem Mann im Hintergrund? Nichts, nichts, nichts. Nur Geschwätz, Prahlereien. «Furchtbar? Was wissen Sie denn? Von Zappa und überhaupt? Nichts, sage ich. Gar nichts. Lügen, Lügen und nochmals Lügen. Er fühlt sich bedroht. Lachhaft! – Furchtbar.»

Er lachte bitter.

«Ich weiß, wie Ihnen zumute ist.»

«Ach ja? Wie denn?»

«Es war nicht meine Absicht, Ihnen weh zu tun.»

Broszinski lachte wieder.

Sie setzte einen Stachel und wollte ihm nicht weh tun. Er tat auch nicht weh. Sie hatte nur ein kleines Stückchen tiefer gebohrt. Einer entsetzlichen Ahnung den Hauch der Gewißheit gegeben. Nein, er. Zappa. Er hatte von Birte geredet, und sie überbrachte es ihm. Um ihm zu helfen? O nein. Um ihn kirre zu machen. Das war ihre Strategie.

Psychologische Kriegführung.

Frau Anwältin ist jedes Mittel recht, ihre Gegner zu verunsichern. Sie steht auf seiner Seite. Sie hat sich das ausgedacht. Und es griff. Er merkte es. Es würde Auswirkungen haben. Auf die Verhöre, auf weitere Nachforschungen – auf alles.

Ein teuflischer Zug.

Birte verschwindet, und diese so verdammt ehrgeizige Frau, diese bis dato unbedeutende Rechtsanwältin hakt nach. Ich will Ihnen helfen. Ich will Ihnen nur sagen, daß Sie Ihre Frau nie wiedersehen werden. Daß sie tot ist, abserviert. Sicher, Zappa phantasiert sich gelegentlich etwas zusammen. Sie müssen es nicht ernst nehmen. Sie sollen nur wissen – teuflisch. Widerlich.

Broszinski sah sie aus zusammengekniffenen Augen an.

«Ihre Absicht», sagte er. «Ich weiß, was Sie beabsichtigen. Aber es verfängt nicht. Nicht bei mir.»

Er drehte sich abrupt um und ging zurück.

Er lief, rannte zu den Taxen und nannte dem Fahrer Gottschalks Adresse. Als der Wagen startete, sah Broszinski, daß die Anwältin ihm gefolgt war und jetzt auf dem Platz stehenblieb. Sie machte eine hilflose Geste. Broszinski blickte weg.

5

«There will come a time when everybody who is lonely will be free TO SING & DANCE & LOVE – *ja, meine liebe Kleine, es wird eine Zeit kommen, da wird jedes Übel, das wir kennen, ein Übel sein,* ÜBER DAS WIR UNS ERHEBEN KÖNNEN, *glaub mir, wir halten uns wieder an den Händen und laufen über die Wiese im Stadtpark, und wir gehen schwimmen: Dein Vater ist dein Freund. Du mußt nicht glauben, was alles geschrieben wird. Es ist dummes Zeug. Was ich getan habe, ist schon okay. Sieh mal, der Paule in seinem Pontiac, das war ein Schwein. Der hat wer weiß wie viele an die Spritze gebracht, mach das nie, laß Dir nie einreden, daß das geil ist. Es ist einfach Scheiße. Du gehst kaputt, und ich hab's gesehen, was aus den Kindern geworden ist. Das waren Kinder, Julia, die der Paule auf dem Gewissen hatte. Ich hab's Dir damals gezeigt. Ich hab gesagt, da müßte man mit dem Flammenwerfer ran, über den ganzen Hansaplatz, und nicht nur den Paule, sondern alle seine Dealer gleich mit ausrotten. Du, was anderes hilft da wirklich nicht. Glaub mir, der Paule hat's verdient, da mach ich auch gar keinen Hehl draus. Ich hab ihn erschossen, und dazu steh ich. Du weißt, daß ich kein Böser bin, und es ging nun mal nicht anders. Dir sollte es an nichts fehlen. Irgendwie mußte Geld reinkommen, weil Deine Mutter – Du, ich hoffe, sie schickt Dir erst mal genügend. Mit Oma und Opa kommst Du ja wohl klar. Die sind schon in Ordnung, im Grunde genommen das Beste, was deine Mutter vorzuweisen hat. Ich will nicht wieder schlecht über sie reden. Du kennst meine Einstellung. Mit ihr und mir ist das irgendwie ein Kreuz. Sie hat Dich ja nicht gewollt und sich auch nie richtig um Dich gekümmert. Aber ich will trotzdem nicht alle Schuld auf sie schieben. Als Du geboren wurdest und dann zur Schule gingst, waren wir nicht gut zueinander. Ich bin da auch häufig ausgerastet. Aber ich hab's doch immer wieder hingebogen. Weißt Du noch, wie wir nach Hamburg gezogen sind und ich mit Dir die Hafenrundfahrt gemacht habe? Nur wir beide? Wir haben ganz hinten im Schiff gesessen, und Du hast Kakao gewollt und nach jeder Flagge gefragt und nach den Ländern. Ich weiß noch, wie Du bei der Yacht von dem Ölscheich gesagt hast, soviel Geld müßte man haben. Wir hatten damals nichts. Wir hatten diese kleine, feuchte Wohnung am Schlachthof, und es stank immer ganz fürchterlich, wenn der Wind drauf stand. Und deine Mutter arbeitete von zwei Uhr nachts bis nachmittags bei* Erika, *und ich ging in den Hafen oder war auf St. Pauli. Aber ich war trotzdem immer für Dich da. Geld, dieses verdammte Geld. Wenn wir die Sorgen nicht gehabt hätten, wenn ich nicht diese Scheiße in Bochum gebaut hätte, kein Knast und sonstwas, dann wär's anders gekommen. Aber ich schäm mich nicht. Du bist alt genug und siehst, was läuft. Mach's besser. Es kommt ja jetzt bald viel Kohle rüber, und selbst wenn die Garbers einen großen Teil davon kriegt, bleibt genug für Dich. Es ist allein für Dich. Das hab ich mit der Garbers vereinbart. Sie richtet Dir ein eigenes Konto ein, und wenn das hier alles vorbei ist, bist Du jedenfalls abgesichert. Da gibt's nichts dran zu rütteln. Die Garbers wird Dir das auch noch schreiben. Deine Mutter hat da keinen Anspruch drauf. Ich kenn sie, und ich weiß, daß sie schon allein klarkommt. Denk jetzt aber nicht, daß ich für immer weg bin. Es gibt ein paar Jahre oder vielleicht auch nicht. Das handeln wir noch aus. Es kann durchaus sein, daß wir woanders ganz neu anfangen. Du hast bestimmt gelesen, was ich damit meine.»*

Zappa legte den Kugelschreiber aus der Hand und zündete sich eine Zigarette an. Er überflog, was er geschrieben hatte, und fand es soweit in Ordnung. Über Paul Bogmüller würde er noch einmal gesondert schreiben. In einem Brief an Renate, den er nicht abschicken würde.

Sein Plan hatte inzwischen feste Formen angenommen.

Er stand auf und ging ein paar Schritte in der Zelle umher. Über seiner Liege hatte er die Seiten aus dem *Stern* an die Wand geheftet. Das Foto, daß von ihm im Hof gemacht worden war, gefiel ihm. Er wirkte darauf entspannt, saß mit ausgebreiteten Armen auf der

Bank und lächelte wissend: ICH BIN NUR EINE KLEINE NUMMER…

Ich *war* eine kleine Nummer, dachte er.

Uli hatte seine Arbeit geschätzt. Beobachten, zugreifen.

25 000 Mark waren in den zwei Geldbomben gewesen. Weder er noch Milstadt hatten gesungen. Sie waren aufgrund eines anonymen Hinweises verhaftet worden, hatten aber dichtgehalten, sich gegenseitig nicht belastet. Wer den Mann erschossen hatte, konnte nicht geklärt werden. Nur 5 000 Mark waren bei HP sichergestellt worden. Das einzige, dürftige Indiz. Und doch hatten unterm Strich vierundeinhalb Jahre gestanden.

Sie haben mich wie einen Mörder behandelt, nun wurde ich einer, hatte er dem Journalisten gesagt und hinzugefügt: *Kein heimtückischer Mörder, sondern ein gerechter. Ein Unkrautvernichter. Sehen Sie sich an, was Schwengel für ein Mann war. Und Paule erst. Der Bogmüller. Eine üble Ratte. Der hätte keinen Moment gezögert, auch meine Tochter anzufixen. Er hat jedem sein Zeug reingedrückt. Als eine der Frauen um Stobbe daran krepiert ist, war Ende. Nein, der Auftrag kam nicht von Stobbe. Dafür hatte er Uli. Stobbe kannte mich nicht, wollte mich nicht kennen. Mit Emma hatte ich nie zu tun. Nur zum Schluß.*

Uli hatte ihn zu sich bestellt. Ihn allein. *Paule will seinen Scheiß-Pontiac abstoßen. Ich denke, du könntest ihm dabei behilflich sein. Paule braucht ohnehin keinen Schlitten mehr.*

Alles klar. Mehr mußte nicht gesagt werden.

Zappa drückte die Zigarette aus und betrachtete wieder das Foto, das ihn mit Uli auf Ibiza zeigte.

Sorry, Uli. Ich sag, wie es ist. Wir haben jetzt keine Verträge mehr. Die kleine Nummer macht jetzt den großen Tanz. Irgendwann wirst auch du einfahren, und deinen Partner reißt es mit rein. In der Hölle sehen wir uns dann alle wieder und nehmen eine Nase und lachen über die ganze Scheiße.

Ihm war aber nicht zum Lachen zumute.

Zappa dachte wieder an seine Tochter.

Er setzte sich und schrieb weiter. Er schrieb, was sie alles unternehmen würden, wenn er mit ihr weit weg auf dem Land lebte oder unten im Süden, am Meer. Es fiel ihm nicht viel ein: «*Hey, Du, meine liebe Kleine, Dein dämlicher Alter denkt an Dich, okay? Der packt das mit Dir, Du wirst sehen. Überspiel mir ein paar Cassetten. Bei Oma und Opa muß noch ein Stapel alter Scheiben sein, weißt Du, die frühen von Fleetwood Mac.* Albatross *ist ein geiles Stück, und Santana. Was meinst du, soll ich mir den Bart schon mal abrasieren? Richtig gut hast Du den ja nie gefunden. Ich denke, ich tu's. Schreib mir, wie's in der alten Dreckstadt jetzt aussieht. Ob die* Kokille *noch ist, die war Ecke – mir fällt's nicht ein. An der Straße zum Hauptbahnhof jedenfalls. Und mach keine Dummheiten, laß Dich nicht von irgendwelchen Zeitungsfritzen nerven. Die sollen sich an die Garbers halten. Umarm mich, und gib mir einen dicken Kuß. Bald ist das Ding durch, und ich seh Dich – schlaf gut, meine Kleine.»*

6

Der Hörer wurde abgenommen. Anja meldete sich, und Fedder drückte sofort die Gabel herunter. Er wollte nicht gleich zu ihr, aber schon zum Haus rüber und eine halbe Stunde verstreichen lassen. Warten, ob sie vielleicht doch noch ausging.

Es war erst neun Uhr abends.

Fedder verließ die Telefonzelle und lief bis zum Schulhof auf der anderen Straßenseite. Eine gut zwei Meter hohe Mauer schirmte den Hof ab. Das Tor war kein Problem.

Fedder schaute sich kurz um und hangelte sich dann hinüber. Für einen Moment kam ihm sein Unterfangen sehr kindisch vor.

Da suchte er sich nun einen Platz, von dem er unbeobachtet zu ihrem Fenster hinaufsehen konnte. Und das nur, um herauszufinden, ob sie tatsächlich allein in ihrer Wohnung war und vielleicht zufällig an ihrem Schreibtisch saß.

Bei seinem letzten Besuch hatte er einen Blick aus ihrem Fenster geworfen und dabei festgestellt, daß die Schulhofmauer und die hohen Bäume für die Einsicht in ihr Zimmer geradezu ideal waren. Wenn Anja nicht inzwischen Vorhänge oder Jalousien angebracht hatte.

Das hatte sie nicht.

Ihr Wohn- und Arbeitsraum war matt erleuchtet. Kerzenlicht, vermutete Fedder. Wahrscheinlich lag Anja auf ihrem Biedermeiersofa, las oder sah fern. Fedder erinnerte sich, daß der Fernseher gleich neben der Tür gestanden hatte. Er überlegte, welches Programm heute geboten wurde. Es war Donnerstag. Kinotag im Dritten. Aber egal, was lief – in zwanzig, spätestens dreißig Minuten würde er sie stören. *Fedder noch einmal, Kripo. Hören Sie, Anja, es wird gesagt, daß sie doch mehrere Male mit Sabine im Lokal Ihres Freundes zusammensaßen. Erinnern Sie sich bitte genau. Ist wirklich nie etwas vorgefallen? Ist Sabine nie in irgendeiner Weise angesprochen oder belästigt worden? Jeder Vorfall ist wichtig. Jede Begegnung, die Sie miterlebt haben. Denken Sie nach. Und erzählen Sie mir von Herbies Gästen. Alles, was Sie wissen.*

Fedder mußte sich die Fragen nicht erneut zurechtlegen. Er mußte auch nicht hier auf der Mauer hocken. Es war wirklich albern. Wenn sie nicht allein war, würde sie die Person eben wegschicken müssen. Vorausgesetzt, es war ihr peinlich, in Gegenwart anderer von ihm befragt zu werden. Aber sie konnte es natürlich auch prinzipiell ablehnen, ihn hereinzulassen. Ihm sagen, daß er sich gefälligst anzumelden habe. Zu einer normalen Zeit. Nicht abends, wenn sie ihre Ruhe haben wollte.

Fedder hatte sich entsprechend gewappnet. *Neue Erkenntnisse, vorhin erst von einem Zeugen gehört. Ich möchte keine Minute verlieren. Rundum im Dienst.*

Evelyn steht sowieso im *Treibhaus* hinterm Tresen.

Das ging sie nun nichts an.

Fedder stellte sich vor, Evelyn könne ihn so sehen. Ihr Hase voll in action. Eine großartige Nummer. Total bescheuert. Warum nicht gleich noch ein Stück höher in den Baum und Nachtfernglas und Hypermikro. *Durch Wände hindurch hören Sie bis zu 30 Meter Entfernung jedes Flüstern.* Und ein vorbeifahrender Wagen zerreißt einem das Trommelfell.

Hirnrissig.

Aber ein Nachtglas wäre nicht schlecht. Wenn man nicht von irgendeinem Idioten dabei ertappt wurde. Spanner waren gerade wieder Thema Nummer eins. Die ersten lauen Abende. Einladende Aussichten. Balkontüren standen offen.

Fedder fiel jetzt auf, daß Anjas Fenster geschlossen war.

Er versuchte nachzuempfinden, wie sie sich fühlte. Manchmal gelang ihm das. Daß ihm die augenblickliche Situation eines anderen ganz nah war. Nachvollziehbar. Vorlesungen in der Uni, dachte er. Ein Seminar. Ein Gang zum Copy-Shop. Ein Kaffee im *Backwahn*. Bus und U-Bahn. Einkäufe vielleicht. Telefonate. Am späten Nachmittag konnte Herbie vorbeigekommen sein. Sie war mit ihm im Bett. Oder auch nicht. Sie duschte, schmierte sich ein Brot. Weitere Telefonate. Lesen. Notizen für eine Arbeit. Sie hatte keine Lust mehr. Legte sich wieder hin. Ruhte sich aus – Fedder sah ihren Schatten. Anja tauchte am Fenster auf.

Instinktiv hielt er den Atem an.

Anja schaute direkt zu ihm herüber. Aber sie konnte ihn unmöglich sehen. Sie öffnete das Fenster und stellte es schräg. Ihre Lippen bewegten sich. Sie sagte etwas. Sie war also nicht allein und auch schon wieder zurückgegangen. Ihr Schatten verkürzte sich, verschwand.

Das hat sich also doch gelohnt, sagte Fedder sich.

Er harrte noch einige Minuten aus und verließ dann seinen Posten. Ungesehen betrat er den Bürgersteig und überquerte die Straße.

Er klingelte und klopfte vorsichtshalber noch einmal Jacke und Hose ab. Die Haussprechanlage knackte nicht. Der Summer ertönte nicht.

Fedder klingelte wieder. Länger diesmal.

Es kam keine Reaktion.

«Nö», sagte Anja. «Ich wüßte nicht, wer.» Sie hob ein wenig ihren Hintern und griff nach Gottschalks erschlafftem Glied. «Ey, nu aber nich gleich wegklappen. – Komm.» Sie rutschte ein Stück tiefer.

Gottschalk faßte nach ihrem Kopf.

«Warte.» Er flüsterte.

Anja kicherte. Sie befreite sich von seinem Griff und biß in seinen Bauch. Gottschalk stieß einen gepreßten Schrei aus. Er packte sie an den Haaren und stieß sie von sich.

Anja fiel vom Sofa auf den Boden.

«Ja.» Sie flüsterte jetzt auch. «Komm. Das ist gut. – Ich bin ein kleines, unartiges Mädchen. Ich hör nicht, was mein Papa sagt.»

«Sei ruhig.»

«Nein, ich bin nicht brav. Ich schrei, wenn du nicht –»

«Du bist still.» Gottschalk hielt ihr den Mund zu. Er hatte sich herumgerollt und kniete neben ihr.

Es klingelte wieder. Lang anhaltend.

Anja wehrte sich gegen seine Umklammerung. Sie strampelte und kratzte, und Gottschalk mußte seine ganze Kraft aufbieten, um sie festzuhalten. Er drückte sie runter, aber sie preßte sich hoch, kam auf die Knie und befreite sich von seiner Hand.

«Mach», keuchte sie. «Mach es.» Sie suchte seinen Schwanz.

«Anja.» Seine Stimme war eindringlich, bittend. Er schwitzte wie Sau. Er war eine Sau.

Anja schlängelte sich unter ihm weg. Sie entwischte ihm und stürzte zum Fenster. Er war bei ihr, bevor sie es ganz öffnen konnte und zerrte sie zurück. Sie klammerte sich ans Fensterbrett.

«Ja – fick mich. Ich –» Seine Hand verschloß wieder ihren Mund. Oh, mein Gott, dachte er. Sie ist verrückt. Sie dreht durch. Er mußte sie vom Fenster wegziehen. Sie zur Ruhe bringen.

Gottschalk ließ sich fallen und zog Anja mit sich. Sie wälzten sich wild über den Teppich, und Anja hörte nicht auf. Sie biß erneut zu, keuchte. Auch ihr war der Schweiß ausgebrochen.

Gottschalk konnte sie nicht mehr halten. Nur eins half noch – er stöhnte schmerzhaft auf und blieb wie tot liegen.

Sie fiel nicht darauf herein. Nicht eine Sekunde lang.

Sich sanft an ihn schmiegend begann sie, ihn zu streicheln. Seine Brust, seinen Bauch, die Schenkel. Er spürte ihre Fingernägel und dann ihre Lippen. Es klingelte nicht mehr. Er hörte nichts mehr.

Nur ein dünner und immer intensiver werdender schmerzhafter Ton war in seinem Kopf, eine nachschwingende Saite, die endlich zerriß.

Broszinski hielt nach einer Telefonzelle Ausschau. Er erinnerte sich, daß eine an der Heilwigstraße sein mußte. Auf dem Weg begegneten ihm mehrere Passanten, die ihre Hunde ausführten. Ein jüngerer Mann ließ seine Afghanen frei laufen. Er hatte sich die Leine um den Hals gehängt und summte einen alten Stevie-Wonder-Song. *I just called to say I love you.* Schmerz. Dieser tief sitzende Schmerz. Er konnte ihn nicht überwinden. Broszinski zog die Zellentür auf, steckte eine Mark in den Schlitz und wählte Gottschalks Nummer.

Nach dem Piepton des Anrufbeantworters bat er Pit um einen Rückruf. Diese Nacht noch. Zu jeder Zeit.

Dann ging er wieder zurück und sah nach, ob Gottschalk inzwischen nach Hause gekommen war. Er überlegte kurz, bei Nachbarn zu klingeln und einen Zettel an Gottschalks Tür zu stecken. Broszinski wußte, daß Gottschalk seinen Anrufbeantworter oft nachts nicht abhörte. Ein Wagen fuhr heran. Der Fahrer hupte.

«Warte, ich komm mit hoch», rief ihm Fedder zu. «Ich park nur schnell. Hast du 'ne Lücke gesehen?»

«Pit ist nicht da.»

«Scheiße.»

Broszinski zuckte die Achseln. Mit Fedder war er nie so richtig warm geworden, aber im Moment war er froh, ihn hier zu treffen.

«Um was geht's bei dir?» fragte er.

«Ach, nur so. Auf einen Sprung. Ich hatte einen durch und durch schlechten Tag. Und du?»

«Dito», sagte Broszinski. «Trinken wir was?»

Sie fuhren ins *Quartier.* Broszinski war nach einem Bier, und Fedder gönnte sich eine Weinschorle. Er erzählte in Stichworten, was er unternommen hatte. Den Mauerplatz ließ er aus. Broszinski war mit seinen Gedanken bei Birte. Fedder merkte, daß er ins Leere redete, und schwieg.

Er drehte sein Glas.

«Kann Pit dir helfen?» fragte er schließlich.

«Er verfolgt einen Hinweis. Ich wollte hören, wie weit er ist.»

«Er war seit Tagen kaum im Büro.»

«Ich weiß», sagte Broszinski und nach einer Pause: «Für dich ist das auch zu einer privaten Angelegenheit geworden.»

«Ja, wie schon gesagt, ich denke ständig darüber nach. Ich glaube, das hat mit mir zu tun. Ich möchte Erfolg haben. Gerade wenn ich wieder mal auf einer anderen Ebene an Boden verliere. Privat. Das hat sich durch Evelyn verschärft. Ich meine, wir sehen uns und sind auch nach wie vor zusammen. Aber es hat einen Knacks gegeben. Einen absolut dummen und unbegründeten Streit. Es ist verrückt. Ich kann sagen, was ich will – das heißt, ich sag schon gar nichts mehr dazu, weil es dann wieder aufbricht. Ich will die Sache abschließen, erfolgreich abschließen, um wieder – ja, um wieder einen klaren Kopf zu haben.»

«Ist es dir mit Evelyn ernst?»

«Ich wollte, daß sie zu mir zieht, zumindest eine gewisse Kontinuität da ist. Das hat sich vor Weihnachten abgezeichnet. Ja, mir ist es sehr ernst und von daher ist es irgendwie absurd: Eine andere Frau war bei mir in der Wohnung – zufällig. Das habe ich Evelyn noch erklären können. Nur die Anrufe danach eben nicht mehr. Klar, ich verstehe Evelyn. Ich sag, es war nichts, und dann hast du diese Frau abends und nachts am Apparat. – Sie hat einen Hänger, sie will nur reden – ich weiß nicht. Ich werde sie jedenfalls nicht los.»

«Und was ist das für eine Frau?»

Fedder schilderte ihm, was er seinerzeit mit Martina Lorenzon erlebt hatte. Er nippte zwischendurch an seiner Schorle. Broszinski rauchte einen Zigarillo. Er hörte aufmerksamer zu.

«Vorige Tage hatte ich sie erst wieder dran», schloß Fedder. «Sie ist interessiert, sagt sie. Hat ein Interesse am Stand der Ermittlungen, an Sabine und pipapo. Sie bietet mir sogar ihre Hilfe an. Ich kann ihr nicht begreiflich machen, daß ich nichts, aber auch gar nichts von ihr will. Du glaubst nicht, wie sie sich manchmal gibt.»

«Die alte Geschichte», meinte Broszinski. «Du kommst aus der Nummer nur raus, wenn Evelyn sie anpfeift.»

«Daran hab ich auch schon gedacht. Aber Evi – ich kann ihr das nicht zumuten.»

«Mußt du. Es sei denn, du bist dir selbst nicht sicher.»

«Ja, ich weiß.» Fedder schüttelte den Kopf. «Das ist es wahrscheinlich. Es ist merkwürdig. Seit ich was mit Evi habe, zieh ich andere Frauen an. Früher wäre ich froh gewesen, überhaupt einmal Aufmerksamkeit zu haben. Jetzt habe ich das Gefühl, ich brauche nur mit dem Finger zu schnippen und bingo.»

«Die Struktur müßte dir doch eigentlich klar sein. Du vermittelst, daß...»

«Ja, ja, aber ich will niemanden außer Evi.»

«Eben das reizt.»

«Evi und diese Weigel-Geschichte beenden. Sabine. Bei *ihr* frag ich mich, was sie ausgestrahlt haben mag. Wer sich da angemacht sah. Diese beiden Schweine will ich.»

«Tja», sagte Broszinski. «Schwierig. Versuch, das mit Evelyn ganz in den Griff zu kriegen. Das ist wichtiger als alles andere. Wenn du jemanden verlierst, den du liebst –» Er ließ unausgesprochen, was dann eintrat. Seine Geste sagte alles.

Fedder nahm einen größeren Schluck.

Die Bedienung kam heran und fragte, ob noch etwas gewünscht würde. Broszinski bestellte ein weiteres Bier und sah Fedder fragend an.

«Ein Wasser.»

«Laß den Wagen stehen. Oder bist du unter Druck?»

«Nein, ich – warst du mal in Evis Kneipe?»

Gottschalk zog sich an und küßte Anja leicht auf die Wange. Anja lag bäuchlings auf dem Bett. Sie schlief fest und bewegte sich nicht. Leise ging Gottschalk in die Küche. Im Kühlschrank fand er eine Kochwurst und ein Stück Brie. Er zögerte nicht, beides zu nehmen und herunterzuschlingen. Es stillte den größten Hunger.

Eine halbe Stunde später saß er im *Il Buco* und entschied sich für Nuttenspaghetti, Kalbsbries und einen halben Liter Roten.

Am Nebentisch feierten zwei Paare den Beginn eines gemeinsamen Urlaubs. Es sollte nach Rom gehen, und Mama gab Ratschläge.

Gottschalk verfolgte die Unterhaltung, bis sie ihn langweilte und neue Gäste das Lokal betraten. Sie waren unangenehm laut.

Ein jüngerer Mann mit einem Drei-Tage-Bart tat sich besonders hervor. Gottschalk hörte heraus, daß er etwas mit Musik zu tun hatte. Er erwähnte Namen von Gruppen, die Gottschalk absolut nichts sagten, die anderen am Tisch aber entzückt nachfragen ließen.

Gottschalk schüttete den Wein in sich hinein und nahm bald kaum noch etwas wahr.

Er hatte das Gefühl, unter einer Glocke zu sitzen und Anja auf seinem Schoß zu spüren. Es war phantastisch. Ihr schlanker, warmer Körper spannte sich, und er hatte seine Hände unter ihren Achseln und saugte an ihren Brüsten. Wahnsinnig. Es war der nackte Wahnsinn. In jeder Hinsicht. Doch es war gut, so verdammt gut.

Mama servierte ihm die Pasta.

Papa Gottschalk verschlang die Nudeln.

Papa Gottschalk züchtigte die Kleine, und sie jammerte: *Jetzt hast du mir den Arsch heiß gemacht, jetzt nimm mich ganz.*

Riesig.

Manchmal dachte Gottschalk dabei an ihre Mutter.

Sie war strohblond und hatte sich überlegen gegeben, wenn Anja bei Tisch über Sex geredet hatte. Sehr provozierend. Immer noch einen drauf. Aber ihre Mutter hatte nur nachsichtig gelächelt: *Ach, Kind.*

Nenn mich nicht immer Kind. Akzeptier endlich, daß ich erwachsen bin. Daß ich eine Frau bin und eine Sexualität habe, die du dir verkneifst. Wie ist das denn mit Papa? Warum wohl kommt Papa pinkeln, wenn ich unter der Dusche stehe, und will mich abfrottieren und mich rubbeln und knuddeln?

Das hatte sie nur ihm gesagt. Davon wußte Mama nichts.

Das hätte ihr Lächeln entgleisen lassen.

Gottschalk hatte längst begriffen. Herbies und jetzt auch seine Rolle. Aber es war kein Spiel mehr. Er war vom Papa zum Teenie geworden, glaubte nachholen zu können, was ihm einst versagt geblieben war. Und es hatte ihn voll erwischt.

Er stippte die restliche Soße auf und soff weiter.

7

Broszinski wartete, bis die beiden Vollzugsbeamten sein Büro verlassen hatten. Zappa hatte sich bereits gesetzt und rauchte schon. Er sah ausgeruht aus und wirkte ohne Bart jünger.

«Reden wir von unserem Mann», begann Broszinski das Gespräch. «Wir haben ihn seit Ihrem ersten Hinweis verschärft unter Beobachtung. Er hält still. Gut, das war vielleicht nicht anders zu erwarten. Auch seine Truppe schiebt ihren normalen Dienst. Ebenfalls klar. Aber dann wird uns ein Milstadt präsentiert, der so gut wie nichts rausläßt. Ihre Frau dagegen macht plötzlich eine Sie entlastende Aussage zum Fall Stobbe/Botan, und Sie selbst fangen an zurückzustecken. Ich sage mal, zwischen all dem besteht ein Zusammenhang.»

«Korrekt», bestätigte Zappa.

«Wie Sie sehen, ist niemand außer uns im Raum. Es läuft auch kein verstecktes Tonband mit. Ich will meinem Kollegen und erst recht Staatsanwalt Giesing in keiner Weise vorgreifen.»

«Schon gecheckt.»

«Gut. Mich interessiert, was Sie dazu zu sagen haben.»

«Sie haben etwas vergessen?»

«Was?»

«Ihre Frau.»

«Genau das wollte ich von Ihnen hören.»

Ihre Blicke trafen sich. Zappas Gesicht verriet nichts. Broszinski wartete. Er mußte sich zwingen, nicht ungeduldig zu werden.

Zappa klopfte die Asche ab, nahm einen Zug. Er stieß den Rauch aus und taxierte Broszinski.

Das gehört dazu, dachte Broszinski sich. Dieses sich immer wiederholende Abschätzen. Diese Pausen. Er will, daß ich nervös werde. Daß ich dränge und Angst zeige. Er will die besseren Karten und dann zügig einen Stich nach dem anderen machen. Punkte sammeln.

«Ja», sagte Zappa. «Es wird eng.»

«Was kann ich Ihnen bieten?»

«Im Grunde genommen nichts. Wenn ich alles auspacke, bin ich ein toter Mann. Milstadt sitzt, um an mich ranzukommen. Das ist keine Frage. Schafft er es nicht, wird es ein anderer sein. Ein Beamter ist leicht gekauft. Selbst Sie würden mich ausschalten, wenn der Preis stimmt.»

Broszinski brauchte nur den Bruchteil einer Sekunde, um zu begreifen, was Zappa damit meinte.

Birte für Zappa. Das war ungeheuerlich.

Seine Gedanken rasten. Sollte sich *das* als wahr erweisen, würde er – ja, was? Was würde er tun?

Birtes Leben gegen das Leben eines Killers?

Sein endgültiges Schweigen für ihre Rückkehr, für den Fortbestand ihrer Liebe? Was blieb ihm dann noch?

Nein. Das durfte er sich gar nicht erst ausmalen, nicht einmal denken.

«Nein», sagte er leicht gepreßt.

«Das kauf ich dir nicht ab.»

«Das steht doch in keinem Verhältnis zu dem, was du weißt.» Broszinski nahm das *Du* an. Es war nicht das herablassende Du, nicht das niedermachende.

«Weiß er, was ich alles sage?» entgegnete Zappa ruhig. «Weiß er, was ich schon geliefert habe und was nicht? Du fragst mich nach meiner Meinung, und ich sage dir, er fährt die dicken Geschütze auf. Es geht bei seinem Geschäft nicht um ein paar Pißgroschen. Es geht um Milliarden, kapiert das mal.»

«Du bist der falsche Mann, um ihn festzunageln.»

«Warum nimmt er sich dann deine Frau?»

«Hast du dafür auch nur *einen* Beweis?»

«Ich kenn seine Handschrift. Ich weiß, von wem er gelernt hat. – Du wirst es tun, wenn er an dich herantritt. Ich würde es auch tun.»

«Deine Frau –»

«Renate entlastet mich. Sehr glaubwürdig, was? War sie dabei? Nein. Ist das ein Schachzug der Garbers? Nochmals nein. Angelika blitzt bei ihr ab. Keine Termine, keine Kommunikation. Meine liebe und mir auf ewig getreue Frau glaubt, mich raushauen zu müssen. Das hat nicht *sie* sich ausgedacht. Ein Anruf von wem auch immer und schon dackelt sie los. Zappa hat nie bumm-bumm gemacht. Wenn noch ein paar Zeugen aufmarschieren, stellt sich bald die Frage, ob ich überhaupt weiß, wie eine Knarre aussieht. So einfach läuft das. Ich bin kein Killer, ich spinne nur rum. Und wenn das nicht greift, um mich auf ganzer Linie unglaubwürdig zu machen, wenn ihr und die Staatsanwaltschaft trotzdem weiter an der Schraube Zappa dreht, gibt es den HP, und es gibt Beamte, die man empfindlich treffen kann. So einen wie dich. Jeder der Großen im Milieu weiß, wie wichtig dir deine Frau ist, und du weißt, daß sie es wissen. Ich sag dir nichts Neues. Du hast vom ersten Moment an exakt in die richtige Richtung gedacht. – Ich habe keine Beweise in der Sache, nein. Ich habe für nichts einen Beweis. Ich kann nur auflisten, was abgegangen ist und wer mit wem und wie den Kuchen backt und die Stücke verteilt. Ich saß mit am Tisch, und ich bin kein Dummer.»

«*Ich* habe noch keinen Anruf bekommen.»

«Vielleicht kriegst du keinen. Eine Haarsträhne tut's auch, ein kleiner Finger –»

«Nein –»

«Sag nicht nein. – Nein, du kannst mir nichts anbieten. *Das* Spiel spiele ich nicht.»

«Aber du weißt auch nicht, daß er es spielt.»

«Gibt es etwas, was nicht in der Zeitung stand? Hat deine Frau sich inzwischen gemeldet? Hast du irgendeine andere Ahnung –?»

«Nein», unterbrach Broszinski ihn hart. «Es ergibt trotzdem keinen Sinn. Du vergißt *dich* dabei. Seit Milstadts Verhaftung ist von dir nicht mehr viel gekommen. Zumindest nichts, was eine solche Aktion rechtfertigen würde.»

Zappa lachte böse.

«Rechtfertigen?! Was bist du für einer? Für ihn gibt's keine Rechtfertigung. Er geht null Risiko ein, das ist alles.»

«Mit Birte geht er eins ein. Wenn er wirklich dahintersteckt –»

«Ja, was dann?»

«Dann leg ich ihn eigenhändig um.»

«Damit bist du erledigt.»

«Nein», sagte Broszinski entschieden. «Ich nicht.»

«Du wirst es nie vergessen.» Zappa zündete sich eine neue Zigarette an. Er legte das Feuerzeug weg und begann wieder, sich zu kratzen. «Hast du schon jemanden weggepustet?»

«Ja», sagte Broszinski automatisch. «In Bochum.»

«Wer war's?»

«Eine Frau.» Broszinski wollte es dabei belassen. Aber dann redete er doch weiter. «Eine vermeintliche Terroristin. Sie ist auf Anruf nicht stehengeblieben. Sie hat in ihre Tasche gegriffen. – Danach habe ich um meine Versetzung gebeten. Sie hatte nur panisch reagiert. Und ich auch. – Bei ihm wird das anders sein.»

Broszinski stand auf und ging zum Fenster.

Die Sonne stand hoch am Himmel. Es war ein schöner, klarer Tag. Broszinski sah zur Alster hin.

Die ersten Segler waren auf dem Wasser. Weiße Segel.

Eine Kugel durchschlug das gespannte Segel. Der Stoff färbte sich rot. Broszinski verscheuchte das Bild.

8

NACHT ÜBER DER STADT
Eine Recherche für das Magazin SCHWABINGER
von Kristina Mendt und Joachim Nikolas Hoisdorf.

Eine Doppelseite in der Zeitschrift *Twen*.

Ein Modell posiert liegend am Strand. Ihre Lippen sind rot und feucht. Wassertropfen perlen auf ihren nacken Brüsten. Ein makelloser Körper. Beine, lang wie die Ewigkeit.

Ulrike Neudecker, die für kurze Zeit ein Star war.

Was ist aus ihr geworden?

Vom *Elysee* über Bundesstraße, Osterstraße. Eine einfache Strecke. Der Taxifahrer drängt uns kein Gespräch auf. Er hat nur gefragt, ob die Musik störe. Wir haben verneint. Es ist gut, die alten Fleetwood Mac zu hören: *Albatross, Need Your Love So Bad, Black Magic Woman.* Über Funk die Anforderungen der Zentrale: *Pferdemarkt, Dorotheen 143, Einkaufszentrum Elbe, ein Nichtraucherwagen.*

Es ist Feierabendverkehr. Ein Dienstagabend in Hamburg. Unser Termin ist um 19 Uhr.

Vor dem *BMG*-Haus zahlen wir und steigen aus. Treffpunkt ist ein italienisches Lokal, *La Pergula.*

Der PRODUCER hat ein Mineralwasser vor sich stehen. Er trägt ein blaues Hemd und ein kariertes Jackett. Kein Ring am Finger. Wir wissen, daß er mit einer Adeligen aus Süddeutschland verheiratet ist. Er empfiehlt uns die Scampi. Wir sind eingeladen. Ein Pressegespräch.

«Wir haben um neun eine Präsentation in der *Großen Freiheit.* Eine Welterstvorstellung.»

«Der Kiez hat sich verändert. Zum Positiven hin, würde ich sagen.»

«Man hört von großen Plänen.»

«Ein Las Vegas.»

«Show, Unterhaltung. Das zeichnet sich bereits jetzt ab.»

«Ich sage immer, seit Aids gehen nur noch Selbstmordkandidaten mit auf die Zimmer.»

«Für mich selbst war der Film *Eine verhängnisvolle Affäre* ein einschneidendes Erlebnis.»

«Mir ist im Kino der Schweiß ausgebrochen.»

«Ich habe eine böse Nacht gehabt.»

«Meine Sekretärin hat versucht, mich zu beruhigen.»

«Ich habe das Verhältnis mit ihr beendet.»

«Meine Tochter ist acht, der Kleine fünf.»

«Ich habe vor zehn Jahren geheiratet.»

«Meine ganz wilde Zeit ging bis Mitte der Siebziger.»

«Mit Dreißig sollte man wissen, was man will.»

«Musik war schon auf der Schule mein Ding.»

«Ich habe die *Hound Dogs* gemanagt.»

«Wir waren fast jeden Abend im *Star-Club*.»

«Die Jungs suchten eine Sängerin, aber ich habe das dann in die Hand genommen.»

«Sie sah phantastisch aus. Eine sagenhafte Figur.»

«Langes, dunkelblondes Haar.»

«Die verrücktesten Klamotten.»

«Irrsinnige Minis.»

«Einmal hatte sie sich Goldsternchen unter die Augen und auf die Wangen geklebt.»

«Sie rockte in Jeans, bei denen sich jeder fragte, wie sie die über den Arsch gekriegt hatte.»

«Ein Hintern zum Wahnsinnigwerden.»

«Eine durchsichtige Bluse.»

«Wildlederstiefel mit Fransen.»

«Sie schneiderte sich aus Wischlederlappen einen Fummel.»

«Sie war in der Zeit die erste, die Netzstrümpfe trug.»

«Wir waren alle spitz auf sie.»

«Ihre Stimme war ganz passabel.»

«Sie hätte eine deutsche Cher werden können.»

«Aber schon bei der ersten Probe gab es einen Zwischenfall.»

«Ihr Macker tauchte auf und haute ihr vor unseren Augen eine rein.»

«Ein Rocker.»

«Ein ganz übler Typ.»

«Wir hatten nicht gewußt, daß sie fest war.»

«Sie hat sich von ihm nichts bieten lassen, aber uns ging die Muffe.»

«Wir wollten Musik machen und keinen Ärger haben.»

«Er fand es gar nicht witzig, daß sie bei uns rumhing.»

«Wir hatten einen Proberaum in einem Keller in der Feldstraße.»

«Sie sagte ihm ihre Meinung, und er donnerte ihr noch eine.»

«Die Jungs hatten einfach Schiß.»
«Ich bin auch nicht gerade der Kräftigste.»
«Sie kam trotzdem wieder.»
«Wir hatten nur einen einzigen Gig mit ihr, und danach war dann endgültig Sense.»
«Im *Star-Club* habe ich sie nicht mehr gesehen.»
«Ich bin ihr noch einmal am Jungfernstieg begegnet.»
«Wir haben einen Kaffee getrunken, und ich hatte den Eindruck, sie ist ganz woanders.»
«Sie war irgendwie zugeknallt.»
«Sie wollte weg aus Hamburg.»
«Das muß Anfang siebzig gewesen sein, Februar oder März.»
«Die *Hound Dogs* haben sich im Sommer siebzig aufgelöst.»
«Ich bin nach München gegangen.»
«Ich habe später gehört, daß sie eine Zeitlang in Paris gewesen sein soll.»
«Man will sie mit Jim Morrison gesehen haben.»
«Für mich ist das vorstellbar.»
«Sexuell gab es nichts zwischen uns.»
«Ich hätte bestimmt nicht abgewinkt, aber ich war alles andere als wild, von ihrem Typ was auf die Fresse zu bekommen.»

Die Häuser am Eidelstedter Weg haben elf und zwölf Stockwerke. Betonklötze. Blaue Fassaden.
Graffiti. NEW YORK-RIO-EIDELSTEDT.
Die Scheiben der *Co-op*-Filiale sind mit Blechjalousien gesichert. In den Häusern wohnen Sula-Pere, Mohammed, Ildirim, Dursun, Schmidt, Peters, Quasem – sechzig, siebzig Parteien in jedem Turm.
In der Aufzugkabine stinkt es nach Urin und Erbrochenem.
Auf dem Gang im Zehnten ist wüstes Geschrei zu hören, *OK*-Radio und voll aufgedrehte Fernseher.
Der Blick über den Stadtteil Eimsbüttel ist schön. Es ist mehr als fraglich, daß er von den Mietern des *SAGA*-Komplexes genossen wird.

Der GITARRIST hat die Fenstervorhänge zugezogen. Schmutziggrauer Cord. In dem Wohnraum gibt es eine Ledercouch, zwei breite Sessel auf Rollen, eine *Sony*-Anlage und einen Verstärker.

Es ist keine Gitarre angeschlossen, auch kein Koffer zu sehen.

Über die Couch ist ein *Deep-Purple*-Plakat gepinnt.

In einer Ecke eine halbleere Palette *Hansa*-Bier. Zeitschriften, Zeitungen. Eine Strumpfhose, Socken, ein mit Nägeln gespickter Ledergürtel. Zerknüllte *Camel*-Packungen.

«Es sieht nicht immer so aus.»

«Es hat heute etwas länger gedauert.»

«Wir annoncieren in der AVIS. Entrümplungen. Ein alternativer Laden.»

«Alternativ ist die Bezahlung, aber wir machen uns keinen Stress.»

«Meine Frau arbeitet als Putze. In einer Kolonne. Firmen, Großraumbüros.»

«Sie ist die einzige Deutsche.»

«Türkinnen, Afrikanerinnen, Polinnen, was du willst.»

«Die Miete ist okay, und mit den Nachbarn kannst du leben.»

«Logo, einige schlimme Finger sind dabei. Aber die findest du überall.»

«Ich mache keine Unterschiede zwischen Deutschen und Ausländern.»

«Unterm Strich bin ich zufrieden.»

«Mit meiner Frau komme ich bestens klar.»

«Als wir uns kennenlernten, ging es tierisch ab.»

«Dann haben wir uns öfter mal gefetzt.»

«Ich war böse auf Alk.»

«Bier zählt für mich nicht.»

«Ich spiele nicht mehr.»

«Ich war bei sämtlichen Gruppen dabei, auch bei Studioaufnahmen.»

«Gemamäßig kommt immer noch einiges rein.»

«Ich hatte gute Verträge.»

«Die Rock-Frauen waren total okay. Keine Probleme.»

«Sie hätte da gut mitmischen können.»

«Der Rocker war ein großer Haufen Scheiße.»

«Ich habe einmal mit ihr gepennt, und das war gigantisch.»

«Du hattest ja ein Bild im Kopf, und whow, dann hast du sie tatsächlich auf der Matte.»

«Das war in unserem Keller.»

«Ich konnte nicht anders. Ich hab sie ganz blöd angemacht.»

«Sie stand irgendwie auf mich, das kriegst du schon mit. Sonst wär ich bei ihr abgeschmiert.»

«Logo, nachher hab ich an den Blonden gedacht.»

«Der hätte mir den Arsch aufgerissen, das ist klar.»

«Ich war echt erleichtert, als sie den abserviert hatten.»

«Eine Riesen-Story.»

«Da hatte sie aber schon die Kurve gekriegt.»

«Er hing bei Emma mit drin.»

«Der Pate von St. Pauli.»

«Es gab eine Menge Gerüchte.»

«Der Blonde soll für die Bullen gearbeitet haben.»

«Es hieß, daß sie ihn irgendwie in der Hand hatten und ihn dann auffliegen ließen.»

«Es hieß auch, Stobbe sei bi, und der Blonde habe hingehalten.»

«Die offizielle Version war, daß er von seinen Angels umgepustet wurde.»

«Sie hat alles, was ihn betraf, außen vor gelassen.»

«Sie hatte von ihm schon früh die Schnauze voll.»

«Bei ihm gab's nur wegbügeln.»

«Aber er hatte immer reichlich Kohle.»

«Die Harley.»

«Jede Menge Goldschmuck.»

«Raubmord war es jedenfalls nicht.»

«Sie rief mich aus Amsterdam an, und ich habe ihr gesagt, was ich gehört und gelesen hatte.»

«Sie hat geheult, und ich dachte, das darf nicht wahr sein.»

«Sie wollte zu seiner Beerdigung kommen.»

«Er war aber schon bei den Würmern.»

«Ein Riesen-Aufgebot.»

«Sämtliche Angels auf ihren Öfen und Stobbe mit seinem Clan.»

«Das kam sogar im Fernsehen.»

«Sie wurde auch erwähnt.»

«Ich weiß, daß einige Reporter wie wild hinter ihr her waren.»

«Das mit Jim Morrison ist mir auch zu Ohren gekommen.»

«Wenn du mich fragst, ist sie entweder auf einer der spanischen Inseln oder in den Staaten. Kalifornien, Florida.»

«Sie sehnte sich nach Sonne.»

«Sie ist nie der Typ gewesen, der hier auf Dauer glücklich geworden wäre.»

«Als wir zusammen gepennt haben, war sie so was von heiß, das hab ich danach nie mehr erlebt.»

«Ich kleiner Fuzzi mit ihr, das behältst du für immer in der Birne.»

Vor der Plakatsäule an der U-Bahn-Station läßt ein Typ in Jogginghose und Bomberjacke ein Messer aufschnappen und zieht die Klinge über das Plakat *Ich rauche gern.*

Er schlitzt der blondgelockten Frau den Hals.

Ein zweiter Bursche taucht auf und lacht gemein.

Wir gehen schnell weiter, überqueren die Straße.

Ein chinesisches Restaurant, ein Grieche. Ein Teeladen.

Es ist inzwischen völlig dunkel.

Nacht über der Stadt. Eine Stadt am Wasser. Hafenstadt. Tor zur Welt.

Bei *Monsieur Croque* ist Hochbetrieb. *Verkauf auch außer Haus. Fahrer/innen gesucht.*

Die beiden jungen Mädchen sind ganz in Weiß gekleidet und haben rote Schürzen umgebunden.

Ihre ältere Kollegin steht am Ofen.

Sie hat strähniges, rotblondes Haar und einen Mick-Jagger-Mund. Unreine Gesichtshaut. Aknenarben.

Ihr Gang ist bemerkenswert.

Eine träge Raubkatze.

Die ROCKERBRAUT.

«Ich war seine Stammfrau.»

«Das mit ihr brauchte er für sein Ego.»

«Er hatte im Knast eine Wette abgeschlossen.»

«Einen Riesen, wenn er sie wegfidelt.»

«Er machte immer Spruch, aber ein Spinner war er nicht.»
«Wir haben nach wie vor gebumst.»
«Sie war affig, eine blöde Schnalle.»
«Ich hab sie mir mal gekrallt und ihr die Scheißfetzen runtergerissen.»
«Sie hatte nicht mehr zu bieten als ich.»
«Er war dabei.»
«Ich hab mich vor ihr für ihn langgemacht.»
«Im nachhinein find ich das auch nicht mehr so geil.»
«Wir waren ständig zu.»
«Joints, Pillen, Bier.»
«Ich hab mir so ziemlich alles eingepfiffen.»
«Gespritzt habe ich nie.»
«Ich kenn genug, die dabei draufgegangen sind.»
«Sie hat nur hin und wieder mal einen durchgezogen.»
«Sie hielt sich für die Größte.»
«Er hatte sie bald über.»
«Er konnte jede haben, und er hat auch weggeknallt, was wegzuknallen war.»
«Ich war ihm sicher.»
«Ich bin von der Schule geflogen.»
«Ich war Verkäuferin in einer Metzgerei.»
«Ich kam morgens in Leder an und hatte ständig Zoff.»
«Die Angels haben den Laden mal aufgemischt.»
«Sie haben den Alten sein stinkiges Mett fressen lassen und seine Schwester mit Kochwürsten vollgestopft.»
«Eingefahren ist er, weil er an einem Überfall auf einen Geldtransporter beteiligt war.»
«Sie waren zu dritt.»
«Ich weiß, wer die beiden anderen waren.»
«Er hat dichtgehalten.»
«Er hat die Zeit voll abgerissen.»
«Ich habe ihn jeden Sonntag besucht.»
«Wir haben sogar oben in der Kapelle gebumst.»
«Sie hat nie gegen mich anstinken können.»
«Ich war aus dem gleichen Stall wie er, wir waren Nachbarskinder.»
«Er ist bei seiner Oma aufgewachsen.»

«Er wußte nicht, wer sein Vater war. Seine Mutter hat es ihm nie gesagt.»

«Später wurde das irgendwie sein großes Ding.»

«Es gab da verschiedene Meinungen.»

«Er schnappte was von einem Berger auf.»

«Ich glaube, er hatte das von Herbie.»

«Berger war in den Fünfzigern Wirt in der Silbersackstraße.»

«Rein rechnerisch haute es hin.»

«Berger soll auch so ein verrückter Typ gewesen sein.»

«Er war dann von einem Tag auf den anderen verschwunden.»

«Angeblich soll er sich geweigert haben, Schutzgelder zu zahlen.»

«An die damalige Lederjacken-Gang.»

«An Stobbe.»

«Er wollte Stobbe auf Berger ansprechen.»

«Er war ja nun ganz dick mit ihm.»

«Ich hab nichts darauf gegeben.»

«An dem Abend waren wir high wie nie.»

«Wir haben eine irrsinnige Nummer abgezogen.»

«Ich bin total durchgeknallt.»

«Er ist dann rüber ins *Bel ami*.»

«Ich bin irgendwann abgezischt.»

«Ich habe zeitweise geackert.»

«Als ich morgens zurückkam, lag er vor seinem Aquarium.»

«Ich habe gekotzt.»

«Sein Gesicht war völlig weggerissen.»

«Die Bullen haben sich einen Scheiß draus gemacht.»

«Sie wollten es den Angels anhängen.»

«Da lag nun gar nichts an.»

«Er war bis zuletzt ihr King.»

«Nach der Beerdigung hat Stobbe uns eingeladen und eine Rede gehalten.»

«Niemand knallt ihm ungestraft einen Mann weg.»

«Ich hab es geschluckt.»

«Es ist nicht soviel passiert.»

«Für die Bullen hat er sich nicht krumm gemacht.»

«Jeder andere, aber er nicht.»

«Ich habe mein Lederzeug verscheuert.»

«Ich bin nach Dänemark getrampt.»

«Ich war in Schweden und habe auf einem Bauernhof gelebt.»
«Ich wohne jetzt mit einer Arzthelferin zusammen.»
«Ich habe einen Freund, der beruflich viel unterwegs ist.»
«Manchmal packt es mich, und ich lege Blumen auf sein Grab.»

Die Tür zum *Getaway* steht weit offen.

Unter den Gästen sind auffallend viele Frauen.

Sie sitzen zu zweit oder zu dritt an den Tischen. Nur der Tresen ist ausschließlich von Männern belagert.

Es gibt Köpi vom Faß und weitere zehn Biermarken in Flaschen. Eine Tageskarte liegt aus. Pizza und Pasta.

Der KNEIPIER hat seine Haare zurückgekämmt und zu einem Zopf gebunden. Er trägt einen Ring im linken Ohrläppchen und zwei dünne Lederriemen am rechten Handgelenk.

«Ich schein zur Zeit stark gefragt zu sein.»

«Die Kripo sucht zwei Psychopathen, die eine Mutter und ihre Tochter abgemetzelt haben.»

«Die Tochter war einige Male hier.»

«Ich erinnere mich nur an sie, weil meine Kleine sie relativ gut kannte.»

«Der Bulle kauft mir das nicht so richtig ab.»

«Meine Kleine fängt auch schon an zu nerven.»

«Ich hab wirklich andere Probleme.»

«Der Laden läuft nicht sonderlich.»

«Die Pacht frißt fast den gesamten Umsatz.»

«Ich habe nichts in der Rückhand.»

«Die Kleine interessiert das alles nicht.»

«Sie studiert Medizin.»

«Als sie noch auf der Penne war, hat sie in den Ferien hier gejobt.»

«Ich steh nicht grundsätzlich auf junge Dinger.»

«Ich habe sie angeschissen, weil sie mit ihrer Abrechnung nicht klarkam.»

«Ich hab irgendwas von zu doof zum Ficken gesagt.»

«Dann hat es gefunkt.»

«Ihrer Alten stinkt das gewaltig.»

«Sie hat Erkundigungen über mich eingezogen.»
«Ich bin ein ganz Böser.»
«Ich war bei den Rockern.»
«Ich hau jedem gleich auf den Kopf.»
«Spinnkram.»
«Ich bin aus Wedel.»
«Mein älterer Bruder war bei der Post.»
«Er hat sich als Achtzehnjähriger mal böse einen reingeknallt und im Suff eine Nutte erwürgt.»
«Eine DDR-Tante.»
«Das hängt mir immer noch an.»
«Ich hab ihn im Knast besucht.»
«Er hatte sich da mit dem Blonden angefreundet.»
«So bin ich mit ihm zusammengekommen.»
«Ich war nie bei den Angels.»
«Ich kannte sie und bin mit ihnen rumgezogen.»
«Wir sind zu Open-Air-Konzerten.»
«Ich habe alle großen Gruppen live erlebt.»
«Der Blonde fand mich irgendwie ganz witzig.»
«Ich war dabei, als er die Neudecker anschleppte.»
«Er hat den Riesen kassiert, und dann ging es eine Nacht lang wüst ab.»
«Für sie war das eine absolut neue Welt.»
«Sie schaffte sich wahnsinnig teures Leder an.»
«Sie flippte total aus.»
«Es stimmt nicht, daß er ihr aufs Maul gegeben hat.»
«Richtig ist, daß sie dann häufiger allein im *Star-Club* war und sich mit irgendwelchen Affen abgab.»
«Seine alte Braut war eine echte Schlampe.»
«Sie hatte mit jedem was.»
«Ich hätte sie nicht mit der Kneifzange angefaßt.»
«Sie hat ihn gelinkt bis zum Geht-nicht-Mehr.»
«Er war oft nahe dran, ihr den Kopf abzureißen.»
«Schwer, das heute noch korrekt auf die Reihe zu kriegen.»
«Stobbe bekam auf der Meile Konkurrenz.»
«Das ging von einigen Wirtschaftern im *Palais* aus.»
«Die Angels sollten für Ordnung sorgen.»
«Der Blonde verhandelte mit Stobbe.»

«Stobbe hat gegenüber dem Blonden erwähnt, wie er das seinerzeit geregelt hat.»

«Dabei fiel der Name Berger.»

«Der Blonde hat sich einen Scheiß für seinen Vater interessiert.»

«Sein Fehler war, daß er eine Italienerin aus Stobbes Laden geknüppelt hat.»

«Das war die Frau von Stobbes Gorilla.»

«Für mich ist eindeutig, daß der den Blonden weggepustet hat.»

«Auf das Gerede mit den Bullen habe ich schon damals nichts gegeben, obwohl ich denen nun wirklich alles zutraue.»

«Sie graben jetzt auch das mit meinem Bruder wieder aus.»

«Er hat den Knast nicht überlebt.»

«Er hat sich in der Zelle erhängt.»

«Meine Eltern sind danach aus Hamburg weggezogen.»

«Sie leben in einer Kleinstadt in der Nähe von Stuttgart.»

«Ich habe Koch gelernt.»

«Ich war in Köln und in Frankfurt.»

«An diesen Laden bin ich durch die alte Connection zu den Angels gekommen.»

«Ich hatte einigen Ärger mit Faschos, die hier das Maul aufrissen.»

«Es hat sich immer noch nicht ganz rumgesprochen, daß ich die Typen raus habe.»

«Ich mußte einige Leute um Hilfe bitten.»

«Die Angels existieren in der Form nicht mehr.»

«Es gab diesen Prozeß in bezug auf kriminelle Vereinigung.»

«Ich weiß, daß einige Angels für Stobbe gearbeitet haben.»

«In die Richtung gingen ja die Gespräche mit dem Blonden.»

«Wahrscheinlich ist der Neudecker das dann doch zu heavy gewesen.»

«Meine Kleine kommt auch mit einigen Sachen nicht klar.»

«Dieser Bulle macht sie kirre.»

«Er fragt sie, wie sie mit mir was haben kann.»

«Das ist echt bescheuert.»

«Wenn sie mir von der Fahne geht, verdanke ich ihm das.»

«Das ist eine Pfeife.»

«Ein ganz linker Vogel.»

«Manchmal denke ich, er ist nur auf meine Kleine spitz.»

«Probleme ohne Ende.»
«Die Getränke gehen auf Kosten des Hauses.»

Der REPORTER ist über Autotelefon zu erreichen. Die Stimme auf dem Anrufbeantworter wiederholt die Nummer. Vorab waren ein paar Akkorde von J. J. Cale zu hören.

Wir stellen uns einen Mann wie Dennis Hopper vor. *Der amerikanische Freund*. Nacht für Nacht in der Stadt unterwegs.

Polizeifunk. Die Kamera griffbereit.

Schüsse vor der *Acht*. Einsatz in der Hafenstraße.

Action-news.

Der Mann enttäuscht.

Er ist fett, und er fährt keinen Cady.

Sein BMW parkt auf dem Platz vor der Fischmarkthalle.

«Ich war damals freier Mitarbeiter beim NDR.»

«Ich hatte den Vorteil, mit einem Mann aus der Polizeipressestelle Tür an Tür zu wohnen.»

«Er war geschieden und suchte Kontakt.»

«Bei mir gingen die schärfsten Weiber aus und ein.»

«Ich war wer auf der Szene.»

«Ich moderierte gelegentlich *Musik nach der Schule*.»

«Es war meine beste Zeit.»

«Revolution, die Pille.»

«Musik und Mädchen waren mein Leben.»

«Der Pressetyp war eine unglückliche Figur.»

«Er kam zu meinen Feten rüber und soff sich voll.»

«Wenn er richtig breit war, fing er an zu quatschen.»

«Anfangs hat mich das kaum interessiert.»

«Doch dann wurde ich die Moderation los und mußte mir was einfallen lassen.»

«Ich habe Interviews mit Musikern gemacht.»

«Dabei bin ich an die Neudecker geraten.»

«Ich hatte ein langes Gespräch mit ihr.»

«Es fand in meiner Wohnung statt.»

«Spannend war die Story mit dem Rocker.»

«Sie gab mir zu verstehen, daß er ihrer Meinung nach in einige dunkle Geschäfte verwickelt war.»

«Sie wollte oder konnte nicht konkret werden.»

«Ich habe uns einen Joint gedreht und dachte, vielleicht läßt sie doch noch mehr raus.»

«Es endete im Bett.»

«Sie blieb über Nacht, und ich Idiot lief rum und sagte jedem, daß ich mit der Neudecker gebumst hatte.»

«So bin ich in die Sache reingeschlittert.»

«Ich wurde eines Abends direkt vor dem Funkhaus zusammengeschlagen.»

«Es war der blonde Rocker.»

«Ich habe vier Zähne verloren, und mein Nasenbein war gebrochen.»

«Ich kam ins Krankenhaus und habe eine Aussage gemacht.»

«Aber obwohl ich den Rocker zweifelsfrei benennen konnte, ist er nicht verhaftet worden.»

«Angeblich hatte er für die Zeit ein Alibi.»

«Von meinem Nachbarn aus der Pressestelle habe ich dann den eigentlichen Grund gehört.»

«Natürlich wieder im Suff.»

«Der Rocker hatte mit der Sonderkommission Organisierte Kriminalität einen Deal.»

«Er war auf Stobbe angesetzt.»

«Von da an wurde das sozusagen mein Thema.»

«Ich war jede Nacht auf dem Kiez.»

«Ich habe mit Wirten und Prostituierten gesprochen.»

«Nach und nach begriff ich, wie die Dinge lagen.»

«Stobbe war der uneingeschränkte Herrscher.»

«Er hatte Polizisten und Senatoren in der Tasche.»

«Selbst Beamte aus der Sonderkommission haben ihm zugearbeitet.»

«Er wurde vor jeder Razzia informiert.»

«Geld und Frauen, eins davon zog immer.»

«Ich dachte manchmal, das ist Kino. Hollywood.»

«Auch ich wurde plötzlich äußerst nobel behandelt.»

«Ich wurde ausgesprochen höflich zu Stobbe gebeten.»

«Er wollte mich kennenlernen.»

«Wir haben drüben im *Fischerhaus* gegessen.»

«Er hat einem Interview zugestimmt und eine ergreifende Geschichte erzählt.»

«Ich war tatsächlich beeindruckt.»

«Er war eine imponierende Person.»

«Was ich ihm entgegenhielt, hat er lächelnd abgetan.»

«Er sprach von böswilligen Unterstellungen, von Konkurrenzneid und kleinen Gaunern, die sich profilieren wollten.»

«Ich habe dann einen großen Fehler gemacht.»

«Ich war schon etwas betrunken.»

«Das mit dem Rocker ist mir rausgerutscht.»

«Er hat nur leicht eine Augenbraue hochgezogen und nachgeschenkt.»

«Als ich wenige Tage später las, was mit dem Rocker geschehen war, habe ich mir meinen Teil gedacht und bin nach Formentera geflogen.»

«Ich habe dort eine Engländerin kennengelernt und durch sie eine Sportlerin, die später Chefredakteurin einer Frauenzeitschrift wurde.»

«Der Kontakt hat sich gehalten.»

«Ich schreibe für ein Tittenblatt des Konzerns Klatschgeschichten.»

«An der Neudecker wäre ich auch interessiert.»

«Der Kiez ist für mich passé.»

«Jedenfalls, was die kriminelle Seite betrifft.»

Heiße Ecke, Reeperbahn.

Draußen ziehen die Gucker vorbei. *Cats*-Besucher.

Im St.-Pauli-Theater ist *The Little Shop Of Horrors* geboten worden. *Gestern noch am Broadway, heute in Hamburg*.

Im *Schmidt* steht eine Frau Jaschke auf der Bühne. Sie soll etwas mit einem Kanarienvogel haben und privat ganz nett sein.

Wir schnappen Gesprächsfetzen auf.

Die Witze der resoluten Frau am Bratwurstgrill sind nicht zu überhören. Die Öko-Nummer. *Viel hacken, wenig spritzen*.

Ein zahnloser Alter lacht meckernd. Er bekleckert sich mit Apfelmus. Reibekuchen muß man sich hier gönnen, hieß es.

Das Fett trieft auf die Pappe.
Der GREIFER leert seine Bierflasche und ordert eine neue.
Er hat einen schlimm klingenden Husten.

«Wir hatten einen Auftrag.»
«Der Auftrag kam direkt aus dem Senat, und er lautete, festzustellen, ob es in der Freien und Hansestadt Hamburg tatsächlich so etwas wie Organisierte Kriminalität gibt.»
«Wir haben kräftig gelacht.»
«Aber der Auftrag war erteilt, und wir machten uns an die Arbeit.»
«Wir steckten unsere Eisen ein und latschten noch einmal zu all den üblen Schuppen, um den noch übleren Figuren noch einmal die Eier zu quetschen.»
«Was sie rausließen, war uns nicht neu.»
«Den Namen Stobbe oder Emma hab ich in sämtlichen Stimmlagen gehört.»
«Ich hörte aber auch von einem Raubüberfall auf einen Geldtransporter.»
«Nur einer der drei Täter war in den Knast gewandert.»
«Ich blieb an der Sache, und eines schönen Tages wurden mir tatsächlich die Namen der beiden anderen geflüstert.»
«Sie tun nichts zur Sache.»
«Sie turnten jedenfalls fröhlich auf dem Kiez herum, und ich ließ sie in dem Glauben, daß sie unbehelligt bleiben würden.»
«Aber ich besuchte ihren Kumpel draußen in Santa Fu.»
«Ich sagte ihm, daß er zwei Möglichkeiten habe.»
«Möglichkeit eins, er kriegt aufgrund guter Führung Bewährung und arbeitet für uns.»
«Möglichkeit zwei, er sagt Arschlecken, und ich greif mir seine Spezis mit den besten Grüßen von ihm.»
«Er hat nicht lange überlegt.»
«Es war der Beginn einer guten Zusammenarbeit.»
«Der Mann war für den Job bestens geeignet.»
«Es war der Blonde.»
«Er lief bei uns unter Engel.»
«Engel oder auch Engelchen.»

«Engelchen also machte den geradezu klassischen Abstieg und schwebte bei Stobbe ein.»

«Stobbe war anfangs äußerst mißtrauisch.»

«Engelchen war im Milieu als Großmaul bekannt.»

«Er rauchte und schmiß Trips.»

«Das gefiel Stobbe alles nicht.»

«Ich garantiere, daß Stobbe nie in seinem Leben auch nur ein Gramm Hasch oder eine Fingerspitze Koks genommen hat.»

«Er trank hin und wieder einen Whisky.»

«Er mochte einen guten französischen Wein.»

«Größere Laster hatte er nicht.»

«Er lebte ausgesprochen spießig in einer festen Beziehung mit einer allmählich verblühenden Schönheit vom Lande.»

«Sein Tagesablauf war der eines soliden Geschäftsmannes.»

«Er frühstückte zu Hause und fuhr dann in sein Büro.»

«Mittags sah man ihn oft in einem gutbürgerlichen Eßlokal in Rathausnähe.»

«Er war Mitglied eines kuriosen Grünkohl-Clubs.»

«Seine einzige wahre Leidenschaft war das Boxen.»

«Er organisierte Boxveranstaltungen.»

«Die Abende waren immer ein großes gesellschaftliches Ereignis.»

«Es kamen Schauspieler und Schlagersternchen.»

«Wir waren auch immer mit dabei.»

«Es gab Schampus und Hummercocktail bis zum Abwinken.»

«Er hatte ein Theaterabo und eins für die Oper.»

«In seinen Steigen hat er sich nie blicken lassen.»

«Er begrüßte seine Gäste im *Bel ami* und wies ihnen je nach Bedeutung Tische an.»

«Kurz und schlecht, es gab nach außen hin nichts, was seinen Ruf als Pate von St. Pauli gerechtfertigt hätte.»

«Selbst die große Steuerprüfung war ein Schlag ins Wasser.»

«Und doch wußten nicht nur wir, daß sich ohne sein Abnicken im Milieu nichts schob.»

«Bei illegalen Glücksspielen angefangen bis hin zu durch den Zoll geschmuggelten Waren, Alkohol, Zigaretten, Orientteppiche und Marihuana, später Kokain.»

«Alles lief bei ihm zusammen.»

«Wer sich querstellte, wurde nicht mehr gesehen.»

«Doch beweisen ließ sich das nicht.»

«Nun brachten wir also unser Engelchen ins Spiel, und Engelchen wurde schließlich Séparéebeaufsichtiger im *Bel ami*, auf gut deutsch, er wechselte die vollgewichsten Handtücher und achtete darauf, daß die Damen ihre ausgehandelten Zeiten einhielten.»

«Er listete uns auf, wer da alles genüßlich einen wegsteckte, und es kam eine ganz nette Gesellschaft zusammen.»

«Die besten Adressen.»

«Das *Bel ami* war ein gepflegter Puff, doch selbst auf der Schiene liefen wir ins Leere.»

«Wann auch immer die Kollegen von der Sitte angerückt waren, fanden sie nur sogenannte Garderoben und Aufenthaltsräume der im *Bel ami* engagierten Artistinnen und Künstlerinnen vor.»

«Nicht ein abgelutschtes Gummi im Abfalleimer, keine Flaschen und Gläser, einfach nichts.»

«Stobbe war vor jeder Razzia informiert worden, und Engelchen nannte uns dann endlich Namen.»

«Es waren unsere eigenen Leute, und zwar die ganze Flöte rauf bis hoch nach oben.»

«Wir konnten im Haus niemandem mehr trauen, und so war es kein Wunder, daß Engelchen nervös wurde.»

«Er wollte aussteigen.»

«Er baute Scheiße.»

«Er rief mit verstellter Stimme den Funk an und brachte die Scheiße völlig zum Kochen.»

«So standen wir dann letztlich wieder einmal da wie die kompletten Idioten.»

«Es war zum Kotzen, und ich habe alles ausgekotzt.»

«Du baust eine Falle, und sie schnappt nicht zu.»

«Du weißt, an wem es liegt, und du kannst ihn dir nicht greifen.»

«Es ist dein Boß.»

«Er hat die Hand aufgehalten und sich seinen beschissenen Schwanz polieren lassen, und er pißt dich dermaßen an, daß du nur deinen Hut nehmen kannst.»

«Ich bin gegangen.»

«Er ist vorzeitig in Pension geschickt worden.»

«Das immerhin hat die Aktion Engelchen noch bewirkt.»

«Ich wurde als Querulant gehandelt.»
«Ich habe seitdem sozusagen einen Freibrief.»
«Ich saufe und rede dummes Zeug.»
«Glaubt mir nicht, es ist alles Lüge.»
«Es gab und gibt keine Organisierte Kriminalität in der Freien und Hansestadt Hamburg.»
«Es gibt keinen Killer.»
«Es wird keinen Prozeß geben.»
«Niemand wird einfahren.»
«Doch die Kids auf der Straße spritzen sich weiterhin ins Nirwana, und die Schweizer Konten einiger Herren wachsen und wachsen.»
«Wir hatten einen Auftrag, und der Auftrag wird nach wie vor immer und immer wieder erteilt.»
«Es ist eine Farce.»

Nichts über Ulrike Neudecker.
Wir rufen uns *unseren* Auftrag in Erinnerung.
Das Meeting. Das an die Wand projizierte Foto. Flugticket und Spesen. Hamburg, ihre letzte bekannte Station.
Eine Anlaufadresse.
Was geschah mit einem Model, dessen Bild in den späten Sechzigern die Büros und Spinde schmückte? Wichsvorlage einer Generation.
In den Peep-Shows nebenan wird mehr gezeigt.
Auf der Bühne des ehemaligen *Star-Club* noch mehr.
Über die letzten Tage des *Star-Club* liegt uns der Bericht eines INSIDERS vor.

«Das Ende nahte. Im September '69 erschienen in der Presse die ersten Nachrufe auf den Club, der acht Jahre lang das musikalische Geschehen in Hamburg bestimmt hatte. Doch Dostal, Reichel und Dreysse gaben nicht kampflos auf. Sie bescherten dem Star-Club einen glanzvollen Abgang und buchten noch einmal Namen auf Namen. Colosseum, East of Eden, Juniors Eyes, The Gun, Steamhammer und Man traten im Herbst im todgeweihten Club auf. Einige Wochen lang spielten als abendliches Alltagsprogramm The Earth,

die sich dann in Black Sabbath umtauften und eine Weltkarriere starteten. Es kamen Griffin mit dem späteren Yes-Drummer Alan White und Hardin & York, die ‹kleinste Bigband der Welt›; ein Ableger der Spencer Davis Group, die in Hamburg sofort zur clubfüllenden Attraktion aufstieg. Es gastierten Vanilla Fudge, zu der Zeit neben Iron Butterfly die Drogen-Kultband Nr. 1, und ließen die Zeitungen jubeln: ‹Noch einmal eine Nacht wie früher!› Es kam Brian Auger, der im brechend vollen Haus zwei Konzerte gab, an die in Hamburg noch heute ehrfurchtsvoll gedacht wird... Am Silvesterabend 1969 fand im Star-Club das letzte Konzert statt. Hardin & York traten auf und lieferten ein wehmutsvolles Abschiedsrequiem auf das Ende einer Epoche mit einem Songmedley der Band, die hier vor acht Jahren die Eröffnungsnacht bestritt: mit einer 25-Minuten-Version der Beatles-Klassiker LADY MADONNA und NORWEGIAN WOOD.»

Der ARTISTIN ist es egal, wie die halbe Stunde abläuft.

Neben der eingelassenen Badewanne erstreckt sich das dick gepolsterte Podest. Ein großes, weißes Handtuch ist darauf ausgebreitet.

Gedämpftes Licht. Musikberieselung.

Von nebenan ist professionelles Stöhnen zu hören.

300 Mark kostet der Aufenthalt im Séparée. *Visa, American Express* und *Eurocard* werden akzeptiert.

«Ich bin hier, wo ich immer war.»

«Der *Star-Club* war mein Zuhause.»

«In den ganz frühen Zeiten.»

«Ich würde mich als eins der typischen Groupies bezeichnen.»

«Ich war mehr hinter der Bühne als davor.»

«Die Musiker waren total gut drauf.»

«Es gab immer zu rauchen und verflucht gutes Speed, und wir hatten eine Menge Spaß.»

«Ich war nie prüde.»

«Du hast was genommen, du hast phantastisch gevögelt, was soll's?»

«Ich habe in den Tag hineingelebt.»
«Ich ging noch zur Schule, und ich pennte über dem Heft ein.»
«Die mittlere Reife hab ich mit Ach und Krach geschafft.»
«Ich habe dann eine kaufmännische Lehre angefangen.»
«Die habe ich auch zu Ende gebracht.»
«Das mußte sein.»
«Dann habe ich ein totales Arschloch kennengelernt, in das ich mich dummerweise verknallt habe.»
«Er ist der Erzeuger meines Kindes.»
«Ich sage Erzeuger, weil ich ihn gleich nach der Geburt meiner Tochter in den Wind geschossen habe.»
«Alimente krieg ich nicht von ihm.»
«Ich will nie mehr was mit ihm zu tun haben.»
«Ich habe ein paar Wochen gekellnert.»
«Da war aber keine gute Mark zu machen.»
«So bin ich im *Bel ami* gelandet.»
«Von der Figur her hat man mir nie angesehen, daß ich ein Kind habe.»
«Ich hatte meinen Auftritt auf der Bühne und habe die Gäste zum Trinken animiert.»
«Es waren durchweg angenehme Gäste.»
«Die perverse Tour lief bei mir nicht.»
«Da bin ich nach wie vor konsequent.»
«Französisch ist normal.»
«Ich blase und lasse mich auch lecken.»
«Allen anderen Schweinkram will ich nicht haben.»
«Der Blonde war ein guter Typ.»
«Er hatte bei uns nicht viel zu tun.»
«Einmal hat er die Neudecker mitgebracht.»
«Ich würde sagen, sie hatte einen Hang zu Frauen.»
«Jedenfalls hat sie sich sofort die Kollegin rausgepickt, die eindeutig auf Frauen stand.»
«Ich weiß, daß sie sich außer Haus getroffen haben.»
«Den Blonden hat das nicht gejuckt.»
«Es wurde nachher viel geredet.»
«Ich weiß nur, daß er mit Stobbe bestens klargekommen ist.»
«Mit dem Stone allerdings hatte er ständig irgendwelchen Ärger.»

«Der Stone hielt den Laden unter Kontrolle.»
«Stobbe kümmerte sich um andere Sachen.»
«Darüber möchte ich nicht sprechen.»
«Ich kann euch sagen, was an dem letzten Abend war.»
«Der Blonde saß bei uns.»
«Eine Kollegin kam mit einem Gast nach hinten.»
«Der Gast war ein ziemlich hohes Tier.»
«Das muß reichen.»
«Ich habe nie Namen von Gästen genannt.»
«Jeder kannte ihn, und der Blonde ist gleich darauf zum Stone hin und hat mit ihm geredet.»
«Dann ist der Blonde raus, und das war's.»
«Der Stone ist bis Schluß im *Bel ami* geblieben.»
«Stobbe war an dem Abend gar nicht da.»
«Er war zu Gast bei einem Reeder.»
«Die Bullen haben festgestellt, daß der Blonde so gegen drei Uhr morgens erschossen wurde.»
«Der Stone hatte ein Alibi, und Stobbe auch.»
«Ich kann mir schon einen Reim darauf machen.»
«Auch wenn das alles lange her ist – mehr sage ich nicht.»
«Ich mußte bei Stobbe aufhören, weil das Geschäft nachließ.»
«Ich habe knapp ein Jahr frei gearbeitet.»
«In der Zeit bin ich zweimal ausgeraubt worden.»
«Die Show hier ist für mich in Ordnung.»
«Ich trete als Gesundheitsministerin auf, die Schwänze inspiziert.»
«Das ist saukomisch.»
«Manchmal gehe ich im kleinen Raum noch auf die Bühne.»
«Das ist nur Tanz.»
«Ich komme gut über die Runden.»
«Meine Tochter ist jetzt zwanzig.»
«Sie arbeitet als Schneiderin und hat einen netten Freund.»
«Ich bin lieber für mich allein.»

Die Lichter sind gelöscht.
Die Showtransvestiten tragen jetzt *Levis* und *Lacoste*.
Der Türsteher schließt ab.

Über die *Große Freiheit* wanken die letzten Gäste zum Taxenstand.

Am Eck gibt es noch heiße Würste und Kaffee und Bier.

Es wird bereits hell.

Melancholie an einem sehr frühen Morgen.

An einem solchen Morgen wird auch Ulrike Neubauer zum letztenmal durch diese Straßen gegangen sein. Es ist nicht vorstellbar, daß sie allein gewesen ist. Oder doch?

Müde getanzt, im Ohr noch die harten Rhythmen. Den Beat. Den Blues. Eine Sehnsucht nach was?

Sie hatte viel erreicht. Sie war gefragt und begehrt. Und sie ist auf und davon.

Amsterdam, Paris. Der Süden vielleicht. Die Staaten.

Nach ihrer Zeit hier verliert sich die Spur.

Ihre Geschichte wird überdeckt von anderen Geschichten.

Der Taxifahrer bringt uns zu *Erika's Eck* am Schlachthof.

Schlachter mit blutbefleckten Schürzen frühstücken.

Zwei Brötchenhälften, gekochtes Ei und eine Tasse Kaffee für einen Heiermann.

Nachtschwärmer. Szenegänger. Einige Prominente sind auszumachen. Der MANN aus dem Milieu hat seinen Hund mitgebracht. Er checkt kurz die Lage, bevor er sich zu uns an den Tisch setzt.

«Platz, Caro.»

«Ich hab ihn von einem Sechsundzwanziger.»

«Er braucht viel Auslauf.»

«Ich bin morgens drei Stunden mit ihm unterwegs und nachmittags noch einmal zwei.»

«Durch so einen Hund kommst du mit allen möglichen Leuten ins Gespräch.»

«Frauen sind meist ein bißchen ängstlich.»

«Ich trainiere ihn auf Blicke und Gesten.»

«Ich habe ihn jetzt drei Wochen.»

«Der Stone hat mich seinerzeit nach Hamburg geholt.»

«Siebzig war das.»

«Er kam in einem 450er nach Stuttgart runtergerutscht.»
«Er hatte hier einigen Stress.»
«Der Blonde wollte ihn bei Emma ausbooten.»
«Er wußte nicht, wie es laufen sollte, aber er hatte Augen im Kopf.»
«Er sah, daß der Blonde Emma sein Huhn vorführte.»
«Emma stand irgendwie auf die Alte.»
«Show und so lag voll auf seiner Linie.»
«Die Alte hat mitgespielt.»
«Sie war mehrere Male allein bei Emma.»
«Für das, was dann in seinem Büro abging, gibt es keine zwei Meinungen.»
«Sie war ein geiles Tier.»
«Sie ließ sich leicht pussieren.»
«Ich hätte sie jederzeit aufstellen können.»
«Sie war aber nicht mein Fall.»
«Ich hatte allein mit dem Stone Verträge.»
«Ich habe mich erst einmal kundig gemacht.»
«Dabei kam ich auf einen Bullen vom Einbruchsdezernat.»
«Er hing bei einigen größeren Dingern mit drin.»
«Er hat Tips gegeben.»
«Er hat satt abkassiert.»
«Für ihn stand eine Menge auf dem Spiel.»
«Ich bin zum Stone und hab ihm erklärt, wie ich mir den Blonden vom Hals schaffen würde.»
«Er hat dann dem Bullen gesteckt, daß der Blonde ihn auffliegen lassen wollte.»
«Es ist gelaufen, wie es laufen sollte.»
«Nicht der Stone, nicht Emma – ein dummer Bulle hat den Blonden weggeknallt.»
«Er kann für nichts mehr belangt werden.»
«Er hatte später einen bösen Unfall.»
«Ganz normal.»
«Emma hat sich überhaupt um solche Sachen gekümmert.»
«Er war nicht der große Hauer.»
«Er hatte auch nicht das Killer-Ding drauf.»
«Wenn etwas anlag, hat das der Stone übernommen.»
«Es wurde immer erst geredet.»

«Wer allerdings nicht hören wollte, kriegte schon mal einen Klaps.»

«Ich kenne sie alle.»

«Nach der Nummer mit dem Blonden hatte ich den Job im *Bel ami*.»

«Ich habe mich dann in eine Etage eingekauft.»

«Bei mir gab es nie größere Probleme.»

«Ich bin ein ganz Lieber.»

«Ohne ein bißchen Liebe geht gar nichts.»

«Wer nur auf die Ohren haut, ist in meinen Augen ein blöder Arsch.»

«Hat nichts im Kopf.»

«Kein Herz.»

«So macht man keine gute Mark.»

«Ich habe reichlich gehabt.»

«Ich hatte einen Amischlitten und auch Gold und Brillis.»

«Immer den dicken Knödel in der Tasche.»

«Rausgetan wie nichts.»

«Wir sind auf ein Bier nach Berlin geflogen.»

«Nach Frankfurt und München.»

«Leberfleck-Willi.»

«Kaiser-Kalle.»

«Ingo, der Lange.»

«Petermännchen und Indianer-Joe.»

«Wenn Ende war, habe ich auch leben können.»

«Ich bin nicht weniger wert ohne die Kette mit Adler.»

«Meine jetzige Braut ist eine Solide.»

«Sie hat einen Blumenladen.»

«Der wirft genug ab.»

«Wir gehen abends essen und machen hin und wieder eine Rutsche.»

«Ich überzieh das nicht.»

«Der Hund will bewegt werden.»

«Mir tut das auch gut.»

Er nickt bekräftigend.

Er ist relativ klein und untersetzt.

Locker hält er die Leine und spielt mit der Griffschlaufe.

Niemand schaut länger als nötig zu uns herüber.

Brötchen mit Hack und Roastbeef werden an der Theke geordert.

Eine kleine Gruppe betritt das Lokal. Drei modisch gekleidete junge Männer und eine attraktive Brünette.

Sie schwenkt eine angebrochene Flasche Champagner.

Ein Auftritt wie in einem Werbespot.

Irreal.

Ulrike Neudecker. Geboren am 22. Mai 1947 in Passau. Die Eltern betreiben eine Gärtnerei.

1953–62. Schulausbildung. Realschulabschluß.

1963. Ulrike zieht nach München und wird Disco-Queen. Ein Fotograf entdeckt sie. Die ersten Fotos von ihr werden veröffentlicht. Sie lebt zwei Jahre mit dem Fotografen zusammen.

1965. Aufenthalte in London und Paris. Modeaufnahmen. Ein Abstecher nach Hamburg.

1966. Bekanntschaft mit einem Münchner Filmproduzenten. Sie bekommt eine Rolle in dem Schlöndorff-Film *Mord und Totschlag*. Drehzeit 20. 10.–20. 12. 1966.

1967. Ein weiterer Hamburg-Besuch. In München wechselnde Beziehungen, u. a. mit einem der von Wittgenstein. Als Model ist sie inzwischen international bekannt und entsprechend gefragt.

1968–70. Hamburg.

1970–???

Es gibt keine konkreten Hinweise.

Eine letzte Taxifahrt.

Nachrichten. Das Wetter.

Es soll ein sonniger Tag werden.

Im *Elysee* verlassen ausgeschlafene Hotelgäste die Fahrstühle und kaufen Zeitungen, bevor sie den Frühstücksraum betreten.

Auf Seite 8 der *Morgenpost* lesen wir, daß nach der Frau eines leitenden Polizeibeamten gesucht wird: *Noch immer kein Lebenszeichen von Birte H.* Ihr Paßfoto ist abgebildet.

Wir fragen uns, ob es für diese Stadt typisch ist, daß Personen spurlos verschwinden.

Das in der Nacht Gehörte hallt in unseren Köpfen nach.

Obwohl völlig übermüdet, finden wir keinen Schlaf.

VIER

1

Nachdem der 9:30-Flug nach Zürich aufgerufen war, wartete der Security-Mann, bis sich die knapp zwei Dutzend Passagiere angestellt hatten und nach und nach durch die Tür zu dem bereitstehenden Bus gingen.

So verließ er als letzter den Raum.

Im Bus blieb er stehen und streifte die elegant und teuer gekleidete Dame nur mit einem flüchtigen Blick. Sie hatte sich gesetzt und ihre Beine übereinandergeschlagen. Der Blick genügte, um festzustellen, daß sie keinem der Fluggäste auch nur die geringste Aufmerksamkeit schenkte. Sie wirkte gelangweilt und vermittelte zudem jenen Hauch von Arroganz, den er an ihr schon immer geschätzt hatte.

In der Business-Class überprüfte sie mit leicht hochgezogenen Augenbrauen ihre Bordkarte. Für einen Moment sah es so aus, als wolle sie die Stewardess heranwinken. Doch dann verstaute sie ihren Schminkkoffer in der Ablage und nahm neben dem Security-Mann Platz.

«Übertreibe es nicht», sagte er leise. Er hatte sich hinter der *Süddeutschen* verschanzt und überflog die Börsenkurse.

Sie antwortete nicht, legte den Gurt an und schlug die *Cosmopolitan Lady* auf.

In der ersten Reihe auf der anderen Seite des Ganges zwängte sich der fette Bariton aus *Das Phantom der Oper* in seinen Sitz.

Der Security-Mann wußte, daß es ein Amerikaner war, der außer ein paar Floskeln kein Deutsch verstand.

«Wie war dein Aufenthalt?» fragte er leichthin und blätterte dabei die Zeitungsseite um.

Sie ließ sich Zeit, bis die Luke geschlossen worden war und die Stewardessen die Reihen abschritten.

«Kommen wir zur Sache», sagte sie dann.

«Wie du willst.» Er überflog einen nichtssagenden Zweispalter.

«Die Sache ist die, daß ich eine gewisse Person langfristig in Sicherheit wissen möchte.»

«Du meinst, auf immer.»

«So kann man es auch ausdrücken.»

«Miguel wird etwas mehr hören wollen.»

«Davon gehe ich aus. – Einer unserer Geschäftspartner hat eine Bettgeschichte mit einer Frau, die sich zu einer Reise veranlaßt sah. Er hat nun ihr Endziel herausgefunden und stellt Bedingungen.»

«Kann er das?»

Der Security-Mann nickte unmerklich.

«Er wünscht sich die Frau wohlbehalten zurück. Andernfalls sieht er sich gezwungen, den Urlaubsort seiner Geliebten bekanntzugeben.»

«Was ist das für eine Frau?»

«Dienstleistungsgewerbe. Sie ist das eigentliche Problem. Denn selbst wenn sich unser Partner weiterhin mit ihr vergnügen kann, ist nicht gewährleistet, daß sie über ihren Abstecher schweigt.»

«Du willst sagen, über ihren Gastgeber.»

«Die gewisse Person – ja. Sie ist so oder so gefährdet.»

«Das hättest du von Anfang an einkalkulieren müssen.»

«Das habe ich. Sonst könnte ich mich jetzt nicht von ihm trennen.»

«Nur von ihm?»

«Richtig – seine Begleiterin sollte ebenfalls in Sicherheit gebracht werden. Es wäre natürlich hervorragend, wenn man es jener reiselustigen Dame anlasten könnte. Falls sie noch bei entsprechender Gesundheit ist.»

«Das ist keine leichte Aufgabe.»

«Ich denke dabei an dich.»

«Davon wird Miguel nicht begeistert sein, und ich bin es auch nicht.»

«Wir haben noch nicht über eine Summe geredet.»

Die elegante Dame tat, als vertiefe sie sich in einen Artikel.

Der Security-Mann faltete seine Zeitung zusammen und steckte sie hinter das Netz. Er lehnte sich bequem zurück und bedachte die Stewardess, die nun mit der Erläuterung der Sicherheitsvorkehrungen begann, mit einem Lächeln.

«Ja?» ließ sich schließlich seine Sitznachbarin vernehmen.

«Fünfhunderttausend.»

«In welcher Währung?»

«Schweizer Franken. Wir können die Transaktion gleich heute vornehmen.»

Es dauerte diesmal noch länger, bis sie reagierte.

«Das Risiko ist groß. In seiner Nachbarschaft leben Personen, die sich an mich erinnern könnten.»

Der Security-Mann lächelte weiter.

«Du bist nicht wiederzuerkennen.»

«Sie sehen weniger auf das Gesicht.»

«Zwanzig Jahre sind eine lange Zeit, und niemand hat je wieder von dir gehört – Ulrike.»

«Niemand außer dir.»

«Ja, und nicht nur dafür solltest du mir dankbar sein.»

«Heißt das, daß ich nicht ablehnen kann.»

«So weit würde ich nicht gehen. Das könnte Miguel verärgern. Ich bitte dich lediglich um einen Gefallen. In unser aller Interesse.»

«Wann muß ich mich entschieden haben?»

«Die Banken schließen um vier oder halb fünf. Wir können bei einem Kaffee noch über Einzelheiten reden.»

Er schaute auf seine Uhr.

Die Maschine war pünktlich gestartet.

2

Lucile erwachte um kurz nach zehn. Sie war naßgeschwitzt und hatte einen trockenen Mund.

Für einen Moment wußte sie nicht, wo sie sich befand.

In ihrem Traum hatte sich sich an Barbara geklammert, die wie sie nackt gewesen war. Barbara jedoch war mit einem Penis ausgestattet, dessen pralle Eichel Ulis Gesichtszüge angenommen hatte.

Widerlich.

Sein böses Grinsen. Seine Bartstoppeln. Er hatte sich an ihr gerieben, sie blutig gekratzt.

Sie stellte fest, daß an ihren Schenkeln tatsächlich dünne Kratzspuren waren. Auch einer ihrer Fingernägel war abgebrochen.

Aber Uli war sie entkommen.

Im Schloß der Zimmertür steckte der Hotelschlüssel.

Sie war gestern in Frankfurt gelandet, und daß sie es so weit geschafft hatte, verdankte sie Barbara.

Lucile trank einen Schluck Wasser und stellte sich dann unter die Dusche. Sie duschte sehr lange und wusch sich die Haare. In das Badetuch gehüllt, bestellte sie beim Zimmerservice Orangensaft, Kaffee, Eier und Toast und wählte danach die Rezeption an. Man versicherte ihr, die gewünschten Sachen innerhalb einer Stunde besorgen zu können.

Als das geregelt war, führte sie zwei weitere Telefongespräche. Mit dem ersten reservierte sie sich einen Platz für den Lufthansa-Flug Frankfurt–Hamburg um 20.10 Uhr. Bei dem zweiten mußte sie um Rückruf bitten.

Ihr BKA-Mann meldete sich, nachdem sie gerade ihr Frühstück beendet hatte.

Er war hörbar erleichtert und wollte umgehend zu ihr.

«Ich habe etwas anzubieten», unterbrach sie ihn.

«Ja, ich weiß. Wir sollten nicht am Telefon darüber reden.»

«Was weißt du?»

«Bleib, wo du bist.» Seine Stimme klang nun kalt.

Er legte auf.

Lucile schaltete den Fernseher ein und wartete.

Sie hoffte, sich noch vor dem Eintreffen ihres Kunden neu einkleiden zu können. Ihn im *Interconti*-Bademantel zu empfangen, würde ihn gewissermaßen provozieren, sich ebenfalls seiner Kleider zu entledigen. Und nichts lag ihr augenblicklich ferner als der Gedanke an Sex.

Eine Schwanzspitze mit Ulis Gesicht.

Mein Gott.

Er war nicht über sie hergefallen, aber seine Blicke waren schlimmer gewesen als jede körperliche Berührung. Barbara war wirklich zu bedauern. Zur Zeit sicher noch mehr als bisher.

Lucile wünschte, sich irgendwann einmal revanchieren zu können.

Der Service war gut.

In einer schlichten, hellgrauen Bundhose und einer passenden Hemdbluse öffnete sie zwanzig Minuten später dem BKA-Mann die Tür.

Wie immer trug er seine schwarze Feincordhose und die unvermeidliche Lederjacke über einem T-Shirt.

«Was heißt, ich weiß?» begrüßte sie ihn und wehrte eine allzu heftige Umarmung ab.

Er trat einen Schritt zurück und zuckte leicht die Achseln.

«Ich habe mehrere Male bei dir auf Band gesprochen. Als kein Rückruf kam, habe ich die üblichen Wege beschritten. Fluggesellschaften etcetera. Costa Rica wurde ausgespuckt. Den Rest konnte ich mir zusammenreimen.»

«Inwiefern?»

«Es ist kein Geheimnis, wer sich alles aus Hamburg nach dort abgesetzt hat. Ich habe mich an deine Bemerkungen Barbara betreffend erinnert.»

«Habe ich dir wirklich von ihr erzählt?»

«Hast du.» Er nickte bekräftigend.

Sie war nicht überzeugt.

«Und?»

«Was, und?»

«Was passiert jetzt?»

«Wenn du Detering meinst – da hatten wir bereits Hinweise.»

«Aber ihr habt bisher nichts unternommen. Ich liefere ihn euch, und dafür will ich eine angemessene Honorierung.»

Der BKA-Mann nickte wieder. Er ging an ihr vorbei zum Fernseher und machte ihn aus. «Das ist nicht ganz so einfach, wie du dir das vorstellst. Sicher, wir zahlen schon mal für Informationen. Aber in diesem Fall ist es im Grunde genommen meine ganz persönliche Initiative. Du weißt, daß ich alles andere als knauserig bin –»

«Eben», unterbrauch Lucile ihn. «Du wirst hingehen und den Betrag für mich loseisen. Mit dem erfolgreichen Zugriff kannst du dich dann schmücken.»

Er lachte verhalten.

«Ich war tatsächlich um dich besorgt. Ich habe befürchtet, dich nicht wiederzusehen. Aber ich sehe, daß du dich ganz obenauf fühlst. Das freut mich. – Zieh dich aus.»

«Nein. Ich will eine klare Antwort.»

«Komm schon. Ich werde tun, was ich tun kann.»

«Das reicht mir nicht.»

«Du bekommst deinen Teil.»

«Wieviel?»

Er kam zu ihr und faßte sie an den Schultern. Lucile ließ es geschehen, aber ihre Haltung drückte aus, daß sie nicht gewillt war, sich seiner Aufforderung zu fügen.

«Das entscheide nicht ich.»

«Ich kann mich auch an die Presse wenden. Detering wird hoch gehandelt.» Der BKA-Mann schüttelte energisch den Kopf.

«Nein», sagte er. «Ich regle das. Du wirst nicht schlecht abschneiden.»

«Dann kümmere dich darum. Heute noch. Ich bin bis zum frühen Abend hier zu erreichen.»

«Und danach?»

«Du hast bis dahin Zeit. Ich will nicht nur die Zahl hören, ich will es cash.»

«Das ist zu knapp, Lucile. Gehst du nach Hamburg?»

«Ja –»

«Ich kann in den nächsten Tagen hochkommen. Donnerstag, Freitag –»

«Klär es heute.»

Er hatte sie losgelassen und musterte sie nachdenklich.

«Gut, ich sage dir heute Bescheid», meinte er dann. «Aber kassieren kannst du erst –»

«Spätestens morgen», lenkte sie ein.

«Übermorgen. Donnerstag. Früher ist es unmöglich. Du hast mein Wort.»

Lucile taxierte ihn jetzt ebenfalls. Er setzte ein verbindliches Lächeln auf. Es war falsch. Das spürte sie.

Doch sie erklärte sich einverstanden.

3

**DOPPELMORD IN COSTA RICA.
KIEZ-BOSS ULRICH DETERING UND SEINE FREUNDIN ERSCHOSSEN.
EXKLUSIV-BERICHT.**

Deutschlands meistgesuchter Gangster, Ulrich Detering, und seine Freundin Barbara wurden im Wohnraum einer Villa mit jeweils zwei Schüssen getötet. MORGENPOST-Reporter Sven Pawlak war noch vor der Polizei am Tatort. Heute beginnt sein Exklusiv-Bericht.

«Uli», so lautete der Tip vom Kiez, «hält sich bei Freunden auf Costa Rica versteckt.» Mehr konnte oder wollte uns der Informant nicht sagen. Wie aber findet man einen Mann in einem mittelamerikanischen Land, das mit 50900 Quadratkilometern etwas größer als Niedersachsen ist und 2,4 Millionen Einwohner hat?

Über 800000 Menschen leben allein in San José, wo es kaum Straßennamen gibt, geschweige denn Hausnummern, und wo die meisten nur über ein Postfach zu erreichen sind. Ein aussichtsloses Unterfangen, hier jemanden aufs Geratewohl zu suchen.

Bei Uli Detering aber gab es Spuren, die möglicherweise zu seinem Versteck führen konnten: Die eine ist ein Foto aus der Großen Freiheit 37, aufgenommen anläßlich eines Konzerts des englischen Rappers «Rebel MC». Das Bild zeigt Uli Detering mit Ingo Böhm, dem Chef des Lokals «Die Grotte». Die beiden sind alte Freunde, und Ingo, «Der Lange», hat in Costa Rica eine Wohnung. Aber wo?

Ingo, «Der Lange», ist außerdem mit Willi Schäfer, «Leberfleck-Willi», eng verbunden, der unter anderem in Hamburg und Kiel die Bordellclubs «Oase» übernommen hat, an denen auch ranghohe Beamte der Bauabteilung des Bezirksamts Hamburg-Nord beteiligt waren und in denen Gewerkschaftsfunktionäre im vergangenen Jahr beachtliche Spesen machten. (Wir berichteten.)

«Leberfleck-Willi» lebt seit Jahren hauptsächlich auf Costa Rica. Er gilt dort als «Kopf der deutschen Mafia», die in San José Nachtclubs und Bordelle betreibt, wo es auch «Koks» geben soll.

Unsere Suche begann im «Registru nacional» der Republik Costa Rica, das sich in einem modernen Gebäude am Stadtrand von San José befindet. Alle wichtigen Daten sind dort in IBM-Computern gespeichert.

Als die dunkelhaarige Schönheit im Grundbuchamt den Namen von Ingo Böhm eintippte, spuckte der Rechner aus: Provincia 1 (das ist San José), Canton O1 (das ist die Hauptstadt selbst), Distrito 09 (das ist der Stadtteil Pavas). Dort, so war dem Computer-Ausdruck zu entnehmen, besitzt Ingo Böhm die Finca 003850 F.

«Leberfleck-Willi», wohl versehentlich unter «Schaffer» eingespeichert, besitzt unter anderem ebenfalls eine Finca in Pavas.

Die 60 Colones (etwa 2 DM) für Gebühren waren gut angelegt – jetzt hieß es nur noch die Lage der Häuser herauszufinden, in denen sich Detering möglicherweise versteckt hielt.

Nach stundenlangem Blättern in Katasterakten stießen wir auf das Planquadrat 60, die Grundstücke 34/1 und 35/1. Das Gebiet wird mangels Straßennamen als Savorite Nord bezeichnet.

Taxifahrer in San José kennen die Gegend nur zu gut: «Da wohnen eine Menge verrückter Alemanes», hieß es, «die feiern nächtelang Orgien und lassen sich Liebesmädchen im Pendel-Verkehr per Taxi herankarren.»

Der Weg zu den Häusern führt über die «Avenidas los Americas» am Sabanastadtpark vorbei, dann den Boulevard Nord entlang. Dort liegt die Privatvilla von Costa Ricas Staatspräsident Oscar Arias. Vor dem Haus gehen Wächter in hellbraunen Uniformen mit Maschinenpistolen auf und ab. Ein paar hundert Meter hinter der Präsidentenvilla, an der Kreuzung Triangolo, geht es rechts ab in eine bucklige Straße mit grünem Mittelstreifen. An ihrem Ende sollen laut Katasterplan die Häuser von Böhm und Schäfer liegen.

Es sind rötliche Gebäude mit Ziegeldach, zweigeschossig. Oben ein Balkon, unten eine Veranda. Die Häuser sind von hohen Hecken umgeben, die Einfahrten zu den Garagen sind mit einem Gitter gesichert.

Bei unserem ersten Besuch konnten wir niemanden ausmachen. Es war wie in einer Geisterstadt. Wir harrten mehrere Stunden in der Hitze aus und entschlossen uns dann, am Abend erneut unser Glück zu versuchen. In einem unauffälligen dunkelblauen Wagen fuhren wir kurz nach 21 Uhr wieder in das Viertel. Schon von weitem sahen wir mehrere Fahrzeuge vor den Häusern parken – und uniformierte Polizisten, die uns wild gestikulierend entgegeneilten und uns abstoppten.

«Wir sollten mit ihnen reden», sagte Harry Lankowa. Er legte die Zeitung weg und nahm die Beine von der herausgezogenen Schreibtischschublade. Broszinski war zum Fenster gegangen und hatte die

Jalousien verstellt. Er trank seinen Kaffee aus und zerknüllte den Pappbecher.

«Sie sind noch drüben. Selbst da sieht man es nicht gern, wenn Reporter gleich mit dabei sind. Unsere Pressestelle hat mit dem Chefredakteur telefoniert. Sie ziehen die Story über drei Folgen. Unterm Strich steht, nichts Genaues wissen auch sie nicht. Nur noch, daß Detering in den Wochen zuvor eine Frau zu Besuch hatte, die aber niemand kennen will.»

«Das ist doch schon was. Findig, wie die Jungs sind, präsentieren sie uns bestimmt bald den Namen. Die Mittel müßte man haben. Ein Tip aus dem Milieu, und sie düsen rüber. Ihren Informanten geben sie natürlich nicht preis, oder?»

«Angeblich ein anonymer Anrufer.»

«Großartig. – Na ja, ich bin gespannt, was wir von Zappa zu hören bekommen.»

«Weniger als zuvor, befürchte ich.»

Broszinski zündete sich einen Zigarillo an und blies den Rauch zur Decke. Der Mord an Detering und seiner Freundin verschärfte die Situation. Nicht zuletzt seine. Er war sich inzwischen völlig sicher, daß Birtes Verschwinden auf das Konto jenes Mannes ging, der bis auf einen Tagestrip nach Zürich nicht weiter auffällig geworden war. In Zürich hatten die um Unterstützung gebetenen Kollegen lediglich beobachten können, daß er allein in einem Taxi vom Flughafen zum Bellevueplatz gefahren war, dort einen Kaffee getrunken hatte und über die Quai-Brücke hinüber in die Bahnhofstraße spaziert war. In der *Zürcher Kantonalbank* hatte er sich eine größere Summe auszahlen lassen, in einer *Spaghetti Factory* zu Mittag gegessen, ein Kino besucht und im Zunfthaus *Saffran* nach wie vor allein ein Drei-Gänge-Menü zu sich genommen. Rückflug um 20.50 Uhr. Vermutlich ohne den abgehobenen Betrag. Unter den Kinobesuchern war aller Wahrscheinlichkeit nach die Person gewesen, der er den Umschlag zugesteckt hatte. Ein Geschäft, für das es mehrere Interpretationen gab. Aber keinen Hinweis auf Birte.

Lankowa riß ihn aus seinen Gedanken.

«Zappa wird uns schon seine Meinung dazu sagen.»

Broszinski schüttelte den Kopf und nahm noch einen Zug.

«Wie soll er? Glaubst du, er wußte, wo sich Detering aufhielt? – Nein. Ich komme immer mehr zu der Überzeugung, daß er gar nicht so viel auf der Pfanne hat, wie er uns weismachen will. Er hat sicher einiges aufgeschnappt, aber die eigentlichen Schachzüge blickt er nicht. Nicht die des großen Meisters.»

«Du denkst bei dieser Sache an ihn? Das kann ich mir nicht vorstellen. Ohne Detering liefen die Deals nicht.»

«Sie laufen, Harry. Es kommt kein Gramm weniger in die Stadt, seitdem uns Detering durch die Lappen gegangen ist. Ob nun Stobbe oder Detering, jeder ist ersetzbar. Und ich sag dir eins – es rücken Leute nach, die so gut wie keine Ahnung haben, wer sie aufgebaut hat. Mit Detering ist die Ära der mitentscheidenden Gesellschafter endgültig vorbei. Allein *er* bleibt übrig. Ein Geschäftsmann, den wir mit Zappas spärlichen Aussagen vor kein Gericht bringen.»

«Okay – weil wir Zappa nicht hart genug angehen. Giesing zumindest nicht. Diese Psychoscheiße steht mir ohnehin bis hier. Kann es sein, daß er schwul ist? So wie er Zappa in den Arsch kriecht –»

«Es ist sein Fall.»

«Nein, Jan. Das ist unser gottverdammter Job. Du hast Zappa abgefischt. Wir liefern Giesing, was wir ermittelt haben, und er zeigt mehr Interesse an Zappas Eheleben als an seiner Knallerei. Ich kenne diese heimlichen Schwulen.»

Er stieß sich mit seinem Bürostuhl vom Tisch ab und stand auf.

Broszinski winkte unwirsch ab. Er dachte an den nächsten Zug des Security-Mannes. Wann würde er Birte ins Spiel bringen? Wo hielt er sie versteckt, und was mußte sie erleiden?

Er merkte, daß seine Hand zitterte, und drückte den Zigarillo aus. Lankowa hatte seine Jacke übergezogen und warf einen Blick auf seine Armbanduhr.

Eine weitere Sitzung mit Zappa stand an.

Broszinski gab seinem Kollegen zu verstehen, daß er schon vorgehen solle. Er wartete, bis er die Tür hinter sich geschlossen hatte, und wählte dann Gottschalks Apparat an.

4

Jörg Fedder fühlte sich äußerst unbehaglich. Obwohl oder vielleicht gerade weil er mit Martina allein im Büro war. Ihre hautenge Radfahrerhose empfand er als Provokation, und das winzige Biene-Maja-Top war nun wirklich der Gipfel. Ganz nackt würde sie kaum mehr Aufmerksamkeit erregen.

Sie fuhr sich durch ihr inzwischen länger gewordenes und nicht mehr gebleichtes Haar und sah ihn erwartungsvoll an.

«Martina», begann er, nachdem er sich erneut geräuspert hatte. «Martina, ich weiß es durchaus zu schätzen, daß Sie uns helfen wollen –»

«Dir», warf sie ein. «Irgendwie bin ich dir das echt schuldig.»

«Nein, das sind Sie nicht. Sehen Sie –»

«Das kann jeder Frau passieren, jeden Tag. Diese Typen sind so was von krank im Kopf, die dürfen nicht frei rumlaufen.»

«Wir finden sie. Das ist unsere Arbeit. Trotzdem danke ich Ihnen –»

«Shit. Nun zier dich doch nicht so. Ihr bittet doch bei allem möglichen Scheiß um Mithilfe. Und ich bring das. Du mußt mir nur sagen, wo Sabine überall war.»

«Das kann ich nicht, Martina. Das geht einfach nicht.»

«Das seh ich echt nicht so.»

«Aber so ist es. Außerdem –» Er räusperte sich wieder und blickte an ihr vorbei zu Gottschalks Schreibtisch. Wo steckte der Dicke nur wieder? «Außerdem hat Ihr Interesse meines Erachtens ganz – ganz andere Gründe. Rein persönliche, denke ich.»

«Na, logisch. Ich bin eine Frau.»

Fedder ließ seinen Blick auf Gottschalks verwaistem Stuhl.

Martina wollte ihn nicht verstehen. Es würde sie nie loswerden. Was zum Teufel dachte sie sich dabei? Jetzt kam sie sogar ins Präsidium, plazierte sich vor ihm hin und machte ihn allein schon durch ihr Outfit kirre.

«Aber doch eine Frau, die –» Herrgott, nein! Er unterbrach sich und suchte krampfhaft nach einem Schluß für seine fatale Entgleisung. Eine Frau, die Frauen liebt und verdammt noch mal dabei bleiben sollte. Eine Frau, die – Das Klingeln des Telefons erlöste ihn.

Er sprang auf.

«Was?» fragte sie noch.

Mit dem zweiten Klingeln aber öffnete sich die Tür, und Gottschalk stürmte herein. Er war vor Fedder an seinem Platz und nahm ab.

Martina schien er nicht wahrzunehmen.

«Ja?» blaffte er und blieb dann ruhig, hörte ernst nickend zu.

Martina war ebenfalls aufgestanden und verstellte Fedder den Weg.

«Was wolltest du sagen? Du, wenn jetzt Stress ist – wir sehen uns später. Ich hab ab Ersten für ein paar Wochen die Wohnung von der Hotze. Sie hat 'ne längere Exkursion. – Bis dann.»

Sie lächelte ihn dabei verschwörerisch an, zupfte ihr Top zurecht und wippte davon.

Fassungslos starrte Fedder ihr nach.

O mein Gott!

Er konnte nichts dagegen tun.

Der Gedanke, sie berühren zu können, war einfach da. Ein Verlangen wider alle Vernunft.

«Wer war denn das?» Gottschalk hatte aufgelegt und zog sein weißes Seidenjackett aus.

Fedder antwortete ihm nicht gleich.

Er schloß die Bürotür, die Martina offengelassen hatte.

«Sie», sagte er dann und unterstrich es mit einer bedeutungsvollen Geste.

«Daß es kein *Er* war, hab ich gesehen. Wer *sie*?»

«Martina.»

«Das sagt mir immer noch herzlich wenig.» Er schnüffelte. «Jil Sander – edel. Martina, wer?»

«Die Zeugin im Weigel-Fall. Das hab ich dir doch erzählt. – Wo warst du? Es ist gleich elf, und weder du noch Karina –»

«Schrei nicht. Was hast du denn schon wieder? Bist du etwa immer noch an der Geschichte? Ich denke, du hast anderes zu tun. Oder hat dir diese Martina einen neuen Hinweis geben können?»

Fedder seufzte, wie sonst nur Gottschalk seufzte.

Er rückte seinen Stuhl zurecht und setzte sich.

«Sie läßt nicht nach, mir ihre Hilfe aufzudrängen. Sie will – ach Scheiße. Sie belabert mich seit – seit Monaten geht das jetzt schon. Ich weiß nicht, wie ich sie mir vom Hals halten soll.»

«Hm», machte Gottschalk. «Und warum?»

«Verrückt.»

«Nur so?»

«Ja, nur so.»

«Macht sie dich an?»

«Sie – ich glaube, sie ist irgendwie gestört. Sie erzählt mir manchmal am Telefon Dinge, da fällt mir nichts zu ein. Daß sie sich – sich gerade ihre Beine rasiert und so was.»

«Nett», meinte Gottschalk. Er steckte die Hand in die Hosentasche und kratzte sich ausgiebig. «Bleibt es dabei, oder hat sie wirklich was zu sagen?»

«Das ist alles – alles vorgeschoben. Ihre Überlegungen, ihre Vermutungen. Sie hat eine Art, dich an der Strippe zu halten – ob du willst oder nicht, sie bringt dich zu Äußerungen, die dann gleich wieder neues Thema sind. Theorien über Sexualtäter, Vergewaltiger, Männer grundsätzlich. Was du für Phantasien hast, wie du mit deiner Freundin – du, das ist alles andere als komisch.»

«Ich lache, weil das auch nur dir passieren kann. Du bist halt dafür prädestiniert. Der ideale Ansprechpartner für gewisse Frauen. Sie spüren, was du dir alles verkneifst, und spielen damit. Wenn du sagen würdest, okay, Mädel, laß es uns hinter uns bringen, wär es damit schlagartig vorbei. Hundertprozentig. *Ich* zum Beispiel habe solche Anruferinnen nicht – nie gehabt. Versuch's mal.»

«Du bist –»

«Ich lieg völlig richtig. Jede Wette.»

«Bescheuert. Mein Gott, ich kann doch nicht hingehen und über sie herfallen.»

«Dazu kommt's überhaupt nicht. Das mein ich ja. – Martina.» Er schüttelte belustigt den Kopf. «Also was Konkretes hat sie nicht? Deine Weigel-Sache betreffend.»

Fedder schwieg.

Niemand, absolut niemand verstand ihn. Und Martina nahm in der Wohnung über ihm Quartier. Sie würde hören, wann und wie er mit Evelyn zusammen war und sich durch nichts abhalten lassen, ihn weiter zu belatschern. Wenn er nicht endlich den Fall abschließen konnte. Er gab sich einen Ruck und stand wieder auf.

«Ich bin unten», sagte er und wußte selbst noch nicht, wohin er gehen und was er tun sollte. Nur erst einmal raus.

5

Sie drehte sich um und kniete sich hin, und er drang mit einer Heftigkeit in sie ein, daß sie aufschrie, dann aber lustvoll zu stöhnen begann. Für einen Moment dachte sie an ihren Hasen. Er war immer so sanft und zärtlich. Er streichelte sie und bedeckte ihren Körper mit Küssen, und er flüsterte liebevolle Worte.

Herbie sagte nichts.

Er verstärkte nur seinen Griff an ihren Hüften, blieb in ihr und zog sie noch enger an sich. Seine Hände glitten hoch zu ihren Brüsten, umfaßten sie hart, preßten sie, während er sich tiefer über sie beugte und sie in den Nacken biß. Sie spürte nun seine Finger an ihren Lippen und in ihrem Mund, und sie biß ebenfalls zu, leckte und saugte an ihnen, und er gab sie ein wenig frei, spreizte ihre Arschbacken, und ehe sie auch nur eine abwehrende Bewegung machen konnte, hatte er ihn tief drin, und es tat so höllisch weh, daß ihr Tränen kamen, bis der Schmerz und das Bedürfnis zu scheißen ein wenig nachließen und sie nur noch trocken schluchzte, zugleich aber nach seiner Hand faßte und sie an ihre Möse drückte, und er auch ihre Klitoris reizte und mit der anderen ihre Brustwarze kniff, und schließlich ihr Schluchzen in einem gurgelnden Schrei endete, sie sich fallen ließ und davongespült zu werden glaubte.

Sie war am ganzen Körper naß.

«Scheißkerl», sagte sie, nachdem sie wieder durchatmen konnte. «Verdammter Scheißkerl!»

Herbie hatte sich auf den Rücken gewälzt und lachte verhalten.

«Jungfrau warst du nicht.» Er angelte nach der auf dem Boden liegenden Zigarettenpackung und zündete zwei *Marlboro* an.

Evelyn drehte sich zu ihm auf die Seite und nahm sich eine.

«Ich könnte dir ins Bett kacken.»

«Sag nicht, daß es das erste Mal war. Es war saugeil, und es stand schon längst an.»

«Und das war's dann auch.»

«Ey, ich wüßte nicht, warum wir uns jetzt anfetzen sollten. Sei locker.» Sie rauchte ihre Zigarette zu Ende und stieg über ihn hinweg. Unter der Dusche überkam sie ein durch und durch angenehmes Gefühl, und sie mußte sich eingestehen, daß sie es sehr wohl genossen hatte. Und dieser Scheißkerl wußte das.

Sie frottierte sich ab, wischte den Spiegel blank und betrachtete ihr Gesicht. Es sah frisch und unschuldig aus.

Herbie betrat nackt das Bad und pinkelte ungeniert.

«Kaffee?» fragte er.

«Kaffee», sagte sie, ging zurück ins Zimmer und zog sich an.

Als sie sich nach ihren Schuhen bückte, war er hinter ihr und hob ihr Haar an.

«Das wird deinem Bullen nicht gefallen», meinte er.

«Das laß meine Sorge sein.»

«Ich würd gern hören, was du ihm sagst.»

«Wenn du interessiert bist, kann ich dafür sorgen, daß er wieder mal bei dir reinschaut.»

«Scheuert er dir eigentlich mal eine?»

Sie ließ ihn ohne Antwort, griff statt dessen zwischen seine Beine und preßte seine Eier. Er verzog nur das Gesicht, packte ihre Handgelenke und bog ihren rechten Arm nach hinten.

Sie mußte loslassen, und er küßte sie fordernd. Sie gab ihm nach. Abrupt hörte er auf.

«Sollte er vielleicht bei Gelegenheit», meinte er. «Sonst hab ich dich ständig auf der Matte.»

«Bild dir nur nichts ein.»

Herbie lachte. Er streifte seinen *Blue-Bird*-Slip über und stieg in die *Mustang*.

«Okay», sagte er. «Kaffee. Magst du'n Stück Pizza?»

«Hast du noch was im Angebot?»

«Rollmöpse und Corned beef.»

«Danke. Kaffee reicht.»

«Wir wollen ja auch nicht zu intim werden. Aber im Ernst, wie kommst du mit ihm klar?»

«Jedenfalls besser, als du denkst.»

«Tolle Antwort. – Evi, Evi, Evi, du hast die heißesten Typen gehabt und ziehst dir so eine Null an Land. Das rächt sich. Siehe diese Nacht. Da hieß es nur noch –»

«Laß es, ja? Das ist allein meine Sache.»

«Ich will dir nur sagen, daß du früher oder später doch wieder da bist, wo die etwas verschärfte Tour abgeht. Du bist nun mal keine Kuschelmausi.»

«Du bist wirklich ein Arsch.»

Sie nahm ihre Jeansjacke und schlüpfte hinein.

Herbie zuckte die Achseln. Er ging in die schmale Küche und füllte Wasser in die Maschine. Evelyn brachte es nicht, zu gehen.

Sie nahm sich noch eine Zigarette und wartete, bis der Kaffee durchgelaufen war.

Herbie hatte das Radio angestellt und spülte zwei Tassen ab. Als er kurz zu ihr hinschaute, lenkte er ihren Blick auf einen Stapel alter Zeitungen. Obenauf lag ein ganzseitiges Bild, das eine sonnengebräunte junge Frau zeigte, die sich in einer typischen Pin-up-Pose präsentierte.

«Die Neudecker», sagte er. «Hast du mal von ihr gehört? Das war auch so eine Story.»

«Was für eine?»

«Die Schiß-Nummer. Sie ist damals mit einem ganz Harten rumgezogen. Und das war es eigentlich. Das große Ding. Aber dann Schiß bis zum Geht-nicht-Mehr.»

«Ich weiß nicht, was du meinst.»

«Du hast was von ihr. Der Bulle ist dein Schiß-Programm, deine weiche, wuschelige Wolke.»

«Hast du wirklich nichts anderes drauf? Kommst du deiner kleinen Freundin auch nur mit diesem Scheiß? Kein Wunder, wenn sie dich verhungern läßt.»

Herbie füllte die Tassen und reichte ihr eine.

«Das ist kein Scheiß, Evi. Der Bulle läßt dir die lange Leine, und das ist nicht gut. Für dich nicht. Ich komm auf die Neudecker, weil man sich plötzlich wieder für sie interessiert und ich mir denke, daß es mit ihr ganz traurig geendet ist und –»

«Und du hast'n Sprung, Alter. Eine echte Macke. Das sag ich dir. Eigentlich schade, weil du im Bett gar nicht mal so übel bist. Nicht die Spitze, aber ganz brauchbar.» Sie nahm einen kleinen Schluck und stellte die Tasse ab. «Jedenfalls besser als der Kaffee. Okay?»

Herbie grinste breit.

«Man sieht sich wieder», meinte er.

«Du siehst mit Sicherheit meinen süßen kleinen Bullen wieder. Er wird dich nach den Gästen fragen, von denen du mir diese Nacht erzählt hast. Und ich an deiner Stelle würde mir gut überlegen, was du ihm sagst. – Von dieser kleinen sportlichen Übung. Tschau, tschau, du dummer Ficker.» Sein Grinsen fror ein.

Er wollte sie halten, aber sie entwischte ihm, und sie war sehr mit sich zufrieden, als sie die Wohnungstür hinter sich einschnappen ließ. Zufrieden und auch fit wie lange nicht mehr.

Beschwingt eilte sie die Treppe hinunter und betrat die Straße mit der Gewißheit, ihm nun auch einen beigetan zu haben.

6

«Ich möchte diese Unterhaltung nicht fortsetzen, Wilfried. Leg bitte Bibo zurück. – Wir wissen beide, was das Problem ist und auch, daß es durch Reden nicht zu lösen ist. Ich bedauere das ebenso wie du, aber das hilft nichts.»

«Warum?» beharrte er. Er kraulte das Stofftier, das er auf dem Schoß hatte.

Angelika streckte sich auf der Couch aus und verschränkte die Arme hinter dem Kopf. Sie dachte an den jungen Mann, bei dem sie gewesen war. Er hatte alles in seiner Macht Stehende getan, und doch war sie nach wie vor verspannt. Völlig verkrampft und überreizt. Ein Wortwechsel mit Wilfried würde sie nur noch mehr frustrieren.

Aus den Augenwinkeln nahm sie wahr, daß er Bibo auf die Armlehne des Sessels plazierte, sich vorbeugte und seine abgezählten Tabletten mit einem Schluck Wasser nahm.

«Holst du mir bitte ein Bier?»

«Bitte, bitte», imitierte er sie, stand aber auf und ging in die Küche. Sie hörte ihn am Kühlschrank, und sie hörte, daß er verschiedene elektrische Geräte kurz ein- und ausschaltete. Und sie hörte ihn singen: *Bitte, bitte Bier, bitte, bitte Bibo, bitte, bitte bumsen mit dir.*

Angelika schloß genervt die Augen.

Er kam zurück, riß die Dose auf und stellte sie ihr hin.

«Ein Glas, bitte», sagte sie matt.

Wilfried holte ein Glas.

Angelika setzte sich leise seufzend auf, goß sich das Bier ein und trank einen Schluck.

«Willst du dich nicht scheiden lassen?» fragte Wilfried nach einigen Minuten des Schweigens betont förmlich.

«Nein, Wilfried, das will ich nicht. Du bist krank, und ich will mir nicht vorwerfen lassen, deinen Zustand noch verschlimmert zu haben.»

«Ich bin nicht krank. Du magst mich nicht mehr, und ich bin traurig. Nicht krank.»

Sie legte die Fingerspitzen an die Schläfen und schloß kurz die Augen. Dann nahm sie einen weiteren großen Schluck und schenkte sich nach.

«Also gut», sagte sie. «Dann sprechen wir es noch einmal durch, damit du es endlich, endlich begreifst. – Seit über einem Jahr bist du nicht mehr in der Lage, auch nur die einfachsten Vorgänge zu bearbeiten. Du sagst, du hast kein Interesse. Du sagst, das Recht ist kein Recht. Das Gesetz ist ein Gesetz der Stärkeren, der Mächtigen und was weiß ich alles. Du hast angefangen, dir eine Philosophie zurechtzuzimmern, an der rein theoretisch einiges durchaus richtig ist. Nur in der Praxis ist es nun mal anders, und von der wendest du dich ab. Das habe ich akzeptiert. Ich habe akzeptiert, daß du dich zurückziehst und dich mit dir selbst beschäftigst. Aber darüber bist du depressiv, bist du krank geworden. Das ist eine Tatsache, an der es nichts zu deuteln gibt. Du bist in Behandlung, du nimmst deine Medikamente, und du wärst meines Erachtens inzwischen sehr wohl in der Lage, einen neuen Ansatz zu finden. Mit etwas mehr eigener Kraft und etwas mehr Klarheit. Daran aber mangelt es offensichtlich. Ich soll dich rausreißen, ich soll dich halten und stützen. Ich soll lieb zu dir sein. Ich, ich und nochmals ich. – Es ist dein Leben, Wilfried. Du mußt es in die Hand nehmen. Ich kann es und ich will es auch nicht.»

«Weil du mich nicht mehr liebst», warf er ein.

«Liebe mißt sich nicht daran, ob und wie oft man miteinander schläft. Daß ich mich dir in dieser Beziehung verweigere, hat allein mit dem zu tun, was ich dir gerade zum wiederholten Male deutlich zu machen versuche. Du kannst nicht erwarten, daß ich dir deine Probleme abnehme. Du trägst sie, und sie belasten ohnehin unseren Alltag mehr als genügend.»

Wilfried lehnte sich im Sessel zurück und faltete nachdenklich die Hände über dem Bauch.

«Mein einziges Problem ist, daß du es eben nicht akzeptiert hast. Du hast mich spüren lassen, daß ich von Stund an in deinen Augen nichts mehr wert war – versagt habe. Aber bumsen kann ich noch, ich kann's dir beweisen.»

«Wilfried, ich möchte das nicht hören. Ein für allemal.»

«Ich will. Und wenn du nicht willst, werde *ich* die Scheidung einreichen.» Er sagte das in einem für sie ungewohnt ruhigen Ton.

Sie sah ihn nun genauer an, suchte in seinem Gesicht nach einem Zucken der Mundwinkel, dem Flattern eines Augenlides. Doch allein ein sanftes, ihr versonnen erscheinendes Lächeln umspielte seine Lippen.

Angelika drückte ihr Kreuz durch.

«Und was bitteschön soll dann aus dir werden? Wovon willst du leben und vor allem wie? Von einer Wohnung für dich angefangen bis hin zu –»

«Das wird sich finden. Ich bin nicht krank.»

«O doch. Das bist du. Daran ändert sich auch nichts, wenn du ständig wiederholst, es nicht zu sein. Du bist krank, und du bist auf mich und das, was ich erwirtschafte, angewiesen. Und ich werde nicht in eine Scheidung einwilligen.»

«Verweigerung ehelicher Pflichten. Außereheliche Verhältnisse – ja, ja, Geli, das registriere ich. Das notiere ich alles. Deine Schäferstündchen mit Klienten, deine Besuche bei gewissen Herren. Ich bin nicht –»

«Du bist verrückt. Das phantasierst du dir zusammen.»

«Nein, ich bin weder verrückt noch sonstwie krank –»

«Hör bitte damit auf!»

«Bitte, bitte, bitte – wer greift dir an die Titte? Die Kamera –»

«Wilfried, ich will solche Obszönitäten nicht –»

«Lügt nicht. Wilfried hat Bilder – knips, knips. Viele, viele Fotos. Fotos von Geli und ihren beiden Knackis. – Ja, ja, Wilfried weiß auch die Namen. Weiß von Milstadt und Weber und –»

«Das ist – das möchte ich sehen. Es gibt keine, aber auch nicht eine einzige Situation –»

«Strandperle», begann er aufzuzählen. «Teufelsbrück, im alten Land – Ausflüge mit Milstadt. Geli mit Milstadt im Gras. Mit Weber in Aumühle, Schmetterlinge gucken und am Bahngleis Bluse auf für Killer-Zappa. Alles schwarzweiß und gestochen scharf. Wilfried hat genug gesehen.»

«Nein.» Sie spürte, wie ihr das Blut aus dem Gesicht wich. Ihre

Hände wurden kalt. Eiskalt. «Nein, das ist nicht wahr. Das ist – das ist unmöglich.»

Wilfried schüttelte leicht vorwurfsvoll den Kopf.

Er stand auf und ging zum Wandschrank. Unter einigen alten Fernsehzeitschriften zog er einen braunen DIN-A 4-Umschlag hervor und griff ohne hinzusehen hinein.

Es war ein großformatiges Foto, das er ihr kommentarlos reichte.

Angelika sah sich mit Zappa in inniger Umarmung. Sie erinnerte Zeit und Ort, und sie erinnerte auch, was vorhergegangen war.

«Eine freundschaftliche Verabschiedung», sagte sie. Es sollte gelassen klingen, aber ihre Stimme kippte weg.

Sie rettete sich, indem sie ihn nun anschrie, das Bild zerriß und ihm die Fetzen vor die Füße warf.

Sie war aufgesprungen und schnappte nach dem Umschlag, und er überließ ihn ihr und schaute zu, wie sie ein Foto nach dem anderen flüchtig betrachtete und sie zerfetzte. Ihr Schreien wurde noch lauter und ihr Lachen immer schriller, bis sie nichts mehr in der Hand hatte und ihn anging, auf ihn einschlug und ihn zu Fall brachte, ihn trat und sich schließlich neben ihn auf die Knie fallen ließ, seinen Hals umklammerte und zudrückte. Jetzt erst reagierte er, entwand sich ihr und schlang seine Arme um sie. Mit einer Kraft, die sie ihm nie zugetraut hätte, preßte er sie an sich.

«Es – es ist wahr», keuchte er. «Du hast – du hast es getan. Ich will – ich verzeih dir. Ich will – dich – dich wiederhaben. Bitte, bitte – dich wiederhaben. Wein nicht – nicht weinen. Du sollst nicht – ich laß – nein, ich laß mich nicht scheiden. Das ist – sieh mich an. Sieh mich an – nicht weinen. Geli – Angelika, es ist –»

Er suchte ihren Mund.

Ihr wurde übel. Sie konnte es nicht verhindern.

Ihr Magen revoltierte und sie erbrach sich, spuckte und würgte, und ein weiterer Schwall ergoß sich auf seine Hausjacke.

Und nun schrie er.

Er hatte sie losgelassen und kroch schreiend von ihr weg.

Sie krümmte sich und schnappte verzeifelt nach Luft. Der Gestank ihres Erbrochenen ließ sie wieder würgen. Sein Geschrei gellte in ihren Ohren, und bevor sie schwankend wegkippte, dachte sie noch, das ist nicht er, nicht Wilfried, nicht der an sich leidende, schwächliche Mann.

Tief in der Nacht wachte sie auf.

Ihr Magen schien sich beruhigt zu haben, aber sie hatte einen bitteren Geschmack im Mund und Durst.

Sie knipste die Nachttischlampe an und lauschte. Im Haus war es ruhig. Leise stand sie auf, streifte sich den Morgenmantel über und ging hinunter. Wilfried hatte die Tür zum Wohnzimmer offengelassen. Sein Schnarchen war deutlich vernehmbar. Er lag auf der Couch und hatte sich in die Steppdecke eingemummelt.

Sie schloß die Tür und brühte sich in der Küche einen Kamillentee auf. Mit Kanne, Tasse und Zwiebäcken schlich sie nach oben zurück, legte sich wieder hin und trank in kleinen Schlucken den heißen Tee. Dabei wurde ihr bewußt, daß Wilfried sie ausgezogen und ins Bett gebracht haben mußte. Ein Frösteln überlief sie. Er hätte sonstwas mit ihr machen können.

Er hat es bereits getan, korrigierte sie sich. Er hatte ihr nachspioniert und fotografiert. Wie kam er nur dazu? Wie hatte er es bewerkstelligt?

Es war umheimlich, was er alles festgehalten hatte. Treffen, von denen die meisten weit über ein Jahr zurücklagen. Zu einer Zeit also, in der er noch mit ihr in der Kanzlei gearbeitet hatte. Seine Weigerung, weiterhin tätig zu sein, erschien ihr nun in einem völlig anderen Licht.

Sie versuchte, sich vorzustellen, was er sich zusammengereimt haben mochte.

Es war nicht schwer.

In seinen Augen hatte sie ihn mit Milstadt, mit Kalli und anderen betrogen, war mit ihnen intim geworden. Doch das stimmte nicht. Sie hatte mit keinem von ihnen geschlafen. Es war lediglich zum Austausch einiger Zärtlichkeiten gekommen.

Zärtlichkeiten mit einem wie HP! Mit einem Zappa, einem Killer. *Dem* Killer, ihrem Klienten. Sie hörte schon das gemeine Lachen der Anwaltskollegen, ihre ironischen Kommentare. Ein gefundenes Fressen für die Presse, die Öffentlichkeit. Immer schon gehegte Vermutungen würden greifen. Fotos lügen nicht.

Wie sollte, wie konnte sie erklären, daß es über das gegenseitige Berühren, den flüchtigen Moment eines prickelnden Gefühls nicht hinausgegangen war?

Mußte sie denn überhaupt etwas erklären?

Sie fragte sich, was Wilfried damit bezweckte. Sie glaubte ihm nicht, daß er sich tatsächlich scheiden lassen wollte. Was blieb, war seine Forderung nach alles beinhaltender ehelicher Gemeinschaft, nach Sexualität.

Sie sollte wieder das Bett mit ihm teilen. Anderenfalls – sie dachte den Gedanken nicht zu Ende. Sie wollte es wissen. Es von ihm selbst hören. Entschlossen stellte sie die Tasse ab und stand wieder auf.

Er hatte ihr das *Mickey-Mouse*-T-Shirt übergezogen.

Sie zog es aus und auch ihren Slip. Das Bedürfnis nach einer Zigarette überkam sie. Wie immer, wenn der entscheidende Schritt bevorstand.

Zappa wurde in den Raum geführt. Er begrüßte Angelika mit einem kurzen Nicken und wartete, bis der Beamte die Tür hinter sich geschlossen hatte. Dann musterte er Angelika.

«Du siehst schlecht aus», meinte er.

«Ich habe wenig geschlafen.»

«Gearbeitet?»

«Nein, ich hatte ein langes Gespräch mit Wilfried.»

Er fragte nicht nach, ging ein paar Schritte umher und kratzte seinen Handrücken.

«Ich brauche Renate», sagte er dann.

«Für was?»

«Sie muß mich wieder besuchen kommen. Ich habe einiges mit ihr zu klären.»

«Ich glaube nicht, daß ich sie dazu veranlassen kann», sagte Angelika.

«Ich habe ihr noch mal geschrieben. Gib ihr den Brief persönlich. Sie soll ihn in deinem Beisein lesen. Ich habe das mit uns richtiggestellt.»

«Es ist nichts –»

«Sie denkt es, weil sie selbst jede Gelegenheit genutzt hat. Davon steht aber hier nichts drin.» Er zog den Umschlag unter seinem Hemd hervor und legte ihn ihr hin. »Ich will das mit ihr ins reine bringen. Sieh zu, daß der Schrieb von niemandem sonst gelesen wird.»

Angelika nagte an ihrer Unterlippe.

«Was ist, wenn sie mir nicht öffnet oder mich wegschickt?»

«Sag ihr, es ist so was wie mein letzter Wille. Mein Testament.»

«Aber das ist es doch nicht.»

«Mein Wille schon. Mein letzter nicht, aber ein auch für sie wichtiger. Sie jagt dich schon nicht davon.»

«Du weißt, daß ich es ungern tue. Sowohl das, wie bei ihr vorstellig zu werden.» Sie hatte den ungewöhnlich dicken Umschlag genommen und zögerte, ihn zwischen ihre Unterlagen zu schieben. «Was hast du ihr alles geschrieben?»

«Du wirst es von ihr hören. – Was haben wir heute zu bereden?»

Sie legte den Brief wieder hin, stand auf und glättete ihren Rock.

«Ich möchte eine Zigarette», sagte sie.

Zappa griff in seine Brusttasche, klopfte eine heraus und hielt ihr die Packung hin.

Angelika ließ sich von ihm Feuer geben. Ihre Hand berührte seine Hand. Ihre Blicke trafen sich.

«Du siehst wirklich wie ausgekotzt aus.»

«Ich bin es», sagte sie nach dem ersten Zug. «Ich bin ziemlich fertig. – Wir sollten überlegen, ob es nicht besser ist, wenn ich mein Mandat niederlege. Ich komme damit nicht mehr klar. Weniger in bezug auf die Sachlage, sondern vielmehr mit dem, was sich darumrankt, was vorhergegangen ist. Wir kennen uns zu lange und zu gut. Wir waren – wir sind gewissermaßen befreundet. Als ich dich das erste Mal vertreten habe, war ich voll und ganz von deiner Unschuld überzeugt. Für mich hatte allein Milstadt den Geldboten niedergeschossen. Aber du bist mit ihm verurteilt worden – zu viereinhalb Jahren. Ich hatte in gewisser Weise versagt. Darum habe ich dich danach ständig besucht. Um etwas gutzumachen. Das hat zu einem Verständnis zwischen uns geführt, zu einer andauernden Beziehung. Ich weiß kein anderes Wort. Wir haben uns weiterhin getroffen, und wir haben viel miteinander geredet. Ich habe dann herausgehört, mit wem du schon während der Haft draußen Kontakt hattest und auf was du dich mehr und mehr einzulassen gedachtest. Damals wollte ich davon nichts wissen. Ich habe es verdrängt. Ich wollte –» Sie inhalierte tief, stieß den Rauch aus und sah zu dem vergitterten Fenster hin. «Ich wollte dich nicht als Gewalttäter sehen, weil ich mir dann hätte eingestehen müssen, mich in dir getäuscht zu haben. Und ich will es immer noch nicht wahrhaben, daß du getötet hast.»

«Wo ist das Problem?»

«Bei mir und bei unserer gemeinsamen Geschichte.»

«Konkreter», sagte er.

«Ich kenne dich eben doch nicht. Nicht deine Wahrheit.»

«Große Worte. Viel Worte.» Zappa kratzte sich heftiger und unterbrach nur, um sich eine neue Zigarette an seiner heruntergerauchten anzuzünden. Er ließ die Kippe achtlos auf den Steinboden fallen. «Gab es einen Wink?»

«Einen Wink? Was meinst du damit?»

«Ist Ulis Ende das Signal zum Rückzug?»

«Kalli, ich –»

«Oder ist mit Zappa jetzt nicht mehr die große Mark zu machen? Nein, du hörst mir jetzt zu. Das ist meine Sicht, meine Wahrheit. Daß ihr nämlich alle anfangt zu kuschen, euch ausschalten laßt, einer nach dem anderen auf Tauchstation geht. Es wird euch zu heiß, ihr wollt nicht mehr dran rühren. Das dumme, kleine Arschloch haben sie fest, und es soll ruhig weiter ins Leere quatschen. Euch interessiert es nicht mehr. Danke, kein Bedarf. Einige Scheißtypen sind abgeknallt worden – wen kümmert's noch? Den Jobgeber hat's nun auch erwischt. Alles bestens. Klappe zu, Affe tot. Frau Rechtsanwältin möge doch bitte –»

«Nein, das kannst du mir nicht unterstellen. Meine Bedenken –»

«Ich hab schon verstanden. Deine Bedenken kommen dir reichlich spät. Genau zu dem Zeitpunkt, an dem es allem Anschein nach den Bach runtergeht. Jetzt schnell wieder Land gewinnen. Hände weg von Zappa, den Spinner auflaufen lassen. Aber ich bin noch nicht durch, hörst du?»

Er knipste die Zigarette weg und faßte Angelika an den Schultern. Sie sah in sein schmales, bartloses Gesicht. Seine Augen waren unnatürlich geweitet. Die Drogen, dachte sie. Er ist vollgepumpt, hat Wahnvorstellungen.

«Du täuscht dich», sagte sie. «Ich habe mich vielleicht nicht klar genug ausgedrückt.»

«Deutlich genug. Doch du bekommst noch deinen Hit.» Er lächelte kalt. «Ihr werdet alle satt bedient.»

In der Wohnung roch es nach Bratfett und kaltem Rauch. Die Vorhänge im Wohnzimmer waren zugezogen. Eine kleine Leselampe auf dem Couchtisch spendete spärliches Licht.

Auf der Couch lag eine zurückgeschlagene, dunkelbraune Wolldecke. Die BILD-Zeitung war darauf ausgebreitet. Ein überquellender Aschenbecher stand auf dem Boden. Daneben eine große Flasche Cola, ein Glas, benutzte Pappteller, zerknüllte Tempo-Tücher.

Renate trug nur eine schwarze Strumpfhose und ein weites Sweatshirt. Ihre Haare waren nicht frisiert, und sie war nicht geschminkt.

Sie wies auf den Sessel, über dessen Rückenlehne ein Handtuch hing. Angelika setzte sich und zog die Knie an. Ihren Aktenkoffer hatte sie vor sich hingestellt.

Renate riß noch im Stehen den Umschlag auf.

Sie rauchte drei Zigaretten, während sie die engbeschriebenen Seiten las – anfangs stirnrunzelnd, dann gelegentlich kurz durch die Nase schnaubend und einige Male kopfschüttelnd.

«Er verlangt viel», sagte sie, als sie die Seiten wieder zusammenfaltete.

«Ich kenne den Inhalt des Schreibens nicht.»

«Wann haben Sie Ihren nächsten Besuch?»

«Wir haben Freitag vereinbart.»

«Ich werde es versuchen», sagte Renate.

«Was, bitte?»

Renate goß sich einen Schluck Cola ein. Sie nahm das Glas hoch und lehnte sich auf der Couch zurück.

«Sie haben also immer nur geredet, wenn sie zusammen waren», sagte sie.

«Ja», antwortete Angelika abwartend.

«Auch über mich?»

«Ihr Mann hat – ja, auch über Sie.»

«Hat er Ihnen mal erzählt, wie es mit uns angefangen hat? – Ich meine nicht die Love-Story, die Sie dem *Stern* verkauft haben. Geld bekomme ich ja wohl noch. – Ja, ja, das wissen Sie noch nicht. – *Ich* habe mich an ihn gehängt. Ich bin ihm nachgestiefelt. Nicht, weil die große Liebe ausgebrochen war, sondern weil ich irgendwo pennen mußte. Es gab kein zärtliches Geflüster, keine gemeinsamen Träume. Wir haben uns jedesmal einen durchgezogen und dann gevögelt. – Sie hören das nicht gern, aber so war es. Nichts in irgendeiner Weise Verbindliches. Ich habe andere Nächte bei anderen verbracht und er dito. Alles offen, und über Heirat zu reden war damals mehr als lächerlich. Wir waren uns zu nichts verpflichtet, auch nicht, als er sich dann eines Tages völlig zudröhnte und Bankräuber spielte. Das hatte nicht die Bohne mit mir zu tun. Er hat erst im Knast angefangen, sich das einzureden, und mir Briefe geschrieben – wilde, verrückte und wahnsinnig geile Briefe. Ich sollte sie Ihnen mal zu lesen geben. Nicht, um Sie in Verlegenheit zu bringen – nein, damit Sie begreifen, was da zwischen uns abging. Da finden Sie nichts über den Wunsch, ein gemeinsames Leben aufzubauen, nichts über eine Zukunft. Nur seine Sexphantasien. – Keine Angst, ich geh schon nicht ins Detail. Ich frage mich allerdings, ob er das bei den Gesprächen mit Ihnen völlig ausgespart hat. Ob Sie nicht zumindest eine Ahnung davon bekommen haben, was uns zusammengebracht hat und die ganzen Jahre über die Basis unserer Ehe gewesen ist. Nein, nein, wenn Sie jetzt –»

«Ich weiß nicht, worauf Sie hinauswollen», warf Angelika ein. «Ihr Mann hat mich glauben lassen, daß Sie mir etwas zu sagen haben.»

«Sagt Ihnen das nichts?»

«Zu seinem Brief», ergänzte Angelika.

«Elf Seiten in genau dem Stil, den ich von ihm kenne. Er braucht mich, Frau Garbers. *Mich*.»

«Ja, das hat er gesagt.»

«Sie verstehen nicht. *Ich* bin die Frau, die ihm alles gibt. Auf die er sich verlassen kann, sich immer verlassen konnte.»

«Das – das bezweifele ich nicht.»

«O doch. Das tun Sie. Sie denken, was nervt er sich nur mit dieser Schlampe rum. Einer Frau, die ihn bei der erstbesten Gelegenheit betrügt, nicht einmal vier oder wer-weiß-wieviel Jahre auf den sich nach ihr verzehrenden Mann warten kann. Das denken Sie doch. Und geben ihm zu verstehen, daß Sie ganz, ganz anders sind. Eine –»

«Ich denke, wir sind wieder einmal an dem Punkt, an dem ich unser Gespräch abbrechen möchte.»

«Eine Heilige. Die aber durchaus nicht abgeneigt ist, sich beispielsweise von Milstadt –»

«Frau Weber, es ist müßig, mir das zu unterstellen. Ich habe mir weder in der noch in anderer Beziehung etwas vorzuwerfen.» Sie stand auf und nahm ihren Koffer.

Renate lachte höhnisch.

«Machen Sie sich doch nichts vor. Ich gönne Ihnen ja den Spaß. Ich habe mich auch mit Milstadt eingelassen.» Sie beugte sich vor, und ihre Augen wurden schmal. «Aber ich hatte einen triftigen Grund. – Ich habe es für Karl, für meinen Mann, getan.»

«Ich will davon nichts hören.»

«Bleiben Sie.»

«Nein, Frau Weber. Ich gehe. Ich habe Ihnen den Brief übergeben und –»

«Karl kann sich auf mich verlassen.»

«Das haben Sie bereits gesagt, und ich werde es ihm ausrichten.»

«Haben Sie noch Kontakt mit Milstadt?»

«Nein, ich –»

«Schade. Ich hätte gern gewußt, warum er mir jetzt aus dem Knast heraus einen Strich durch die Rechnung macht.»

Angelika zuckte flüchtig die Achseln. Sie verstand nicht, und sie wollte auch nicht nachfragen. Es reichte ihr.

Renate war ebenfalls aufgestanden.

«Interessiert Sie das nicht?»

«Nein, Frau Weber. Ich stehe kurz davor, mein Mandat niederzulegen, und die Art unserer Unterhaltung –»

«Was gefällt Ihnen daran nicht? Ist es Milstadt? Oder können Sie nicht verkraften, daß ich Karl wichtiger bin, als Sie es je sein können?»

«Ich glaube, daß ich Ihnen das nicht vermitteln kann.»

«Sie sind – Herr im Himmel, was sind Sie nur für eine Frau! Kommen Sie doch endlich mal runter von Ihrem Sockel. – Ihr Mandat niederlegen! Was haben Sie denn schon groß getan? Sie wollen nichts hören. Sie wollen nichts wissen. Sie kokettieren in der Öffentlichkeit mit –»

«Lassen Sie mich bitte los.»

Doch Renate blieb vor ihr stehen, gab ihr den Weg zur Tür nicht frei.

«Presse, Interviews, Fernsehen – die intime Vertraute des Killers! Das gefällt Ihnen. Nur daran ziehen Sie sich hoch. Und ihn angaffen zu können. Aber er pfeift darauf! – Ja, legen Sie Ihr Mandat nieder. Suchen Sie sich einen anderen! Ich habe Sie nie gewollt. Ich habe Sie nur einmal ansehen müssen und gewußt, was eigentlich bei Ihnen abgeht. Wenn Sie's wenigstens mal rausbringen würden – aber nein, immer die Nase hoch oben. Immer pikiert, wenn ich –»

«Es ist genug, Frau Weber. Ich habe kein Interesse, mir auch nur eine Minute länger –»

«Ja, gehen Sie! Gehen Sie! Verschwinden Sie!» Sie lief über den Flur zur Wohnungstür und riß sie auf.

Angelika mußte schlucken. Sie glaubte umzuknicken, als sie mit steifen Schritten die wenigen Meter hinter sich brachte. Es dauerte eine Ewigkeit. Ein Gang, der beschämend und demütigend war. Sie preßte die Lippen fest aufeinander und schwor sich, dieser Frau nie, nie wieder gegenüberzutreten. Sie war unmöglich. Karl hatte völlig recht. Sie hatte nichts anderes im Kopf als ihr Begehren, ihr Verlangen nach – sie dachte nicht weiter. Ihr Blick war starr nach vorn gerichtet, und doch nahm sie die obszöne Geste wahr, mit der Renate sie entließ.

7

Sie begegneten sich an der Haustür.

Lucile fühlte sich von dem jungen Mädchen sogleich angezogen. Es war wunderbar schlank und hatte ein witziges, sommersprossiges Gesicht. Ein betörender Duft ging von ihm aus, und Lucile nahm ihn auf und dachte, die Kleine hat Stil.

Leicht nickend huschte das Mädchen an ihr vorbei. Es war mit einem lindgrünen luftigen Trägerkleid bekleidet und trug hochhakkige Sandaletten.

Lucile sah dem jungen Mädchen nach. Sie schätzte es auf knapp über zwanzig.

Noch einmal in dem Alter und gleich alles richtig machen, dachte Lucile und kam sich in dem Moment reichlich alt und abgewirtschaftet vor. Die letzten Tage hatten doch erheblich an ihr gekratzt.

Sie stieg die Treppen hoch und drückte im zweiten Stock auf den Klingelknopf über dem ovalen Namensschild.

Gottschalk öffnete ihr in einem Kimono, der ihm bis zu den Fußknöcheln reichte. Sein Gesicht war gerötet, und seine Augen glänzten.

Lucile erschnupperte wieder das Parfüm und mußte lachen.

«O nein, Pit. Das hätte ich nicht geglaubt. War das eine Kollegin?»

«Red keinen Unsinn. Was willst du?»

«Nun, ein Punkt hat sich wohl erübrigt. Der andere ist, daß ich deine Meinung hören möchte. Allerdings nicht zwischen Tür und Angel. Hast du für mich Zeit?»

«Du hättest anrufen sollen. Ich liebe solche Überraschungen nicht.»

«Sorry», sagte Lucile und spitzte die Lippen zu einem Kuß.

Gottschalk trat beiseite und schloß die Tür hinter ihr.

«Vergiß sie, ja?» sagte er. «Es ist nicht das, was du denkst.»

«Wenn du das sagen mußt, machst du mich erst recht neugierig. Aber was soll's. Diskretion ist mein oberstes Gebot. – Wo reden wir?»

Gottschalk wies zur Küche.

Sie war aufgeräumt und blitzblank geputzt. Auf dem Küchentisch stand eine Vase mit einem großen Strauß roter Tulpen.

Ohne zu fragen, nahm Gottschalk eine Flasche Champagner aus dem Kühlschrank, entkorkte sie und füllte zwei Kelche. Bevor er sich setzte, zupfte er einen Strohhalm vom Regal, knickte ihn und legte ihn neben Luciles Glas.

Sie dankte mit einem Lächeln, rührte damit in ihrem Champagner und leckte dann den feuchten Halm ab.

«Na, denn», sagte Gottschalk und prostete ihr zu. Er leerte sein Glas in einem Zug und rülpste wohlig.

«Du bist ein solches Viech», meinte Lucile. «Man muß dich einfach mögen.»

«Ich war die Tage am Telefon nicht gut dabei.»

«No problem. Das heißt, von dem Tag an bin ich voll in die Scheiße geraten. Ich war in Costa Rica, als wir gesprochen haben.»

«Ach nein.»

«Ja, bei Detering.»

Das wirkte. Auf Gottschalks Stirn bildeten sich Falten. Er schob die Unterlippe vor und schmatzte kurz.

«Dascha'n Ding», meinte er. «Warum hast du mir das nicht geflüstert?»

«Hätte ich – wenn ich noch in den Flieger gekommen wär. Statt dessen hatte ich das Vergnügen, dreimal *Nicht ohne meine Tochter* zu lesen. Uli war ein reizender Gastgeber. – Das hätte der Deal meines Lebens sein können.»

«Moment mal –»

«Nein, warte. Ich konnte mit Barbaras Hilfe abzischen. Ich lande in Frankfurt, und was jetzt kommt, ist der eigentliche Hammer. Das blick ich nicht.»

Gottschalk sah sie fragend an. Sie hatte einen Schluck genommen und brachte ihre Beine neu zur Geltung. Ihre Schuhspitze berührte seinen Kimono.

«Ich kenne da einen Mann beim BKA», fuhr Lucile fort. «Ein ganz gewöhnlicher Kunde. Er glaubt zwar, was Besonderes zu sein, aber er ist es nur insofern, als er mich häufiger anruft und sich dabei befingert. – Ich war sicher, mit ihm ins Geschäft zu kommen.»

«Ich verstehe», sagte Gottschalk jetzt. «Also doch lieber gleich auf oberster Ebene ansetzen.»

«Okay», gestand Lucile ein. «Es war für mich in dem Moment das Naheliegende. Er war auch fix wie nix im Hotel, und wir einigten uns, daß er für mich in den Topf greift und –»

«Pustekuchen. Das liegt doch auf der Hand, Mädel.»

«Na ja, ich weiß nicht. Was mich stutzig macht, ist die Tatsache, daß ich dann von Deterings Tod lese. Und zwar genau an dem Tag, an dem mein Mann mit dem Geld rüberkommen wollte. Ist das ein Zufall? Ich steck ihm, wohin Detering sich abgesetzt hat, und drei Tage später ist der Tip nichts mehr wert.»

«Was sagt dein Kunde dazu?»

«Das bringt mich noch mehr zum Nachdenken. Er ist weder mit dem Geld eingeflogen, noch höre ich von ihm. Ich krieg ihn unter keiner seiner Nummern an die Strippe.»

Gottschalk schmatzte wieder. «Das hört sich interessant an», meinte er. «Muß aber nichts zu bedeuten haben.»

«Ich bitte dich. In der *Mopo* stand –»

«Ich hab's gelesen. Aber in Wiesbaden sitzen auch nicht die Dümmsten. Erzähl mir mal ein büschen mehr von deinem Kunden. War das dein erster Deal mit ihm?»

«Ich hatte ihm sonst nie was anzubieten.»

«Ehrlich nicht?»

«Warum fragst du?»

«Mir ist da was zu Ohren gekommen», antwortete Gottschalk. «Man redet jedenfalls davon, daß du mit ihm sehr eng sein sollst.»

«Unsinn», wehrte Lucile entschieden ab. «Wer sagt das?»

«Broszinski.»

«Jan? Da irrt er sich. Woher will er das haben?»

«Aus dem Bau. Dein Mann hat in letzter Zeit ungewöhnlich viel Erfolg gehabt.»

«Nicht durch mich. Bis auf Detering. Da stinkt irgendwas.»

Gottschalk schenkte ihr und sich nach und betrachtete sie dabei. Er war geneigt, ihr zu glauben.

Lucile erwiderte seinen Blick. Sie tranken, und sie schwiegen eine Zeitlang. Lucile ließ ihren Fuß wippen.

«Was denkst du dir denn?» fragte Gottschalk.

«Hältst du es für möglich, daß er mit meinem Tip jemand anderen bedient hat?»

«Und wer sollte das sein?»

«Barbara hat da unten angedeutet, daß Ulis Position geschwächt war – durch die Geschichte mit Zappa.»

Gottschalk nickte zustimmend.

«Hast du darüber noch mehr erfahren können?»

Lucile zuckte die Achseln.

«Weißt du, wie ich mich fühle?» fragte sie. «Ich bin da in was reingeraten, was für mich allein ein paar Nummern zu groß ist. Und ich habe irgendwie Schiß. Am liebsten möchte ich alles vergessen und mich verkriechen. Nur wohin?»

«Da läßt sich schon was finden», sagte Gottschalk. «Vorausgesetzt, du erinnerst dich gut genug an deinen Aufenthalt bei Detering und auch an deinen BKA-Mann. – Ich glaube, wir haben eine lange Nacht vor uns. Hast du Hunger?»

Er stemmte sich hoch, ging zum Kühlschrank und zog die Tür auf.

8

Fedder betrat das *Getaway*. Er ging durch zur Theke und winkte Herbie heran. Herbie wischte seine Hände an einem unter den Hosengürtel gestopften Handtuch ab.

«Was zu trinken?» fragte er.

«Ich möchte Ihnen was zeigen», sagte Fedder. «Gibt's hier einen Raum, wo wir keine Zuschauer haben?»

Herbie nickte lässig.

«Klar doch», meinte er und stieg vor Fedder die drei Stufen hoch.

Fedder ließ ihn den dunkelhäutigen Koch aus der Küche schikken. Dann drückte er die Tür hinter sich ins Schloß und griff nach seiner Pistole. Als Herbie sich ihm zuwandte, zog er ihm mit einem blitzschnellen Schlag den Lauf der Waffe über das Gesicht. Aufschreiend stolperte Herbie gegen den Herd.

Fedder sprang vor und trat ihm die Beine weg. Herbie schlug hart auf. Bevor er einen weiteren Schrei herausbringen konnte, kniete Fedder neben ihm und drückte ihm das Eisen unters Kinn.

«Du redest mit den falschen Personen», sagte er gefährlich leise. «*Ich* will hören, was mit den beiden Burschen ist. Und zwar alles. Hast du mich verstanden?»

Herbie krächzte irgendwas. Sein Gesicht sah nicht mehr ganz so hübsch aus.

Fedder nahm die Waffe ein wenig zurück.

«Und glaub nicht, daß du mich irgendwie belangen kannst. Du nicht. – Raus mit der Sprache. Sonst mach ich dich fertig, daß du dich nicht wiedererkennst.»

Er fühlte sich verdammt gut dabei.

«Ich...» Herbie schluckte. «Ich hab nur...»

«Du hast im Suff von zwei Typen erzählt.»

«Ja, aber... Evi...»

«Kein Aber. Keine Evi. – Wer sind sie?»

«Sie... sie waren vor... vor 'ner Woche hier.»

«Weiter, weiter.»

«Sie... sie waren schon mal da... letztes Jahr. Ich bin mir nicht sicher, aber ich... ich glaub, sie haben damals mit Sabine... sie haben sie angesprochen.»

«Ich habe mehr gehört.»

«Ich... Evelyn hat...»

«Ja, sie hat, du Scheißer. Ich halte dir das nicht zum Spaß vor die Nase. Ein dummes Wort, und du kannst dir sofort wieder was einfangen.»

«Ich... sie... Sabine hat mit ihnen geredet... länger. Und ihnen was aufgeschrieben.»

«Na, siehst du. Soweit sind wir schon mal. Was war vorige Woche?»

«Das... das war so'n Flachs. Am Tresen wurde... wurde geflachst. Über... über Frauen.»

«Mehr, Herbie, mehr. Ich will es genau hören. Mit deinen eigenen beschissenen Worten.»

«Über... über Lesben.»

Fedder nickte grimmig.

«Ziemlich übel, was? Die ganz herben Sprüche. Und die beiden?»

«Das waren die. Die haben das gebracht. Ich...»

«Du redest nur gut von Frauen. Ich weiß.» Fedder klatschte ihm den Lauf der Pistole leicht an die Wange. «Was haben sie sonst noch abgelassen?»

«Nur diese... Scheiße. Da kam echt nur Scheiße rüber... Haß.»

«Aber du hast sie quatschen lassen?»

«Ich... ich hab mich nicht weiter drum gekümmert. Sie sind dann auch weg. Das... das war's.»

«Nein, das war's noch nicht. Beschreib sie.»

Fedder ließ ihn aushusten.

«Ich... der eine... mittelgroß, beide mittelgroß. Ende Zwanzig, nicht... nicht kräftig. Schmal und... der eine hatte so'n James-Dean-Blouson an, rot, und der andere Jackett, dunkles Jackett.»

«Haarfarbe?»

«Dunkelbraun, schwarz... schwarz und glatt zurückgekämmte Haare... der mit dem Jackett. Der mit dem Blouson hat dunkelbraune, so'n Yuppie-Schnitt.»

«Sonst noch was? Bart, Brille –?»

«Nein.»

«Raucher?»

«Ich... nein. Ist mir nicht aufgefallen.»

«Was haben sie getrunken?»

«Bier.»

«Viel?»

«Ich... das weiß ich nicht mehr.»

«Hast du gesehen, ob sie einen Wagen hatten?»

«Nein.»

«Und sie kamen rein, und es ging gleich los?»

«Nein, erst als das... das war so'n Spruch von einem anderen. Da haben sie sich eingeklinkt.»

«Wie war der Spruch?»

«Daß man... man nur noch auf Lesben trifft. Da haben sie ihren Scheiß...»

«Genauer, Herbie. Was haben sie gesagt?»

«Der... der Schwarze hat angefangen. Hat gemeint, Lesben gäb's für ihn nicht... er... er hat Scheiße geredet, totale Scheiße.»

«Na gut, ich kann's mir in etwa vorstellen. Aber du hast es nicht für nötig gehalten, mir Bescheid zu sagen. Obwohl, Herbie, obwohl ich dich eindringlich gebeten habe, sofort Laut zu geben, wenn dir irgend etwas ein- oder auffällt.» Er packte ihn am Hemd und stellte ihn mit einem kräftigen Ruck auf die Füße.

Herbie wollte sich über den Mund wischen, aber Fedder knallte ihm die Pistole auf die Finger.

Herbie schrie wieder auf.

«Das nächste Mal höre ich umgehend von dir. Sobald die beiden sich hier wieder blicken lassen, klingelst du mich an. Sollte ich erfahren, daß du es wieder mal vergessen hast, wirst du deine Pfoten zu absolut nichts mehr gebrauchen können. Haben wir uns verstanden?»

Herbie hielt sich die Hand und nickte mit schmerzverzerrtem Gesicht.

Fedder öffnete die Tür.

Er ging die Stufen hinab und mit festen Schritten durch die Kneipe nach draußen. Er wußte, daß der Koch und die Thekensteher ihm nachstarrten, aber niemand rührte sich vom Fleck.

Erst nachdem Fedder einige Hundert Meter weiter war, überkam ihn ein Zittern.

Zu Hause schnallte er die Pistole ab und zog sich für eine Übung um, die er lange nicht mehr praktiziert hatte.

Er breitete eine Wolldecke auf dem Boden aus, legte sich hin und hüllte sich bis zum Kinn in eine zweite. Er lockerte seine Nacken- und Schultermuskulatur, Arme, Beine und Fußgelenke. Als er völlig entspannt war, atmete er tief durch die Nase ein, zog den Atem hoch und ließ ihn fallen, nahm ihn wieder auf und wurde allmählich schneller und schneller, bis er auf einem angenehmen Rhythmus war und Wärme seinen Körper durchflutete. Dann war er in einem intensiven Grün, das heller wurde. Konturen zeichneten sich ab, eine Landschaft. Er vernahm von weit entfernt ein Läuten. Es waren Glockenschläge, und es wurde mit jedem Schlag wieder dunkler. Schwarz. Er wollte in das Grün zurück, doch das Schwarz blieb. Es dämpfte die Glockenschläge. Das Schwarz lag schwer auf ihm. Sein Atem war flacher geworden, und er mußte viel Kraft aufbieten, um sich nicht wegziehen zu lassen. Er atmete gegen das Schwarz an. Es riß auf, und ein trübes Rot schmerzte ihn. Er spürte Stiche in den Seiten, Nadelstiche, und einen in seinem Arm. Eine Vene platzte auf und eine Fontäne schoß empor. Feiner Sand rieselte auf ihn, und er hörte Wellen heranrollen. Die Brandung umspülte ihn. Es war gut, sehr gut und wohlig warm. Er war auch nicht mehr allein. Evelyn schwamm ihm entgegen und breitete die Arme aus. Er schmiegte sich an sie, und ihr Kuß schmeckte süß. Sie legte ihren Kopf zurück, und er suchte erneut ihren Mund, um ganz mit ihr zu verschmelzen. Doch die Lippen blieben nun verschlossen, und der Mund war kein Mund mehr, sondern ein Steinbrocken, der auf ihn zuschoß und ihn an der Stirn traf. Er stürzte, und während er fiel, sah er über sich das Gesicht seiner Schwester. Sie fing ihn auf und wiegte ihn in ihren Armen. Er war ein kleiner Junge, und er war ein Mann. Als Mann lächelte er über den kleinen Jungen, und als keiner Junge weinte er und strampelte wild. Es war ein komisches Bild. Dann wandte der Mann sich ab und lief davon. Türen taten sich auf, und er war in einem lichtdurchfluteten Zimmer, und Gottschalk erhob sich von seinem Stuhl und schüttelte vorwurfsvoll den Kopf. Er schaute an sich herunter. Sabine kniete vor ihm und klammerte sich an sein Bein. Ihre Augen waren flehend geweitet. Er beugte sich zu ihr und streichelte ihr Haar. Es sprühte Funken, und er stand inmitten eines Feuerwerks und hatte den Arm um Evelyn gelegt. Froh, sie wieder bei sich zu haben, zog er sie enger an sich. Er war auf wankendem Boden. Er rutschte. Er faßte nach ihrer Hand und zog Sabine zu sich herab, die sich verzweifelt wehrte. Aber er ließ sie nicht los, und endlich erlahmte ihr Widerstand, und er drang in sie ein, und mit jedem seiner Stöße schlug ihr Kopf auf die Fliesen, und Herbie rutschte in einer Lache Blut aus, und er robbte zu ihm und wälzte sich auf ihn, seine Augäpfel quollen aus den Höhlen, platzten, und eine unerträgliche Helligkeit, ein gleißendes Licht blendete ihn, sein Körper spannte sich, er bäumte sich auf, er trampelte und schlug um sich, und er heulte, heulte und heulte, der Rotz lief ihm aus der Nase, er war schweißüberströmt und schluchzte unter Krämpfen.

Fedder erwachte aus einem leichten Schlaf und schaute zur Uhr. Die Ziffern standen auf 3:39.

Er hörte Evelyn im Flur und machte Licht.

«Du bist noch wach?» fragte sie und stellte ihre Schuhe ab.

«Wieder», sagte er. «Ich kann nicht richtig schlafen.»

«Ich bin hundemüde.» Sie lächelte kurz zu ihm hin und ging ins Bad. Er hörte sie hantieren, hörte die Klospülung und hörte, daß sie sich die Zähne putzte. Dann dauerte es noch eine Weile, bis sie in seinem langen Opahemd und mit ihren Kleidern im Arm zurückkam, das Bündel neben die Schuhe auf den Boden legte und zu ihm unter die Decke schlüpfte.

«Müde, müde, müde», sagte sie und gähnte.

«Du kannst dich ausschlafen.»

«Du nicht?»

«Ich habe Wochenenddienst.»

«Ach ja. Das habe ich vergessen.»

«Ich hab's dir nicht gesagt.»

«Nein?»

«Nein», sagte er und rückte ein Stück von ihr ab.

«Ist was?»

«Ich fühl mich nicht besonders», antwortete er ausweichend und machte Anstalten aufzustehen.

Evelyn kam mit ihm hoch und stützte sich auf dem Ellbogen ab.

«Ich kann momentan nicht mit dir pennen», sagte sie.

«Rede ich davon?»

«Nein, aber du läßt mich spüren, daß es dir nicht paßt. – Es geht nicht. Ich kann einfach nicht.»

«Evi, das ist es nicht.»

«Natürlich ist es das. Denkst du, ich bin glücklich darüber. Aber ich hab eine Sperre. Das hat – das hat nichts mit dir zu tun.»

«Habe ich das bezweifelt? Habe ich mich in irgendeiner Weise beschwert oder dich gedrängt? – Nein. Mein Gott, ich habe auch meine Probleme. Ich habe – ach was. Schlaf. Ich geh nach vorn.»

«Es tut mir wirklich leid.»

«Bitte, Evi.»

«Was ist es dann?»

Fedder rieb sich über das Gesicht und streckte sich wieder aus.

Er starrte an die Decke.

Die Wohnung über ihm stand noch leer. Und noch hatte er nichts weiter als die Personenbeschreibung möglicher Tatverdächtiger. Und einen Mann, bei dem er sich hatte hinreißen lassen, ihm die Fresse zu polieren.

Er schloß die Augen und ließ die Bilder Revue passieren, die bei seiner Atemübung aufgeblitzt waren.

«Ich war bei Herbie», sagte er dann nach einiger Zeit mit leiser Stimme. «Ich hab's aus ihm rausgeprügelt.»

«Was?» Es war weniger als ein Flüstern.

«Was er dir erzählt hat. Ich hätte ihn nicht so angehen müssen. Ich weiß selbst nicht, warum. Ich bin zu ihm rein und hab ihn zusammengeschlagen.»

«Und?»

«Nichts und. Er hat mir gesagt, was ich hören wollte, und ich – ich hab vorhin kotzen müssen. Ich hab so was noch nie – nie getan.»

«Hat er – hat er noch was über mich gesagt?»

«Nein. – Ich war völlig klar bei Verstand und doch –» Evelyn beugte sich zu ihm und küßte ihn sanft. Sie schob sich näher an ihn und küßte ihn noch einmal. Dieser Kuß war intensiver, fordernder.

Fedder erwiderte ihn.

Ihre Hand fuhr durch sein Haar.

Er umarmte Evelyn und hielt sie fest in seinen Armen. Sie küßten sich wieder und wieder, und dann flüsterte sie, daß sie ihn liebe, ihn ganz, ganz lieb habe. Er spürte Tränen auf seiner Wange.

Es waren nicht seine.

9

«Und das glaubst du ihr alles?»

Gottschalk seufzte und wrang den Badelappen aus. Er tunkte ihn wieder in den Bottich und bedeckte dann damit sein Gesicht.

Broszinski schaute auf die Sanduhr.

Gottschalk hatte zwölf Minuten an einem Stück erzählt. Er lag auf der mittleren Bank der Saunakabine, und Broszinski hockte ihm schräg gegenüber. Der von seinem Körper tropfende Schweiß bildete bereits eine große Lache zwischen seinen Füßen.

Broszinski wischte sich über die Stirn und rieb Arme und Oberkörper ab.

«Nicht alles.» Gottschalks Stimme war stark gedämpft. Broszinski sah, daß er sich über seinen gewaltigen Bauch strich. Er mußte unwillkürlich lächeln. Die Vorstellung, daß Gottschalk mit Lucile ins Bett gestiegen war, hatte etwas Komisch-Absurdes. Es erinnerte ihn aber auch an die unzähligen Nächte, die er mit Birte verbracht hatte, und sein Lächeln fror ein. Gottschalk nahm das Tuch vom Gesicht und stemmte sich ächzend hoch.

«Nicht alles», wiederholte er. «Aber ihre alte Freundschaft zu Barbara ist nicht von der Hand zu weisen. Ich glaube ihr schon, daß sie mehr oder weniger ihretwegen rübergeflogen ist. Mit dem Hintergedanken, das später entsprechend zu verditschen. Das gibt sie ja auch indirekt zu. Aufschlußreich ist meines Erachtens die Rolle des Kollegen in Wiesbaden.»

«Ja, ich werde mich nach ihm erkundigen.»

«Weißt du, an wen du dich wenden kannst?»

«Ich denke, unser Mann hat nicht den ganzen Laden im Sack.»

«Wie nennt Zappa ihn eigentlich?»

«S-C. – Bleibst du weiter dran?»

«Natürlich. Aber ich muß dir nicht sagen, wie es aussieht. Er verläßt seinen Bau nur, um sich am Bahnhof mit der internationalen Presse einzudecken. Bis auf den Trip nach Zürich. Der allerdings mit Luciles Verhandlung in Frankfurt zusammenfällt. Und drei Tage später hat Detering ein Loch im Kopf. Das finde ich schon bemerkenswert. – Ich muß raus.»

Er stieß mit dem Fuß die Tür auf und zog sein durchgeschwitztes Badetuch mit sich.

Broszinski reckte sich, verschränkte die Hände im Nacken und drückte die Schulterblätter durch. Auch er glaubte, daß die Ereignisse in einem engen Zusammenhang zu sehen waren. Über Birte dagegen sagten sie nichts aus. Nichts. Nichts. Nichts.

Er blieb noch sitzen, bis der Sand ganz durchgelaufen war.

Gottschalk stand unter dem eiskalten Duschstrahl und gab die Kabine frei, als Broszinski herantrat.

Im Schwimmbecken absolvierte Broszinski dann seine täglichen Runden, während Gottschalk beim Service ein großes Frühstück für zwei Personen bestellte.

«Was hast du für dieses Wochenende geplant?» fragte Broszinski.

Er frottierte sich ab, schlang das Tuch um die Hüften und setzte sich zu Gottschalk an den Tisch.

«Lucile bleibt vorerst bei mir. Vielleicht kann ich sie brauchen.»

«Für was, Pit?»

«Ich weiß noch nicht. – Sie kennt jedenfalls S-C nicht.»

«Sagt sie.»

«Das glaube ich ihr. Sie weiß nur, was alle wußten. Daß Stobbe und Detering einen Partner hatten. Ein Name oder gar mehr ist auch in Costa Rica nicht gefallen.»

«Wie du meinst. – Und ansonsten?»

«Überleg dir, ob du heute abend zum Essen kommst. Ich hab auch Fedder eingeladen. Er hat zwar Bereitschaft, aber ich glaube, er wird es möglich machen. Ihn drückt was, und dann braucht er Papa.» Gottschalk stippte das Croissant ins Eigelb und verschlang es zur Hälfte.

Broszinski trank seinen Orangensaft.

Zwei Hotelgäste in *Marriott*-Bademänteln kamen an die Anmeldung und nahmen ihre Badetücher in Empfang. Es ging auf acht Uhr zu, und Broszinski dachte daran, wie er den vor ihm liegenden Tag verbringen würde. Er hatte nichts geplant.

Gottschalk goß sich Kaffee nach. Daß er die ganze Nacht über aufgeblieben war, sah man ihm nicht an.

«Und Lucile?»

«Vor euch muß ich sie ja wohl nicht verstecken.»

«Wenn sie tatsächlich nichts von S-C weiß, gibt es für Verstecken auch keinen Grund.»

«Trotzdem hat sie Angst, und das kann ich verstehen. Du kannst selbst mit ihr reden. Das vereinfacht ohnehin einiges. – Also, ich kaufe ein und bin ab zwölf, halb eins zu Hause zu erreichen. Iß was. Du hast entsetzlich viel abgenommen.»

Broszinski nickte und bröckelte ein Stückchen vom Croissant ab.

Obwohl Gottschalk es nicht ausgeschlossen hatte, war er doch enttäuscht. Er las die Nachricht noch einmal und zerriß den Zettel.

Lucile wollte sich telefonisch wieder melden. Von wo aus, verriet sie nicht. In gewisser Weise war das typisch für sie. Jan würde sich in allem bestätigt sehen.

Gottschalk verstaute die eingekauften Lebensmittel im Kühlschrank und legte sich für zwei Stunden hin.

Er erwachte noch vor dem Weckton, setzte die Espressomaschine in Gang, legte eine Sonny-Rollins-Platte auf und nahm sich seine Post vor.

Die Hausratversicherung war automatisch erhöht worden, eine Computerfirma machte ein preisgünstiges Angebot, die Bank wies auf interessante Anlageobjekte hin. Auf dem Auszug seines Gehaltskontos hatte er ein Guthaben. Den neuen *Beate-Uhse*-Katalog blätterte Gottschalk ohne großes Interesse durch und legte ihn auf den Stapel Papier, den er wegzuwerfen gedachte.

Es war kurz nach vier, als Fedder anrief.

«Ich bin im Büro», sagte er überflüssigerweise. «Es wird heute abend leider nichts.»

«Das weißt du schon jetzt?»

«Ich habe getauscht. Es hat sich da was ergeben, was ich weiterverfolgen möchte. Einen Hinweis in Sachen Weigel.»

Gottschalk seufzte.

«Und da ist was dran?» fragte er.

«Es sind zwei Burschen, die im *Getaway* aufgetaucht sind. Das ist diese Kneipe –»

«Bekannt.»

«Ach ja? Ich hatte den Eindruck, daß du mir nie richtig zugehört hast.»

«Das habe ich, Jörg.»

«Entschuldigung.»

«Du brauchst dich nicht zu entschuldigen. Von wem hast du den Tip?»

Fedder räusperte sich.

«Vom Wirt.»

«Herbie –» Gottschalk hätte sich auf die Zunge beißen können. Aber es war raus. Scheiße, dachte er und überlegte krampfhaft, wie er die Kurve kriegen konnte.

Doch Fedder quasselte schon weiter.

Gottschalk unterbrach ihn nicht mehr.

Seine Gedanken waren bei Anja, die heute im *Getaway* aushelfen wollte. Die Vorstellung, daß Fedder vor dem Lokal herumschleichen und sich vielleicht sogar unter die Gäste mengen würde, behagte ihm überhaupt nicht.

Er beendete das Gespräch mit ein paar Floskeln und wählte gleich ihre Nummer.

«Ja?» Es war eine Männerstimme.

Gottschalk drückte sie weg und fluchte.

Herbie wahrscheinlich. Samstagnachmittag. Ein sonniger Tag. Die Fenster weit geöffnet, und die Kleine war mit ihm zusammen.

Eine bislang nie so stark empfundene Eifersucht überfiel Gottschalk.

Es war verrückt. Er wollte es nicht sein. Anja hatte ihre Geschichte mit Herbie. Sie war in seinen Augen nicht gut, aber es lag allein an ihr, sie abzuschließen. Das tat sie nicht. Er hatte es dabei belassen, doch jetzt, in diesem Moment, war er gottverdammtnochmal ganz blödsinnig eifersüchtig. Es half nicht, daß er sich dagegen wehrte. Das Gefühl war da und überlagerte den eigentlichen Anlaß, sie sprechen zu wollen.

Der Tonarm klickte aus und hob sich.

Gottschalk atmete tief durch und ging auf den Balkon.

Er hatte strahlend sonnige Tage noch nie gemocht. Sie blockierten ihn. Er schwitzte, und wenn er im Freien schwitzte, empfand er sich als dampfenden Fettkloß und glaubte häßlich und blöd zu sein. Aus purem Trotz stopfte er sich dann erst recht voll und kippte Biere und Schnaps, bis er sich rülpsend und furzend ins Bett rollte.

Kindisch. Ausgesprochen pubertär.

Ebenso albern wie diese teuflischen Gedanken an Anja und das, was sie zweifelsfrei augenblicklich mit Herbie trieb.

Gottschalk schlug kräftig auf die Brüstung und stapfte zurück ins Zimmer. Der Tag war komplett versaut. Keine Lucile. Kein gemeinsames Essen. Fedder mußte rumschnüffeln. Broszinski würde lieber allein bleiben wollen. Anja verbrachte den Abend und mit Sicherheit auch die Nacht bei Herbie.

Alle ließen ihn allein.

Nun gut. Also mußte er auch etwas tun.

Gottschalk schürzte die Lippen und dachte nach.

Die beiden Männer langweilten sich. Der eine hing schlaff auf einer geblümten Klappliege und bearbeitete seine Fingernägel mit einem Knipser. Der andere hockte sich wieder auf den vor das Fenster gerückten *Ikea*-Stuhl und gähnte demonstrativ.

«Wann werdet ihr abgelöst?» fragte Gottschalk.

«In 'ner Ewigkeit», meinte der Liegende und gähnte nun auch. Gottschalk war nicht in der Stimmung, das hinzunehmen.

«Ist euch Bleistifte spitzen lieber?»

«Neunzehn Uhr», sagte der Hockende.

«Irgendwelche Vorkommnisse?»

«Neunachtundzwanzig Telefonat mit Friseur», las der Hockende aus einem abgegriffenen Notizbuch vor. «Bestellt die Schwuchtel für zehn. Neundreißig Telefonat mit Masseur. Termin zehndreißig. Ruft zwei Leute, einen Otto und einen Jochen, zum Rapport um Punkt zwölf. Keine verdächtigen Äußerungen beim Anruf. Unterredung dauert knapp zwanzig Minuten. Die Männer wurden wie angeordnet beschattet. Zwischenbericht liegt vor. Fehlanzeige. Otto ist beim HSV-Spiel. Jochen mit Ex-Frau und Sohn bei Hagenbeck. Dreizehn Uhr *Pizza-Service.* Extraportion Sardellen und zwei Flaschen Minerale. Ab fünfzehn Uhr drei weitere Anrufe. Spricht mit seiner Mutter in Hannover. Will die alte Dame morgen nachmittag auf ein Stündchen besuchen. Dann Tischreservierung für zwei Personen im *Shalimar*, zweiundzwanzig Uhr –»

«Heute?»

«Heute», nickte der Hockende und wollte fortfahren.

«Das hätte gereicht», stoppte Gottschalk ihn.

«Ist schon durchgegeben», meldete sich der Liegende.

«An wen?»

«An Lankowa.»

Gottschalk griff sich das Telefon und wählte Lankowas Nummer.

«Ja?»

«Gottschalk. – Ich bin bei euren ausgeschlafenen Jungs, Harry. Reizendes Pärchen. Was macht ihr eigentlich sonst mit ihnen? Fallen sie unter die Behindertenquote?» Der Liegende rappelte sich hoch und glotzte Gottschalk böse an. Der andere scharrte mit den Füßen. «Sag mal, wen hast du fürs *Shalimar* vorgesehen?»

«Mich», sagte Lankowa. «Damit machst du dir keine Freunde.»

«Du solltest sie sehen.» Gottschalk grinste. «Das halte ich für keine sehr gute Idee.»

«Was?»

«Seit du dich bemüßigt gefühlt hast, in der *Mopo* Tips für Hamburg zu geben –»

«Gönnst du mir das Spesenessen nicht? Ich hab eine Begleiterin an der Hand, die sich dafür mehr als erkenntlich zeigen wird.»

«So was gibt's noch? Das wird eine sein.»

«Außerdem weiß er, daß wir an ihm kleben.»

«Überlaß mir das, und geh mit dem Mädel ins Kino.»

«Tolle Alternative. Und anschließend *McDonald's*. Nee du, das schmeckt mir nun gar nicht.»

«Ich mach dir einen Vorschlag zur Güte. Du gehst auf meine Kosten in ein Lokal deiner Wahl.»

«Ist es dir das wert?»

«Der Mann läßt sich nicht gerade häufig in der Öffentlichkeit sehen.»

«Das ist ein Pressegespräch.»

«So?»

«Ja, haben sie's dir nicht gesagt? Ein Redakteur. Gruner und Jahr. Stern. Was er dem erzählen wird, kriegen wir ohnehin.»

«Ich möchte ihn mal aus nächster Nähe erleben», sagte Gottschalk.

«Okay», meinte Harry. «Dann zieh es dir rein. Meinetwegen. Dein Angebot steht? Egal, welche Preisklasse?»

«Übertreib's nicht.»

«Gehst du allein?»

«Ich laß mir noch was einfallen. Zeit genug ist ja. – Danke.»

Sie verabschiedeten sich, und Gottschalk hängte ein.

Der Liegende hatte seinen Nagelknipser weggesteckt und kaute jetzt an einem seiner Fingernägel. Der Hockende hockte nicht mehr. Er gab sich Mühe, beleidigt dreinzuschauen.

Bevor einem von ihnen eine passende Bemerkung einfiel, tippte Gottschalk an die Krempe seines breitrandigen Sommerhuts und verließ den stickigen Raum. Ohne einen Gedanken an sie zu verschwenden, stieg er die Treppe hinab und machte sich auf den kurzen Weg zum Hauptbahnhof.

In einer der Telefonzellen der Post tippte er Anjas Nummer ein, fest entschlossen, sich von Herbie nicht schrecken zu lassen. Doch er konnte erleichtert aufatmen.

Anja war am Apparat.

Gottschalk bestellte Bier und für Anja eine vegetarische Vorspeisenplatte. Er hatte sich entschieden, zwei Hauptgerichte aus der Rubrik extrascharf zu nehmen. Anja empfahl er Scampi Korma mit Safran-Currysauce. Sie sah bezaubernd aus.

Er sagte es ihr mit dem Stolz eines Vaters.

Der freundlich lächelnde Kellner kaufte ihm die Rolle offensichtlich ab. Als er die kleinen Schüsseln brachte, erklärte er der jungen Dame, um was es sich bei dem jeweiligen Inhalt handelte, und Anja hörte höflich zu. Papa interessierte sich derweilen für die übrigen Gäste.

Er machte einen publicitygeilen Designer aus, der mit einer Blondine turtelte, die Gottschalk ebenfalls bekannt vorkam. Er glaubte, sie im Fernsehen gesehen zu haben. Am Nachbartisch saß eine größere Gesellschaft beim Dessert. Weiter hinten zahlte ein Paar. Nachdem sie aufgestanden waren, wurde der Tisch neu eingedeckt.

Es war nach halb zehn, und Gottschalk vermutete, daß dort sein Mann und der Redakteur Platz nehmen würden. Was sie zu bereden hatten, ließe sich nicht verfolgen. Aber das war für Gottschalk auch nicht ausschlaggebend.

«An was denkst du?» fragte Anja.

«Ich genieße es, mit dir hier zu sein.»

«Tja, das hat mich echt überrascht. Haben die Heimlichkeiten jetzt ein Ende?»

«Es ist nichts dagegen zu sagen, wenn wir hin und wieder ausgehen. Solange wir uns nicht wie die da benehmen.» Er nickte zu dem Designer hin, der seine Begleiterin ansabberte.

Anja schaute nur kurz rüber und zuckte gelangweilt die Achseln.

«Was sagst du denn zu der Sache mit Herbie?»

«Das ist deine Entscheidung.»

«Ich meine, daß dein Kollege ihn geprügelt hat.»

«Das glaub ich irgendwie nicht. Fedder müßte verrückt sein –»

«Ach, komm. Ich les oft genug von Bullen, die durchdrehen.»

«Fedder nicht. – Ich bin jedenfalls froh, daß du jetzt zu Herbie auf Distanz gehst. Das wird dir guttun.»

«Das weiß ich noch nicht. Ich weiß, woran ich mit ihm war, und mir hat's gefallen.»

«Gefällt's dir mit mir nicht.»

«Das ist was anderes. Ey, ich bin nicht so behämmert, daß ich glaube, wir werden so was wie 'ne normale Beziehung haben.»

«Normal kannst du deine Geschichte mit Herbie nun auch nicht nennen.»

«Eben. Also bleibt's, wie es ist. Ob mit oder ohne Herbie – mit uns wird sich nicht groß was ändern. Selbst wenn du keinen Schiß mehr hast, dich mit mir zu zeigen. Das brauch ich nicht.»

«Sondern?»

«Mann, halten wir Händchen oder was? – Es ist okay, es ist für mich total okay. Für dich nicht?»

Gottschalk seufzte.

«Doch», sagte er. «Für mich auch. – Probier mal davon.» Er schob ihr ein Schälchen mit Chutney hin und leerte sein Glas.

Für Anja schien dieser Punkt abgehakt zu sein. Sie aß mit gutem Appetit, und Gottschalk schaute ihr eine Weile zu.

Der Wortführer am Nachbartisch bat nun auch um die Rechnung. Neue Gäste kamen und warteten an der Bar.

«Das war klasse», sagte Anja und zwickte unter dem Tisch sein Knie. «Erzähl mal, was du heute getrieben hast.»

Gottschalk machte eine unbestimmte Handbewegung und begann aufzuzählen. Er wußte, wie dumm es klang, und versuchte, auf ein Thema zu kommen, das mehr hergab. Ihre Eltern wären ein Gesprächsstoff. Ihre Mutter.

«Ich überleg, wohin ich in Urlaub fahre», sagte er. «Hast du schon was geplant?»

«New York», sagte sie.

«Was? Wirklich? – Allein?»

«Nein, mit dem Alten. Er hat da 'nen Bruder. Ich glaub, das wird ganz lustig.»

«Und deine Mutter?»

«Hat dankend abgelehnt. Gott sei Dank. Ich vermute, sie hat mit Paps 'ne Krise. Als ich letzte Woche bei ihnen war, haben sie sich nur angestänkert. Es ging übrigens auch um Weigel. Die Alte glaubt, sich um ihn kümmern zu müssen, und ist ständig bei ihm drüben. Voll die Mitleidstour – bei dem Arsch. Okay, das ist alles furchtbar, aber der Tpy hatte schon immer 'ne Klatsche –» Sie brach ab. «Was ist?»

Gottschalk war leichenblaß geworden.

Regina hatte das Lokal betreten – und mit ihr der Security-Mann, der auf den Kellner zuging und deutlich vernehmbar nach seinem reservierten Tisch fragte.

10

Gottschalk erhob sich von den kalten Steinstufen. Er wartete, bis Regina hochgekommen war und den ersten Schlüssel in das Stahltürschloß steckte. Er ließ ihr auch noch Zeit, den zweiten Schlüssel einzuführen und umzudrehen. Dann nickte er sich selbst zu und trat vor.

Sie nahm die Bewegung wahr und sah leicht erschrocken zu ihm auf.

«Was willst du?» fragte sie. Sie hatte sich erstaunlich schnell im Griff.

«Wir haben zu reden.» Er ging die fünf Stufen zu ihr hinab, und sie standen sich gegenüber.

Ihr Gesicht war völlig ausdruckslos.

«Okay», sagte sie nach Sekunden, die ihm wie Jahre waren. «Okay, okay, okay.»

Jahre, zwei Jahre, in denen sie sich fast jeden Tag gesehen oder miteinander telefoniert hatten. Abende, Nächte. Liebevolle, zärtliche Worte. Jetzt war ihre Stimme kühl. Sachlich. *Okay, okay.*

Gottschalk suchte ihren Blick.

Regina schloß auf und betrat den Loft. Sie machte Licht und legte ihre Tasche auf der Garderobe ab.

Gottschalk drückte die Tür hinter sich zu und folgte ihr.

Der Raum kam ihm leerer und unpersönlicher vor, als er ihn in Erinnerung hatte.

Die massiven Buchregale waren durch schräg konstruierte Stahlregale ersetzt. Die breite Eckcouch war einer teuer aussehenden Designer-Liege gewichen. Parkett war verlegt worden. Die Außenwände des abgetrennten Schlafraums waren verspiegelt.

Er sah eine neue Stereo-Anlage, mehrere Stapel CDs, zwei Fernseher statt einem und einen dreieckigen Eßtisch mit fünf verschiedenfarbenen, verrückt gestylten Stühlen. Über einem hing eine beige Seidenbluse, und daneben auf dem Boden standen grellrote High heels.

Regina hatte die Anlage eingeschaltet. Synthesizermusik erklang, ein melodisches, langsames Stück.

«Reden», sagte Regina. «Worüber sollen wir noch reden? Ich habe dir nichts zu sagen, und ich kann dir nichts erklären. Du solltest inzwischen begriffen haben, daß ich mein Leben führe. Allein für mich. – Ich will es so haben.»

Sie war am Tisch stehengeblieben und zog ihre Ohrclips ab.

Gottschalk rückte sich einen der Stühle zurecht und setzte sich. Es überraschte ihn, daß er bequem saß.

«Akzeptiert», sagte er. «Ich würde zwar gern begreifen wollen, was der Anlaß war –»

«Es gab keinen konkreten Anlaß.»

«Nein?»

«Nein, Pit. Es hat sich bei mir über die Zeit hin bis zu dem Punkt entwickelt.»

«Und der Punkt ist?»

«Der Punkt bin ich. Es ist mein Gefühl zu mir.»

«Ich bleib dabei völlig außen vor?»

«Ja.»

«Es fällt mir schwer, das nachzuvollziehen. Aber gut. – Ich muß mit dir über etwas anderes reden. Der Mann, mit dem du –»

«Darüber?»

«Ja, darüber.»

«Das ist nicht dein Ernst.»

«Es ist mir verdammt ernst, Regina. – Nein, hör mir zu. Was bei dir vorgegangen ist, ist wirklich deine Geschichte. Nicht sonderlich ungewöhnlich – das passiert jedem. Ich will dir das nicht nehmen. Deine Neuorientierung, dein Besinnen auf was weiß ich. Ich setz dich schon nicht aufs Klötzchen. Ich sage dir nur noch einmal, daß mir *ein* Satz, die Mitteilung, ich kann jetzt nicht reden, ich will nicht reden, daß mir das gereicht hätte. Nicht, um etwas zu kapieren, aber um damit umgehen zu können. So bin ich in ein Loch gefallen. Unsicherheit, Selbstzweifel und die wüstesten Phantasien. Das ist meine Geschichte, okay, okay. Ausgelöst durch dich, durch deinen Rückzug, dein Schweigen. – Okay, okay und nochmals okay. Ich habe meine Meinung dazu. Es ist nicht fair. Ich find's zum Kotzen, und ich habe mich reichlich ausgekotzt. Das ist vorbei. Abgeschlossen. Beendet unter Schmerzen. Tiefen Schmerzen. Einer maßlosen Enttäuschung und Wut. Okay, okay – vorbei. Aber jetzt trifft deine Geschichte doch noch einmal auf meine, und zwar in der Person des Mannes, mit dem du essen warst. – Nein, ich bin noch nicht fertig. Ich will dir sagen, um was es geht. Es geht auch um deine langjährige Freundin Birte – ja.»

«Birte?»

«Ja», wiederholte er.

Regina sah ihn zweifelnd an und schwieg.

Sie schwieg sehr lange, und Gottschalks Blick blieb auf ihrem Gesicht. Regina senkte den Kopf und schaute zu Boden. Ihre Lippen zuckten, als wolle sie etwas sagen. Aber sie sagte noch immer nichts.

Gottschalk stand auf und streckte seine Arme aus. Sie ließ zu, daß er sie sanft an den Schultern faßte.

«Ja, um Birte», sagte er leise und eindringlich. «Wir – Jan und ich, wir sind fest davon überzeugt, daß dieser Mann mit Birtes Verschwinden zu tun hat. Sag mir, über was ihr geredet habt. – Bitte.»

«Das kann ich nicht glauben.»

«Um was ging es bei eurem Gespräch?»

«Pit, es – es tut mir leid.»

Gottschalk atmete tief ein.

«Es ist gut. Schon gut. Es ist okay.» Er sagte es ohne Bitternis. «Wie bist du an ihn gekommen? Wir haben gehört, daß er einen Termin mit einem *Stern*-Redakteur hatte.»

«Ihr –?»

«Ja, wir haben seine Leitung angezapft. Es geht nicht allein um Birte.»

«Ich – das klingt für mich wie –» Sie schüttelte den Kopf und löste sich aus seinem Griff. «Ja, ein Kollege hat das in die Wege geleitet. – Ich will eine größere Sache über Ulrike Neudecker schreiben.»

«Wer ist das?»

«Ein in den Sechzigern sehr bekanntes Fotomodell. Eine junge Frau, die dann – es ist verrückt. Es ist wirklich verrückt. Seit Anfang der Siebziger war sie spurlos verschwunden. Wir haben gehört, daß ein Münchener Konkurrenzblatt an der Story ist und wollen ebenfalls etwas über sie bringen. In diesem Zeitgeist-Magazin fahren sie wahrscheinlich auf ihre Sexgeschichten ab. Uns interessiert ihre Persönlichkeit, ihr Schicksal.»

«Und was hat er damit zu tun?»

«Bei meinen Recherchen habe ich herausgefunden, daß sie in Amsterdam mit ihm zusammen war. Sie haben in einem kleinen Hotel gelebt. Ein älterer Portier konnte sich an die beiden erinnern. An ihn, weil er in größeren Abständen immer mal wieder kam. Er hatte sich ordnungsgemäß eingetragen. Ich habe versucht, mit ihm Kontakt aufzunehmen, aber er – was ist mit ihm? Birte, das ist doch –»

«Erzähl weiter. – Bitte.»

«Er hat schlichtweg abgestritten, eine Ulrike Neudecker zu kennen oder gekannt zu haben. Mehr bekam ich am Telefon nicht zu hören. Aber ich wollte einen Termin. Nein – auch verweigert. Da habe ich dann einen Kollegen um Hilfe gebeten. Der hat ihn im Zusammenhang mit Personenschutz und dergleichen angesprochen. Attentate, aus aktuellem Anlaß. Dazu war er bereit. Unter der Vorgabe habe ich ihn heute getroffen.»

«Wie hat er reagiert?»

«Ich habe vor dem Lokal auf ihn gewartet. Als ich meinen Namen nannte, wollte er auf der Stelle umdrehen. Er war verärgert, natürlich. Aber dann – ich weiß nicht, was es war. Vielleicht war es ihm unangenehm, mich auf der Straße abzufertigen. Er sagte, okay, gemeinsam essen könne man schließlich. Erhoffen aber solle ich mir nichts. Am Tisch hat er –»

«Deine Tasche überprüft. Das habe ich noch gesehen.»

«Deine Anwesenheit –»

«Ja, das hat er auch gecheckt. Soll er auch. Er weiß, daß wir an ihm dran sind.»

«Sag mir bitte, was er mit Birtes Verschwinden zu tun haben soll. Und was ihr sonst noch glaubt.»

«Bring die Geschichte mit dieser Neudecker zu Ende. Ich sag dir dann schon, was ich – was ich sagen kann.»

«Okay, es – es war mühsam. Er hat von seinem Unternehmen angefangen. Ganz so, als wolle zumindest er bei der Absprache bleiben. Wie er vom Versicherungsmann zur Security, zum Objekt- und Personenschutz gekommen ist. Zwangsläufig. Über zig Vorkommnisse, Nachlässigkeiten, Gedankenlosigkeit. Er gibt zu, daß es ein Tick bei ihm geworden ist. Ausgelöst durch – ja, da kamen erst nur Andeutungen. Erfahrungen, eine Erfahrung, ein Grunderlebnis. Na ja – ich hab rausgehört oder besser, ich glaubte rauszuhören, daß es ein persönlicher Verlust war, ein schmerzlicher. Und ich hab einfach weitergebohrt. Als er merkte, daß ich nicht lockerließ, hat er mir einen Vorschlag gemacht. Okay, er kannte Ulrike. Er sagt mir, was mit ihr geschehen ist, und ich gebe ihm schriftlich, daß er ungenannt bleibt, in meiner Story nicht mit Ulrike in Verbindung gebracht wird. Nach dem Motto, aus dem damaligen Umfeld der Ulrike Neudecker war zu hören –»

«Was?»

«Ein Vertrag. Er hat einen Vertrag aufgesetzt, und ich habe ihn unterschrieben. Halte ich mich nicht daran, steht dem Verlag eine Forderung in Höhe einer Viertelmillion ins Haus.»

«Das hast du unterschrieben? Ohne –»

«Mir kommt es bei der Story nicht auf ihn an.»

«Sie muß aber verdammt heiß sein. Eine Viertelmillion –»

«Sie ist insofern heiß, als Ulrike tot ist. Sozusagen vor seinen Augen einem Bombenattentat militanter Molukker zum Opfer gefallen ist. Es galt nicht ihr. Sie wollte in der Bank Geld eintauschen, und dabei ist es passiert. Er hatte im Wagen gewartet. Ich werde –»

«*Das* will er nicht publik gemacht sehen?»

«Ich werde noch einmal nach Amsterdam fahren und nachlesen, was darüber in den Zeitungen stand. Angeblich konnte sie nicht identifiziert werden. Er jedenfalls will es nicht über sich gebracht haben. Er ist abgehauen. – Das soll nicht publiziert werden. Ebensowenig wie seine Bekanntschaft mit Ulrike. Er will nicht Objekt der

Klatschpresse werden, überhaupt keine Presse in bezug auf seine Person, sein Privatleben.»

«Das leuchtet ein», sagte Gottschalk. «Hast du einen Schluck zu trinken?»

Regina nickte.

Sie ging nach hinten zum Kühlschrank, und Gottschalk schloß sich an. Er hielt die Kühlschranktür zu.

«Gibt es noch den Rioja?»

«Ja. – Das war seine Geschichte. Klang schon ein bißchen sentimental.» Sie holte eine Rotweinflasche aus dem Vorrat.

«Mir ist auch ein bißchen sentimental zumute», sagte Gottschalk. «Weil es – wir können doch miteinander reden. Findest du nicht?»

Regina sagte nichts dazu.

Sie gab ihm die Flasche und kramte in der Küchenschublade nach einem Korkenzieher.

«Okay», meinte Gottschalk. Er nahm zwei Gläser vom Regal. «Ich erzähl dir, was wir von dem Mann wissen.»

Regina hatte den Korkenzieher gefunden und reichte ihn Gottschalk. Gottschalk glaubte, einen feuchten Schimmer in ihren Augen zu sehen. Es konnte aber auch am Licht liegen. Und wenn nicht – er zuckte leicht die Achseln. Es war gut so. Alles wird gut, dachte er.

11

«Detering war der Kopf.»

Hingerichtet hatten sie bei Bogmüller geschrieben. Niedergestreckt bei Schwengel. Der Kronprinz Ulrich Detering lag tot am Boden. Kopfschuß. – *Waffen sind mir widerwärtig. Meine Hand hat gezittert, als ich den schönen Ludwig in den Wald dirigiert habe.* – Seine Hände zitterten nicht, als er das Steuer des Motorbootes umfaßte. Aus dem Hafen ins offene Meer. Zur Insel hinüber. – *Die Sonne tut deinen Händen gut.* – Das stimmte. Kein Juckreiz. Vielleicht hatte es aber auch nur daran gelegen, daß er mit Uli und Barbara allein gewesen war. Zwei Männer und eine Frau. – *Ist das nicht auffällig?* – *Nicht auf Ibiza. Nicht mit Barbara.*

«Detering war der Kopf», wiederholte Zappa.

Giesings Steve-McQueen-Kopf nickte. Ruhig wie immer. Ein feines Lächeln umspielte die Lippen. Jeder lächelt anders. Wenn Uli lächelte, hatte er sich etwas ausgedacht. Ein Programm abgerufen. Immer den Laptop dabei. Namen. Listen. Die Organisationsstruktur. – *Das habe ich eingebracht. Das habe ich Emma zugeschanzt. Stobbe wird alt. Wie machst du das?* – *Ich drücke ab, und der Mann fällt um. Das ist alles.* – *Fühlst du etwas dabei?* – *Den Griff des Revolvers. Sonst nichts.* – *Fühlst du, daß ich ganz weit offen bin?* – Renate war naß. Er schwitzte, und seine Hände juckten wieder.

«Er hat mich in alles eingeweiht.»

«Das sagst du immer wieder.»

Ja, das sage ich, du kleiner Pisser.

Lankowa hatte einen Brötchenkrümel am Kinn. Er hatte sich nicht rasiert. Giesing sah frisch und ausgeruht aus. Das Wochenende mit seiner Frau verbracht. Eine ihm treue Frau. Will keine Kinder. Renate hatte die Pille abgesetzt. Sie hatte ihm nichts davon gesagt. Plötzlich schwanger. Ein Kind. Mein Kind. Julia. Bewahrte sie die Briefe auf? Weinte sie um ihren Vater? Auch Tränen sind unterschiedlich. Tränen der Übermüdung. Tränen bei Anstrengung und Schmerz. Lachtränen. Nicht mehr zu unterdrückendes Lachen. – *Es stört mich nicht.* – Uli stand in der Tür und rauchte eine Zigarette. Uli legte ihm den Arm um die Schulter und zog ihn zum Schirm. Die Spielsalons. Die Clubs. Die Steigen. Etagen, Zimmer. Immobilien. – *Emma hat Kontakte in den Staaten. Emma wird ein wenig tuntig. Maniküre. Pediküre. Kosmetikscheiß.*

«Das sage ich – ja. Wir lagen auf einer Wellenlinie.»

Broszinski wartete. Er verstand. Die Chemie stimmte. Uli war korrekt. – *Ich bin kein typischer Kölner. In Köln stehst du am Tresen und hast ein Problem. Gleich sagen dir mindestens fünf, das ist doch kein Problem, wir packen mit an. Am nächsten Morgen vergessen. Keiner taucht auf. Regionale Charakteristika.* – *Sag das mir, und ich stehe bereit.* – Name, Anschrift. – *Er soll gewarnt sein.* – *Warum nicht gleich weg mit ihm?* – *Konsequent zu Ende gedacht. Das gefällt mir. Du redest nicht nur. Wie bringst du das?* – *Ich drücke ab. Bumm-bumm.* – *Ich meine, psychisch? Was läuft da bei dir ab?*

«Es war so. Totale Übereinstimmung.»

«Gut, dann erzählen Sie jetzt bitte weiter.»

«Detering und Stobbe, das ging auf Dauer nicht mehr. Sie waren zu verschieden. Uli mochte das Gehabe von Emma nicht. Der Pate, der Nuttenkönig. Dieser Kleckerkram. Das war nicht Ulis Stil.»

«Kleckerkram? Unseres Wissens hatte Stobbe Verbindungen –»

«Schluren lassen. Keinen richtigen Biß mehr. Null Interesse. Emma war saniert. Es lief, und es lief verdammt nicht schlecht. Uli hat sich um alles gekümmert.»

«In dem Zusammenhang wurden Sie von ihm eingeschaltet?»

Der Juckreiz verstärkte sich. Uli betrachtete seine Hände. – *Zeig mal her. Hast du das schon immer?* – *Im Knast bekommen. Schlechter Stoff.* – *Wer hat dir den Stoff besorgt?* – *HP.* – *Emma hat HP von seiner Liste gestrichen. Hat Daniela das Zeug reingebracht?* – *Ja.* – Wieder dieses Lächeln. Irgendeinen Gedanken im Kopf. Barbara kam aus dem Bad. – *Ich möchte dir Zappa vorstellen. Er hat gute Arbeit geleistet. Das soll nicht allein mit Geld honoriert werden. Ich würde es gerne sehen, wenn ihr euch anfreundet.* – Renate schaltete den Fernseher ein. – *Ich will davon nichts hören.* – *Und HP? Zappa spinnt von seiner Anwältin, und du läßt dich von HP knüppeln.* – *Ach, Karl. Julia ist nebenan. Julia war immer hier.* – *Aber sicher doch. Julia schwänzt ständig die Schule. Julia ist jeden Vormittag zu Hause.* – *Ich habe meine Arbeit. Ich verdiene das Geld.* – *Ach ja. Nie im Leben blau gemacht.* – Kratz-kratz.

«Er hatte von mir gehört.»

«Der Überfall auf den Geldboten. Aber da haben Sie doch nicht geschossen?»

Es geht nicht immer nur ums Abdrücken, du neunmalkluger Staatsanwalt. Das stand erst einmal gar nicht an. Ein Denkzettel. Ein Finger. Zappa nahm gleich die ganze Hand. Ein Händedruck. – *Wir bleiben in Verbindung. Du bekommst von mir besseren Stoff. Barbara wird dich in Zukunft besuchen. Macht es euch gemütlich. Ich habe noch zu tun.* – Das Klicken der Tasten klang gedämpft herüber. – *Bei Uli bist du gut bedient.* – Er schlug Renate die Fernbedienung aus der Hand. – *Du ewig geile Fotze.* – Tränen der Enttäuschung, der Verzweiflung. – *Ich möchte es gerne wissen, Zappa. Was geht dabei in dir ab? Der Mann steht dir Auge in Auge gegenüber.* – Renate.

«Nein, ich habe nicht geschossen. Es sollte ohne Knallerei ablaufen.»

«Was war es dann für Detering?»

Ein Blick. Ein Blick auf Milstadt und auf ihn. Zwei Freigänger, die Kohle greifen wollten. Milstadt wollte mehr. Über Detering sein Ding mit Stobbe klären. Fürsprache vom Kronprinzen. Unausgesprochen eindeutig. Detering sah ihn nur kurz an. Uli ließ sich nicht benutzen. Er steuerte das Boot auf die Insel zu. Wein und gegrillter Fisch. – *Ist es deine Frau? Renate? Warum habt ihr geheiratet? – Ich brauchte sie.* – Ich brauche sie wieder und wieder und immer wieder.

«Ich gefiel ihm. Wir haben uns vom ersten Moment an verstanden.»

«Was wußten Sie damals von ihm?»

«Was man eben so hörte und was HP abließ. Detering – Stobbe. Die Schiene. Die ganz Großen.»

«War da schon von dem dritten Mann die Rede?»

«Nein.»

Nein. Nein. HP kann auch dazu nichts sagen. Ich habe mich getäuscht, Uli. Ich muß dich im nachhinein um Entschuldigung bitten. Ich dachte, du hast Milstadt auffliegen lassen. Paranoid. Meine Paranoia. Die Isolation. Näher rückende Wände. Angst. Atembeschwerden. Beklemmungen. Nicht reden können. Nicht richtig reden können. Nicht mit dir. – *Warum wir geheiratet haben? Das war mein Ding. Ich habe mich da reingesteigert. Vom Knast aus. Sie hat mir mehr bedeutet als ich ihr, und ich habe erst später gesehen, daß es so war. Wie nennt man das? Ein Mißverständnis. Ein riesiges, fatales Mißverständnis. Julia hat es nicht aus der Welt geschafft.* – Die Sonne war angenehm. Eine leichte Brise wehte vom Meer her. Barbara lag auf der Terrasse. – *Quäl dich nicht damit.* – Angelika sagte, quäl dich nicht. – *Du kannst dich scheiden lassen. Ich übernehme das.*

«Nein, S-C ist bei der Gelegenheit nicht erwähnt worden. Milstadt hatte auch später von ihm keine Ahnung.»

«Wann und wie hast du dann von ihm erfahren?»

Scheiden kann uns nur der Tod. – Das ist doch Unsinn, Kalli. – Dieses Jucken. Unappetitlich. Wisch dir doch endlich diese Krümel aus der Fresse. Rasier dich. Ich habe mich rasiert. Giesing hat sich rasiert. Broszinski auch. Bei ihm würd ich's noch verstehen, wenn er sich gehen läßt. Daß er abdrückt, kauf ich ihm ab. Er hat noch kein einziges Wort gesagt. Er denkt an seine Frau. Ich denke an meine Frau. Sie wird es tun. Ganz einfach, weil es dann vorbei ist. – *Julia, du mußt allein zurechtkommen.* – Die Barkasse pflügte die Wellen. – *Regnet es immer in Hamburg?* – Kratz-kratz. Es tat weh. – *Ich vertraue dir.*

«Auf Ibiza. Erst nach der Sache mit Schwengel.»

«Nur, um das noch einmal festzuhalten – der Mord an Jürgen Schwengel war Ihr erster?»

Ja. – Widersprüchliche Aussagen im Fall Franz Auer, genannt *Der Samurai*, und im Fall Ludwig Süchting. – Ulis Hand hatte gezittert.

«Der schöne Ludwig ist von Uli gezwungen worden, sich selbst den Strick um den Hals zu legen.»

«Und das sagen Sie jetzt nicht, weil Detering nicht mehr dazu befragt werden kann?»

«Es ist die Wahrheit. Schwengel, Bogmüller und Thommy gehen auf mein Konto. Bis auf Bogmüller war Milstadt dabei. Aber geschossen habe ich.»

«Sie nehmen also auch endgültig ihr Geständnis im Fall Nummer Fünf, Stobbe/Botan, zurück?»

Uli konnte nicht mehr gehört werden. – *Wir sehen uns wieder.* – Er lächelte sein Lächeln. Er zerlegte geschickt den Fisch. Träufelte Zitronensaft darüber. – *Emma wollte mich. Man darf ihn nicht unterschätzen. Auch wenn er die Zügel nicht mehr so fest in der Hand hält. Er hat die Verbindungen geschaffen. Es geht nichts ohne zuverlässige Leute. Du bist mein Mann. Ich vertraue dir, weil ich weiß, daß ich dir vertrauen kann. Du tust es nicht für mich.* – *Nein.*

«Ja.»

Ja! Ja! Jaaah! – Sie hatte es zu Protokoll gegeben. Sie hatte ihn wieder einmal gedemütigt. – *Mein Mann ist nicht Stobbes Mörder. Er hat den großen Paten nicht gekillt. Das war Milstadt. Milstadt ist der zu allem Entschlossene.* – HP sah sie nur an, und sie machte sich breit. Verdammt gut nach so langer Zeit. Eine Woche vielleicht. Ein paar Tage. – *Mama war oft aus. Mama ist über Nacht weggeblieben. – Zappa spinnt mit der Zicke rum.* – Barbara legte ihm die Hand auf die Wange. – *Quäl dich doch nicht. Uli will, daß du dich wohl fühlst. Entspann dich. Laß mich machen.* – Renate umklammerte ihn. Sie drückte ihre Fingernägel in sein Fleisch. Sie stöhnte und seufzte laut. Das durfte Julia hören. Das war ehelicher Geschlechtsverkehr. – *Sie ist ein heißes Luder. Nagel mir das nicht ans Bein.* – Milstadt schnippte lässig die Kippe weg. – *Du hast für den Stoff keine Mark abdrücken müssen. Vergiß das nicht. Ich erspare dir Einzelheiten.* – Uli nickte nachdenklich. – *Milstadt kann ein Problem werden.*

«Ja, meine Frau sagt die Wahrheit. Ich habe weder Stobbe noch Botan erschossen. Ich hatte den Auftrag, aber Milstadt ist mir zuvorgekommen.» Früher raus aus Neuengamme. – *Bis bald, Alter.* – S-Bahn. Öffentliche Verkehrsmittel. Gleich mal hin zu der Schnalle. Ihr schnell einen beitun. Daniela konnte warten. Vollgekokst bis unter die Schädeldecke. Angelika faßte nach seiner Hand. – *Es ist nicht mehr lange.* – Sie weinte plötzlich. – *Mein Mann wird so merkwürdig.* – HP hatte angerufen. HP wollte einen kleinen Spaziergang machen. – *Ja, ja, ja, wir haben gefickt. Einmal, zweimal. Ständig. In jeder freien Minute. Ist es jetzt gut?* – *Sei ruhig. Halt endlich die Schnauze.* – Renate lachte höhnisch. Angelikas Hand war kalt. Vögel zwitscherten. Auf dem Flug nach Ibiza trank er sich in den Schlaf. Stobbes Villa. Geräumige Zimmer. Spanische Bauernmöbel. Uli klappte den Laptop auf. – *In der Garage steht eine BMW. Fahrt runter in die Stadt, und trinkt einen Kaffee. Ich komme später nach.* – Barbaras nackte Schenkel. – *Es gibt da ein Stück Strand. Kleine Grotten. Es ist nicht heimlich. Es ist kein Geschenk. Ich bin ganz entspannt.* – Es ging nur, wenn er dabei an Renate dachte. An Renate und HP. – *Ich erledige für Emma die Dreckarbeit.*

«Gut, das werden wir noch einmal gesondert behandeln. Bleiben wir vorerst bei S-C.»

«Er ist durch Stobbe ins Geschäft gekommen.»

«Wissen Sie, wann?»

Die Bässe dröhnten bis zum Haus herüber. Live-Konzert in der Disco. – *Sie soll ihren Spaß haben. Es ist sehr angenehm mit ihr. Wir sind zusammen, seit über die Sache mit Ludwig Gras gewachsen ist. Sie hat in der* Oase *gearbeitet.* – Es wurde kühl auf der Terrasse. – *Als ich mich für Emma entschieden hatte, war er schwach auf der Brust. Was ich einbrachte, machte den Kohl nicht fett.* – Grünkohlessen, Kasseler und Schweinebacke und Kochwurst. Er hatte kotzen müssen. Julia war der Appetit vergangen. – *Kann ich raus?* – Draußen regnete es. Verhangener Himmel. Renate löffelte den Kohl und das Fleisch in den Topf zurück. Sie wickelte den Topf in eine Decke. Nur nichts umkommen lassen. – *Das redest du mir nicht ein.* – *Es fehlte an Kapital.* – *Keine Pißgroschen.* – *S-C flog ein.*

«Oder Stobbe durch ihn. Das konnte Uli nicht genau sagen. Es gab ein gemeinsames Treffen in Miami.»

Miami-Beach. Miami Vice. Filmbilder. Flamingos. Hunderennen und Motorboote. Eine Hotelsuite. – *Irma lag den ganzen Tag über am Pool. S-C trat wie Don Johnson auf. Er war mir gegenüber anfangs äußerst reserviert. Er spürte, daß ich ähnlich gestrickt bin. Emma bedachte er hin und wieder mit einem seltsamen Lächeln.* – Uli legte einen Holzscheit nach. Er ließ den Cognac im Schwenker kreisen. Kamingespräche. Irgendwo kläffte ein Hund gegen die Discomusik an. – *Sie tanzt sich heiß.* – Ein leichtes Augenzwinkern. – *Warum? Ist es dir völlig gleichgültig, was sie treibt?* – *Nein, natürlich nicht. Bei keinem anderen ließe ich es zu.* – *Warum dann bei mir?* – Uli legte den Finger auf ihn an. – *Bumm-bumm.* – *Das bring ich dir ohne Ende.* – Renate zählte die Scheine nach. Julia stieg auf das Pferd. Angelika wollte sich nicht zum Essen einladen lassen. Sie blickte traurig.

«Das war im Mai oder Juni achtundachtzig. Uli war zu der Zeit in Miami. Stobbe kam mit Irma für zehn Tage rüber. In den Tagen stieß S-C dazu. Uli war erst der Meinung, daß die Initiative von Stobbe ausging. Später hat er daran gezweifelt.»

«Und Detering hat Ihnen von diesem Treffen erzählt?»

Uli schenkte nach. – *Warum ich dir das erzähle? Weil ich Emma ausschalten will, und zwar so, daß dabei nicht der geringste Verdacht auf mich fällt. Auch S-C muß nichts davon wissen.* – Stobbes Bild im Silberrahmen auf dem Kaminsims im oberen Zimmer. Irmas Zimmer. Barbaras Zimmer. Barbara entdeckte den Dildo. Renate legte den Revolver vor ihn hin – *Warum halte ich wohl die ganzen Jahre über zu dir?* – Kratz-kratz. Eine Linie nach der anderen. – *Weißt du, wie Knast ist?* – Milstadt spielte Fußball und dealte mit den Chinesen um Reis und scharf gebratenes Rindfleisch. – *Ein Skorpion redet nicht lange. Er handelt. Er beißt sich fest.* – Immer wieder diese Vorwürfe.

«Ja. In allen Einzelheiten. S-C hat einen persönlichen Draht zu Miguel Ramirez. Den konnte er bis dato nicht nutzen. Er hatte keine

Organisation. Die bot Stobbe an. Aber Uli hat alles ausgearbeitet. Stobbe führte nur das große Wort.»

Uli lächelte sein Lächeln. – *Es hat Zeit. Emma läßt mich machen.* Frachtschiffe im Hafen. Die gekauften Zollbeamten. – Seine Spezis aus alten Tagen. – Dein *Freund. Milstadt ist* dein Freund. *Du hast ihn angeschleppt.* – Das Kellerlokal in der Seitenstraße. Absturzkneipe. HP gab einen aus. HP sah sich in der Wohnung um. – *Eine leichte Übung. Ein dämlicher Geldbote.* – Weg vom Fenster und zwangsläufig drin. Angelika machte sich Notizen.

Giesing machte sich eine Notiz und blickte ihn dann abwartend an.

FÜNF

I

FALL 5 (MORD z. N. STOBBE/BOTAN)

Aus den Akten der Staatsanwaltschaft

1. Am 21. Oktober (Samstag), gegen 16.15 Uhr, wurden der 55jährige Kaufmann Werner STOBBE und sein 43jähriger Partner Herbert BOTAN im Haus des STOBBE, [redacted], durch insgesamt fünf Schüsse in den Kopf und in den Oberkörper getötet.

a) Die Schüsse waren von den Zeugen PULAZ, die sich in ihrem an das Grundstück des STOBBE angrenzenden Garten aufhielten, als laute «Knalle» gehört worden. Kurz danach sah die Zeugin PULAZ zwei Männer an der Straßenseite der [redacted], an der auch das Tathaus liegt, in Richtung der nach rechts einmündenden Nebenstraße eilen. Kurze Zeit nach dieser Beobachtung hörten beide Zeugen ein mit aufheulendem Motor davonfahrendes Fahrzeug.

Entdeckt wurden die beiden Toten von der Lebensgefährtin des STOBBE, Frau Irma SCHMIDT, die gegen 16.30 Uhr vom Einkaufen zurückkehrte. Frau SCHMIDT hatte das Haus kurz vor 16.00 Uhr verlassen, um in einem Geschäft auf der Reeperbahn Polaroidfilme sowie in einem Café einige Tortenstücke einzukaufen, da STOBBE noch den Besuch seines Partners Herbert BOTAN erwartete.

STOBBE und BOTAN wurden im Büro des Hauses getötet.

STOBBE saß hinter seinem Schreibtisch auf einem Sessel mit Armlehnen. Sein Oberkörper war nach links zur Seite gesunken, der Kopf auf den Schreibtisch aufgelehnt. BOTAN lag auf dem Fußboden in der Nähe der dreistufigen Treppe, die vom Büro zum Wohnzimmer führt, mit dem Unterkörper zur Treppe hin gewandt.

b) Bei der Obduktion des STOBBE wurden drei Schußverletzungen festgestellt.

– Ein in einem Winkel von 30° ansteigender Halssteckschuß nach Durchschuß der linken Schulter, wobei das Projektil im Bereich der Halswirbelsäule steckenblieb.
– Eine Durchschußverletzung des Kopfes und Halses mit Einschuß vorn in der Stirnregion und einem steil abfallenden, von rechts oben nach links unten verlaufenden Schußkanal mit Ausschuß an der Halsseite.
– Ein weiterer Halssteckschuß mit Einschuß an der linken Halsseite, wobei sich das Geschoß im Bereich der Halswirbel zerlegte. Das Gesamtprojektil wurde nicht gefunden.

Todesursache war eine Hirnlähmung bei Kopfdurchschuß.

Der Leichnam des BOTAN wies zwei Schußverletzungen auf:

– Ein Kopfsteckschuß mit Einschuß im linken Schläfen-Scheitel-Bereich und Durchschuß des Großhirns.
– Ein Hals- bzw. Nackendurchschuß mit Einschuß am Halsansatz rechts und Ausschuß hinter dem linken Ohr, wobei im Einschußbereich deutliche Schmauchanhaftungen vorhanden waren.

Todesursache war eine Hirnlähmung nach Kopfsteckschuß mit Durchschuß des Großhirns.

c) Nach dem Gutachten des Bundeskriminalamts zur Schußentfernungsbestimmung sind die Schüsse auf STOBBE aus einer Entfernung von mehr als 60 cm abgegeben worden, der Halssteckschuß nach Schulterdurchschuß aus einer Entfernung von 80 cm bis 120 cm. Auch der Kopfsteckschuß bei BOTAN erfolgte aus einer Distanz von mehr als 60 cm. Bei dem Halsdurchschuß dagegen betrug die Entfernung bei der Schußabgabe weniger als 10 cm.

Die Untersuchung der Projektile ergab, daß unterschiedliche Munition verwandt worden war, und zwar zwei Wadcuttergeschosse, zwei Metallkappengeschosse und ein Teilmantelgeschoß des Kal. 38 Special.

2. Das Opfer Werner STOBBE galt als *die* Größe im Hamburger Milieu. Sein Werdegang von 1953 an ist als Ergebnis der Sonderkommission der Hamburgischen Staatsanwaltschaft unter dem Aktenzeichen BN.: 6.56–304 protokolliert. Die geschäftlichen Aktivitäten des STOBBE in ihrem vollen Umfang jedoch sind undurchsichtig. Zumindest beteiligt aber war er an den Bordellen Reeperbahn [redacted] und Reeperbahn [redacted].

So war nach Angaben mehrerer Zeugen aus dem Milieu von STOBBE der Verkauf einer Etage für DM 40000,– an die beiden Nürnberger Jürgen KÜRSCHNER und Klaus BENHEIM geplant gewesen. Gespräche mit diesen beiden Bekannten des STOBBE sollten am Abend des 21. 10. in dessen Haus in Hamburg geführt werden. KÜRSCHNER und BENHEIM waren zu diesem Zweck nach Hamburg geflogen und gegen 21.15 Uhr auf dem Flughafen Fuhlsbüttel angekommen.

Für den Nachmittag des 21. 10. hatte STOBBE mit BOTAN ein letztes Gespräch vor seiner für den nächsten Tag geplanten längeren Auslandsreise terminiert. In diesem Gespräch im Haus des STOBBE sollte die Wahrnehmung seiner geschäftlichen Interessen während seiner Abwesenheit geklärt werden. Über die Ziele und Absichten der Reise des STOBBE sind unterschiedliche Angaben gemacht worden. So sprach die Zeugin SCHMIDT, die STOBBE auf dieser Reise begleiten sollte, von einem gemeinsamen Ibiza-Urlaub. Daneben ergaben sich während der Ermittlungen zahlreiche Hinweise, daß STOBBE – wie schon früher – auch noch in die USA reisen wollte. In diesem Zusammenhang kam erneut der Verdacht auf, daß STOBBE auch am Handel mit Drogen beteiligt sei.

3. Anders als in den Fällen BOGMÜLLER und SCHWENGEL ergaben sich bereits von Beginn der Ermittlungen an Verdachtsmomente gegen Karl WEBER und Hans-Peter MILSTADT als Täter.

a) STOBBE und MILSTADT kannten sich von Anfang der siebziger Jahre an. Zwischen beiden entwickelten sich geschäftliche Beziehungen und später ein enger freundschaftlicher Kontakt, der auch während der Haftzeiten des MILSTADT nicht abriß. In diese Beziehung kam erst dann ein Bruch, als sich MILSTADT nach einer erneuten Inhaftierung im Oktober 1987 von STOBBE etwas zurückzog und die Betreuung MILSTADTS in der Haftanstalt mehr und mehr von dessen Ehefrau Daniela MILSTADT übernommen wurde. STOBBE stellte MILSTADT vor die Alternative, sich zwischen seiner Frau und seinen Freunden entscheiden zu müssen.

MILSTADT entschied sich gegen STOBBE, der darüber verärgert reagierte und auch nach der Haftentlassung MILSTADTS die alte Beziehung nicht wieder aufnahm. In der Folgezeit hatte MILSTADT dann nur noch gelegentliche Kontakte zu STOBBE bzw. zu BOTAN. Auch als MILSTADT sich von seiner Ehefrau getrennt hatte, war STOBBE nicht bereit, seinen früheren Freund wieder im Milieu arbeiten zu lassen. Mehrere Zeugen aus dem Umfeld des STOBBE haben übereinstimmend angegeben, daß STOBBE als Folge seiner anhaltenden Verärgerung beabsichtigt habe, dem MILSTADT ein sog. *Hamburgverbot* zu erteilen.

Nach Aussagen der Zeugin Daniela MILSTADT soll dieses Stadtverbot sogar bestanden haben und darüber hinaus von STOBBE noch ein *Kopfgeld* in Höhe von DM 20000,– auf MILSTADT ausgesetzt worden sein.

b) Zu einem ersten Treffen seit längerer Zeit zwischen MILSTADT und STOBBE kam es am Abend des 18.10. Diesem Treffen ging folgendes Geschehen voraus:

Eine Woche zuvor hatte sich BOTAN im Lokal [redacted] in der [redacted] aufgehalten. Dabei war ihm aufgefallen, daß er aus einem auf der gegenüberliegenden Straßenseite geparkten Golf von MILSTADT und WEBER beobachtet wurde. Beide folgten ihm auch nach dem Verlassen des Lokals auf der Fahrt zur Reeperbahn, wobei WEBER als Fahrer mehrfach sein Gesicht zu verdecken und MILSTADT als Beifahrer sich im Fahrzeug zu verstecken versuchte.

Am Abend des 18.10 entdeckte BOTAN zufällig den vor dem Lokal [redacted] in der [redacted] geparkten roten Mercedes 190 des MILSTADT. Mit einem Messer zerstach BOTAN den vorderen und hinteren linken Reifen des Mercedes. BOTAN folgte dann in seinem Fahrzeug MILSTADT und WEBER zu einer Tankstelle, wo MILSTADT die defekten Reifen mit zwei Flaschen Reifen-Pilot provisorisch auffüllte. An der Tankstelle sprach MILSTADT den BOTAN an und fragte ihn, ob er die Reifen zerstochen habe.

BOTAN bestätigte das und wies MILSTADT darauf hin, daß «EMMA» (STOBBE) ihn sprechen wolle.

STOBBE hielt sich zu diesem Zeitpunkt in der Wohnung der/des Prostituierten «SUZIE»/LIN in einem Hochhaus an der [redacted] auf. MILSTADT und WEBER fuhren hinter BOTAN her zur [redacted]. WEBER saß jetzt nicht mehr auf dem Beifahrersitz, sondern hinten links auf dem Rücksitz. An der [redacted] angekommen, informierte BOTAN zunächst STOBBE über das vorausgegangene Geschehen. Zu viert setzte man sich dann in das Lokal [redacted].

Bei dieser Gelegenheit trafen STOBBE und WEBER erstmals zusammen. Die Meinungsverschiedenheiten zwischen STOBBE und MILSTADT wurden beigelegt und BOTAN aufgefordert, die zerstochenen Reifen zu ersetzen. Vom Lokal aus fuhren alle dann noch in das Haus des STOBBE. Hier wurde zwischen STOBBE und MILSTADT erörtert, daß dieser als Wirtschafter in dem Bordell Reeperbahn [redacted] anfangen könne.

Obwohl sich STOBBE bei dieser Gelegenheit offensichtlich wieder mit MILSTADT arrangiert hatte, schien er durch die Anwesenheit des WEBER doch beunruhigt. Nach dem Treffen an der [redacted] äußerte er gegenüber seiner Lebensgefährtin den Verdacht, daß ihn der Freund von «HP» habe erschießen wollen. Noch deutlicher wurde STOBBE in einem Gespräch mit dem Zeugen Horst («Hotte») BOHLE, wenige Stunden nach dem Zusammentreffen mit WEBER. Zu BOHLE äußerte sich STOBBE wie folgt: *Du kannst mir in den Schuh scheißen, aber der sollte mich killen.*

c) Bereits am 20. 10. war MILSTADT ein zweites Mal zu Gast bei STOBBE und verbrachte dort den Nachmittag gemeinsam mit STOBBE und Irma SCHMIDT sowie dem Zeugen BOHLE und dessen Freundin. Bei dieser Gelegenheit wurde u. a. darüber gesprochen, daß STOBBE dem MILSTADT DM 10000,– als *Starthilfe* leihen wolle, sobald der Verkauf des Bordells Reeperbahn [redacted] perfekt sei.

Am Samstag, dem 21. 10., hat MILSTADT dann in der Zeit von 01.00 Uhr nachts bis 15.00 Uhr dreimal mit STOBBE telefoniert und sich zudem in auffälliger Weise nach dem derzeitigen Aufenthaltsort des STOBBE erkundigt. Bei dem ersten Telefonat gegen 01.00 Uhr nachts erreichte MILSTADT den STOBBE in der Wohnung der/des «SUZIE»/LIN an der [redacted]. Diese Telefonnummer war nur Eingeweihten bekannt. MILSTADT hatte sie sich von der Freundin des BOHLE beschafft. Dem Gespräch entnahm die/der «SUZIE»/LIN, daß STOBBE sich mit MILSTADT für den Nachmittag des Samstag im Haus des STOBBE verabredete. Nach dem Telefonat war STOBBE sehr nervös und zeigte sich vor allem darüber besorgt, daß MILSTADT jetzt seinen augenblicklichen Aufenthaltsort kennen würde. Entgegen seiner ursprünglichen Absicht, die Nacht dort zu verbringen, verließ STOBBE die Wohnung der/des «SUZIE»/LIN frühzeitig und fuhr nach Hause.

Nachdem MILSTADT am Vormittag des 21.10. STOBBE in seinem Haus erreicht hatte, rief er um 12.45 erneut bei «SUZIE»/LIN an und fragte, ob «EMMA» bei ihr/ihm sei.

Das letzte Telefonat MILSTADTS mit STOBBE fand dann gegen 15.00 Uhr statt. Die Zeugin Irma SCHMIDT hat angegeben, daß ihr Lebensgefährte sich von MILSTADT mit dem Hinweis verabschiedet habe, sie würden sich später sehen. Nach dem Gespräch habe ihr Mann noch erwähnt, daß der HP schon wieder *nerve*.

4. Der inhaftierte Karl WEBER hat ein umfassendes Geständnis zum Fall STOBBE/BOTAN abgelegt und dabei in mehreren Vernehmungen Einzelheiten der Tatplanung und der eigentlichen Tatausführung sowie die Beteiligung des MILSTADT und des Ulrich DETERING an diesem Tatgeschehen offenbart. Wie im Fall des LEBAHN hatte WEBER zunächst die Beteiligung des MILSTADT verschwiegen bzw. sogar bestritten und dies erstmals gegenüber dem Kriminalbeamten BROSZINSKI nach einer entsprechenden Aussage der Renate WEBER zugegeben. Frau WEBER hatte zu Protokoll gegeben, daß ihr Mann ihr nach der Tötung des STOBBE gesagt hätte, *der HP* habe geschossen. In der nachfolgenden Vernehmung konkretisierte WEBER dann den Tatbeitrag des MILSTADT.

Aus den Aussagen WEBERS ergibt sich nun zusammenfassend folgender Tatablauf.

a) Kurz nach einer Auseinandersetzung über die Abwicklung eines größeren Geschäfts (eine anvisierte Lieferung Kokain in der Größenordnung von angeblich drei Tonnen), bei der DETERING von STOBBE und BOTAN in bezug auf einzukalkulierende Verluste kritisiert worden war, erhielt WEBER von DETERING den Auftrag, STOBBE und auch BOTAN zu töten.

WEBER hat wiederholt darauf hingewiesen, wie sehr DETERING durch die Uneinsichtigkeit des STOBBE verärgert gewesen sei. Von DETERING selbst hatte WEBER aber auch erfahren, daß eine andere Person außerhalb des Milieus DETERINGS Plan mitverantwortete, ihn sogar gemeinsam mit ihm entwickelt hatte.

Als *erstes Honorar* wurden DM 50000,– für jede der beiden Personen vereinbart. Für die Beseitigung BOTAN erhielt WEBER bereits DM 30000,– vorab ausgezahlt.

Ab September hat WEBER dann mehrfach versucht, STOBBE und BOTAN gemeinsam oder einzeln an geeigneten Plätzen aufzulauern, um den Auftrag durchzuführen. Da ihm sein in den Fällen BOGMÜLLER und SCHWENGEL benutzter Revolver *Arminius* für eine evtl. in der Öffentlichkeit durchzuführende Doppeltötung nicht optimal erschien, hatte er sich von DETERING ein Schrotgewehr besorgen lassen und dessen Lauf abgesägt (nach Angaben WEBERS handelte es sich dabei um die Waffe, die MILSTADT in der Wohnung seiner von ihm geschiedenen Frau Daniela versteckt hatte).

Während der Wochen hat WEBER immer wieder nach einer günstigen Gelegenheit gesucht, STOBBE und BOTAN zu erschießen. Er hat ihnen nachts vor ihren Wohnungen aufgelauert, und er war ihnen gefolgt, wenn sie Lokale besuchten. So hatte er sich auch bewußt vor dem [redacted] in der [redacted] aufgehalten, das von BOTAN aufgesucht und wo dann die Beobachtung von BOTAN bemerkt worden war.

Spätestens seit diesem Zeitpunkt war MILSTADT nicht nur ständiger Begleiter des WEBER, sondern auch in dessen Pläne eingeweiht.

b) Die vergeblichen Bemühungen WEBERS über einen Zeitraum von Wochen hatten bei DETERING Zweifel daran aufkommen lassen, ob WEBER wirklich noch der richtige Mann für eine Erledigung eines derartigen Auftrags sei. Als Ersatz für WEBER wurden daraufhin von ihm zwei jüngere Männer (angeblich nicht aus dem Milieu) für den Mordanschlag auf STOBBE und BOTAN angeworben.

WEBER war über diese Absichten informiert und hat in Abstimmung mit DETERING den beiden bei einer nächtlichen Fahrt durch Hamburg das Haus des STOBBE gezeigt.

Dabei stellte er fest, daß die beiden Männer *hirnverbrannte Schwätzer* waren, die ständig *Haß auf Weiber rausließen* und für den vorgesehenen Auftrag keineswegs zu gebrauchen waren. Dies teilte er auch dem DETERING mit, der daraufhin die beiden Männer wieder abzog. Damit blieb es bei der Auftragsvergabe an WEBER, der nun seinerseits auf MILSTADT zurückgriff.

c) Die erste günstige Gelegenheit, an STOBBE und BOTAN heranzukommen, ergab sich dann für WEBER und MILSTADT, nachdem BOTAN zwei Reifen am Mercedes des MILSTADT zerstochen hatte. Als Folge dieser Reifenpanne kam es für WEBER und MILSTADT zu einem unverhofften Zusammentreffen mit STOBBE und der noch überraschenderen Einladung in das Haus des STOBBE, wo MILSTADT im Gespräch mit STOBBE die zwischen ihnen bestehenden Meinungsverschiedenheiten weitgehend ausräumen konnte. Die Absicht WEBERS, bereits bei dieser Gelegenheit (während der Autofahrt bzw. später im Haus) STOBBE und BOTAN zu erschießen, scheiterte daran, daß es zwischen WEBER und MILSTADT an diesem Tag nicht zu einer Abstimmung über die Tatausführung kam.

d) Aus dem Gespräch vom Abend des 18.10. sowie aufgrund der weiteren Kontakte MILSTADTS zu STOBBE war bekannt, daß dieser am 22.10. eine längere Auslandsreise antreten und am Tag davor die geschäftlichen Dinge mit seinem Partner erörtern wollte.

Diese geschäftliche Unterredung am Nachmittag war für WEBER und MILSTADT also die letzte Möglichkeit, STOBBE noch vor seiner Abreise und zugleich auch BOTAN erschießen zu können.

Weil WEBER weder mit seinem Golf noch mit dem roten Mercedes 190 des MILSTADT zum Haus des STOBBE fahren wollte – zumal der Mercedes dort bereits geparkt hatte und möglicherweise aufgefallen war bzw. wiedererkannt worden wäre –, rief er kurzfristig bei DETERING an und teilte ihm mit, daß er für die *Sache bei Emma* ein Fluchtauto brauche. Bereits kurze Zeit später bestätigte DETERING fernmündlich, daß er ein Auto habe. WEBER fuhr zur Wohnung des DETERING in der [redacted]. Dort erhielt er von dessen Freundin Barbara OPITZ die Fahrzeugschlüssel für einen blauen Audi ausgehändigt, den er dann in der Nähe der [redacted] parkte. Auf der Fahrt zum Haus des STOBBE am Nachmittag des

21.10. fuhren WEBER und MILSTADT dann in dessen Mercedes zu dem geparkten Audi und wechselten dort die Fahrzeuge.

WEBER und MILSTADT waren beide bewaffnet. WEBER führte nun doch seinen Revolver *Arminius* mit sich, MILSTADT einen Revolver *Smith & Wesson.* Da beide mit weiteren Personen im Hause des STOBBE rechnen mußten, hatten sie vereinbart, daß jeder eine oder auch zwei Personen *nehmen* (erschießen) sollte, je nachdem, wie viele im Haus anwesend sein würden.

e) Das von DETERING zur Verfügung gestellte Fluchtauto parkten sie in einer Seitenstraße zur [redacted] und gingen zu Fuß zum Hause des STOBBE. Auf ihr Klingeln öffnete ihnen BOTAN die Tür, nachdem er sich zuvor mit einem Blick durchs Fenster vergewissert hatte, wer dort steht. BOTAN führte WEBER und MILSTADT ins Büro des STOBBE, der dort hinter seinem Schreibtisch saß. Im Haus stellte WEBER dann fest, daß STOBBE und BOTAN offensichtlich die einzigen Anwesenden waren.

WEBER, MILSTADT und auch BOTAN setzten sich auf die Stufen der kleinen Treppe, die vom Wohnzimmer zum Büro hinabführt. BOTAN saß ganz rechts auf dieser Treppe, MILSTADT in der Mitte und WEBER links von ihm. Ihnen schräg gegenüber saß STOBBE an seinem Schreibtisch.

Nach einem kurzen Gespräch über banale Dinge zog MILSTADT den Revolver aus der Seitentasche seiner grünen Bundeswehrhose und gab in schneller Folge zwei Schüsse auf den neben ihm sitzenden BOTAN und drei Schüsse auf STOBBE ab, der sich durch die Wucht der Einschüsse in seinem Schreibtischsessel drehte. Das Ziehen der Waffe und die Abgabe der fünf Schüsse durch MILSTADT erfolgte auch für WEBER so überraschend, daß er gar nicht mehr dazu kam, seine eigene Waffe zu ziehen, obwohl vorab eine gemeinsame Tatausführung abgesprochen war.

Nach den Schüssen rannten WEBER und MILSTADT zur Haustür, wobei WEBER noch auf einem Läufer ausrutschte, der im Hausflur auf den Fliesen lag. Nach dem Verlassen des Hauses gingen beide dann ohne Hektik zu dem geparkten Audi und fuhren zurück in Richtung Altona. Der Audi wurde wieder in der Nähe der [redacted] abgestellt, die Fahrzeugschlüssel blieben im Auto. Mit dem Mercedes des MILSTADT fuhren beide dann weiter. MIL-

STADT brachte WEBER in die [redacted] und fuhr dann zur Wohnung der Daniela MILSTADT, um sich dort als Alibi im Garten mit dem Hund der Daniela den Nachbarn zu zeigen.

f) Noch am Nachmittag fuhr WEBER zu DETERING in die [redacted], berichtete ihm von der Tötung des STOBBE und BOTAN und zeigte ihm die fünf leeren Patronenhülsen. DETERING sagte ihm zu, sich um das vereinbarte Honorar zu kümmern. Am gleichen Abend noch hat DETERING dann in der Wohnung des WEBER angerufen und mitgeteilt, daß das Geld da sei. WEBER fuhr erneut zu DETERING und holte sich dort die DM 70000,– ab. WEBER hat dann einige Tage später noch DM 10000,– als zusätzliche Belohnung erhalten. Dieser Betrag soll nach dem Tode des STOBBE von einigen Leuten aus dem Milieu zusammengelegt worden sein.

Die am Abend des Tattags erhaltenen DM 70000,– hat WEBER mit MILSTADT geteilt.

g) Bei der Vernehmung wurde WEBER der im Haus der Daniela MILSTADT sichergestellte Revolver *Smith & Wesson* vorgelegt. Aufgrund der an dieser Waffe vorgenommenen markanten Veränderungen bestanden für WEBER keine Zweifel, daß es sich dabei um die von MILSTADT bei der Tötung des STOBBE und BOTAN benutzte Waffe handelt. Bei dem Revolver waren der Abzugshebel abgefeilt und die Griffschalen, die ursprünglich aus Plastik bestanden hatten, durch solche aus Holz ersetzt worden. Darüber hinaus waren die Griffschalen nachträglich noch eingekerbt worden, damit die Waffe besser in der Hand lag. Diese Arbeit war in Gegenwart WEBERS im Keller des Hauses durchgeführt worden.

Auch der Revolver des MILSTADT wurde, wie die *Arminius* WEBERS in den vorangegangenen Fällen, nach der Tatbegehung durchgefeilt und durchgeschmirgelt, um spezifische Spuren des Laufes zu beseitigen bzw. zu verändern und so bei einer Munitionsvergleichsuntersuchung die Zuordnung der Tatmunition zu dieser Waffe unmöglich zu machen.

5. Der beschuldigte MILSTADT ist nach seiner Inhaftierung mehrfach gehört worden. Von Bedeutung ist hier die Angabe, die er zum

Auffinden der mutmaßlichen Tatwaffe im Schlafzimmer der Daniela MILSTADT gemacht hat.

a) Nachdem MILSTADT zunächst behauptet hatte, er habe mit dem Revolver nichts zu tun, dieser müsse dort von einem ihm Unbekannten hingelegt worden sein, beschuldigte er dann die Ehefrau des Karl WEBER, Renate WEBER. Sie habe ihn in den Tagen nach der Tat mehrfach aufgesucht und müsse ihm bei einer dieser Gelegenheiten die Waffe untergeschoben haben. Dieser Einlassung des MILSTADT ist durch die Aussage der Zeugin Renate WEBER entschieden widersprochen worden.

b) Auf die Frage, wo er sich zur Tatzeit STOBBE/BOTAN aufgehalten habe, erklärte MILSTADT, daß er um 17.00 Uhr mit seiner Bekannten Stephanie HOFFMANN telefoniert hätte. Vorher habe er ca. 20 Minuten mit dem Hund der Daniela MILSTADT im Garten gespielt. Zu diesem Zeitpunkt habe ein Nachbar den Gartenzaun gestrichen. In einer späteren Vernehmung ergänzte MILSTADT diese Angaben dahin, daß er zwischen 15.00 und 16.00 Uhr mit seiner überraschend aus Düsseldorf angereisten Ex-Frau Geschlechtsverkehr vollzogen habe.

Diese Angaben MILSTADTS sind nicht geeignet, ihm ein Alibi für die Tatzeit (16.15 Uhr) zu verschaffen. Das Spielen mit dem Hund im Garten wird durch Zeugen nicht bestätigt, ebensowenig die Behauptung, ein Nachbar habe zu dieser Zeit den Zaun gestrichen. Der von MILSTADT behauptete Anruf dagegen soll stattgefunden haben. Der Zeugin Stephanie HOFFMANN kann jedoch aufgrund ihrer engen und intimen Beziehung zu MILSTADT nicht geglaubt werden. Völlig ausgeschlossen scheint auch nach der Zeugenvernehmung der Daniela MILSTADT der angeblich vollzogene Geschlechtsverkehr mit ihr.

6. Die Beschuldigten Hans-Peter MILSTADT und der nicht mehr zu belangende Ulrich DETERING können durch die Angaben des Karl WEBER sowie durch zahlreiche WEBER bestätigende und stützende Zeugenaussagen und sonstige Ermittlungserkenntnisse überführt werden, sich als Mittäter (MILSTADT) an der Tötung

des Werner STOBBE und des Herbert BOTAN bzw. als Anstifter (DETERING) zumindest zur Tötung des STOBBE beteiligt zu haben.

2

Fedder schlug den Hefter auf und blätterte einige Seiten um. Als er die gekennzeichnete Passage gefunden hatte, tippte er darauf und sah Zappa dann offen an.

«Sehen Sie, daran bin ich interessiert. Nur an dieser Aussage von Ihnen.» Er blickte auf die Seite und las ab. «Dabei stellte er – also Sie – fest, daß die beiden Männer – wörtliches Zitat – *hirnverbrannte Schwätzer* waren, die ständig – ebenfalls Zitat – *Haß auf Weiber rausließen.* – Sie haben die beiden Männer als angeblich nicht aus dem Milieu stammend beschrieben. Können Sie mir mehr dazu sagen?»

«Was haben Sie?»

«Sie meinen, Hinweise auf die Täter?» vergewisserte Fedder sich. Zappa nickte knapp. «Leider so gut wie nichts. Ich habe lediglich die Beschreibung von zwei Personen, die nach einer – einer Zeugenaussage mit einem der Opfer flüchtig Kontakt hatten und sich später ebenfalls sehr abfällig über bestimmte Frauen geäußert haben.»

«Bestimmte Frauen?»

«Lesbische Frauen.»

«Und was sind das für Typen?»

Fedder sagte es ihm.

Zappa ließ sich nicht anmerken, ob es Übereinstimmungen mit den ihm damals zur Seite gestellten Männern gab.

Er zündete sich eine weitere *Chesterfield* an, stand auf und ging zum Zellenfenster.

Fedder wartete, ohne sich allzu große Hoffnungen zu machen.

Die vor dem *Getaway* verbrachten Abende hatten zu nichts geführt. Der Blouson-Träger und der Schwarzhaarige waren nicht wieder aufgetaucht. Zappa wandte sich ihm nun zu.

Er lehnte sich lässig an die Wand.

«Ja», sagte er. «Könnte hinhauen. Sie haben sich Peter Eins und Peter Zwei genannt. Fanden sie unglaublich witzig. Der schwarze Peter hatte die ganz große Klappe.»

Fedder wollte es nicht gleich glauben. Er mußte mehrere Male tief durchatmen, bevor er etwas sagen konnte.

«Herr Weber –»

«Ich weiß, worauf's Ihnen ankommt», unterbrach Zappa ihn. «Ich hab nur kurz nachdenken müssen, wie's abgelaufen ist. – Uli rief mich an. Er hatte die beiden aufgetan. Ich sollte sie in dem Türkischen Imbiß Steindamm treffen. *Ali Baba*, glaub ich. Sie würden mich ansprechen. Taten sie dann auch. Sie hatten sofort die starken Sprüche drauf. – Messerhelden.»

Er lachte abfällig.

«Messerhelden?»

«Ja, Schnappmesserchen. Sie wollten Emma und den Stone abstechen. Ich dachte, ich hör nicht richtig. Ich bin raus und zur nächsten Telefonzelle. Hab Uli gefragt, ob er 'ne Klatsche hat. Den Stone mit einem Messer. Der hätte die Bürschchen weggehauen wie nichts. Aber Uli meinte, sie packen's. Ich sollte sie mit auf Tour nehmen. Stobbes Läden, sein Haus, die Wohnung vom Stone. Ich hab's geschluckt. Ich war eine Nacht mit ihnen unterwegs, aber dann hatte ich die Schnauze gestrichen voll. Sie hätten's nie gepackt.»

«Haben Sie außer – außer diesen Namen noch etwas von ihnen erfahren können?»

«Viel perverse Scheiße», sagte Zappa. «Als sie von Stobbes Frau hörten, ging's ganz übel los. Ihr die Votze aufreißen, die Nippel abknipsen – ich hab Ende gemeldet und mir den Schwarzen auch kurz gepackt. Viel gebracht hat's nicht. Sie wurden nur'n bißchen leiser. Ich hab sie in der Langen Reihe abgesetzt. Sie sind in so eine Absturzkneipe. Ich denk, in der Kante sind sie zu Hause.»

«Lange Reihe», wiederholte Fedder mehr für sich. «Das *Gnosa* ist in der Langen Reihe.»

«Was?»

«*Café Gnosa* – das klingt nicht schlecht, Herr Weber. Das könnte tatsächlich passen. – Und Detering hat Ihnen später nichts weiter zu den beiden gesagt?»

«Nein. Ich hab ihm klargemacht, daß er sich's mit denen abschminken kann.»

«Ohne größere Diskussion?»

«Ich hatte Milstadt.»

«Haben Sie mit ihm über die Männer geredet?»

«Dazu gab's keinen Anlaß. Ich hab sie im Fall Stobbe/Botan auch nur erwähnt, um klarzumachen, daß Uli nervös wurde. Es dauerte ihm alles zu lange. Er wollte Stobbe fix weghaben, um seinen Deal durchziehen zu können. – Klappern Sie mal die Kneipen in der Langen Reihe ab.»

«Ja, das werde ich tun. – Peter Eins und Zwei, hmm.»

«Wenn Sie sie greifen –» Zappa sprach es nicht aus.

Fedder hatte die Akte zugeklappt und stand auf.

«Wenn», sagte er. «Wenn ich sie habe, ist es damit längst nicht getan. Ich habe zwar einen Augenzeugen, aber der – der Mann würde jeden als Täter identifizieren. Egal, wen ich ihm anschleppe.»

«Böse Geschichte», meinte Zappa. «Ich hab für solche Metzeleien nichts übrig. – Haßtypen. Wichser.»

«Ja. Ich danke Ihnen vorerst. – Brauchen Sie was? Ich sehe, Sie rauchen viel. Zigaretten vielleicht?»

«Danke. Ich krieg reichlich. Meine Frau kommt am Nachmittag.» Er grinste jetzt. «Zappa, der gute Mensch vom Holstenglacis. Wenn Sie die Bubis festmachen wollen, müssen Sie sie hart anpacken. Nicht zimperlich sein. Gleich auf die Fresse. Volles Rohr.»

«Ja», sagte Fedder und räusperte sich.

Er ging zu Zappa und streckte ihm die Hand hin.

Zappa ergriff sie.

Fedders Blick fiel auf seine Tätowierung. Zappa bemerkte es und ließ kurz die Muskeln spielen. Der Skorpion öffnete und schloß die Zangen. Seine Schwanzspitze zuckte.

«Ja – gute Arbeit», meinte Zappa. «Als ich ihn drauf hatte, begann 'ne geile Zeit.»

«Inwiefern?»

«Einfach so. Keine Probleme.»

«Wie ich höre, sieht es im Moment auch ganz gut für Sie aus.»

«Na ja, man gönnt mir mal wieder ein intimes Stündchen mit meiner Frau. – Sie haben mit der ganzen Sache nichts zu tun?»

«Ich hatte vor ungefähr zwei Jahren die Chance. Broszinski wollte mich haben, aber – das war eine persönliche Entscheidung. Irgendwie bringt mir so was hier mehr.» Er klopfte auf die Akte *Weigel* und dachte, daß Zappa gar nicht so übel war. Man konnte besser mit ihm reden als mit vielen anderen.

Fedder dankte noch einmal und ging zur Zellentür.

Zappa begleitete ihn und steckte sich dabei wieder eine Zigarette an.

«Ich sag Ihnen Bescheid, wenn's zu was geführt hat», verabschiedete Fedder sich endgültig.

Zappa nickte ab.

3

Zappa stöpselte den Rasierapparat aus und rollte das Kabel ein. Er strich prüfend über Wangen und Kinn, fuhr mit dem Zeigefinger unter der Nase entlang und war zufrieden. Seine Haut war angenehm glatt. Er schüttelte ein paar Tropfen *Venice* in die Handfläche und klopfte sein Gesicht ab. Dann feuchtete er den Kamm an und gab dem kurzgeschnittenen Haar den letzten Schliff.

Er betrachtete seine Fingernägel. Sie waren sauber und gleichmäßig gefeilt. Seine Hände zitterten nicht. Bis auf die Kratzspuren gab es nichts zu bemängeln.

Genüßlich wie lange nicht mehr zündete er sich eine Zigarette an. Er blies den Rauch an den Spiegel und sah zu, wie die Wolke sich ausbreitete und schließlich auflöste.

Wenig später hörte er die ihm längst vertrauten Geräusche.

Die Schlüssel. Die über den Steinboden schleifende Gittertür. Schritte. Die schweren Schritte des Wachbeamten. Broszinskis Schritte. Ihre. Renates Absätze klackten, und Zappa lächelte. Er mochte es, wenn sie auf hohen Hacken ging.

Die Schritte kamen schnell näher.

Zappa nahm einen tiefen Zug und sah zur Tür.

Er war noch immer völlig ruhig.

Renate blieb auf der Schwelle stehen.

Ihre Blicke trafen sich. Zappa sah Renate an, als sehe er sie zum erstenmal.

Broszinski wartete, bis sich der Bann gelöst hatte. Er nickte Zappa zu.

«Zwei Stunden», sagte er. «Bis siebzehn Uhr. Wir lassen Sie allein.»

Renate ging zum Tisch und stellte die Ibiza-Tasche ab. Sie mußte sie festhalten und begann schon, sie auszupacken.

«Siebzehn Uhr», wiederholte Zappa. Er ließ die Kippe zu Boden fallen und drückte mit dem Schuh die Glut aus. «Nur kein Stress.»

«Ich klopfe vorher.»

«Alles klar.»

«Mit uns geht's morgen um zehn weiter. – Funktioniert Ihr Fernseher wieder?»

«Ja.»

«Ihre Anwältin ist heute Abend im *Hamburg-Journal*. Wir haben es vorhin erfahren. Wissen Sie, zu was sie sich äußern wird?»

«Fall Stobbe/Botan, nehme ich an. Gab ja wieder mal 'ne gute Presse.»

«Sie hat mir gegenüber angedeutet –»

«Bist du gefragt worden?» fiel Zappa Renate ins Wort. «Ist das deine Begrüßung?»

«Okay», sagte Broszinski. «Wir werden's hören. Bis dann.» Er trat zurück und gab dem Wachbeamten einen Wink.

Die Tür wurde geschlossen.

Sich entfernende Schritte. Wieder das Schließen am Ende des Ganges. Stille. Drückendes Schweigen.

Renate rührte sich nicht.

Zappa stand bewegungslos da.

Sekunden verstrichen. Sekunde um Sekunde. Das Ticken der Weckuhr war überdeutlich.

«Ja, was ist?» sagte Zappa dann endlich. «War es das schon?»

«Ach, Kalli.» Renate legte eine Obsttüte aus der Hand und umarmte Zappa. Sie drückte sich fest an ihn und suchte seinen Mund. «Kalli, Kalli, Kalli.» Er griff in ihr Haar.

«Ich will das nicht», sagte er eindringlich leise. «Was du glaubst. Was du vermutest. Was du dir aus irgendwelchem Scheiß zusammenreimst. Behalt es für dich, und quatsch nicht blöd rum. – Du riechst gut.»

«Ja, ja, ja. – Ja?»

«Ja. – Laß das jetzt. Wir haben erst noch einiges zu bereden.»

»Es ist –» Sie löste sich von ihm und setzte sich befreit ausatmend auf den Stuhl. «Es ist gutgegangen. Sie haben nur – nur die Lebensmittel kontrolliert.»

«Mein Deal», sagte er knapp. Er zog die *Chesterfield*-Packung aus der Brusttasche und steckte wieder eine an. «Julia hat mir geschrieben. Ein schöner Brief. Sie hat ihre Ruhe und will in Bochum bleiben. Hat sich neu verliebt. In einen Jurastudenten – wie findest du das? Sie ist jeden Abend bei ihm draußen in Querenburg. Fast jeden Abend. Witzig, was? Ich hab dran denken müssen, daß ich dich damals nicht so häufig gesehen habe. Aber du warst ja auch nicht so heftig verknallt, oder?»

«Ich war gern mit dir zusammen. Ich bin immer gern mit dir zusammen. Das weißt du.»

«Ja, natürlich. Ich will jetzt auch nicht damit nerven. Es ist schon in Ordnung. Um Julia jedenfalls brauch ich mir keine Sorgen zu machen. Sie geht ihren Weg, und sie ist einigermaßen versorgt. Finanziell, meine ich. Sie will übrigens nach dem Abi auf die Kunsthochschule. Design. Ich glaube, das packt sie. – Hast du ihr mal geschrieben?»

«Sie hat mich angerufen. Wir haben –»

«Ja?»

«Wir haben über ihre Sachen gesprochen. Ich hab mir schon so was gedacht. – Sie war kurz angebunden.»

«Ja, ja – wen wundert's.»

«Bitte, Kalli. Ich war – ich hatte in dem Moment anderes im Kopf. Es war wirklich nicht leicht, das – das zu erledigen.»

«Wie seid ihr verblieben?»

«Ich schreibe ihr.»

Zappa ging zum Bord, nahm einen linierten Briefpapierblock und einen Stift herunter und legte beides vor Renate auf den Tisch.

«Schreib ihr», sagte er. «Schreib ihr, daß du jetzt bei mir bist. Daß wir reden und an sie denken und wir sie lieben, ihr für alles das Beste wünschen – ein paar Zeilen. Es muß nicht viel sein.»

«Jetzt? Das kann ich doch –»

«Schreib. Ich mach uns inzwischen einen Kaffee.»

«Das kann ich doch zu Hause mit mehr Zeit.»

«Ich will ihr einen Gruß dazuschreiben. Ich glaube, es gibt keinen einzigen Brief oder auch nur eine Karte von uns gemeinsam. Sie wird sich darüber sehr freuen, und ich will, daß sie sich freut. Sie hat uns zu oft auf Haß erlebt. Wenigstens einmal soll sie sehen, daß es manchmal auch anders ist.» Renate zögerte noch.

Zappa machte eine entschiedene Geste und sich dann daran, Wasser in den Topf zu füllen und den Tauchsieder anzuschließen.

Er sah nicht mehr zu Renate hin, die sich achselzuckend zurechtsetzte und den Filzschreiber in die Hand nahm.

Sie zog die Kappe ab, nagte an ihrer Unterlippe und fing dann an: *Liebe Julia, ich bin bei Papa, und wir haben gerade über Dich geredet. Du hast ihm ja einen Brief geschrieben, und ich freue mich, daß es Dir gut geht. Ich rufe Dich bald an, und dann mußt Du mir alles genau erzählen. Papa und ich lieben Dich sehr, und wir sind jetzt auch glücklich miteinander. Wir verbringen zwei schöne Stunden und sind ganz allein mit uns. Du kannst sicher sein, daß die schlimmen Zeiten vorüber sind. Ich laß noch Platz für Papa –*

«Ist das genug?» fragte sie.

Zappa stellte sich hinter sie und las.

«Jeder wie er kann», meinte er. «Ihr Brief liegt da. Lies ihn, und kümmer dich weiter um den Kaffee. Ich schreib die Seite voll.»

Als sie kurz darauf mit zwei Tassen an den Tisch zurückkam, faltete er bereits das Blatt und legte es zu Papieren, die er ordentlich gestapelt hatte. «Die Anklagepunkte reduzieren sich», sagte er und klopfte mit dem Finger auf einen der Stapel. «Dank deiner hervorragenden Unterstützung bin ich von sieben auf drei.»

«Du hast es doch jetzt auch bestätigt. Ich –»

«Ja, der Wahrheit zuliebe.»

Er nippte an dem Kaffee.

«Ich kann nicht mehr lange. Willst du sie nicht nehmen?»

«Setz dich», sagte er. «Die Wahrheit – ja, ja. Die Wahrheit über mich, über mich und Milstadt, über Milstadt und dich. Ein nettes Gespann. Wie kommt es, daß ich Daniela immer vergesse? Kannst du mir das sagen?»

«Kalli –»

«Setz dich», wiederholte er. «Wir wollen uns nicht streiten. Ich möchte nur einige Punkte geklärt haben.»

«Ich habe das alles nur für dich getan.»

«Das reicht mir nicht ganz, Renate. – HP und ich sind gemeinsam eingefahren, und unsere Frauen –»

«Daniela ist ein Miststück, Karl. Warum müssen wir das jetzt aufrollen? Es – es hat keine Bedeutung. Nicht für uns.»

«Unsere Frauen haben miteinander telefoniert», fuhr er unbeirrt fort. «Sie haben sich getroffen, und sie sind sich doch auch menschlich nähergekommen, oder?»

«Nein.»

«Mach es uns nicht zu schwer. Soviel Zeit haben wir nun auch nicht.»

«Ich weiß nicht, was du hören willst, Karl. Ich habe nie die geringsten Sympathien für Daniela gehabt. Ihr ging es immer nur um sich selbst.»

«Das ist schon klar. Aber der Stoff kam von ihr. Sie hat ihn reingebracht, und er war für mich. Was ich hören will, ist der Preis, der dafür gezahlt wurde.»

Renate schwieg.

Sie trank einen Schluck Kaffee, und sie steckte sich eine *Marlboro* an. Sie rauchte in kleinen, hastigen Zügen, und sie klopfte nach jedem Zug die Asche ab.

«Es ist nicht, wie du denkst», sagte sie schließlich. «Es war nie so, wie du es immer sehen wolltest. – Ja, sicher, ich habe einige Male mit anderen Männern geschlafen. Das kann und will ich nicht leugnen. Ich will auch nicht wieder groß erklären müssen, warum. Es liegt mit an dir, an deinen Haftzeiten und überhaupt –»

«Milstadt. Mich interessiert nur das mit Milstadt.»

Sie starrte in ihre Tasse und brauchte lange, bis sie ihn wieder ansah.

«Also gut», sagte sie und holte tief Atem. «Wir haben über Daniela gesprochen, über ihre abartigen, perversen Neigungen, und er hat sich das zunutze gemacht. Mit meiner Hilfe. Die Fotos, die ihr jetzt so unangenehm sind, hat er geschossen. Er hat sie damit unter Druck gesetzt, um nach der Scheidung ihre Eigentumswohnung behalten zu können und das Geld auf ihrem gemeinsamen Konto.»

«Mit deiner Hilfe?» fragte er nach.

«Ich – ja, ich – ich war mit ihr im Bett. Reicht das jetzt? – Bitte, Karl, es war einzig und allein –»

«Ja, es reicht», sagte Zappa. «Ich verstehe allmählich.»

«Es war für dich. Es war für den Stoff, an den sie durch ihre Reisen kam. Und –»

«Ich sage, ich verstehe schon. Ich bin nicht dämlich.»

«Ich konnte es dir nicht sagen.»

«Es wäre aber besser gewesen», sagte er und schüttelte nachdenklich den Kopf. «Ich war auf das Scheißzeug nicht mehr angewiesen. – Mißverständnisse, Mißverständnisse. – Was haben wir eigentlich falsch gemacht?»

Renate drückte die Zigarette aus und nahm gleich eine neue.

Sie drehte sie zwischen den Fingern.

«Ich weiß es nicht», sagte sie leise. «Ich weiß nur, daß ich mir oft gewünscht habe, ich könnte mit dir über alles reden. Du – du bist immer gleich so furchtbar ausgerastet.»

«Aber jetzt höre ich dir doch zu.»

«Ja, ich – ich fühle mich auch schon ein bißchen besser. – Willst du sie nicht –?»

«Ja», sagte er. «Gleich – bei etwas Musik.»

Er trank seinen Kaffee aus, stand auf und legte eine Cassette ein.

«Hat mir Julia bespielt. Fleetwood Mac.» Er schaltete den Recorder an und wartete, bis die ersten Takte erklangen. «*Albatross.* Schön, was? – Komm. Komm zu mir.»

Renate ging zu ihm, und er umarmte sie und legte seinen Kopf an ihren.

«Ich hör dir doch zu», sagte er noch einmal. «Erzähl mir was.»

«Was?»

«An was du jetzt denkst.»

«An dich.»

«Und wie?»

«Was du mir bedeutest und was du mir gibst.»

«Ist es gut?»

«Ja, es ist gut. Es ist sehr gut. Es ist sehr schön, dich zu spüren. Und – du mußt mich verstehen. Du darfst nicht schlecht von mir denken. Milstadt –»

«Pssst», machte er. «Jetzt nichts mehr von HP und nichts von anderen. Das vergessen wir jetzt ein für allemal.»

Er fing an, sich mit ihr sanft zu wiegen.

«Ja», flüsterte sie.

«Weißt du, woran ich denke?»

«Sag es mir.»

«Wie es auf Ibiza war. Im letzten Jahr. Mit Uli und Barbara. Du hast dich mit Barbara gut verstanden.»

«Ja.»

«Ja. Sie war – um sie tut es mir leid. Das hätte nicht sein müssen. Sie hat sich nie um Ulis Angelegenheiten gekümmert. Sie war nur einfach für ihn da. – Damals hab ich gedacht, so sollte es auch mit uns sein.»

«Da war es doch so.»

«Immer, Renate. Nicht nur vierzehn Tage lang. Nicht nur wie im Moment. Immer. Immer.» Auch er flüsterte jetzt. Sein Mund war an ihrem Ohr. Er ließ seine Hände über ihren Rücken gleiten.

Renate schmiegte sich noch enger an ihn.

«Küß mich», sagte sie.

Sie küßten sich lange. Bis zum Ende des Stücks.

Dann löste sich Zappa von ihr und spulte das Band zurück.

Wieder graute der Morgen.

Wieder lichtete sich der Nebel, und wieder erklang von fern ihr sehnsüchtiger Ruf nach ihm. Und die Mauern fielen, und er ging auf sie zu. Seine Umarmung war nun verlangender. Seine Hände waren tiefer. Die Muskeln ihrer Schenkel spannten sich.

«Ich will dich», flüsterte sie. «Ich will dich ganz. Nimm sie mir doch bitte ab.»

Er antwortete nicht.

Er schob ihren Rock hoch, und sie stellte ihre Beine weiter auseinander, um ihm den Zugriff zu erleichtern.

Zappa spürte das Eisen unter dem Stoff ihres Höschens.

Er tastete den Griff der Waffe ab.

«Nimm sie.»

Zappa küßte sie wieder, während er seine Hand unter den Bund brachte und den Griff umfaßte.

Er merkte, daß Renate zitterte.

«Ruhig», sagte er. «Ruhig. Niemand überrascht uns. – Du hast dich rasiert?»

«Ja – wegen dem Klebeband.»

«Knie dich hin.»

Er ging mit ihr auf die Knie, und sie wollte ihm jetzt helfen.

Doch Zappa hatte den Anfang des Streifens bereits gefunden und löste ihn mit einem kurzen Ruck.

Renate biß die Zähne aufeinander.

Dann war es vorbei.

Erleichtert legte sie ihren Kopf an seine Brust.

Zappa hielt den Revolver in der Hand.

«Geladen?» fragte er.

«Ja.»

«Gab's Fragen?»

«Nein. Aber ich – kann Milstadt wirklich –?»

«Ich hab's dir doch geschrieben.»

«Ja. Ich denke trotzdem –»

«Sieh mich an.»

Ein sanftes Lächeln war auf seinem Gesicht. Er legte den Revolver vor seine Knie auf den Boden und nahm ihren Kopf zwischen seine Hände. Sie sahen sich an.

«Ich bin sehr, sehr zufrieden», sagte Zappa. «Weißt du, ich bin über alles weg. Was man noch von mir hören will, was sie sich weiter erhoffen – es hat nichts mehr mit mir zu tun. Und erst recht nichts mit uns. Ich war zeitweise enttäuscht von dir. Enttäuscht und auch auf Haß. Was ich dir von der Sache bei Stobbe erzählt habe, hättest du nicht aussagen sollen. Ich habe Milstadt rausgehalten, weil er Uli nichts davon gesagt hat, verstehst du? Es war *mein* Job, *ich* stand bei Uli im Wort. Er sollte nicht hören, daß ich versagt hatte. Nur darum bin ich dabei geblieben. – Aber gut, auch das hat sich erledigt. Jetzt sind nur noch Milstadt und ich übrig, und was bei Milstadt abläuft – ich weiß es nicht. Ich weiß es wirklich nicht. Ich hab es nie gewußt. Wenn du mir noch etwas sagen kannst, dann sag es jetzt.»

«Ich – ich habe dir jetzt alles gesagt. Das andere von uns weißt du. Es war –»

«Ja, das hat mich genug runtergezogen. – Vergessen.» Er ließ ihren Kopf los und rieb sich die Schläfen. «Vergessen, vergessen. Nein, ich muß auch nichts mehr hören. – Nur noch einmal *Albatross.* Ist dir eigentlich kalt?» Er stand auf und zog auch sie hoch.

«Ein bißchen», sagte Renate.

Zappa ließ das Band wieder zurücklaufen und hob dann den Revolver auf. Er behielt ihn in der Hand, als er Renate erneut umarmte.

Und alles wiederholte sich.

Das Sich-Wiegen, ein langer Kuß. Zungenspiel und eine sich steigernde Erregung.

Als sie später noch halb bekleidet auf der Pritsche lagen, war die Cassette längst durch, und es ging auf halb fünf zu.

Zappa zog seine Hose an und überprüfte den Revolver.

«Die Zeit ist immer zu kurz», sagte er.

«Mir wird sie lang werden bis zum nächsten Mal.»

«Lang wie die Ewigkeit.»

Er wartete noch, bis sie vollständig angezogen war.

Er legte den Arm um ihre Schultern und küßte sie.

«Ich liebe dich», sagte er.

«Ich liebe dich auch.»

«Sag es noch einmal. Sag, daß du mich immer geliebt hast.»

«Ich habe dich immer geliebt, und ich werde dich immer lieben.»

«Das ist gut.»

Die Revolverhand kam hoch. Der Lauf berührte ihre Schläfe.

Renate zuckte leicht zusammen.

Zappa schloß die Augen und drückte ab.

Der Schuß machte ihn taub. Er hielt Renate fest an sich gedrückt und öffnete weit den Mund.

Der Lauf war heiß, doch es dauerte nur den Bruchteil einer Sekunde.

4

«Fragen, Fragen, Fragen – und was soll ich sagen? Was soll ich antworten? Ich bin nicht verantwortlich. Ich war nicht dabei.»

Wilfried legte Angelika beruhigend die Hand auf die Schulter und zog ihr das Kissen im Rücken zurecht.

«Iß etwas, mein Engel. Du mußt erst einmal wieder zu Kräften kommen. Und du mußt schlafen, schlafen, immer noch viel schlafen. Niemand stört dich.»

Er nahm das Tablett hoch und schob es auf die Bettdecke.

Angelika griff nach dem Glas Kirschsaft und trank einen kleinen Schluck.

«Das bleibt nicht so. Ich kann mich nicht ewig verkriechen.»

«Wir haben ein Attest für unsere Geli.»

«Hör bitte auf, so zu reden.»

«Ich kümmere mich um alles», sagte Wilfried. «Ich habe mir deine Unterlagen aus der Kanzlei herüberbringen lassen. Die Akten –»

«Mein Gott, nein. Du wirst mir das nicht abnehmen. Das kannst du auch gar nicht. *Ich* werde in allen Zeitungen stehen. *Mich* wird man fragen, warum mein Klient seine Frau und sich – ich bin nicht verantwortlich. Ich bin dafür nicht verantwortlich. Ich kann – nein, ich kann es nicht –»

Ihre Stimme kippte.

Tränen liefen über ihre Wangen.

Wilfried drückte ihre Hand.

Er zupfte ein Kleenex aus der Packung und gab es ihr.

Angelika wischte sich flüchtig die Tränen ab.

«Ich kann nichts essen», sagte sie. «Was ist heute für ein Tag?»

«Freitag.»

«Mein Gott», sagte sie wieder. «Sind viele Anrufe auf Band?»

«Ich habe es abgestellt. – Auf Anraten von Giesing», fügte er hinzu.

«Du hast mit Giesing gesprochen?»

«Er war noch am gleichen Abend hier. Du hast schon geschlafen. Du hast viel geschlafen, und das ist gut. – Er hat sich mit Doktor Wittkamp unterhalten. Absolute Ruhe, Geli.»

«Was hat Giesing gesagt?»

«Keine Presse. Keine Aufregung. Wenn du wieder völlig in Ordnung bist, sollst du dich mit ihm in Verbindung setzen. Er hat Verständnis –»

«Und sonst? Was noch?»

«Nichts, Geli. Nichts. – Iß doch bitte was.»

Angelika stellte das Tablett beiseite und schlug die Bettdecke zurück.

«Gib mir bitte meinen Morgenmantel. Ich muß mit Giesing telefonieren. Ich muß mich entschuldigen –»

«Nein», sagte Wilfried und wollte sie in die Kissen zurückdrükken. Sie schüttelte seine Hand ab und stand auf.

«Er muß sich weiß Gott was denken. – Nein, laß mich. Ich kann nicht länger herumliegen und alles laufen lassen. Wo ist meine Uhr geblieben? Wie spät ist es?»

«Geli, es ist –» Er brach ab.

Sie war schon am Fenster, zog die Vorhänge zurück und die Jalousie hoch. Draußen war es noch hell. Ein früher Abend.

Angelika öffnete das Fenster.

Die Luft war angenehm warm. Holzkohlerauch wehte vom Nachbargrundstück herüber. Sie hörte Musik und Lachen und auch Vogelgezwitscher. Ein Sommerabend.

Es war irreal. Es war nicht passend.

Sie wandte sich ab und stieß beinahe mit Wilfried zusammen, der ihr den Morgenmantel hinhielt.

«Es ist nach neun», sagte er. «Wochenende. Giesing möchte sicher nicht mehr gestört werden.»

Angelika gab ihm keine Antwort.

Sie eilte nach unten und suchte nach ihrem Aktenkoffer. Sie fand ihn auf dem Tisch im Wohnzimmer, und er war aufgeklappt.

Ihr *Date Liner* lag aufgeschlagen daneben.

Ihr letzter Termin bei Karl.

Weber, hatte sie notiert, und darunter nachträglich vermerkt: *Abschied*. Ein einziges Wort.

Wer immer es unter diesem Datum gelesen hatte, mußte auf Kenntnis schließen. Kenntnis von seinem Vorhaben.

Abschied. Tod. Selbstmord.

Sie mußte sich abstützen. Ihr war schwindelig geworden.

Sie hörte Wilfried die Treppe herunterkommen, und sie sah ihm entgegen. Wilfried zuckte entschuldigend die Achseln.

«Was – was hast du dir dabei gedacht?» fragte sie.

«Was würdest du akzeptieren?»

«Nichts.»

«Du wärst nicht so zusammengeklappt, wenn du es gewußt hättest», sagte Wilfried ruhig. «*Abschied* wird etwas anderes zu bedeuten haben.» Er lächelte liebevoll.

Sie hatte keine Kraft, ihm dieses Lächeln aus dem Gesicht zu schlagen.

«Geh bitte», sagte sie. «Geh auf der Stelle. Laß mich jetzt bitte allein.»

«Das kann ich nicht. Ich darf dich nicht allein lassen. Du hast einen schweren, schweren Nervenzusammenbruch gehabt. Schreikrämpfe, hohes Fieber. Doktor Wittkamp –»

«Ich rufe Wittkamp an. – Geh mir aus den Augen.»

Er lächelte immer noch.

«Doktor Wittkamp hat mir alles erläutert. Er brauchte es nicht.

Ich weiß, wie das ist, wenn man einen – einen geliebten Menschen verliert. Endgültig verliert.»

«Geh.»

Mehr brachte sie nicht heraus.

Ihre Augen füllten sich wieder mit Tränen, und ihr war kalt.

Sie versuchte, das krampfartige Zucken zu unterdrücken und auch die Tränen zu stoppen, aber es gelang ihr nicht. Sie weinte, und sie schlotterte nun am ganzen Körper und konnte sich gegen nichts wehren.

Sie fühlte sich völlig hilflos und allein wie nie.

5

Broszinski bemühte sich nicht, unauffällig zu wirken. Der Security-Mann mußte ihn zumindest von den Pressefotos her kennen. Er zeigte gerade seinen Ausweis vor, und der Schweizer Beamte warf nur einen kurzen Blick darauf. Auch Broszinski kam schnell durch. Er schloß wieder auf.

S-C nahm die Rolltreppe zu den Bahnen. Er drehte sich nicht um, schlenderte unten gemächlich an den Shops vorbei und suchte sich an einem einige Ansichtskarten aus.

Broszinski wartete gegenüber.

S-C trat aus dem Laden und tat, als sehe er ihn nicht. Er zog am Automaten eine Fahrkarte. Broszinski sparte sich das.

Auf dem Bahnsteig standen vereinzelte Reisende mit Koffern und prall gefüllten Umhängetaschen. Es war ungewöhnlich still und sehr kühl in der Halle. Der Zug Richtung Zürich-Hauptbahnhof sollte in wenigen Minuten einlaufen.

Broszinski steckte sich einen Zigarillo an und ging rauchend an S-C vorbei. Er glaubte, ein wissendes Lächeln wahrzunehmen.

Für einen Moment war Broszinski versucht, ihn anzusprechen.

Broszinski, LKA Hamburg, Organisierte Kriminalität. Ich möchte Sie über das Verschwinden meiner Frau befragen. Wenn Sie mir nicht antworten, werde ich es aus Ihnen herausprügeln. Wenn Sie sie auf dem Gewissen haben sollten, werde ich Sie töten.

Er verscheuchte die Gedanken. Er drehte um und blieb zwei Schritte von S-C entfernt stehen.

Der Zug war pünktlich.

Broszinski stieg direkt hinter seinem Mann ein und nahm im Abteil ihm gegenüber Platz.

S-C begann mit der Unterhaltung.

«Was wollen Sie von mir?» fragte er.

«Damit habe ich nicht gerechnet», gestand Broszinski. «Ich war auf ein längeres Hinterherlaufen vorbereitet.»

«Um zu sehen, daß ich ein Schweizer Konto habe? Das haben Ihre Züricher Kollegen doch schon für Sie ermittelt. Ich rechne seit Wochen mit einer Steuerprüfung.»

«Die kommt. Aber sie wird wohl kaum etwas bringen.»

«Wer weiß. Irgendwas findet sich bestimmt.»

«Nicht das, was ich suche.»

«Und das ist?»

«Meine Frau», sagte Broszinski. Es kam ihm emotionslos über die Lippen. Der Mann lehnte sich in seinem Sitz zurück und sah ihn ungläubig an.

«Würden Sie mir das erklären?» fragte er.

«Muß ich das?»

«Sie müssen es nicht. Ich habe gelesen, daß Ihre Frau verschwunden ist. Aber der Schluß auf mich ist mir unverständlich.»

«Ich habe nicht erwartet, etwas anderes zu hören.»

«Hätten *Sie* mich angesprochen?»

«Nein. – Ich habe mehrfach daran gedacht. Aber Ihre Antwort wäre so oder ähnlich ausgefallen.»

«Und deshalb verbringen wir jetzt gemeinsam den Tag?»

«Sie werden eine Verabredung haben.»

«Allerdings. Drei Termine. Zwei geschäftliche und einen privaten. Sie werden in meiner unmittelbaren Nähe bleiben?»

«Sie pokern hoch», sagte Broszinski. «Ja, ich gehe mit.»

«Wollen Sie nichts zu Ihrem Verdacht sagen?»

«Ich denke, daß Sie Ihre Karten nicht aufdecken.»

«Ich verstehe nichts vom Kartenspiel.»

«Schach?»

«Stümperhaft. – Ich habe niemanden, mit dem ich lange Abende verbringe. Das dürfte bekannt sein.»

«Es ist inzwischen einiges über Sie bekannt.»

«Ihre Aktivitäten sind mir nicht entgangen.» S-C zeigte schulterhebend die Handflächen. «Ich habe nichts zu verbergen. – Ihre Männer sind übrigens nicht sehr gut geschult. Ich biete demnächst auch Kurse an. Nicht zum Discountpreis, aber im Endeffekt lohnend. Auch für den öffentlichen Dienst. Einer meiner heutigen Gesprächspartner ist Israeli. Ein frühzeitig ausgeschiedener Geheimdienstmann. Aber das nur am Rande. – Ich habe, wie gesagt, über das Schicksal Ihrer Frau nur gelesen. Was vermuten Sie?»

«Haben Sie über Karl Weber, über Zappa, auch nur gelesen?»

S-C hob leicht die Augenbrauen.

«Nein», sagte er. «Er ist vor Jahren einmal bei mir vorstellig geworden. Ich habe ihn nicht beschäftigen können. Wenn ich mich richtig erinnere, gab sein damaliger Drogenkonsum den Ausschlag. Wer trägt eigentlich die Verantwortung für die von seiner Frau eingeschmuggelte Waffe?»

«Unter anderem ich.»

«Sind Sie suspendiert worden?»

«Nein», sagte Broszinski und entschloß sich zu einem Vorstoß. «Zappa hat von Ihnen in einem anderen Zusammenhang geredet.»

«Detering, nehme ich an.»

«Ja.»

«Ja, ja. Es gibt diese Gerüchte.» Er schaute aus dem Fenster. Die Bahn verlangsamte ihre Fahrt. «Habe ich in nähchster Zeit mit einer Vorladung zu rechnen?»

«Zappa hat umfassende Aussagen gemacht.»

«Glaubwürdige?» fragte S-C und sah Broszinski wieder an. «Beweiskräftige? Da habe ich erhebliche Zweifel – nach Kenntnis dessen, was in letzter Zeit über ihn veröffentlicht wurde. – Was hat das mit Ihrer Frau zu tun?»

Broszinski ließ einige Sekunden verstreichen. Der Zug erreichte die Station.

«Ihr Leben gegen seins», sagte er mit dem Stop.

S-C schwieg. Er schien nachzudenken.

Broszinskis Blick blieb auf seinem Gesicht. Es war nicht unsympathisch. S-C hatte eine geradezu klassische Nase und ein ausgeprägtes Kinn mit einem Kirk-Douglas-Grübchen. Sein leicht angegrautes Haar war voll und über den Ohren zurückgekämmt. Es saß locker.

Seine Augen verrieten nichts.

S-C wartete, bis die Bahn wieder angefahren war und die zugestiegenen Personen vorbeigegangen waren.

«Ein abenteuerlicher Gedanke», sagte er. «Aber ich kann ihn in etwa nachvollziehen – wenn ich berücksichtige, daß Sie den Gerüchten über eine Verbindung zwischen mir und Detering Glauben schenken. Doch selbst dann – wäre ein gewöhnlicher Killer, und in meinen Augen ist, beziehungsweise war er das, ein derart risikoreiches Unternehmen wert? Überschätzen Sie da nicht seine Bedeutung innerhalb der Kreise, in denen er sich bewegt hat?»

«Das wird sich zeigen.»

«Es müßte sich bereits gezeigt haben – seine Selbsthinrichtung wird schon Historie. Und Detering –» Er schüttelte den Kopf. «Ich sehe keinen, dem ein Kidnapping Ihrer Frau noch etwas nützen würde.»

«Sie bleiben übrig.»

«Nein. – Wäre ich in irgendeiner Weise involviert, hätte ich Vorkehrungen getroffen, die solche Praktiken ausschließen. Aber ich stehe auf der anderen Seite. Sehr viel näher bei Ihnen. Auch persönlich.»

«Das glaube ich nicht.»

«Mir ist – nein, das würde jetzt zu weit führen. Wir sind gleich da. Essen wir vor dem Rückflug gemeinsam? Ich kenne einige hervorragende Restaurants. Es wäre mir ein Vergnügen, Sie einzuladen.»

«Und Ihr privater Termin?»

«Ist am Nachmittag. Sie werden mich ja nicht aus den Augen verlieren. Ich komme auf Sie zu.»

Broszinski nickte.

Er erhob sich mit S-C.

S-C fuhr vom Bahnhof mit der Tram zur *Zürcher Kantonalbank*. Er hielt sich über eine Stunde in dem Gebäude auf, war an einem der Kassenschalter und hatte anschließend eine längere Unterredung mit einem Banker, der ihm auf der Treppe nach oben entgegengekommen war.

Broszinski hatte während der Zeit Prospekte über Geld- und Goldanlagen durchgeblättert und war dann vor der Bank auf und ab gegangen.

Mehrere Tram-Linien hatten in kurzen Abständen an der Station gehalten, und Broszinski hatte sich an einen *Zeit*-Artikel über die vorbildliche Verkehrssituation in Zürich erinnert. Autofahrern wurde hier systematisch das Herumkurven vermiest, und die Parkmöglichkeiten waren derart eingeschränkt, daß jeder halbwegs vernünftige Mensch die Tram benutzte, deren Liniennetz bestens ausgebaut war.

S-C empfahl nach Abwicklung seiner Bankgeschäfte Broszinski eine Tageskarte.

Mit dem Israeli war S-C im Café *Odeon* verabredet.

Der Mann checkte gleich, daß S-C einen Schatten hatte, und wollte sich erst nicht zu ihm an den Tisch setzen. S-C erklärte mit ein paar Sätzen, und die leise geführte Verhandlung fand dann doch statt.

Die beiden Männer tranken Kaffee und Mineralwasser und bekamen später einen Salat serviert.

Broszinski las die aus dem Flugzeug mitgenommenen Zeitungen durch und rauchte vier Zigarillos. Er blieb lange bei Kaffee und bestellte sich erst gegen zwei einen Sandwich.

Der Israeli verabschiedete sich um kurz nach halb drei.

S-C zahlte und kam zu Broszinski herüber.

«Nun wird es privat», sagte er. «Über die Umstände können wir bei unserem Essen reden. Sie werden Ihnen etwas merkwürdig erscheinen. Ich treffe mich mit einer mir sehr nahestehenden Person im Kino. Es ist eine Frau, die nicht oft Gelegenheit hat, neuere Filme zu sehen. Die Vorstellung beginnt um drei. Capitol 4, beim Central. Eine amerikanische Komödie. Eine Liebesgeschichte. Aus Gründen, die ich Ihnen nachher nicht verschweigen werde, kann ich Sie nicht mit meiner Begleiterin bekannt machen.»

«Okay – wir werden sehen.»

«*Sie* werden sie sehen, sicher. Sie wird neben mir sitzen.»

Broszinski ersparte sich einen Kommentar.

In dem ovalen Kinosaal hatten erst drei Personen Platz genommen. Es waren ein einzeln sitzender junger Mann und zwei Frauen mittleren Alters, die Einkaufstüten auf ihren Nebensitzen abgestellt hatten und sich angeregt unterhielten.

S-C hatte im Foyer nicht auf seine Bekannte gewartet. Er setzte sich in die Mitte der achten Reihe.

Broszinski entschied sich für die neunte und ließ vier Sessel Abstand zwischen sich und S-C.

Der Saal wurde dunkel. Die Werbung begann.

Beim fünften Spot kam eine Frau. Sie machte nicht den Eindruck, als halte sie im Halbdunkel nach jemandem Ausschau. Ohne zu zögern ging sie in die Reihe am Eingang.

Broszinski richtete sich in seinem Sitz ein wenig auf und zählte. Es war die fünfte. Von der Frau konnte er so gut wie nichts mehr erkennen. Sie war nicht ganz bis zur Mitte durchgegangen und hatte sich schnell gesetzt. Als es nach der Werbung noch einmal hell wurde, sah er, daß sie tief in den Sessel gerutscht war. Nur ein dunkler Haarschopf war zu sehen.

S-C zeigte keine Unruhe oder Nervosität.

Das Licht erlosch wieder.

When Harry met Sally... belebte die Leinwand.

Niemand betrat mehr den Saal.

Es verging eine Dreiviertelstunde, und Broszinski bemerkte, daß S-C nun doch reagierte.

Er legte die Hände auf die vordere Sessellehne, beugte sich vor, blickte zum Eingang und sackte wieder zurück, reckte dann den Hals und sah auch zu Broszinski hin.

Das war keine Show. Der Mann war versetzt worden.

Nach einer weiteren Viertelstunde fügte er sich offensichtlich in sein Schicksal. Bis zum Ende des Films blieb er ruhig sitzen.

Broszinski stand mit dem Ablaufen des Abspanns auf und ging zu ihm. Er klopfte ihm leicht auf die Schulter und merkte noch im gleichen Moment, daß S-C nicht aufstehen würde.

Nie mehr.

Er handelte blitzschnell.

Die Frau, die mit unglaublicher Genauigkeit S-C in die Stirn geschossen hatte, konnte noch nicht weit sein.

Er erreichte sie auf der Treppe und packte sie am Arm.

«Sehr professionell», flüsterte er ihr zu. «Kommen Sie. Der Mann bleibt nicht lange unentdeckt.»

«Wer sind Sie? – Er hat nie jemanden bei sich.» Sie sagte es völlig gelassen.

Broszinski blickte in ein ihn faszinierendes Gesicht. Er glaubte, eine Deneuve festzuhalten. Eine Deneuve mit kastanienfarbenem Lockenhaar. Er lockerte seinen Griff ein wenig, beschleunigte aber seine Schritte. Auf der Straße wußte er nicht, wohin er sich wenden sollte.

«Kennen Sie ein Lokal, das nicht gerade in unmittelbarer Nähe liegt?»

«Ich möchte in mein Hotel.»

Sie waren in ihre Suite gegangen, und sie hatte Tee und Gebäck bestellt. Broszinski rührte in seiner Tasse.

Die Frau saß ihm entspannt gegenüber.

«Warum rufen Sie nicht die Polizei?» sagte sie. «Ich habe die Waffe noch in meiner Tasche. Es ist für mich aussichtslos, die Tat zu bestreiten.»

«*Ich* will von Ihnen hören, warum Sie den Mann erschossen haben.»

«Sie haben mir noch nicht gesagt, wer Sie sind.»

«Broszinski. LKA Hamburg. Jan Broszinski. – Und Sie?»

«Ich reise unter dem Namen Ramirez. Mein Mann ist Miguel Ramirez. Ich denke, der Name sagt Ihnen etwas.»

Broszinski stellte die Tasse ab. Er fingerte einen Zigarillo aus der Packung. Er brauchte einige hastige Züge, bevor er etwas sagen konnte.

Es war belanglos. Es war die Wiederholung des Namens. Als ob er ihn nicht verstanden habe.

Die Frau lächelte belustigt.

«Ja», sagte sie. «Der berüchtigte Ramirez. In Wirklichkeit ist er ein großes Kind mit Macho-Allüren. Aber er ist immens reich, und er könnte und wird hiesigen Beamten oder auch Ihnen ein Angebot machen –»

«Nein.» Broszinski hatte sich gefangen. «Mir nicht. Was hier passiert ist, ist nicht meine Sache.»

«Aber Sie haben Fragen.»

«Zu S-C, ja.»

«S-C nennen Sie ihn?»

«Wir wissen von seiner Verbindung zu Ihrem Mann.»

«Ja, das glaube ich. Er war nicht so gut, wie er sich dargestellt hat. Seine Beziehungen zu Stobbe und Detering, die Treffen –»

«Ist das der Grund?»

«Auch. Obwohl meinen Mann das nicht sonderlich interessiert hat.»

«Aber Sie haben –»

«*Ich*, ja. Ich habe ihn getötet.»

«Und warum, wenn Ihr Mann nicht beunruhigt war?»

«Späte Rache», sagte sie und stand auf. «Möchten Sie auch etwas Stärkeres? Gin, Wodka, Whisky, Cognac?»

«Ja, einen Cognac. – Sie verhalten sich erstaunlich. Wie übrigens auch S-C. Ich habe während der Bahnfahrt vom Flughafen her mit ihm gesprochen. Er hat mich zum Abendessen eingeladen und wollte mir etwas über Sie erzählen. Jedenfalls nehme ich an, daß Sie es waren, mit der er sich im Kino verabredet hatte.»

«Ja, achte Reihe Mitte.»

«Hat er Sie nicht erkannt?»

«Er hat mich erst nach Beginn des Hauptfilms erwartet, und natürlich in seiner Reihe. Ja – es war ein kleines Risiko. Ich habe auch damit gerechnet, daß er zu mir nach vorn kommen würde, um sich zu vergewissern. Dann wäre es mir nicht ganz so leicht gefallen.»

«Leicht kann es unter den Bedingungen auch nicht gewesen sein. Wo haben Sie das gelernt?»

«Auf unserer Insel. Von seinen Männern. Das Wachpersonal meines Mannes.»

Sie reichte ihm den Cognac-Schwenker, setzte sich wieder und schlug ihre Beine übereinander.

Broszinski hob das Glas und nahm einen kräftigen Schluck.

«Sie sagten Rache.»

«Ja – er war der einzige Mann in meinem Leben, den ich wirklich geliebt habe.

Ich habe ihn vor über fünfzehn Jahren in Amsterdam kennengelernt.

Ich kam aus Hamburg, und ich war psychisch ein Wrack.

Eine furchtbare Beziehung zu einem Rockertypen, Milieu, beschissenes Ausflippen – alles total daneben.

Ich suchte und suchte nach irgendwas und wußte eigentlich nicht, wonach.

Alle hatten nur gerade mal Bock darauf, mit mir eine Nacht zu pennen, und von meinem Typen hörte ich auch nur, mach hin, Torte, sonst gibt's auf die Fresse.

Als ich es endlich schaffte, mich abzusetzen, und in Amsterdam landete, wollte ich nur eins – Ruhe, Ruhe und nochmals Ruhe.

Wieder einen klaren Kopf kriegen und eventuell wieder meinen Job ausüben. Ich war vorher Fotomodel – für internationale Blätter, hochbezahlt. Mein Ding mit dem Rocker war der Break. Die Neudecker –»

«Neudecker?» hakte Broszinski überrascht ein. «Ulrike Neudecker?»

«Ja, das bin ich.»

«Nein –»

«Ich bin es, und ich bin es doch nicht mehr. Das hat er geschafft. *Ihr* S-C. *Mein* Thorsten.

Ich habe ihn in Amsterdam in einem Café getroffen, und es war die berühmte Liebe auf den ersten Blick. Spürbar. Mit Herzflattern und Schmetterlingen im Bauch. Feuchte Handflächen und eine Ewigkeit bis zum ersten Kuß. Ich war so was von verknallt – zum erstenmal in meinem Leben.

Bei ihm war es anfangs ähnlich. Wir haben uns nächtelang unsere Geschichten erzählt – meine hat dann andere Interessen in ihm geweckt. Geschäftliche.

Meine Hamburger Zeit. Der Rocker, Stobbe – er fing an, mich regelrecht auszuquetschen. Ich konnte ihm nicht viel sagen, aber die Tatsache, daß ich auch mal mit dem Paten von St. Pauli im Bett war, hat ihm genügt, um auf der Schiene mit Stobbe Kontakt aufzunehmen. Und das wurde ihm nach und nach wichtiger als unsere Beziehung.

Er hat sich allmählich abgesetzt. Immer ein bißchen weniger Zeit, weniger Liebe, weniger Gefühl. Er schlief nicht mehr mit mir. Er lag neben mir, stellte Überlegungen an, wie was zu organisieren wäre. Planspiele, Geld – er kriegte nicht mit, daß ich heulte, mich hundeelend fühlte und verlassen.

Als er nach einer Nacht, in der er mir wieder einmal nur Desinteresse und Kälte vermittelt hatte, morgens zur Bank fuhr, machte ich ein für mich schmerzhaftes Ende. Ich packte ein paar Sachen und bin mit dem Zug nach Südfrankreich.»

Sie trank ihren Cognac aus und holte die Flasche.

«Er hat gegenüber einer befreundeten Journalistin –» setzte Broszinski an.

«Ja, ja.» Ulrike Neudecker winkte ab. «Das Attentat. Der tragische Tod der Geliebten. – Seine Tragik. Sein Ego. Ich war spurlos verschwunden, und er hat nicht wahrhaben wollen, daß es an ihm lag. Allein an ihm.

Es ist meistens so – Männer machen ihre großen Deals und die Erotik des Geldes, die knisternden Scheine und die schwarzen Zahlen in den Büchern ist für sie stärker als ein kindisch-verliebtes Weib, selbst wenn es einen einigermaßen hübschen Hintern hat.»

«Es gibt andere Männer.»

«Gehören Sie dazu?»

«Erzählen Sie weiter», bat Broszinski. Er hielt ihr sein Glas hin. Sie schenkte ein.

«Höre ich noch die Antwort? – Okay, ich war in Frankreich, Spanien, auf den Kanarischen Inseln, und ich habe immer wieder jobben müssen, zwangsläufig Spuren hinterlassen. Ulrike Neudecker hat es bis weit in die Achtziger gegeben. Allerdings nicht besonders auffällig.

Ich war halt die Rike, hatte die schönen langen Haare abgeschnitten und lief ein wenig schlampert herum.

Thorsten hat mich nach Jahren in einem spanischen Nest aufgestöbert.

Er kam, wir hatten eine wunderbare Nacht, und morgens war es wieder da – diese Gefühlskälte. Er spulte einen ausführlichen Bericht über seine Firma ab, seine Geschäfte. Und abschließend machte er mir den Vorschlag, nach Hamburg zu ziehen. Nein, nicht zu ihm – in ein Apartment. Tagtägliche Nähe – das habe ich nie vergessen – tagtägliche Nähe könne er nun mal nicht ertragen. Das habe ihm unsere Zeit in Amsterdam gezeigt. Er liebe mich, aber wolle mich nicht ständig um sich haben.

Das war's. Ich glaubte, längst darüber hinweg zu sein, aber an dem Morgen hat es mich noch einmal voll erreicht.

Ich hab mir geschworen, daß ich ihn irgendwann, irgendwann einmal ebenso empfindlich, so tief verletzen würde.

Ich habe damals nicht daran gedacht, ihn zu töten. Das kam erst jetzt hoch – nach einer letzten Begegnung, zu der ich allerdings nichts sagen möchte.»

«Und zu Ramirez? Ist S-C das Bindeglied zwischen Ihnen und ihm?»

«Ja.»

«Nur einfach ja?»

«Sie wissen von Thorstens Geschäftsbeziehungen. Sie kennen jetzt meine Geschichte mit ihm. – Was ist mit Ihnen? Was wollten Sie herausfinden?»

«Mit wem er sich treffen würde. – War Ihr letztes Gespräch mit ihm auch hier in einem Kino?»

«Ja.»

«Hat er Ihnen dabei Geld übergeben?»

«Ja, für meinen Mann. – Drogengeld.»

«Und über den Inhalt Ihres Gesprächs wollen Sie mir nichts sagen?»

«Nur, daß es den Ausschlag gab, ihn zu töten.»

«Eine rein private Abrechnung? Eine späte Rache? – Das kann ich nicht glauben.»

«Dann lassen Sie es. – Rufen Sie jetzt die Polizei?»

Broszinski war aufgestanden und zu dem großen Fenster hinübergegangen. Er hatte nicht mehr viel Zeit.

«Hat er Ihnen gegenüber einmal den Namen Birte Heinrich erwähnt?» fragte er. Er wandte sich dabei um und sah sie an.

Auf ihrem Gesicht zeichnete sich nichts ab.

«Nein», sagte sie. «Seit ich ihn kenne, hat er nie von einer anderen Frau geredet. Ich kann mir auch nicht vorstellen, daß es in seinem Leben noch eine gab. Er –»

«Es ist meine Frau. Sie ist seit Wochen verschwunden. Sie hat keine Nachricht hinterlassen, und sie ist nicht auffindbar. Ich hatte gehofft, durch S-C auf eine Spur zu kommen.»

Sie schüttelte entschieden den Kopf.

«Das war mit absoluter Sicherheit der falsche Weg.»

«Wissen Sie den Richtigen?»

«Nein.»

Broszinski ging zu dem Couchtisch zurück und goß ihr und sich noch einen Cognac ein. Er schüttete seinen in einem Zug herunter. Und er schenkte sich wieder ein.

«Zwischen Birte und mir stand nichts», sagte er. «Ich habe keine Erklärung.»

«Es wird schon eine geben. – Oder es ist tatsächlich ein Verbrechen. Aber keins, das Thorsten begangen hat. Ich kannte ihn gut genug, um das ausschließen zu können. – Doch vielleicht kann ich Ihnen helfen.»

«Und wie?»

Sie lächelte ihn an.

«Ich habe gelernt, Deals zu machen», sagte sie.

6

«Ich brauche deine Unterstützung», sagte Fedder. Er zog die Jacke nicht aus und hängte nur seinen häßlichen Brotbeutel an den Haken.

Gottschalk biß in das Hot-dog-Croissant.

«Wobei?» knurrte er. Er hatte in der vergangenen Nacht mit einem angetrunkenen Broszinski drei Flaschen Rotwein geleert und bei Espresso und Calvados die Sonne aufgehen sehen. Ein abscheulicher Anblick.

«Ich habe gestern abend die vollständigen Namen und die Adresse von Peter Eins und Peter Zwei herausfinden können und möchte sie befragen.»

«Das ist dein Fall. Was soll ich dabei?»

«Du bist groß und kräftig und Respekt einflößend. Und du bist mein Freund. – Mein bester Freund.»

«Was soll die Scheiße?»

«Willst du mir eine Bitte abschlagen?»

«Das war eine Aufforderung – keine Bitte, du Knalltüte.»

«Also bitte ich dich. Würdest du bitte –»

«Halt die Schnauze. Ich bin randvoll mit Arbeit. Nimm dir irgendwelche Nichtsnutze als Begleitung. Große und kräftige Ochsen gibt's hier jede Menge.»

«Ich hätte aber gerne dich dabei», sagte Fedder und baute sich vor Gottschalks Schreibtisch auf.

«Und warum? – Wiederhol ja nicht die Nummer mit dem Freund. Ich bin zwar noch leicht im Tran, aber nicht völlig von der Rolle. Du marschierst doch sonst immer allein durch jede Scheiße.»

«Die beiden sind meiner Meinung nach gemeingefährliche Irre. Ich befürchte, ihnen nicht gewachsen zu sein.»

Gottschalk stieß ein heiseres Lachen aus. Er verschluckte sich an einem Krümel und mußte lange und anhaltend husten.

Fedder betrachtete ihn teilnahmslos.

«Fertig?» fragte er dann. «Können wir fahren?»

«Nein – nicht bevor ich von dir eine vernünftige Antwort höre.»

«Ich denke, die Typen können jederzeit wieder durchdrehen. Ich bin zu dem Schluß gekommen, daß Irene und Sabine Weigel mehr oder weniger zufällig ihre Opfer wurden. Es hätte auch ein Haus weiter passieren können – mit Carla und Anja Dierich zum Beispiel.»

Gottschalk kniff die Augen zusammen und taxierte Fedder scharf.

«Ah ja», sagte er. «Und weiter?»

«Das ist alles. Bis auf – sagen wir, eine Enttäuschung. Du solltest die Gelegenheit nutzen, das mit mir ins reine zu bringen.»

Gottschalk erhob sich ächzend und ließ einen fahren.

Es kostete ihn einige Überwindung, die Jalousie hochzuziehen und das Fenster aufzukippen. Die Sonne am strahlend blauen Himmel verursachte ihm einen Brechreiz.

Er hustete wieder und stützte sich auf dem Fensterbrett ab.

«Komm, laß das Theater», hörte er Fedder sagen.

Gottschalk drehte sich zu ihm um.

«Du bist eine ganz üble Ratte. – Seit wann weißt du das?»

«Sehr, sehr lange schon. Ich habe jeden Tag auf ein paar Worte von dir gewartet. Nicht auf eine Erklärung – nur einfach den Fakt. Für den Fall hätte es mir nichts gebracht. Das ist mir klar. Aber für unser Verhältnis, für meine Freundschaft zu dir war und ist es verdammt noch mal wichtig.»

«Und jetzt bin ich ein Schwein – ja? Weil ich dir nicht jeden Furz unter die Nase drücke?!» Gottschalk richtete sich zu seiner vollen Größe auf. «Packst du mir etwa alles hin. Dein Auf und Ab mit Evelyn – zum Teufel, ich will's auch gar nicht wissen! Wir liegen hier nicht auf der Couch! Ja – apropos Couch. Wie lange hast du damals gebraucht, um mir von deiner Analyse zu erzählen? Heuschnupfen! Wöchentliche Spritzen – auch nur die halbe Wahrheit. Und ich soll dir jedes kleine Affärchen wiederkäuen!»

«Es wird schon ein bißchen mehr sein als eine kleine Affäre. Aber das ist nicht der Punkt. Und du weißt genau, was ich meine. Wenn bei uns gegenseitiges Mißtrauen greift, dann möchte ich nicht länger dabeisein. Erinnere dich an deine Geschichte mit Broszinski –»

«Die ist geklärt.»

«Nichts anderes fordere ich von dir – du Stinksack.»

Er nickte bekräftigend und klopfte auf den Deckel seiner Armbanduhr.

Gottschalk grunzte irgendwas und stupste das angebissene Croissant auf der geglätteten Tüte an.

«Der Stinksack bist du», sagte er. «Fordern! Dann fordere demnächst bitte gleich! Tritt mir meinetwegen in den Arsch. – Ich quäl mich seit Monaten damit rum, und du blöder Hund läßt mich zappeln! – Wo wohnen diese Schweine? Bist du dir einigermaßen sicher, daß sie es waren? Oder hast du nur wieder so ein Gefühl?»

«Ein sehr intensives.»

Fedder grinste.

«Das wird aber nicht reichen.»

«Ich möchte sie so provozieren, daß wir eine Handhabe haben, sie zumindest kurzfristig aus dem Verkehr ziehen zu können.»

«Das sind ja ganz neue Tendenzen bei dir.»

«Bist du dagegen?»

«Nein», sagte Gottschalk, zog seine Hose hoch und schnallte den Gürtel zu. «Dann düsen wir doch mal los.»

«Grindelhäuser», sagte Fedder.

Er hatte schon die Tür geöffnet und hielt sie dem Dicken auf.

Gottschalk schnappte sich sein Jackett und stapfte vor.

7

Hamburger Morgenpost, Mittwoch, 14. November.

BLUTTAT AM GRINDEL. ZWEI JUNGE MÄNNER VON PROKURIST «HINGERICHTET»

Hamburg – Die Uhr an der Bushaltestelle Grindel war auf zwölf Uhr mittags – «High Noon» für den 58jährigen Hermann W., der mit einer durchgeladenen Walther *in der Jackentasche vor der Videothek auf Peter K. (24) und dessen Freund Peter Sch. (25) wartete. Er war ihnen gefolgt und zog seine Waffe, als sie den Laden wieder verließen. Mit den Worten «Ihr entgeht eurer Strafe nicht» streckte er die beiden jungen Männer mit jeweils drei Schüssen in Kopf und Brust nieder. Von zufällig vorbeifahrenden Streifenbeamten der Revierwache 17 ließ sich Hermann W. widerstandslos festnehmen.*

Hintergrund der Gewalttat ist…

8

Hermann Weigel hat sich am 26. Dezember 1990 in Untersuchungshaft erhängt.

Anja Dierich und Peter «Pit» Gottschalk verbrachten die Weihnachts- und Neujahrsfeiertage allein in dem südschwedischen Ferienhaus der Dierichs.

Carla und Lutz Dierich hatten über die Tage Besuch von Verwandten aus der ehemaligen DDR.

Im *Getaway* lag seit Anfang September die Ausgabe eines Münchener Zeitgeist-Magazins aus, in dem Herbie sich auf Seite 24 in Form eines verkleinerten Polaroid-Fotos abgebildet sah.

Cosmopolitan Lady hat nie einen Artikel über das Fotomodell Ulrike Neudecker veröffentlicht.

Regina machte sich in ihrer Kolumne der August-Ausgabe unter der Titelzeile *Was nach der Liebe kommt* Gedanken über *den vernünftigen Abschied.*

Ulrike Neudecker kaufte unter dem Namen Ramirez eine Penthouse-Wohnung mit Alsterblick und hält sich seitdem immer wieder für längere Zeit in Hamburg auf.

Jan Broszinski geht gelegentlich mit ihr zum Essen aus.

Von Birte Heinrich gibt es nach wie vor keine Spur.

Jörg Fedder heiratete am Samstag, dem 2. März 1991, Evelyn Marquard und wurde in der Nacht zum Dienstag aus seiner Wohnung ausquartiert: *Das Dach des Hauses in der Hartwig-Hesse-Straße (Eimsbüttel) brannte auf einer Länge von 30 Metern. 18 Mieter flüchteten. Nach den Löscharbeiten wurde auf dem Dachboden eine verbrannte Leiche gefunden. Die Kripo prüft, ob es sich um einen Obdachlosen handelt. Möglicherweise hat er das Feuer verursacht, als er sich eine Suppe kochen wollte.*

Lucile schickte Gottschalk eine Ansichtskarte aus Fort Lauderdale, Florida.

Angelika Garbers-Altmann hatte sich im August von ihrem Mann Wilfried getrennt und betreibt nun gemeinsam mit einem Kollegen-Ehepaar die Kanzlei *Garbers, Paul & Paul* im Nonnenstieg 27, 2 Hamburg 13.

Der Prozeß gegen Hans-Peter Milstadt ist für April 1991 angekündigt worden.

Renate und Karl Weber wurden auf dem Grummer Friedhof in Bochum beigesetzt.

Auf dem Grabstein sind nur ihre Namen eingemeißelt und unter einem Kreuz

1990.

Klugmann / Mathews

«Da werden endlich wieder Geschichten erzählt, die so intelligent und spannend sind, die zum Zittern und Lachen bringen. Allererste Empfehlung: die subtil anarchistischen Polizeikomödien der beiden Hamburger Norbert Klugmann & Peter Mathews.»
Lui

Beule & Co
Beule oder Wie man einen Tresor knackt. Ein Kommissar für alle Fälle. Flieg, Adler Kühn
(thriller 43101)
Die Helden des Autorenduos scheinen auf den ersten Blick wenig perfekt. Sie haben Probleme mit Frauen, mit sich selbst und mit ihrer Kondition. Eigentlich sind sie ganz selten richtige Helden ...

Die Schädiger. Tote Hilfe
Zwei Krimikomödien
(thriller 43275)
«Witzig und spannend» (*Süddeutsche Zeitung*) ist der häufigste Kommentar zu diesen etwas anderen Krimis. Zwei Geschichten um den ewigen Loser Rochus Rose und die Jungs von der alternativen Tankstelle.

Vorübergehend verstorben
Roman
(thriller 43306)
Die Männer sind alle Verbrecher, ihr Herz ist ein finsteres Loch... Die Anwältin Luise Rubato fährt lieber in die Grube, als der Moral der Männer zu erliegen.

rororo thriller

Norbert Klugmann
Treibschlag *Ein Fall für den Sportreporter*
(thriller 43238)

Zielschuß *Ein Fall für den Sportreporter*
(thriller 43241)

Doppelfehler *Ein Fall für den Sportreporter*
(thriller 43228)

Schweinebande
(thriller 43175)

Tour der Leiden *Best of Foul Play*
(rororo 43324)

«**Norbert Klugmann** legt ein wahnsinniges Tempo vor und ihm fließen mitunter Dialoge aus der Feder, gegen die hochgerühmte amerikanische Kollegen die reinsten Langweiler sind.» *Süddeutscher Rundfunk*

Ein Gesamtverzeichnis der Reihe *rororo thriller* finden Sie in der *Rowohlt Revue*. Vierteljährlich neu. Kostenlos in Ihrer Buchhandlung.

3013/8

Felix Huby

Ernst Bienzle, mit Brille, Phlegma und Bauchansatz, mit einer Schwäche für Sauerbraten mit Spätzle und Soße, Kriminalkommissar und Leiter der Stuttgarter Mordkommission, verheiratet, ein Häuschen am Stadtrand ... Mit dieser Figur des schwäbischen Gemütsmenschen ist **Felix Huby**, ehemaliger Spiegel-Korrespondent, mittlerweile erfolgreicher Drehbuchautor, einer der bekanntesten deutschen Kriminalautoren geworden.

Bienzle stochert im Nebel
(thriller 42638)
Oberflächlich betrachtet tut Hauptkommissar Bienzle nichts: Er fragt ein bißchen, er redet ein bißchen und hört zu ...

Bienzle und die schöne Lau
(thriller 42705)
Einen Mörder, der sich beim Mordanschlag selbst ermordet, hat es in Bienzles Laufbahn noch nicht gegeben ...

Bienzles Mann im Untergrund
(thriller 42768)

Bienzle und das Narrenspiel
(thriller 42872)
Männer, Frauen und Kinder in den buntesten Kostümen tanzen durch die Straßen – und ein ausgebrochener Sträfling, der Rache nehmen will ...

Bienzle und der Sündenbock
Kriminalstories
(thriller 42958)

Gute Nacht, Bienzle
(thriller 43066)

rororo thriller

Bienzle und der Biedermann
(thriller 43077)
Fleisch, dessen Verfallsdatum kurz bevorsteht, wird in die Ostländer transportiert. Man macht Profit und kassiert Subventionen ... Kein leichter Fall für Bienzle.

Ach wie gut, daß niemand weiß ...
(thriller 42446)

Der Atomkrieg in Weihersbronn
(thriller 42411)

Sein letzter Wille
(thriller 42499)
Optiker Kissling kämpft gegen die Baumafia in seiner Kleinstadt – bis er eines Morgens mit einem Genickschuß tot gefunden wird ...

Schade, daß er tot ist
(thriller 42584)
«... der beste Huby, der bisher erschienen ist.»
FAZ-Magazin

3011/4

Wolf Haas

Wolf Haas wurde 1960 in Maria Alm am Steinernen Meer geboren. Nach Abschluß seines Linguistik-Studiums arbeitete er zwei Jahre als Uni-Lektor in Swansea (Südwales). Seit 1990 lebt er in Wien.

Auferstehung der Toten
(thriller 43244)

Komm, süßer Tod
(thriller 43287)
Privatdetektiv Brenner hat die Migräneattacken bei unübersichtlichen Fällen satt: Er fängt in Wien bei den Rettungssanitätern, den Kreuzrettern, an. Doch seine neuen Kollegen haben ein Problem: Der Rettungsbund schnappt ihnen neuerdings die Verletzten von der Straße weg. Der Chef der Kreuzretterfamilie hat den Verdacht, daß die Konkurrenz den Funk abhört, und schleust Brenner bei den Rettungsbündlern ein.
Ausgezeichnet mit dem Deutschen Krimi-Preis 1999.
«Soviel Spaß, Weisheit und Spannung um einen wohlfeilen Preis, das gibt's normal gar nicht.»
Der Standard

Ausgebremst *Best of Foul Play*
(thriller 43325)
Steckt Michael Schumacher hinter dem Tod des legendären Formel-1-Piloten Ayrton Senna? Ein Fanartikel-Händler glaubt fest an dieses Gerücht. Welche Rolle spielt dabei Mercedes-Benz? Und was hat es mit dem mysteriösen Crash von Niki Lauda auf sich?

rororo thriller

Silentium!
(thriller 43346)
Der Salzburger Klerus beauftragt Privatdetektiv Brenner mit der Aufklärung eines Mordes in einen katholischen Jungeninternat.
«Komischer war der Krimi nie, intelligenter nur selten. Weshalb auch Thomas Bernhard sicher von irgendwoher zuschaut und sich totlacht.»
Die Woche

Der Knochenmann
(thriller 43258)
«... ein Muß für alle, die da süchtig sind nach vielversprechenden Talenten.»
Die Welt

Janwillem van de Wetering

«Seine Helden sind eigensinnig wie Maigret, verrückt wie die Marx Brothers und grenzenlos melancholisch: Der holländische Krimiautor **Janwillem van de Wetering**, der mitten in den einsamen Wäldern des US-Bundesstaats Maine lebt, schreibt mörderische Romane als philosophische Traktate.»
Die Zeit

Eine Auswahl der thriller von Janwillem van de Wetering:

Ketchup, Karate und die Folgen
(thriller 42601)
«... ein hochkarätiger Cocktail aus Spannung und Witz, aus einfühlsamen Charakterstudien und dreisten Persiflagen.»
Norddeutscher Rundfunk

Habgier
(thriller 43332)

Der Schmetterlingsjäger
(thriller 42646)

So etwas passiert doch nicht!
Stories
(thriller 42915)

Ticket nach Tokio
(thriller 42483)
«Dieses Taschenbuch macht süchtig: nach weiteren Krimis von Janwillem van de Wetering und nach Japan.»
Südwestfunk

Sonne, Sand und coole Killer
Erzählungen aus dem Reisetagebuch eines Schriftstellers
(thriller 43129)

rororo thriller

Janwillem van de Wetering (Hg.)
Totenkopf und Kimono
Japanische Kriminalstories 2
(thriller 43062)

Blut in der Morgenröte
Japanische Kriminalstories 3
(thriller 43075)

Janwillem van de Wetering u. a.
Eine Leiche zum Geburtstag
Stories für blutrünstige Leser
(thriller 43273)
Bloody Bunny *Österliches für blutrünstige Leser*
(thriller 43161)

rororo thriller werden herausgegeben von Bernd Jost. Ein Gesamtverzeichnis der Reihe und aller lieferbaren Titel von **Janwillem van de Wetering** finden Sie in der *Rowohlt Revue*. Vierteljährlich neu. Kostenlos in Ihrer Buchhandlung.

Serientäter

Kenneth Abel
Köder am Haken
(thriller 43245)

Die Mauer des Schweigens
(thriller 43276)

Meschugge *Der Roman zum Film von Dani Levy und Maria Schrader*
(thriller 43363)
In der Kleinstadt Hameln brennt eine Schokoladenfabrik ab. Brandstiftung. Der jüdische Eigentümer entkommt knapp dem Tod. – New York City. Die Mutter von David Fish, hat in der Zeitung das Bild des Schokoladenfabrikanten gesehen und ihren todgeglaubten Vater erkannt. Kurz darauf wird sie ermordet ...

John Baker
Ins offene Messer
(thriller 43259)

Tiefschlag
(thriller 43307)
Die Bodybuilder Ben und Gog entführen arglose Kinder, die ein trauriges Schicksal erwartet. Sam Turner – seit elf Monaten trocken und genauso lange Privatdetektiv – kann der Sippe das Handwerk legen. Leider hat er dabei die Rechnung ohne die Mafia gemacht ...

Voll erwischt
(thriller 43260)
«Ein hinreißendes und lustiges Märchen.»
Times Literary Supplement

rororo thriller

Robert Crais
Falsches Spiel in L.A.
(thriller 43299)
Susan Martin war der gesellschaftliche Mittelpunkt in L. A. und die Frau des Topmanagers «Teddy». Sie wurde brutal mit einem Hammer erschlagen, und das Motiv scheint glasklar: Susan wollte sich scheidenlassen ...

Im freien Fall
(thriller 43309)

Kidnapping
(thriller 43301)

Die Rache der Samurai
(thriller 43302)

Schmutzige Geschäfte
(thriller 43310)

rororo thriller werden herausgegeben von Bernd Jost. Ein Gesamtverzeichnis aller lieferbaren Titel finden Sie in der *Rowohlt Revue*. Vierteljährlich neu. Kostenlos in Ihrer Buchhandlung. Rowohlt im Internet:

Crime Ladies

«Es sieht so aus, als seien zur Zeit die besten Krimi-Autoren weiblichen Geschlechts. **Paula Gosling** zu versäumen wäre ein Fehler für Krimi-Fans.»
Frankfurter Rundschau

Paula Gosling
Alpträume
(thriller 43317)

Blut auf den Steinen
(thriller 43284)

Die Leiche unterm Eis
(thriller 43254)

Im Schatten der Toten
(thriller 43340)

«Anna Marx, 35, tizianrot und rubensdick, ist das ausgekochte Phantasiegeschöpf der Bonner Journalistin **Christine Grän**, die ihre Krimiheldin als sinnenfrohe Gerechtigkeitsfanatikerin gegen die sattsam bekannte lakonische Melancholie alter Krimihaudegen antreten läßt.»
Neue Presse Hannover

Christine Grän
Dead is beautiful
(thriller 42944)

Anna Marx, der Müll und der Tod
(thriller 43192)

Grenzfälle
(thriller 43031)

Marx ist tot
(thriller 43081)

3692/1

rororo thriller

«Anne D. LeClaire ist wohl das größte Erzähltalent unter den Krimi-Frauen.»
Neue Presse

Anne D. LeClaire
Die Insel des Unheils
(thriller 43328)

Traumriß
(thriller 43314)

Barbara M. Gill
Die Zeit danach
(thriller 42968)

Patricia Highsmith
Venedig kann sehr kalt sein
(thriller 42202)

rororo thriller werden herausgegeben von Bernd Jost. Ein Gesamtverzeichnis aller lieferbaren Titel finden Sie in der *Rowohlt Revue*. Vierteljährlich neu. Kostenlos in Ihrer Buchhandlung.

Rowohlt im Internet:
www.rowohlt.de